Sarah Sundin

Der Klang Deiner Gedanken

Über die Autorin:
Sarah Sundin ist Krankenhausapothekerin im Bereitschaftsdienst und lebt mit ihrem Mann und ihren drei Kindern in Nordkalifornien. Ihr Großonkel war mit der 8. US-Luftflotte in England stationiert. Sundin hat an der UCLA Chemie studiert und an der University of California in San Francisco in Pharmazie promoviert. In ihrer Gemeinde engagiert sie sich in der Sonntagsschularbeit und leitet Bibelgruppen für Frauen.

Bibliografische Information Der Deutschen Bibliothek
Die Deutsche Bibliothek verzeichnet diese Publikation in der Deutschen Nationalbibliografie; detaillierte bibliografische Daten sind im Internet über http://dnb.ddb.de abrufbar.

ISBN 978-3-86827-305-2
Alle Rechte vorbehalten
Copyright © 2010 by Sarah Sundin
Originally published in English under the title *A Distant Melody*
by Revell, a division of Baker Publishing Group, Grand Rapids, Michigan, 49516, USA
All rights reserved.
German edition © 2012 by Verlag der Francke-Buchhandlung GmbH
35037 Marburg an der Lahn
Deutsch von Julian Müller
Umschlagbilder: Roberto Maggioni / © Dreamstime.com
© iStockphoto.com / Whitemay
Umschlaggestaltung: Verlag der Francke-Buchhandlung GmbH / Christian Heinritz
Satz: Verlag der Francke-Buchhandlung GmbH
Druck: Bercker Graphischer Betrieb, Kevelaer

www.francke-buch.de

Kapitel 1

Los Angeles, Kalifornien
Montag, 22. Juni 1942

Eine ganze Woche weg von zu Hause. Allie Miller klammerte sich an das Versprechen ihrer besten Freundin mindestens ebenso sehr wie an die Fahrkarte, mit der sie es einzulösen gedachte.

Die junge Frau folgte den Mustern im Marmorfußboden durch die Union Station und sog den Zauber des Reisens und das Abenteuer ihrer ersten Fahrt in den Norden in sich auf. Innerlich sang sie vor Vorfreude, aber es war eine verwaiste Melodie, der die Begleitung fehlte.

Ihr Blick wanderte zu ihrem Freund hinüber, der neben ihr herging. „Wie schade, dass du nicht mitkommen kannst."

Baxter zuckte mit den Achseln, beobachtete beim Vorübergehen eine Gruppe von Soldaten und nahm die Zigarette aus dem Mund. „Der Krieg macht keine Pause, nur weil Betty Jamison unter die Haube will."

Die Misstöne riefen bei Allie eine Gänsehaut hervor. Ihre Aufgabe als Brautjungfer mochte ihm vielleicht unbedeutend erscheinen, aber sie nahm sie genauso ernst wie J. Baxter Hicks seine Pflichten als kaufmännischer Direktor.

Sie gelangten in die Wartehalle, wo sich spanischer Kolonialismus mit modernem Funktionalismus vermischte. Von der Balkendecke über ihnen beleuchteten eiserne Lüster Hunderte von Männern, die in die weißblauen Farben der Navy oder das Khaki-Olivbraun der Army gekleidet waren. Keiner der Soldaten schaute Allie hinterher. Doch auf die blonde Erscheinung ihrer Mutter richteten sich Dutzende Blicke, als diese sich halb von ihrem Sitz erhob und Allie mit feinen Handschuhen zu sich herüberwinkte.

Ihr Vater bot Allie seinen Platz an. „Was ist mit dem Ticket? Du weißt, wo du es hast?"

„In meiner Handtasche." Seine Fürsorge lockte ein Lächeln auf ihre Lippen, während sie es sich in einem der Ledersessel bequem machte. „Und ja, Mutter, ich habe dem Schaffner gesagt, er soll vorsichtig mit meinem Gepäck umgehen."

„Gut. Allein schon der Gedanke, dem Kleid könnte etwas zustoßen ..." Sie schnalzte empört mit der Zunge. „Diese Seidenknappheit ist doch wirklich eine Schande. Aber du hast gute Arbeit mit meinem alten Ballkleid geleistet. Ach, was sage ich: sehr gute Arbeit! Du siehst sogar fast hübsch darin aus."

Allie verkrampfte innerlich, sagte aber höflich: „Danke." Ihre Mutter meinte es gut, und Allie konnte von ihr kaum ein Kompliment erwarten. Trotzdem überrollte sie eine Welle der Traurigkeit. Aber dann weigerte sie sich, Trübsal zu blasen. Selbstmitleid war nichts anderes als versteckter Stolz.

„Und, Stan? Gibt's was Neues von der Lieferung?" Baxter und Allies Vater schlenderten davon und lehnten sich gegen die Wand. Die beiden hätten als Vater und Sohn durchgehen können, mit ihren dunklen Haaren, den blauen Augen, den gut sitzenden Anzügen und ihrer Liebe zur Firma *Miller's Kugellager*.

Allies Mutter betrachtete Allies hellbraunes Leinenkostüm und las einen Fussel von ihrem Ärmel. „Jetzt bist du seit deinem Abschluss gerade einmal einen Monat zu Hause. Und schon machst du dich auf und davon und streunst durchs ganze Land."

Allie umklammerte ihre Handtasche. Die Fahrkarte darin hatte sie einige Überredungskunst gekostet. „Es ist doch nur eine Woche. Und dann bleibe ich zu Hause."

„Aber nicht für lange." Ihre Mutter ließ ihre großen, grünen Augen – das einzig Gute, was Allie geerbt hatte – zu Baxter wandern. „Ihr seid seit fast fünf Jahren zusammen. Er wird dir sicher bald einen Antrag machen."

Baxters Silhouette zeichnete sich zwischen den gewaltigen Fenstern der Bahnhofshalle ab. Das schräg einfallende Licht und der Zigarettenqualm rahmten ihn ein.

Allies Mund, Kehle und Magen zogen sich zusammen. Wurde allen Frauen beim Gedanken an die Frage aller Fragen schlecht? „Und wieder eine arrangierte Ehe."

„Wie bitte?"

Allie richtete ihre Aufmerksamkeit schnell wieder auf ihre Mutter. „Das war nicht so gemeint. Ich ... ich meinte nur ..."

„Gütiger Himmel. Du glaubst doch nicht, dass die Sache arrangiert ist, oder?", fragte ihre Mutter mit gedämpfter Stimme. „Mag sein, dass

Baxter der einzige Mann ist, dem dein Vater seine Firma überlassen würde, aber es geht uns natürlich zuallererst um dein Wohl, und ..."

„Ich weiß. Ich weiß." Vor Anspannung klang ihre Stimme eine halbe Oktave höher als sonst. Sie versuchte die Bedenken ihrer Mutter mit einem Lächeln zu vertreiben. „Baxter ist ein Geschenk."

Das Gesicht ihrer Mutter offenbarte genau die Zustimmung, nach der sich Allie immer sehnte. „Nicht wahr? Er ist ein feiner junger Mann. Und er wird dich sehr glücklich machen."

Glücklich? Baxter Hicks würde ihren Traum von der Liebe niemals erfüllen können. Aber er konnte ihr eine Familie schenken, so Gott wollte, und das sollte sie zufriedenstellen. Außerdem war diese Heirat das Beste für ihre Eltern, für Baxter und für sie selbst. Opfer mussten gebracht werden ... und es waren ja letztlich nur Träume.

Warum sehnte sich ihr Herz dann so nach der fehlenden Melodie?

* * *

Lieutenant Walter Novak lehnte an der Wand in der Union Station und hatte einen Fuß auf seinem Seesack abgestellt. Durch die wollene Uniformjacke spürte er die Kühle der Steine. Ein gutes Gefühl. Fast so gut wie die Matratze letzte Nacht bei Frank Kilpatrick, seinem besten Freund beim 306. Bombergeschwader. Das war jetzt sein letzter Heimaturlaub – zehn gute Nächte und dreißig gute Mahlzeiten, und dann ging es zurück zum Stützpunkt und an die Front. Endlich konnte er seine Talente als Pilot einsetzen und etwas Sinnvolles tun.

Walt warf einen Blick in sein Lunchpaket. Eileen hatte ihm extra ein Sandwich mit Hühnchen und Salat gemacht. Dabei hatte sie zum ersten Mal seit drei Monaten ihren Mann wieder bei sich, dazu noch drei laute Jungs und einen dicken Bauch mit einem weiteren Kilpatrick darin.

Vorsichtig holte Walt das Beste aus dem Lunchpaket – eine Apfelsine direkt vom Baum der Kilpatricks: groß, glänzend und randvoll mit süßem Saft. Er küsste die Orangenhaut, die sich genauso knotig anfühlte wie seine lederne Fliegerjacke. „Hallo, mein Schätzchen." Um diese Beute zu machen, war er extra auf eine Leiter gestiegen und hatte Dutzende von weniger schönen Orangen in Armreichweite hängen lassen. Frank hatte ihn einen Dickkopf genannt.

Walt lächelte vor sich hin. „Ich bin nicht dickköpfig, Frank. Nur ausdauernd", hatte er erwidert. Nach einem ganzen Jahr Armeekost sehnte er sich nach frischem Obst. Als sie noch Kinder gewesen waren, hatten seine zwei älteren Brüder und er oft auf der Wiese gelegen und so viele Nektarinen gegessen, bis Mom geschimpft hatte, sie sollten wenigstens ein paar für die Marmelade übrig lassen. Pflaumen hatten sie immer, schon kurz bevor sie reif waren, vom Baum geholt. Hinterher waren natürlich stets die Vögel schuld gewesen.

Eine Lautsprecherstimme nuschelte irgendetwas vom Daylight. Walt ließ die Apfelsine zurück in die Papiertüte plumpsen, warf sich den Seesack über die Schulter und arbeitete sich durch die Halle vor, die so groß wie ein Hangar war und in der es von Soldaten nur so wimmelte. Auf dem Bahnsteig verzog sich gerade eine große Dampfwolke und gab den Blick auf den schwarzen San Joaquin Daylight mit seinen roten und orangefarbenen Streifen frei. Falscher Alarm, der Zug war noch nicht so weit.

Walt zügelte seine Aufregung, gab den Seesack beim Gepäckwagen ab und zog sein Käppi fest über die nervige Locke, die ihm immer wieder in die Stirn fiel. Dann schlenderte er zurück und ging zu einem Zeitungskiosk, um sich die Zeitschriften anzugucken. Wenn er sich die aktuelle *Time* kaufte, reichte sein Geld gerade noch für das Trinkgeld für die Schaffner und ein paar Flaschen Cola unterwegs.

Am Ende der Schlange stand eine hübsche Blondine in einem blauen Kleid. Ihr Blick verweilte auf dem silbernen Fliegerabzeichen an Walts Brust und den goldenen Schulterstücken des Second Lieutenants. Ein verheißungsvolles Lächeln umspielte ihre Mundwinkel.

Walts Kehle verkrampfte sich. Sein ganzer Körper erstarrte. Er hätte selbst dann keinen Ton herausgebracht, wenn ihm etwas eingefallen wäre, was er hätte sagen können. Aber ihm fiel nichts ein. Und deswegen küsste er wohl nur Apfelsinen.

Frank Kilpatrick, der schneller Freunde gewann, als man gucken konnte, konnte das nicht verstehen, aber für Walt gab es nur zwei Kategorien von Frauen: Die einen waren vergeben und die anderen nicht. Und vor denen, die nicht vergeben waren, hatte Walt mehr Angst als vor einem Kolbenklemmer beim Start.

Der Blick der jungen Frau wanderte hoch zu Walts Gesicht. Einer ihrer Nasenflügel flackerte kurz, dann sah sie weg. Er wusste genau, was sie entdeckt hatte: seine Hamsterbäckchen und die Nase der Novaks, die wie ein auf den Kopf gestellter Drache aussah. Oh ja, ledige Frauen waren eine Klasse für sich. Sie waren auf der Jagd, musterten einen und fällten dann ihr Urteil. Und er fiel immer durch.

* * *

Allie trat aus der Wartehalle. Dampfwolken wirbelten umher und es roch nach verbranntem Öl. Die Lokomotive schnaufte einen Rhythmus, der ihren Puls schneller schlagen ließ.

„Alles einsteigen!"

Sie drehte sich zu ihren Eltern um. „Danke, dass ihr mich fahren lasst. Ihr wisst gar nicht, wie viel mir das ..."

„Doch, das wissen wir", unterbrach sie ihr Vater lächelnd. „Und nun beeil dich, sonst kriegst du keinen Sitzplatz. Bist du sicher, dass die Jamisons dich in Tracy vom Bahnhof abholen?"

„Ja, und für alle Fälle habe ich Bettys Nummer dabei."

Ihre Mutter richtete die Anstecknadel an Allies Revers. „Und halte dich an das, was wir dir gesagt haben. Pass auf deinen Gepäckabschnitt auf, lass deine Siebensachen nicht allein und hüte dich vor den Soldaten. Eine Uniform macht noch keinen Gentleman."

Ihr Vater schmunzelte. „Mary, Baxter kriegt noch Albträume, dass ihm sein Mädchen von den Soldaten weggeschnappt wird."

„Darum muss ich mir doch bestimmt keine Sorgen machen", antwortete Baxter.

Sofort wechselte Allies innere Melodie nach Moll. Wenn seine Gelassenheit doch nur auf seinem Vertrauen in ihre Treue beruhen würde, nicht auf ihrem mittelmäßigen Aussehen.

Ihr Vater umarmte sie. „Ich werde dich vermissen, mein Sonnenschein. Genieß es!"

In den Armen ihres lebenslangen Beschützers ging Allie das Herz auf. Sie wandte sich an Baxter. Mit Sicherheit hatten ihre neue unmittelbar bevorstehende Abreise, die Aufbruchsstimmung im Bahnhof und die sich umarmenden Paare um sie herum auch ihn in romantische Stimmung versetzt.

Baxter verpasste ihr einen flüchtigen Kuss auf die Wange. „Na dann. Viel Spaß."

Allies Herz zog sich an seinen gewohnten Ort zurück. Wenn sie ein Mann doch nur ein einziges Mal so ansehen könnte, als wäre sie reizvoll und etwas Besonderes. Nur ein einziges Mal.

Sie reihte sich in die Schlange der Zusteigenden ein. Oben auf der Treppe wollte sie noch einmal winken, wurde aber von einem Marinesoldaten verdeckt. Also ging sie direkt in den Waggon. Wegen des dichten Zigarettenqualms musste sie husten, während sie sich den Gang vorarbeitete; freien Plätzen neben Soldaten ging sie aus dem Weg. Der Zug füllte sich schnell.

„Verzeihung, Miss. Möchten Sie sich vielleicht zu uns setzen?" Eine dunkelhaarige Frau deutete auf die Sitzbank ihr gegenüber, wo bereits zwei kleine Kinder saßen. Die Frau hielt ein Baby auf dem Arm und saß neben einem älteren Jungen. „Wenn es Ihnen nichts ausmacht, dass es vielleicht ein bisschen eng wird, und ..."

„Das wäre wunderbar. Vielen Dank." Allie ließ sich auf dem Stoffsitz in gedeckten Farben nieder.

„Ich bin schon trei." Die Kleine rechts neben ihr hielt vier Finger hoch.

„Dann bist du ja schon ein richtig großes Mädchen."

„Pah." Der Junge auf der anderen Seite klopfte mit dem Fuß gegen die Zugwand. „Sie kann noch nicht mal lesen. Aber ich."

„Ja. Wie ein Anfänger", sagte der ältere Junge, der Allie gegenübersaß.

„Das reicht jetzt, Kinder", ermahnte sie die Mutter. „Ihr sollt die junge Frau nicht belästigen."

„Aber sie belästigen mich doch nicht." Allie fiel auf, dass die Frau ein schlecht sitzendes rotes Kostüm trug. Ihr eigenes elegantes Outfit machte sie verlegen. „Und ... ich könnte Ihnen mit den Kindern doch ein bisschen helfen."

„Das wäre großartig." Die Frau schob dem Baby ein Fläschchen in den Mund. „Und, wohin geht die Reise?"

„Ich besuche meine beste Freundin in Antioch, oben am Sacramento River Delta. Ach, ich kann es kaum erwarten. Betty war meine Zimmergenossin auf dem Scripps College in Claremont. Sie heiratet nämlich, und ich bin Brautjungfer." Allie zuckte zusammen. Wieso musste sie immer so viel reden, wenn sie aufgeregt war?

„Wie schön. Das wird Ihnen sicher gefallen." Die Frau stupste den

Jungen zu ihrer Rechten an. „Donnie, heb doch mal die Puppe von deiner Schwester auf, ja? Lonnie, lass das Klopfen."

Allie schmunzelte. Diese Mutter brauchte keine Hilfe.

Dann erstarb ihr Lächeln. Mitten im Gang des vollgestopften Zuges stand eine Frau, doch keiner der Soldaten bot ihr seinen Sitz an. Wenn sie jung und hübsch gewesen wäre oder eine gebrechliche alte Dame, wäre das sicher anders gewesen. Aber sie war kräftig, mittleren Alters und schwarz.

„Ma'am?" Jetzt stand ein Mann auf und deutete auf seinen Sitz. Er trug eine olivbraune Uniform und hatte sich seine Offiziersmütze über das schwarze Haar gezogen.

Die Frau lächelte ihn dankbar an, setzte sich und griff nach seinem Arm. „Gott segne Sie. Ich bete oft für unsere Soldaten, damit der Allmächtige sie beschützt. Wie ist denn Ihr Name?"

„Walter, Ma'am, und danke. Mir ist ein Gebet allemal lieber als ein Sitzplatz." Er lächelte über das ganze Gesicht, hob die Hand zu seinem Käppi und ging einen Schritt in Allies Richtung.

Eine Uniform machte vielleicht noch keinen Gentleman, aber Freundlichkeit und gute Manieren schon. Allie war dankbar für die positiven Töne und den wohlklingenden Akkord, den das Verhalten des Mannes erzeugte.

Kapitel 2

Hatte sie ihn gerade angelächelt? Die junge Frau mit den braunen Locken? Jawohl, das hatte sie. Walts Kehle wurde trocken.

Die Frau richtete ihre sagenhaften grünen Augen auf ein kleines Mädchen und einen Jungen neben sich. Sie war also Mutter. Vergeben. Seine Atmung setzte wieder ein.

Der Zug ruckte, ächzte und begann vorwärtszukriechen – Walts Lieblingsmoment. Einen Augenblick lang hatte er immer das Gefühl, die Lok würde es nicht schaffen. Doch dann griff die Kraft der Dampfkessel, die Geschwindigkeit nahm zu und der Zug rollte über die Schienen.

Eine Frau im roten Kostüm sagte etwas zu der jungen Mutter mit den grünen Augen, deren Lächeln immer breiter wurde, je schneller der Zug fuhr. Bei dem Lächeln lohnte es sich für ihren Mann, öfter mal einen Witz zu erzählen.

Der Junge neben der Rotgekleideten grinste Walt an. Die Zähne waren viel zu groß für sein Gesicht. „Sind Sie Pilot, Mister?"

„Donnie, benimm dich."

„Ist schon okay." Walt lächelte zurück. „Na klar bin ich Pilot."

„Wow! Und? Schon ein paar Jagdflieger abgeschossen?"

Walt lachte in sich hinein. „Hatte noch keine Gelegenheit dazu. Ich habe mein Pilotenabzeichen erst im April bekommen. Und seit letzter Woche ist die Ausbildung auf viermotorigen Bombern in Albuquerque vorbei."

„Toll!" Donnie hüpfte auf seinem Sitz herum. „Viermotorig! B-17 oder B-24?"

Der Kleine hatte Ahnung. „B-17, *Fliegende Festung*."

„Wirklich? Und wo fahren Sie hin?"

„Hm. Kannst du ein Geheimnis für dich behalten? Feind hört mit, wenn du verstehst." Als der Junge mit großen Augen nickte, beugte sich Walt zu ihm herunter. „Wendover in Utah."

Der Kleine verzog enttäuscht das Gesicht und die beiden Frauen lachten. Walt stimmte mit ein. „Wir trainieren noch. Und wie steht's bei dir, junger Mann? Wo geht die Reise hin?"

„Nach Fresno. Wir sollen bei Oma und Opa wohnen. Papa wurde gerade eingezogen", sagte Donnie stolz. „Eines Tages werde ich auch Kampfpilot." Mit der Hand ahmte er sausend und ratternd einen Kampfflieger nach. Der kleine Junge ihm gegenüber stimmte sofort mit ein. Donnies Mutter ermahnte beide, ruhig zu sein.

Walt hockte sich neben den Sitz und sofort bombardierten die Jungs ihn mit Fragen. Wenn Frauen sich doch nur für Flugzeuge interessieren würden. Diese zwei Damen zeigten Interesse, aber aufgrund ihrer Söhne hatten sie ja auch keine Wahl.

Der Zug fuhr durch die mit Steppenläufern und Josuabäumen getüpfelte Einöde und passierte Palmdale und Lancaster. Als sie an Mojave ganz in der Nähe der Muroc Army Air Base vorbeifuhren, stand Walt auf, um sich die eingeschlafenen Beine zu vertreten. Dabei überprüfte er das Kleingeld in seiner Hosentasche. „Wer hat Lust auf eine Cola?"

„Ich! Kann ich ..." Donnie warf einen Blick auf seine Mutter. „*Darf* ich mitgehen, bitte?"

„Ja, mein Schatz. Und nimm Lonnie mit."

Der Junge auf der anderen Seite hüpfte von seinem Sitz und Walt führte die beiden den Gang hinunter. Sie waren Brüder? Dann gehörte also nur das kleine Mädchen zu den sagenhaften grünen Augen.

Walt bezahlte die Getränke mit seinen letzten Münzen. Dann wankten sie gemeinsam durch das Meer der Uniformen. Als sie zurückkamen, fanden sie die junge Mutter mit den grünen Augen allein vor – mit dem Baby der Rotgekleideten im Arm.

„Du musst mit Connie teilen", sagte Donnie zu seinem Bruder.

„Nö. Sie ist ja gar nicht da."

Durch den Zug ging ein Ruck. Walt griff nach der Sitzlehne und sah die junge Dame verwirrt an. Wer war Connie? Das kleine Mädchen? Aber ...

„Sie ist mit ihrer Mama auf der Toilette. Und ich soll die kleine Bonnie halten. Ist sie nicht süß?"

Sie war überhaupt keine Mutter. Und einen Ring trug sie auch nicht. Schnell, er musste etwas sagen, bevor die Starre wieder einsetzte. „Augenblick. Donnie, Lonnie, Connie ..."

„Und Bonnie", ergänzte sie.

„Wir reimen uns", sagte Lonnie.

Die Lady mit den grünen Augen sah ihn erstaunt an. „Tatsächlich?"

Walt lachte auf und die junge Frau warf ihm einen amüsierten Blick zu. Sie war allem Anschein nach zu gut erzogen, um laut mitzulachen, aber Humor schien sie zu haben. Sie gefiel ihm. Kein Mustern, kein Beurteilen. Eben ganz normal.

Die Mutter in dem roten Kostüm kehrte mit Connie auf der Hüfte zu ihrer Sitzbank zurück. Kaum hatten sie sich hingesetzt, löschte ein Tunnel das Sonnenlicht. Die Kinder kreischten.

Walt nahm einen Schluck aus der sprudelnden Colaflasche und hockte sich wieder hin. „An die Tunnel solltet ihr euch lieber gewöhnen. Wir müssen in den Tehachapi Mountains durch achtzehn Stück davon. Und in ein paar Minuten kommt das Beste: die Tehachapischleife. Der Zug fährt einmal im Kreis. Das wird euch gefallen."

Die Jungs drückten sich die Nase an der Scheibe platt. Bald darauf rollte der Zug aus dem Tunnel und fuhr in die Schleife ein, die sich um einen mit Eichen übersäten Hügel wand. Walt lieferte ihnen ein paar Erklärungen und war froh, sich an die Ausarbeitungen für eins seiner Seminare während des Ingenieurstudiums zu erinnern.

Nach der Abfahrt ins Central Valley und einem Zwischenhalt in Bakersfield wickelte Walt sein Sandwich aus. Seine Mom hätte ihm ordentlich den Kopf gewaschen, wenn sie hätte sehen können, dass er nicht im Speisewagen aß. Aber weil diese Waggons kriegsbedingt reduziert worden waren, blieb ihm keine andere Wahl. Er biss genüsslich in das Sandwich hinein und schloss die Augen. Das Essen im Stützpunkt war entweder matschig oder hart gewesen, aber dieses Hühnchen war kühl, fest und abgeschmeckt mit Zwiebel, Sellerie, und ... Apfel? Ja, Apfel.

„Mama, ich hab Hunger", quengelte Lonnie. „Wann gibt es Mittagessen?"

„Bei Oma. In etwa einer Stunde."

Mit all den Kinderaugen auf sich gerichtet schmeckte Walt das Sandwich längst nicht mehr so gut.

„Können wir nicht was kaufen?", fragte Donnie.

„Nein. Und jetzt sei ruhig. Wir essen in Fresno." Das Gesicht der Frau hatte sich farblich inzwischen ihrem Kostüm angepasst, und Walt nahm an, dass ihre Börse genauso leer war wie seine Brieftasche.

Alles, was er noch hatte, war die Apfelsine. Die perfekte Apfelsine. Er zog sie aus der Tüte. Sie hatte genau dieselbe Größe wie das Loch in seinem Bauch, war aber vermutlich nicht so groß wie die Löcher in den Kindermägen.

„Eine Apfelsine?" Walt zwang sich zu einem Lächeln. „Vielleicht möchten Ihre Kinder eine Apfelsine?"

„Oh nein, vielen Dank."

„Ganz im Ernst. Ich habe bei einem Freund übernachtet und seine Frau hat mir etwas zu essen eingepackt. Ich kann Apfelsinen nicht ausstehen."

Sie willigte ein. Walt drückte den Daumen in die Schale und setzte einen Duftnebel frei, der nach Zitrusfrucht, Sommer und Sonne roch. Er verteilte die Stückchen und die Kinder gaben Ruhe. Mehr als alles anderes wollte Walt sich die Finger ablecken, um wenigstens den Geschmack im Mund zu haben, aber er nutzte stattdessen sein Taschentuch.

Als sie Fresno erreichten, erwiderte Walt den militärischen Gruß der kleinen Jungs und nahm ihren Dank für die Cola, die Orangenstückchen und die Geschichten entgegen.

„Ach, Miss", rief die rotgekleidete Mutter über ihre Schulter hinweg der Lady mit den grünen Augen zu. „Geben Sie ja acht, dass der nette junge Mann einen Platz bekommt."

„Oh. Ja. Natürlich."

Walt sah sich suchend um, aber im Gang standen nur Soldaten – keine Frauen, keine älteren Herren und niemand höheren Ranges. Zwei Matrosen setzten sich auf den Platz der Rotgekleideten und machten sich für ein Schläfchen bereit. Damit war die Chance, sich in ein Gespräch mit ihnen zu retten, auch verbaut.

Walt hatte keine Wahl. Er musste sich neben sie setzen. „Danke." Er schaffte es gerade so, seine Zunge nicht zu verschlucken.

„Gern geschehen. Sie haben schließlich lange genug gestanden." Ein leichtes Beben in ihrem Lächeln löste einen Anflug von Mut in ihm aus.

„Ja. Das stimmt." Die Lokomotive stieß gewaltige Dampfwolken aus und der Zug rollte aus dem Bahnhof und an einigen Lagerhäusern vorbei. Worüber sollte er reden? „Und, gefällt Ihnen die Reise?"

„Oh, ja. So ein Tapetenwechsel tut doch sehr gut."

„Wem sagen Sie das. Ich bin schon viel zu lange in der Wüste. Kann es kaum erwarten, Gras zu sehen. Selbst wenn es braun ist. Am liebsten mag ich den Winter – da ist es bei uns zu Hause ganz grün." Genauso wie ihre Augen, die von Nahem noch mehr strahlten. So sehr, dass er Mühe hatte, den Mund nicht offen stehen zu lassen.

„Das habe ich gehört. Aber so weit im Norden war ich noch nie."

„Ach? Woher kommen Sie denn?"

„Riverside."

Walt nickte. „Hab ein paar Trainingsflüge nach March Field gemacht. Riverside ist ein netter Ort."

„Danke. Ich finde ja, es ist die schönste Stadt in ganz Kalifornien."

Ob sie sich necken ließe? Es gab nur einen Weg, das herauszufinden. „Aber im Norden waren Sie doch noch gar nicht."

Die langen Augenbrauen senkten sich, aber ihr Lächeln wuchs. „Stimmt. Ich sollte vorsichtiger mit meinem Urteil sein. Aber selbst wenn ich eine noch schönere Stadt finden sollte, wird Riverside immer meine erste Wahl bleiben."

Riverside – der Name rief eine Erinnerung an March Field wach. Als Techniker suchte er stets den Kontakt zu den Flugzeugmechanikern, weil er die Maschinen in- und auswendig kennenlernen wollte. Eines Tages hatten sie ihn auf eine Kiste verbannt, von der aus er zuschauen sollte. Die Kiste war doch auch von einer Firma aus Riverside gewesen ...

„Kugellager", sagte Walt grinsend. *„Miller's Kugellager* aus Riverside, Kalifornien."

Ihre Lippen pressten sich so fest zusammen, dass sie nur noch ein Strich waren. Sie sah schnell auf ihr Buch hinunter.

Walt sah seine Mitreisende ungläubig an. Was war los? Was hatte er gesagt?

Sie schlug mit ihren langen Fingern die Seite um.

Ende der Durchsage. Walt seufzte und zog eine zusammengerollte Zeitschrift aus seiner Jackentasche. Wenn er schon nicht mit dem Mädchen reden konnte, dann konnte er wenigstens die Nachrichten lesen, und davon gab es endlich ein paar gute. Der Sieg gegen Japan in der Seeschlacht um Midway hatte endlich die sechsmonatige Niederlagensträhne der Amerikaner beendet.

Nachdem sie durch Merced gefahren waren, fiel Walt eine Anzeige ins Auge: Eine Frau in einer Rüschenschürze servierte ihrem Mann, der auf Heimaturlaub war, einen Kuchen. Vielleicht hatte seine Mom für heute Abend auch Kuchen gebacken. Oder einen Pie. Sein Magen knurrte und er wechselte die Sitzposition, um das Geräusch abzustellen.

Walt blätterte weiter und las das Neuste über den Vormarsch der Deutschen auf Sewastopol. Als der Zug ruckelte, stieß er gegen die Schulter der Lady mit den sagenhaften grünen Augen. Hastig murmelte er eine Entschuldigung. Dabei brauchte vor seinen Avancen bestimmt keine Frau Angst zu haben. Er konnte ja noch nicht einmal Small Talk betreiben.

Draußen flog Modesto vorbei. Jetzt würde es nicht mehr lange dauern, bis er seinen Eltern bei einem ausgiebigen Abendessen gegenübersitzen würde, vielleicht mit Roastbeef. Obwohl, Rindfleisch war rar geworden. Sein Magen rumorte laut und deutlich.

„Verzeihung." Die junge Dame stand auf, und Walt erhob sich, um sie durchzulassen.

Großartig. Er hatte sie mit Kugellagern und Magengrummeln in die Flucht geschlagen. Seufzend las er die Bekanntmachung von Präsident Roosevelt, dass eine Sammelaktion für Gummi durchgeführt wurde, weil Japans Eroberungen die USA von zweiundneunzig Prozent ihrer Kautschukversorgung abgeschnitten hatten.

Der nächste Artikel brachte ihn innerlich zum Kochen: Die Deutschen hatten ein Massaker in der tschechischen Stadt Lidice bekannt gegeben. Nachrichten wie diese machten seinen Wunsch, in den Kampf zu ziehen, nur noch stärker. Und das möglichst bald.

„Entschuldigung." Zwei grüne Augen sahen ihn an.

Walt schaffte es nur mit Mühe und Not seine Überraschung abzuschütteln, sich an seine Manieren zu erinnern und Platz zu machen.

„Was möchten Sie lieber?" Sie hielt in der einen Hand einen Apfel, in der anderen eine Orange.

Sein Blick wanderte zwischen Rot und Orange hin und her und dann hoch zu Grün. „Äh ..."

Sie legte den Kopf zur Seite und schaute konzentriert auf die Früchte. „Ich wollte etwas Kleines essen und dachte, Sie vielleicht auch. Es war so nett von Ihnen, Ihr Lunchpaket mit den Kindern zu teilen. Die hier sieht längst nicht so reif aus wie Ihre von vorhin; eigentlich ist sie sogar ziemlich blass. Aber ich habe auch noch einen Apfel und mir ist beides recht."

Walt lächelte über ihren kleinen Wortschwall. „Danke. Die Apfelsine wäre toll."

Sie reichte ihm die Frucht. „Dachte ich es mir doch. Vorhin haben Sie zwar gesagt, Sie könnten Apfelsinen nicht ausstehen, aber Ihre Augen haben genau das Gegenteil gesagt."

Walt zuckte mit den Achseln. „Hätte die Dame gewusst, dass ich sie selbst essen wollte, hätte sie niemals eingewilligt."

„Vielleicht. Aber ich bin der Meinung, dass es für jedes Problem eine ehrliche Lösung gibt."

„Nicht immer." Walt schälte die Orange. Dieses Mal stieg kein Duftnebel auf.

„Oh. Ich dachte, Sie wären ein ... Ach, schon gut." Verlegen spielte sie mit dem Apfel auf ihrem Schoß.

Er sah sie an. Sie dachte, er wäre ein Mann von Integrität. Und ein Mann von Integrität flunkerte wohl nie, nicht einmal, wenn es um eine gute Sache ging? Unsinn. „Ich halte mein Wort. Aber ... eine kleine Notlüge finde ich überhaupt nicht schlimm, solange die Motive stimmen. So bleiben die Dinge schön am Rollen – in gewisser Weise sind sie so etwas wie die Kugellager in der Maschinerie der Gesellschaft."

Sie wandte sich ruckartig ab und sah aus dem Fenster.

Walt grinste, weil er aus dieser Argumetation als Sieger hervorgegangen war. Aber was hatte sie für ein Problem mit Kugellagern? Hatte ihr Daddy mit Kugellagern ein Vermögen beim Börsencrash verloren? Oder arbeitete ihre Familie bei der Konkurrenz und für sie war Kugellager genauso ein rotes Tuch wie Stanford für einen Kalifornier wie ihn? Oder hatte sie ihre wahre Liebe bei einem Unfall mit defekten Kugellagern verloren?

Walt zog ein Stück von der Apfelsine ab und warf es sich in den Mund. Bitter. Fast so bitter wie sein Sieg. *Herr, was ist mit mir los? Sie kauft mir eine Apfelsine und ich mache wieder alles kaputt.*

Die junge Frau biss von ihrem Apfel ab und betrachtete gedankenverloren die runden Hügel, die die Bucht von San Francisco umgaben. Rund um ihre Hutkrempe bauschte sich ihr lockiges Haar.

Walt räusperte sich. „Ich schätze, Schweigen ist dann wohl die ehrliche Lösung für ein Problem."

Ihr Blick wanderte zu ihm zurück und er tauchte ein in das erfrischende Grün ihrer Augen. Ein Lächeln umspielte ihre Lippen. „Ja, das ist es. Ehrlich und effektiv."

„Sollte ich bei Gelegenheit auch mal ausprobieren."

„Sollten Sie. Wie ist die Apfelsine?"

Walt verkniff sich eine Lüge, zuckte stattdessen demonstrativ mit den Achseln und schaute weg.

Sie lachte. „Also nicht besonders gut?"

„Etwas bitter. Und der Apfel?"

„Trocken. Aber ich bin verwöhnt. Wir haben einen ganzen Garten voller Apfelbäume und Zitrusgewächse."

Walt wusste, dass er etwas an ihr mochte. Neben ihrem Interesse für Fliegergeschichten. „Meine Eltern haben auch Obstbäume. Mein Freund Frank behauptet immer, die Früchte fehlten mir mehr als die Familie."

„Und? Hat er recht?"

„Ach was." Er schluckte das letzte Apfelsinenstück herunter. „Es ist einfach männlicher, sich über das Kantinenessen zu beschweren. Wer seine Familie vermisst, gilt als heimwehkrankes Muttersöhnchen."

„Ich verstehe."

Der Zug bremste ab und stieß einen langen, tiefen Pfiff aus. Walt seufzte. Zum ersten Mal führte er ein richtiges Gespräch mit einer ledigen Frau und nun würde er sie nie wiedersehen. Er knüllte seine Tüte mit den Apfelsinenschalen zusammen und stand auf. „Tja, in Tracy muss ich raus. Danke für die Apfelsine."

Die grünen Augen setzten sich aufrecht hin und spähten aus dem Fenster. „Tracy? Da muss ich auch aussteigen."

„Wirklich?" Sie sah viel zu elegant aus für die Kuhdörfer in dieser Gegend. Er trat beiseite und folgte ihrer schlanken Silhouette den Gang hinunter. Nachdem sie ausgestiegen waren, sah sie sich erst auf dem Bahnsteig um und betrat dann eine Telefonzelle.

Walt atmete die frische Luft im Central Valley tief ein, um den Zigarettenqualm aus den Lungen und die grünen Augen aus dem Kopf zu bekommen. Dann machte er sich auf den Weg in Richtung Schalter. Ihm fehlte noch das Ticket für Zug 53. Der Daylight fuhr zwar direkt durch seinen Heimatort, hielt dort aber nicht. Zu schade, dass er nicht einfach abspringen konnte.

„Walter! Walter!"

Erstaunt drehte er sich um. Als er seine Eltern entdeckte, machte er sich innerlich auf die Umarmung seiner Mutter gefasst. Auch wenn sie klein war, konnte sie ganz schön zupacken. „Hi, Mom. Was macht ihr denn hier?"

Sie lachte. „Na, das ist ja eine Begrüßung nach über einem Jahr. Wir dachten, wir überraschen dich!"

„Danke. Lieb von euch." Er schüttelte seinem Vater die Hand.

„Na los, zeig mal dein Abzeichen", sagte der daraufhin. „Sehr gut. Genau wie Ray und Jack. Jack hat es natürlich auch noch bis zum Captain gebracht."

Natürlich. Immer um eine Nasenlänge voraus.

„Du meine Güte." Seine Mutter legte die Hände um seine Schultern. „Kaum zu glauben, dass du mein kleiner Junge bist. Jedes Mal, wenn ich dich sehe, bist du wieder größer geworden. Und deine Schultern werden immer breiter."

Walt brummte verlegen und war froh, dass seine Reisebegleitung außer Hörweite war. „Ich hole schnell meine Tasche, und dann kann's losgehen. Was gibt's zu essen?"

„Nicht so schnell, junger Mann." Seine Mutter hielt Walt am Arm fest. „Bettys Freundin aus dem College war auch in deinem Zug. Und die Jamisons haben uns gebeten, sie in Empfang zu nehmen."

Die grünen Augen? Konnte das sein? Er sah zur Telefonzelle.

Genau in diesem Moment steckte sie den Kopf heraus. Den Hörer hatte sie zwischen Kopf und Schulter geklemmt. „Verzeihung, Lieutenant. Heißen Sie Walter Novak?"

Er nickte. Plötzlich war seine Zunge trocken. Sie würde bei der Hochzeit dabei sein. Er würde sie die ganze Woche sehen.

Sie sagte noch etwas in den Hörer, hängte dann ein und kam auf ihn zu. Er musste jetzt etwas sagen. Irgendwas. Er zwang sich zu einem Lächeln. „Sie suchen wohl Ihren Abholdienst?"

„Ähm, ja. Ich, also, Betty ..." Sie zeigte auf die Telefonzelle.

Plötzlich verspürte Walt das dringende Bedürfnis, ihre Nervosität zu lindern, und seine erstarrten Muskeln schmolzen. „Lassen Sie mich raten. Betty hat es sich anders überlegt, aber vergessen, Ihnen Bescheid zu sagen."

„Ja, genau." Ein Windstoß wehte ihr eine braune Locke ins Gesicht und sie steckte sie zurück. „So schlau, wie Betty ist ..."

„Ist sie manchmal ein echter Schussel."

Sie lachten gemeinsam und ein eigenartiges, warmes Gefühl kroch in Walt hoch. Er hoffte, dass das nicht das letzte Mal sein würde.

„Sie müssen Allie Miller sein." Sein Vater gab ihr die Hand. „Ich heiße John Novak und das ist meine Frau Edith. Walter haben Sie schon kennengelernt?"

„Ja." Walt traf ein Seitenblick. „Wir saßen sogar im Zug nebeneinander."

„Aber wir wussten noch nicht, wer der andere ist ... war ... also, ich wusste nicht, wer sie ist, und andersherum."

„Na dann mal los." Walts Mom hakte sich bei Allie ein. „Pastor Novak kümmert sich um Ihr Gepäck. Du meine Güte, Betty hat so viel von Ihnen erzählt, dass ich das Gefühl habe, wir sind schon alte Bekannte."

Walt folgte seinem Vater und holte seinen Seesack. Allie Miller. Stimmt, Betty erzählte öfter von ihr, aber Betty erzählte den ganzen Tag von irgendwelchen Leuten. Jetzt wünschte er sich, er hätte besser aufgepasst. Dann wüsste er jetzt zum Beispiel, ob Allie Miller einen Freund hatte. Wieso konnte er sich an ein so wichtiges Detail am wenigsten erinnern? Na ja. Wenn sie einen Freund hatte, würde er das schon bald herausfinden.

Sein Vater und er kehrten mit dem Gepäck zu den Frauen zurück und Walt lächelte die junge Dame neben sich an. Er hatte sich auf diesen Heimaturlaub seit Monaten gefreut: auf die Familie, seine Freunde und so viel Obst, wie er verdrücken konnte.

Und jetzt könnte das die beste Woche seines Lebens werden.

Kapitel 3

Antioch, Kalifornien
Dienstag, 23. Juni 1942

Allie hatte schon von harten Unwettern gehört, aber mit Betty Jamison war es wie im Zentrum eines Gewitters. Ihre Füße taten weh, ihr Kopf tat weh, und ihr Ellbogen schmerzte von all den Ecken, um die Betty sie herumgezogen hatte. „Ich weiß nicht, wie ich mir all diese Namen merken soll."

Dorothy Carlisle, ein Mädchen, das große Ähnlichkeit mit einem braungefiederten Spatz hatte, guckte hinter Bettys anderer Seite hervor. „Ich erwarte jedenfalls nicht, dass du die ganze Besetzung hier parat hast. Über Bettys Freundinnen vom College habe ich nämlich auch keinen Überblick."

Bettys Lächeln schob ihre rundlichen Wangen nach oben. „Ihr zwei seid mir vielleicht ein paar Stubenhocker. Wieso mag ich euch nur so sehr?"

Allie drückte Bettys Arm. „Weil wir dich so sehr ausbremsen, dass du auch mal zum Denken kommst."

„Ach, ich kann Denken nicht ausstehen. Das stiehlt einem nur die Zeit zum Spaßhaben. Und Spaß werden wir diese Woche jede Menge haben! Ich habe mir für jeden Tag etwas ausgedacht." Betty bog so schwungvoll um die nächste Ecke, dass Allie beinah rennen musste, um Schritt zu halten. „So, hier ist Endstation für heute. Wir sind ein bisschen zu früh fürs Abendessen, aber Mrs Novak macht das bestimmt nichts aus."

Allie blickte sich um. Die Straße war von Bäumen und gut gepflegten Häusern gesäumt, hielt dem Vergleich mit der Magnolia Avenue, ihrer Heimatstraße, mit ihren Zitrushainen und herrschaftlichen Villen aber nicht stand. Sie überquerten die Straße und steuerten auf ein schlichtes viktorianisches Haus in Gelb und Weiß zu. Ein Ahornbaum warf seinen Schatten auf den Gehweg und neben der Eingangstreppe stand ein Orangenbaum – völlig leer gepflückt.

Wie in vielen Häusern hing auch hier ein weißes Banner mit rotem

Rand im Fenster. Bei den Novaks waren drei blaue Sterne darin. „Drei Söhne im Militärdienst?", fragte Allie.

„Alle drei, und keine Tochter, die zu Hause bleibt ..." Dorothy klingelte. „Ist dein Freund auch Soldat? Er hieß Baxter, richtig? Klingt so aristokratisch."

Allies Hand umklammerte ihre Handtasche. Dorothy stellte eindeutig zu viele persönliche Fragen. „Baxter ist befreit. Seine Arbeit ist kriegsrelevant."

„Hm", sagte Betty. „Sein Vorname passt besser zu ihm als sein Nachname. Er ist so akkurat und anständig. Eher ein Baxter als ein Hicks."

Die Tür ging auf. Mrs Novak war gerade dabei, ihre schlanke Taille von einer Schürze zu befreien. „Ihr seid aber wirklich früh dran. Na, kommt schon rein."

Allie wurde vor Verlegenheit heiß. Zu früh zu kommen und die Gastgeberin bei den Vorbereitungen zu stören war noch unhöflicher, als sich zu verspäten. „Tut mir leid, dass wir zu früh sind, Mrs Novak."

Walters Mutter schüttelte Allie kräftig die Hand. „Papperlapapp. Als die Jungs noch daheim waren, gingen die jungen Leute hier zu jeder Tages- und Nachtzeit aus und ein. Bitte, fühlen Sie sich ganz wie zu Hause."

Nachdem ihre Gastgeberin wieder in der Küche verschwunden war, nahmen die jungen Damen ihre Hüte ab und richteten sich die Haare. Im Wohnzimmer fuhr Allie mit dem Finger über die Tasten eines Klaviers. Darauf standen auf einem Zierdeckchen drei Porträtfotos von Männern in Uniform.

„Walt erkennt man ja", sagte Betty. „Und das sind seine Brüder. Sind sie nicht hinreißend?"

Keiner von beiden hatte die auffällige Nase von Pastor Novak oder die vollen Wangen von Mrs Novak geerbt. Walters Gesicht hingegen zierte beides. Da Allie ebenfalls eine unglückliche Mischung von Familienmerkmalen erwischt hatte, fühlte sie sich mit ihm dadurch irgendwie verbunden.

„Sie bewundern meine Jungs, stimmt's?"

Allie lächelte Pastor Novak an. „Sie haben großartige Söhne, Sir."

„Wir sind sehr stolz auf sie." Er griff zum ersten Foto. „Das ist Raymond, unser Ältester. Er ist in die Fußstapfen seines alten Herrn getreten, hat aber das Predigtamt gegen die Uniform getauscht, als der

Krieg abzusehen war. Heute trainiert er die Piloten auf dem Kelly Field in Texas."

Pastor Novak ging zum zweiten Porträt über. „Jack ist auch Pastor, ging aber gleich vom Predigerseminar zum Fliegerkorps. Er ist in Australien stationiert. Und ein ziemlicher Kriegsheld: Er war in dem B17-Bombergeschwader, das während des Angriffs auf Pearl Harbor dazukam."

„Unglaublich."

„Oh ja", ergänzte Betty. „Er wurde sogar namentlich im *Antioch Ledger* genannt."

„Und das hier ist Walter." Pastor Novak deutete auf das letzte Foto. „Folgte lieber dem Ruf der Maschinen als dem Ruf Gottes. Aber er hat sich den Umständen entsprechend ganz gut gemacht."

Welchen Umständen? Allie konnte sich die Antwort denken. Den Umständen, dass er weder Raymond noch Jack war und den Erwartungen seines Vaters nicht gerecht wurde – genauso wie sie denen ihrer Mutter nicht entsprach.

Auf dem harten Holzfußboden waren Schritte zu hören und Allie lenkte ihren Blick von Walters Porträt direkt auf sein Gesicht. Sein Kopf war von schwarzen Locken bedeckt, obwohl das Haar an den Seiten kurz geschnitten war. Ein Glück. Sie war froh, dass das Fliegerkorps seine Piloten nicht kahl schor.

„Hallo Allie." Seine Stimme war so warm, dass sie gleich wieder bereute, im Zug so empfindlich gewesen zu sein.

„Jetzt sieh dich einer an. Mit Fliegerabzeichen." Betty drängte sich vor und begutachtete die silbernen Flügel, die Walter an sein Uniformhemd gesteckt hatte. „Und wo ist die Jacke? Und die Kappe?"

Walter trat einen Schritt zurück und grinste. „Finger weg. Ich bin auf Heimaturlaub."

Vom Eingang erklang das Lachen von George Anello. „Das war ja klar. Betty sieht eine Uniform und schon bin ich vergessen."

„Ach was, Liebling. Du weißt, dass du mein Ein und Alles bist." Die hübsche, mollige Betty eilte zu ihrem dunkelhaarigen eher hageren Verlobten hinüber und bekräftigte ihr Bekenntnis mit einem Kuss.

Nachdem George Walter begrüßt hatte, humpelte er zu Allie hinüber. Seine Beine waren unterschiedlich lang, was ihm ein „4-F" eingebracht hatte: „Ungeeignet für den Militärdienst". Er schüttelte Allies Hand so kräftig, dass ihr Arm wie der einer Marionette herumflog. „Hey, Allie! Wie war die große Tour? Was halten Sie von Antioch?"

Allie suchte nach einem ehrlichen Ausweg aus diesem Dilemma. „Mit Betty wird jede noch so kleine Stadt zu Hollywood."

George lachte. „Sie sagen es."

Walter verschränkte die Arme und lächelte verschmitzt. „Und was hat Ihnen am besten gefallen?"

Er hatte sie ertappt. Nichtssagende Gebäude zogen vor ihrem inneren Auge vorbei. Keines konnte mit der neoklassizistischen Architektur, dem Mission-Revival-Stil und dem spanischen Kolonialstil, den sie von ihrer Heimatstadt Riverside gewohnt war, mithalten.

„Die Hügel ... und die Bäume sind wunderschön." Sie erschrak selbst über ihre klägliche Antwort. „Oh, und Pastor Novak, Ihre Kirche ist ein reizendes Stück Neuengland."

Er strahlte vor Stolz. „Danke. Mrs Novak stammt aus Rhode Island, und sie wollte alles, nur keine Kirche ohne Schindeln und Kirchturm."

Allie ließ sich die Geschichte der Kirche erzählen. Dabei passte sie auf, Walter kein triumphierendes Lächeln oder einen vielsagenden Blick zuzuwerfen.

Bald darauf entschuldigte sich Pastor Novak und Allie saß allein in einem Raum voller Leute. Wann waren Bettys ganze Freunde gekommen? Optisch mit der efeugemusterten Tapete zu verschmelzen war unmöglich, aber sich in eine der Gruppen einzuklinken war nicht weniger beängstigend.

Betty und Dorothy redeten mit Bettys hübscher blonder Schwester Helen Carlisle, die nach der Geburt ihres Sohnes noch Übergewicht hatte. Wenn Helen das Baby wenigstens dabeigehabt hätte, hätte Allie einen Grund gehabt, sich in den engen Kreis hineinzudrängen.

Die Männergruppe grölte vor Lachen. Einer der Männer war blond und trug eine blaue Matrosenuniform, was sein gutes Aussehen noch unterstrich. Das musste Helens Ehemann Jim sein. Der vierte im Bunde, ein stämmiger Kerl in Zivil mit braunen Haaren und Schnurrbart, warf beiläufig einen Blick zu Dorothy hinüber. Wie hieß Dorothys Schwarm noch? Ach, richtig, Art – Art Wayne.

Allies Magen verkrampfte sich. Sie hatte nichts gegen das Alleinsein, aber nicht in der Gegenwart anderer. Verlegen fuhr sie mit der Hand über die Klaviertasten hinter sich und schrak zusammen, als aus Versehen ein Ton erklang.

Walter sah zu ihr herüber und zog die Augenbrauen hoch. Allie wurde rot. Was war ihr am unangenehmsten – der musikalische Fehlgriff, ihre Einsamkeit, oder sein Mitgefühl?

„Das Essen ist fertig."

Allie atmete erleichtert aus und merkte erst jetzt, wie angespannt sie war. Im Esszimmer setzte sie sich auf den ihr zugewiesenen Platz zwischen Jim Carlisle und Art Wayne. Wie eigenartig, zwischen zwei Fremden zu sitzen. Um keine Aufmerksamkeit zu erregen, betrachtete sie ausgiebig das Geschirr. Es war etwas dick, aber von schlichter Eleganz und lag auf einer bestickten Tischdecke aus Leinen.

Nach dem Tischgebet breitete Walter seine Serviette über seinen Schoß. „Roastbeef. Mom, du bist die Beste."

„Ich habe dich ein ganzes Jahr nicht gesehen und werde dich nach Strich und Faden verwöhnen."

Pastor Novak lachte und schnitt den Braten auf. „So, wie der Junge isst, könnte man meinen, die Armee lässt ihre Piloten verhungern."

„Verhungert sieht er aber nicht aus", sagte Dorothy und kniff Walter in die Wange. Schnell schob er sie fort und warf Allie über den Tisch hinweg einen verlegenen Blick zu.

Allie sah schnell auf ihre Serviette hinunter, um ihm den peinlichen Moment zu erleichtern. Dorothys Kommentar war weder nett noch wahr. Walter hatte eine gute Statur und wirkte durchtrainiert.

„Also, Allie", sagte Jim Carlisle von links. „Hat Betty Ihnen auch unseren Krater gezeigt?"

Die Runde lachte und Allie sah sich verwirrt um. „Den Krater?"

Betty beugte sich vor. „So weit sind wir nicht gekommen, Allie. Außerdem wurde er längst aufgefüllt."

„Wir vier waren ein richtiges Männerteam." George schlug sich theatralisch mit der Faust auf die Brust, um die Aussage zu unterstreichen. „Jim hatte immer die Ideen und Art brachte die nötigen Sachen aus dem Eisenwarenhandel seines Dads mit."

Art gab Allies Teller weiter. Sein Schnurrbart zuckte. „Nur Reste und Schrott – sonst nichts."

„Na klar, was denn sonst", sagte George und zwinkerte Allie zu. „Und Walt hat die Pläne gemacht – allererste Sahne."

„Ich wundere mich, dass auch nur einer davon funktioniert hat." Walter riss sich ein Stück Weißbrot ab.

„Walt spielte aber noch eine andere Rolle", warf Jim ein. „Er war das unschuldige Pastorensöhnchen und hat immer jeglichen Verdacht von uns abgelenkt. Hat gesagt, wir würden nur harmlose Sachen machen."

Allie gab einen Klecks Butter auf ihre Ofenkartoffel. „Betty, du hast mir nie gesagt, dass du eine richtige Bande von Dieben und Lügnern als Freunde hast." Sie sog erschrocken die Luft ein. Was für ein peinlicher Kommentar! Schuldbewusst ließ sie ihren Blick durch die Runde schweifen, sah aber nur amüsierte Gesichter.

„Seht ihr?", sagte Betty. „Habe ich nicht immer gesagt, Allie wäre die perfekte Ergänzung für unsere Gruppe? Sie ist erst still und leise, aber dann ..."

Zu viele Blicke ruhten auf ihr. Allie nahm sich ein paar grüne Bohnen. „Und der Krater?"

„Ach ja." Walter trank einen Schluck Wasser. „Ich hatte vergessen, die Schubkraft auszugleichen ..."

„Niemand möchte einen Vortrag in Ingenieurwesen", warf Jim ein. „Das war so: Ich hatte von einem Onkel einen Chemiebaukasten geschenkt bekommen. Und Walt baute dann ein benzinbetriebenes Go-Kart draus. Ein Glück haben wir Dodos Puppe als Testfahrer genommen."

„Nenn mich nicht Dodo." Dorothy funkelte ihren Bruder an. „Und die Puppe habe ich geliebt."

„Na ja, mit ein bisschen Kleber", begann Walter lachend, „hättest du sie wieder zusammenbekommen. Außer, dass wir den Kopf nie gefunden haben."

„Doch, haben wir", sagte George begeistert und beugte sich vor. „Das hast du vergessen? Diesen einen Sommer, als wir vor unserm Haus auf den Baum geklettert sind, und die Vögel ..."

„Stimmt." Walter schüttelte sich vor Lachen. „Das Nest. Die Vögel hatten die Puppenhaare ins Nest eingewoben. Und der Kopf guckte zur Seite raus ..."

Allie stimmte ins allgemeine Gelächter ein. Wie wäre es wohl gewesen, mit solchen Freunden aufzuwachsen? Mit jeder Kindheitsgeschichte lockerte sich ihr Griff um das Besteck etwas mehr. Als Mrs

Novak die Erdbeertorte servierte, kursierten bereits die wildesten Pläne und in Allie kribbelte alles vor Aufregung.

Wenn es doch nur ewig so weitergehen könnte. Nach dieser Woche erwartete sie eine einsame Ewigkeit. Baxter war jeden Abend zu Gast bei den Millers. Den Winter verbrachten sie im Salon und den Sommer auf der Veranda. Es gab keine Kinobesuche, keine Picknicks, keine Gäste. Die Hochzeit würde nichts daran ändern. Das Kribbeln in Allie machte einer lähmenden Traurigkeit Platz.

Trotzig warf sie ihre Locken zurück und lachte über den letzten Witz, obwohl sie ihn nicht gehört hatte. Diesen Tag und diese Woche würde sie bestimmt nicht mit Selbstmitleid ruinieren.

Nach dem Dessert räumten die Frauen den Tisch ab, aber Mrs Novak weigerte sich kategorisch, Hilfe beim Abspülen anzunehmen. Kaum hatte die Gesellschaft sich ins Wohnzimmer zurückgezogen, saß Walter auch schon an den Tasten.

Er lächelte Allie aufmunternd an. „Sie sind unser Gast. Was möchten Sie hören?"

Am liebsten hätte sie selbst gespielt, doch sie hielt sich höflich zurück. „Na dann Ihre Spezialität, bitte."

Als Walt zu „Chattanooga Choo Choo" ansetzte, hakte Betty sich bei Allie ein und zog sie in den Kreis der anderen. Walters Technik war exzellent, nur bei schnelleren Abschnitten verspielte er sich.

Nachdem er fertig war, stöhnte er erschöpft. „Mann, bin ich eingerostet. Vielleicht lieber etwas Langsames?"

Bei den ersten Tönen von „Green Eyes" verkrampfte Allie sich innerlich. Als das Lied letzten Sommer herausgekommen war, hatte sie gehofft, Baxter würde es ihr einmal leise vorsingen oder sie zumindest vielsagend anschauen, wenn es im Radio lief. Aber vergebens.

Nachdem Walt das Lied zu seinem schleppenden Ende gebracht hatte, schlang Jim einen Arm um die Hüfte seiner Frau und sagte: „,Don't Sit under the Apple Tree with Anyone Else but Me.'"

Helen legte den Kopf an seine Schulter. „Niemals, Liebling."

Walter schüttelte den Kopf. „Tut mir leid. Der Song ist neu und ich habe davon keine Noten. Ich war zu sehr mit Bombern beschäftigt, um Klavier zu üben."

Ein enttäuschtes Stöhnen füllte den Raum und Allie konnte den Mund nicht halten. „Das Lied ist doch eigentlich ganz einfach."

Betty stupste Allie an. „Genau. Und Allie kann es auch spielen."

Walter warf ihr einen Schulterblick zu. „Etwas Aktuelleres als Beethoven? Glaube ich nicht."

„Oh, doch", erwiderte Betty. „Pass bloß auf."

Etwas Aktuelleres als Beethoven? Und ob. Allie tauschte Plätze mit Walter und strich ihr Kleid glatt. Es war aus graugrünem Kreppstoff mit einer weißen Lilie darauf, die an der Seite nach oben ging und in Höhe ihrer rechten Schulter zur Blüte kam. Dann stürzte sie sich mit Furore in das Stück. Kein Verspieler, kein Hänger, keine schiefen Töne. Selbstzufrieden lächelte sie Walter an.

Er runzelte die Stirn. „Machen Sie es sich bloß nicht zu gemütlich. Das ist mein Klavier."

„Jetzt nicht mehr." Ihre Kühnheit und das Gelächter der Gruppe trieben ihr die Wärme ins Gesicht.

Betty wollte „Tangerine" hören und Allie versprühte bereitwillig lateinamerikanisches Flair. Das war der Platz, auf dem sie sich wohlfühlte, aber Walters Stirnrunzeln ließ ihr keine Ruhe. Vielleicht war die Klavierbank auch sein Rückzugsort.

Er räusperte sich, als das Lied beendet war. „Wie gut können Sie denn vom Blatt spielen?"

„Sehr gut. Wieso?"

Er bedeutete ihr, von der Bank aufzustehen, klappte sie auf und holte einen Stapel Noten heraus. „Hier sind sie. Von meinem Bruder Ray. Seine Verlobte spielt auch, deswegen schreibt er Duette. Haben Sie das auch drauf?"

Obwohl das eine deutliche Herausforderung war, erkannte Allie die Gelegenheit zu einem friedlichen Kompromiss. „Ich kann's ja versuchen."

„Gut." Er setzte sich neben sie und stellte handgeschriebene Noten zu „Little Brown Jug" auf das Klavier. Am Anfang machten ihnen die hohe Geschwindigkeit und der synkopierte Rhythmus zu schaffen, aber bald darauf lief es flüssig.

„Du hast da einen Akkord verpasst", sagte Walter. Vermutlich war ihm das Du einfach so herausgerutscht, aber Allie freute sich darüber.

Stirnrunzelnd schaute sie auf das Papier. „Welchen Akkord?"

„Den hier." Er drückte auf ihre Hand und erzeugte lauter schiefe Töne.

„Walter Novak!", schalt Betty. „Lass meine Allie in Ruhe. Sie ist ein Einzelkind. Gestichel ist sie nicht gewohnt."

Walters Gesicht verzog sich. „Tut mir leid. Bitte noch mal von vorn." Er fing wieder an zu spielen.

Oje. Allie wollte nicht, dass er sich schuldig fühlte, aber wie sollte sie ihm helfen? Beim Umblättern kam ihr eine Idee. „Du hast da eine Seite verpasst."

„Eine Seite?"

„Ja." Sie zog die Noten weit zu sich herüber und verdeckte ihm die Sicht. „Die hier."

Walter prustete los. „Siehst du? Von wegen Einzelkind. Sie kann sich sehr gut wehren."

Allie lächelte ihn von der Seite an und freute sich über das ungewohnte Zusammengehörigkeitsgefühl. Zum Glück hatte sie Walts verstecktes Willkommensangebot angenommen.

„Walt, spielt weiter", sagte Helen. „Wir wollen tanzen!"

„Ja!" Jim hob das eine Ende des Kaffeetischs hoch, Art das andere, und George rollte den Teppich zusammen.

„Bin ich froh, am Klavier zu sitzen", meinte Walter. „Tanzen kann ich nicht ausstehen."

Allie schüttelte sich. „Ich auch nicht."

„Wirklich? Hm." Er spielte einen Akkord an und versuchte sich dann an einem anderen Fingersatz. „Übrigens, Betty hat uns für die Hochzeit zusammengesteckt – die zwei Ladenhüter. Willst du vielleicht ... na ja, *nicht* tanzen?"

Allie lachte. „Ich bin noch nie im Leben gefragt worden, ob ich tanzen will, und nun hat mich jemand gefragt, ob ich *nicht* tanzen will."

Er schnitt eine Grimasse. „Ich ... tut mir leid. Das sollte nicht ..."

„Nein, nein. Ich bin froh." Ihre größte Angst in dieser ganzen Woche war der Hochzeitsempfang gewesen. „Also: Wollen wir nicht tanzen?"

Walter grinste und streckte ihr die Hand hin. „Abgemacht."

Allie schlug ein. Sein Händedruck war genau richtig, weder so schraubstockartig wie der von George noch so dürftig wie der von Baxter.

Sie spielten weiter, woraufhin Walter loslegte und schneller und lebendiger wurde. Sein Elan riss Allie mit, zusammen mit dem Gelächter, dem Rascheln der Röcke und dem Schlurfen der Schuhe auf dem harten Holzfußboden.

„Das ist ein Riesenspaß", sagte sie erschöpft, als das Lied vorbei war. „Gibt es noch mehr Duette?"

„Na klar. Ray ist nicht zu bremsen, wenn er verliebt ist." Er hob den Stapel Noten vom Boden auf. „Mal sehen, was er noch so hat. Das Schwerste habe ich zuerst genommen."

Die Fältchen um seine Augen brachten Allie zum Lachen. „Du wolltest mich ärgern."

„Ach was. Ich wollte dir ein Beinchen stellen. Wenn ich dich hätte verärgern wollen, hätte ich ‚Kugellager' gesagt."

Allies Lippen pressten sich sofort aufeinander. Wieso musste dieses Thema immer wieder aufkommen?

„Nur die Ruhe, Miss *Miller*. Das Rätsel war nun wirklich nicht schwer zu lösen. Dein Daddy ist reich, aber du bist nicht besonders stolz auf euern Wohlstand, oder? Er ist dir peinlich."

„Um ehrlich zu sein, ja." Wie oft hatte sie vergeblich versucht, genau das Betty zu erklären? Aber obwohl Betty ihre Freundin war, hatte sie es nicht verstehen können.

„Die Leute halten dich für eine kleine Prinzessin." Walter blätterte durch den Notenstapel auf seinem Schoß. „Umso mehr, weil du auch noch so still bist. Dein ganzes Leben lang hieß es immer: ‚Das ist Allie Miller. Du weißt schon, von *Miller's Kugellager*. Sie glaubt, sie ist was Besseres."

„Ja", sagte Allie und sah diesen Mann von der Seite an, den sie kaum kannte, von dem sie sich aber verstanden fühlte. Ja, er verstand sie tatsächlich.

„Ich habe dasselbe Problem." Seine Nase kräuselte sich. „Nicht, weil ich so reich bin, sondern weil ich ein Pastorensohn bin. Die Leute glauben, ich hätte so eine Art Sonderleitung zu Gott, wäre sein Agent auf Erden und hätte einen Freifahrtschein in den Himmel."

„Und sie interpretieren dein schüchternes Auftreten als Selbstgerechtigkeit."

„Genau." Er sah sie mit hochgezogenen Augenbrauen an. „Die Jungs vom 306. Bombergeschwader nennen mich Preach, weil ich weder trinke noch rauche, fluche, um Geld spiele oder Schürzen jage. Ich glaube, sie haben Angst vor mir."

Allie lachte. Wie konnte man sich vor einem Mann mit so einem freundlichen Gesicht fürchten?

„Hey, Novak", rief Jim. „Mir läuft die Zeit davon und die Front wartet. Jetzt such endlich was aus, damit ich mit meiner Frau tanzen kann."

Walter entschied sich für „Moonlight Serenade". Allie kannte das Stück so gut, dass sie sich nebenher unterhalten konnten.

„Danke, dass du die Klavierbank mit mir geteilt hast", sagte sie.

Walter knurrte. „Wer hat denn hier mit wem geteilt?"

Allie legte den Kopf schief. Wie weit konnte sie das Necken noch treiben? „Es war nicht nett von mir, einfach deinen Rückzugsort zu besetzen. Wem gehst du aus dem Weg? Dem Tanzen oder dem sozialen Umgang?"

Er lachte. „Beidem. Aber eher dem Tanzen. Zwei linke Füße, du weißt schon. Und du?"

„Oh nein, ich tanze sogar gut. Ich habe nur schlechte Erfahrungen gemacht."

„Erfahrungen?"

Sie hatte zu viel gesagt. Unwillkürlich zuckte sie zusammen und konzentrierte sich auf den Fingersatz. Aber irgendwie hatte sie das Gefühl, Walter würde auch das verstehen. „Der Figurentanz. Die Jungs ... sie wollten nur mit den hübschen Mädchen tanzen. Wenn ich an der Reihe war, haben sie immer die Augen verdreht."

„Autsch." Er zog die Schultern hoch, verpasste aber keinen Ton. „Bei mir gab's dieselbe Reaktion, aber die Mädchen verdrehten vor Schmerz die Augen. Weil ich ihnen kräftig auf die Zehen trat. Ich bin zu den Tanzabenden schon gar nicht mehr hingegangen."

„Du Glücklicher. Meine Mutter bestand darauf, dass ich teilnahm. Sie war immer die Ballkönigin und konnte mich überhaupt nicht verstehen. Zum Glück hatte mein Vater irgendwann Mitleid. Er hat im letzten Schuljahr einen Partner für mich arrangiert. Aber dann unterhielt sich Baxter den ganzen Abend mit unserem Direktor Mr Jessup und ich kam wieder nicht zum Tanzen."

„Hm. Schon wieder nur zugucken." Er blätterte um. „Beim Empfang am Samstag musst du zwar auch nicht tanzen, aber dafür bist du wenigstens nicht allein." Er lächelte sie zögerlich an. Das Licht der Klavierlampe ließ das Nussbraune in seinen Augen leuchten.

„Darüber bin ich wirklich froh." Allie bedankte sich mit ihrem warmherzigsten Lächeln.

Gemeinsam spielten sie den letzten Akkord. Die Töne verbanden sich miteinander, ergänzten sich und erfüllten den Raum in perfekter Harmonie.

Kapitel 4

Mittwoch, 24. Juni 1942

Was für eine bescheuerte Abmachung. Endlich hatte Walt ein Mädchen gefunden, mit dem er sich unterhalten konnte, und jetzt verbaute ihm seine vorgetäuschte Tanzscheu den Weg. Wie dumm konnte man eigentlich sein?

Missmutig warf er eine Erdbeere in seinen Eimer. Er guckte überhaupt nicht darauf, ob sie reif war, sondern hatte nur Augen für Allie, die eine Pflanzreihe weiter arbeitete. Normalerweise gefiel es ihm nicht, wenn Frauen Hosen trugen, aber an Allie sahen sie gut aus. Sie trug ein rosafarbenes Irgendwas auf dem Kopf, um ihre Haare zu bändigen, aber es half nicht. Ständig musste sie sich lockige Strähnen aus dem Gesicht streichen, und auf ihrer Wange waren inzwischen Streifen von rotem Erdbeersaft. Sah verdammt süß aus.

Was für eine blöde Abmachung. Zwei linke Füße? Von wegen. Er hatte sich gut geschlagen, als ihn dieses Fräulein von der USO aufs Parkett gezerrt hatte. Und auf die Zehen war er einem Mädchen noch nie getreten.

Irgendwie musste er aus diesem Vertrag herauskommen.

Das Schlimme am Tanzen war nämlich nur der Moment, in dem man die Frau aufforderte. Aber mit Allie konnte er ganz normal reden. Trotz dieser Augen. *„Your green eyes with their soft lights ..."*

Die ganze Zeit hatte er schon diesen Ohrwurm. Wieso hatte er gestern auch ausgerechnet dieses Lied spielen müssen? Noch auffälliger ging es ja kaum.

Heute hatte er noch keine Gelegenheit gehabt, mit Allie zu sprechen, aber wenn er es schaffte, dass Dorothy an ihm vorbeiging, hätte er sie für sich allein.

Walt stand auf, streckte die Arme in die Luft und verschränkte die Hände hinter dem Kopf, um sich zu dehnen. Allie sah ihn mit einem sanften Lächeln an. Diese Augen ... *„those cool and limpid green eyes."* Was hieß *limpid* überhaupt?

Er deutete auf ihren Eimer. „Wie läuft's denn so bei unserem Stadtkind?"

Ihr Lachen klang weich und sanft, nicht so schellend wie das von Betty oder gackerig wie das von Dorothy. „Fragt wer? Der Bauernjunge?"

Walt grinste und stemmte die Hände in die Hüften. „Kleinstadtjunge. Ich wünschte, ich wäre ein Bauernjunge. Die Farm von Grandpa ist der beste Ort auf der ganzen Welt."

„Es ist wirklich wunderschön hier draußen." Allie schirmte ihre Augen mit der Hand gegen die Mittagssonne ab.

Walt folgte ihrem Blick gen Südwesten, wo goldene Hügel eine Karawane zum Mount Diablo bildeten. „Für mich haben die Hügel immer wie eine Herde Kamele ausgesehen. Das Gras sieht aus wie das Fell und die Eichen wie kleine Kameltreiber in grünen Gewändern."

Wieder ein sanftes Lächeln. „Für einen Ingenieur hast du ganz schön viel Fantasie."

„Wenn du wüsstest, wie fantasievoll er sein kann. Was er sich für Geschichten ausdenkt!" Dorothy stand auf und ging an Walt vorbei. „Oh Allie, du hast da was auf der Wange."

Wütend sah Walt auf Dorothys dunklen Hinterkopf. Dorothy Carlisle konnte einem alles zunichtemachen, und zwar gleich doppelt.

„Oh je." Allie betrachtete den roten Streifen im Taschentuch, nachdem sie sich die Wange abgewischt hatte. „Wie lange bin ich denn schon so herumgelaufen?"

„Ist gar nicht aufgefallen", sagte Walt schnell. Allies Stirnrunzeln entspannte sich. Ob es ihr wichtig war, wie sie für ihn aussah? Er zog sich die Offiziersmütze tiefer in die Stirn, um seine Locken zu bändigen. Dann ging er vor Allie in die Hocke. „Du machst das gut. Aber auf eins musst du achten: Der Stiel muss dranbleiben, so bleiben sie länger frisch. Zum Beispiel die hier. Die hält nicht lange." Er griff nach der reifsten, leuchtendsten Beere in ihrem Eimer und warf sie sich schnell in den Mund.

„In deiner Nähe überlebt wohl keine Frucht lange." Sie stellte ihren Eimer außer Reichweite. Ihr Lachen war genauso süß wie die Beere in Walts Mund.

„Ich darf das. Ich bin Grandmas Liebling."

Allie pflückte eine weitere Erdbeere, dieses Mal mit Stiel. „Das muss schön sein, die Großeltern in der Nähe zu haben. Meine wohnen weit im Osten."

„Oh. Dann leben nur du und deine Eltern hier im Westen?"

„Genau. Betty wollte ja, dass ich in den Ferien öfter mal hierherkomme, aber ich konnte meine Eltern einfach nicht allein lassen. Betty hat sich doch bestimmt schon mal über einen Besuch bei mir beschwert."

Walt ging im Geist einen Berg unbeachteter Aussagen von Betty durch.

Allie lachte. „Ich weiß. An die Hälfte von dem, was sie mir sagt, kann ich mich auch nicht mehr erinnern. Jedenfalls bevorzugt meine Familie ruhige Abende zu Hause. Du solltest Betty dort mal zappeln sehen. Betty braucht Bewegung wie unsereiner Luft."

„Oh ja." Walt warf eine überreife Erdbeere in die Büschel zurück. „Manchmal fahre ich sogar zum Stützpunkt, um etwas Ruhe zu haben."

„Bei mir zu Hause ist es fast zu ruhig."

„Tatsächlich?" Er betrachtete ihr bekümmertes Gesicht. „Hilfst du denn in der Firma mit?"

Sie schüttelte den Kopf, woraufhin ihr jede Menge Locken ins Gesicht sprangen. Diesesmal schob sie sie mit dem Handrücken zurück. „Meine Eltern halten es für beschämend, wenn eine Frau arbeitet. Aber bei dem derzeitigen Mangel an Arbeitskräften ist es vielleicht eher beschämend, wenn man nicht arbeitet."

„Vor allem für jemanden, der Betriebswirtschaft im Hauptfach hatte." Walt lächelte über ihren erstaunten Gesichtsausdruck. „Manchmal höre ich Betty eben doch zu."

Allie senkte die Lider und lächelte verlegen. Süß. Sein Instinkt sagte ihm, dass sie sich dessen nicht bewusst war. Und das machte sie nur noch attraktiver. Als hätte er einen unbekannten Schatz gefunden.

„Warum hast du dir denn Betriebswirtschaftslehre ausgesucht?", fragte er.

„Na ja, ich ... eines Tages werde ich die Firma erben." Sie wurde rot, dieses Mal ohne die Hilfe des Erdbeersafts. „Zwar hält Baxter – er ist Vaters kaufmännischer Direktor – die Fäden in der Hand, aber ich möchte trotzdem etwas vom Geschäft verstehen."

„Klingt einleuchtend." Walt bog die Blätter einer Erdbeerpflanze hin und her, aber sie war bereits abgepflückt. Eigenartig, dass sie den Kerl beim Nachnamen nannte.

„Du musst mich für schrecklich verwöhnt und faul halten."

„Hm?" Walt schüttelte den Kopf. „Weil du nicht arbeiten gehst? Natürlich nicht. Außerdem kannst du ja zum Freiwilligendienst gehen."

„Ich wünschte, das könnte ich." Allie lehnte sich vor. „Meine Mutter braucht mich im Haushalt. Unsere Haushälterin ist Japanerin und wurde in ein Internierungslager geschickt."

Walt rutschte zu ihr auf. Sein Eimer ließ einen kreisförmigen Abdruck in der braunen Erde zurück. „Genau wie mein bester Freund aus dem Studium. Eine Schande ist das."

„Meinst du das ernst?" Sie redete gedämpft und sah ihn mit großen Augen an. „Das ... das mag vielleicht unpatriotisch sein, aber ich finde es grauenhaft. Mariko hat die hiesige Staatsbürgerschaft und ist damit genauso Amerikanerin wie wir."

„Ja, und die einzige Sabotage, die Eddie betrieben hat, war, bessere Noten als ich zu bekommen."

„Ich dachte immer, ich wäre die Einzige, die so denkt. Meine Eltern sind der Meinung, die Internierung wäre nur zu Marikos Sicherheit. Die Stadt hat ihren Mann entlassen, niemand wollte ihr mehr etwas verkaufen und selbst der Milchmann hat sich geweigert, an sie zu liefern."

Walt schüttelte den Kopf und senkte ebenfalls die Stimme. „Sie dürfen noch nicht einmal auf unserer Seite kämpfen. Eddie wollte mit mir gemeinsam zu den Fliegern, aber sie haben ihn nicht genommen."

Allie sah die Pflanzenreihe entlang. „Schade, wenn diejenigen, die helfen und dienen wollen, nicht dürfen."

„Ja." Er folgte ihrem Blick und ihren Gedanken. „Unser George hat auch nichts am Kopf. Er könnte am Schreibtisch wertvolle Dienste tun. So könnte jemand anders an der Front helfen."

Allie kam noch näher. „Es geht mich ja nichts an, aber was ist mit Art? Ist er auch 4-F?"

„Nein. 1-A und heiß darauf, loszulegen. Aber sein Dad braucht ihn im Geschäft und er musste ihm versprechen, sich nicht freiwillig zu melden. Art kann seinen Einberufungsbescheid kaum erwarten."

„Sein Vater muss stolz sein auf so einen wohlerzogenen Sohn."

Walt zuckte mit den Achseln und blickte zum weißen Farmhaus. Seine Grandma stand auf der Veranda und winkte zwischen den Eichen hindurch, die das Haus vor dem Wind schützten. Das Essen musste fertig sein. Walt winkte zurück. „Ja, Art ist wohlerzogen ... viel zu wohlerzogen."

„Zu wohlerzogen? Wie geht das denn?"

„Klar, wir sollen unsere Eltern ehren. Aber zuerst Gott." Er stand auf und streckte die Hand aus, um Allies Eimer in Empfang zu nehmen. „Hey Leute, das Essen ist fertig."

Anstelle eines kalten Eimerhenkels fühlte er plötzlich eine warme Hand. Allie hatte seine Geste als Aufstehhilfe verstanden.

Ihm schnürte sich die Kehle zu. *Oh Herr, nicht jetzt. Bitte jetzt keine Starre.*

Allie zog sich nach oben und ließ seine Hand dann los. „Meine Eltern sind keine Christen."

„Hm?" Er schluckte mühsam. Vielleicht war die Abmachung nicht zu tanzen doch nicht so schlecht, solange er keinen Ton herausbrachte, wenn sie sich berührten.

„Sie halten sich zwar für welche, sind aber keine."

Keine was? Verzweifelt versuchte Walt, seinen Kopf in Gang zu kriegen. „Keine Christen?"

„Sie glauben, Mitglied in der Kirche zu sein mache Christen aus ihnen, aber in meinen achtzehn Jahren in der St. Timothy's Church hat nicht einmal jemand so über Gott geredet wie Betty. Und ich meine nicht nur mit Worten, sondern auch durch die Art, wie sie lebt."

„Und du wolltest lieber so sein wie Betty." Es gefiel ihm, mehr über Allie zu erfahren, aber was hatte das mit Art und seinem Vater zu tun?

„Genau. Mich faszinirte ihre Gewissheit, dass Gott sie liebt, und ihre Freude über seine Gegenwart im Alltag. Das wollte ich auch haben. Das brauche ich." Allie machte sich auf den Weg zum Farmhaus.

Ach ja, das Essen. Walt streckte erneut die Hand aus. „Lass mich den Eimer nehmen."

„Danke."

Allie verfiel in Schweigen und der Weg vom Erdbeerfeld zum Haus kam ihm noch länger vor als in seiner Kindheit, wenn er scharf auf Grandmas Obstkuchen gewesen war. Irgendwas musste er sagen, aber was?

„In St. Timothy's ist alles so eng und kleinkariert. Nicht freudig und harmonisch wie bei meiner Gemeinde in Claremont."

Walt zog die Augenbrauen in die Höhe. „Hört sich an, als stünde dir ein Kirchenwechsel bevor."

„Das ist ja das Dilemma." Allie sah Walt an. „Ich muss doch meinen Eltern gehorchen, oder?"

Jetzt verstand er die Verbindung zu Arts Situation. „Nein. Du musst Gott gehorchen. Bete und finde heraus, was er von dir will."

„Ich will dort sein, wo ich ihm dienen und Gutes tun kann. Aber eine Familie sollte auch gemeinsam vor Gott treten. Außerdem kann ich mir gar nicht vorstellen, allein in eine fremde Kirche zu gehen. Ich wüsste noch nicht einmal, wo ich mit der Suche anfangen sollte."

„Wenn du möchtest, kann ich ja mal mit Gott darüber reden."

„Wirklich? Das wäre sehr lieb."

Walts Mütze rutschte nach hinten und seine Lieblingslocke sprang ihm auf die Stirn. Da er keine Hand frei hatte, konnte er nichts dagegen tun, aber es war ihm auch egal. Allie hatte ihn gerade angelächelt, ihm etwas anvertraut und wollte sogar, dass er für sie betete.

* * *

„Hey Walt." George deutete auf die alte Scheune und zwinkerte ihm zu.

Während Walt ihm einen warnenden Blick zuwarf, zog Betty ihren Verlobten am Arm. „Georgie, wenn wir verheiratet sind, dann musst du mir das endlich erzählen. Auf die Geschichte warte ich schon seit unserer Schulzeit."

„Tut mir leid, Liebling. Hab's versprochen." George nickte Walt zu.

Walt nickte zurück und stützte sich auf den groben Koppelzaun. Auf seine Freunde war Verlass. Sie hielten dicht, selbst wenn es um die dümmsten Prahlereien ging.

Allie stand an der Ecke der Umzäunung und legte neugierig den Kopf schief. Als Walt die Augen verdrehte, lächelte sie. Gut. Sie hatte Verständnis.

Eine alte rotgefleckte Kuh zottelte auf Walt zu. Er gab ihr etwas Gras. „Hallo, Flossie."

Grandpa Novak öffnete das Tor. „Sie kann dich nicht mehr hören. Sie ist stocktaub."

Walt tätschelte Flossies Nase. „Aber sie kann Lippen lesen. Bist immer noch die Hübscheste von allen, Floss. Seht ihr, sie erkennt mich. Hab ihr ja schließlich auch den Namen gegeben."

„Ja. Wie originell." Art grinste.

Wieder lag Allies Kopf schief. Diesmal konnte er sie aufklären. „Hiram Fortner hat in der Nähe eine Milchwirtschaft. Am Tor steht eine Statue von einer Kuh. Alle nennen sie nur ‚Fortners Flossie'."

„Am Tag vor dem Angriff auf Pearl Harbor ist sie plötzlich verschwunden", sagte Grandpa. „Ein Kinderstreich, das wette ich."

„Ja", pflichtete Walt ihm bei. „Wenn Jack nicht bei Pearl Harbor dabei gewesen wäre, hätte ich ihn verdächtigt."

Grandpa lachte und zog die Bolzen aus dem Scheunentor. „Der Junge machte immerzu Dummheiten. Übrigens, letztens kam ein Brief von ihm."

„Ach ja? Hab schon länger nichts mehr von ihm gehört." Walt folgte seinem Großvater in die Scheune. Er genoss den Geruch von Heu, altem Holz und Vieh.

„Der Junge glaubt, er und seine B-17 könnten es einhändig mit den Japanern aufnehmen."

„Ist ein toller Vogel. Jetzt müssen wir nur noch Ray in so eine fliegende Festung kriegen."

Grandpa murmelte etwas und kratzte sich an der Nase – der Novak'schen Nase. Dies war der einzige Ort, an dem Walt sich nicht an seiner Nase störte: bei Grandpa.

„Was ist?", fragte Walt. „Ray muss endlich aus diesem langweiligen Trainingsjob raus."

Grandpa schüttelte den Kopf. „Nein. Ray ist ein stiller Junge. Er ist nicht für den wilden Luftkampf gemacht wie du und Jack."

Walts Schultern fühlten sich plötzlich breiter und kräftiger an. Grandpa war der Meinung, er habe das Zeug zum Luftkampf.

„Na los, Junge, zeig mal, wozu deine Armeemuskeln gut sind. Holen wir die Plane von der alten *Jenny* runter."

Walt war sofort bereitwillig bei der Sache und fing an, den Doppeldecker startklar zu machen. Die beiden Männer arbeiteten schweigend, ein weiterer Grund, warum Walt die Farm so sehr mochte. Grandpa war kein Mann der vielen Worte. Walts Meinung nach hatten ihre Eltern genau die richtigen Namen für ihre Jungs ausgewählt. Ray hieß nach Grandpa Garlovsky und war gefühlvoll und musikalisch. Jack, kontaktfreudig und ehrgeizig, hieß nach Dad. Und Walt hatte seinen Namen von Jacob Walter Novak, wobei er froh darüber war, dass seine Eltern die Namen umgedreht hatten. Jacob klang so altmodisch.

„*Jenny* war seit Rays letztem Urlaub nicht mehr in der Luft. Hat mir bei der Schädlingsbekämpfung geholfen."

Das Ruder klemmte, also ölte Walt das Gelenk. „Meinst du nicht, Ray will auch in den Luftkampf ziehen?"

Grandpa schnaubte. „Ray will genauso wenig in den Luftkampf wie du oder Jack auf die Kanzel."

„Wie bitte? Jack wollte doch seit Ewigkeiten Pastor werden."

„Nein, dein Vater wollte seit Ewigkeiten, dass er Pastor wird. Je früher Jack das kapiert, desto besser."

Walt wischte sich die Hände an einem Lappen ab. Grandpa hatte recht – er konnte sich Jack nicht auf der Kanzel vorstellen. Jack, der ständig Pläne schmiedete und Walt als Alibi brauchte. Trotzdem war Jack ein erwachsener Mann und hatte seinen Beruf frei wählen können. Und im Gegensatz zu ihm hatte Jack Dads Segen. Grandpa war der Einzige, der für Walt Verständnis zeigte. „Weißt du, ich habe mich nie bei dir bedankt, dass du mir Mut gemacht hast und immer hinter mir standest."

Grandpa knurrte – ein freundliches Knurren. „Wusste gar nicht, dass die Army sentimentale Milchbubis ausbildet. Komm, Junge, bringen wir *Jenny* in die Luft."

Kurz darauf stand das Flugzeug auf der Viehweide. Walt zog sich die Fliegerjacke an. „Wer will zuerst mit?"

Art war der Erste, wie immer. Die beiden Männer kletterten in den Doppeldecker und Walt startete den Motor. Das Dröhnen des Propellers klang fast so schön wie die Duette mit Allie. Walt suchte den Augenkontakt mit ihr und salutierte. Hoffentlich sah er schneidig und kompetent aus.

„Na los, Novak", vernahm Walt über das Motorengeräusch hinweg Arts Stimme. „Ich will wenigstens mal so tun, als würde ich kämpfen."

Walt lenkte *Jenny* die Weide hinunter und zog sie dann hoch. Ja, so ging richtiges Fliegen. Bomber waren zwar mächtige Vögel, aber in der alten *Jenny* konnte er mit der Luftströmung spielen und spürte den Wind im Gesicht.

Sobald sie über der Stadt waren, tippte er Art auf die Schulter, wackelte mit dem Steuerknüppel und nickte ihm zu. „Du bist dran", rief er.

Art steckte den Daumen in die Höhe. Walt zog seinen Fotoapparat hervor und lehnte sich hinaus, um Luftaufnahmen von seiner Heimatstadt zu machen. Der Apparat war ein Geschenk zum Collegeabschluss gewesen und Walt hatte die ersten Filme nur mit Flugzeugaufnahmen verschossen. Doch jetzt war er ein Jahr weg gewesen und brauchte mehr als das – seine Familie, Freunde und sein Zuhause.

Er übernahm das Steuer wieder und lenkte *Jenny* zurück zur Farm. Sicherlich wollte George auch eine Runde fliegen. Eine Windböe beim Landen gab Walt die Gelegenheit, sein fliegerisches Können unter Beweis zu stellen. Schade, dass Allie nicht wusste, wie knifflig eine Landung bei Seitenwind sein konnte.

Walt und Art kletterten aus der Maschine und sprangen ins Gras.

„Mann, bin ich neidisch auf dich", sagte Art. „Du kriegst dafür auch noch Geld."

Walt nahm die Fliegerbrille ab. „Und ich kriege sogar noch einen Zuschlag. Ist das zu glauben? Gefahrenzulage nennen sie das. Sag es nicht weiter, aber ich würde sogar ohne Bezahlung fliegen. George, fertig?"

„Und ob."

„Nein." Betty zog George am Arm. „Nicht heute, Liebling, nicht drei Tage vor unserer Hochzeit. Ich könnte es nicht ertragen, dich zu verlieren."

George seufzte und umarmte Betty. „Also schön. Aber beim nächsten Mal."

Verdammt. Walt wollte noch einmal in die Luft, aber Grandpa hatte zu tun, Dorothy war noch nie mitgeflogen und Allie war zu anständig für so ein Abenteuer. Oder?

Allies Augen waren unablässig auf das Flugzeug gerichtet. Walt kannte diesen Blick. Es war derselbe, den die Kadettenkollegen am ersten Tag der Flugschule gehabt hatten. Er stellte sich Allie in den Weg. „Du denkst darüber nach, stimmt's?"

Allies Augen weiteten sich. Sie waren genauso grün wie die Kadetten damals hinter den Ohren. „Ich bin noch nie geflogen."

„Und, willst du?"

„Ich weiß nicht. Vielleicht." Ihre Lippen bewegten sich kaum.

Walt grinste. Ja, sie war genau die Richtige für ihn.

Betty kreischte. „Nein, Allie! Ich brauche dich noch bei der Hochzeit!"

Obwohl Betty sie fortziehen wollte, sah Allie Walt unverwandt an. „Und der Flug wäre wie der mit Art? Ohne Kunststückchen?"

„Kein Looping, keine gerissene Rolle, kein Sturzflug. Versprochen."

Betty klammerte sich an Allies Arm. „Glaub ihm nicht. Genau das hat er bei George gemacht."

„Nur einmal", entgegnete George. „Und ich hatte ihn darum gebeten."

Walt schüttelte sich. „Ja, und ich durfte hinterher das Flugzeug saubermachen. Nein danke. Nur, wenn ich allein bin."

„Also gut", sagte Allie.

Walt sah sie verblüfft an. „Wirklich? Wow. Na dann wollen wir dich mal einkleiden, bevor die Heulsuse da dich noch umstimmt."

Allies leuchtende Augen verrieten ihm, dass die Heulsuse keine Chance hatte. Gut. Die Frau hatte Mut. Walt zog seine Fliegerjacke aus und gab sie Allie.

„Brauchst du die denn nicht?"

„Nein. Muss mich ohnehin an die Kälte gewöhnen. Die B-17 fliegt über zwanzigtausend Fuß hoch. Da oben liegt die Außentemperatur bei minus dreißig Grad, manchmal noch weniger."

Er half ihr mit der Lederkappe und versuchte sich auf den Riemen zu konzentrieren anstatt auf die weiche Haut unter ihrem Kinn. Dann trat er einen Schritt zurück, um sein Werk zu begutachten. Die Jacke hing ihr bis über die Hüften, die Fliegerbrille bedeckte ihre hübschen Augen und unter der Kappe lugten ihre Locken hervor. Die süßeste Co-Pilotin aller Zeiten.

„Okay, Allie, dann mal hoch mit dir." Er machte eine Räuberleiter für sie. „Was soll ich sagen: ‚Allie hopp'?"

Sie lachte und kletterte in das vordere Cockpit. „Wenn ich runterfalle, wird's wohl eher ‚Allie hoppla'."

Mann, sie war toll. Er stieg ins hintere Cockpit, drehte das Flugzeug auf der goldenen Wiese und brachte *Jenny* in die Lüfte. Allie klammerte sich am Rand ihres Cockpits fest und ihre Locken peitschten im Wind. Nachdem er den Flieger stabilisiert hatte, legte er ihr eine Hand auf die Schulter. „Wie läuft's?"

Das Strahlen in Allies Gesicht übertraf seine Hoffnungen. „Es ist traumhaft!"

Oh ja, sie war die Richtige. Sie war nicht nur attraktiv und intelligent, sie spielte auch noch Klavier und mochte das Fliegen. Es gefiel ihr tatsächlich. Und das Beste – er konnte mit ihr reden, obwohl sie noch zu haben war. Noch nie hatte sie jemand um einen Tanz gebeten, und sein Gefühl sagte ihm, dass ihr auch noch nie jemand gesagt hatte, wie schön sie war. Er wollte unbedingt der Erste sein. Nur schade, dass er nicht so redegewandt war wie Ray oder so frech wie Jack.

Er würde einfach improvisieren müssen. Walt tippte Allie auf die Schulter und zeigte nach unten auf Antioch. Sie reckte ihren Hals und sah hinab, dann rief sie ihm etwas Unverständliches zu. Er zuckte mit den Achseln. Allie hielt Daumen und Zeigefinger ganz nah beieinander.

„Ja. Wie Spielzeug", rief er.

Sie nickte und betrachtete die Miniaturstadt unter ihnen, die dem Flusslauf folgte. Mit ihr durch die Hügel zu fliegen oder den Fluss hinauf, das wäre es. Treibstoff war noch jede Menge da. Als Farmer bekam Grandpa unbegrenzt Vorräte, selbst wenn der Treibstoff rationiert war. Aber Walt wollte das Privileg nicht missbrauchen.

Er flog über das Flussufer und tippte Allie an. „Abkühlung gefällig?" Zügig zog er den Steuerknüppel nach rechts und drückte auf das rechte Seitenruder. Das rechte Querruder ging nach oben, das linke nach unten, und *Jenny* flog eine enge Rechtskurve.

Allie kreischte, aber Walt hörte Vergnügen aus ihrer Stimme heraus und lächelte zufrieden. Jetzt konnte er sie doch mit seiner Landung bei Seitenwind beeindrucken. Er kreiste um das weiße Farmhaus und die alte Scheune, bis der Anflug von Süden stimmte. Der Wind von Westen war stärker geworden, aber für ihn kein Problem.

Walt senkte den windwärts gelegenen Flügel und drückte vorsichtig auf das rechte Seitenruder, damit *Jenny* nicht nach links ausbrach. Allie konnte bestimmt spüren, wie das kleine Flugzeug gegen den Wind kämpfte. Es war einfach perfekt.

Die Bremsklappen waren unten und Walt brachte die Maschiene mit leichtem Druck auf den Knüppel tiefer. Währenddessen glich er immer wieder Veränderungen in der Luftströmung aus.

Und jetzt kam das Beste – die Landung auf einem Rad. Anders ging es bei Seitenwind nicht. Wenn das kein Abenteuer für Allie war. Knapp drei Meter über dem Boden zog er den Bug hoch, um auszuschweben, Geschwindigkeit zu verlieren und sanft aufzusetzen.

Da entdeckte er plötzlich Flossie.

„Walt!", schrie Allie. „Eine Kuh!"

„Ich sehe sie." Auf ein Uhr, direktem Kollisionskurs, und taub – stocktaub.

Es war zu spät, um durchzustarten. Die Geschwindigkeit war zu gering, die Landebahn zu kurz. Das linke Rad setzte auf. Wenn er jetzt gegenlenkte, um die Kuh nicht zu treffen, würde das Flugzeug einen Ringelpiez vollführen oder sich sogar auf den Kopf drehen. Aber wenn er auf die Kuh draufhielt ...

„Herr, hilf."

Das rechte Rad setzte auf. Flossies Rücken kam immer näher. Walt trat so stark auf das linke Seitenruder, dass der Bug an der Kuh vorbeizielte, aber das Flugzeug noch keine Rotation begann. „Oh Herr, bring die Kuh da weg oder halte das Flugzeug an!"

Allie schrie. Das Flugzeug ruckelte und hüpfte die Piste hinunter.

Walt trat, so fest er konnte, auf die Bremse, wobei er darauf achtete, dass sich der Bug nicht in die Erde rammte. Der rechte Flügel zog Flossies Hintern eins über. Wütendes Muhen. Endlich kam das Flugzeug zum Stehen.

Walt hielt den Steuerknüppel umklammert. Er atmete schnell und schwer. Na wunderbar. Eigentlich hatte er Allie beeindrucken wollen, und nun hatte er sie fast umgebracht. Nie wieder würde sie in ein Flugzeug steigen. Oder mit ihm reden. Und das alles nur, weil er sie beobachtet hatte anstelle der Rollbahn. So ein dummer, leichtsinniger Anfängerfehler.

Allie drehte sich langsam um. Sie war kreidebleich.

„Alles in Ordnung?" Er fürchtete sich vor der Antwort.

Sie nickte. „Wie geht es der Kuh?"

Die Kuh. Walt sah sich nach Flossie um, die mit einem lauten, empörten Muhen davontrottete. „Sie ist wohl stocksauer."

Allie lachte. Sie lachte tatsächlich und schien überhaupt nicht mehr aufhören zu wollen. Walt stimmte in ihr Gelächter ein, erleichtert darüber, dass sie noch gesund und munter waren, und verblüfft über ihren Sinn für Humor.

Betty kam herbeigelaufen. „Allie! Allie! Bist du verletzt?"

Sie schüttelte immer noch lachend den Kopf. „Oh Walt, die Kuh – wie sie gemuht hat!"

Ihr anhaltendes Gelächter katapultierte seine Laune höher als jedes Flugzeug. Er sprang aus dem Cockpit und hielt die Arme nach oben. „Komm, Allie. Du kannst hier unten weiterlachen. Raus aus der Todesfalle."

„Ich kann aber nicht aufhören." Trotzdem kletterte sie auf den unteren Flügel.

Walt legte die Hände um ihre schlanke Taille und hob sie herunter. Ihr Lachen war jetzt ganz nah und er konnte sich gerade so davon abhalten, sie fest zu umarmen und nie wieder loszulassen.

„Hey, Walt", sagte George. „Gib mir mal deinen Fotoapparat. Ich will das festhalten."

„Gute Idee." Walt nahm erst sich die Fliegerbrille ab, dann Allie.

„Lieber ohne mich."

„Nein, mit dir. Du bist doch meine Co-Pilotin."

Ein hauchzartes Lächeln umspielte ihre Lippen. „Aber nur, wenn du versprichst, das Foto nie meinen Eltern zu zeigen. Ich will nicht, dass sie sehen, wie ihre einzige Tochter Amelia Earhart spielt."

„Siehst du, jetzt hast du etwas gegen den Willen deiner Eltern getan und du hast es überlebt."

„Aber nur gerade so." Das Funkeln in ihren Augen löste eigenartige und überwältigende Gefühle in Walts Brustkorb aus.

Er legte den Arm hinter Allie auf den Flugzeugrumpf. Vielleicht würden die Jungs in Wendover sogar denken, sie wäre seine Freundin, wenn sie das Foto sahen. Und wer weiß? Vielleicht war sie bis dahin tatsächlich auch seine Freundin.

Kapitel 5

Donnerstag, 25. Juni 1942

„Ah, sieh mal", sagte Betty. „Die Jungs sind schon da."

Allie erklomm eine mit Gras bewachsene Düne. Vor ihr erstreckte sich in glitzerndem Graublau der breite San Joaquin. In einer kleinen Bucht stand eine einsame Weide und ließ ihre Zweige über das sandige Ufer hängen.

Betty und Dorothy breiteten eine Decke aus und Allie stellte den Picknickkorb darauf ab. Sie kniff die Augen zusammen und spähte aufs Wasser hinaus. In einem Ruderboot saßen zwei Männer: der lange und dünne George, der ihnen fröhlich zuwinkte, und Art, ungleich kräftiger, der erst die Augen vor der Sonne abschirmte, bevor auch er grüßte. Hinter dem Boot kräuselte sich das Wasser und Walts Kopf tauchte auf. Er wischte sich die Haare aus dem Gesicht, winkte ebenfalls und schwamm in Richtung Ufer.

Allie half Betty und Dorothy mit einer weiteren Decke. Walt war die letzten Tage extrem nett zu ihr gewesen. Betty verbrachte natürlich die meiste Zeit mit ihrem Verlobten, und Dorothy wich nicht von Arthur Waynes Seite, obwohl sie Stein und Bein schwor, nicht das geringste Interesse an ihm zu haben. Ohne Walt wäre Allie ziemlich einsam zumute gewesen.

Betty und Dorothy streiften ihre Kleidung bis auf die Badeanzüge ab und auch Allie knöpfte ihre Bluse auf, woraufhin ihr gelbkarierter Badeanzug zum Vorschein kam. Walt war inzwischen fast am Ufer angekommen. Allie zögerte. Es erschien ihr unangemessen, vor ihm den Wickelrock auszuziehen.

Schon stieg Walt aus dem Wasser und strich sich die Haare nach hinten. Sein Brustkorb hob und senkte sich schnell. „Hi", sagte er lächelnd in Allies Richtung.

Allie musste sich Mühe geben, nicht auf die Wassertropfen zu starren, die sich durch die Behaarung auf seiner muskulösen Brust schlängelten. Gleichzeitig wurde ihr Magen von einem ungewohnten Gefühl zusammengezogen.

Betty setzte sich auf die Decke und schlug die Knöchel übereinander. „Hast du deinen Fotoapparat dabei, Walt?"

„Jep." Er lief ein Stück den Strand hinunter zu einem Kleiderhäufchen.

Allie nutzte den Moment, um ihren Rock auszuziehen, sich neben Betty niederzulassen und sich zu beruhigen. So eine heftige Reaktion hatte sie bei Baxter nie gespürt. Aber sie hatte ihn auch noch nie in Badehose gesehen. Er zog in ihrer Gegenwart ja noch nicht einmal sein Jackett aus, geschweige denn das Hemd.

Betty legte die Arme um Dorothys und Allies Schultern. „Ich wollte schon immer mal als Pin-Up posieren."

Allie schob Bettys Arm weg. „Oh nein. Ohne mich."

„Oh doch. Hiergeblieben." Betty zog sie wieder heran. „Wir sind ein Trio. Good bye Rita Hayworth, hier kommen Dorothy, Betty und Allie!"

„Na komm, Allie." Walt kniete sich hin und stellte scharf. „Ein Mann braucht für die Kaserne was zum Anschauen."

Der Gedanke daran, dass ihr Foto in einer Kaserne hängen sollte, war so aberwitzig, dass sie lachen musste.

Der Apparat klickte. Walt grinste zufrieden. „Das war klasse."

Im Schatten der Weide machten sie es sich bei kaltem Hühnchen und frischen Erdbeeren gemütlich. Das Gespräch wechselte munter von Hochzeitsplänen zum Fortschritt der Alliierten im Pazifik und wieder zurück, und Allie war erstaunt, wie leicht ihr der Umgang mit diesen Leuten fiel, von denen sie die meisten erst ein paar Tage kannte.

Nachdem sie eine Stunde gewartet hatten, schnappten sich George und Betty das Ruderboot, Art und Dorothy machten einen Spaziergang, Walt sprang in die Fluten und Allie folgte ihm ins Wasser.

Das Wasser im Delta war salziger als das Wasser im Lake Arrowhead. Nach ein paar Runden brannten Allie die Augen und sie schwamm ans Ufer zurück. Dort trocknete sie sich ab, setzte sich hin und streckte die Beine aus. Am Anfang fröstelte sie noch wegen der restlichen Feuchtigkeit auf ihrer Haut, aber dann wärmte sie der Sonnenschein.

Allie schloss die Augen und streckte das Gesicht der Sonne entgegen. Die Strahlen malten helle Muster auf ihren Augenlidern. *Oh Herr, danke für diesen Tag, für diese Woche. Es ist hier sogar noch viel schöner als auf dem Scripps College. Wenn ich doch nur …*

Sie atmete tief aus und ließ den traurigen Gedanken los. *Danke, dass Betty meine Freundin ist. Und dass Walt sich so um mich kümmert ...*

„Allie, hallo!"

Und wieder war ihr Retter zur Stelle. Betty hatte ihn bestimmt dazu abkommandiert, ein Auge auf die arme, schüchterne Allie zu haben, die ohne ihren Freund auskommen musste. Sie lächelte und wandte sich ihm zu.

Der Apparat klickte.

„Walter Novak!"

Mit unschuldiger Miene ließ er sich neben sie auf die Decke plumpsen. „Ich habe doch gesagt, ein Soldat braucht ein paar Pin-Ups. Damit er weiß, wofür er kämpft. Ein Foto, das ihn beflügelt."

Allie zog die Nase kraus. „Mein Foto beflügelt bestimmt niemanden."

„Das habe ich gehört", rief Betty vom Boot aus. „Allie hasst Komplimente, Walt, vor allem über ihr Aussehen."

Allie schob das Kinn nach vorn. „Ich bin eben zur Bescheidenheit erzogen worden."

„Nein." Bettys wütendes Funkeln wurde durch das glitzernde Wasser noch verstärkt. „Du wurdest in dem Glauben erzogen, du seist hässlich. So ein Quatsch. Ich war schon immer der Meinung, dass du süß bist. Und egal, wie sehr du die Augen verdrehst, ich bleibe dabei."

Allie machte die Augen zu, um das Augenrollen zu vermeiden. Dieses Thema war jedes Mal schmerzhaft und in der Gegenwart von Männern war es die reinste Tortur.

„Walt", rief Betty. „Habe ich nicht recht? Findest du nicht auch, dass sie die schönsten grünen Augen weit und breit hat?"

Oh nein. Wie konnte Betty ihr das antun?

„Was?" Walt sah Allie kurz an. „Oh. Ja, stimmt."

„Betty", stöhnte Allie. Der Arme hatte das sicher noch nicht einmal bemerkt.

„Ich wünschte, ich hätte deine Augen", legte Betty nach. „Blaue Augen hat jeder und mit meinen blonden Haaren sehe ich aus wie ein deutsches Fräulein. Nachher werde ich noch des Landes verwiesen."

George grinste sie an. „Und dann heiratest du auch noch einen Italiener."

Betty musste lachen. „Wenn ich jetzt noch *Sayonara* sage, werde ich nie wieder einen Fuß auf amerikanischen Boden setzen dürfen."

„Du Spionin!" Walt rannte ins Wasser und stürmte auf das Boot zu. Mit einem Sprung stützte er sich auf den Rand und brachte das Boot zum Kentern. Betty und George fielen ins Wasser.

Erleichtert über den Themenwechsel lachte Allie und fegte den Sand von der Decke, den Walt aufgewirbelt hatte.

Betty schwamm ein paar Züge. „Komm, George. Du wolltest doch sowieso eine Runde schwimmen."

Walt warf die Ruder ins Boot und schob es an Land. „Hey, Allie, du warst noch gar nicht rudern. Kommst du mit?"

„Na klar doch." Sie stand auf.

Seine Augen leuchteten genauso wie in dem Augenblick, in dem sie in den Flug eingewilligt hatte.

„Obwohl, wenn ich es mir mal recht überlege ...", sagte sie betont zögerlich. „Beim letzten Mal hast du immerhin fast eine Kuh umgenietet."

„Okay, du Naseweis. Für den Kommentar gehörst du auf die Ruderbank." Mit angespannten Muskeln hielt er das Boot still, während sie einstieg und sich auf die feuchte Bank setzte. Dann gab er dem Boot einen Schubs und sprang selbst hinein. Allie hielt sich links und rechts am Bootsrand fest, bis er sich hingesetzt hatte und das Schaukeln nachließ.

Walt verschränkte die Arme. „Okay, Miss Miller, dann lassen Sie mal sehen."

Allie biss sich auf die Lippe, damit sie nicht laut loslachte. Zuerst dachte er, sie könne nur klassische Musik spielen, und jetzt dachte er, sie könne nicht rudern. Sie sah die Ruder einen Moment verwirrt an, als wüsste sie nichts damit anzufangen, vollführte dann eine flotte Drehung mit dem Boot und ließ es quer durch die Bucht gleiten. „Wohin, Lieutenant?"

„Ich werd nicht mehr." Ein Lächeln trieb seine Wangen nach oben. „Du überraschst mich immer wieder."

„Du kennst mich ja auch erst ... vier Tage."

„Ich kann kaum erwarten, womit du morgen auftrumpfst." Er machte es sich gemütlich. „Ich brauche nichts weiter zu machen, als meinen Sonnenschirm aufzuspannen, die Finger durchs Wasser gleiten zu lassen und ein romantisches Liedchen zu pfeifen." Er sah in den tiefblauen Himmel und pfiff „Green Eyes".

Allie schnappte nach Luft und ließ die Ruder aufs Wasser klatschen. „Walter Novak, hör auf, dich über mich lustig zu machen."

Seine Mundwinkel zuckten. „Ich mag das Lied eben. Grün ist meine Lieblingsfarbe. Wie es scheint, bist du stark genug, um die Bucht zu verlassen. Aber nicht flussabwärts – da ist die Fulton-Schiffswerft. Rudere flussaufwärts zur Antioch Bridge. Es ist Flut, also wird es nicht zu anstrengend. Ich rudere dann zurück."

Allie sah hinter sich, um ihren Kurs zu planen. Sie stemmte sich gegen den Widerstand der Ruder, zog sie durchs Wasser und hob sie dann in glitzernden Bögen durch die Luft.

„Wo haben Sie denn rudern gelernt, Miss Miller? Das ist doch keine typische Beschäftigung für eine Debütantin."

„Ich bin keine Debütantin." Es gefiel ihr, wie er sie neckte. „Früher sind wir jeden Sommer zum Lake Arrowhead gefahren. Ich bin geschwommen, gerudert, lag im Wald und habe geträumt."

„Da hast du sicher tolle Freunde gefunden."

„Freunde? Oh nein. Aber es war trotzdem toll."

Walt zog ein Stück Treibholz aus dem Wasser. „Und diese Woche?"

„Ich genieße jeden Moment. Du hast wirklich Glück, so einen Freundeskreis zu haben. Ich frage mich ... wie ich wohl wäre, wenn ich mit so einer Gruppe aufgewachsen wäre."

„Hmm." Er beugte sich nach vorn, stützte sich mit den Ellenbogen auf den Knien ab und betrachtete das Holz. „Bei dir zu Hause hast du nicht viele Freunde?"

Allie ruderte etwas näher ans Ufer, um der Strömung aus dem Weg zu gehen. „Meine Eltern sind Stubenhocker. Eigentlich waren wir auch immer recht glücklich so ganz für uns, bis ..."

„Bis was?"

Allie sah Verständnis in Walts Augen. „Bis ich Betty kennenlernte. Seitdem bin ich nicht mehr so zufrieden zu Hause. Und nun gibt es kein neues Semester mehr, auf das ich mich freuen könnte."

„Verstehe." Er runzelte die Stirn. „Ich lasse meine Leute ja auch ungern zurück, aber immerhin weiß ich, dass sie beim nächsten Heimaturlaub noch da sein werden. Und für die Zwischenzeit habe ich Frank. Er ist ein prima Freund."

„Frank. Ist er in deiner Bombercrew?"

„Ja. Ist ein toller Kerl. Verheiratet, drei Kinder, das vierte unterwegs.

Wir waren gemeinsam in Brooks Field zum Pilotentraining. Ich hatte eine Menge blöde Sachen mitgemacht und das ging völlig nach hinten los. Da war ich wirklich froh, jemanden kennenzulernen, der ähnliche Werte hat wie ich."

Was konnte ein Mann, der weder trank noch um Geld spielte oder Frauen nachstieg, für blöde Sachen machen? „Darf ich fragen, was passiert ist?"

Walt verzog das Gesicht. „Habe ich nur Frank erzählt. Ist zu peinlich."

„Peinlicher, als zuzugeben, dass man überhaupt keine Freunde hat?"

„Stimmt auch wieder." Er knurrte und drückte an dem Stück Treibholz herum. „Na gut. Aber erzähl es nicht den anderen, ja?"

„Okay." Er wurde rot. Vielleicht hätte sie lieber nicht fragen sollen?

„In der ersten Woche in Brooks schleppten mich drei Kerle mit zur USO zu einem Tanzabend. Du weißt ja, was ich vom Tanzen halte, aber mir war langweilig, also bin ich mitgegangen. Na ja, und wir trafen auf vier Mädels. Ich war wie gelähmt. Hab kein einziges Wort rausgebracht. Aber eine von ihnen redete so ununterbrochen, dass es ihr überhaupt nicht auffiel. Wahrscheinlich wollte sie bloß mit einem Soldaten zusammen sein." Er brach ein Stück Holz ab und untersuchte den Rest eingehend.

„Wir haben die Mädels dann nach Hause gebracht. Ich wollte nur noch zurück in die Kaserne, aber urplötzlich hat sie mich geküsst."

„Oh je. Und was hast du getan?"

Walt warf ihr einen Blick zu. „Ich bin ja nicht blöd. Hab sie zurückgeküsst."

Allie musste wieder lachen und wandte den Blick ab. Sie betrachtete den Kontrast zwischen den sonnenverbrannten Hügeln und dem satten Grün des Schilfs. Jetzt war sie bestimmt genauso rot wie er.

„Aber dann ... also, sie wollte ... egal, ich bin jedenfalls zurück. Und war der Einzige von allen. Ab da haben sie sich über mich lustig gemacht. Frank sagte, ich solle einfach eine Freundin erfinden, damit sie Ruhe geben. Ich will gar nicht wissen, was los gewesen wäre, wenn sie gewusst hätten, dass sie erst meine zweite Kusspartnerin war." Seine Kaumuskeln arbeiteten. So ähnlich hatte er ausgesehen, als George die Scheune erwähnt hatte.

„Und hat die Erste vielleicht irgendetwas mit der Scheune deiner Großeltern zu tun?"

Walt fiel die Kinnlade herunter. „Woher ... na klasse. Jetzt hast du alle meine Geheimnisse aufgedeckt."

Lieber seine als ihre. Sie ließ die Ruder ins Wasser sinken. „Ich habe also recht?"

„Meine Cousine."

Allie schnappte nach Luft. „Deine Cousine?"

„Es ist nicht so schlimm, wie es sich anhört. Cousine zweiten Grades." Er seufzte ausgiebig. „Das war ihre Idee. Wir waren siebzehn. Sie hatte ein Date und wollte unbedingt üben. Ich hatte die richtige Größe, also hat sie mich in die Scheune geschleift."

Allie kicherte und ruderte um ein großes Büschel Binsen herum, das am Ufer wuchs. „Und dann hast du vor deinen Freunden damit angegeben, weil sie dachten, beim Thema Frauen sei bei dir Hopfen und Malz verloren."

„Stimmt schon", sagte er grinsend. „Aber immerhin habe ich als Erster ein Mädchen geküsst. Betty hat George damals noch hingehalten, Jim hat Helen überhaupt nicht beachtet und Art und Dorothy alberten nur herum."

„Das tun sie doch heute noch."

Walt schnaubte. „Ist das nicht verrückt? Art traut sich nicht, sie zu einem Rendezvous einzuladen, und Dorothy ... Dorothy flirtet erst mit ihm, dann zeigt sie ihm die kalte Schulter. Und verabredet sich mit anderen Männern, um ihn eifersüchtig zu machen. Ich kann ihre Spielchen nicht mehr mit ansehen."

Das erklärte die Spannungen zwischen Walt und Dorothy.

„Das reicht jetzt." Walt zeigte mit dem Treibholz auf Allie. „Jetzt habe ich zwei peinliche Geschichten übers Rumknutschen erzählt. Du bist dran."

Allie lächelte ihn selbstgefällig an und zog die Riemen durchs Wasser. „Ich kann keine peinlichen Geschichten übers Rumknutschen erzählen, weil ich noch nie rumgeknutscht habe." Plötzlich wurde ihr Nacken so heiß wie die Sonne, die ihre Schultern beschien. Oh nein, was sollte er denn von Baxter denken?

„Du bist noch nie geküsst worden?"

Allie richtete sich auf. „Und ob. Zehnmal." Die Hitze griff auf ihr Gesicht über. Wieso, wieso nur hatte sie das gerade gesagt – zehn Küsse in viereinhalb Jahren?

Walt presste die Lippen zusammen. Dann schmunzelte er. „Du zählst mit? Das geht doch höchstens bei Küsschen. Sonst ist das ziemlich ... Zählst du wirklich mit?"

Sie zählte nicht nur mit, sie konnte sie auch schon voraussagen – sein Geburtstag, ihr Geburtstag, der Collegeabschluss. „Nur Küsschen", sagte sie und wünschte, sie hätte den Mund gehalten.

„Wow. Keinen richtigen Kuss?"

„Nicht so wie im Kino." Nicht so wie bei Verliebten. Sie schüttelte heftig den Kopf, als könnte sie damit die Scham über die Trostlosigkeit ihres Geheimnisses vertreiben, das sie gerade zum ersten Mal preisgegeben hatte. „Jetzt sind wir mehr als quitt. Ich habe mich komplett blamiert."

Er runzelte die Stirn. „Wieso denn? Das spiegelt doch deinen guten Charakter wider."

Sie stoppte die Riemen mitten in der Luft. So sah er das also? Allie, die wohlerzogene Lady, und Baxter, der zurückhaltende Gentleman, der die Dame seines Herzens nicht bedrängt? Auch gut. Jedenfalls besser als die Wahrheit.

„Tun die Muskeln weh?" Walt deutete auf die Riemen. „Soll ich weitermachen?"

„Nein, nein." Obwohl ihre Schultern sich längst meldeten, lehnte sich Allie zurück und brachte das Boot weiter flussaufwärts. „Ich möchte noch ein bisschen. Es ist wunderschön hier."

„Ja. Mir gefällt es auch."

Allie betrachtete die bernsteinfarbenen Hügel und die Rohrkolben, die das Ufer säumten. Hauptsache, sie musste nicht an Baxter und ihre Beziehung denken. „Wie nah kann man ans Ufer heran?"

„Ein paar Meter. Versuch es ruhig."

Sie ruderte an die Seite und suchte das Schilf nach Vögeln oder einem Nest ab. Winzige weiße Schmetterlinge flatterten umher, als wollten sie ihr helfen.

„Als wir noch Kinder waren, kamen George und ich oft hierher. Wir spielten Piraten im Moor, Entdecker auf dem Nil, Huckleberry Finn, alles Mögliche." Walt riss einen Rohrkolben ab und klopfte damit sanft auf Allies Kopf.

„Was soll das denn werden?", fragte sie lachend.

Er kitzelte sie mit dem Kolben unter dem Kinn. „Ich versuche mich gerade an einen Bibelvers zu erinnern, damit ich dich mit meiner Heiligkeit beeindrucken kann."

„Du hättest größere Chancen, mich zu beeindrucken, wenn du mich nicht verhauen würdest."

„Psalm eins." Walt grinste und schlug mit dem Rohrkolben den Takt auf Allies Knien. „Der ist wie ein Baum, gepflanzt an den Wasserbächen, der seine Frucht bringt zu seiner Zeit, und seine Blätter verwelken nicht. Und was er macht, das gerät wohl."

Wie süß er war. Wieso dachte er, bei ihm sei Hopfen und Malz verloren? Also, wenn sie keinen Freund hätte ...

Bonk!

Allie verlor das Gleichgewicht und rutschte mit einem Aufschrei von ihrem Sitz. Vor ihr kauerte Walt auf allen vieren. „War ich zu nah am Ufer?"

„Nein. Wir haben irgendwas Metallisches gerammt." Er stand auf und bot ihr lächelnd die Hand an. „Und fürs Protokoll: Dieses Mal warst du schuld."

Wenn sie nur keinen Freund hätte ...

Als sie nach seiner Hand griff, strömte Wärme durch sie hindurch. Seine Nackenmuskeln spannten sich an, und seine Lippen hatten einen schönen, weichen Schwung. Wie es wohl wäre, ihn zu ...

„Was das wohl war?"

„Wie?" Allie starrte Walt an, der sich wieder vor ihr hinhockte. „Keine Ahnung." Sie kletterte über die Sitzbank in den Bug. Dabei kippte das Boot zur Seite und sie klammerte sich schnell an den Rand.

„Vorsicht."

„Verzeihung." Das Ufer formte hier eine kleine Einbuchtung, in der keine Strömung herrschte. Kurz darauf hatte sich die Wasseroberfläche beruhigt, und Allie erkannte im trüben Wasser schwarzweiße Flecken und große Augen. „Walt, das ist eine Kuh."

Er lachte und zog die Riemen aus dem Wasser. „Veralbern kann ich mich allein."

Allie winkte ihn herüber. Sie konnte den Blick nicht von dem verzerrten Bild abwenden. „Nein, im Ernst. Komm her. Es ist eine Kuh – eine riesige Metallkuh."

Sie tauschten die Plätze. Walt spähte ins Wasser und sah Allie mit riesigen Augen an. Sie waren fast so groß wie die der Kuh. „Das ist Flossie!"

„Flossie?"

„Fortner's Flossie. Ich habe doch gestern von ihr erzählt. Die Kinder, die sie gestohlen haben, haben wohl Panik gekriegt und sie hier hineingeworfen." Er setzte sich, drehte das Boot und rammte es ins Schilf. Dann stieg er aus.

Allie hielt sich fest. „Was tust du?"

Er watete angestrengt durchs Wasser. „Ich hole sie da raus."

„Du spinnst. Sie ist zu groß."

Er grinste sie über die Schulter an. „So groß wie ein Kalb. Und wenn Mr Fortner sie nicht zurückhaben will, dann ist immerhin jede Menge Altmetall drin. Das kann unser Land jetzt gut gebrauchen."

Allie ließ sich über den Bootsrand ins Wasser gleiten. Zwischen ihren Zehen drückte sich Schlamm hindurch.

Walt sah sie verblüfft an. „Du machst mit?"

„Vaterlandspflicht." Sie knüpfte das Seil vom Bug ab. „Hilft uns das?"

„Ja. Gute Idee. Flossie steckt im Schlamm fest."

Allie watete, bis ihr das Wasser bis zur Hüfte stand und gab Walt das Seil. Er band es um den Hals der Kuh.

„Okay. Ich tauche und rüttle. Du ziehst."

„Alles klar." Als er verschwunden war, zog sie kräftig am Seil, aber die Kuh bewegte sich nicht.

Walt kam wieder hoch und schüttelte sich den Schlamm von den Händen. „Ich hätte jemanden mitnehmen sollen, der ein paar Kilo auf die Waage bringt. Du bist ja ein Fliegengewicht."

Allie erkannte sofort, dass er es nett meinte. Sie wickelte sich das Seil um die Hand. „Pass bloß auf, was das Fliegengewicht alles kann."

Walt tauchte wieder ab und Allie zog nach Leibeskräften. Dieses Mal bewegte sich Flossie. Beim zweiten Mal kippte sie um. Allie rutschte aus und die Wellen schwappten über ihr zusammen. Im rutschigen Schlamm fand sie keinen Halt, doch das Seil wollte sie trotzdem nicht aufgeben.

Eine feste Hand am Ellenbogen half ihr hoch. Sie wischte sich das Wasser aus dem Gesicht. „Danke."

„Gern geschehen." Er zeigte auf das Seil. „Für ein Fliegengewicht gar nicht übel. Komm, wir holen Flossie hier raus."

„Und dann?" Sie wand das Seil um eine weniger rote Stelle an ihrer Hand.

Walt legte die Arme um den Bauch der Kuh. „Bis zur Brücke ist es nicht weit. Irgendwo hier muss eine Straße sein. Die Kuh ist ja auch irgendwie hergekommen."

Sie zogen und lachten und rutschten aus und stießen mit glitschigen Armen und Beinen aneinander. Die Anstrengung stieg Allie mehr und mehr zu Kopfe.

Sie schob sich mit dem Rücken an einigen Rohrkolben entlang. „Ist die schwer!"

„Bald nicht mehr." Walt zog die Kuh weiter ins Schilf. „Wenn das Wasser einmal rausgeflossen ist, wird es besser."

Allie spürte festen Boden unter den Füßen und das Schilf wurde nach und nach zu Gras. Aus Flossies Nähten rann Wasser. Erschöpft fiel Allie ins Gras. Walt tat es ihr gleich und sie keuchten, während die Sonne sie beschien.

„Sie sind ja total schmutzig, Miss Miller." Walt stupste mit dem Zeh ihre schlammige Wade an.

Sie lächelte belustigt. Neben schlammigen Armen und Beinen hatte er auch noch Roststreifen auf der Brust. „Sie aber auch, Lieutenant Novak."

Er wischte sich die Hände an der Badehose ab und verschränkte sie dann hinter dem Kopf. „Wir zwei stolpern wirklich von einem Abenteuer ins nächste."

Sie untersuchte ihre Hände – frische Maniküre und rote Streifen vom Seil. „Ich kann einfach nicht glauben, dass wir schon wieder eine Kuh erwischt haben."

Walts melodiöses Lachen erklang laut und herzlich und Allie stimmte fröhlich mit ein.

Kapitel 6

Freitag, 26. Juni 1942

Zum fünften Mal ging Walt an der Tür des Belshaw-Gebäudes vorbei. „Das nächste Mal gehst du einfach rein. Mann, du bist Bomberpilot! Was ist so schwer daran, eine Tür zu öffnen?"

Von der anderen Seite der Second Street winkte Mrs Llewellyn zu ihm herüber. Die alte Klatschtante würde in der ganzen Stadt herumerzählen, dass er sich nervös vor der Tür herumgetrieben hatte. Und damit nicht genug: Sie hatte ihn gerade abgefangen, um jedes Detail der Rettungsaktion aus ihm herauszukitzeln, nur damit sie sagen konnte, sie habe es direkt von Walter Novak gehört. Jedes Detail – wie Allie und er Flossie aus dem Fluss gezogen hatten, sie zur Straße gebracht und dann einen Pick-up angehalten hatten, in dem niemand Geringeres als Mr Fortner selbst gesessen hatte. Was Mrs Llewellyn natürlich eigentlich interessiert hatte, war, warum Walt und diese Zugereiste mit nichts weiter als ihren Badeanzügen bekleidet quer durchs Land marschiert waren.

Walt winkte zurück, verschwand im Gebäude und stieg die Treppen zum Empfangssaal hinauf. Von der Deckenmitte hingen weiße Luftschlangen in alle Richtungen wie die Tentakel eines Kraken. Mrs Jamison und Mrs Anello waren damit beschäftigt, Tischdecken auf der langen Tafel zu verteilen, Betty und Dorothy fummelten an irgendeinem Blumengesteck herum und Allie stand rechts von ihm auf einer Leiter mit einer Luftschlange in der Hand.

„Hey, Walt", rief Betty. „Was machst du denn hier?"

„Hi." Er blieb bei dem Versuch, die Hände aus den Hosentaschen zu ziehen, stecken. Schnell ließ er das Objekt in seiner Hand los und winkte. „Mir ist langweilig. Dad bastelt an der Predigt, Mom putzt, Art ist beschäftigt, Jim und Helen sind weggefahren, und George hat zu tun. Morgen ist ja die Hochzeit."

„Als ob wir das nicht wüssten." Lachen erfüllte den Saal.

Walt zuckte zusammen. Dummer Satz.

„Wir finden schon was zu tun für dich", sagte Betty. „Allie, brauchst du Hilfe?"

„Klar. Ich wäre viel schneller, wenn jemand für mich Klebeband abreißen würde."

Zeit mit Allie allein – genau das, worauf er gehofft hatte. Er schlenderte zu ihr hinüber. „Eigentlich sollte ich ja auf der Leiter stehen."

Allie zog eine Augenbraue hoch. „Kannst du Schleifen machen?"

„Schleifen?"

„Dachte ich's mir doch." Sie beugte sich herunter und gab ihm eine Rolle Klebeband. „Hier, mach dich nützlich, du kleiner Bruchpilot."

„Ich wusste doch, dass die Armeeausbildung für was gut ist", antwortete er grinsend. Die Aufgabe war langweilig, aber nicht ohne Reize – wie zum Beispiel die wohlgeformten Waden auf Augenhöhe. Wieso machten die Frauen nur so einen Aufstand wegen der Strumpfknappheit? Nackte Beine waren doch genauso gut.

„Hübsche Aussicht", sagte er und bereute es sofort. Schnell guckte er aus dem Fenster. Na wunderbar, jetzt war er beim Begaffen ihrer Beine erwischt worden.

„Hmm?" Sie beugte sich hinunter und sah aus dem Fenster auf die Baumwipfel, die die Straße säumten. „Oh. Stimmt." Sie klang nicht besonders überzeugt.

Walt zeigte auf das Fenster. „Ich mag Bäume. Grün." Wie ihre Augen, wenn sie ihn anlächelte. War es hier drin schon die ganze Zeit so stickig gewesen? Er warf seine Offiziersmütze auf einen Tisch und krempelte sich die Ärmel hoch. Wieso musste er gerade jetzt einen Knoten in der Zunge haben? Gestern war doch alles so gut gelaufen. Es fiel ihm noch immer schwer zu glauben, dass sie sich übers Küssen unterhalten hatten. Ja, sie hatten tatsächlich übers Küssen geredet und sie hatte überhaupt nicht abgeneigt ausgesehen.

Allie legte die Luftschlange so lange in Schleifen, bis sie wie eine Blume aussah. „Ich kann gar nicht fassen, dass die Woche schon halb rum ist." Sie nahm das nächste Stück Klebeband entgegen und seufzte.

„Alles okay?"

„Ja, mir geht's gut." Ihr standen Tränen in den Augen. „Ich versuche, nicht an die Heimfahrt zu denken. Ach, du hältst mich jetzt bestimmt für schrecklich undankbar. Ich liebe meine Eltern, wirklich, und mein Zuhause, und Riverside, und ..."

„Ich weiß. Aber keine Freunde, keine Abwechslung, keine Arbeit. Und noch nicht einmal eine gute Kirche."

Sie sah ihn einen langen Augenblick an und wandte sich dann wieder ihren Schleifen zu. „Ich wünschte, die Dinge lägen anders."

„Dann ändere sie doch."

Ihre Antwort war ein vielsagender Blick.

„Ich weiß, du hast Angst, aber du kannst das. Geh in eine neue Kirche oder stell dich beim Roten Kreuz vor." Was hatte diese Frau an sich, das ihn plötzlich so mutig machte?

Sie plusterte die Schleifen auf. „So einfach ist das nicht. Ich meine, du ... du verstehst mich. Ich kann gar nicht glauben, wie gut. Aber du kennst meine Eltern nicht."

„Nein, aber du hättest mal dabei sein sollen, als ich meinem Vater eröffnete, dass ich kein Pastor werden will. Das fiel mir wirklich schwer, aber ich habe gebetet und auf Gott gehört. Und er hat mir die Kraft dazu gegeben. Du willst doch für Gott aktiv werden. Er nimmt solche Wünsche ernst. Bete einfach, und denk dran, ich bete auch für dich."

„Danke." Die Schleifen waren fertig und sie setzte sich auf eine Leitersprosse. „Aber du brauchst viel dringender Gebet als ich. Ich fahre nur nach Hause. Du fährst in den Krieg." Die Falten auf ihrer Stirn zeigten ihm, dass ihre Sorge echt war. Und dass es ihr unangenehm war, mit ihren kleinen Problemen im Mittelpunkt zu stehen.

Walt steckte beide Daumen durch die Rolle Klebeband, als handele es sich um das Steuerhorn in einem Bomber. „Vor einer ganzen Weile hat Jack mir mal geschrieben, er würde es lieber mit einem ganzen Geschwader Zeros aufnehmen, als unserem Vater gegenüberzutreten."

Allie lächelte verständnisvoll. Ihr Stirnrunzeln war verschwunden.

Er brachte die Rolle Klebeband auf Startposition. „Wie wäre es denn, wenn jeder einfach für den anderen betet?"

„Das hört sich wundervoll an", sagte sie mit einem weichen, langen Blick.

Oh ja, dieses Flugzeug war am Starten. Alles war vorhanden: Freundschaft, Verständnis, Anziehungskraft, und obendrein noch ein gemeinsamer Glaube. Sie würde für ihn beten. Während er den Feind bekämpfte und durch Kugelhagel flog, würde diese entzückende junge Frau für ihn beten.

„Wir ... sollten lieber weitermachen." Sie warf einen Blick auf die anderen Frauen und kletterte von der Leiter. „Holst du bitte noch eine Luftschlange? Ich baue die Leiter inzwischen dort drüben auf."

Walt schauderte bei der Vorstellung, mit einer Luftschlange durch den ganzen Saal zu tänzeln. Da könnte er sich auch gleich eine rosa Schleife auf den Kopf binden. „Nichts da. Ich nehme die Leiter. Du holst die Girlande." Er legte ihr eine Hand auf den Rücken und schob sie in Richtung Krake. Dann stellte er die Leiter in die nächste Ecke, zog das Objekt aus seiner Hosentasche und legte es auf die oberste Sprosse. Schnell warf er einen Blick auf Allie. Sie sah mit der Girlande tausendmal besser aus als er.

Allie kletterte auf die Leiter und stockte, als sie Walts Geschenk sah. „Was ist das?"

„Erinnerst du dich an das Treibholz von gestern?"

„Du hast das hier selbst gemacht?" Sie setzte sich auf eine Sprosse und klemmte sich die Luftschlange in die Kniekehle. „Oh Walter, was für eine süße kleine Kuh."

„Schnitzen ist mein Hobby. Wobei ich sonst eher Flugzeuge mache."

„Wann hattest du denn Zeit dafür?" Ihr Finger strich sanft über den Rücken der Kuh, dort, wo gerade eben noch Walts Hände gewesen waren.

„Gestern Nacht. Nachdem wir *Yankee Doodle Dandy* geguckt haben. Konnte sowieso nicht schlafen." Wie auch, mit all den Erinnerungen des Tages – die Bootsfahrt, die Matschpartie, die beiden Plätze nebeneinander im Kino, noch mehr Klavierduette, bei denen sie immer näher aneinandergerückt waren?

„Und du sagst, ich überrasche dich immer wieder." Sie streichelte die kleine Kuhnase. „Jetzt hast du mich überrascht. Das ist die schönste Kuh, die ich je gesehen habe."

„Hör auf, sonst wird sie noch ganz eingebildet."

Allie musste lachen und sah auf die zwei kleinen Holzaugen. „Sie kann sowieso nichts sehen. Ist eine blinde Kuh." Dann hielt sie sie Walt hin.

„Nein, die ist für dich."

„Für mich?" Allie strahlte. Wie kam sie nur darauf, dass sie nicht hübsch war?

„Ja. Als Erinnerung an diese Woche."

„Vielen Dank, Walt. Na, möchtest du mit zu mir nach Hause kommen, Flossie?" Sie gab der Kuh einen Kuss und steckte sie in ihre Rocktasche.

Und wie wäre es mit einem Kuss für den Schnitzer? Walt strich sich die Haare aus der Stirn.

Allie beugte sich zu ihm hinunter und zupfte seine Locke wieder hervor. „Warum machst du die nur immer weg? Sieht doch süß aus. Walt, der fesche Pilot."

Süß? Fesch? Mann, wenn die anderen nicht hier gewesen wären, hätte er sie sofort von der Leiter geholt und ihr den ersten richtigen Kuss verpasst.

Allie wurde rot, als hätte sie seine Gedanken gelesen.

„Ihr macht wohl Pause?" Betty kam zu ihnen herüber und sah Allie böse an. „Hört mit dem Geschnatter auf und geht an die Arbeit."

Allie grinste. „Jetzt hast du vier Jahre gewartet, um mir das einmal sagen zu können."

„Ganz genau", erwiderte Betty und tätschelte Allies Hand. „Obwohl ich nie im Leben gedacht hätte, dass ich das zu dir und Walt sagen würde. Und ich habe mich im Voraus noch verrückt gemacht, weil klar war, dass ich diese Woche nicht so viel Zeit für dich haben würde. Hätte nie gedacht, dass ihr zwei Mauerblümchen so gut miteinander auskommt. Ihr seid ja unzertrennlich!"

Walt riss ein Stück Klebestreifen ab. Wenn es nach ihm ging, könnte das für den Rest seines Lebens so weitergehen.

Kapitel 7

„Und? Hast du Angst?", fragte Dorothy.

Betty drehte sich eine blonde Locke ein. „Ich heirate den tollsten Mann der Welt und wir glauben beide an Gott – wieso sollte ich denn Angst haben? Und außerdem habe ich heute Abend meine liebsten Freundinnen bei mir, falls ich doch noch kalte Füße bekommen sollte."

Allie saß auf Bettys Bettkante und lackierte sich den letzten Fingernagel rot. Wieso war es Betty so wichtig, einen gläubigen Mann zu heiraten? Konnte eine gottesfürchtige Frau ihren Mann nicht nach und nach zum Glauben bringen? Baxters Seelenheil war es wert, ihre romantischen Träumereien zu opfern.

Dorothy saß mit eingedrehten Haaren neben Allie. „Freust du dich auch schon, Baxter zu heiraten?"

Verlegen schraubte Allie die Kappe auf den Nagellack und murmelte etwas Unverständliches.

Betty schnalzte mit der Zunge. „Du brauchst es gar nicht erst versuchen. Sie redet nie über Baxter."

Dorothys Blick bohrte sich in Allies Seite. „Stimmt, eigenartig. Du erwähnst ihn fast überhaupt nicht."

„Ich behalte private Dinge eben lieber für mich." Allie wedelte mit der linken Hand, damit der Lack schneller trocknete. Jetzt, wo sie darüber nachdachte, wurde ihr bewusst, dass sie ihn auch Walt gegenüber nicht gerade oft erwähnt hatte. Sie runzelte nachdenklich die Stirn.

„Das ist eine rätselhafte Beziehung, die ihr da führt", stellte Betty fest und sah Allie über den Schminkspiegel hinweg an, während sie eine weitere Strähne eindrehte. „Baxters Bild stand zwar im Wohnheim auf deinem Schreibtisch, aber davor verschmachtet bist du nie. Seine Briefe haben dich nie in Verzückung gebracht. Wenn er dich besucht hat, warst du vorher nicht aufgewühlt, währenddessen nicht vor Aufregung aus dem Häuschen und hinterher nicht traurig. Guck mich dagegen an. Ich wollte immer so ruhig und gelassen sein wie du."

Allie schaffte es gerade so, Bettys Lächeln im Spiegel zu erwidern. Sie hatte immer so verliebt sein wollen wie Betty.

„Das sehe ich anders. Es geht doch gerade darum, aus dem Häuschen zu sein", sagte Dorothy.

Allie ergriff die Gelegenheit beim Schopf. „Bist du wegen Art aus dem Häuschen?"

„Art?" Sie schnaubte. „Arthur Wayne ist nichts weiter als ein ewiger Kandidat. Ja, er sehnt sich nach mehr, aber handeln tut er doch nicht."

„Könntest du nicht aktiv werden?" Allie war selbst erstaunt über ihre Frage.

Betty und Dorothy brachen in Gelächter aus. „Du solltest ihn mal sehen, wenn sie mit ihm flirtet", sagte Betty. „Er ist schneller weg als ein lichtscheues Insekt."

„Und dann schmollt er, wenn ich mit anderen Männern ausgehe." Dorothy schlug die Beine übereinander und rückte ihren Bademantel zurecht. „Aber mal ehrlich: Wie lange soll ich noch auf ihn warten? Und es ist mir egal, was Walter Novak sagt. Ich bin immer noch stocksauer darüber, was er letzten Sommer fertiggebracht hat."

Betty drehte sich um. „Allie, du wirst nicht glauben, was er gesagt hat. Ausgerechnet Walter Novak."

Allie brachte ihren Unmut mit einer Handbewegung zum Ausdruck. Bettys Ton gefiel ihr überhaupt nicht.

„Pass auf." Dorothy verschränkte die Arme. „Walt hat mir doch tatsächlich vorgeworfen, ich sei nur mit Reg Tucker ausgegangen, um Art eifersüchtig zu machen. Ich treibe nur Spielchen, hat er gesagt. Ich sei hinterlistig. Hinterlistig? Wer im Glashaus sitzt, sollte nicht mit Steinen werfen."

Allies Blick schnellte zwischen ihren Freundinnen hin und her. Obwohl sie sich eingestehen musste, dass die beiden Walt besser kannten als sie, verspürte sie doch das dringende Verlangen, ihn zu verteidigen.

„Ach komm, Allie." Betty stand vom Schminktisch auf und setzte sich neben Dorothy aufs Bett. „Ich weiß, Walt ist dein neuer Kumpel, aber ich habe dir gesagt, dass er es mit der Wahrheit nicht immer so genau nimmt. Natürlich hat er das Herz am rechten Fleck. Er würde nie jemanden damit verletzen wollen."

Allie stand auf und holte die Gesichtscreme aus ihrer Kosmetiktasche. In ihrem Magen herrschte ein unschönes Durcheinander.

„Das letzten Sommer hat mich sehr wohl verletzt", entgegnete Dorothy. „Er hat gesagt, Art würde mit Jeannie Llewellyn gehen, was aber gar nicht stimmte. Er wollte mich eifersüchtig machen, aber ich war nur noch wütend. Art, Walt und ich haben wochenlang nicht mehr miteinander geredet."

„Oh je." Allie setzte sich an den Schminktisch und schraubte die Cremedose mit der rechten Hand auf, an der der Nagellack bereits getrocknet war. Jetzt wusste sie ganz genau, woher die Spannungen zwischen Walt und Dorothy kamen.

„Wobei man Walt auch verteidigen muss", sagte Betty. „Er wollte nur helfen. Manchmal greift er eben zu einer Notlüge. Aber immer um zu helfen oder seine Freunde zu schützen. Na gut, manchmal auch um sein Gesicht zu wahren. Man darf nicht vergessen: Er ist Pastorenkind mit zwei perfekten Brüdern. Er kann es nur schwer ertragen, in einem schlechten Licht zu erscheinen."

Allie tauchte die Finger in die weiße, weiche Masse. „Ich weiß nicht. Er hat mir auch sehr unschmeichelhafte Geschichten von sich erzählt."

Bettys Augen blitzten auf. „Hat er die Scheune erwähnt?"

Allie sah im Spiegel, dass sich ihre Augen erschrocken weiteten.

Betty quietschte vergnügt. „Tatsächlich? Los, erzähl!"

„Och bitte", bettelte Dorothy. „Du musst es uns sagen."

Allie zögerte. Welche Loyalität wog schwerer? Die zu der alten Freundin oder die zum neuen Freund? „Ich kann nicht. Ich wüsste genau, wie ich mich fühlen würde, wenn Walt meine Geschichte weitererzählen würde."

„Welche Geschichte?" Betty spitzte die Ohren. „Eine, die ich noch nicht kenne?"

„Um ehrlich zu sein, ja."

„Mir kannst du sie erzählen. Ich bin deine beste Freundin."

Die Verletzung in Bettys Stimme bereitete Allie innere Qualen, aber wenn sie Baxters gesammelte Küsschen ausplauderte, würde Betty erbarmungslos aus ihr herauspressen, dass sie sich eigentlich gar nicht liebten. Sie massierte die Creme kreisförmig in ihre Wangen ein und lächelte schwach. „Tut mir leid. Die Geschichte einmal zu erzählen, war schon schlimm genug. Ein zweites Mal halte ich das nicht aus."

„So." Bettys Nasenflügel bebten und sie schob ihr Kinn nach vorn.

Allie verteilte seufzend die restliche Creme auf ihrer Stirn. Diesen Gesichtsausdruck kannte sie nur zu gut. Betty würde tagelang kein Wort mehr mit ihr reden, es sei denn, sie verriet ihr oder Walts Geheimnis.

Dorothy legte Betty den Arm um die Schulter. „Jetzt sei nicht eingeschnappt."

Betty verschränkte die Arme. „Ich bin nicht eingeschnappt."

„Und ob du das bist", sagte Allie und musste lachen, weil Dorothy im gleichen Moment dasselbe gesagt hatte.

Betty schob das Kinn noch weiter vor. „Wie soll das überhaupt aussehen, ‚eingeschnappt'?"

„Genau so." Allie setzte sich neben ihre Freundin und knuffte sie in die Seite. „Eingeschnappt, eingeschnappt."

Betty prustete los und knuffte zurück.

Tock!

Die drei Mädchen erschraken und sahen zum Fenster. „Was war das?", fragte Betty.

Tock!

Betty krabbelte zum Fenster, hob den schweren Vorhang und spähte hinaus. „Da ist George. Und Art und Walt."

Musik drang durchs Fenster. „‚I stand at your gate; and the song that I sing is of moonlight.'"

„Die *Moonlight Serenade*", sagte Allie. „Wie romantisch. Schnell, mach das Fenster auf."

„Oh nein." Betty sprang zurück zum Bett und ließ sich zwischen ihre Freundinnen fallen. „Ich habe nur einen Bademantel an und Lockenwickler im Haar. So darf George mich nicht sehen."

Allie war die Einzige ohne Lockenwickler und ohne romantische Ambitionen, was die Herren im Garten anging. Aber trotzdem zögerte sie beim Gedanken an Walt, sich in ihrem Bademantel zu zeigen.

Energisch stand sie auf. Es war an der Zeit, dass diese lächerlichen Fantasien ein für alle Mal aufhörten. Sie schob den Vorhang beiseite und drückte vorsichtig das Fenster nach oben, um ihre frische Maniküre nicht zu beschädigen.

Das Lied verstummte. „Hallo, Allie", riefen drei männliche Stimmen.

„Guten Abend, Gentlemen." Sie stützte sich mit den Ellenbogen auf das Fenstersims. Trotz der Verdunkelungsanordnung hatte jemand das Licht auf der Veranda angeschaltet, in dessen Schein George mit einer Ukulele, Art mit einem Kazoo und Walt im Schneidersitz hinter einem Spielzeugklavier zu sehen waren.

„Wo ist Betty?", fragte George.

„Sie versteckt sich. Betty und Dorothy haben Lockenwickler im Haar." Von hinten traf sie ein Kissen und sie musste lachen.

„Und wo sind deine Lockenwickler?"

Allie hob eine ihrer Haarsträhnen an. „Natürliche Locken. Manchmal ein Segen, manchmal ein Fluch."

„Immer ein Segen." Walt ließ mit einer raschen Handbewegung eine Tonleiter erklingen und grinste Allie an. Seine widerspenstige Locke lag ungestört auf seiner Stirn.

Allies Gesicht wurde heiß. Wieso hatte sie ihn heute Morgen berührt? Er musste sie für vollkommen treulos halten, dass sie hier so mit ihm herumflirtete. Dabei hatte sie bisher noch nie geflirtet.

„Sie sehen heute Abend hinreißend aus, Miss Miller", sagte Walt und zwinkerte ihr zu.

Allie brauchte einen Moment, um sich zu fangen und das Kompliment einzuordnen. Dann lachte sie. Natürlich, er neckte sie, wie immer. Sie hatte noch nie hinreißend ausgesehen, und vor allem nicht heute Abend. „Und Sie sehen so fesch aus, Lieutenant Novak. Das muss das große Klavier sein."

„Bestimmt." Er klimperte ein paar Takte. „Soll ich es zu unserem ersten Date mitbringen?"

Ein Date? Allies Brustkorb schnürte sich zu. Ach nein, er nahm sie nur auf den Arm. Er wusste doch von Baxter, oder nicht? „Ein Date? Das ist doch ... eine rein hypothetische Frage, oder?"

„Oh, ja." Er legte eine Hand auf seine Brust. „Und der schreckliche Krieg riss die beiden auseinander."

Allies Lachen schallte über den Vorgarten. „Betty sagt immer, du seist schüchtern, aber das hier artet doch ins Flirten aus!"

„Hey!", rief George dazwischen. „Ich bin hier derjenige, der flirten sollte. Wo ist meine Braut? Ich will meine Braut sehen."

„Sing nur, Liebling", rief Betty. „Ich kann dich hören."

Allie duckte sich zurück ins Zimmer. „Betty, das musst du dir angucken. Sie sehen zuckersüß aus. Und das ... das ist ein einmaliger Moment. Der kommt nicht wieder."

Betty kaute zögernd auf ihrer Unterlippe.

„Ich hab eine Idee", sagte Dorothy. „Wir decken die Lockenwickler ab."

Betty und Dorothy legten sich Handtücher auf den Kopf und banden sie unter ihrem Kinn zusammen. Dann quetschten sich die drei jungen Frauen nebeneinander auf das Fenstersims. Die Ukulele plärrte, das Kazoo jaulte, das Klavier klimperte und George und Walt sangen rau und kräftig.

Allie fühlte sich rundum zufrieden. Die laue Sommernacht, die Musik, nette Freunde und die leidenschaftliche Liebe von George und Betty – ein wahrhaft einmaliger Moment. Obwohl sie sich auch nach solch einer Liebe sehnte, mischte sich keinerlei Bitterkeit in ihre Gefühle.

Und wieder konnte sie in Walts Lächeln dieses Verständnis lesen. Was auch immer er für Fehler hatte, er war ein guter Mann und ein willkommener Freund. Was würde daraus werden, wenn sie wieder nach Hause fuhr? Würde er ihr schreiben? Hoffentlich. Freunde waren kostbar und selten, noch dazu Freunde, die einen verstanden.

Eine Saite der Ukulele riss. George warf sie beiseite.

„,A love song, my darling, a moonlight serenade.'"

Betty schniefte und wischte sich Tränen aus den Augen. „Ich liebe dich, George Anello."

„Ich liebe dich auch. Und morgen wirst du meine Frau." Er warf ihr eine Kusshand zu und verschwand in der Dunkelheit.

Betty und Dorothy zogen sich hinter den Vorhang zurück und Allie griff nach dem Fenster, um es zuzuziehen.

„Gute Nacht, Allie."

Sie sah nach unten. Nur Walt stand noch im goldenen Lichtkegel. Das Spielzeugklavier hatte er sich unter den Arm geklemmt. „Gute Nacht, Walt."

Sein Lächeln brachte in ihr etwas Freudiges zum Schwingen. Wäre es nicht traumhaft, wenn ...?

Nein! Allie zog das Fenster zu und wandte sich ab. Ihre Freundinnen richteten die Lockenwickler. „Walt weiß doch, dass ich einen Freund habe, oder?"

„Logisch", sagte Betty. „Ich habe ihm alles von dir erzählt."

Allie runzelte die Stirn. Walt hörte Betty nicht immer besonders gut zu.

„Er weiß es", bestätigte Dorothy. „Er redet doch mit dir, oder nicht?"

Betty musste lachen. „Der arme Walter. Kann nur mit einem Mädchen reden, wenn es vergeben ist."

Kapitel 8

Samstag, 27. Juni 1942

Walts Haltung war mustergültig. Als hätte er gerade den „Rührt-euch"-Befehl bekommen. Wenn er sich nur rühren könnte.

Die Lähmung war wieder da.

In dem Moment, in dem Allie in ihrem langen grünen Kleid den Gang in der Riverview Community Church heruntergeschwebt war, waren alle seine Muskeln zu Stein erstarrt. Auf ihr sanftes Lächeln hin hatte er sich dazu zwingen müssen, seine Mundwinkel in eine Position zu bringen, die wahrscheinlich noch nicht einmal wie ein Lächeln aussah. Inzwischen versah der Halsmuskel wieder seinen Dienst, aber er gehorchte ihm nicht. Eigentlich sollte er zusehen, wie sein Vater die Ehe seiner Freunde segnete, aber Allie zog ihn an wie ein Magnet.

Wie sollte er mit ihr tanzen, wenn er sich nicht bewegen konnte?

Allie sah zu ihm herüber. Sein Kopf schnellte nach vorn, als würde er Dads Worten lauschen. Das war schon das zweite Mal, dass sie ihn erwischte.

Warum gerade jetzt? Warum musste er jetzt zur Salzsäule erstarren, wo er wusste, dass sie Interesse an ihm hatte? Nach dem Flirt bei der Nachtmusik gab es keinen Zweifel mehr daran. Der verträumte Blick, als er für sie gesungen hatte, und dieser Gesichtsausdruck bei der Verabschiedung. Als wollte sie, dass er die Wand hochkletterte und sie an Ort und Stelle küsste. Gestern hätte er es auch sofort gekonnt. Aber jetzt?

Ihre Taille sah in diesem Kleid noch schmaler aus; ihre Locken lagen so weich um ihre Wangen und der Ausdruck auf ihrem Gesicht war unglaublich süß. Mann, wollte er sie heute küssen.

Allie warf ihm einen neugierigen Blick zu. Er sah so ruckhaft nach vorn, dass sein Hals schmerzte. Großartig. Jetzt wusste sie sicher, dass er sie beobachtete. Und dass etwas nicht stimmte.

Walt runzelte die Stirn. Er konzentrierte sich viel zu sehr auf den Kuss. Lieber sollte er versuchen mit ihr zu tanzen und sich zu unterhalten. Die ganze Woche war ihm das so leichtgefallen, aber jetzt erschien es ihm ebenso unwahrscheinlich, wie dass Flossie plötzlich Flügel wuchsen. Wenn sie nur nicht so hübsch aussehen würde – und so leicht wie ein Gleitflugzeug.

Allie sah ihn an. Erwischt!

Bevor er sich abwenden konnte, meinte er zu sehen, wie ihre Zunge herausschnellte, wie bei einer Eidechse. Er blinzelte. Das konnte nicht sein.

Allie schielte.

Eines der damenhaftesten Wesen, das er je gesehen hatte, schnitt vor den Hochzeitsgästen für ihn Grimassen. Ein Lächeln durchbrach die Muskelstarre auf seinem Gesicht. Allie wusste, dass er nervös war und wollte ihn auflockern. So gut hatte ihn noch niemand verstanden.

Er zwinkerte ihr zu und legte all seine Gefühle in diese kleine Geste. Sie lächelte und wandte sich wieder nach vorn.

Walt prüfte seine Hände und Füße. Ja, er konnte sich wieder bewegen. Er konnte mit ihr reden, lachen und auch tanzen. Und wegen des Kusses: abwarten.

***

Das Messer knackte die Zuckerschicht und versank in der Torte. Allie schob den Tortenheber unter das Stück und setzte es auf dem Teller ab, den Helen Carlisles ihr hinhielt.

„Gleich haben wir es geschafft." Helen blickte im Raum umher. „Dorothy kümmert sich um die Getränke, die Band spielt sich warm. Wenn das Baby jetzt noch zehn Minuten ruhig ist, dann passt alles."

Allie lächelte. Auch wenn sie Schwestern waren, waren Betty und Helen grundverschieden. Betty hasste die kleinen Details und Helen lebte davon. „Ich glaube, halb Antioch ist gekommen. Wo hast du nur den ganzen Zucker für den Kuchen her?"

„Na ja, wenn der Sohn des Lebensmittelhändlers heiratet ..." Helen brachte noch zwei leere Teller. „Keine Sorge. Es geht alles mit rechten Dingen zu. Wir haben jeder unsere Rationen beigesteuert."

„Apropos Rationen", sagte Jim Carlisle und kam mit einem schreienden Bündel auf ihren Tisch zu. „Jay-Jay will seine Milchration. Deine Mutter hat zu tun, und meine ... finde ich nicht."

Helen sah auf die Torte. „Ich bin sofort fertig."

„Ich kann das doch machen", sagte Allie.

„Aber ..."

Jim drückte Helen das Baby in den Arm.

Helen seufzte und gab ihrem Sohn das Fläschchen. Nach einer Weile beruhigte sich Jay-Jay und trank begierig. Helen sah Allie lächelnd an. „Babys sind zuckersüß, aber Pläne sind ihnen so was von egal."

Allie winkte der kleinen Familie nach. Torte konnte man zwar auch allein verteilen, aber einfach war es nicht. Die nächsten Stückchen schafften es nicht bis zur Tellermitte, und eins fiel um und verlor jede Form. Sie stellte es für sich selbst beiseite.

„Hallo Allie."

Die männliche Stimme hinter ihr kam genau richtig – oder allenfalls eine Winzigkeit zu spät. Sie war fast fünf Minuten allein gewesen. Dankbar lächelte sie Walt über die Schulter an und wandte sich wieder der Torte zu. „Kommst du mir helfen?"

„Nein. Ich wollte dich über unsere Mission heute Abend aufklären."

„Unsere Mission?"

„Siehst du diese beiden Schiffe? Die USS *Carlisle* und die USS *Wayne*?" Er zeigte über Allies Schulter auf Dorothy am Getränketisch und Art auf der anderen Seite des Saals. „Admiral Anello hat mich über unsere feierliche Pflicht in Kenntnis gesetzt, diese beiden Schiffe auf Kollisionskurs zu bringen."

Allie war froh, dass er seine komische Scheu von der Hochzeitszeremonie überwunden hatte, aber die plötzliche Nähe und Forschheit brachten sie durcheinander. Sie riss sich zusammen und legte das nächste Stück Torte auf einen Teller. „Ein Vergleich mit der Marine? Und das aus dem Mund eines Fliegers?"

„Geht eben besser mit Schiffen als mit Flugzeugen." Der Lufthauch seines Lachens ließ ihre Haare und irgendetwas in ihrem Bauch flattern.

„Moment mal." Sie legte das Messer hin. Er war so nah und gut aussehend in seiner Ausgehuniform, dass sie erst einmal einen Schritt zurückgehen musste. „Hast du dich nicht schon genug in Arts und Dorothys Angelegenheiten eingemischt?"

Walts Bäckchen sanken. „Sie hat es dir erzählt?"

„Ich weiß, deine Absichten waren gut. Aber die Methode eher nicht."

Einen Augenblick lang studierte er ihr Gesicht, als wolle er prüfen, ob sie ihm vergeben würde. „Ich habe draus gelernt. Das hier ist Georges Idee."

Sie verschränkte die Hände hinter dem Rücken. „Und was ist der Plan, Captain Novak? Wir dürfen keine Zeit verschwenden. Die Schiffe driften voneinander weg."

„Captain Novak – das gefällt mir." Er lächelte, wurde aber sofort wieder ernst. „Der Plan des Admirals wird dir nicht gefallen. Ich habe ihm von unserer Abmachung mit dem Tanzen erzählt, und er hat mich seinen Rang spüren lassen. So wie es aussieht, werden Art und Dorothy sich an uns ein Beispiel nehmen und kein Tanzbein schwingen."

„Und wenn wir doch tanzen?" Ein Schauer lief ihr über den Rücken. War das Sorge oder Vorfreude? „Wenn wir tanzen, werden sie auch tanzen. Und Betty hofft, dass dieser Tanzabend etwas bewirkt, was unzählige andere Tanzabende nicht geschafft haben."

Walts Lächeln war zurück und verwandelte seine Augen in süße Halbmonde. „Für einen Neuling hast du den Dreh aber schnell raus. Also, Matrose, kann der Admiral auf dich zählen?"

Etwas Neues, Schelmenhaftes erwachte in ihr. „Die Wahrheit ist: Der Matrose hat ein Problem. Ich darf mich nicht mit einem Offizier verbrüdern."

Walt sah sie mit hochgezogener Augenbraue an. „Oh, oh. Verbrüderung ist ein elementarer Bestandteil dieser Mission. Wie wäre es mit einer Beförderung gleich hier auf dem Schlachtfeld – Lieutenant Miller?"

Allie salutierte verschmitzt. „Melde mich zum Dienst, Sir!"

Walt lachte, ergriff ihre Hand und zog sie in Richtung Tanzfläche.

„Walter, warte." Allie sah auf die Torte und versuchte, die Wärme seiner Hand auszublenden.

„Ach ja." Er wirbelte herum und sah angespannt aus. „Ich hatte mir vorgenommen, das ordentlich zu machen. Dich hat noch nie einer zum Tanz aufgefordert, und ich zerre dich einfach davon. Noch mal von vorn. Würdest du ... ähm, mir die Ehre erweisen, mit mir zu tanzen?"

Für einen kurzen Moment wünschte sich Allie, Baxter würde nicht existieren und sie könnte den Rest ihres Lebens mit Walt verbringen. Was für ein treuloser Gedanke. Und außerdem war Walt nur höflich.

„Und?", fragte Walt.

„Ja, aber ich muss ... die Torte." Sie befreite ihre Hand und kehrte zum Tisch zurück. Hoffentlich konnte sie das Messer noch ruhig halten.

„Allie." Eine Hand mit leuchtend roten Fingernägeln griff über den Tisch nach ihrem Arm. „Ich versuche schon seit einer Ewigkeit, deine Aufmerksamkeit zu erringen."

Die Hand gehörte Louise Morgan vom Scripps College. Ihre braunen Augen wirkten hinter den Brillengläsern noch größer. „Oh Louise, ich habe so gehofft, dass du kommst!"

„Wieso hätte ich mir das entgehen lassen sollen? Es ist nicht so weit von hier nach San Francisco." Ihr Blick wechselte zu Walt, der wieder neben Allie stand.

Allie versuchte sich an die korrekte Vorstellungsreihenfolge zu erinnern. „Louise, ich möchte dir Walter Novak vorstellen, Georges Freund. Walt, das ist Louise Morgan, meine liebe Freundin vom Scripps College."

Nachdem die beiden sich die Hände geschüttelt hatten, wandte sich Walt mit vorgeschobener Unterlippe an Allie. „Und ich bin kein lieber Freund?"

„Doch, natürlich." Sie kämpfte gegen den Impuls an, seine Lippe wieder hineinzudrücken und sah Louise an. „Wo ist Larry?"

Louise zeigte auf einen Offizier am Getränketisch. „Holt sich den Kaffeersatz. Sieht er nicht toll aus in Uniform?"

„Oh ja."

„Wenn die Damen mich entschuldigen würden." Walt legte Allie eine Hand ins Kreuz. „Während du die Torte fertig machst, setze ich George über den Stand unserer Mission in Kenntnis."

Sie nickte, lächelte und hoffte, dass ihre Wangen nicht so rot waren, wie sie sich anfühlten.

Nachdem er weg war, nahm sich Louise einen leeren Kuchenteller. „Und wo ist Baxter?"

„Baxter? Ach, er hatte einen wichtigen Liefertermin in der Firma und konnte nicht mitkommen."

Louise hielt Allie den Teller hin. „Ich dachte schon, ihr hättet euch getrennt."

Allie fiel das Tortenstück auf den Tisch. „Nein, nein. Wie kommst du denn darauf?"

Louise warf einen vielsagenden Blick auf Walt, der sich mit Art unterhielt. „Walt scheint Interesse an dir zu haben. Weiß Baxter, dass er einen Konkurrenten hat?"

„Konkurrenten? Walt? Unsinn. Walt würde keinem anderen die Freundin ausspannen." Allie schob eilig die Überreste auf einen Teller. „Ich ... ich glaube, Betty hat ihn gebeten, diese Woche ein Auge auf mich zu haben."

Louise fegte ein paar Krümel vom Tisch in ihre Hand. „Ein Auge auf dich haben? Er hat definitiv nur noch Augen für dich. Die ganze Trauung hat er zu dir herübergeschielt."

Oh nein. Es war noch jemandem aufgefallen. Allie rieb mit einer Serviette an einem Zuckergussfleck auf der Tischdecke herum, obwohl sie merkte, dass der Fleck dadurch nur noch größer wurde.

„Dieser Pilot hat sich in dich verguckt."

„Unsinn." Mechanisch rieb ihre Hand weiter. Ihr Kopf dagegen kreiste um eine unmögliche Erkenntnis. Wenn er sich wirklich in sie verguckt hatte, würde das seine ständige Fürsorge und auch die Unbeholfenheit während der Trauung erklären – es war ihm peinlich, in eine Frau verschossen zu sein, die in festen Händen war.

„Ich finde das süß."

„Mach dich nicht lächerlich. Es hat sich noch nie jemand in mich verguckt."

„Niemand? Und was ist mit Baxter?"

„Baxter?" Allie verteilte das letzte Stück Torte. „Das ist etwas anderes. Wir sind schon so lange ein Paar." Und doch hatten viereinhalb Jahre mit Baxter Hicks nicht einmal den Bruchteil der Gefühle ausgelöst, die sie in einer Woche mit Walter Novak überrollt hatten.

Dem Walter Novak, der durch den Raum auf sie zukam und Augen und Lächeln nicht von ihr abwandte. Dem Walter Novak, der ihre Hand nahm und sie von Louise, von der Torte und von Allies Ausflüchten wegführte und in seine starken Arme schloss.

Dem Walter Novak, der sie ansah, als sei sie reizvoll und etwas Besonderes.

Ihr ganzes Leben hatte Allie auf diesen Blick gewartet, aber nie hätte sie zu träumen gewagt, wie ergreifend es war, sich tatsächlich geliebt und besonders zu fühlen. Das Gefühl, so begehrt zu werden, berührte sie zutiefst. Es war belebend, zugleich gefährlich und mitreißend.

„Ich melde: Unser Hauptziel ist erreicht."

Allie blinzelte. „Hmm?"

Walt nickte zu Art und Dorothy hinüber, die ebenfalls auf der Tanzfläche waren. „Was das Nebenziel betrifft ... das liegt nicht in unserer Hand."

Allie lächelte, vermochte aber nichts zu sagen. Vielleicht half es, wenn sie ihm nicht in die Augen sah? Sie betrachtete seine Uniform – den olivbraunen Wollstoff, die goldenen Schulterstücke des Lieutenants, die kleinen amerikanischen Flaggen am Kragen, die Abzeichen der Army Air Force am Revers und das silberne Fliegerabzeichen über der linken Brusttasche.

Der Knoten seiner khakifarbenen Krawatte bewegte sich auf und ab. „Noch kein zerquetschter Zeh bisher. Aber die Nacht ist noch jung. Vielleicht kriegst du das ‚Purple Heart' ja doch noch."

Sie riss sich zusammen und sah ihn an. „Ich glaube nicht. Du bist nämlich plötzlich doch ein guter Tänzer." Als großartigen Tänzer konnte man ihn nicht bezeichnen, denn er hielt sich streng an den Grundschritt, aber er führte seine Tanzpartnerin sanft.

„Und ich habe nicht die Augen verdreht. Ich habe dich sogar aufgefordert."

„Ich weiß. Danke." Wie könnte sie das vergessen?

Die Band setzte zu „A String of Pearls" an. Walt tat sich mit dem neuen Rhythmus schwer. Die Glenn Miller Band spielte den Song sonst viel schneller. Immerhin sorgte das mangelnde Talent dieser Truppe dafür, dass Walts Tanzkenntnisse nicht überschritten wurden.

„Allie", sagte er bedächtig. „Das ist doch ein Spitzname, oder?"

Oh, bitte nicht dieses Thema. Allie sah zu George und Betty hinüber, die verliebt über das Parkett schwebten.

Walt lachte. „Habe ich schon wieder ‚Kugellager' gesagt? Na los. Raus mit der Wahrheit oder von mir aus auch mit einer Lüge. Vorher lasse ich dich nicht gehen." Er festigte den Griff um ihre Taille, um seinen Worten Nachdruck zu verleihen.

Sie seufzte. „Das errätst du nie."

„Aber du zwingst mich, es zu versuchen, ja? Also schön. Alice? Alma? Alberta?"

„Nein, ich meinte, du wirst es wirklich nicht erraten. Der Name ist sehr ungewöhnlich. Na schön, ich sage es dir, weil Betty es sowieso schon weiß, aber ich verwende ihn nie, und sogar meine Mutter nennt mich nie so, dabei hat sie den Namen ausgesucht."

„Sprichst du immer so schnell, wenn du nervös bist?"

„Ja." Sie sah auf seine Schultern, die sie die ganze Woche schon bewundert hatte. Jetzt lag ihre Hand direkt auf ihnen. „Ich kann nichts dafür. Ich heiße Allegra."

„Allegra? Hmm. Dann ist deine Mom auch sehr musikalisch?"

„Ja, und ich glaube, sie war ein bisschen albern, als sie noch jünger war."

„Genau wie meine Mom. Mein richtiger Name ist Adagio."

Allie zog eine Augenbraue in die Höhe. „Man hat mich vor deinen Flunkereien gewarnt."

„Ach komm, spiel mit. Denn wenn wir verheiratet sind, gibt es eine ganze Symphonie von Kindern." Das verschmitzte Leuchten in seinen Augen schwächte den Effekt ab, den die Erwähnung ihrer gemeinsamen Hochzeit hatte.

„Eine Symphonie?"

„Genau. Das erste Kind, ein Mädchen, ist ganz die Mama. Wir nennen sie Allegretta."

Wie unzählige Male zuvor beflügelte sie seine Art von Humor. „Dann kommt ein Sohn, Andante."

„Richtig. Und dann Pianissimo."

„Ein stiller Junge, der nur Noten im Kopf hat?" Sie schüttelte den Kopf. „Fortissimo ist da wohl angebrachter."

„Oh, ja. Vier Kinder. Jede Menge Lärm." Er kniff die Augen zusammen und sah zur luftschlangenverzierten Decke. „Und dann kommt der Höhepunkt, unsere Tochter Crescenda."

„Crescenda?" Allie gelang es, zu lachen und gleichzeitig den Bartschatten unter Walts Kinn zu bewundern. „Und ich dachte schon, Allegra schießt den Vogel ab."

„Ach was." Walt sah Allie wieder an. „Das nächste heißt dann Finis?"

„Du meine Güte, na hoffentlich. Sechs Kinder sind ein beängstigender Gedanke für ein Einzelkind."

„Wie viele Kinder möchtest du denn?"

„Auf jeden Fall mehr als nur eins. Eins ist so einsam." Ihr wurde bewusst, dass Baxter und sie noch nie über Kinder gesprochen hatten. „Ich habe mir immer vier vorgestellt."

„Also dann vier." Der Satz klang wie ein Versprechen.

Ein Versprechen? Unmöglich. Walt würde sich niemals zwischen sie und Baxter drängen – es sei denn, er wusste nichts von Baxter. Oh je, konnte es wirklich sein, dass er keine Ahnung hatte? Wie auch? Sie hatte ihn nicht erwähnt und er hatte nicht nach ihm gefragt. Schuldgefühle überkamen sie. Sie musste dringend ihren Freund erwähnen, aber wie?

Allie schluckte. „Ich bin überrascht, dass ich diese Unterhaltung noch nie zuvor geführt habe."

„Dabei drängt sich das mit einem Namen wie Allegra doch förmlich auf."

Er hatte den Hinweis nicht verstanden. Allie überlegte, wie sie das Gespräch noch auf Baxter lenken könnte.

„Bei einem Nachnamen wie Miller solltest du dankbar für deinen ausgefallenen Vornamen sein. Stell dir vor, du würdest Mary heißen?"

„Genau das hat Mutter auch gedacht. Sie heißt nämlich Mary. Allegra hielt sie für einen bezaubernden Namen, der zu ihrer wunderschönen Tochter passen würde. Nun ja. Mein durchschnittliches Äußeres ist die große Enttäuschung ihres Lebens." Sie presste die Lippen aufeinander. Jetzt hatte sie das Gefühl der Vertrautheit mit Walt schon wieder dazu verleitet, zu viel zu verraten.

In seinen Augen blitzte Wut auf. „Durchschnittlich? Ich kann nicht glauben, dass das jemand über dich sagt. Das ist nicht wahr."

„Ich hätte das nicht sagen dürfen. Jetzt denkst du, ich bin auf Komplimente aus."

„Du?" Das Wilde in seinen Augen verwandelte sich in Heiterkeit. „Oh nein. Wie du auf Komplimente reagierst, habe ich schon gesehen. Außerdem bin ich kein guter Charmeur. Die richtigen Worte zu finden, gehört nicht zu meinen Talenten. Aber du bist nicht durchschnittlich. Dein Gesicht ... also, dein Gesicht ist einzigartig. Wenn ich in fünfzig Jahren in einen Raum voller Leute komme, werde ich dich trotzdem sofort erkennen."

„Auch mit grauen Haaren und Falten?"

„Natürlich. Deine Augen werden dieselben sein. Und überhaupt sollte man jeden bestrafen, der behauptet, du seist Durchschnitt. Eine Frau kann gar nicht Durchschnitt sein, wenn sie so schöne Augen hat wie du."

Walt fand ihre Augen schön. Fast hätte sie den nächsten Tanzschritt vergessen.

Er studierte ihre obere Gesichtspartie genau. „Und es ist nicht nur die Farbe, die allein schon ... unglaublich ist. Da ist noch was. Ray kann gut mit Wörtern umgehen, der wüsste es in Worte zu fassen. Deine Augen strahlen und sie sind flink. Sie sind eben *Allegro*. Genau. Das ist es. Aber dein Lächeln ist *Adagio*, sanft und still. Und zusammen – sind sie einfach eine wunderschöne Kombination."

Verlegen sah Allie auf ihre Hand mit den roten Fingernägeln, die auf Walts kräftiger Schulter lag. „Ich dachte, du wärst nicht gut im Komplimenteverteilen."

„Bin ich auch nicht. Und ich habe sofort einen Knoten in der Zunge, wenn eine Frau noch zu haben ist." Sein Arm rutschte weiter um ihre Taille und er zog sie näher zu sich heran. „Aber du bist die große Ausnahme."

Vor Allies Augen verschwammen die Farben. Die große Ausnahme? Er dachte wirklich, sie sei noch zu haben. Und das bedeutete, dass ...

„Was ist mit mir? Würdest du mich in fünfzig Jahren auch noch erkennen?"

„Was? Oh, ich ... ich weiß nicht." Allie war fasziniert von ihren Gedanken und gleichzeitig machten sie ihr Angst. Sie musste ihre gesamte Willenskraft aufbringen, um sich auf seine Frage zu konzentrieren. Ob sie ihn erkennen würde? Wie sollte sie nicht? „Ja. An deinen Augen."

„Was siehst du denn in meinen Augen?" Er warf sich in eine Pose, die besonders edel aussehen sollte: das Kinn nach oben und den Kopf zur Seite.

Sein Gesichtsausdruck war so komisch, dass Allie lachend mit der Hand gegen seine Wange drückte. „Du musst mich angucken, du Dummkopf."

Ihn anzufassen war ein Fehler. Jetzt strahlten seine Augen noch mehr. „Okay, ich sehe dich an. Was siehst du?" Seine Stimme war so kratzig wie die Bartstoppeln unter Allies Fingern.

Mühsam brachte sie ihre Hand wieder zu seiner Schulter. Sie konnte nicht aussprechen, was sie in seinen Augen sah: Alles, was sie sich je erträumt hatte, aber nie haben würde – weder mit Walt noch mit irgendjemandem sonst. Und alles nur aus Anstand, Loyalität und wegen der Erwartungen anderer.

Er räusperte sich. „Einen Kerl, der nur Flugzeuge im Kopf hat?"

„Nein, natürlich nicht." Eine Welle der Zuneigung überrollte sie.

„Ich sehe Intelligenz und Mut. Ich sehe ein gutes, verständnisvolles Herz. Und deinen Humor."

Walt schnitt eine Grimasse. „Du lobst wohl alle deine Dates in den Himmel."

„Nein. Du weißt genau, dass mir der Umgang mit Menschen oft schwerfällt." Jetzt wäre die Gelegenheit, Baxter positiv zu erwähnen, aber es wäre eine Lüge. In den wenigen Momenten, in denen sie mit ihm allein war, herrschte eisiges Schweigen.

Walt lehnte sich vor, bis ihre Wangen sich fast berührten. „Ich bin froh, dass ich die Ausnahme bin."

Allie atmete den aufregenden Duft von Seife, Wolle und Aftershave ein. Sie konnte Walt jetzt nicht von Baxter erzählen. Was, wenn er ausrastete und Bettys Hochzeit verdarb? Oder wenn er sich eingeschnappt verzog und alle anderen über sie tuschelten? Schweigen war eindeutig die beste Lösung für diese Zwickmühle.

Und irgendwo, ganz tief in ihr, wollte sie diesen kostbaren Augenblick auch nicht zerstören. Sie hatte so lange darauf gewartet und er würde nie wiederkehren. Auch wenn ein Leben mit Walt unmöglich war, wollte sie doch diesen Moment in ihr Gedächtnis einbrennen, in dem sie sich schön, begehrt und lebendig fühlte.

Es war ein Moment für die Ewigkeit.

Kapitel 9

Sonntag, 28. Juni 1942

Walt schaufelte dampfendes Rührei auf seine Gabel. Noch nie hatte er einen solchen Appetit gehabt.

Er hatte noch immer Allies blumiges Parfüm in der Nase, den weichen Stoff ihres Kleides zwischen den Fingern und ihren verträumten Blick vor Augen. Und er könnte noch immer ihren Kuss auf den Lippen spüren, wenn Dorothy nicht dazwischengekommen wäre.

„Wieso willst du sie nach Hause bringen, Walt? Ich wohne doch gleich gegenüber." Er spießte ein Stück Ei auf. Vermutlich zahlte Dorothy es ihm immer noch wegen letztem Sommer heim.

Auch egal. Er hatte ja noch heute. Nach dem Gottesdienst wollten George und Betty in die Flitterwochen starten. Der Rest hatte noch keine größeren Pläne, aber irgendjemandem würde schon etwas einfallen. Und er würde Allie loseisen und seinen Kuss bekommen.

Walts Mutter legte ihm einen Pfannkuchen auf den Teller. „So, das reicht jetzt aber, junger Mann. Grandma bricht das Herz, wenn du keinen Platz für ihr Hühnchen lässt."

„Grandma?"

„Hast du das vergessen?" Sie kratzte die Pfanne aus. „Wir verbringen den Tag auf der Farm.

„Heute? Wieso gerade heute?"

„Sprich nicht in diesem Ton mit deiner Mutter." Walts Vater legte den *Antioch Ledger* auf den Tisch. „Du hast die ganze Woche mit deinen Freunden verbracht und am Dienstag fährst du schon wieder. Da wird es doch nicht zu viel verlangt sein, einen Tag mit deiner Familie zu verbringen."

Obwohl sein Vater recht hatte, brummte Walt widerwillig. Ja, das war kindisch, aber dieser eine Tag war so entscheidend für seine Zukunft.

Mom spülte die Pfanne ab. „Vielleicht kannst du ja jemanden einladen. Wie wäre es mit dieser Allie Miller? Sie scheint doch nett zu sein."

Das war eine gute Idee. Mit ihr und der Familie um den Mittagstisch

– das zeigte, wie ernst er es mit ihr meinte, und dass er ein Gentleman der alten Schule war. Und auf der Farm gab es jede Menge romantische Winkel und Verstecke. „Stimmt. Das könnte ihr gefallen."

„Frag sie doch nach dem Gottesdienst." Mom warf Dad einen vielsagenden Schulterblick zu.

In Walts Brust regte sich Stolz. Mom hatte bei Allie also auch etwas bemerkt. Das bestätigte es doch. Komisch – George hatte noch gar nichts gesagt. Normalerweise zogen sie sich bei so etwas doch sofort gegenseitig auf. Wahrscheinlich steckte er selbst zu tief im Gefühlsrausch, um ihn bei Walt zu bemerken.

Egal. Die anderen würden es noch früh genug sehen.

* * *

„Nein, Walt. Du hast sie die ganze Woche belagert." Dorothy hakte sich bei Allie ein. „Heute ist ihr letzter Tag und bei meiner Familie gibt es ein großes Essen."

Walt starrte Dorothy an und gab sich Mühe, die Enttäuschung und den Zorn zu verbergen. Er würde zum Mittagessen, zum Abendbrot und noch lange darüber hinaus auf der Farm sein – ohne Allie.

„Du liebe Güte", lachte Allie nervös, „ich hätte nie gedacht, dass ich das mal erlebe: Zwei Leute streiten sich um mich."

Walt seufzte. „Wir streiten nicht. Du gehst zu den Carlisles."

Allie nickte und lächelte dankbar, auch wenn ihre Augen traurig aussahen. „Vielen Dank für die liebe Einladung. Ich würde ja sagen, ein anderes Mal gern, aber ..."

„Ich weiß. Es gibt kein anderes Mal mehr." Er musste sie aufmuntern, obwohl ihm selbst nach Trübsalblasen zumute war. „Aber ich bringe dich morgen zum Bahnhof."

„Sagt wer?", fragte Dorothy.

Walt lächelte selbstgefällig. „Das ist nur vernünftig. Dad ist als Pastor von der Benzinrationierung ab nächsten Monat ausgenommen. Ihr nicht. Also spart euren Treibstoff lieber."

* * *

Montag, 29. Juni 1942

Walt lief auf das Haus der Jamisons zu und zupfte seine Uniformjacke zurecht. Allie lächelte ihm von der Veranda aus zu. Sie trug ein rotes Kostüm von derselben Sattheit wie Dads Ledersessel.

„Hi. Bist du so weit?"

Sie zeigte auf die Tür. Ihre Hände steckten in feinen Handschuhen. „Fast."

Die Tür ging auf und Dorothy und Mrs Jamison kamen heraus. Mrs Jamison reichte Allie einen Korb. „Hier ist dein Reiseproviant und etwas von der Erdbeermarmelade, die wir eingeweckt haben."

„Wie schön." Allie umarmte ihre Gastgeberin. „Vielen Dank für die Gastfreundschaft."

„Geht das mit dem Umsteigen in Tracy wirklich in Ordnung?"

„Ja, sicher. Danke."

„Okay. Dann los." Walt legte den Koffer und die Hutschachtel in den Kofferraum und öffnete Allie die Beifahrertür. Dorothy räusperte sich lautstark und stieg hinten ein.

Walt starrte sie an. „Du fährst mit?"

„Natürlich. Für was für eine Freundin hältst du mich?"

Bei seiner Hand, die um den Türgriff lag, traten die Knöchel weiß hervor. Er unterdrückte ein Stöhnen. Natürlich hatte sie das Recht, mitzukommen, aber damit machte sie all seine Pläne zunichte. Er musste Allie einige Dinge sagen, und das ging nicht vor Dorothy.

Allie sah ihn vom Beifahrer aus an. „Hast du was vergessen oder hältst du wieder nach Kühen Ausschau?"

„Stimmt, wenn du im Auto sitzt, sollte ich die Augen diesbezüglich offen halten. Sag mal, soll ich den Korb nicht in den Kofferraum tun?"

„Oh, ja. Vielen Dank."

Als er den Korb neben das Gepäck zwängte, kam ihm eine Idee. Gut, es war etwas hinterlistig, aber schließlich war dies die letzte Chance auf ein paar Augenblicke mit ihr allein. Bevor es endgültig an die Front ging, würde er wohl keinen Heimaturlaub mehr haben. Und bis er wieder nach Hause kam, konnten Jahre vergehen.

Walt nahm hinter dem Lenkrad Platz und lächelte zu Allie hinüber. „Dein Zuhause wartet."

„Ja." Ihre Miene verfinsterte sich.

Das war dumm ... sie an zu Hause zu erinnern, obwohl sie dort nichts Schönes erwartete. Er fuhr los. „Dafür hast du diese Woche viele neue Freunde gewonnen, denen du schreiben kannst. Ach ja, ich brauche noch deine Adresse."

„Oh. Richtig, stimmt."

Walt diktierte ihr seine Adresse und Allie schrieb ihm ihre auf einen Zettel. Am liebsten hätte er sie sofort gelesen und auswendig gelernt, aber er steckte sie ungelesen in seine Brusttasche.

Am Bahnhof öffnete er den Kofferraum, nahm das Proviantpaket aus dem Korb und legte es beiseite. Dann öffnete er den beiden Frauen die Tür und gab Allie den Korb. „Ich dachte, Mrs Jamison hat dir Reiseproviant eingepackt? Da ist nur Marmelade drin."

Dorothy überprüfte erstaunt den Korb. „Oh je."

„Ist schon gut", sagte Allie. „Ich kaufe mir unterwegs etwas, wenn wir anhalten."

„Und büßt deinen Sitzplatz ein? Lieber nicht." Walt zog seine Brieftasche heraus. „Hör bitte mal, Dorothy, lauf doch noch schnell zum Imbiss und hol ihr ein Sandwich, während ich mich ums Gepäck kümmere."

„Bin schon weg." Sie nahm Walts Dollar entgegen und flitzte über die Straße.

Er schmunzelte, als er den Koffer aus dem Kofferraum hob. Das hatte funktioniert. Wer weiß, vielleicht war der Zug voller Soldaten und Allie musste hierbleiben. Schließlich hatte das Militärpersonal Vorrang. Aber er sollte sich nicht darauf verlassen. Besser, er nutzte seine kurze Galgenfrist.

Nachdem Walt Allies Gepäck abgegeben hatte, gesellte er sich zu ihr auf den Bahnsteig. Sie hielt den Korb mit beiden Händen vor sich.

„Versprichst du mir zu schreiben?", fragte er.

Sie lächelte ihn zögerlich an. „Wenn du ... wenn du zuerst schreibst."

Sie wirkte irgendwie nervös. „Ganz die Dame. Immer schön vornehm zurückhalten. Außer natürlich, wenn du einem Offizier in der Kirche die Zunge rausstreckst."

Allie lachte und sah verlegen auf den Korb. „Ich kann nicht glauben, dass ich das getan habe."

„Ich auch nicht, aber ich bin froh, dass du es getan hast. Und ich bin froh, dass du schreiben wirst, denn die Feldpost ist das Beste vom ganzen Tag – oder das Schlimmste, wenn nichts kommt. Für die Jungs in Übersee ist Feldpost alles."

„Eine Erinnerung daran, dass nicht die ganze Welt dem Wahnsinn verfallen ist?"

„Genau." Walt musste schwer schlucken. Dieser Wahnsinn wartete nun auf ihn. Und er wäre um einiges leichter zu ertragen, wenn ein bestimmtes Mädchen mit grünen Augen ihm Briefe schickte und für ihn betete.

Mit diesen sagenhaften Augen sah Allie ihn an. „Versprich mir, dass du auf dich aufpasst."

Sie war gar nicht nervös. Sie war besorgt, und zwar aus gutem Grund. Na klar, die Air Force war am begehrtesten, aber auch am gefährlichsten. Und jeder wusste das. Walt lächelte. „Solange Hitler und Tōjō keine Kühe in die Luft schießen, wird schon alles gut gehen."

Erleichtert lachte Allie und lockerte ihren Griff um den Korb. „Dann will ich mal schön den Mund halten, sonst entwickeln sie noch eine geheime Rinderwaffe."

Jetzt war der Zeitpunkt für die Worte gekommen, die er einstudiert hatte. „Ich bin froh, dich kennengelernt zu haben."

„Ich ... ich bin auch froh." Aber sie sah ihn nicht an.

Jetzt oder nie. Walt atmete tief ein und hob ihr Gesicht mit der Hand an. „Du bist eine wunderschöne Frau, Allegra Miller, und du bist etwas ganz Besonderes. Lass dir von niemandem etwas anderes einreden."

Allies Augen wurden so groß, dass Walt darin eintauchen wollte. Er lehnte sich vor und küsste sie auf die Wange. In diesen Kuss legte er viel hinein – seine ganzen Gefühle, die Hoffnung auf eine gemeinsame Zukunft und den Wunsch nach noch vielen echten und besseren Küssen.

Dann riss er sich von ihrer betörenden Sanftheit los. Seine Hand lag noch unter ihrem Kinn. Ihre Augen öffneten sich so langsam, dass ihm klar wurde, er könnte sie jetzt küssen, wenn er den Mut dazu hätte. Aber nicht hier. Nicht ihr erster richtiger Kuss.

Walt steckte die Hände in die Hosentaschen. Er versuchte zu lächeln, aber seine Lippen wollten ihm nicht gehorchen. Was sollte er jetzt sagen? Jetzt kam eigentlich die Frage, ob sie seine Freundin werden wollte, aber wie sollte er das formulieren?

Ein lauter Pfiff unterbrach seine Gedanken. Der Zug fuhr ein. Wieso jetzt? Er brauchte noch ein paar Minuten.

„Ach, gut, ich bin noch nicht zu spät. Käse und Schinken in Ordnung?" Dorothy kam herbeigerannt und drückte Allie eine Papiertüte in die Hand. „Hier ist das Wechselgeld, Walt."

Er stöhnte. Gottes Zeitplan mochte ja perfekt sein. Aber gefallen musste er ihm noch lange nicht.

Allie und Dorothy umarmten sich und brachten die große „Dankeschön" –, „Ich werde dich vermissen" – und „Schreib auch bald" – Lawine in Gang. Frauen waren vielleicht sentimental. Immerhin konnte er Allie so ohne Weiteres drücken. Er legte die Arme um sie und kleine braune Locken kitzelten ihn an der Nase.

Sie hauchte ihm einen Kuss auf die Wange, so schnell, dass er es fast verpasst hätte. „Danke."

„Wofür?" Das Einzige, was er ihr gegeben hatte, war die Holzkuh.

Ihre Augen waren feucht. „Für ... für alles."

Walt verstand. Die Woche bedeutete ihr genauso viel wie ihm. „Gern geschehen. Auch ich danke dir."

Es folgten weitere Verabschiedungen und Schreibversprechen, und dann war Allie im Zug verschwunden. In Walts Brust tat sich eine eigenartige Leere auf, die noch größer wurde, als der Zug davonschnaufte. Aber er hatte ihre Adresse in der Tasche, ihren Kuss auf der Wange und vor ihnen lag eine gemeinsame Zukunft. Der Gedanke daran erfüllte ihn mit so großer Freude, dass er laut loslachte.

Dorothy sah ihn erstaunt an. „Was ist so lustig?"

„Die ganzen Jahre habt ihr immer eure Scherze über mich und die Frauen gemacht. Aber jetzt werde ich wohl als Nächster vorm Traualtar stehen. Jedenfalls schneller als du."

„Mit wem denn?" Sie folgte seinem Blick die Schienen entlang. „Du meinst doch nicht Allie?"

Er verdrehte die Augen. „Doch, ich meine Allie. Warst du die ganze Woche blind?"

Dorothy zog die Oberlippe hoch. „Ich glaube nicht, dass das ihrem Freund gefallen wird."

„Freund? Wir sprechen hier von Allie, richtig?"

„Ja, Allie. Sie hat einen Freund. Wusstest du das nicht?"

Dorothy stänkerte gern einmal, aber das hier war einfach nur lächerlich. Walts Hände ballten sich in seinen Hosentaschen zu Fäusten. „Weißt du was? Ja, ich habe letzten Sommer Mist gebaut, aber ich habe es zugegeben und mich entschuldigt. Als gläubige Frau solltest du zumindest versuchen, mir zu vergeben. Ich habe gelogen, um Art und dich zusammenzubringen, aber du – du lügst, um uns auseinanderzutreiben. Das ist einfach nur mies."

Ihre dunklen Augen funkelten. „Du denkst, ich lüge, ja?"

„Ich weiß, dass du lügst."

„Tue ich nicht. Allie hat wirklich einen Freund. Er heißt Baxter Hicks, arbeitet für ihren Vater und sie sind schon seit einer Ewigkeit zusammen."

Walt schnitt eine Grimasse und marschierte zum Bahnhofsgebäude zurück. „Ein besserer Name ist dir nicht eingefallen?"

„Ich habe ihn mir nicht ausgedacht. Frag Betty. Sie kennt Baxter. Und George auch."

Dorothys Absätze klackerten hinter ihm her und das würde noch eine Weile so weitergehen, denn er fuhr sie jetzt bestimmt nicht nach Hause. Jetzt hatte sie auch noch Betty und George in ihre Lüge verstrickt.

George.

Walt blieb vor dem Zeitungskiosk stehen, wo die Schlagzeile auf dem *Ledger* verkündete: „Die Briten in Ägypten zurückgedrängt". George hatte ihn bislang überhaupt nicht aufgezogen. Wusste er etwas, das Walt nicht wusste?

„Hat Allie dir nichts von Baxter erzählt?" Dorothys Stimme klang nicht mehr wütend. „Sie spricht generell wenig von ihm. Du weißt doch, wie verschlossen sie ist. Aber ihr habt so viel miteinander geredet, da dachten wir, du wüsstest Bescheid."

Walt blieb stehen und sah Dorothy an. Vor seinem inneren Auge rauschte die vergangene Woche vorbei. Allie konnte keinen Freund haben. Sie war noch nicht mal richtig geküsst worden – nur zehn winzige Küsschen. Noch nie war sie zum Tanz aufgefordert worden. Und dieser eine Schulball ...

Baxter.

„Baxter? Aber – das war noch in der Schule." Arrangiert von ihrem Vater. Baxter – der kaufmännische Direktor ihres Vaters.

Die Wahrheit versetzte ihm einen heftigen Stich in die Brust. Allie hatte einen Freund. Und er war ein Idiot.

„Sie sind schon lange zusammen. Tut mir leid. Ich dachte, du wüsstest das. Das dachten wir alle." Jetzt klang ihre Stimme wieder wütend. „Ich kann nicht glauben, dass sie dir das verschwiegen hat."

Zorn wallte in ihm auf, aber er wollte nicht, dass Dorothy davon Wind bekam. Es war schlimm genug, dass Allie alle seine Hoffnungen zunichtegemacht hatte. Jetzt würde er auch noch von allen seinen Freunden bemitleidet werden.

Wortlos öffnete Walt Dorothy die Beifahrertür. Über seinem Herzen spürte er einen brennenden Schmerz. Allies Adresse. Er zog das gefaltete Papier aus seiner Brusttasche, zerknüllte es und warf es mit seinen Träumen in die Gosse.

Kapitel 10

Riverside, Kalifornien
7. Juli 1942

Im Salon hingen die hauchzarten Vorhänge schlaff an den hohen Fenstern. Allies Atem war das Einzige, was die vor Hitze stehende Luft bewegte.

Sie saß am Flügel, um ihre Eltern und Baxter auf der Veranda mit etwas Verdauungsmusik zu erfreuen – wie jeden Abend. Dass es schwierig sein würde, sich wieder einzugewöhnen, hatte sie gewusst, aber auf diese gähnende Leere war sie nicht vorbereitet gewesen.

Sie zog Beethovens „Mondscheinsonate" heraus. Vielleicht konnte der Gedanke an Mondschein sie etwas abkühlen und den Schweiß zum Versiegen bringen, der unerbittlich an der Innenseite ihrer Arme herunterfloss.

Das Lachen ihrer Mutter klang durchs Fenster herein. Wie konnte sie an so einem Abend fröhlich sein? Die Hitze und die Langeweile trieben Allie in den Wahnsinn. Gemütliche Abende zu Hause konnten wunderschön sein, aber nur, wenn sie am Ende eines erfüllten Tages standen und von gelegentlichen Unternehmungen unterbrochen wurden.

Allie hatte keine Freunde, keine Abwechslung, keine Arbeit, und noch nicht einmal eine gute Kirche, genau wie Walt gesagt hatte. Es war hart, aber die Wahrheit.

Sogar die versprochenen Briefe blieben aus, die die Monotonie hatten durchbrechen sollen. Vielleicht war es noch zu früh, um von den Frischvermählten zu hören, aber Dorothy hätte längst schreiben sollen, und Walt ...

Obwohl sie seinem Brief mit gemischten Gefühlen entgegensah. Noch mehr seiner liebevollen Worte könnte sie nicht ertragen, und sobald er schrieb, würde sie ihm von Baxter erzählen müssen. Schon jetzt tat es ihr um die verlorene Freundschaft leid.

Die Mondscheinsonate hatte noch nie so düster und schwer geklungen. Düster und schwer wie die Schuld, die auf ihrem Herzen lastete, und die Langeweile, die sie quälte. Wenn die Dinge doch bloß anders lägen.

Dann ändere sie doch, hatte Walt gesagt.

Aber wie? Allie hob die verschwitzten Haare in ihrem Nacken an. Ihre Eltern würden es niemals gutheißen, wenn sie plötzlich arbeiten ginge oder die Kirche wechselte. Aber wie sollte sie ohne Arbeit oder Kirche neue Freunde finden?

Sie seufzte und sah zur Decke. Es musste sich etwas ändern. Und zwar heute noch. Sie klappte die Noten zu und ging auf die Veranda, wo sich drei Augenpaare auf sie richteten.

„Ich dachte, du spielst für uns", sagte ihr Vater.

„Mir ist zu heiß." Sie legte die Hände zusammen. „Ich habe Lust auf einen Spaziergang. Wer kommt mit?"

Die sechs Augen weiteten sich. „Einen Spaziergang?"

„Ja, einen Spaziergang." Ihrem Gesichtsausdruck nach hätte man meinen können, sie hätte ihre Familie aufgefordert, Zigeuner zu werden.

„Oh." Mutter sah auf das Stickzeug auf ihrem Schoß. „Ich muss diese Servietten noch fertig machen."

Vater lächelte Allie an. „Ich bleibe bei deiner Mutter. Aber Baxter kann ja mitgehen."

Baxter richtete sich auf. „Ich würde aber lieber ..."

„Bitte. Vielleicht kannst du mir dein Grundstück zeigen. Ich habe es bis jetzt nur von der Straße aus gesehen, aber noch nicht aus der Nähe."

Baxter stieß eine Wolke Zigarettenrauch aus, die in der schweren Luft zu Boden sank. „Warum nicht. Dauert ja nicht lange, oder?"

„Nein", seufzte Allie.

Sie schlenderten schweigend die von Zitrusbäumen gesäumte Auffahrt hinunter. Allie versuchte, nicht an Walt zu denken, nicht an die angeregten Gespräche, seine Zuneigung und das schöne Gefühl, lebendig zu sein. Es war nicht fair, die beiden Männer zu vergleichen.

Trotz der drückenden Hitze saß Baxters Krawattenknoten fest und sein Jackett war geschlossen. Er war schmächtig, die braunen Haare unter dem Hut saßen akkurat, und solange er es vermeiden konnte, sah er nicht in ihre Richtung. Mit Baxter fühlte sich das Leben eintönig und blass an.

Aber war das seine Schuld? Wenn sie sich mit ihm unterhielte, ihm

Aufmerksamkeit schenkte, vielleicht sogar mit ihm flirtete, würde sein Interesse an ihr vielleicht wachsen. Und ihres an ihm. Mit Walt hatte sich das ganz natürlich ergeben, mit Baxter musste sie eben darauf hinarbeiten. Worüber könnten sie reden? Mit Walt hatte die schönste und innigste Unterhaltung bei ihrem Namen begonnen. Sie holte tief Luft.
„J. Baxter Hicks."
Er zog die schmalen Augenbrauen hoch und sah sie an. „Ja?"
„Das J steht für Joseph, oder?"
„Richtig." Sie bogen am Ende der Auffahrt um einen Backsteinpfeiler nach Südwesten in die Magnolia Avenue und liefen der untergehenden Sonne entgegen.

Allie pflückte eine verspätete Kamelie, die ihr Köpfchen durch den Eisenzaun der Millers steckte. Als Mädchen hatte es ihr Spaß gemacht, die unzähligen rosa Blütenblätter einzeln abzupflücken. „Warum nennst du dich nicht Joe? Das habe ich mich schon immer gefragt. Joe ist doch ein schöner, verniger Name."

„Joe Hicks?", entgegnete Baxter angewidert. „So hat man mich genannt, bis ich sechzehn war. Joe Hicks ist der arme, ungebildete Kleinbauer, der ich werden sollte. Joe Hicks ist der Grund, warum ich aus Oklahoma weg bin. Joe Hicks hat überhaupt keine Würde."

Allie legte die Stirn in Falten und warf die vergilbten äußeren Blütenblätter weg. „Und J. Baxter Hicks?"

„J. Baxter Hicks habe ich geschaffen. Einen Mann von Welt." Er kniff die Augen zusammen und schlenderte die Straße entlang. „J. Baxter Hicks arbeitete beim Filmtheater, um zu lernen, wie die Filmstars sich anziehen, wie sie reden, wie sie laufen – wie sich eben ein Gentleman benimmt. J. Baxter Hicks kämpfte sich durchs College, ergatterte einen erstklassigen Job und machte sich unentbehrlich. J. Baxter Hicks verdiente sich die Freundschaft vom Boss und kam mit der Tochter vom Boss zusammen. Er baut sich eins der besten Häuser der ganzen Stadt. J. Baxter Hicks ist dabei, sich einen Namen zu machen."

Obwohl es über dreißig Grad sein mochten, verschränkte Allie die Arme, weil sie fröstelte. Sie war nur ein Rädchen in seinem Getriebe, eine Stufe auf seinem Weg nach oben. Weil sie eine Miller war, würde er sie heiraten. Ihr Aussehen, ihr Charakter, ihre Persönlichkeit, ihre Gefühle, seine Gefühle – all das war zweitrangig. Sie ließ die Kamelie fallen.

„Da sind wir." Er betrat einen Feldweg, der durch einen Orangenhain führte. „Ich lasse noch eine Auffahrt bauen, die genauso lang ist wie die deiner Eltern. Wenn sie gepflastert ist, wird das sehr vornehm wirken."

„Bestimmt." Der Geruch der Zitrusfrüchte gefiel ihr und sie war froh, dass sie diese Bäume und Früchte haben würde, die sie so mochte – genau wie Walt. Schnell verscheuchte sie den Gedanken.

Am Ende des Pfades ragten Balken auf einer Lichtung empor. „Das Holzgerüst steht schon?"

„Ein Teil." Baxter bahnte sich einen Weg durch die Baustelle, legte die Hand auf einen Balken und musterte ihn genau. „Die Kriegsproduktion hat Vorrang vor dem privaten Bau. Keine leichte Sache, an Materialien und Arbeitskräfte heranzukommen, aber es sollte rechtzeitig fertig sein."

Rechtzeitig? Allie bekam wieder eine Gänsehaut. Sie trat in das Holzgerüst und sah sich um. Das Haus würde groß und herrschaftlich werden. Wie lange würde es noch dauern, bis es fertig war? Wie lange noch, bis das ihr Zuhause werden würde?

Ein Jahr, vielleicht kürzer. Die Balken umgaben sie wie Gefängnisgitter.

„Beeindruckend, nicht wahr?"

„Oh ja." Allie trat hinaus und konnte wieder atmen. Plötzlich erinnerte sie sich an den Entschluss, Interesse zu zeigen und sie lächelte Baxter an. Walt mochte ihr Lächeln schließlich – und ihre Augen. Eine wunderschöne Kombination, hatte er gesagt.

Baxter stand zwischen den Balken, die in der Dämmerung aufragten. „Ich werde deinen Vater stolz machen."

„Und deine Eltern?"

Baxter rümpfte die Nase und wischte sich die Schuhspitze am Hosenbein ab.

„Du sprichst nie von deinen Eltern."

Er zog abfällig einen Mundwinkel hoch. „Wieso sollte ich? Was ich heute bin, hat nichts mit ihnen zu tun. Sie haben versucht, mich umzustimmen. Warum bin ich wohl abgehauen?"

Allie konnte sich nicht vorstellen, ihre Eltern, ihr Zuhause oder Riverside zu verlassen. „Vermisst du deine Familie denn gar nicht? Und die Farm?"

„Die Farm?" Er säuberte seine andere Schuhspitze. „Da gibt's nichts zu vermissen. So ein dreckiges, stinkendes, mühseliges Leben. Hab doch gesehen, wie mein Vater auf diesem armseligen Fleckchen Erde sein Leben vergeudet hat. Jedes Jahr hat er gesagt: „Der Herr wird uns versorgen", und jedes Jahr passierte nichts. Überhaupt nichts. Und dabei bin ich schon 1926 gegangen, lange vor dem Dust Bowl und seinen Sandstürmen. Wer weiß, wie es heute dort aussieht."

„Schreibst du ihnen nicht?"

„Wieso sollte ich?"

„Wie schrecklich." Obwohl ihr die Langeweile zu Hause zusetzte, konnte Allie sich nicht vorstellen, ohne die Ratschläge und die Ermutigung ihres Vaters oder das gemeinsame Kochen und Nähen mit ihrer Mutter auszukommen. „Du hast all die Jahre keinen Kontakt zu deinen Eltern gehabt? Hast du nie das Bedürfnis ..."

„Was soll denn dieses Verhör? Ich weiß ja, dass sich manche Leute bei großer Hitze komisch verhalten, aber können wir nicht über etwas anderes reden?"

„Entschuldige." Anstatt eine Gesprächsgrundlage zu finden, hatte sie einen Streit vom Zaun gebrochen. „Du ... redest lieber über die Gegenwart?"

„Die Gegenwart, die Zukunft, ganz egal. Nur nicht über die Vergangenheit."

Allie stand hier mitten in ihrer Zukunft – neben dem Mann, den sie heiraten würde; auf dem Grundstück, das sie bewohnen würde; vor dem Haus, das sie einrichten würde und mit Kindern füllen, so Gott wollte. Anstelle sich gegen diese Zukunft zu wehren, sollte sie sie mit offenen Armen empfangen. Sie musste eben irgendwie die Vertrautheit schaffen, die sie brauchte. Auch wenn sie mit Walt für einen kurzen, verführerischen Augenblick einfach darin hatte eintauchen dürfen.

Allie ging näher an Baxter heran, um ihre Augen ins Spiel zu bringen. Er reagierte mit einem verwirrten Stirnrunzeln. Sie überlegte, ihm über die Wange zu streicheln, aber die Geste erschien ihr zu aufdringlich. Stattdessen legte sie ihm die Hand auf die Schulter, die sich im Vergleich zu Walts so schmächtig anfühlte.

Natürlich war er schmächtig. Er kam ja auch aus einem armen Elternhaus. Neue Sympathie brachte ein verständnisvolles Lächeln auf ihre Lippen. „Die Zukunft sieht vielversprechend aus, nicht wahr?

Wenn J. Baxter Hicks die Tochter vom Boss heiratet, dann hat er gute Aussichten, einmal die Firma zu übernehmen. Die Kinder von J. Baxter Hicks werden niemals die Entbehrungen erleben müssen, die er selbst durchmachen musste."

Er schaute finster drein. „Kinder."

Etwas an seinem Blick machte ihr Angst. Als hätte er nie an Kinder gedacht. Ihre Tränendrüsen fingen an, Feuchtigkeit anzusammeln, und es fehlte nicht mehr viel, dann würde sie losweinen.

Siegessicher schob sich einer von Baxters Mundwinkeln nach oben. „Ja. Ihnen wird es an überhaupt nichts fehlen."

Die Wasserströme zogen sich zurück und Allie konnte wieder lächeln. Sie würde Kinder haben, denen sie ihre Liebe schenken konnte. Und vielleicht würde auch zwischen ihr und Baxter nach und nach Liebe wachsen.

Sie stellte sich auf die Zehenspitzen und gab ihm einen Kuss auf die Lippen. Nummer elf. Wer weiß, eines Tages würde sie vielleicht aufhören zu zählen und auch Walter Novak vergessen.

Baxter schob sie mit zerfurchter Stirn von sich. „Wir sollten zurückgehen. Es wird dunkel."

Allie nahm ernüchtert die Hand von seiner Schulter. „Ja, du hast recht. Wirklich dunkel."

* * *

Zu Hause sank sie in einen der weißen Korbstühle. Wie konnte ein kurzer Spaziergang so viel Kraft kosten?

„Ach, Allie." Vater durchstöberte einen Stapel Papier. „Ein Brief für dich. Ist irgendwie bei mir gelandet."

Sie nahm den Briefumschlag entgegen. Kam er von Walt? Wie sollte sie jetzt seine Zuneigung ertragen, wo Baxter sie gerade von sich gestoßen hatte? Erleichtert erkannte sie Dorothy Carlisles abgerundete Handschrift. Das war genau das, was sie jetzt brauchte.

Allie,
ich schreibe Dir nur, weil ich das hier dringend loswerden muss. Betty weigert sich, jemals wieder ein Wort mit Dir zu wechseln, und ich kann es ihr nicht verübeln.

Walt und ich hatten unsere Meinungsverschiedenheiten, aber er ist ein guter Mann und hat es nicht verdient, wie Du mit ihm umgegangen bist. Du hättest sein trauriges Gesicht sehen sollen, als ich ihm von Baxter erzählt habe.
Betty und ich sind entsetzt! Betty sagt, Du hättest eure Freundschaft verraten. Nach all den Jahren hat sie das Gefühl, Dich überhaupt nicht zu kennen. Wie konntest Du nur Walt die Beziehung mit Baxter verschweigen? Wie konntest Du mit Walt herumflirten? Und ihn dann auch noch dazu bringen, an eine gemeinsame Zukunft mit Dir zu glauben? Vielleicht hätten Betty und ich einschreiten und ihn warnen sollen, aber keine von uns beiden hätte Dir so ein jämmerliches Verhalten zugetraut.

„Allie, ist alles in Ordnung?", fragte Mutter. „Schlechte Nachrichten?"
Allie blickte auf. Eine tonnenschwere Last drückte ihr auf den Magen, den Brustkorb, die Kehle. Vor Mutter, Vater und Baxter, die sie alle entgeistert anstarrten, wurde ihr speiübel. Mit dem Brief in der Hand und brodelndem Magen stand sie da. „Ich ... ich gehe zu Bett." Sie ignorierte die Fragen und den Protest und rannte mit auf den Mund gepresster Hand die Treppe hinauf, den Korridor entlang, ins Bad und auf die Knie.

Sein trauriges Gesicht ... entsetzt ... eure Freundschaft verraten ... verschweigen ... herumflirten ... gemeinsame Zukunft ... jämmerliches Verhalten. Jede Phrase erschütterte sie mit einem Brechreiz.

Am Ende kniete sie da, schnappte nach Luft und schluchzte. Sie machte sich sauber und sank an der Wand im Bad zusammen. Zitternd strich sie sich das Haar aus der Stirn. Sie hatte nicht nur Walt verletzt und seine Freundschaft verspielt, sondern auch die von Betty und all ihren neuen Freunden verloren. Genau wie ihren Moment für die Ewigkeit.

Nun hatte sie überhaupt nichts mehr, und daran war nur sie selbst schuld.

Kapitel 11

Armeeflugplatz Wendover, Utah
8. Juli 1942

„Salz gefällig?" Frank brach einen Brocken salzverkrusteter Erde ab und hielt ihn Walt unter die Nase. „Leider kein Zucker. Der könnte dir die Laune versüßen."

Walt schlug Franks Arm weg und lief weiter an der Kaserne vorbei in Richtung Hauptquartier. „Sind dir die sieben Männer egal, die gestern abgestürzt sind? Wie kannst du jetzt bloß Witze machen?"

„Ach, komm. Wir ziehen in den Krieg. Da gibt es nun mal Opfer. Ich will nicht herzlos sein, aber wir kannten sie doch gar nicht. Und außerdem bist du mies drauf, seit wir wieder hier sind. Deine Laune ist heute dieselbe wie gestern."

„Ach ja? Ist halt nicht jedermanns Urlaub wie der Himmel auf Erden gewesen."

„Dann hatte sie eben einen Freund. Ist doch nicht dein Fehler. Jeder von uns ist schon mal auf ein Mädchen reingefallen. Du kennst doch diesen Typ Frau. Ist die Katze aus dem Haus ..."

Also darauf war Allie ausgewesen? Ein kleines Techtelmechtel nebenbei? Eine neue Trophäe für die Sammlung? Das passte zwar nicht zu der Frau, die er kennengelernt hatte, aber hier passte so einiges nicht zusammen. Walt hob einen Stein auf und warf ihn über das Dach der Kaserne. „... tanzen die Mäuse auf dem Tisch."

„Du musst es einfach so sehen – die siehst du nie wieder."

„Ja." Aber wieso wurde ihm dabei so schwer ums Herz? Allie hatte ihn ordentlich zum Narren gehalten, und falls Dorothy Carlisle ihren Mund nicht halten konnte, würde das bald jeder wissen.

„Ein Jammer, dass Zucker Mangelware ist", sagte Frank.

„Okay, okay. Ich werde schon darüber hinwegkommen. Kopf hoch, positiv denken, es gibt immer Hoffnung. Ich weiß, ich weiß."

„Das hört sich an wie mein Kumpel Walt." Frank stibitzte ihm die Mütze und verwuschelte ihm die Haare.

Walt knurrte freundlich und rammte Frank den Ellbogen in die Rippen. „Lass das, Papa. Gib mir einfach nur die Autoschlüssel. Ach, vergiss das mit dem Auto. Ich will ein Flugzeug."

„Wer will das nicht? Dass wir immer noch nicht unsere B-17 haben, ist kaum zu glauben."

„Nicht mehr lange. Heute kriegen wir zumindest unsere Crewzuteilung."

Sie mischten sich unter die Soldaten, die sich in ihren khakifarbenen Uniformen vor dem Hauptquartier versammelt hatten. Frank bekam seine Crewliste, aber die von Walt hatte schon jemand abgeholt. Der Kommandeur der Fliegerstaffel zeigte auf einen blonden Mann, der sich selbstsicher und autoritär mit vier anderen Soldaten unterhielt. Die Situation machte Walt unruhig. Schließlich war er der Flugzeugkommandant.

Walt richtete sich zu seiner vollen Größe auf. Er maß über einen Meter achtzig, aber der andere Mann überragte ihn dennoch um einige Zentimeter.

Der Blonde begrüßte ihn mit einem Zahnpastalächeln, das sich quer über sein sonnengebräuntes Gesicht erstreckte. „Hi. Bist du in meiner Crew?"

„Ich bin Walter Novak", sagte Walt und streckte die Hand nach der Crewliste aus.

Der Blonde ergriff die Hand und schüttelte sie. „Ach ja. Der andere Pilot."

Der andere Pilot? Walt griff nach der Liste. „*Der* Pilot. Und du bist?"

„Lt. Graham Huntington."

Graham? Genauso spießig wie Baxter. Walt überflog die Liste. „Du bist also mein Co-Pilot."

„Genau. Man nennt mich Cracker."

„Cracker?" Walt musste grinsen – Graham Cracker. Klang wie ein Vollkornkeks. So schlimm konnte der Typ nicht sein, wenn er Sinn für Humor hatte. „Wegen deines Namens?"

„Nein, weil ich so ein Crack beim Fliegen bin." Er schob das breite Kinn provozierend nach vorn.

Walt drehte sich der Magen um. Stolz war ein weitverbreiteter – und gefährlicher – Charakterzug unter Piloten.

„Und bei den Ladys lässt er auch nichts anbrennen", sagte ein Offizier mit lang gezogenem Südstaatenakzent.

Cracker grinste vielsagend. „So sagt man jedenfalls."

„Cracker und ich haben gemeinsam das Training auf dem Kelly Field absolviert." Der Südstaatler lächelte – ein weißer Strich in einem dunklen Gesicht. Die Haare waren mit Pomade glatt nach hinten gekämmt. „Lt. Louis Fontaine, Navigator. Aus der Ecke Nawlins."

Nawlins? Walt blinzelte verwirrt, während er Louis die Hand gab. Ach ja – New Orleans. „Freut mich."

„Novak", sagte Louis. „Gab einen Fluglehrer mit dem Namen auf dem Kelly Field."

„Mein Bruder Ray."

Cracker schnitt eine Grimasse. „Sklaventreiber."

„Ja, hat mich aus dem Pilotenprogramm geschmissen", sagte Louis. „Aber sonst ein Pfundskerl."

„Jep." Walt drehte sich zu Lieutenant Abe Ruben um, dem Bombenschützen. Wenn er mit den Bomben genauso präzise Furchen legen konnte wie die, die sein scharfkantiges Gesicht durchzogen, hatten die Achsenmächte schon verloren.

Alle vier Offiziere wurden einander vorgestellt. Walt zählte seine Soldaten durch – es fehlten noch drei. Da kamen zwei Männer herbeigelaufen und salutierten. „Wir sind zu spät, Entschuldigung, Sir."

Cracker lachte. „Ich hab's den anderen schon gesagt. In der Air Force geht es locker zu. Die Crew ist deine Familie. Kein *Sir*, kein *Lieutenant*, und bitte kein Salutieren."

Auch wenn Cracker recht hatte – es war Walts Aufgabe, den Männern das zu sagen. Die Soldaten lächelten Cracker dankbar an und Walt musste das bisschen Autorität ergreifen, das ihm noch geblieben war. Er gab den restlichen Soldaten, allesamt Sergeants, die Hand: Bill Perkins, dem Funker, und den drei Schützen Harry Tuttle, Mario Tagliaferro und Al Worley. Sie sahen so jung aus – höchstens achtzehn, neunzehn. Walt fühlte sich mit seinen vierundzwanzig vor ihnen wie ein alter Mann.

Al, ein verrückter Bursche mit strohigem Haar, sah sich um. „Ach Mist, ich bin der Kleinste. Ich darf runter in den Kugelturm, wetten?"

Cracker betrachtete angestrengt einen Stein zu seinen Füßen.

So. Auf einmal passte ihm die Anführerrolle also nicht mehr. Walt sah Al verständnisvoll an. „Tut mir leid, aber für einen groß gewachsenen Mann ist es da unten zu eng." Er sah die anderen prüfend an. „Mario, du bist der Heckschütze. Harry, du bemannst die Seitenlafetten. Eigentlich braucht man zwei Seitenschützen, aber anscheinend muss einer auch reichen." Er las die Crewliste laut vor. Einer fehlte noch – Sergeant Juan Pedro Sanchez. Als Walt aufsah, kam gerade jemand herbeigelaufen.

Walt gab ihm die Hand. „Du bist dann wohl Juan."

„J.P., wenn es Ihnen nichts ausmacht, Sir."

Interessant – dieses Mal brachte Cracker seine Rede über lockeren Umgang nicht. Walt lächelte und freute sich über die Intelligenz, die er in J.P.s großen braunen Augen erkennen konnte. „Nenn mich Walt."

„Ha!", rief Al. „Er ist noch kleiner als ich! Soll er doch da runterklettern."

„Tut mir leid", sagte Walt. „J.P. gehört der obere MG-Turm. Er ist mein Flugingenieur."

„Was? Er?" So wie Als Nasenflügel bebten, schien er nicht davon überzeugt zu sein, dass jemand mit mexikanischen Wurzeln schlau genug für den Posten des Flugingenieurs sein konnte.

„Natürlich. Er ist der Beste, habe ich gehört." Walt hatte nichts dergleichen gehört, aber das wusste Al ja nicht.

„Weiß jemand, wohin es geht?", fragte Louis Fontaine.

Abe Ruben lachte. „Du bist doch der Navigator."

Cracker stemmte die Hände in die Hüften und schob wieder das Kinn vor. „Nordafrika."

Walt sah seinen Co-Piloten an. „Das sind doch nur Gerüchte."

„Das kam von ganz oben. Die Alliierten bereiten eine Invasion vor. Alle neuen Bombergeschwader kommen da hin."

„Möglich", sagte Walt. „Oder nach Alaska, Australien, England oder China."

„Ihr werdet schon sehen", erwiderte Cracker und zwinkerte der Crew zu. „Gewöhnt euch schon mal an die Wüste, Jungs. Wir kommen in die Sahara."

„Mit Palmen und Bauchtänzerinnen", sagte Louis. „Genau der richtige Ort für mich."

„Also schön, Männer." Cracker klatschte in die Hände, als würde er seine Sportmannschaft auf Sieg einschwören. „Wir sind eine gute Crew. Die beste Crew in der Fliegerstaffel, die beste Staffel im 306. Bombergeschwader und das beste Geschwader der ganzen Air Force!"

Die Männer grölten und reckten ihre Fäuste in die Luft. Walt war wie vor den Kopf stoßen. Dieser Kerl schwang vor *seiner* Crew Reden.

"Los, kommt, Jungs." Cracker machte eine einladende Geste. "Auf ins State Line Hotel. Die erste Runde geht auf mich. Wenn wir um Mitternacht noch geradeaus gucken können, haben wir irgendwas falsch gemacht."

Die Männer ließen Walt stehen. Er wusste, was jetzt kommen würde – sie lernten einander kennen, kippten sich einen hinter die Binde und hängten sich noch mehr an dieses Schlitzohr.

Cracker blieb stehen und drehte sich um. "Was ist? Kommst du nicht mit?"

"Nein, danke. Ich trinke nicht."

"Ach ja, richtig. Hab schon von dir gehört. Man nennt dich Preach, oder?"

Walt nickte und Cracker wandte sich ab, aber nicht bevor Walt das abfällige Lächeln auf seinem Gesicht bemerken konnte. Walt trat gegen einen Erdbrocken. Er zerstob in tausend Teile.

Kapitel 12

Riverside, 9. Juli 1942

Allie saß am Schreibtisch und vergrub ihr verheultes Gesicht in ihrem Arm. Warum hatte sie überhaupt versucht, Betty zu schreiben? Selbst wenn sie eine Erklärung finden würde, würde Betty den Brief ja doch nicht lesen. Bettys Temperament war ihre größte Schwäche, aber dieses Mal war das Recht auf ihrer Seite.

Allie hatte die beste Freundschaft zerstört, die sie je gehabt hatte, und das nur für einen flüchtigen romantischen Augenblick. *Was habe ich nur getan, Herr? Bitte vergib mir, dass ich Walt wehgetan habe. Ich wusste ja nicht, dass ich einen Mann so verletzen kann ... aber das ist auch keine Entschuldigung. Und vergib mir, dass ich Baxter untreu war. Wir lieben uns zwar nicht, aber schließlich sind wir einander versprochen. Und es tut mir leid, dass ich Betty verletzt habe. Ach, sie fehlt mir so sehr.*

Es klopfte leise an der Tür. Schnell tocknete sich Allie mit einem Taschentuch die Tränen ab.

„Allie, ist alles in Ordnung?"

„Ja, Mutter, mir geht's gut", sagte Allie mit einem verräterischen Zittern in der Stimme.

Ihre Mutter öffnete die Tür. Sie hatte Sorgenfalten im Gesicht. „Du hörst dich aber nicht gut an, und du siehst auch nicht gut aus. Seitdem du diesen Brief gekriegt hast ..."

„Es geht mir *gut*." Allie ging zu ihrer Frisierkommode und richtete sich das Haar. Ihr Fehlverhalten und dessen Konsequenzen zu beichten stand außer Frage.

„Wenn es dir gut geht, dann kannst du mir ja beim Polieren des Tafelsilbers helfen."

Allie versetzte der Gedanke an viel Zeit zum Nachdenken bei Tuch und Besteck in Panik. „Ich ... ich kann nicht. Ich gehe lieber spazieren."

„Spazieren? Aber das Besteck ..."

„Ich helfe dir später." Sie griff nach einer Handtasche und einem Hut. „Ich brauche frische Luft."

„Also schön. Wenn es das ist, was du brauchst." Ihre Mutter runzelte die Stirn. „Kind, ich mache mir Sorgen."

Allie zwang sich zu lächeln. „Ein ordentlicher, langer Spaziergang und ich bin wieder ganz die Alte."

Auf dem Weg in die Stadt war Allie sich dessen aber nicht mehr so sicher. Beim Spazierengehen hatte man genauso viel Zeit zum Nachdenken. Für Ablenkung in Form eines Einkaufsbummels oder eines Kinofilms war es noch zu früh. Sie lief an einem Kiosk vorbei, der komplett in den Farben rot, weiß und blau erstrahlte. Auf jeder Zeitschrift war in einer großen gemeinschaftlichen Kampagne die amerikanische Fahne abgedruckt, um den Kampfgeist zu unterstützen und den Verkauf von Kriegsanleihen anzukurbeln.

Jeder half bei den Kriegsanstrengungen, wo er konnte. Vom aktiven Dienst in der Armee über die Kriegsproduktion bis hin zum Freiwilligendienst. Sogar die Kinder engagierten sich mit Altmetall-, Gummi- oder Papier-Sammeleinsätzen. Aber sie – Allie Miller – sollte Tafelsilber polieren.

Sie wurde wütend. *Herr, ich möchte doch auch irgendwas tun! Ich möchte helfen. Jetzt habe ich noch nicht einmal mehr eine Freundin. Zeig mir doch, was ich tun kann!*

Sie ging in eine Seitengasse. Warum, wusste sie nicht. Dieser Teil von Riverside war ihr unbekannt. Die Häuser wurden immer kleiner und kleiner. Und doch drängte es sie weiter, bis sie an eine Kreuzung kam, wo an drei Seiten ungepflegte Häuser standen und an der vierten eine Kirche.

Groveside Bible Church. Allie verzog das Gesicht angesichts des unansehnlichen Gebäudes, das mit dem allereinfachsten Putz versehen war. Um langweilige Rechteckfenster herum blätterte ausgeblichene Farbe ab. Das war eindeutig kein Beispiel für die gehobene Architektur von Riverside. Aber auf dem Kirchturm war ein Kreuz, die Türen standen offen und Allie ging neugierig hinein.

Nachdem sich ihre Augen an das Dämmerlicht gewöhnt hatten, begutachtete sie den Saal. Stumpfer Boden, abgewetzte braune Sitzkissen, abgenutzte Bibeln und Liederbücher in den Reihen, ein einfaches Kreuz, ein Sprecherpult und ein Klavier. Das komplette Gegenteil von St. Timothy's mit den Buntglasfenstern, der gewaltigen Orgel und den glänzenden Holzbalken.

Ein Rascheln und Knurren zu ihrer Linken ließ Allie sichtlich zusammenzucken. Sie lief den Gang hinunter, bis sie zwischen den Kirchenbänken eine Frau auf allen vieren entdeckte. Die kräftige Dame hatte ihre grauen Locken in einem Haarknoten zusammengebunden und sah erstaunt auf. „Nanu? Ich hab dich gar nicht reinkommen hören."

„Ich habe ... ich wollte nur ..." Allie deutete auf die Eingangstür.

„Ach, ja. Donnerstag. Donnerstag. Frauenkreis um halb zehn. Ist es schon so weit?"

„Ähm ..." Allie sah auf ihre Armbanduhr. „Es ist noch nicht einmal neun."

„Gut. Sehr gut, dann ist ja noch Zeit. Aber du bist eine halbe Stunde zu früh, Liebes. Das wurde doch am Sonntag angesagt. Hast du das nicht mitbekommen?"

„Nein, ich ..."

„Na, macht nichts. Gottes Zeitplan ist immer perfekt, weißt du? Er hat dich hierhergeschickt, damit du mir helfen kannst. Hast du harte Nägel, Liebes? Das hier ist vielleicht ein störrischer Knoten. Und ich muss die Kissen hier noch ausklopfen."

„Ich kann es versuchen." Dieser Frau konnte vermutlich niemand etwas abschlagen. Allie kniete sich hin. Der Knoten war ein Albtraum. Die alte Kordel war vor Abnutzung schon ganz glänzend geworden.

Die ältere Frau wand ihr üppiges Hinterteil aus der Bank. Als sie wieder aufrecht stand, fiel ihr gewaltiger Busen über die Taille auf ihren leuchtend violetten Rock. „Ich kann dein Gesicht gar nicht einordnen, Liebes."

„Also, ich ..."

„Nein. Sag nichts. Sag nichts." Sie beugte sich näher und studierte Allie mit ihren kleinen blauen Augen. „Was für schöne grüne Augen du hast. Du bist bestimmt Mabels Enkelin."

„Äh, nein." Allie zog den Kopf ein und konzentrierte sich auf den Knoten, um nicht an den Mann denken zu müssen, der vor Kurzem noch das Gleiche über ihre Augen gesagt hatte. Endlich hatte sie ihren Fingernagel in das feste Gebilde hineingearbeitet.

„Kräftiger Kiefer. Rubys Tochter?"

Der Knoten löste sich. „Bitte sehr."

„Gut gemacht. Sehr gut. Du bist ja eine richtige Gebetserhörung.

Da, schnapp dir den Kissenstapel dort drüben, und ich nehme diesen."
Sie marschierte den Gang hinunter.

Allie sammelte die Kissen ein und lächelte heimlich gen Himmel. *Ich hatte ja gesagt, dass ich helfen wollte, Herr.*

Vor der Kirche versuchte die ältere Frau auf der fleckigen Wiese ein Kissen an einer Wäscheleine festzuknüpfen, die zwischen zwei Eukalyptusbäumen gespannt war.

„Warten Sie, ich helfe Ihnen." Allie nahm das Kissen und band es fest.

„Weißt du, als ich noch jung war, blieben die Mädchen daheim, heirateten und wohnten gleich in der Nähe. Heute macht ihr jungen Leute euch auf und davon, sucht euch Jobs – ach nein, heute heißt das ja *Karriere machen* –, und wenn ihr dann wiederkommt, erkennt man euch kaum noch. Also, wie heißt du nun? Ich geb's auf." Sie nahm einen Besenstiel und versetzte dem Kissen einen heftigen Schlag.

Allie musste husten und machte einen Schritt zur Seite, um der Staubwolke zu entkommen. „Allie Miller." Miller war bestimmt weit verbreitet genug, um nicht gleich mit *Miller's Kugellager* in Verbindung gebracht zu werden.

„Miller. Miller. Ich komme immer noch nicht drauf. Allie, sagst du? Hm." Kein Staubkorn wagte es, sich ihren Schlägen zu widersetzen. Allie hätte es nicht gewundert, wenn auch die Flecken auf ihr Kommando hin abgefallen wären.

„Jetzt wissen Sie, wie ich heiße", sagte Allie. „Aber ich kenne Ihren Namen gar nicht."

Ein grauer Kopf lugte hinter dem Kissen hervor. „Du kennst meinen Namen nicht? Wie kann denn das sein? Jeder hier in der Groveside kennt mich."

„Ich gehöre nicht zur Groveside Church."

„Nicht? Was machst du dann hier?"

Allie griff zum nächsten Opfer für den Besenstiel und band es fest. „Ich war nur spazieren. Irgendwie suche ich nach einer neuen Kirchengemeinde für mich."

„Du bist eine Besucherin? Und dann lasse ich dich unsere verlotterten Sitzkissen ausklopfen? Na, das ist ja eine schöne Begrüßung."

„Das macht mir doch nichts. Vorhin habe ich Gott noch gebeten: ‚Zeig mir einen Platz, an dem ich helfen kann.'"

Die Frau lachte laut auf. „Ja, solche Gebete erhört der liebe Gott immer." Dann schlug sie weiter auf das Kissen ein. „Wieso suchst du denn nach einer neuen Kirchengemeinde?"

„Na ja, ich suche nicht wirklich. Ich denke nur darüber nach. Meine Gemeinde ist so leer."

„Alle in den Krieg gezogen?" Die Frau stützte sich auf den Besenstiel und keuchte.

„Ich bin dran." Allie band ein weiteres Kissen fest und nahm den Holzstiel. „Es fehlt nicht an Leuten, es fehlt an Gott! Ich spüre seine Gegenwart nicht, ich höre seine Stimme in der Predigt nicht und ich sehe ihn nicht im Leben der Menschen."

„Hm." Die Frau wiegte sich nachdenklich vor und zurück. „Stärker, Liebes."

Allie schlug kräftiger zu, aber ihre Staubwolke blieb im Gegensatz zu der der älteren Frau ein winziges Wölkchen. „Am Dienstag war ich mit meiner Mutter beim Frauenkreis. Es war den Damen dort wichtiger, sich peinlich genau an die Geschäftsordnung zu halten, als nach Gottes Willen zu fragen. Der einzige Punkt auf dieser Tagesordnung war eine Sammelaktion für neue Stühle für den Kindergottesdienst."

„Stühle sind doch wichtig."

„Aber das ewige Gezänk darum nicht." Allie leitete ihre ganze Wut in den nächsten Schlag. „Zwischen der Flohmarktfraktion und der Nachmittagsteefraktion entbrannte ein bitterer Streit. Sie haben völlig aus den Augen verloren, was ihr eigentliches Ziel war. Jetzt wird es keine neuen Stühle für die Kinder geben, nur damit der äußere Friede gewahrt bleibt."

„Alle Kirchen sind voller sündiger Heuchler, Liebes. Vergiss das nicht."

Allie verschnaufte, während sie das nächste Kissen festknüpfte. „Ja, aber in einer guten Kirche wenden sich die Leute an Gott, um ihre Sünde und Heuchelei zu überwinden. Sie lieben den Herrn und wollen ihm auch tatsächlich dienen."

„Wieso bleibst du nicht zum Frauenkreis? Aber ich warne dich. Unser Kindergottesdienst braucht auch dringend neue Stühle." Sie hob den Besenstiel auf.

Allie lächelte. „Und neue Sitzkissen."

„Oh nein. Ich prügele die hier so lange windelweich, bis sie noch mindestens für ein Jahr ihren Dienst tun. Und, bleibst du?"

„Wenn Sie mir Ihren Namen sagen?"

Die ältere Frau seufzte und stemmte eine Hand in die Hüfte. „Oh Herr, das arme Kind ist auf der Suche und ich enttäusche es in einem fort. Entschuldige, Allie. Ich heiße Cressie Watts."

„Freut mich, Ihre Bekanntschaft zu machen, Mrs Watts."

„Nicht Mrs Watts. Cressie. Du bist erwachsen und meine Schwester in Christus. Und hier wird geduzt."

Allie zögerte. Die Frau war mindestens sechzig. Allie hatte noch nie jemand Älteres mit Vornamen angesprochen. „Okay. Cressie?", fragte sie vorsichtig, in der Angst, sich verhört zu haben.

„Genau. Cressie. Schwer zu glauben, aber mein richtiger Name ist noch verrückter."

„Und der wäre?"

Sie gab dem Kissen einen Schlag, auf den selbst der berühmte Baseballspieler Babe Ruth stolz gewesen wäre. „Crescenda."

Allie fiel die Kinnlade herunter. „Crescenda?"

„Jep. Mein Pa war Chorleiter. Ich war das kleinste von acht Kindern. Der Höhepunkt sozusagen, das Crescendo."

Genau wie in der Unterhaltung mit Walt. Allie setzte sich auf den Stapel Kissen und sah die Frau mit den kräftigen Armen und dem musikalischen Namen mit großen Augen an. Plötzlich platzte ein Lachen aus ihr heraus. Das erste seit Tagen. Es wurde immer kräftiger, ein richtiger Lachschwall, in den sich ihre Trauer und Schuldgefühle mischten.

Cressie stemmte nun beide Hände in die Hüften. Auf ihrem Gesicht kämpften ein Lächeln und empörtes Stirnrunzeln miteinander. „Genug jetzt, Missy. Nur weil ich dich zur Hausarbeit verpflichtet habe, heißt das noch lange nicht, dass du dich über meinen Namen lustig machen darfst."

„Tut mir leid", sagte Allie und wischte sich die Lachtränen aus dem Gesicht. „Jetzt hältst du mich sicher für schrecklich unhöflich. Es ist nur ... mein Name – Allie – steht für Allegra."

„Allegra?" Das Lächeln gewann die Oberhand. „Jetzt haut's mich aber um."

„Mein Freund Walt ..." Allie spürte einen heftigen Schmerz in der Brust und schnappte nach Luft. Sie musste einmal durchatmen, bevor sie weiterreden konnte. „Er ... hat mit mir herumgescherzt, sein Name wäre Adagio, und wir würden Kinder haben, die Andante, Pianissimo, Fortissimo und Crescenda heißen." Die Erinnerung war bittersüß.

„Dann bin ich ja deine lang verloren geglaubte Schwester."

Allies Augen wurden feucht. „Eine Schwester könnte ich wirklich gut gebrauchen."

„Na dann, Schwesterherz. Es gibt noch viel zu tun. Hoch mit dir, na los. Wir haben nur ... oh, du trägst eine Uhr? Du lieber Himmel, ist die aber schick. Wie spät ist es?"

„Zwanzig nach neun", sagte Allie mit zittriger Stimme. Sie stand auf und hängte wieder ein Kissen auf. Wenn sie doch Walt nur von Cressie erzählen könnte. Er würde genauso lachen – dieses herrliche, volle Lachen. Seine Wangen würden nach oben rutschen, die braunen Augen funkeln und seine geschwungenen Lippen ihre ganze Mundpartie zum Kribbeln bringen.

Sie griff nach dem Stiel und schlug auf das Kissen ein. Baxter. Wieso konnte sie nicht genau so an ihn denken? Vielleicht, wenn er sie einfach mal küsste, nach ihrer Hand griff oder auch nur einen Hauch von Interesse zeigte ...

„Holla, Miss Allegra. Gleich kommt das Füllmaterial mit raus."

Allie ließ erschöpft und beschämt den Besenstiel sinken. „Tut mir leid. Das nächste?"

Bald darauf zog eine lange Reihe von Sitzkissen die Wäscheleine nach unten. Einige Frauen trafen ein und gingen in den Seitenflügel. Cressie ordnete sich die Haare. „Na komm, Liebes. Der Frauenkreis fängt an."

Allie strich sich den Rock glatt und setzte ihren Hut wieder richtig auf. Sie war eigentlich überhaupt nicht gesellschaftsfein. In ihrer Eile hatte sie noch nicht einmal eine passende Tasche zu den Schuhen genommen. Die Frauen im kleinen Saal schienen das aber nicht zu bemerken.

„Da hat Cressie sich dich wohl gleich unter den Nagel gerissen, was?" Eine kleine alte Dame mit weißem Dutt umklammerte Allies Hand mit knorrigen Fingern.

Cressie drückte Allie in die freie Hand eine Tasse Tee. „Ich dachte zuerst, sie wäre deine Enkelin, Mabel."

„Das ist ja mal ein Kompliment." Mabel sah Allie genauer an. „Wegen der Augen, meinst du?"

„Die Webers sind eben alle grünäugige Monster."

„Sei still, Cressie. Du verscheuchst noch unseren liebreizenden jungen Besuch. Weißt du, Allie, die meisten unserer Mädchen arbeiten entweder als Krankenschwester oder in den Fabriken."

Allie sah sich um. Bis auf eine Ausnahme war sie die einzige Frau unter fünfzig.

Mabel hob Allies Hand an. „So schöne lange Finger hast du. Spielst du vielleicht Klavier?"

„Um ehrlich zu sein, ja."

„Oh, sie ist ein Gottesgeschenk, Cressie." Mabel tätschelte Allies Hand. „Ich bin hier die Organistin, aber mein Rheuma ist so schlimm, dass ich bei den lebhaften Liedern einfach nicht mehr mitkomme."

Organistin? Allie verspürte sofort Lust darauf, aber ihre Eltern würden das niemals gutheißen.

„Der Chor übt am Donnerstagabend. Außerdem spiele ich im Gottesdienst und vorher im Kindergottesdienst."

Allie seufzte. „Ich bin doch nur zu Besuch."

„Denk im Gebet drüber nach, Liebes."

Die Frauen stellten einen Stuhlkreis. Opal Morris, die Frau des Pastors, betete. Dann holten alle Strickzeug aus ihren Taschen. Allie störte es, dass sie nichts in der Hand hatte.

Cressie gab ihr ein gelbes Wollknäuel und zwei Stricknadeln. „Wir stricken Decken für unsere Jungs im Lazarett in March Field."

Allie war froh, einen kleinen Beitrag leisten zu können.

Anstatt die Geschäftsordnung zu verlesen, las Opal einen Abschnitt aus der Bibel und die Frauen diskutierten darüber. Allie wagte es nicht, sich einzumischen, aber sie beobachtete die anderen, hörte zu und mochte den Kreis sofort – die Frauen waren voller Liebe für den Herrn, für sein Wort und für den Nächsten. Sie prüfte ihre Maschen. Auch wenn sie sonntags nicht zum Gottesdienst kommen konnte – den Frauenkreis würde sie fest einplanen.

Als sie zum geschäftlichen Teil des Treffens kamen, wurden keine Anträge gestellt, keine Nachbesserungen gefordert und kein Tagungsbericht angefertigt. Für den Kindergottesdienst waren ein Dutzend Stühle vonnöten. Der Kirchenausschuss hatte Holzreste besorgt und Cressies Mann, ein Tischler, würde daraus die Stühle bauen. Was noch fehlte, war Geld für Lack und Beschläge.

„Falls Interesse besteht ..." Allies Wangen wurden heiß, als sich alle Köpfe zu ihr umdrehten. „Mein ... mein Vater hat letzten Sommer die Möbel in meinem Zimmer neu lackiert, und wir haben noch zwei, drei Dosen Lack übrig."

„Gott sei Dank", sagte Cressie. „Warum bringst du sie nicht gleich am Sonntag mit?"

„Am Sonntag?" Allie sah verlegen auf ihr Strickzeug herunter. „Ich ... muss erst meine Eltern fragen."

„Wie alt bist du denn?"

„Zweiundzwanzig."

Cressies Mundwinkel gingen nach unten. Auch ohne Worte war klar, was sie damit sagen wollte. Allie war erwachsen und konnte schließlich für sich selbst entscheiden.

Wenn es doch nur so einfach wäre.

Kapitel 13

*Wendover Field
14. Juli 1942*

„Was für ein Flugzeug." Frank ließ sich auf die Pritsche gegenüber von Walt fallen.

„Nicht schlecht, oder? Wie war eure Landung?" Walt warf einen Baseball in die Luft und fing ihn kurz über seinem nackten Oberkörper wieder auf.

„Wie du gesagt hast. Holprig ohne Ende. Ich frage mich, warum die B-17 kein Bugradfahrwerk hat wie die Teile, auf denen wir in Albuquerque gelernt haben. Jetzt müssen wir uns erst mal umgewöhnen."

„Beim Anflug muss man sie wirklich gerade halten."

„Ja." Frank setzte sich hin und knöpfte das khakifarbene Hemd auf. „War die Post schon da?"

„Jep. Tut mir leid, du gehst heute leer aus."

„Hast du wenigstens was Interessantes?"

Walt stöhnte entnervt. „Einen Brief von George. Hatte tolle Flitterwochen, findet das Verheiratetsein grandios und bereitet sich darauf vor, den Kindern an der Antioch High Geschichte beizubringen." Er warf den Baseball hoch.

Frank fing ihn ab. „Und warum das Stöhnen?"

Walt setzte sich auf und fuhr sich mit der Hand durch die Haare, die von der schwülen Hitze ganz feucht waren. „Seine Freundin – ich meine natürlich seine Frau – hat noch etwas über Allie dazugeschrieben."

„Und?"

Walt ließ den Blick durch die verrauchte Kaserne schweifen und war froh, dass niemand in Hörweite war. „Dorothy hat sich verplappert. Betty ist stinksauer auf Allie und will nie wieder ein Wort mit ihr reden."

Frank warf Walt den Ball zu. „Gut. Das hat sie verdient."

„Ich weiß nicht."

„Aus dir soll einer schlau werden."

Walt drehte den Ball hin und her. „Weißt du, Allie hat nie gesagt, dass sie keinen Freund hat. Sie hat ihn nur nicht erwähnt. Betty hätte es mir irgendwann erzählt, sagt sie. Vielleicht, na ja, vielleicht ging Allie eben davon aus, dass ich es weiß."

„Aber sie hat mit dir geflirtet."

„Dachte ich jedenfalls. Aber ich bin nicht gerade ein Flirtexperte. Was, wenn ich sie einfach missverstanden habe? Und jetzt hat sie auch noch ihre beste Freundin verloren."

„Sag nicht, dass du ihr schon vergeben hast."

Walt strich mit dem Daumen über die Ballnähte. „Nein, aber ich sollte. Josef hat auch seinen Brüdern vergeben. Und Jesus hat denen vergeben, die ihn ans Kreuz genagelt haben. Und mir auch. Also sollte ich doch einem Mädchen vergeben können, das nett zu mir war."

„Hm." Frank zog sich die Schuhe aus. „Wirst du ihr schreiben?"

„Nie im Leben."

Frank streckte sich auf der Pritsche aus und starrte in die Luft. Walt zog das Handbuch zur B-17 heraus und war froh, wieder an Flugzeuge denken zu können. Er blätterte ziellos darin herum. Hier mussten alle aus dem Handbuch fliegen lernen, denn Erfahrung mit der Fliegenden Festung hatte niemand. Und für das 306. Geschwader gab es bisher nur eine Handvoll Exemplare. Also wechselten sich die einzelnen Crews ab und die Flugzeuge waren rund um die Uhr im Einsatz.

„Schreib ihr doch einfach."

„Hm?" Walt löste die Augen von der Checkliste für den Start.

„Allie. Du solltest ihr schreiben. Du mochtest sie wirklich, stimmt's?"

Walt seufzte. Er wollte nicht mehr über Allie reden.

„Mochtest du sie als Person oder nur als potenzielle Freundin?"

Wieso musste Frank jedes Thema zerren? „Beides, glaube ich. Sie ist eine tolle Frau. Wir haben uns wirklich ... gut verstanden."

Frank wackelte mit den Zehen. „Sie braucht Freunde, hast du gesagt. Dann schreib ihr."

„Nichts da. Sie weiß, dass ich auf sie stehe."

„Wieso? Was hast du gesagt?"

Walt machte ein Eselsohr in die Seite mit der Checkliste. „Na ja, ich habe ihr gesagt, wie toll sie aussieht. Was für hübsche Augen sie hat. Dass ich froh bin, mit ihr reden zu können."

Frank blieb so lange still, dass Walt verwirrt zu ihm herübersah. Er erntete einen ausdruckslosen Blick. „Du bist einfach ein gewöhnlicher Romeo."

Walt stöhnte und klappte das Handbuch zu. Er war ein gewöhnlicher Idiot.

„Na komm, ich wette, sie weiß trotzdem nicht, was du fühlst. Schreib ihr doch. Und wenn mit Mr Wie-heißt-er-noch-gleich was passiert, bist du wenigstens der Nächste in der Reihe."

Den Gedanken hatte Walt auch schon gehabt. Er schüttelte den Kopf. „Das ist nicht fair. Außerdem habe ich ihre Adresse weggeworfen."

„Dann hol sie dir von deinen Leuten wieder."

„Willst du mich auf den Arm nehmen? Die wissen genau, was ich für sie empfinde. Dann sehe ich wie ein noch größerer Idiot aus, der auch noch um Freundschaftsalmosen bettelt. Ich kann entweder das ganze Telefonbuch von Riverside durchackern oder es bleiben lassen. Einen anderen Weg gibt es nicht."

„March Field." Frank strahlte vor Tatendrang. „Hey, ich kenne dort jemanden. Er könnte für dich nachsehen."

Walt stand auf und knöpfte sein Hemd zu. „Der Nachname ist Miller."

Frank zuckte zusammen. „Mist."

„Ja. Mist." Er warf sich die leichte A-2 Fliegerjacke über die Schulter und ging nach draußen. Die Sonne brannte noch, obwohl sie schon fast hinter den gezackten Bergen am Horizont untergegangen war. Nachdem er seine Montur aus dem Ausrüstungslager geholt hatte, lief er in Richtung Landebahn. Nicht, dass asphaltierte Landebahnen vonnöten waren – in dieser Salzwüste konnte man ein Flugzeug überall landen.

„Hey, Preach."

Walt kniff die Augen gegen das tiefe Sonnenlicht zusammen und erkannte Harry, Mario und Al, die auf ihn zuliefen – weg vom Flugzeug. „Hallo. Wohin geht ihr?"

Harry schnallte das Gurtzeug vom Fallschirm ab und ließ es über seine Schultern gleiten. „Navigationsflug bei Nacht. Cracker hat gesagt, wir müssen nicht mit."

In Walts Brust fing es an zu köcheln. „Cracker liegt falsch. Wir fliegen als Crew."

„Aber wieso?", fragte Al und blies Zigarettenrauch in die Luft. „Ist doch kein Schützentraining."

„Wir müssen uns alle an das Flugzeug gewöhnen, an die Höhe und den Sauerstoffgehalt. Lieber jetzt als im Kriegseinsatz. Und außerdem ... wollt ihr nicht eure Flugzulage haben?"

Al fluchte. „Lieber hätte ich den Rest des Abends frei."

Walt wollte ihnen keine Befehle erteilen, aber wenn es sein musste, würde er nicht zögern. „Wir fliegen als Crew", wiederholte er und ging in Richtung des ihnen zugewiesenen Flugzeugs weiter. Die drei Schützen folgten ihm und ließen Wörter vom Stapel, die in seinen Ohren noch mehr brannten als die Wüstensonne.

„Wenn doch nur Cracker der erste Pilot wäre", murmelte Mario.

„Cracker sagt, der Geschwaderführer hat wohl seine Gründe gehabt, warum er Preach zum Boss gemacht hat", bemerkte Harry. „Aber welche das sein sollen – keine Ahnung."

Walt kletterte durch den Einstieg am hinteren Rumpf. Er war zu wütend auf seinen Co-Piloten, um das Flugzeug zu bewundern. Schnurstracks ging er am Funkerstand und Bombenschacht vorbei in die Pilotenkanzel.

Cracker fläzte sich auf dem Sitz des Co-Piloten. „Hey, Preach, was hältst du hiervon?" Er hielt Walt ein Heft mit nackten Frauen vors Gesicht.

Walt riss es Cracker aus der Hand und warf es zu Boden. „Du solltest lieber das Handbuch lesen als so einen Müll."

„Hoppla, Preach! Komm von der Kanzel runter." Cracker grinste hämisch und hob das Heft auf. „Hey, was machen die denn hier? Ich habe sie nach Hause geschickt."

„Du vielleicht. Ich nicht. Wir fliegen als gesamte Crew." Walt setzte sich hin und versuchte die Checkliste für den Start aufzuschlagen, aber seine Finger gehorchten ihm nicht.

Cracker drehte sich um und rief in den Flugzeugrumpf: „Sorry, Leute. Ich hab's versucht."

„Schon klar", hörte man Harrys Stimme. „Danke trotzdem."

Walt konnte vor Wut kaum die Schrift entziffern. Cracker hatte ihn zum selbstgerechten Sklaventreiber gemacht und wenn er noch einen Funken Autorität behalten wollte, blieb ihm nichts anderes übrig, als diese Rolle zu erfüllen.

Kapitel 14

Riverside
20. Juli 1942

Meine liebste Allie,
kannst Du mir jemals vergeben? Ich habe heute einen Brief von Louise Morgan bekommen. Louise sagt, Du wusstest gar nicht, dass Walt in Dich verknallt ist, und dachtest, er wüsste von Baxter. Da fiel mir ein, wie Du mich nach der Nachtmusik gefragt hast, ob Walt weiß, dass Du vergeben bist. Dich trifft überhaupt keine Schuld, das habe ich jetzt verstanden.
Kannst Du mir mein voreiliges Gezeter verzeihen? Ich habe vier Jahre wundervolle Freundschaft einfach übersehen und alles ignoriert, was ich über Deinen Charakter weiß. Wie konnte ich nur zu so gemeinen Schlüssen kommen? Bitte, bitte, vergib mir.

Bettys Bitte um Vergebung zog sich noch zwei Absätze hin, dann folgten mehrere Seiten über die Freuden des Verheiratetseins und das Neuste aus Antioch. Allie faltete den Brief zusammen. Eine riesige Last fiel ihr vom Herzen und ihr wurde ganz leicht zumute. Noch immer schämte sie sich dafür, wie sie Walt behandelt hatte, und war traurig über den Verlust seiner Freundschaft, aber ihre Beziehung zu Betty war wenigstens wiederhergestellt. Auch wenn es ihr unangenehm war, dass Betty ihr Verhalten besser hinstellte, als es war.

„Gute Nachrichten?", fragte Allies Mutter lächelnd und sah von der *Sunset*, ihrer monatlichen Lieblingslektüre, auf.

„Oh, ja." Allie nahm das Stopfzeug wieder in die Hand und lehnte sich in ihrem Korbstuhl auf der Veranda zurück. Sie erzählte ein paar von Bettys Neuigkeiten. Dann setzten die Männer ihr Abendgespräch fort. Die Behörde für Kriegsproduktion hatte eine Unterabteilung für kleine Firmen gebildet, damit Unternehmen wie *Miller's Kugellager* auch Aufträge vom Militär bekommen konnten. Alles war in bester Ordnung.

Zumindest bis „He Wears a Pair of Silver Wings" aus dem Radio durch das Salonfenster nach draußen drang. Allie gab sich Mühe, auf Vaters Erklärung zum neuen Bürokratismus zu achten, aber dann brach er plötzlich ab, beugte sich vor und spähte die Auffahrt hinunter. „Wer besucht uns denn mit dem Taxi?"

Allie sah erstaunt über das Geländer der Veranda. Das Taxi hielt vor dem Haus, wo die Auffahrt eine Schleife machte, und zwei Männer stiegen aus. Sie trugen khakifarbene Hemden und Hosen. Der eine war hochgewachsen und unter seiner Mütze lugten rote Haare hervor. Der andere ...

Die Stimme von Dina Shore säuselte sanft durchs Fenster: „He's the one who taught this happy heart of mine to fly. He wears a pair of silver wings."

Was machte Walter hier? Woher wusste er, wo ... ach, richtig, sie hatte ihm ihre Adresse gegeben. Aber wieso war er hier? Nachdem sie ihn so schändlich behandelt hatte? Du lieber Himmel! Er war gekommen, um sie bloßzustellen. Sie hatte es verdient, aber oh nein, bitte nicht! Ihr Herz fing an zu rasen und sie wünschte sich, es würde davongaloppieren und sie mitnehmen.

„Hi Allie." Walt strahlte und winkte ihr zu.

Er strahlte? Allie blieb nichts anderes übrig, als mitzuspielen und das Donnerwetter abzuwarten. „Hi." Sie stand auf, wodurch das Stopfzeug auf den Boden rutschte. Mit zitternden Händen hob sie es auf. „Was ... was verschafft uns die Ehre?"

Walt stieg die Stufen zur Veranda herauf. „Wir sind heute in March Field gelandet. Haben die alten B-18 gegen nagelneue B-17 getauscht. Morgen früh fliegen wir zurück nach Wendover. Und da ich schon mal in der Stadt bin, dachte ich, ich schaue einfach mal vorbei."

„Oh. Oh, wie schön." Sie spürte, wie hinter ihr drei Leute aufstanden. Der gefürchtete Moment war da.

„Hallo, ich bin Lieutenant Walter Novak." Er gab ihrem Vater die Hand. „Ich bin ein alter Freund von George und Betty Anello und habe Allie bei der Hochzeit kennengelernt. Das ist mein Freund, Lieutenant Frank Kilpatrick."

„Guten Abend. Ich bin Stanley Miller. Meine Frau, Mary."

Allie gab Frank wie betäubt die Hand. Die Situation hatte den wahnwitzigen Anschein, als wäre sie ganz normal.

„Sie müssen Baxter sein." Walt streckte die Hand aus. „Freue mich,

Sie endlich kennenzulernen. Allie spricht die ganze Zeit nur von Ihnen."

Dieser Satz raubte ihr endgültig den Atem. Würde Walt sie jetzt bloßstellen? Nein, er plauderte angeregt mit Baxter! Er hatte Baxter ein Kompliment gemacht und die Freundschaft zwischen Allie und ihm dadurch als unschuldig hingestellt. Aus irgendeinem Grund beschützte er sie, anstatt sie vorzuführen. Ihre Atmung setzte langsam wieder ein.

Walt und Frank setzten sich auf die ihnen von ihrem Vater zugewiesenen Plätze auf der Veranda. Allies Beine gaben fast nach, als sie zu ihrem Stuhl zurückkehrte. Die ganze Situation war so unwirklich. In der kühlen Abendluft unterhielten sich ihr Vater, ihre Mutter, Baxter, Walt und Frank über die Fliegende Festung, Kugellager und den Fortschritt im Pazifik.

„Ach, Baxter", sagte Walt irgendwann, „eine Sache noch. Wissen Sie, ich habe Allie gefragt, ob sie mir schreibt. Aber unsere gemeinsame Freundin Betty hat mir ordentlich den Kopf gewaschen. Betty ist der Meinung, ich könne doch nicht der Freundin eines anderen schreiben."

Walt wollte den Briefkontakt immer noch? Und er fragte Baxter um Erlaubnis? Allie traute ihren Ohren kaum. Er war ein Gentleman und wahrer Freund.

Baxter zuckte mit den Achseln. „Was sollte ich dagegenhaben? Ich hatte noch nie Grund, eifersüchtig zu sein."

Allie verdrehte das Stopfzeug auf ihrem Schoß. Wenn er nur wüsste.

„Also, wenn ich eine Frau lieben würde, hätte ich was dagegen, wenn sie plötzlich einem dahergelaufenen Piloten schreiben würde."

Allie zwang sich, ruhig weiterzuatmen. Er dachte wirklich, Baxter würde sie lieben?

Baxter klopfte ein paar Zigaretten aus einer Schachtel und bot sie den Männern an. Frank griff zu, Walt lehnte ab. „Also wenn sie ihrem Vaterlandsstolz dadurch Ausdruck verleihen will, dass sie den Soldaten schreibt, von mir aus. Das ist mir lieber, als wenn sie selbst als Soldatin zum Frauenkorps geht."

Allie verkrampfte sich innerlich. Und wenn sie dem Frauenkorps beitreten wollte? Konnte sie das nicht für sich selbst entscheiden?

Frank zündete seine Zigarette an und schützte dabei die Streichholzflamme mit der Hand. Dann nahm er die glühende Zigarette aus dem

Mund. „Sag mal, Walt, solltest du nicht lieber das Fräulein fragen, ob sie überhaupt einem dahergelaufenen Piloten schreiben will?"

Walt schmunzelte. „Sorry Allie, aber das hattest du mir schon versprochen. Und ich dachte, du stehst zu deinem Wort."

Allie nickte. Diese kleine Geste war so bedeutsam, dass ihr ihr Kopf unglaublich schwer vorkam.

Mutter ordnete den Stapel Zeitschriften auf dem Korbtisch. „Die Herren werden sicherlich Durst haben nach dem langen Flug."

„Richtig." Allie sprang auf. Einerseits schämte sie sich, ihre Pflichten als Gastgeberin vernachlässigt zu haben, andererseits war sie dankbar, der Situation für kurze Zeit entkommen zu können. „Kalten Tee? Limonade? Oder Wasser?"

„Limonade. Na komm, Walt." Frank stand auf und stemmte die Hände in die Hüften. „Nun sieh dir unsere Gastgeberin an. Sie ist schon ganz nervös, weil ihr die Gäste auch noch helfen wollen." Er nahm Allie am Ellenbogen und führte sie über die Veranda. „Ich habe sieben Geschwister und selbst schon vier Kinder. Egal ob Junge oder Mädchen, in einer großen Familie packt eben jeder mit an. Habe ich schon erwähnt, dass meine Frau vor ein paar Wochen unsere erste Tochter auf die Welt gebracht hat? Endlich ein Mädchen, nach drei Jungs. Heute Abend darf ich die Kleine kennenlernen. Kathleen Mary Rose. Meine Frau und die Kinder sind in L.A. in den Zug gestiegen und um acht treffe ich sie am Bahnhof."

„Meinen Glückwunsch. Ich freue mich ja so für Sie." Allie lächelte Frank an und tastete derweil nach dem Türknauf. Du lieber Himmel, er redete ja wie ein Wasserfall.

„Er macht Betty im Reden echt Konkurrenz, oder?", sagte Walt hinter ihnen.

Allie nickte lachend und schob die Haustür auf.

„Was sagt man denn auch über die Iren, nichwahr? Schließlich ham wir den Blarney-Stein", sagte Frank in überzogen irischem Dialekt. „Ist das'n gewaltiges Haus. In so nem großn war ich noch nie."

Angesichts des Eingangsbereichs aus Marmor, der weit ausladenden Treppe und des Kronleuchters fielen den beiden die Kinnladen herunter. Allie zuckte zusammen.

Frank pfiff durch die Zähne und spähte rechts in das Wohnzimmer und geradeaus ins Esszimmer. „Wie viele Zimmer gibt's denn hier?"

Sie trieb die anderen in Richtung Küche voran. „Genügend."

„Allie protzt nicht gern mit ihrem Reichtum." Walt blinzelte Allie zu und deutete mit dem Daumen in Richtung Salon. „Dort spielst du?"

„Ja." Jetzt, wo sie den Raum mit anderen Augen sah, zog sich ihr Magen zusammen. Die opulenten Holzarbeiten, die Stuckdecke, die antiken Möbel, der Perserteppich, die Ölgemälde und der Flügel, der wie ein Edelstein in der Mitte des Raumes glänzte ... all das war mehr als genug Reichtum.

„Wow", sagte Walt. „Ich wollte schon immer mal auf einem Flügel spielen."

„Bitte, gerne. Schließlich habe ich auch auf eurem Klavier gespielt."

„Das ist kein fairer Tausch, aber ich lasse dich natürlich nicht hängen." Er ging auf den Flügel zu. „Was übst du gerade? Dachte ich's mir doch. Beethoven."

Allie musste lachen. Seine Neckereien waren genauso unerwartet wie willkommen. Genau wie Bettys Brief. Dorothy und Betty lagen wohl doch falsch, was Walts Gefühle betraf. „Augenblick. Du hast nur behauptet, ich würde nichts Moderneres spielen als Beethoven. Und da habe ich dir wohl das Gegenteil bewiesen."

„Und wie. Frank, diese Lady hier spielt unverschämt gut Klavier."

„Passt gar nicht zu dem braven Instrument hier. Hey Walt, du wolltest schon immer mal auf einem Flügel spielen, und ich, ich habe schon immer von so was geträumt." Er zog sich am Flügel hoch, schlug die Beine übereinander und räkelte sich lasziv auf den Flügeldeckel.

Allie schnappte erschrocken nach Luft und musste doch wieder lachen. Noch nie hatte es jemand gewagt, sich auf den Flügel der Millers zu setzen.

„Spiel mir ein Lied, kleiner Pilot", hauchte Frank mit Fistelstimme. Er beugte sich herüber und gab Walts Mütze einen Stoß.

Walt grinste und rückte sich die Mütze zurecht. „Tut mir leid. Für solche Träume bin ich nicht zu haben."

Frank setzte sich wieder gerade hin. Seine Augen blitzten. „Du hast recht. Wir brauchen eine Frau. Sieh nur, da ist ja eine!" Er sprang herunter, und bevor Allie sich wehren konnte, hob Frank sie hoch und setzte sie auf den Flügel.

„Meine Mutter bringt mich um, wenn sie mich hier oben sieht", sagte Allie lachend.

„Zuerst müsste sie aber an zwei von Uncle Sam's Besten vorbei." Walt spielte ein paar Takte und lächelte genießerisch.

„Novak, du hast recht", sagte Frank und beugte sich vor, um Allies Gesicht zu studieren. „Sie hat wirklich unglaublich schöne Augen."

Allies Blick schoss zu Walt hinüber, der wissend vor sich hinlächelte. Ein Schwall von Gewissensbissen überrollte sie. Also hatten sich Dorothy, Betty und Louise doch nicht geirrt. Und sie selbst auch nicht. Walts Anwesenheit und sein Verhalten ließen jedoch vermuten, dass er ihr vergeben hatte und seine Schwärmerei inzwischen verflogen war. Wahrscheinlich bereute er seine übereilten Worte der Zuneigung.

„Sie haben den Blarney-Stein wohl mehrfach geküsst", sagte sie und musterte Frank prüfend.

Dabei merkte sie, dass Walt sie ansah. In seinem Blick lag ein warmer Glanz. Seine Vergebung und Freundschaft hatte sie nicht verdient, aber er schenkte sie ihr trotzdem – ein Geschenk von oben.

Wie Cressie. Allie kicherte vergnügt. „Oh Walt, du wirst nicht glauben, was mir passiert ist. Das wollte ich dir schon die ganze Zeit erzählen." Sie berichtete von ihrer ersten Begegnung mit der Groveside Bible Church und Cressie Watts.

Walt lachte aus vollem Herzen. „Crescenda? Das ist ein Scherz, oder?"

„Ganz und gar nicht."

Walts Augen leuchteten in dieser wunderbaren Mischung aus nussbraun und grün. „Und wie war es am Sonntag?"

„Oh, ich war nicht dort." Allie sah erschrocken zur Tür. Was, wenn ihre Eltern plötzlich hereinkamen und sie auf dem Flügel erwischten? Oder wenn sie mitgehört hatten, was sie über Groveside gesagt hatte? Die Zeit, um ein Glas Limonade zu holen, war längst vorbei. Sie rutschte vom Flügeldeckel herunter und strich sich den Rock glatt. „Die Limonade."

„Was ist mit Groveside?", fragte Walt.

„Ich bin zum Frauenkreis gegangen", sagte Allie auf dem Weg zur Küche. „Und ich werde dort wieder hingehen. Mutter habe ich gesagt, ich würde einen Spaziergang machen, was ja auch stimmt."

„Und sonntags?"

Sie lief schneller und ignorierte die schweren Schritte, die ihr durch den Eingangsbereich und den Flur folgten. In der Küche nahm sie zwei Gläser aus dem Schrank.

„Allie, Schweigen ist keine ehrliche Lösung. Groveside. Sonntag."
Allie seufzte und holte die Eiswürfel heraus.

Frank inspizierte eine Glasschüssel mit Zitronen, die auf der Anrichte stand. „Geben Sie's auf. Er hat seine Verhörtechnik vom Besten der Besten gelernt – von mir."

Walt lehnte sich mit verschränkten Armen gegen die Anrichte. „Du brauchst nur einen guten Vorwand. Sag einfach, eine gute Freundin hätte dich eingeladen und wäre sehr enttäuscht, wenn du nicht kommst."

Allie biss die Zähne zusammen und löste die Eiswürfel aus der Form. Sie quietschten grässlich. „Ich werde nicht lügen."

„Dann bleibst du also in der verstaubten St. Luzifer's?"

Sie ließ die Eisbrocken kichernd in die Gläser klirren. „St. Timothy's. Luzifer ist kein Heiliger, sondern der Fürst der Finsternis, wenn ich mich recht erinnere."

„Ja. Und deine Kirche hört sich an wie seine Heimat. Gott will dich nicht dort. Er hat dich nach Groveside geführt und dir einen Ort gezeigt, an dem du etwas bewegen kannst. Das war es doch, was du wolltest."

„Ja schon, aber ..."

„Dann machen deine Eltern eben ein Fass auf. Nichts für ungut, aber Christen haben schon Schlimmeres erduldet. Denk dran, Gott gibt dir die nötige Kraft. Und vergiss nicht, ich habe extra für dich gebetet."

„Wirklich?" Sie bekam Gänsehaut, aber nicht von den kalten Gläsern.

„Hab ich doch versprochen", sagte Walt mit einem so sanften Lächeln, dass Allie es kaum ertragen konnte. In Antioch war er ihr wie ein Traum vorgekommen, aber jetzt stand er in ihrer Küche und war ein echter Mann, der verletzbar war, vergeben konnte und auch noch betete.

„Ich bete auch für dich", flüsterte Allie.

„Darf ich? Ich verdurste hier." Frank deutete auf ein Glas, und Allie reichte den beiden Männern ihre kalten Getränke, wobei sie aufpasste, Walt nicht zu berühren.

Walt nippte an seiner Limonade und murmelte ein Dankeschön. „Übrigens, wir haben uns nicht umsonst abgerackert. Hiram Fortner hat die rostige alte Flossie bei einer Metallsammelaktion gespendet. Die ganze Stadt spricht davon."

„Ich weiß", antwortete Allie und ging in Richtung Veranda den Männern voraus. „Betty hat es mir erzählt."

„Wirklich ... Betty? Wie denn? Hat sie dir geschrieben?"

Walt klang so überrascht, dass Allie stehen blieb und sich verwundert umdrehte. „Ja, heute kam ein Brief von ihr." Der einzige Grund, aus dem er so überrascht sein könnte, war doch, dass Betty ihm von ihrem absichtlichen Schweigen erzählt hatte – und wie es dazu gekommen war. Wie schrecklich.

„Ich habe noch nichts gehört", antwortete Walt. „Ich dachte, so sind Frischvermählte halt. Sie lassen alle links liegen. Aber dann bin ich wohl der Einzige."

Allie lächelte erleichtert. „Sie haben dich bestimmt nicht vergessen. Gehen wir wieder auf die Veranda?"

„Augenblick. Könntest du mir einen Gefallen tun und Betty nichts davon sagen, dass wir uns schreiben? Ich hab doch gesagt, dass sie mir deshalb den Kopf gewaschen hat. Na ja, ich meine, so richtig. Selbst mit Baxters Erlaubnis wird sie es nicht gutheißen."

Walt stand genau dort, wo das Licht durch die Obstbäume in die Küche fiel. Allie konnte seinen Gesichtsausdruck nicht erkennen. Wie konnte ihm Betty den Kopf waschen, ohne ihm zu schreiben? Sagte er die Wahrheit? Und wenn nicht, welches von beidem war gelogen? Hatte sie ihm nun geschrieben oder nicht?

Allie kniff die Augen zusammen. „Ich weiß nicht."

Frank kam Walt zu Hilfe. „Betty hat eben komische Vorstellungen. Ihr beide wisst ja, dass nichts Ernstes dahintersteckt." Er legte Walt einen Arm um die Schulter. „Na los, der arme Kerl braucht Briefe."

„Das stimmt. Meine Freunde vernachlässigen mich."

Allie konnte sich seinem Schmollmund nicht entziehen. „Also schön, aber wenn Betty mich direkt fragt, sage ich die Wahrheit."

Kapitel 15

Armeeflugplatz Westover, Springfield, Massachusetts
18. August 1942

Walt fuhr mit der Klinge am Holz entlang und ein goldener Kringel fiel ins Gras. In ein paar Tagen sollte es fertig sein, sein kleines Modell der Fliegenden Festung. Er saß im Schneidersitz neben dem betonierten Abstellplatz für ihre nagelneue B-17. Sie war eine der ersten der Baureihe F, die die Fabrik verlassen hatten.

Holz zum Schnitzen gab es jede Menge. Die Bäume hier waren größer als die Lebenseichen in Kalifornien, und überall gab es Wälder. Dicht an dicht standen Kiefern, Eichen, Ahornbäume und wer weiß was noch. Auch wenn er gern bald in Übersee stationiert werden wollte hoffte Walt, wenigstens den Herbstanfang noch in Neuengland mitzuerleben.

Ob es in Großbritannien auch solche prächtigen Herbstfarben gab? Bestimmt. Die Nachricht, dass das 306. Geschwader der 8. US-Luftflotte zugewiesen würde, hatte Walt einen doppelten Sieg eingebracht: Sie würden im verbündeten, zivilisierten und altehrwürdigen England stationiert werden – und Cracker hatte unrecht behalten. Die Zeitungen von heute verkündeten den ersten Einsatzerfolg der 8. Luftflotte, bei der zwölf B-17-Bomber Zugdepots im französischen Rouen bombardiert hatten. Bald würde das 306. seinerseits den Flächenbrand anheizen.

Walt ging vorsichtig mit dem Schnitzmesser über das Seitenwerk. Mit dem abgerundeten Heckruder war die B-17 unverwechselbar. Sie war schon ein toller Vogel. Schnittiges Design, nicht so ein Kasten wie die B-24 Liberator. Die Baureihe F hatte gegenüber dem Vorgänger, dem E-Modell, einige Vorteile: mehr Panzerung, größere Propeller, den Wright-R-1820 Sternmotor und eine randlose Bugkanzel aus Plexiglas, die für den Bombenschützen und den Navigator die Sicht erheblich verbesserte.

„Hey Novak. Du hast Post." Frank Kilpatrick kam in schnellem Schritt angelaufen. Der Kerl machte nichts langsam, außer vielleicht das morgendliche Aufstehen von der Pritsche. „Ich war so frei, deinen Brief mitzunehmen. Dachte mir schon, dass du hier draußen unseren Mädels schöne Augen machst." Er nickte in Richtung der Flugzeuge.

Walt streckte lachend die Hand aus.

„Mal sehen, was wir hier haben." Frank hielt prüfend einen Briefumschlag hoch. „Mom und Dad. Recht dick, aber nicht dick genug für selbst gebackene Cookies. Und was ist das? Ist das möglich? Tatsächlich. Ein Brief von der liebreizenden, charmanten und unberührbaren Miss Allegra Miller."

Walts Herz machte einen Sprung. „Gib schon her."

„Nicht so schnell. Ich kann durch den Umschlag sehen: ,Mein liebster Schatz, deine Männlichkeit hat mir gezeigt, was für ein Waschlappen Brewster ist.'"

„Er heißt Baxter. Und er ist kein Waschlappen."

„Erinnerst du dich an seinen Händedruck? Der schlabbrigste Waschlappen, den ich je gesehen habe. Ich bin verblüfft, dass er mit einem *Mädchen* ausgehst, wenn du verstehst, was ich meine."

Walt verdrehte die Augen. Er war ganz Franks Meinung, aber das sollte sein Freund nicht wissen. „Die Briefe bitte?"

„Ja, ja." Frank drückte sie Walt in die Hand und setzte sich.

Sobald sein Kamerad mit seinen eigenen Briefen beschäftigt war, öffnete Walt Allies ersten Brief. Sie hatte abgewartet, bis der erste von ihm eingetroffen war. Walt schrieb ihr einmal pro Woche – das erschien ihm eine gute Frequenz für eine platonische Brieffreundschaft – und hoffte, sie würde genauso oft antworten.

Vorsichtig faltete er das cremefarbene Papier mit der zierlichen Handschrift auf. In den ersten Absätzen stellte Allie höfliche Fragen, beschrieb das Wetter und erwähnte ein Haus, das Baxter gerade bauen ließ. Subtil und doch offensichtlich – Walt wusste, wo er stand. Er las weiter:

> *Walt, ich habe es getan! Noch bevor Dein Brief mich erreichen und wieder wegen Groveside kritisieren konnte, bin ich einfach hingegangen. Ich kann Dir gar nicht sagen, wie aufgeregt ich war und wie perplex und verärgert meine Eltern reagierten, aber ich habe mich nicht davon abbringen lassen.*
> *Der Gottesdienst war wunderbar. Daisy Galloway vom Frauenkreis hat*

mich gleich eingeladen, bei ihrer Familie zu sitzen. Daisy ist ein sehr nettes Mädchen, frisch mit der Schule fertig. Sie hat die Spätschicht in einer der Fabriken hier. Die Predigt von Pastor Morris war biblisch fundiert und hat mich aufgebaut. Auch wenn das Haus schäbig ist: Ich konnte Gott spüren.

Nach dem Gottesdienst hat mich Mabel Weber, die Klavierspielerin, dem Pastor vorgestellt. Er hat mir sofort den Job als Organistin angeboten. Walt, ich habe Ja gesagt! Das Geld wollte ich nicht haben, aber Pastor Morris bestand darauf. Er sagte, dies sei eine bezahlte Arbeit, und wenn ich den Lohn ablehnen würde, wäre das ein schlechtes Vorbild. Meinen Eltern kann ich natürlich nicht erzählen, dass ich jetzt mein eigenes Geld verdiene. Also habe ich beschlossen, den Zehnten zu geben, Kriegsanleihen zu kaufen und mein eigenes kleines Konto zu eröffnen. Bitte bete für mich, dass ich stark bleibe. Vater unterstützt mich, auch wenn er es nicht gutheißt. Aber Mutter ist immer noch strikt dagegen und wir sind schon einige Male aneinandergeraten.

Damit Du es weißt: Ich bete weiterhin für Dich. Jedes Mal, wenn am Himmel ein Flugzeug vorbeizieht oder ich einen Mann in Uniform sehe, schicke ich ein Gebet für Dich nach oben.

Walt lächelte. March Field war ganz in der Nähe; er bekam sicher jede Menge Gebete.

„Schöner langer Brief." Frank spähte Walt über die Schulter. „Ich habe es dir doch gesagt – Funken. Zwischen euch sprühten nur so die Funken. Bleib dran, Junge."

„So ein Quatsch. Außerdem hast du ihr Haus doch gesehen. Viel zu reich für mich." Er steckte das Papier zurück in den Umschlag und öffnete den Brief von seinen Eltern. Es gab nicht viel Neues, außer dass Jacks Geschwader für kriegsmüde erklärt worden war und zurück in die USA verlegt werden sollte.

Na klar. Ausgerechnet jetzt, wo Walt wegging. Das letzte Mal hatte er Jack vor Pearl Harbor gesehen. Wenigstens war er Ray im Frühling bei der Schulung in Texas begegnet.

Der Brief seiner Eltern war nicht mit vielen Worten, aber dafür mit vielen Fotos gefüllt – von Walts Heimaturlaub. Seine Eltern vor dem Haus, die Großeltern neben dem alten Mandelbaum, George und Betty vor ihrem kleinen Häuschen, Jim mit Helen und dem kleinen Jay-

Jay, die Luftaufnahmen von Antioch. Das nächste Foto sah Walt sich lange an. Der alte Doppeldecker, davor Allie in seiner A-2-Fliegerjacke, die Walt jetzt auch wieder trug, und er selbst mit einem albernen Lächeln. Ja, albern traf es gut. Dann Dorothy, Betty und Allie, die drei Diven auf der Decke am Fluss, Allie aus vollem Halse lachend. Und dann nur Allie, die hübschen Beine lang ausgestreckt, und ein schläfriges Sonnenbadlächeln direkt in die Kamera. Pin-Up, und zwar vom Feinsten, aber leider nicht seins.

„Wer ist denn das Weibchen?" Louis Fontaine rupfte Walt das Foto aus der Hand.

Walt sah beunruhigt zu ihm hoch.

Louis und Abe Ruben standen vor ihm und betrachteten Allies Bild. Abe pfiff durch die Zähne. „Nicht übel. Aber zu gut für dich."

Walt stöhnte. „Da habt ihr ausnahmsweise recht."

„Ich wusste gar nicht, dass du ein Weibchen hast", sagte Louis mit Bewunderung in der Stimme.

In Walts Kehle bildete sich eine Lüge, aber er machte den Mund auf, um die Wahrheit zu sagen.

„Weil Allie eine Lady ist", ging Frank dazwischen. „Kein Weibchen. Nicht die Sorte Frau, mit der ein Mann herumprahlt." Er lächelte Walt mit einem spitzbübischen Grinsen zu, was so viel bedeuten sollte wie „Und jetzt mach was draus."

Wie oft hatte Frank ihm geraten, einfach eine Freundin zu erfinden, damit ihn die Männer in Ruhe ließen? Louis und Abe sahen ihn jetzt schon mit mehr Respekt an.

„Genau. Allie ist eine Lady." Walt stand auf und holte sich das Foto zurück. „Und welcher Gentleman lässt fremde Kerle seine Freundin anstarren?"

Kapitel 16

Riverside, 4. September 1942

„Draußen herrschen über fünfunddreißig Grad und wir haben Decken auf dem Schoß."

Allie saß neben Daisy Galloway in einem Bus, der zum Luftwaffenstützpunkt March Field fuhr. Das Ergebnis der Handarbeit im Frauenkreis hatte sie bis unters Kinn auf dem Schoß gestapelt.

„Wenn ich gleich verglühe, dann wenigstens fürs Vaterland." Auf der anderen Seite vom Gang hob Cressie Watts ihren Stapel etwas an und schlenkerte mit den Knien herum, um sich etwas Luft zuzufächeln.

Nicht gerade damenhaft. Aber Allies Arme und Beine waren genauso schweißnass und sie wünschte sich fast, keine Dame zu sein.

Nachdem sie den Stützpunkt erreicht hatten, stand Cressie auf und ging als Erste in Richtung Bustür.

„Ist das nicht aufregend?" Daisy strahlte. „Wir helfen, den Krieg zu gewinnen."

„Nicht, wenn wir zusammenbrechen, bevor wir die Decken abgegeben haben." Allie zwinkerte ihr zu und gab ihr mit dem Deckenstapel einen leichten Schubs. So quietschfidel war sie noch nicht einmal mit achtzehn gewesen.

Die Frauen traten aus dem verrauchten Bus und Allie seufzte erleichtert, als ihr der Santa-Ana-Wind die Beine trocknete. Hinter ihr wurde ein Motorgrollen stärker. Sie drehte sich um und sah, wie ein großes Flugzeug zur Landung ansetzte: vier Motoren, ein Heckruder in Glockenform, ein durchsichtiges Cockpit, eine gläserne Blase darunter und noch eine dahinter. Ja, das war eine B-17. Sie lächelte stolz, weil sie einen Flugzeugtyp bestimmen konnte, und weil sie einen Mann kannte, der dieses gewaltige Ding fliegen konnte – einen Mann, der wundervolle Briefe schrieb.

„Na komm, Miss Allegra", sagte Cressie. „Nicht stehen bleiben."

Allies Blick folgte der B-17 in einem langen Bogen, bis die Propellerwinde ihr die Locken zerzausten.

Daisys braunes Haar zerrte an ihrer roten Haarschleife. „Allegra?"

„Ähm, richtig. Lustig, oder?"

Daisy sah zwischen Allie und der B-17 hin und her. Auf ihren Lippen formte sich ein wissendes Lächeln. „Allegra Miller."

„Ja, aber alle nennen mich Allie." Sie versuchte sich mangels freier Hände die Locken aus dem Gesicht zu schütteln. Wieso war Daisy so fasziniert von ihrem Namen?

„Wieso ist mir das nicht früher aufgefallen? Mein Vater hat deinem Piloten geholfen, dich zu finden."

Allie sah Daisy verwirrt an.

„Hattest du nicht vor Kurzem Besuch von zwei Piloten?"

Verdutzt blieb Allie wieder stehen. „Das stimmt. Mein Freund Walt und einer seiner Freunde, aber woher wusstest du ..."

„Oh, das ist ja so romantisch", sagte Daisy und trippelte zu Allie. „Lass mich raten: Er ist ganz locker aus Dads Taxi gestiegen und hat kein Wort darüber verloren, dass sie zwei Stunden lang euer Haus gesucht haben. Ist das nicht typisch Mann?"

„Zwei Stunden?" Allie kämpfte gleichzeitig mit dem Wind und dem, was Daisy gesagt hatte.

„Er wusste deine Adresse nicht. Hatte sie verloren. Auch typisch Mann." Daisy stieg die Stufen zum Krankenhaus hinauf, und Allie bemühte sich, ihr zu folgen. „Also stieg er in Dads Taxi und gab ihm eine Seite, die er aus dem Telefonbuch herausgerissen hat – alle Millers aus Riverside. Und das sind nicht wenige. Ein Telefonbuch zu zerreißen ist nicht gerade die feine Art, aber ich verzeihe ihm. Schließlich meinte er, er müsse dich unbedingt finden, bevor er wieder abfliege. *Unbedingt*."

Walt hatte sie gesucht? Allie öffnete den Mund, um etwas zu sagen, aber es kam nichts heraus.

„Er wusste, dass ihr reich seid. Das engte die Suche schon etwas ein. Aber in Riverside gibt es ja jede Menge angeberische Ecken, stimmt's?"

Die Erwähnung ihres Reichtums ließ Allies Wangen kribbeln.

Ein Sanitätssoldat hielt den Frauen die Tür auf.

„Dad fing vorne im Alphabet an. Irgendwann hat er aufgehört, die Häuser mitzuzählen. Zwei Stunden hat es gedauert, bis er dich gefunden hat. Mein Dad hat sich natürlich über den Fahrpreis gefreut, obwohl er den beiden einen ordentlichen Nachlass gegeben hat. Schließlich war die ganze Sache so süß. Ach, Daddy ist einfach ein alter

Teddybär mit einem großen Herzen. Und dein – Walt? – ist wohl aus demselben Holz geschnitzt."

Das Kribbeln breitete sich auf Allies Arme und Oberkörper aus. Zwei Stunden? Stanley Miller – das war wirklich gegen Ende der Liste. „Ja, Walt ist ein toller Mann." Dann schüttelte sie den Kopf und vertrieb das Kribbeln. „Aber ... nicht meiner. Er ist nur ein Freund."

Daisy warf Allie einen vielsagenden Blick zu. „Ein Freund."

„Das kannst du ihr glauben, Liebes. Kannst du ihr glauben." Cressie ging ihnen voraus durch die Eingangshalle, in der Männer in Grüppchen zusammenstanden, sich unterhielten und rauchten.

Allie überlegte sich gerade eine Erklärung, als sie erschrocken nach Luft schnappen musste. Vor ihr saß ein Mann im Rollstuhl, ein Bein über dem Knie amputiert, das andere darunter. Der Mann neben ihm hatte einen hochgeklappten Ärmel, der einen Armstumpf verdeckte.

Als ob er ihre unbewusste Reaktion gehört hätte, sah der Mann im Rollstuhl Allie an. Es war in der Eingangshalle sicher zu laut dafür, aber trotzdem überkamen sie Schuldgefühle. In einem Militärkrankenhaus sollte sie mit so etwas rechnen.

Um es wiedergutzumachen, lächelte sie ihn und seinen Begleiter höflich an. „Guten Tag."

„Guten Tag, Miss." Der Mann im Rollstuhl legte ein breites Grinsen auf, das seine fehlenden Beine vergessen machte. Der andere lehnte sich an die Wand und zog an seiner Zigarette. „Ich hoffe doch, es ist *Miss* und nicht *Ma'am*?" Dann zwinkerte er Allie zu.

Beinahe hätte sie ihren Deckenstapel fallen gelassen. Machte er sich über sie lustig? War das ein Flirtversuch? Oder wollte er nur nett sein? Das Lächeln in seinem Gesicht war echt, also beschloss sie, dass es Letzteres sein musste. Sie lächelte schnell zurück und beeilte sich, hinter Cressie und Daisy herzukommen. Eine kleine Geste – ein Lächeln und ein Gruß – hatte den beiden Männern den Tag verschönert, und ihr auch.

Die drei Frauen gingen einen Korridor entlang, in dem es beißend nach Desinfektionsmittel roch, und traten dann in ein Büro. Auf einem großen Poster an der Wand war ein kleines Mädchen zu sehen, das einen blassblauen Schal über den blonden Locken trug, eine Puppe fest umklammert hielt und einen Finger im Mund hatte. Die Trümmerlandschaft hinter ihr verstärkte die Wirkung des Slogans in großen Lettern: „Kriegsfürsorge – mach mit!"

Hinter einem Schreibtisch aus Metall, auf dem sich überall Papier stapelte, erhob sich eine stämmige Frau mit dunklem Teint und grauer Rot-Kreuz-Uniform. „Cressie – meine allerbeste Freiwillige! Nun sieh sich einer diese schönen Decken an. Und so viele. Damit können wir den Jungs ein großes Stück helfen." Sie räumte schnell ein paar Stühle frei und vergrößerte die schon wackligen Papierstapel auf dem Schreibtisch.

Die drei Frauen legten ihre Decken auf die freien Holzstühle. Dann stellte Cressie Allie und Daisy Regina Romero vor, die den Krankenhaus- und Erholungsdienst des Roten Kreuzes leitete.

Cressie betrachtete den Schreibtisch und runzelte die Stirn. „Und du ertrinkst mal wieder in Arbeit, Liebes?"

„Wie immer." Das Ende einer Buchreihe kippte zur Seite und drohte eine Papierlawine loszutreten, aber Regina war rechtzeitig zur Stelle.

„Es gibt einfach nicht genug helfende Hände. Die jungen Frauen von heute wollen eben nur noch bezahlte Arbeit machen."

Wieder machten sich Schuldgefühle in Allie breit. Ihre Aufgabe als Klavierspielerin nahm nur wenige Stunden in Anspruch und trug nichts zu den allgemeinen Kriegsanstrengungen bei, außer dass sie immer neue Kriegsanleihen kaufen konnte.

Regina griff nach einem Klemmbrett und fing an, mit Cressie über den Papierkram zu sprechen. Neben der Tür entdeckte Allie ein weiteres Poster. Eine Rot-Kreuz-Helferin reichte einem Soldaten etwas Proviant, der sich aus einem Zugfenster lehnte. Wie viele Möglichkeiten es gab zu helfen!

Herr, ich möchte auch etwas beitragen. Das hier könnte ich bestimmt. Ich sollte sogar!

***

„Du bist was?"

„Ich bin jetzt Freiwillige beim Roten Kreuz, Mutter." Allie öffnete eine Schublade und holte Besteck heraus. Ihre Nervosität brannte ihr wie Säure im Magen. „Ich weiß, vierzig Stunden pro Woche ist sehr viel, und ich werde zu Hause nicht mehr viel helfen können, aber es wird nicht viel anders als letztes Jahr, als ich noch auf dem College war, oder ..." Sie schluckte. „Oder wenn ich erst verheiratet bin."

Ihre Mutter marschierte wütend zum Torbogen, der das Esszimmer mit dem Wohnzimmer verband. „Stanley, hast du gehört, was deine Tochter gemacht hat? Verbiete ihr das auf der Stelle."

Allies Vater lehnte sich in seinem roten Ledersessel zurück und drückte die Zigarette im Aschenbecher aus. „Tut mir leid, Liebes. Das ist doch eine gute Erfahrung für sie. Wir suchen uns einfach eine Haushaltshilfe."

„Danke." Allie legte das Besteck neben seinen Teller. Das Messer beschützte den Löffel vor der Gabel.

„Baxter? Rede du mit ihr", sagte ihre Mutter.

Allie verzog das Gesicht. Der Arme war jetzt in der Zwickmühle. „Die Arbeit als Freiwillige ist sehr niveauvoll", sagte sie. „Es gibt einige Damen aus Riversides besten Familien, die als Freiwillige tätig sind."

„Tatsächlich?", antwortete Baxter. „Dann ist das vielleicht genau das, was Allie braucht, Mrs Miller. Sie ist den ganzen Sommer schon so rastlos und seltsam."

Rastlos und seltsam? Es klingelte an der Tür und Vater ging hin, um zu öffnen. Allie holte derweil das Kartoffelpüree aus der Küche. Wenn es rastlos und seltsam war, sich einer gottesfürchtigen Gemeinde anzuschließen und verwundeten Soldaten zu helfen, dann wollte sie gern noch rastloser und seltsamer werden.

„Allie, ein Päckchen für dich", sagte ihr Vater.

„Für mich?" Sie stellte verwundert die Schüssel auf den Tisch und ging ins Wohnzimmer, wo ihr Vater ihr einen Karton von einer guten halben Armlänge und zwanzig Zentimeter Höhe überreichte.

Behutsam setzte sie sich in den Schaukelstuhl. Das Päckchen lag schwer auf ihrem Schoß. In Kapitälchen stand ihr Name darauf – in Walts Handschrift und einer Schreibtechnik, die er während der Ausbildung gelernt hatte.

Was hatte er ihr bloß geschickt? Unter den Blicken aller Anwesenden knotete sie das Paketband auf und öffnete den Deckel. Auf zerknülltem Zeitungspapier lag ein Brief. Sie überflog ihn nach etwas, was sie erzählen konnte. Seit dem Fiasko bei der Hochzeit achtete sie sorgfältig darauf, in jedem Brief an Walt etwas Positives über Baxter zu schreiben und ihrer Familie aus jedem seiner Briefe etwas vorzulesen.

„Es ist von Walt. Er schreibt, seine Einheit werde bald nach Übersee verlegt. Er weiß zwar, wohin, darf es aber nicht sagen. Da sie in Massachusetts stationiert sind, geht es bestimmt nach Osten. Sie haben neue Flugzeuge gekriegt, schreibt er. Hm. Schon wieder? Ich dachte, sie hätten letzten Monat erst neue Flugzeuge bekommen. Oh, und als Pilot darf er den Namen aussuchen – *Fort Flossie*", las sie vor und musste lachen.

„*Fort Flossie?*", fragte Baxter ungläubig.

Allie erzählte vom Diebstahl und ihrem Fund von Fortners Flossie, aber die Geschichte klang viel gewöhnlicher, als sie es in ihrer Erinnerung war. Vor ihrem inneren Auge sah sie Details, die sie lieber nicht erzählte. Details, die eine verräterische Röte auf ihre Wangen brachten.

Sie las weiter.

Baxters Grundstück hört sich gut an, genauso wie das Haus. Erinnerst Du Dich, wie mein Vater Dir erklärte, dass er die Riverview Community Church so bauen ließ, wie meine Mom sie mag, weil er sie so liebt? Wenn Dir ein Mann etwas baut, brauchst Du nie an seiner Liebe zu zweifeln.

Mit trockenem Mund dachte Allie über den kleinen Abschnitt nach, den sie laut vorlesen sollte. Aber Walt hatte unrecht. Baxter baute aus Stolz, nicht aus Liebe.

Jetzt zu dem Modell. Ich habe so ähnliche an meine Familie und Freunde geschickt, damit sie an mich denken. Und weil Du schon ein kleines Flossie-Modell hast, dachte ich, solltest Du auch Fort Flossie haben. Die künstlerische Gestaltung auf dem großen Flugzeug und dem Modell hat mein Flugingenieur J.P. Sanchez übernommen. Er ist ziemlich gut, oder?

Allie wühlte im Zeitungspapier. „Es ist ein Modell seines Flugzeugs. Er schnitzt." Und wie gut er war! Allie atmete scharf ein. Das Modell maß von Flügelspitze zu Flügelspitze fast einen halben Arm. Es war überaus detailreich gearbeitet – sogar die Räder und Propeller drehten sich. Die Oberseite war in Tarnfarbe gehalten, der Flugzeugboden war grau angemalt und auf jeder Seite prangte ein weißer Stern auf blauem Grund. Der Bug war mit einem Porträt von Flossie mit Fliegerhelm und Fliegerjacke verziert, die mit einem Huf salutierte.

Allie blickte in die Runde und erwartete Unverständnis oder Ablehnung wegen eines so persönlichen und zeitaufwendigen Geschenks, aber alle waren begeistert. Noch an diesem Abend würde sie Walt davon schreiben und ihm auch von ihrer neuen Aufgabe beim Roten Kreuz erzählen.

Sie brachte das Flugzeugmodell in ihr Zimmer und stellte es neben der hölzernen Kuh auf den Schreibtisch. Den Brief faltete sie sorgfältig und legte ihn zu den anderen in die Schublade.

Walt hatte Mr Galloway gesagt, er habe Allies Adresse verloren? Nach dem, was sie verzapft hatte, war sie wohl eher im Müll gelandet. Betty hatte er nicht danach fragen können – das war ihm vermutlich zu peinlich gewesen. Deswegen durfte sie auch nichts von ihrem Briefwechsel wissen. Und trotzdem hatte er nach ihr gesucht. Nur für ihre Freundschaft hatte er so viel Zeit aufgewandt und seinen Stolz überwunden.

Allie fuhr mit den Fingern über das Holzflugzeug und hielt beim Cockpit inne.

„Wenn Dir ein Mann etwas baut, brauchst Du nie an seiner Liebe zu zweifeln?" Sie musste aufpassen, dass sie nicht zu viel in diesen Satz hineinlas.

Kapitel 17

Gander, Neufundland
6. September 1942

„Sechzig Meilen pro Stunde ... siebzig", rief Cracker Huntington.
Walt nickte und schob den Gashebel langsam weiter nach vorn.
„Achtzig ... neunzig."
Jetzt gab es kein Zurück mehr. Sie mussten starten. Walt runzelte die Stirn. *Flossie* fühlte sich viel schwerfälliger an, als sie nach dem errechneten Gewicht eigentlich sein sollte: Neun Crewmitglieder, ein Mechaniker als Passagier, das Gepäck und der 3.000-Liter-Zusatztank im Bombenschacht, der sie die zweitausendeinhundert Meilen über den Atlantik bringen sollte.
„Einhundert ... Hundertzehn."
Überziehgeschwindigkeit. Eigentlich genug für den Start, aber Walt wollte noch mehr. J.P. Sanchez kauerte zwischen den Sitzen der beiden Piloten und beobachtete wie immer die Instrumente, während Walt auf die Startbahn sah.
„Hundertfünfzehn ... zwanzig." In der Luft hingen Fragezeichen. Die Startgeschwindigkeit war eigentlich bei einhundertfünfzehn.
Walt schüttelte den Kopf. Das Flugzeug rumpelte die Startbahn hinab, die Bäume in der Dämmerung kamen immer näher. Ein bisschen mehr noch.
„Hundertfünfundzwanzig", sagte Cracker mit angespannter Stimme.
Walt zog das Steuerrad nach hinten. Der Bug ging nach oben und der Rest des Flugzeugs folgte, aber wegen des Gegendrucks hielt Walt die Luft so lange an, bis sie knapp über die Baumwipfel rauschten.
„Fahrwerk einfahren."
„Check", sagte Cracker. Die Anspannung war noch zu hören. „Das war verdammt knapp."
„Fühlt sich so breiig an." Walt drehte sich um und beobachtete, wie das Fahrwerk in die Motorgondel von Triebwerk zwei eingezogen wurde. „Links eingefahren."

„Rechts eingefahren. Vergiss nicht, wir haben dreitausend Extraliter Flugbenzin dabei."

„Spornrad eingefahren", hörte man Harrys Stimme aus dem Bordsprechgerät.

„Ja, schon. Aber irgendwas ist trotzdem komisch." Walt schloss zu den anderen Flugzeugen in der Staffel auf, die als kleine Lichter in den dunklen Abendhimmel flogen. Fünfunddreißig Flugzeuge vom 306. Geschwader verließen Gander, um sich auf den elfstündigen Flug nach Prestwick in Schottland zu machen – jeweils neun Flugzeuge aus drei Staffeln, aus der vierten acht.

Walt stieg auf eine Flughöhe, bei der man gerade noch keine Sauerstoffmasken brauchte. Um die Hände frei zu haben, stellte er das Höhenruder-Trimmrad in der Mittelkonsole fest. Er runzelte die Stirn. Das war nicht nur ein Gefühl. Irgendetwas stimmte nicht – *Flossies* Heck war zu schwer. Aber wieso? Der Bombenschacht mit dem größten Anteil des zusätzlichen Gewichts lag genau auf dem Schwerpunkt des Flugzeugs.

„Übernimm das Steuer", sagte Walt. „Ich sehe mir das Heck an."

„Wieso? Die würden uns doch sagen, wenn da hinten irgendwas nicht stimmt."

Walt bemerkte einen Funken Angst in den Augen seines Co-Piloten. Also war tatsächlich etwas faul. „Nimm das Steuer", sagte er mit Nachdruck. Dann zog er seinen Kopfhörer heraus, schwang die Beine zur Seite und balancierte durch den offenen Durchgang, der in Richtung Heck führte.

„Wirklich Guter Start, Novak", sagte J.P. „Aber du hast recht. Absolut breiig."

Walt lächelte und klopfte seinem Flugingenieur beim Vorbeigehen auf die Schulter. J.P. war der Einzige, der ihn nicht Preach nannte.

Vorsichtig schob er sich am Podest des oberen MG-Turms vorbei und ging seitwärts durch die Tür zum Bombenschacht. Schon in normaler Kleidung war es in der Fliegenden Festung ziemlich eng, aber in der mit Schafsfell gefütterten B-3-Fliegerjacke und einem Fallschirm, der einem bei jedem Schritt gegen die Kniekehlen schlug, war der Weg durch das Flugzeuginnere eine Tortur.

Er hielt sich an den Metallgriffen fest und lief über die schmale Gehleiste aus Aluminium durch den Bombenschacht. Die Vibration der

Motoren summte durch seine Handschuhe und die Stiefel. Der Hilfstank sah in Ordnung aus.

Als er in den Funkerstand kam, setzten sich die vier Männer auf dem Boden aufrecht hin.

„Hey, Preach." Bill Perkins saß am Funkertisch und nahm die Kopfhörer ab. „Was ist los?"

„Das Heck zieht nach unten. Ich sehe mir das mal an."

Al Worley sprang auf die Füße und stellte sich vor die Tür zur Hecksektion. Sie war geschlossen, um die Männer vor der Kälte zu schützen. „Du musst doch nicht bis nach hinten gehen."

„Das gibt mir nur noch mehr Grund dazu." Walt schob den kleinen Mann beiseite.

„Ach, komm, Preach. Da ist nur lauter Gepäck", sagte Harry Tuttle.

Walt öffnete die Tür und wollte hineingehen. Es ging nicht. Er konnte nur ungläubig schauen.

Das Gepäck war auf dem Gehäuse des Kugelturms aufgehäuft, und der Rest der röhrenförmigen Hecksektion war bis oben hin mit Holzkisten vollgestapelt. Walt las die Aufdrucke auf den Kisten – Bourbon, Gin, Rum.

Was zum …?

Die Kisten waren bei seiner Vorflugkontrolle nicht da gewesen. Hundertprozentig. Aber wie und wann …?

Der Fallschirm.

Er hatte seinen Fallschirm auf den Pilotensitz gestellt, bevor er den Preflight-Check begonnen hatte. Deswegen war er plötzlich verschwunden gewesen. Deswegen hatte er den ganzen Weg bis zum Ausrüstungslager zurücklaufen und lauter blöde Formulare ausfüllen müssen, um einen Ersatz zu bekommen. Deswegen hatten die Männer darauf bestanden, dass er durch die Luke im Bug einstieg und nicht durchs Heck.

„Was ist hier los?"

Schweigen. Walt drehte sich zu seinen Crewmitgliedern um. „Ich sage es noch einmal – was ist hier los?"

Bill spielte mit dem Kopfhörerkabel. „Na ja, wir haben uns eingedeckt, damit wir mit den Briten ein kleines Geschäft machen können. Cracker meinte, es sei besser, wenn du nichts davon weißt. Das würde dich nur auf die Palme bringen, weil du Fusel nicht ausstehen kannst."

Walt ballte die Fäuste so weit, wie es die dicken Handschuhe erlaubten. „Es geht nicht um den Fusel, es geht ums Gewicht!"

Er griff nach einem Seesack und warf ihn in den Funkerstand, damit er wenigstens durch die Tür gehen konnte. Wie viel Gewicht war das genau? Er zählte achtundvierzig Kisten. Wenn jede Kiste vierzig, fünfzig Pfund wog, machte das etwa eine Tonne Frachtgut.

Walt watete durch die Gepäckstücke auf das linke Heckfenster zu und warf Mario Tagliaferro, der mit offenem Mund in der Tür stand, einen Seesack zu. „Ich brauche hier Hilfe", sagte er.

„Was soll denn das werden?", fragte Mario.

„Ich werfe die Ladung ab." Walt nahm die oberste Kiste von dem Stapel vor dem Fenster und stellte sie krachend da ab, wo er eben ein Fleckchen freigeräumt hatte. Jetzt war Platz zum Arbeiten.

Al schob sich an Mario vorbei. „Hey, unser Reibach!"

„Reibach? Der wird euch verdammt viel nützen, wenn wir erst auf dem Grund des Ozeans treiben." Er ließ eine weitere Kiste herunterkrachen und genoss das Geräusch von brechendem Glas.

„Hör auf!" Al beugte sich mit vor Wut gerötetem Gesicht über die Kisten. „Da steckt eine Menge Kohle drin."

„Pech. Dumme Geldanlage. Wäre außerdem sowieso gefroren." Er schob das Plexiglasfenster auf. Die eiskalte Luft fauchte herein und raubte ihm den Atem. Walt musste sich mit all seiner Kraft gegen den Sog stemmen und hievte eine Kiste durchs Fenster.

Al griff nach seinem Ellenbogen. „Das tust du besser nicht."

Walt fuhr herum. Der Zorn brannte heiß in ihm. „Und ob ich das tue. Und wenn du nicht hinterherfliegen willst, dann fängst du lieber an, mir zu helfen."

Als Augenbraue zuckte, als versuchte er abzuschätzen, ob Walt seine Drohung wahr machen würde. Dann knurrte er und ließ ihn los. „Nur weil du nicht trinkst, heißt das noch lange nicht, dass wir keinen Spaß haben dürfen."

Walt stöpselte seine Sprechgarnitur neben dem Fenster ein. „Fontaine, berechne den voraussichtlichen Spritverbrauch neu mit einer Tonne Extragewicht." Dann zeigte er auf Al, Harry, Mario und den erschrockenen Passagier. „Und ihr – ran an die Arbeit."

„Ja, Sir", erwiderte Al mit unverhohlener Feindschaft in der Stimme. In den nächsten Minuten warfen Walt und die Männer eine Kiste nach der anderen über Bord ins Nördliche Eismeer fünftausend Fuß unter ihnen. Trotz der Kälte war Walts Unterhemd bald durchgeschwitzt. Die Anstrengung und einige Stoßgebete ließen seine Wut langsam abklingen.

Als der ganze Alkohol fort war, ging Walt zurück in die Pilotenkanzel. Und tatsächlich, das Höhenruder war nachjustiert worden. Das Flugzeug hatte wohl an Höhe gewonnen.

Walt stöpselte sich wieder ein und drückte den Sprechknopf am Steuerrad. „Pilot an Navigator. Fontaine, hast du die Berechnung?"

„Äh, ja."

„Und ...?"

„Und – wir hätten es wohl nicht geschafft."

„Und wenn ein Motor ausgefallen wäre?" Er warf seinem Co-Piloten einen Seitenblick zu. Cracker blickte starr geradeaus.

„Äh, keine Chance. Definitiv nicht."

„Okay, dann fangt schon mal an zu beten. Betet, dass eure kleine Schnapsidee uns beim Start nicht zu viel Sprit gekostet hat. Das Wasser da unten ist verdammt kalt." Dass er recht behalten hatte, kühlte seinen Zorn ab. „Wenn ihr vor dem Start ehrlich zu mir gewesen wärt, hättet ihr wenigstens euer Geld zurückbekommen. Und ein paar Kisten hätte ich euch auch gelassen."

Er ließ es sich nicht nehmen, noch eins draufzulegen. „Unehrlichkeit hat immer ihren Preis."

Kapitel 18

*Bedford, England
9. September 1942*

„Wie im Märchen", sagte Frank.

„Ja." Walt schob die Hände in die Jackentaschen und blickte über die Uferböschung auf den Great Ouse. Dank Crackers dämlichem Plan waren sie mit dem letzten Tropfen Flugbenzin gelandet, aber Gott sei Dank waren sie angekommen. Walt war nun tatsächlich in England, und zwar in Bedford, wo John Bunyan während seiner Gefangenschaft *Die Pilgerreise* geschrieben hatte und weiße Schwäne auf dem Fluss ihre Kreise zogen.

Die Umgebung erinnerte ihn aber nicht so sehr an ein Märchen, sondern vielmehr an die bunten Bilder im schwarzweiß karierten Buch von Mutter Gans, aus dem seine Mutter als Kind vorgelesen hatte. „Ich habe das Gefühl, gleich könnte der gestiefelte Kater um die Ecke kommen."

„Mir würde ja eine Meerjungfrau besser gefallen."

„Hey! Du bist verheiratet."

Frank legte den Kopf schief. „Wo wir schon von halbnackten Frauen sprechen, ich muss noch etwas für meine Eileen besorgen."

Walt lachte und bog nach rechts in die Wer-weiß-das-schon-Straße. Als 1940 die Angst vor einer deutschen Invasion umgegangen war, hatten die Briten ihre Straßenschilder abgenommen, um deutsche Fallschirmspringer zu verwirren. Und nun waren es die Amerikaner, die umherirrten. Die Straßen in Bedford waren wie die Speichen eines Rades angeordnet, nicht wie in Antioch wie ein Raster. Walt und Frank gingen am Swan Hotel vorbei und bestaunten die weiße Kirchturmspitze der St. Paul's Cathedral. Ein Bau aus dem vierzehnten Jahrhundert – Walt traute seinen Augen kaum.

Frank bog links ab. „Diese Straße sieht gut aus. Jede Menge Läden."

„Aber nicht viel drin." Walt spähte durch die Schaufenster auf die leeren Regale. Auf der anderen Straßenseite standen Frauen und alte Männer in einer Schlange vor einem Geschäft, das „Marks & Spencer" hieß. Musste ein Lebensmittelgeschäft sein. Man konnte den Menschen die strenge Rationierung ansehen: Sie waren allesamt dünn und blass. Ein paar vom 306. Geschwader stolzierten um die Schlange herum und flirteten nach Yankee-Art Kaugummi kauend mit den hübschesten Mädchen.

„Versuchen wir es hier." Frank deutete mit dem Kopf auf einen Juwelier und trat seine Zigarette auf dem Gehweg aus. „Kann's kaum erwarten, was passiert, wenn ein Ire einem Briten Geld unter die Nase hält."

Walt blieb einen Moment stehen, um sich an das schummrige Licht im Laden zu gewöhnen. Hinter der Vitrine stand ein Mann mit flaumigen grauen Haaren und einer abgewetzten Tweedjacke. „Was kann ich für die Herren tun?"

Frank stützte sich mit einem Ellenbogen auf die Vitrine und zog mit der anderen Hand seine Brieftasche heraus. „Ich suche ein' hübsch'n Klunker für den Hals meiner Frau", sagte er in gespieltem irischem Akzent.

Walt lächelte vor sich hin und inspizierte eine Reihe von goldenen Kreuzen. Das eine fiel ihm sofort ins Auge. Vier langstielige Blumen formten die Arme des Kreuzes. „Verzeihung. Wie heißen diese Blumen? Die auf dem Kreuz hier?"

Der Juwelier warf einen Blick in die Vitrine und rümpfte kurz die Nase. „Das sind Lilien, Sir."

„Ach ja. Wie zu Ostern." Kaum in England, kam er sich vor wie ein ungebildeter Tölpel. Lilien – die kannte er doch. Warum erinnerten sie ihn an Allie? Ach, richtig. Einmal hatte sie ein Kleid mit einer großen Lilie an der Seite getragen. Hatte ihr wirklich gut gestanden. Und das Kreuz würde es auch.

„Kleines Geschenk für die Freundin?"

Walt sah auf. „Hi, J.P. Hab dich gar nicht reinkommen gehört."

„Ah, Sergeant Sanchez", sagte Frank. „Beim Carrauntoohill, schön ist's, dich zu sehn."

Franks Dialekt zog Furchen durch J.P.s Stirn. Walt musste ein Lachen unterdrücken.

Mit strahlenden Augen wandte sich Frank wieder dem Juwelier zu. „Sie wern sich gewiss freun so viele junge Amerikaner zu sehn, was? Keine Angst. Wir boxn euch ausm Krieg genauso wie das letzte Mal." Frank verstieß gegen jede Regel, die im Soldatenhandbuch über den

Umgang mit den Briten stand, und es machte ihm offensichtlich Spaß.

„Er meint es nicht so", sagte Walt. „Wir wissen, dass die Briten sehr gut für sich selbst sorgen können. Wir wollen nur ein bisschen mitmischen."

Der Juwelier richtete sich auf. „Möchten die Herren etwas Bestimmtes sehen?"

Frank nestelte an einer Kette herum. „Mein Frau und ich hättn gewiss Gefalln an diesem Saphir."

„Für mich nichts", sagte Walt.

„Und was ist mit deiner Freundin?"

Walt warf J.P. einen Blick zu. Diese kleine Notlüge aufrechtzuerhalten war genauso aufwendig wie eine komplette Motorinspektion.

„Bei alln Heiligen, Walter. Deine Allie hat doch bald Geburtstag, nichwahr?"

„Nichwahr?" Walt zog eine Augenbraue hoch, woraufhin Frank unschuldig mit den Achseln zuckte.

Walt hatte keine Ahnung, wann Allies Geburtstag war. Und ihr Schmuck zu kaufen, stand ihm nicht zu. Aber er konnte die Augen einfach nicht von diesem Kreuz lassen. Soweit er sich erinnern konnte, hatte Allie keins getragen. Ihm würde bestimmt eine Ausrede einfallen, mit der er so ein Geschenk rechtfertigen konnte. „Ach ja, richtig. Gut, dann nehme ich dieses Kreuz."

Der Juwelier verpackte es in eine kleine Schachtel. Walts Bedenken schmolzen dahin. Es würde ihr gefallen. Hübsch, einzigartig und ein Symbol ihres Glaubens. Außerdem fühlte es sich gut an, etwas für sie zu kaufen.

J.P. suchte für seine Freundin in San Antonio ein Armband aus. „Es kam übrigens noch ein Flugzeug aus Prestwick, nachdem ihr beide weg wart. Mit Neuigkeiten."

„Ach ja?" Walt streichelte stolz die kleine samtige Schachtel in seiner Hosentasche. Das war das erste Mal, dass er Schmuck gekauft hatte.

„Die fehlende Crew von der 367. Staffel hat es doch geschafft – aber nur gerade so. Kurz vor Irland waren die Tanks leer. Sind im flachen Wasser notgelandet und dann an Land gewatet. Die nächste Flut hat ihren Vogel aufs Meer rausgezogen."

„Wow. Dann sind wir also nur noch dreiunddreißig Flugzeuge." Walt hielt die Tür auf und sie traten in den Sonnenschein hinaus. Ein Flieger der 423. Staffel war nicht lange nach dem Start in einem großen Feuerball aufgegangen. „Wenigstens haben diese Jungs überlebt."

„Ja." J.P. deutete auf eine Kneipe in einem Fachwerkhaus, die voller Soldaten war. „Schätze, der Fusel war schuld."

„Sie sind betrunken geflogen?"

„Das nicht. Aber sie hatten eine ordentliche Ladung im Heck. Kommt dir das bekannt vor?"

Walt stolperte über eine Gehwegplatte. „Das ist ein Scherz."

„Leider nein. Al Worley ist noch blasser geworden, als er sowieso schon immer ist, als er das gehört hat. Und Harry und Mario – die singen jetzt ein Loblied auf dich."

„Dem Himmel sei Dank, es tut so gut, das zu hörn", sagte Frank noch immer mit irischem Akzent.

Walt lachte. „Jetzt hör schon auf, Frank. Wir sind aus dem Laden raus."

„Tut mir leid. Das kommt ganz von selbst. Aber mal ehrlich: Das sind doch wirklich gute Nachrichten. Steck es dem Kommandeur, und du bist Cracker im Handumdrehen los."

„Geht nicht. Hab heute Morgen mit Colonel Overacker gesprochen. Cracker kommt wohl aus einer besonders angesehenen Familie. So schnell werden wir ihn nicht los. Und Overacker will die Crews auch nicht untereinander tauschen. Er weiß, dass Cracker Schwächen hat. Deswegen habe ich ihn ja gekriegt."

„Das ist doch immerhin ein Kompliment", sagte Frank.

Walt schnaubte. „Ein ordentlicher Co-Pilot wäre mir lieber."

Kapitel 19

Riverside, 9. Oktober 1942

„An ihrer Stelle könnte ich mich auch nicht entscheiden", flüsterte Daisy Galloway und stopfte sich neues Popcorn in den Mund. „Bing Crosby oder Fred Astaire? Bing Crosby oder Fred Astaire? Sie sind doch beide ein Traum."

Allie legte einen Finger an ihren Mund und machte *Psst!* – wieder einmal. Daisy lachte schallend während der Cartoons, knirschte während der Wochenschau mit dem Popcorn und quatschte während des Kinofilms ständig. *Holiday Inn* hatte Allie zwar schon gesehen, aber nicht die Wochenschau, die heute amerikanische Flugzeuge gezeigt hatte, die nach einem Einsatz über Naziterritorium in England gelandet waren. Gespannt hatte Allie nach Walt Ausschau gehalten. Obwohl er nicht sagen durfte, wo er stationiert war, hatte sie seine Hinweise mit der *Pilgerreise* so gedeutet, dass er in Großbritannien sein musste.

„Oh, Fred. Auf jeden Fall Fred", meinte Daisy, als er mit seinem Stepptanz Knallfrösche zum Explodieren brachte.

„Oh, Bing. Auf jeden Fall Bing", sagte sie, als er schmachtend „White Christmas" sang.

Allie seufzte genervt. Trotzdem mochte sie die Zeit mit Daisy donnerstags nach dem Frauenkreis, ihrem freien Tag beim Roten Kreuz. Wie viel Genugtuung es ihr bereitete, Walt schreiben zu können, dass sie nun Freunde, Abwechslung, Arbeit und eine gute Kirche hatte. Trotz Mutters Kommentaren, Allie hätte sie im Stich gelassen, war ihr Leben sinnvoll geworden.

Das Licht im Saal ging an und die Frauen strömten aus dem Fox Theater, einem Gebäude im Mission-Revival-Stil mit einem Glockenturm über der Kinokasse.

Daisy sang „I've Got a Gal in Kalamazoo", während sie im Sonnenschein die Seventh Street hinunterschlenderten.

Allie beobachtete verwundert eine Menschentraube, die sich vor ihnen versammelt hatte. Es musste irgendetwas Besonderes zu kaufen geben. Rindfleisch? Kaffee? Selbst Haarnadeln wären toll.

„Zucker", hörte Allie jemanden sagen.

„Zucker." Sie griff nach Daisys Ellenbogen. „Es gibt Zucker. Hast du deine Lebensmittelkarte dabei?"

„Ja. Und du?"

„Ich auch." Allie öffnete ihre Handtasche. Sie nahm immer die Lebensmittelkarten der Familie mit, wenn sie ausging. Die Apfelbäume zu Hause waren schwer beladen mit reifen Früchten und sie könnten Apfelmus kochen. Endlich würde sie ihre Mutter einmal glücklich machen.

* * *

Allie zählte die Einweckgläser durch. Die Lebensmittelkarten der Millers berechtigten sie zu sechs Pfund Zucker im Monat Oktober. Zwei Pfund hatte Allie schon in den leeren Tontopf geschüttet und mit dem Rest konnten sie einen Jahresvorrat an Apfelmus zaubern. Mit Daisys Hilfe könnte sie sogar noch vor der Chorprobe damit fertig sein.

Daisy wischte sich die Stirn und rührte in dem großen Topf die kochenden Äpfel um. „Wieso muss die Saison zum Einwecken die heißeste Zeit des Jahres sein?"

„Das gehört wohl zu Evas Fluch." Allie schöpfte bereits fertig gekochte Äpfel in die Passiermühle.

„Genauso wie die Männer." Daisy stemmte empört einen Arm in die Hüfte. „Ist das zu glauben? Dieser freche Soldat vor dem Kino wollte sich einfach so mit mir verabreden. Ein Fremder! Ich weiß noch nicht einmal, ob er überhaupt an Gott glaubt."

„Hm." Allie drehte die Äpfel durch die Mühle. Ihr Magen fühlte sich genauso an wie der Mischmasch, den sie vor sich hatte.

„Ich würde niemals einen Mann heiraten, der kein Christ ist. Wieso sollte ich dann mit so einem überhaupt ausgehen?"

„Hm", machte Allie wieder und traute sich nichts zu sagen. Jedenfalls nicht, bis sie den Bibelvers gefunden hatte, der besagte, dass eine gläubige Frau ihren Mann zu Christus bringen konnte. Aber was, wenn sie unrecht hatte und Betty und Daisy richtiglagen? Doch das konnte einfach nicht sein. Sie musste diesen Vers finden.

Nachdem sie die erste Ladung durch die Passiermühle gedreht hatte, schüttelte sie ihren schmerzenden Arm aus. Dann kamen Zucker und

Zimt dazu, das Apfelmus wurde in die Gläser gefüllt und Allie dichtete sie ab. Zu guter Letzt kamen sie auf dem weißen Emailleherd in kochendes Wasser.

„Rieche ich da etwa Apfelmus?" Mutter holte eine Schürze aus der Schublade.

„Und ob, Mrs Miller. Aber machen Sie sich mal keine Rübe. Bis zum Abendbrot sind wir hier wieder raus."

Das gequälte Lächeln ihrer Mutter ließ Allie zusammenzucken. Es war noch kein Wort über Allies neue Freundin gefallen, aber ihr ungehobeltes Verhalten missfiel Mutter offensichtlich.

Allie wickelte sich Handtücher um die Hände und wuchtete den Topf mit den gekochten Äpfeln zur Spüle. „Es gab heute Zucker. Zum Glück hatte ich die Lebensmittelkarten dabei."

„Oh, gut. Baxter trinkt doch so gern Limonade." Mutter hob den Deckel vom Zuckertopf an. „Das ist alles?"

„Leider ja. Der Rest ist für die Äpfel. Aber wir werden mit zwei Pfund schon über den Monat kommen." Allie wich vor dem heißen Dampf zurück – und vor Mutters Rüge.

„Für das Allernötigste mag es ja vielleicht reichen, aber du hättest noch etwas für Limonade beiseitetun sollen. Der arme Baxter hat seit über einem Monat keine mehr getrunken."

Jetzt fing es in Allies Kopf an zu kochen. Und es musste einfach raus. „Der arme Baxter kann sich gefälligst ein bisschen Zitrone ins Wasser mischen. Diese Äpfel müssen fertig gemacht werden. Wir können seit Wochen keinen Kuchen mehr backen, ich werde bestimmt keine Geburtstagstorte kriegen und alles, woran du denkst, ist Baxters Limonade?"

„Allie!"

Sie klatschte schlaffe Apfelstückchen aus dem Sieb in die Passiermühle. „Wenn Baxter Limonade will, soll er sich selbst Zucker kaufen."

„Allegra Marie Miller!"

„Was? Er ist jeden Abend hier, isst unser ganzes Fleisch, trinkt unseren ganzen Zucker weg, und packt er jemals mit an? Nein." Wie erschreckend und befriedigend zugleich, das einmal auszusprechen.

„Allie ..." Daisy stupste sie an und deutete in Richtung Tür.

Baxter stand da und hatte eine braune Tüte im Arm. „Es gab Zucker. Ich habe ein paar Pfund gekauft – für dich."

Die Befriedigung war wie weggewaschen. Nur der Schrecken blieb und warf sie völlig aus der Bahn.

„Du wirst dich auf der Stelle bei Baxter entschuldigen!" Mutters Stimme brach angesichts der ungewohnten Höhe. „Du solltest dich schämen."

Allie schämte sich, aber es fielen ihr keine passenden Worte ein. Vor Mutter, vor Daisy und sogar vor Baxter selbst war sie lautstark über ihn hergezogen.

„Es bedarf keiner Entschuldigung." Baxter stellte die Tüte auf der Anrichte ab. „Ich habe schon viel zu lange eure Gastfreundschaft ausgenutzt."

„Aber Baxter, wir tun das doch gerne für dich." Mutter tätschelte ihm die Schulter und sah Allie finster an. „Du gehörst doch praktisch schon zur Familie."

Allie umklammerte ein Einmachglas, als könnte sie den Zucker wieder aus dem Apfelmus ziehen. Sie war reich und er kam aus ärmlichen Verhältnissen. In Oklahoma gab es wahrscheinlich nie Limonade. „Es ... es tut mir leid. Das war unhöflich, und ... und was ich gesagt habe, war unangebracht."

„Unsinn. Du hast recht." Er lächelte, kam zu Allie herüber und griff nach ihrer Hand. „Zucker ist nun mal knapp und ich verbrauche mehr davon, als mir zusteht."

„Aber ich ..."

„Sei still." Er küsste sie auf die Stirn. „Ich will nichts mehr davon hören. Wasser mit einem Schuss Zitrone hört sich prima an."

Allie starrte ihn verblüfft an. Sowohl sein zärtlicher Kuss und sein gnädiger Blick als auch ihr eigenes Verhalten verschlugen ihr die Sprache. „Danke", flüsterte sie nur.

Kapitel 20

Militärflugfeld Thurleigh, Bedfordshire, England
9. Oktober 1942

„Vier Uhr morgens", stöhnte Frank.

„Wenigstens ist es kein falscher Alarm, sondern endlich unser erster Einsatz." Walt schob müde den Rasierer über sein Kinn. Die Sauerstoffmaske musste gut passen, Bartstoppeln waren da nur hinderlich.

„Aber um vier Uhr morgens?" Mürrisch trug Frank mit dem Rasierpinsel Seifenschaum auf. Vor den ersten Sonnenstrahlen war bei ihm mit keinem Lächeln zu rechnen.

„Legt mal einen Zahn zu, Leute", rief Louis Fontaine quer durch den Waschraum. „Vor Einsätzen gibt es richtige Eier, glaube ich. Nicht dieses Pulverzeugs."

Walt bemerkte ein eigenartiges Leuchten in Loui's Augen. Jeder der Männer ging mit der Angst anders um. Abe Ruben zitterten beim Abtrocknen die Hände. Frank stopfte sich irgendeine Gedenkmünze eines Heiligen in die Brusttasche. Cracker schleppte einen Kater von letzter Nacht mit sich herum, obwohl die Bar in der Offiziersmesse eigentlich um 2000 schloss. Walt selbst fühlte sich – normal. Bereit, aber ruhig. Gab ihm sein Glaube inneren Frieden oder war er schlichtweg dumm?

Wenn er dumm war, dann wenigstens nicht als Einziger. Frank freute sich wie ein kleines Kind auf Berge von Eiern, und im Besprechungsraum konnte man die Aufregung mit Händen greifen. Die Witzeleien verstummten schlagartig, als der Kommandeur Col. Charles Overacker um 0500 eintrat. Walt beugte sich auf seinem Stuhl vor. Wo würde das 306. Geschwader zuerst Bomben auf Hitlers Reich regnen lassen?

Colonel Overacker zog einen blauen Vorhang beiseite, der eine Karte verdeckte. Von Thurleigh ging ein roter Faden über den Ärmelkanal. Einhundertacht Bomber sollten die Stahl- und Lokomotivwerke Compagnie de Fives in Lille bombardieren. Das 306. Geschwader sollte zu den erfahrenen 92., 97. und 301. B-17-Geschwadern dazustoßen; das 93. sollte derweil den ersten Einsatz in Europa mit der B-24 Liberator fliegen. So viele Flugzeuge waren von der 8. US-Luftwaffe noch nie zuvor gleichzeitig in der Luft gewesen.

Nach der Besprechung ging jeder zu seinem Spind, um seine Ausrüstung und Verpflegung zu holen. Walt stellte sich mit den anderen an, um beim Nachrichtenoffizier seine persönliche Habe abzugeben. Falls sie abgeschossen wurden, konnte der Feind aus allem Informationen sammeln: aus Briefen, Tagebüchern, sogar Fotos. Walt hatte nur seine Brieftasche und seine Bibel dabei für den Fall, dass ihm fünf Minuten zum Lesen blieben. Es sah nicht danach aus.

Er zog Allies Foto ein letztes Mal aus der Bibel hervor. Vor einer Weile hatte er ihr sein Dienstfoto geschickt und sie hatte ihrem nächsten Brief daraufhin ihr Bild vom Collegeabschluss beigelegt. Es machte sich irgendwie besser in der Bibel als das Pin-Up-Foto.

Walt machte kurz die Augen zu. *Danke, Herr, dass du Allie Kraft gegeben hast und eine neue Kirchengemeinde. Danke für ihre Arbeit und ihre Freunde.*

Louis stupste ihn von hinten an. „Jetzt gib ihr schon einen Kuss und geh weiter."

Walt lachte und küsste Allies Foto. Dann schob er es zurück in die Bibel, die er dem Nachrichtenoffizier übergab. Jetzt trug er nur noch zwei beschriftete Dinge bei sich – seine Hundemarke und einen Zettel mit einem Bibelvers, der in der Innentasche seiner dicken Fliegerjacke steckte.

„Dann wollen wir die Jerrys mal ins Visier nehmen", sagte Louis, als sie auf den LKW zugingen, der die Soldaten zu ihren Flugzeugen brachte.

„In Abes Norden-Bombenvisier." Abe war schon früher aufgebrochen, um das streng geheime Bombenzielgerät zum Flugzeug zu bringen und unter Bewachung einzubauen.

Walt kletterte mit dem Fallschirm über der Schulter in den LKW. „Heute werden wir sehen, ob man damit tatsächlich ein Gurkenfass treffen kann." Diesen Ruf hatte das Norden. Der Bombenschütze musste Höhe, Fluggeschwindigkeit, Windgeschwindigkeit und Richtung eingeben und konnte so ein Ziel präzise unter Beschuss nehmen. Sollte die britische Royal Air Force doch unter dem Schutz der Dunkelheit Bombenteppiche legen. Mit dem Norden-Bombenvisier konnte die amerikanische Luftwaffe strategisch zuschlagen und zugleich die zivilen Opfer minimieren.

Der LKW kam in der Morgendämmerung neben *Flossie* zum Stehen. Die Bomben waren längst geladen, aber die Bodencrew schwirrte noch immer herum, damit „ihr" Flugzeug in tadellosem Zustand war.

Al Worley sprang als Erster vom LKW. „Wieso müssen wir eigentlich in einem Flugzeug fliegen, das nach einer Kuh benannt ist?", sagte er mit einem spitzbübischen Grinsen.

Walt grinste zurück. „Meine Freundin hat ordentlich geschimpft wegen *Flossie*. Sie meinte, es sei gemein, eine Kuh in Leder zu kleiden." Das Gelächter der Crew half ihm über die kleinen Gewissensbisse hinweg, die er jedes Mal verspürte, wenn er Allie seine Freundin nannte. Aber immerhin hatte Frank recht behalten – niemand stellte mehr seine Männlichkeit infrage oder zog ihn auf, weil er nicht mitkam, um Mädchen aufzugabeln. Und Allies häufige und lange Briefe machten die Sache umso glaubwürdiger.

Während die Schützen mithilfe der Bodencrew ihre Maschinengewehre montierten, füllten Walt und der Chef der Bodencrew, Sergeant Reilly, das Formular 1A aus und widmeten sich der Vorflugkontrolle. Um viertel vor sieben versammelte Walt die Männer am Bug. Er ging mit ihnen noch einmal den Einsatzplan durch und griff dann unter seine Mae-West-Schwimmweste und das Gurtzeug des Fallschirms. Ganz wohl war ihm nicht dabei, den Männern einen Bibelvers zuzumuten, aber Gott ließ ihm keine Wahl.

„Das ist unser erster Einsatz, Männer. Wir haben eine tolle Crew und einen gewaltigen Vogel hier stehen, aber wir sollten unser Vertrauen weder in uns noch unsere Maschine setzen – sondern nur in Gott. Im achtzehnten Psalm steht: „Herzlich lieb habe ich dich, HERR, meine Stärke! HERR, mein Fels, meine Burg, mein Erretter; mein Gott, mein Hort, auf den ich traue, mein Schild und Berg meines Heiles und mein Schutz! Ich rufe an den HERRN, den Hochgelobten, so werde ich vor meinen Feinden errettet."

Cracker verzog den Mund, aber bevor er eine spöttische Bemerkung machen konnte, fing Bill Perkins an zu singen: „Ein feste Burg ist unser Gott, ein gute Wehr und Waffen."

Wow. Der Mann konnte singen. Walt wollte eigentlich mit einstimmen, aber Bill hatte die Stimme eines Solisten.

Nachdem Bill fertig war, klopfte Louis Walt auf den Rücken. „Mensch, Preach, jetzt hast du auch noch einen Chorleiter dabei."

Walt lachte erleichtert und sah auf die Uhr. Sieben. „Okay, alle Mann auf Station."

Mit der alten Hymne im Ohr kletterte Walt auf den Pilotensitz, schnallte sich das Kehlkopfmikrofon um und setzte die Kopfhörer auf.

Vom Kontrollturm stieg eine grüne Signalkugel auf. Walts Herz machte einen Satz. Es ging los.

Einen nach dem anderen startete er die Motoren, die stotternd und röhrend in Schwung kamen. Die Motorleistung sah gut aus, also hielt er die Hand aus dem Fenster, um der Bodencrew zu signalisieren, dass sie die Unterlegkeile vor den Rädern wegnehmen sollte. *Flossie* rollte vom Abstellplatz auf die Rollbahn, die um die drei sich kreuzenden Startbahnen herum verlief. Vierundzwanzig Bomber dröhnten vor ihm in einer langen Schlange dem Start entgegen. Ihr Abstrahl drückte das Gras platt und warf *Flossie* hin und her. Walt musste die Seitenruder mit beiden Füßen festhalten. Der Anblick vor ihm löste einen Schub von Aufregung und Begeisterung in ihm aus.

Um 0732 beschleunigte Overackers Bomber auf der Startbahn und dann folgte ein Flugzeug nach dem anderen. *Flossie* war mit zehn 500-Pfund-Bomben beladen und ziemlich schwer, aber der Start glückte reibungslos. Cracker war wegen seines Katers überhaupt nicht zu gebrauchen. Zum Glück war auf J.P. Verlass.

Das 306. Geschwader kreiste um den Flugplatz. Die Fliegenden Festungen bildeten mit jeweils drei Flugzeugen eine V-Formation. Franks Flugzeug, die *My Eileen*, flog schräg links hinter *Flossie*, Bug an Heck.

Walt sah auf den Höhenmesser – zehntausend Fuß. „Okay, Männer, macht die Zigaretten aus. Zeit für die Sauerstoffmasken." Er sah Cracker an. „Ich brauche dich jetzt. Sauerstoffcheck alle fünfzehn Minuten."

Cracker nickte. Mit seinen blutunterlaufenen Augen und der schwarzen Gummimaske vor dem Gesicht sah er aus wie ein Käfer. Walt zog sich seine eigene Sauerstoffmaske heran und schnallte sie fest. Sie war schwer und feucht.

Sobald sie über dem Ärmelkanal waren, feuerten die Schützen testweise ihre Maschinengewehre ab. Aus dem oberen MG-Turm, dem Kugelturm, den Seiten, dem Heck und dem Bugraum waren kurze Feuerstöße zu hören.

Die versprochene Spitfire-Eskorte der Royal Air Force kam nicht, aber dafür ließ sich auch die deutsche Luftwaffe nicht blicken. Walt brachte die Maschine auf die Bombenabwurfhöhe von zweiundzwanzigtausend Fuß. Bald darauf konnte er eine geschwungene weiße Linie tief unter sich ausmachen. Der graublaue Atlantik wich Frankreichs braunem und grünem Flickenteppich. Plötzlich tauchten vor ihm schwarze Wölkchen auf. Flak.

Kaum zu glauben, dass er über Frankreich flog, und unter ihm am Boden die richtigen, echten Nazis mit Hitlergruß im Stechschritt marschierten, die er in der Wochenschau gesehen hatte. Aber die Flak war der Beweis. Hinter jedem Wölkchen stand ein auf B-17 geschulter Jerry mit einem Flugabwehrgeschütz.

„Heck?", fragte Cracker, um zu überprüfen, ob jemand Sauerstoffprobleme hatte. Ohne Sauerstoff konnte man hier oben schnell ohnmächtig werden und innerhalb von zwanzig Minuten sterben.

„Check", antwortete Mario.

„Seiten?"

„Check", sagte Harry.

„Kugel?"

„Check", rief Al aus dem Kugelturm, der wie ein Euter unter *Flossies* Heck hing. „Aber es ist verdammt kalt hier. Ich könnte ein schönes Feuer gebrauchen."

Eine schwarze Explosion krachte auf ein Uhr unter dem Flugzeug und Walt musste *Flossie* stabilisieren. Granatsplitter schlugen gegen den Flugzeugrumpf. Die Deutschen versuchten tatsächlich, sie abzuschießen. Natürlich versuchten sie das. Aber er steckte zum ersten Mal mittendrin. Das hier war der Krieg.

Al fluchte. „So ein Feuer habe ich nicht gemeint."

Walt lachte in seine Atemmaske hinein. Das tat gut, nahm die Spannung etwas heraus. „Okay, Männer. Genug gescherzt. Ab jetzt bitte Disziplin auf der Sprechanlage. Haltet die Augen offen nach Kampffliegern."

Hinter der Küste ließ das Flakfeuer nach. Die deutsche Luftwaffe war noch immer nirgendwo zu sehen und das Geschwader schien noch intakt zu sein. Overacker ließ sich zurückfallen, sein zweiter Motor streikte. Den Propeller hatte er auf Segelstellung gebracht, um den Luftwiderstand zu verringern.

„Wir sind am IP", sagte Louis, der am Navigatortisch im Bug saß.

Der Initialpunkt, wo der Bombenzielanflug begann. „Okay Abe, dann ziel auf das Gurkenfass."

Abe und Walt machten den Zielanflug gemeinsam. Das Norden-Bombenvisier war mit der Instrumententafel im Cockpit verbunden. Wenn Abe es auf ein Ziel ausrichtete, zeigte eine spezielle Nadel Walt die Flugrichtung an. Walt war froh, dass die 8. US-Luftflotte kein automatisches Flugsteuersystem einsetzte, mit dem der Bombenschütze durch einen Autopiloten die Steuerung des Flugzeugs übernehmen konnte. Er wollte lieber selbst fliegen.

In der Nähe von Lille wurde das Flakfeuer wieder stärker. Walt fiel auf, dass er das Steuerrad viel zu sehr umklammerte. Er lockerte den Griff, um ein besseres Gefühl für *Flossie* zu bekommen.

„Okay", sagte Abe. „Ziel anvisiert. Hier, nimm das, Hitler! Bomben raus ..."

Eine Explosion übertönte das Dröhnen der Motoren. Der linke Flügel ging nach oben und Walt hatte Mühe, *Flossie* wieder auszutarieren. „Irgendwelche Schäden?" Die Anzeigen für Motor eins und zwei sahen gut aus.

„Check." J.P. stand auf dem Podest im hinteren Bugraum und sah durch das Plexiglas im oberen Geschützturm.

„Check", sagte Harry aus dem hinteren Rumpf.

„Sieht okay aus. Nur ein paar Dellen", meinte Al aus dem Kugelturm. Er war der Einzige, der unter die Flügel gucken konnte.

Knapp daneben. Walt spürte Schweiß auf seiner Oberlippe. Oder war es nur kondensiertes Wasser von der Sauerstoffmaske? Er drehte ab und erhöhte die Geschwindigkeit.

„Unsere Ladung ging daneben", sagte Mario aus dem Heck. „Viel zu weit nördlich."

Walt seufzte. Die Flakexplosion hatte genau in dem Moment, in dem die Bomben abgeworfen wurden, die Zieleinstellung durcheinandergebracht.

„Oh oh." J.P. drehte sein Geschütz herum. „Kampfflieger. Drei Stück. Auf zwei Uhr."

„Ich sehe sie", rief Harry.

„Noch ein Stückchen näher, dann erwische ich sie", sagte Abe, der vom Bombenvisier an das rechte Geschütz im Bug gewechselt hatte.

Walt beobachtete das Ganze mit Schrecken und Faszination zugleich.

Die gefürchtete deutsche Luftwaffe mit ihrer Focke-Wulf Fw 190, einem der besten Kampfflugzeuge der Welt, schoss im Sturzflug auf sie herunter. Drei gelb bemalte Vorderteile bedeuteten: Hier kommt Görings Elite. Die amerikanischen Piloten nannten sie nur die „Abbeville Boys" nach ihrem Heimatflughafen.

Weiße Blitze zuckten in Walts Richtung. Drei Maschinengewehre aus *Flossie* erwiderten das Feuer. Im Cockpit wummerte das Rattern von J.P.s Geschütz. Rasselnd fielen die leeren Hülsen zu Boden. Die drei Fw 190 nutzten das Drehmoment ihrer Propeller und machten eine Linksrolle. Walt drehte das Steuerrad leicht nach links, um auszuweichen.

Cracker riss sein Steuerrad herum. *Flossie* schlitterte nach links. J.P. schrie erschrocken auf. Walt hörte hinter sich ein Knacken und einen dumpfen Schlag.

Sie waren drauf und dran, mit der *My Eileen* zu kollidieren. Walt zog nach rechts am Steuerrad, um Cracker auszugleichen. „Was soll das?"

„Ausweichmanöver."

„Aber doch nicht so! Nicht im Formationsflug." Walt warf einen Blick nach links. Frank war nicht zu sehen. „Mario, wo ist die *My Eileen*?"

„Aus der Formation ausgebrochen", sagte Mario. „Ist uns gerade so ausgewichen. Haarscharf. Hat unseren Abstrahl erwischt und ist zurückgefallen."

Aus der Formation ausgebrochen. Der gefährlichste Ort überhaupt. Ein wehrloses Opfer für die deutsche Luftwaffe. „Komm schon, Frank. Komm zurück."

„Da ist er wieder", sagte Mario.

„Hey, Preach, was soll der Blödsinn da vorn?", hörte Walt Harrys Stimme im Kopfhörer. „Ich hatte die Krauts schön im Visier, bis ich plötzlich selbst durch die Gegend geflogen bin."

„Unser Co-Pilot und seine Vorstellung von einem Ausweichmanöver." Walt drehte sich um. J.P. saß auf dem Podest und hielt sich die Hände an die Stirn. Durch die Handschuhe sickerte Blut. „J.P.! Hat's dich erwischt?"

„Nein. Hab mir nur den Kopf gestoßen beim Hinfallen. Bin okay."

„Feindkontakt auf fünf Uhr tief", rief Mario.

Walt sah Cracker wütend an. „Hände weg vom Steuerrad."

„Du bringst uns alle um, du ..."

Crackers Schimpfworte brannten Walt in den Ohren. „Hände weg. Das ist ein Befehl."

Von der Rumpfunterseite klang scharfes Knallen herauf. „Ich hab ihn", rief Mario. „Ich hab ihn. Sein Motor raucht."

„Au! Mich hat's erwischt! Mich hat's erwischt! Überall Blut."

Al im Kugelturm. Walt reckte den Hals, obwohl er unmöglich etwas sehen konnte. „Harry, hol ihn da raus."

Die Kampfflieger wandten sich einer anderen Staffel zu. Walt knetete das Steuerrad, als wolle er eine Kuh melken. „Komm schon, Harry, hol ihn da raus!"

„Ich hab ihn." Harry fluchte und Al schrie. „Ziemlich viel Blut. Ich sehe nur keine Wunde. Wo hat es dich erwischt, Worley? Na los, zeig drauf."

„Ich habe den Verbandskasten", sagte Bill aus dem Funkerstand. „Ich werde ihm etwas Morphium geben. Oh nein, die Spritze – sie ist gefroren."

Lieber Gott, bitte hilf ihm! Wir sind noch eine ganze Stunde vom Stützpunkt entfernt.

„Äh, Preach? Wir haben die Wunde gefunden", sagte Harry. Im Hintergrund hörte man Gelächter.

Gelächter?

„Al wurde nicht getroffen. Sondern eine Hydraulikleitung im Kugelturm. Das rote Zeug ist kein Blut, es ist Hydraulikflüssigkeit."

Es hatte Walt noch nie in seinem ganzen Leben so gutgetan zu lachen. Noch nicht einmal mit Allie. Er freute sich jetzt schon darauf, ihr diese Geschichte zu erzählen.

Als sie wieder in Thurleigh gelandet waren, inspizierten Walt und Sergeant Reilly das Flugzeug und füllten den Rest von Formular 1A aus. Abgesehen von der kaputten Hydraulikleitung und ein paar Dellen sah *Flossie* einwandfrei aus. Nur Cracker trübte Walts Stimmung.

In seinem Magen rumorte es, als er sah, wie Cracker herumstolzierte, seinen Leuten auf den Rücken klopfte und im Spaß das Haar zerzauste. In der Nachbesprechung würde er Crackers Fehleinschätzung und mangelnde Unterordnungsbereitschaft melden müssen. Wenn er so weitermachte, würde es sehr lange dauern, bis er die goldenen Schulterstücke des Second Lieutenant gegen die silbernen des First Lieutenant tauschen könnte. Aber Walt konnte es nicht dem Kommandanten der Staffel allein überlassen, Cracker zur Räson zu bringen. Um den hochrangigen Militärs, dem Rest der Mannschaft und Cracker seine Führungsstärke zu beweisen, musste er ihn zur Rede stellen. Und zwar jetzt.

Die Crew stand auf der rechten Seite von *Flossie*, legte die Flugausrüstung ab und erzählte der Bodencrew von den Details ihres Einsatzes. Gezielt suchte Walt den Blickkontakt mit Cracker und deutete auf den Platz vor dem linken Flügel.

Walt strich mit der Hand über den glatten Propeller von Motor eins. „Ich habe das viel zu lange vor mir hergeschoben. Es ist Zeit für ein kleines Gespräch."

„Unter vier Augen, oder was?" Cracker zog sich den Fliegerhelm vom Kopf und strich seine blonden Haare glatt. „Das gefällt mir aber überhaupt nicht. Wenn du mich zusammenstauchst, dann schön vor der ganzen Truppe. Aber wenn du vor mir zu Kreuze kriechen willst, dann lieber ganz heimlich."

Walts Hand umklammerte den Propeller so stark, dass er sich wunderte, warum er nicht abknickte. Der Kerl war selbst jetzt noch überheblich. „Ich krieche nicht vor dir zu Kreuze."

„Ach nicht? Dann verschwende nicht meine Zeit. Ich muss noch die Logbücher ausfüllen." Er sah über Walts Kopf hinweg und wollte an ihm vorbeigehen.

Walt hob einen Arm und hielt ihn auf. „Das ist das Problem mit dir – deine Arroganz und deine Unfähigkeit. Ich kann mich nur nicht entscheiden, welches von beidem gefährlicher ist."

„Unfähigkeit?" Cracker schob das Kinn vor. „Ich habe dir heute den Hintern gerettet."

„Du mir?" Walt machte einen Schritt auf ihn zu. Zu gerne hätte er ihm das Grinsen mit der Faust ausgetrieben, aber so löste ein Offizier seine Probleme nicht. „Du glaubst, du hast mir das Leben gerettet? Genau diese Arroganz meine ich. Du hast uns alle fast umgebracht – zum zweiten Mal. Und das hast du nur deiner Unfähigkeit zu verdanken. Du kennst unseren Flieger nicht, du hast keine Ahnung, wo seine Grenzen liegen, und die Vorschriften sind dir auch noch fremd."

„Vorschriften?" Cracker reckte das Kinn noch weiter nach vorne, genau in Walts Gesicht. „Vorschriften sind was für Feiglinge, die nicht schnell reagieren können."

Zum ersten Mal seit Jahren verspürte Walt das Verlangen nach einem ordentlichen Kampf, aber diese Genugtuung würde er Cracker nicht geben. „Vorschriften haben mit gesundem Menschenverstand zu tun. Man macht keine Ausweichmanöver, solange man ..."

„Du hast einfach nicht den Mumm, zuzugeben, dass ich – und nicht du – die Lage gerettet habe." Er versetzte Walt einen Stoß gegen die Brust. „Und du hast Angst zuzugeben, dass ich der bessere Anführer bin."

„Du bist arrogant, unfähig und völlig verblendet." Walt hob warnend einen Finger. „Ob es dir gefällt oder nicht, ich habe hier das Kommando. Ich bin für den Erfolg unseres Einsatzes verantwortlich, für die Sicherheit des Flugzeugs und für das Leben dieser Männer. Und ich lasse nicht zu, dass du mir da hineinpfuschst. Deswegen gebe ich dir jetzt einen Befehl: Mach deine Arbeit, komm mir nicht in die Quere und erschein nie wieder mit einem Kater zum Dienst, sonst – und mir ist egal, aus welcher Familie du kommst – sonst ..."

Seitlich hörte er schwere Schritte herankommen.

„Willst du mich umbringen, Novak? Dann tu es, Mann gegen Mann!" Frank kam wütend herangestürmt und versetzte Walt mit beiden Händen einen Stoß.

Walt stolperte zur Seite. „Hey, Frank, es ist anders, als du denkst." Er wies auf Cracker, der kichernd in Richtung LKW schlenderte.

„Jetzt reicht's. Dieser Vollidiot." Frank setzte Cracker nach und riss ihn zu sich herum. „Was zum Teufel sollte dieser Blödsinn? Ich habe neun Männer in meinem Flugzeug. Zu Hause warten meine Frau und vier Kinder auf mich. Für so Nichtskönner wie dich ist in dieser Staffel kein Platz!"

„Hey, Finger weg!" Cracker schob ihn von sich.

Frank holte aus. Rasch hielt Walt seinen Arm fest. So gern er sehen würde, wie Cracker windelweich geprügelt wurde, wollte er doch lieber seinen Freund vor größerem Ärger bewahren. „Komm Frank, er ist es nicht wert."

„Ich breche diesem Lackaffen die Nase." Frank versuchte, seinen Arm frei zu bekommen. Sein Kopf war noch röter als seine Haare. „Entschuldige dich wenigstens!"

„Entschuldigen? Du hast sie ja nicht alle."

Walt knurrte und verstärkte den Griff um Frank, der immer noch versuchte, sich frei zu winden. Um sie herum hatte sich bereits eine johlende Menge gebildet. „Entschuldige dich, Cracker. Das bist du ihm schuldig."

„Ihr seid ja beide übergeschnappt. Wir sind heil nach Hause gekommen, oder? Dank mir." Cracker drängte sich durch die Menge.

Beinahe hätte Walt Frank losgelassen und Cracker selbst eine verpasst. „Arroganter Idiot."

„Du sagst es", meinte Louis mit ernster Miene.

Abe nickte. „Wer Mist baut, sollte auch dazu stehen."

Endlich sahen auch die anderen Crackers wahres Gesicht, aber es fühlte sich nicht so gut an wie erwartet, ihn von seinem Podest gestürzt zu sehen. Nicht, wenn sein Patzer beinahe achtzehn Männern das Leben gekostet hätte.

Walt merkte, wie Franks Arme schlaff wurden. „Nach dem letzten Krieg hat mein Vater nur noch zur Flasche gegriffen. Und jetzt weiß ich auch, wieso."

Kapitel 21

Riverside, 7. November 1942

Allie stieg aus dem Bus und schlang fröstelnd die Arme um sich. Ein älteres Ehepaar an der Haltestelle lächelte sie voller Anerkennung an. Allie dachte an die Rot-Kreuz-Uniform, die sie trug – ein graues Kleid mit weißem Kragen und Manschetten, dazu eine weiße Haube mit grauem Stoffschleier – und lächelte stolz zurück. Die Uniform war untrennbar mit Clara Barton verbunden, die sich auf den Schlachtfeldern des Bürgerkriegs um die Verwundeten kümmerte. Sie stand stellvertretend für Jahrzehnte der Kriegsfürsorge und Katastrophenhilfe. Und für Allies kleines Opfer.

Sie beschleunigte ihren Schritt. Dieses Viertel war alles andere als schön. Es wurde bereits dunkel und nirgendwo leuchtete eine Straßenlaterne oder schien Licht aus einem Fenster. Wenn doch, gab es sofort Ärger mit den Kontrolleuren vom Zivilschutz. Die Kontrolleure gingen so streng vor wie nie, seitdem japanische Flugzeuge im September zweimal Brandbomben auf den Wald von Oregon abgeworfen hatten.

Allie versuchte mit zusammengekniffenen Augen die Hausnummern zu entziffern. Ihr Stolz von eben kam ihr auf einmal wenig rühmlich vor. Konnte man ihre Arbeit überhaupt ein Opfer nennen? Sie las den Männern nur vor, half ihnen beim Briefeschreiben, schenkte Kaffee aus und spielte im Aufenthaltsraum Klavier. Weder kam sie ins Schwitzen noch machte sie sich die Hände dreckig. Von echter Gefahr wie der, in der sich Walt, Jim Carlisle oder Louise Morgans Mann Larry befanden, konnte keine Rede sein. Gefahr hatte sie bisher höchstens im Traum erlebt. Zweimal hatte sie davon geträumt, dass Walts Flugzeug beschossen wurde. Vom ersten Traum hatte sie Walt berichtet und es schon in dem Moment bereut, in dem sie den Brief in den Kasten geworfen hatte. Wie unangemessen, einem Mann zu schreiben, von ihm geträumt zu haben.

Allie blieb stehen. Cressies Haus war so ziemlich das kleinste, das sie je gesehen hatte. Mehr als ein Wohnzimmer, eine Küche, ein Schlafzimmer und ein Bad konnte es nicht haben. Trotz der Dämmerung konnte sie erkennen, dass das Haus gelb war – nicht dezent, sondern knallgelb wie Schwefel.

Was würden die feinen Damen von der St. Timothy's wohl denken, wenn sie sähen, wie Mary Millers Tochter in so ein Haus ging? Allie lachte in sich hinein und klopfte an. Das würde sowieso nicht passieren, weil keine der Damen jemals ihren wohlbeschuhten Fuß in dieses Viertel setzen würde.

„Allie? Bist du's? Komm rein, Liebes."

Allie riss erschrocken den Mund auf. Cressies winziges Wohnzimmer war voller Frauen. Sie erblickte Cressie, Daisy, Opal Morris, Mabel Weber – den ganzen Frauenkreis.

„Überraschung! Happy Birthday!"

Happy Birthday? Allie traten Tränen in die Augen. Ergriffen legte sie eine Hand auf ihre Brust und spürte dabei Walts Kette mit dem Kreuz. Sein Geschenk war vor einer Woche gekommen, aber Allie konnte sich beim besten Willen nicht daran erinnern, ihm von ihrem Geburtstag erzählt zu haben.

Cressie umarmte Allie wie ein Schraubstock. Dann sah sie sie prüfend an. „Du siehst aus, als wäre jemand gestorben."

Allie wischte sich die Tränen aus dem Gesicht. „Was für eine Überraschung! Ich danke euch allen. Danke, Cressie."

Cressie winkte ab und ging in Richtung Küche. „Das war Daisys Idee, Liebes. Alles Daisys Idee. Wir haben nur jeder ein bisschen Butter und Zucker gespendet für deine Torte."

Beschämt wandte sich Allie an Daisy, deren Schmalzlocke der Schwerkraft trotzte. „Oh, das war doch nicht nötig. Ich brauche keine Torte."

„Natürlich brauchst du eine. Wenn ich daran denke, wie du deiner Mutter vorgeheult hast, dass du keine kriegst, werde ich jetzt noch ganz traurig."

Bei der Erinnerung daran, wie sie – und das auch noch vor Daisy – eine Szene gemacht hatte, drehte sich Allies Magen um.

„Oh wow, ist das neu?" Daisy nahm das Kreuz in die Hand. „Das ist aber schön."

„Nicht wahr? Walt hat es mir aus England geschickt."

„Und was hast du von Baxter bekommen?"

„Ohrringe." Allie musste an ihre Erleichterung darüber denken, was *nicht* in der kleinen Schachtel gelegen hatte.

Daisy blickte verwirrt von einem nackten Ohr zum anderen.

„Ich habe keine Ohrlöcher."

„Und das wusste er nicht?" Daisy verdrehte die Augen. „Typisch Mann."

Allie wollte nicht kleinlich sein, aber Walt hatte bemerkt, dass sie keine Kette mit Kreuz besaß, während Baxter die fehlenden Ohrlöcher nicht aufgefallen waren.

Cressie kam mit einer weißen Torte zurück und Allie durfte auf dem Ehrenplatz sitzen, einem türkisfarbenen Stoffsessel, über den riesige rote und orangefarbene Hähne stolzierten. Eine Sprungfeder drückte ihr gegen die Hüfte. Sie überkreuzte die Füße, um den Druck zu mildern und stützte einen Ellenbogen auf die Armlehne, auf der ein violettes Zierdeckchen lag. Ein violettes Zierdeckchen. Wo hatte Cressie so eine verrückte Farbe her? Und wieso gerade violett?

Trotzdem beeindruckte Allie Cressies Mut, knallige Zierdeckchen zu verwenden. Cressie machte sich keine Gedanken über Äußerlichkeiten und darüber, was die Leute dachten. Ihr war höchstens wichtig, was Gott dachte.

Was das Backen betraf, war Cressies Geschmack um einiges besser. Die Torte war vorzüglich und Allie meinte die Freundschaft, aus der sie entstanden war, herauszuschmecken.

Cressie schenkte Tee nach. „Ich bitte um Entschuldigung, dass es keinen Kaffee gibt. Ich mag dich sehr, Allie, aber das bisschen Kaffee gebe ich nicht her."

Allie musste lachen. Kaffee war so rar geworden, dass er ab dem 29. November nur noch mit Lebensmittelkarten zu bekommen sein würde. Die zugeteilte Menge reichte noch nicht einmal für eine Tasse pro Tag. Die anderen Frauen stöhnten über die Rationierung, aber Allie machte Tee nichts aus.

Tee. Ob Walt Tee trank und Fish'n'Chips aß? Ob er schon in London war und den Big Ben, den Tower und den Buckingham Palast gesehen hatte?

Viel zu früh löste sich die fröhliche Runde auf. Allie beschloss noch einen Moment zu bleiben, um sich bei ihrer Gastgeberin zu bedanken. Während sie wartete, bis alle gegangen waren, betrachtete sie ein

Foto an der Wand. Ein stattlicher junger Mann im dunklen Anzug sah verträumt eine junge Frau in weißer Hemdbluse und langem, schmalem Rock an. Allie atmete scharf ein. Cressie war noch nicht einmal Durchschnitt gewesen, sondern sie war geradezu unansehnlich – grobe Gesichtszüge, ein breiter Mund und eine Hakennase, dazu buschige schwarze Augenbrauen. Das Alter meinte es gut mit ihr. Die zusätzlichen Pfunde machten ihr Gesicht weicher und die grauen Haare ließen die Augenbrauen nicht mehr so hervorstechen. Eine Schönheit war sie dennoch nicht. Und trotzdem liebte ihr Mann sie abgöttisch – auf dem Foto und auch heute, gut vierzig Jahre später.

„Ich liebe dieses Foto", sagte Cressie. „Sieht Bert nicht einfach hinreißend aus?"

„Das ist mir auch aufgefallen. Ist das ein Verlobungsfoto?"

Cressie schnaubte. „So was gab's bei uns gar nicht. Wir haben nur aus der Not heraus geheiratet. Damals war das ganz anders als bei den jungen Leuten von heute. Weißt du, Bert verlor seine Eltern, als er achtzehn war. Er musste sich plötzlich um seine fünf kleinen Schwestern kümmern, um das Haus und ums Geschäft. Er brauchte so schnell wie möglich eine Frau, und ich war die Einzige, die in unserer kleinen Stadt in Kansas zu haben war."

Allie spürte, wie Hoffnung in ihr aufkeimte. „Dann ist eure Liebe erst gewachsen, nachdem ihr verheiratet wart?"

„Ja. Ich besuchte eine Erweckungsveranstaltung und fand zu Jesus. Stell dir vor, ich, die Tochter des Chorleiters, hatte Gott nie in meinen Dickkopf gelassen. Na ja, und Bert verliebte sich Hals über Kopf in die neue Cressie."

Allie strich über den polierten Holzbilderrahmen. „War er ... war er denn gläubig?"

„Ach was. Er war ein störrischer junger Esel. Aber ein langes Jahr später hatte Gott Bert am Schlafittchen und ließ ihn nicht wieder los. Und da verliebte ich mich in ihn."

Allie sagte den Bibelvers auf, den sie mittlerweile gefunden und auswendig gelernt hatte: „In 1. Petrus 3 steht: Desgleichen sollt ihr Frauen euch euren Männern unterordnen, damit auch die, die nicht an das Wort glauben, durch das Leben ihrer Frauen ohne Worte gewonnen werden, wenn sie sehen, wie ihr in Reinheit und Gottesfurcht lebt."

Cressie schwieg. Allie klemmte sich ihre Handtasche unter den Arm und griff nach dem Türknauf.

„Das ist aber ein eigenartiger Merkvers", sagte Cressie.

„Mir gefällt er. Ist er nicht ..." Allie drehte sich zu Cressie um und drehte derweil schon den Türknauf. „Ist er nicht ermutigend? Hoffnungsvoll?"

Cressie kniff ihre blauen Augen zusammen, bis sie in den vollen Wangen fast nicht mehr zu sehen waren. „Sag mal, dein Liebster – ich dachte, er wäre ein Bruder in Christus. Ist er das nicht?"

Allie zuckte zusammen. Jetzt hatte sie sich verplappert.

„Diesen Vers solltest du noch einmal gründlich lesen. Petrus richtet sich an verheiratete Frauen, Allie. Frauen, die Christus nach der Ehe kennenlernen, so wie ich. Nicht Unverheiratete."

Allie legte den Kopf schief. Wo war da der Unterschied?

Cressie sah zur Decke und trommelte mit den Fingern auf ihrer Hüfte. „Wo stand noch dieser andere Text? Korinther? Ja. 1. Korinther 6, da bin ich mir ziemlich sicher."

„Ich sehe es mir an." Allie setzte ihr dankbares Lächeln auf und umarmte Cressie. „Vielen Dank noch mal. Es war eine wunderschöne Feier."

„Die hast du auch verdient, Liebes. Die hast du verdient." Allie erstickte fast an Cressies weicher Schulter. „Du bist schon ein besonderes Fräulein."

Allie lächelte. „Du bist auch etwas Besonderes. Von allen Menschen auf der Welt mag ich dich fast am meisten."

„Nur fast?" Cressie funkelte sie wütend an. „Wer ist denn da mein Rivale?"

„Betty natürlich", sagte Allie lachend. Durch Betty hatte sie Jesus, echte Freundschaft und jede Menge Spaß kennengelernt. „Und Walter." Walt hatte ihr gezeigt, wie es war, verstanden zu werden und Vergebung und Ermutigung zu erfahren.

Cressie seufzte. „Das hätte ich mir ja denken können. So, wie du über die beiden sprichst ..."

Kapitel 22

Thurleigh, 13. November 1942

Seine Leute daheim würden vielleicht Augen machen. Er würde King George VI. persönlich sehen!

Walt radelte die Straße hinunter, die in westliche Richtung von den Quartieren wegführte. Um ihn herum drängten sich unzählige Menschen und Fahrräder. Nicht nur der König hatte sich angekündigt, sondern auch die hochrangigsten Militärs der 8. US-Luftflotte: General Carl Spaatz, General Ira Eaker und General Newton Longfellow.

An die Quartiere schloss sich das technische Gelände mit seinem Komplex aus Werkstätten und Verwaltungsgebäuden an. Dazu gehörten auch vier gewaltige Hangars in Tarnfarbe. Vor dem Hauptquartier wich Walt einem Schlagloch aus. Das Wetter hatte das 306. Geschwader nicht nur einen Monat lang an den Boden gefesselt, sondern auch den ganzen Stützpunkt in eine einzige Schlammgrube verwandelt. Vor dem Besuch musste er zwar ohnehin noch seine Ausgehuniform anziehen, aber je weniger Wäsche er zu waschen hatte, desto besser.

„Hey, Preach."

„Hallo." Walt winkte Franks Co-Piloten zu.

„Du fährst in die falsche Richtung", rief Petrovich. „Und die Schuhe würde ich lieber noch putzen."

„Später. Ich will zuerst noch kurz nach *Flossie* schauen."

„Ach ja? Wenn du schon mal dort bist, wirf auch einen Blick auf *Pearl*."

Walt salutierte, hatte aber nicht vor, der Aufforderung nachzukommen. Auf den Bug der *String of Pearls* war die Rückansicht einer blonden Frau aufgemalt, die auf der Seite lag und lasziv über die Schulter lächelte. Bis auf ihre Stöckelschuhe und die namensgebende Perlenkette war sie nackt. Walt gefiel das nicht. Zu *String of Pearls* hatte er mit Allie getanzt. Er mochte das Lied.

Als er den Kontrollturm erreicht hatte, bog er nach links auf das Rollfeld ab, von dem sechsunddreißig Bomberstellplätze wie die Blätter einer Weinranke abzweigten.

„Preach?" Bob Robertson, der Pilot der *Pearl*, kam auf ihn zugerannt. „Wir müssen reden."

Sein Ton verriet Walt, dass es kein freundliches Gespräch werden würde. Er schwang sich vom Fahrrad. „Was ist los?"

„Steckst du dahinter? Wie konntest du der *Pearl* das antun?"

„Was antun?"

„Spiel hier nicht den Unschuldigen. Da, sieh's dir an!" Bob umfasste Walts Arm mit festem Griff.

Walt wand sich frei und ließ das Fahrrad fallen. „Lass los. Ich komme ja."

Ein Dutzend Männer standen um die Fliegende Festung herum, diskutierten lebhaft miteinander und zeigten immer wieder auf ihren Bug. Dieses Mal konnte Walt sich die Bemalung guten Gewissens ansehen, denn die Frau war bekleidet. Sie trug nun eine Fliegerjacke, die ihre Rückseite bedeckte und nur an der Schulter herabhing, wodurch die Perlen zu sehen waren.

Er blinzelte verblüfft. Sah gar nicht übel aus.

„Das hast du verzapft, Preach. Ich weiß es", sagte Bob.

„Nein. Ich bin kein Künstler."

„Er lügt", rief jemand. „Ich habe gesehen, wie er schnitzt."

„Ja, technisches Zeug, Flugzeuge und so. Ich bin Ingenieur, kein Künstler." Aber er kannte jemanden, der Künstler war. Und Erfahrung mit dem Zeichnen von Fliegerjacken hatte.

„Wisst ihr was?", warf ein Soldat ein. „Ich finde, sie sieht besser aus als vorher. Noch verführerischer."

Er erntete Buhrufe.

„Du spinnst doch."

„Seht ihr das denn nicht?"

„Doch. Ich stimme Joe zu. So wird man ganz neugierig und will sehen, was sie hat."

„Aber wir konnten doch sehen, was sie hat."

Bob betrachtete mit zusammengekniffenen Augen sein Flugzeug. „Hey Leute, Joe hat vielleicht gar nicht so unrecht."

Jetzt, wo Walt nicht mehr verdächtigt wurde, überließ er die Männer ihrer Diskussion und stieg wieder aufs Fahrrad. Er radelte zu *Flossies* Stellplatz, der mitten auf dem Gelände von Whitwickgreens Farm lag. Dass ein Stützpunkt Seite an Seite mit Zivilisten, Vieh und Feldern existierte, hatte Walt auf amerikanischem Boden noch nie gesehen, aber die Briten brauchten ihr Ackerland genauso dringend wie Luftstützpunkte.

Flossie sah tipptopp aus. Die Leute am Boden hatten sich mit der Reparatur wirklich Mühe gegeben. Jetzt, wo das schlechte Wetter nachgelassen hatte, war Walt drei Einsätze nacheinander geflogen. Am 7. November war das 306. Geschwader nach Brest aufgebrochen und hatte die U-Boot-Bunker dort ohne Schäden und Opfer auf ihrer Seite bombardiert – ein „Spaziergang", wie die Männer sagten. Dann waren sie wieder über Lille geflogen und hatten eine B-17 verloren. Und am nächsten Tag hatte irgendein Idiot vom Bomberkommando die Schnapsidee gehabt, sie auf einer Flughöhe von nur siebentausendfünfhundert Fuß die U-Boot-Bunker von St. Nazaire bombardieren zu lassen. Die Flak hatte leichtes Spiel gehabt, und drei Flugzeuge waren vom Himmel gefallen.

An diesem Abend hatten sich fast alle Männer volllaufen lassen.

Fort Flossie hatte nur minimale Schäden erlitten. Die Crew war sich sicher, dass die Kuh auf dem Bug und der vor jedem Einsatz verlesene Bibelvers ihnen Glück brachten. Walt gefiel es nicht, dass seine Männer so abergläubisch waren und auf Rituale vertrauten, aber immerhin funktionierte die Crew jetzt als eine Einheit. Cracker war ihm im Cockpit noch immer keine Hilfe, aber er war längst nicht mehr so beliebt bei den Männern und schlau genug, sich zurückzuhalten.

Als Walt näher an das Flugzeug herankam, sah er, dass J.P. Sanchez auf einem Gerüst stand und die Flicken der Reparaturcrew übermalte. Pete Wisniewski, der rechte Seitenschütze, winkte Walt zu. Nachdem der erste Einsatz gezeigt hatte, dass ein Seitenschütze nicht ausreichte, war Personal aus anderen Bereichen des Stützpunkts als neue Schützen rekrutiert worden. Pete, ein großer blonder Kerl, war eigentlich als Sanitäter nach Thurleigh gekommen.

Walt stellte beide Füße auf den Boden und stützte sich auf den Lenker. „Bei der Crew der *Pearl* gibt es einen kleinen Aufstand."

„Ach, tatsächlich?" J.P. malte den Vers unter der Kuh schwarz aus: „HERR, mein Fels, meine Burg, mein Erretter; mein Gott, mein Hort, auf den ich traue."

„Da hat wohl jemand der Blondine eine Fliegerjacke angezogen", stellte Walt fest.

„Verschandelung von Regierungseigentum? *Sí, sí, señor*. Und wieder ist der Mexikaner schuld."

Walt lachte in sich hinein. „Ich würde ja sagen, das ist Aufwertung von Regierungseigentum."

„Du weißt doch, der König kommt. Soll er auf nackte Frauen gucken?"

Pete nickte. „Die Arme. Bei zwanzigtausend Fuß wachsen mir Eiszapfen an den Augenbrauen."

„Deswegen haben wir ja Leder und Schafsfell an", sagte Walt lachend. „Aber die arme *Pearl* ..."

J.P. zuckte mit den Achseln und tauchte den Pinsel in die Farbe. „Sie sah eben aus, als würde sie frieren."

* * *

„Sieh dir das an. Eleanor Roosevelt hat uns wärmere Socken und schnellere Post versprochen, als sie letztens in London war. Und sie hat sich dran gehalten." Frank wedelte mit einem Brief vor Walts Gesicht herum. „Nur zwei Wochen alt."

Walt sah seine Post durch. „So, und jetzt bitte die Socken."

„Mir ist die Post lieber. Da wird mir warm ums Herz. Die Zehen sind mir egal."

Walt saß auf seiner Pritsche in der halbrunden Wellblechhütte, die zweiunddreißig Offiziere ihr Zuhause nannten. Er hatte Post von Mom und Dad, einen Brief von Ray aus Texas, einen sehr alten von Jim Carlisle vom Pazifik und zwei Briefe von Allie. Und dann noch ein großes, schweres Päckchen von ihr. Was da wohl drin war? Hatte sie die B-17 zu Spänen zerhackt und schickte sie zurück?

Frank band sich die Krawatte. „Wir müssen uns beeilen."

„Nur schnell das Päckchen. Dauert nicht lange." Walt durchtrennte mit seinem Taschenmesser die Paketschnur und nahm den Deckel ab. Ein paar Noten und ein kurzer Brief:

Gestern habe ich neue Stücke gekauft, die ich den Patienten im Krankenhaus vorspielen kann. Da fiel mir ein, dass Du ein Klavier in der Offiziersmesse erwähnt hattest und den Mangel an Noten. Ich hoffe, Du kannst das hier gebrauchen. „Tangerine" hat mich daran erinnert,

wie Du im Zug Deine Apfelsine verteilt hast. Was könnte besser zu Dir passen als ein Lied über ein Mädchen, das wie eine Frucht heißt?
Ich hoffe, Dir schmeckt auch das Apfelmus. Baxter sagt, es sei recht gut geworden.

Apfelmus! Walt wühlte sich durch zusammengeknülltes Zeitungspapier und zog ein Einmachglas – nein, zwei Gläser heraus.

„Apfelmus?", fragte Frank. „Zuerst die Pfirsichmarmelade und jetzt das. Die Kleine ist ja verrückt nach dir."

Walt wünschte, es wäre so. Dann lächelte er in sich hinein. Frank hatte den Kommentar extra für die anderen abgegeben. Er war ein guter Komplize, genauso wie Allie – wenn auch unwissenderweise.

„Preach hat von seiner Liebsten Apfelmus gekriegt", rief Abe Ruben. „Wer hat einen Löffel?"

Walt drückte die Gläser fest an seine Brust. „Weg mit euch! Das ist meins, ganz allein meins."

Frank setzte seine Mütze auf. „Schon klar. Finger weg von Walts Früchtchen."

„Ach komm, du weißt, dass ich gerne teile." Er hielt ein Glas hoch. Oben am Rand klebten Spritzer von Fruchtfleisch und Zimt. Walt schluckte. Das sah lecker aus. Baxter meinte also, es sei recht gut geworden.

Baxter war sich dessen bewusst, was für eine tolle Frau er da hatte, oder? Natürlich wusste er das.

Wieso war er dann so …?

Walt schnaubte wütend und zog seine Lederjacke aus, um in die Ausgehuniform zu schlüpfen. Er hatte schon viel zu viel Zeit damit vergeudet, sich über Allie und Baxter den Kopf zu zerbrechen. Wenn sie ihn wirklich liebte, wieso hatte sie dann die ganze Woche nichts gesagt? Und wenn Baxter sie liebte, wieso war sie dann so empfänglich für Walt gewesen und zugleich so unvertraut mit Komplimenten, Aufmerksamkeit und ähnlichen Dingen? Wieso ging Baxter nicht mit ihr in die Kirche? Und was hatte es mit diesen Küsschen auf sich? Wieso wollte er sie nicht küssen? Das ergab alles keinen Sinn.

„Und was ist das?" Frank nahm die Noten. „‚Tangerine'?"

„Ein Scherz. Allie ist der Meinung, meine Tochter sollte wie eine Frucht heißen."

Frank lachte. „Recht hat sie."

Walt knöpfte sich die Jacke zu. Sie war dieselbe, die er auf der Hochzeit getragen hatte. Dieselben Ärmel, die um Allies Hüfte gelegen hatten. Wenn schon eine Tochter, dann eine, deren Name musikalische Wurzeln hatte.

Kapitel 23

„Und dann habe ich ihn erwischt", sagte Mario Tagliaferro. „Bei einhundert Metern. Er ist richtig auseinandergefallen."

„Ja, Tagger hat ihn vom Himmel gepustet. Ich hab den Fallschirm gesehen." Al Worley kippte seinen Whisky herunter.

Mario rollte das kleine Glas zwischen seinen Händen hin und her. „Überall waren Fw 190."

„Überall." Crackers Hand zitterte, als er sich eine weitere Zigarette anzündete. „Die *Pearl* hatte keine Chance. Es war ein Kampf gegen einen. Die hatten sie sich herausgepickt."

„Ich habe sechs Fallschirme gezählt", sagte Pete Wisniewski.

„Sieben", warf Al ein.

„Langsam. Es kann immer nur einer reden", sagte der Nachrichtenoffizier und gestikulierte mit dem Bleistift vor der Crew der *Flossie*, die im Besprechungsraum um einen Tisch saß. Er zeigte auf Walt. „Sie haben gesagt, die deutsche Luftwaffe hätte frontal angegriffen?"

„Ja. Habe ich noch nie zuvor gesehen. Verrückt, oder?" Verrückt war gar kein Ausdruck. Walt steckte der Schock noch in den Knochen. Er hatte permanent dieses schreckliche Bild vor Augen, wie die Kampfflieger direkt auf ihn zurasten. Die Fw 190 und *Flossie* mussten mit fast sechshundert Meilen pro Stunde aufeinander zugerast sein. Walt skizzierte den Bug einer B-17 in sein Logbuch und zermarterte sich das Gehirn nach einer Lösung.

Louis setzte das Whiskyglas an seine Lippen, aber es war leer. „Die kennen uns. Die wissen, dass am Bug unsere Schwäche liegt. Unsere Kaliber .30-Gewehre im Bug haben eine viel zu kurze Reichweite. Wir kommen nicht an sie ran."

Abe hatte die Hände tief in der Jacke vergraben und schaukelte in seinem Stuhl vor und zurück. „Außerdem sind die Geschütze zu sehr seitlich abgewinkelt. Man kriegt sie einfach nicht auf zwölf Uhr."

Walt skizzierte ein Kaliber .50, das direkt vorn aus dem Bug ragte. Aber wie sollte man es befestigen? Direkt darunter war das Bombenvisier.

„Und so haben sie die *Pearl* drangekriegt." Cracker zog an seiner Zigarette. „Einfach frontal. Den Bug zerschossen und die Piloten zerlöchert."

„Woher wissen Sie das?", fragte der Nachrichtenoffizier.

„Das Blut am Cockpitfenster. Glauben Sie, ich bin blind?"

„Beruhige dich", sagte Walt. „Du weißt doch, dass sie das genau prüfen müssen. Wegen der nächsten Angehörigen."

„Ich sage dir, die sind tot. Wir sind alle tot! Die Jerrys haben es auf uns abgesehen. Das 306. hat sieben Flugzeuge verloren. Sieben! Wir sind alle tot."

Der Nachrichtenoffizier machte Crackers Glas voll und Cracker leerte es in einem Zug.

Walt schüttelte den Kopf und zeichnete Befestigungskrallen, die auf dem Bombenvisier saßen. Whisky war keine Lösung. Schön, Cracker würde sich heute ordentlich zulaufen lassen, aber sobald er wieder nüchtern war, würden der Schmerz und die Angst zurückkommen.

Die Deutschen schienen es tatsächlich auf das 306. abgesehen zu haben. Ihr Geschwader hatte die höchsten Verluste in der ganzen 8. Luftflotte zu verzeichnen. Zugegeben, sie waren inzwischen die alten Hasen. Die anderen Geschwader waren der 12. Luftflotte in Nordafrika zugewiesen worden, nachdem die Amerikaner dort am 8. November einmarschiert waren. Das 91., 303. und 305. Geschwader mit B-17-Bombern waren neu eingetroffen, dazu das 44. mit der B-24, aber die Jungs aus Thurleigh waren die erklärte Zielscheibe der Deutschen. Heute hatten sie es gerade einmal auf acht Flugzeuge gebracht, von denen vier wegen technischer Probleme hatten abbrechen müssen. Je weniger Flugzeuge, desto leichtere Beute waren sie für Görings Männer.

„Erzählen Sie mir vom Flakfeuer", sagte der Nachrichtenoffizier.

„Dem Flakfeuer?" Al trommelte mit seinem Schnapsglas einen schnellen Rhythmus auf den Tisch. „Das war Silvester vom Feinsten in St. Nazaire."

Die Tür zum Besprechungsraum ging auf. Walt seufzte erleichtert. Frank hatte es doch zurück zum Stützpunkt geschafft. Die *My Eileen* war mit einem Motor in Segelstellung an der französischen Küste zurückgefallen.

Franks Crew setzte sich rechts von Walt an einen leeren Tisch. Sie würden von einem anderen Nachrichtenoffizier befragt werden. Walt zählte sechs Männer. Wer fehlte? Petrovich, der Co-Pilot; Willard und

Russo vom Bug; Thompson, der Flugingenieur. Verdammt. Waren sie gefallen? Verwundet?

Franks Züge waren wie versteinert. Die Hände lagen unbeweglich auf seinem Schoß. Er starrte auf den Tisch und das gefüllte Schnapsglas vor ihm.

Walts Brustkorb verkrampfte. Frank trank nie. Er hatte miterlebt, wie der Alkohol seinen Vater nach dem Ersten Weltkrieg zerstört hatte. Die Sehnsucht nach dem Vergessen hatte ihn verführt und er hatte letztlich nicht nur jegliche Würde und Lebenskraft eingebüßt, sondern seiner Familie auch einen trunksüchtigen Ehemann und Vater beschert.

Frank tastete nach dem Glas.

„Frank", sagte Walt.

Der Geräuschpegel im Raum war zu hoch, als dass er ihn hätte hören können, aber Frank sah ihn trotzdem an. Der Ausdruck in seinen Augen versetzte Walt einen Schlag in die Magengrube – er war leer, verstört, verzweifelt.

Langsam schüttelte Walt den Kopf.

Frank verzog das Gesicht zu einer Grimasse. Er stieß das Glas von sich und die bernsteinfarbige Flüssigkeit schwappte auf den Tisch.

Cracker hatte recht. Sie waren alle tot. Mit sieben abgeschossenen Flugzeugen in weniger als zwei Monaten und keinem Kriegsende in Sicht war es keine Kunst, ihre Überlebenschance zu berechnen. Walt selbst machte das nicht viel aus. Er wusste, wo er die Ewigkeit verbringen würde. Natürlich würden seine Angehörigen und Freunde trauern, aber er hatte keine Frau und Kinder wie Frank, die ihn liebten und von ihm abhängig waren.

Zum ersten Mal war er froh, dass aus ihm und Allie nichts geworden war. Was, wenn sie frisch verliebt wären und er dann im Kampf fiele? Nein, so war es besser. Er könnte den Gedanken nicht ertragen, wie sie am Boden zerstört um ihn trauern würde.

Die Crew der *Fort Flossie* wurde in die Kantine entlassen. Nach dem Essen würden die Soldaten in den Red Cross Aeroclub gehen. Falls es Frank einigermaßen gut ging, würden er und Walt noch in die Offiziersmesse gehen und eine Runde Schach spielen, Zeitschriften lesen und vielleicht etwas Klavier spielen. Irgendwann würde einer der Männer sich auf die Schultern von zwei anderen setzen und mit dem Feuerzeug das Einsatzdatum in die Decke einbrennen: „23-11-42 St. Nazaire."

Einsatz Nummer neun. Wenn Walt noch einen weiteren überlebte, bekam er den Eichenlaubkranz für die Fliegermedaille, die man ihm nach dem fünften Einsatz verliehen hatte.

Louis hielt Walt die Tür auf. „Kommst du mit oder wartest du auf Kilpatrick?"

„Ich warte." Er lehnte sich draußen an die Backsteinmauer.

„Ich reserviere schon mal Plätze für uns alle. Die anderen vier werden wohl ..."

„Abwarten."

Walt schlug seine Bibel auf, die er sich nach jedem Einsatz gleich abholte, und ein kalter Windstoß blätterte darin herum. Die Psalmen kamen ihm so lebensnah vor wie nie. Jetzt wusste er, wie es war, wenn Feinde angriffen, einem nachstellten und Speere, Pfeile, Kugeln und Granaten warfen, um einen zur Strecke zu bringen.

Wie musste es erst sein, wenn man ständig in Gefahr war? Wie die Marineinfanteristen, die sich durch den Dschungel auf Guadalcanal kämpften? Oder die Soldaten, die in Panzern durch die Sahara rauschten? Oder die Matrosen wie Jim Carlisle, die nie wissen konnten, wann ein Torpedo von einem U-Boot oder ein Flugzeugangriff sie auf Nimmerwiedersehen in die Fluten schickte? Walts Krieg war so zivilisiert, so gesittet. Drei anständige Mahlzeiten pro Tag, Pritschen und Duschen, eine gemütliche Offiziersmesse – und dann Einsätze voller Adrenalin, Action und Gefahr.

Die Tür ging auf, die Crew der *My Eileen* kam heraus und Frank schickte seine Leute zum Essen.

„Hunger?", fragte Walt

Frank sah ihn an. Sein Blick war immer noch leer. „Kann nichts essen. Ich weiß nicht. Ich weiß nicht, was ich will. Mich aufs Ohr hauen und tagelang nur schlafen? Einfach loslaufen und nie wiederkommen?"

Walt wusste nichts zu erwidern. Das war der Grund, warum er der einzige Novak war, der nicht auf der Kanzel stand.

„Ich muss laufen. Einfach laufen." Frank ging die Straße in Richtung Quartiere hinunter.

Walts Magen knurrte. Aber wie auch immer. Er hatte noch einen Hershey-Riegel unter seiner Pritsche liegen. Der musste für heute Abend reichen.

Frank lief mit den Händen in den Hosentaschen die Straße entlang und schwieg. Sie kamen an einigen Wellblechhütten vorbei, die wie halb vergrabene Blechbüchsen aussahen; an einer Baumgruppe, die einsam unter freiem Himmel stand; schließlich an den Gemeinschaftsquartieren mit der Kantine. Walts Magen knurrte wieder. Nach Einsätzen gab es immer das beste Essen. War das der Geruch von Steak? Und wenn schon.

Frank bog auf einen Weg ab, der südlich hinter den Quartieren entlang zum Dorf Thurleigh führte. Noch nie – nicht ein einziges Mal, seit Walt ihn kannte, hatte er so lange geschwiegen.

„Sein Kopf", würgte er schließlich hervor. „Petrovich. Die rechte Seite – die ganze rechte Seite – war weg. Einfach weggeschossen. Die haben Petrovich auf dem Gewissen."

Walt drehte sich der Magen um und der Hunger war vergessen. John Petrovich war ein netter Kerl gewesen, der ständig über das Essen flachste, hatte immer einen Scherz auf Lager gehabt und war der Erste gewesen, der einstimmte, wenn Walt am Klavier saß. Jetzt war er tot und Frank hatte mit eigenen Augen gesehen, wie sein Co-Pilot gestorben war, das ganze Blut.

Lieber Gott, bitte nicht auch noch die anderen.

„Und Willard?" Walt schluckte, um seinen trockenen Mund zu befeuchten. „Russo? Thompson?"

„Verwundet. Willard sieht übel aus. Sein Bein – er wird es wohl nicht behalten." Frank atmete flach. „Was mache ich hier? Was um alles in der Welt mache ich hier?"

„Ich ... ich weiß nicht." Walt umklammerte die Bibel. „Vielleicht solltest du über eine Versetzung nachdenken."

Frank blieb unter einem Baum stehen, an dem nur noch ein paar verwelkte Blätter hingen. „Eine Versetzung? Das ist nicht dein Ernst."

„Doch." Walt fuhr mit der Fußspitze an der Hecke entlang, die den Weg säumte. „Der Dienst hier ist freiwillig und du weißt das. Du kannst jederzeit zum Bodenpersonal oder zum Nachrichtendienst wechseln. Einfach so."

„Ach ja? Und warum hat das dann noch niemand gemacht? Nicht einer? Ich sag's dir – weil sie keine Feiglinge sind, und ich auch nicht."

„Natürlich bist du kein Feigling. Aber wie viele von uns sind verheiratet? Nicht viele. Und noch weniger haben schon Kinder, geschweige denn vier Stück davon. Niemand würde dich einen Feigling nennen."

„Ich mich schon."

„Toll. Du bist ein Held. Wie willst du das hier durchstehen, hm? Trinken wie dein Dad?"

Frank hielt Walt warnend einen Finger vors Gesicht. „Ich habe es nicht getan, Novak, und du lässt besser meinen Vater aus dem Spiel."

Walt wusste, dass die Grenze jetzt erreicht war und er lieber den Mund halten sollte. „Und was ist mit Eileen?"

Franks Hand ballte sich zur Faust.

Walt war drauf und dran, sich ein blaues Auge einzuhandeln, aber er ließ nicht locker. „Was ist mit Eileen? Und den Kids?"

„Was weißt du schon!" Franks Faust zitterte, war ein verschwommener Fleck vor Walts Augen. „Deine Freundin ist eine bloße Erfindung."

Das tat mehr weh als eine blutige Nase, aber Walt weigerte sich, nachzugeben. „Ja, und deswegen habe ich nichts zu verlieren. Ganz anders als du."

Frank kniff die Augen zu und ließ seine Faust auf Walts Schulter sinken.

„Komm, Frank. Überlass den Luftkrieg uns ledigen Jungs."

Kapitel 24

Riverside, 12. Dezember 1942

„Hey, Miss Miller. Hier drüben. Ich kriege sie zuerst, Jungs." Lieutenant Patterson rollte sich im Bett auf die Seite und stützte sich auf seinen Ellenbogenstumpf.

„Guten Morgen. Soll ich einen Brief für Sie verfassen?" Allie setzte sich auf den Stuhl neben dem Bett und unterdrückte ein Gähnen. Letzte Nacht war sie erneut plötzlich mit dem Bedürfnis aufgewacht, für Walt zu beten.

„Ach, nein. Der Doc sagt, ich soll mit links schreiben lernen. Ich möchte mich einfach nur in diesen hübschen Augen verlieren."

Am Anfang ihrer Zeit in March Field hatte sie das andauernde Schäkern der Männer konfus gemacht. Inzwischen wusste sie, dass sie mit allem flirteten, was einen Rock trug. Allie lächelte und stand auf. „Wenn es Ihr einziges Bedürfnis ist, Zeit mit mir zu verbringen, dann kommen Sie doch einfach nach dem Essen mit zu den anderen in den Aufenthaltsraum. In der Zwischenzeit ..."

„Ich habe da auch noch andere Bedürfnisse", sagte Lieutenant Patterson und bewegte verheißungsvoll die Augenbrauen auf und ab.

Allie wurde schlagartig heiß. Wieso wurde sie schon wieder rot? Und wann würde sie aufhören, den Männern Steilvorlagen zu liefern? Schnell ging sie auf die andere Seite des Zimmers. „Guten Morgen, Lieutenant Duncan. Wo haben wir gestern aufgehört?"

„Hallo." Der junge Mann sah sie durch die Löcher in seinem Verband an. „Zweiter Korinther. Ich glaube, Kapitel sechs ist dran."

Allie setzte sich auf einen Stuhl und tauschte das Klemmbrett gegen eine Bibel. Ein Feuer in Duncans Kampfflugzeug hatte ihm die Hände und das Gesicht verbrannt, und in der Zeit danach war seine Liebe zum Wort Gottes neu aufgelodert.

Allie schlug den zweiten Brief an die Korinther auf. Vor ein paar Wochen hatte sie mit Lieutenant Duncan das Kapitel gelesen, was Cressie ihr empfohlen hatte. Was hatte Cressie sich dabei gedacht? Andauernd ging es um Huren und Ehebruch. Baxter war vielleicht nicht gläubig, aber man konnte ihn deswegen doch noch lange nicht mit einer Hure vergleichen. Außerdem wollten sie heiraten und nicht ...

Ein kalter Schauer lief ihr den Rücken herunter und sie fing an zu lesen. Dann und wann unterbrach sie Lieutenant Duncan und bat sie, einen Vers zu wiederholen. Dann sagte er ihn leise vor sich hin.

Sie blätterte um. Vers vierzehn. „Zieht nicht am fremden Joch mit den Ungläubigen ..."

Zweiter Korinther sechs. Das hatte Cressie gemeint. Da stand es, schonungslos, schwarz auf weiß.

„Miss Miller?"

„Ja?" Mehr brachte sie nicht heraus.

„Ich kann dieses Stück auswendig." Er sprach langsam und die Narben in seinem Gesicht spannten sich. „Zieht nicht am fremden Joch mit den Ungläubigen. Denn was hat die Gerechtigkeit zu schaffen mit der Ungerechtigkeit? Was hat das Licht für Gemeinschaft mit der Finsternis? Wie stimmt Christus überein mit ..."

„Verzeihung?" Allie räusperte sich. Der Text hallte in ihrem Kopf wider und wider. „Darf ich fragen, warum Sie gerade diese Verse auswendig gelernt haben?"

Lieutenant Duncan lachte matt. „Meine Mutter hat mich gezwungen. Das erste Mädchen, das ich mit nach Hause brachte, ging nur zu Weihnachten, zu Hochzeiten und Beerdigungen in die Kirche. Da hat mir meine Mutter diesen Abschnitt vorgesetzt und mich erst wieder auf Brautschau gelassen, als ich ihn auswendig konnte und verinnerlicht hatte."

„Und, haben Sie?"

„Natürlich. Lieber möchte ich eine Frau haben, die an Gott glaubt, als eine, die mich von der Titelseite einer Zeitschrift anlächelt. Ich hoffe ... ich hoffe einfach, dass ich eines Tages ..." Er kniff verzweifelt die Augen zu.

Allie schaffte es endlich, sich auf seine missliche Lage zu konzentrieren. Er hatte ihr letztens ein Foto von sich gezeigt. Vor seinem Unfall war er sogar recht gut aussehend gewesen. „Irgendwann sieht jemand nicht nur die Narben. Davon bin ich überzeugt."

„Na, wenn das mal nicht Allie Miller, die Kugellagererbin ist." Hinter Allie stand eine Krankenschwester im weißen Kittel und hatte die Arme verschränkt. Sie kam ihr bekannt vor – eine ausgesprochen hübsche Brünette mit einem schadenfrohen Grinsen. „Josie Black, Riverside High School. Inzwischen Josie Black *Cummings*. Aber du wirst dich nicht an mich erinnern. Wir waren ja damals nie gut genug für dich."

Allie fiel die Kinnlade herunter. Josie und ihre Freundinnen hatten immer über *sie* die Nase gerümpft, aber das hier war der falsche Ort für Diskussionen. „Das ... das habe ich niemals gedacht. Kann ich dir behilflich sein?"

„Oh ja", sagte Josie und legte den Kopf schief. „Ist das nicht lustig? Dein Daddy kommandiert meinen Vater und meinen Mann den ganzen Tag am Fließband herum, aber ich kann dich herumkommandieren."

Obwohl Allie Regina verstand und nicht den Krankenschwestern, stand sie um des lieben Friedens willen auf und legte die Bibel auf den Nachttisch. „Sie entschuldigen mich, Lieutenant Duncan. Wir machen später weiter. Was kann ich also tun, Lieutenant Cummings?"

Josie lächelte kühl. „Wir sind heute unterbesetzt. Die Bettpfannen müssen geschrubbt werden."

Allie schluckte eine ordentliche Portion Stolz und Ekel herunter. „Ich bin hier, um zu helfen."

„Sehr gut." Josie stolzierte den Korridor hinunter. „Man stelle sich vor, Allie Miller schrubbt Bettpfannen. Du solltest lieber deine Klunker vorher abnehmen." Sie drehte sich um und sah auf Allies Hand. „Oh, kein Ring. Immer noch unverheiratet?"

„Aber nicht mehr lange. Mein Freund und ich werden bald heiraten."

„Ach? Jemand aus der Schule?"

„Nein. Baxter Hicks, der kaufmännische Direktor bei *Miller's Kugellager*. Vielleicht hast du ja schon von ihm gehört?"

Josies Augen wurden groß. „Äh, ja."

Jetzt hatte Allie die Oberhand, aber die Schuldgefühle wegen ihrer Hochnäsigkeit verdarben ihr die Freude. „Ich bin hier, um zu helfen. Wo sind die Bettpfannen?"

Josie war jetzt auf der Hut. Sie setzte ein Lächeln auf und führte Allie zu einem Raum, in dem sich neben einer Spüle ein Stapel Bettpfannen auftürmte. „Bitte sehr. Seife, Desinfektionsmittel, Schwamm."

Allie knöpfte ihre Manschetten auf und krempelte sich die Ärmel hoch. Mit Mühe unterdrückte sie den Impuls, sich die Nase zuzuhalten, weil sie Josie nicht die Genugtuung verschaffen wollte. Wenigstens waren die Bettpfannen bereits ausgeleert.

Josie lehnte sich an eine Wand. „Da hat Mr. Hicks also eine Freundin."

Allie legte die erste Bettpfanne in die Spüle und drehte das Wasser auf. Wenn Personalmangel herrschte, wieso war Josie dann noch da? „Ja. Wir gehen seit fünf Jahren miteinander."

„Fünf Jahre? Mein lieber Mann! Na ja, schön zu hören. Ist auf jeden Fall eine große Erleichterung."

„Eine Erleichterung?"

„Und ob. Ich meine, du hast doch bestimmt die Gerüchte gehört. Ist das nicht gemein, wenn Leute so hässliche Sachen über einen verbreiten? Ich bin froh, dass es nicht stimmt."

Allie spülte die Bettpfanne aus und füllte sie mit Wasser. Sie hatte eine Gänsehaut. Josies Köder hing in Reichweite – saftiger Klatsch und Tratsch –, und Allie wusste, das es das Beste wäre, ihn zu ignorieren, aber ... „Was für ... was für Gerüchte?"

„Ach, du weißt schon. Die Männer in der Fabrik sind ja der Meinung, es wäre gar kein Gerücht, sondern die nackte Wahrheit. Du weißt doch, wie Mr Hicks läuft, wie er die Männer beobachtet, wie er lieb Freund ist mit Mr ... also, deinem Vater, aber das wird wohl mehr beruflicher Ehrgeiz sein als ... na ja, du weißt schon."

„Nein. Nein, weiß ich nicht." Allie schüttelte energisch die Seifendose.

Josie beugte sich vor. Ihre Schönheit war wie weggeblasen. „Weißt du nicht, dass man überall sagt, er wäre ... ähm, homosexuell?"

„Wie bitte?" Allie richtete sich ruckhaft auf.

Josie presste die Lippen aufeinander. Ihre Augen funkelten hämisch. „Du weißt gar nicht, was das ist, oder?"

„Ich weiß sehr wohl, was das ist. Und ich versichere dir, Mr Hicks ist definitiv nicht ... das, was du sagst." Jetzt war der Zeitpunkt gekommen, hochnäsig zu sein. „Meinem Vater wird es überhaupt nicht gefallen, wenn er hört, dass in seiner Fabrik so scheußliche Gerüchte die Runde machen."

Josies Gesicht wechselte von einer Farbe zur nächsten, von denen ihr aber keine gut stand. „Ich ... ich lasse dich dann jetzt allein."

„Eine weise Entscheidung", sagte Allie so majestätisch, wie sie konnte.

Nachdem sie allein war, tauchte sie den Schwamm in den Seifenschaum und versuchte, sich den Kopf frei zu schrubben, aber die Zweifel blieben hartnäckig.

War das der Grund, warum Baxter sie nie voller Begehren ansah? Warum er sie nur flüchtig küsste? Warum er sie nicht liebte?

Nein, das konnte nicht sein. Wenn Josie recht hatte und er das war, was sie sagte, dann hätte er nie und nimmer eine Freundin und würde auch nicht ans Heiraten denken.

Gerade und schiefe Töne prallten aufeinander, als würde in ihrem Kopf ein Kind wild auf einem Klavier herumklimpern. Was, wenn Baxter sie nur benutzte – nicht nur wegen des Erbes, der sozialen Stellung und der Gunst ihrer Eltern, sondern auch um die Gerüchte zu entkräften und seinen Ruf zu wahren?

Nein, das konnte nicht sein. Die einfachen Fabrikarbeiter konnten einfach mit gehobenen Manieren nichts anfangen und hielten sie für weibisches Verhalten.

Aber warum rissen dann ihre Tränen tiefe Krater in den Seifenschaumberg? *Oh Herr, lass es nicht wahr sein.* Sie schrubbte fester. Das Wasser schwappte hoch und ihre Ärmel wurden nass. Es war ihr egal.

Allie zwang sich dazu, sich auf den restlichen Tagesablauf zu konzentrieren. Wenn diese Aufgabe erledigt war, würde sie wieder auf die Krankenstation zurückkehren. Die Zeit reichte noch, um mit Lieutenant Duncan das Kapitel fertig zu lesen, bevor sie im Aufenthaltsraum gebraucht wurde.

„Zieht nicht am fremden Joch mit den Ungläubigen ..."

Mit einem Stöhnen ließ sie das Wasser aus dem Spülbecken. *Herr, du weißt, dass ich Baxter heiraten muss. Das ist das Beste für alle. Und bei solchen Gerüchten ist es auch lebenswichtig für Baxters Ruf. Und vergiss nicht, Herr, ich mache das für dich, damit er dich kennenlernt.*

Sie scheuerte die nächste Bettpfanne blank. Trotzdem kam sie nicht zur Ruhe. Wieso blieb dieses ungute Gefühl? Warum kam die Frage nach der Ehe mit einem Ungläubigen immer wieder hoch? Wieso hatte sie den Eindruck, Gott gefiel ihr Opfer gar nicht?

***

„Du meine Güte, Allie, du bist ja nass bis auf die Knochen."

„Ist nicht so schlimm." Sie schlüpfte aus dem Regenmantel und hängte ihn auf die Garderobe im Flur. „Ich habe meinen Schirm vergessen."

„Das sieht man." Mutter strich ihr eine tropfende Strähne aus dem Gesicht. „Aber wieso hast du nicht wenigstens die Kapuze aufgesetzt?"

Allie schüttelte den Kopf. Sie konnte die Frage nicht beantworten. Der Regen hatte sich einfach richtig angefühlt, hatte ihr in den Augen gebrannt, die Haare zerzaust und den Kopf freigewaschen.

„Hoffentlich hast du dir nichts weggeholt. Dieses Krankenhaus macht dich noch ganz fertig." Mutter setzte einen strengen Blick auf und tätschelte Allies Wange. „Und nun komm, raus aus diesen nassen Sachen. Ach, du hast übrigens Post."

„Post? Für mich?" Allie lief schnell zu dem kleinen Tisch im Flur. Da war einiges gekommen – ein Brief von Betty Anello, einer von Louise Morgan und drei von Walt. Gleich drei – wie schön. Obwohl Walt regelmäßig schrieb, kam seine Post immer stoßweise.

„Die können warten, bis du dich umgezogen hast."

Nein, konnten sie nicht – nicht heute.

Nachdem Allie ihr Haar in ein großes Handtuch gewickelt hatte, setzte sie sich im Schneidersitz auf ihre gesteppte Seidentagesdecke und studierte die Briefumschläge. Das musste schön alles der Reihe nach gehen, streng nach Datum. Also kamen Walts Briefe zuerst dran. Sie öffnete den ersten vom 13. November und bewunderte einmal mehr Walts klare Handschrift.

Liebe Allie,
mach ja einen ordentlichen Knicks, wenn du das hier liest, denn die Hand, die diesen Satz schreibt, hat gerade dem König von [zensiert] die Hand geschüttelt. Ist das zu glauben? Ein Pastorensohn aus einer Kleinstadt plaudert mit den Royals. Der Krieg ist doch zu was gut. Er hat Fort Flossie „bombig" genannt. Hoffen wir, dass er es nicht wortwörtlich meinte.

Wenn die Post kommt, heißt es entweder hungern oder ein Festessen veranstalten. Und heute war es definitiv ein Festessen. Zwei Briefe von dir und dann noch das Apfelmus! Allie, du bist einfach die Beste. Die Jungs waren sich einig, dass das Apfelmus alle Rekorde bricht. Baxter ist ein

echtes Glückskind. Wobei, ich würde ja eher sagen, Gott meint es gut mit ihm. Übrigens, Frank sagt, du könnest ihm ruhig auch schreiben, wenn du willst. Er liebt Cookies.
Wir haben inzwischen vier Bomben auf Flossies Bug gemalt, für jeden Einsatz eine. Ich muss sagen, es fühlt sich gut an, was wir hier tun, obwohl die Einsätze oft hart sind.
Außer an das leckere Apfelmus muss ich andauernd an eine Stelle aus deinem letzten Brief denken. Du hast geschrieben, dass du aufgewacht seist und das Bedürfnis habest, für mich zu beten. Allie, das war genau während unseres ersten Einsatzes. Wenn es bei dir mitten in der Nacht war, passt das zu unserer Zeitzone hier in [zensiert]. Tu mir einen Gefallen, ja? Wenn du wieder dieses Bedürfnis verspürst, dann bete.

Allie starrte auf den Brief, berührt von Walts guter Laune, erstaunt über seinen Kommentar zu Baxter und verblüfft darüber, dass ihr Traum genau auf Walts Einsatz fiel.

Was war mit den anderen Träumen? Sie ging zu ihrem Schreibtisch und holte unter dem Flugzeugmodell einen kleinen Zettel hervor. Neun Einträge – zehn nach dem heutigen. Jetzt war sie froh, dass sie Walt davon geschrieben hatte.

Sie las den zweiten Brief vom achtzehnten und den dritten vom dreiundzwanzigsten November.

Liebe Allie,
wir sind heute wieder geflogen. Bist du nachts wach geworden? Ich habe deinen Brief vom 9. bekommen. Du schreibst, du seiest drei Nächte in Folge aufgewacht – und ich war jedes Mal im Einsatz. Wenn wir nicht Christen wären, würde ich das für Zufälle halten. Aber es gibt keinen Zufall, nur Gott. Ich zweifle kein bisschen daran, dass dich der Heilige Geist auf die Knie treibt. Und ich fühle mich geehrt. Es beten einige Leute generell für mich, aber es bedeutet mir sehr viel, dass du gerade dann die Hände faltest, wenn ich im dichtesten Luftkampf stecke.
Könntest du auch für Frank beten? Es geht ihm nicht gut. [zensiert] Das hat ihn natürlich mitgenommen.

Allie konnte sich kaum auf den Rest des Briefes konzentrieren. Ihre Träume, ihr plötzliches Aufwachen, das Bedürfnis zu beten – all das kam von Gott. Wie ein Glissando überrollte sie eine Gänsehaut. „Danke Herr, dass du mich so gebrauchen kannst."

Als Nächstes las sie den Brief von Louise, die vom fünfundzwanzigsten Fliegeralarm in San Francisco berichtete und von ihrer Suche nach Mitbewohnerinnen. Die gute Louise nahm extra Mädchen auf, damit sie die Miete bezahlen konnte, leistete ihren Beitrag gegen die Wohnungsknappheit und war trotzdem einsam, weil ihr Mann in Nordafrika stationiert war.

Als Letztes kam Bettys Brief dran. Betty schrieb immer so, wie ihr der Schnabel gewachsen war. Egal, ob in Antioch etwas passiert war oder nicht, sechs Seiten waren das Minimum. Aber heute füllte ihr Brief kaum eine Seite. Allie runzelte die Stirn und las:

> *Liebe Allie,*
> *bitte bete für uns. Ich wünschte, du wärst hier. Du hast mich immer getröstet und noch nie hast du mir so gefehlt wie jetzt. Gestern hat Helen ein Telegramm gekriegt. Jims Zerstörer wurde vor Guadalcanal von einem Torpedo getroffen. Vor einem Monat. Oh, Allie, Jim ist gefallen.*

Jim Carlisle? Der gut aussehende, charmante Jim Carlisle, der seine Schwester wegen der Puppe aufgezogen hatte? Der mit seiner Frau Jitterbug getanzt hatte? Der seinen kleinen Sohn abgöttisch geliebt hatte? Wie konnte er tot sein?

Allie hatte Jim kaum gekannt, aber ihre Tränen hinterließen Pockennarben auf Bettys Brief. „Oh, lieber Gott, die arme Helen. Sie ist doch erst zwanzig! Und schon Witwe … eine Witwe mit einem kleinen Baby. Und der kleine Jay-Jay wird seinen Vater nie kennenlernen können."

Der Verlust wollte nicht in ihren Kopf. Bei dem Gedanken an all die Menschen, die nun trauerten, wurde ihr schwindlig. Dorothy hatte ihren Bruder verloren, Betty ihren Schwager, Walt und George und Art ihren Freund aus Kindertagen. Und Walt – er wusste noch gar nichts davon. Der Arme musste doch so schon genug durchmachen. Und Mr und Mrs Carlisle …

Der Gedanke an das weiße Haus der Carlisles mit den hohen Oleanderbüschen ließ Allie verzweifelt schluchzen.

Der blaue Stern auf dem Banner der Carlisles würde nun gegen einen goldenen ausgetauscht werden müssen.

Kapitel 25

Über Paris
20. Dezember 1942

Walts Blick schnellte von den Instrumenten zur schluderigen Formation seiner Staffel und den angreifenden Focke-Wulf 190. Trotz der zwanzigtausend Fuß Flughöhe konnte er den Eiffelturm erkennen. Wenn er das hier überlebte, hatte er etwas zu erzählen. Und wenn nicht? Dann hatte er zumindest mal Paris gesehen.

Einhundertachtzig Meilen ins Inland, so tief war die 8. Luftflotte noch nie in feindliches Gebiet vorgedrungen. Der Fliegerhorst in Romilly-sur-Seine war ein wichtiges Ziel und die deutsche Luftwaffe bäumte sich auf, als wüsste sie, dass die Amerikaner es auf ihre Werkstatt abgesehen hatten. Seitdem sich die Spitfire-Eskorte in Rouen zurückgezogen hatte, wurden sie in Wellen von den Fw 190-Staffeln attackiert.

Ununterbrochen rief jemand über das Bordsprechgerät die Angreifer aus. *Flossies* Gewehre ratterten. Kugeln pfiffen und zischten vorbei. Entweder man verlor dabei den Verstand oder man machte einfach seine Arbeit.

Walt machte Letzteres. War er ein Fatalist? Wen interessierte das? Er blieb ruhig.

Frank hingegen ...

Walt seufzte. Frank war schon in der Besprechung ein einziges Nervenbündel gewesen und hatte es gerade so durch die Untersuchung auf Kriegsneurose geschafft. Wenn ihn sich der Doc doch bloß gekrallt hätte. Oder Frank sich endlich um eine Versetzung bemühen würde.

Walt sah durch den verschwommenen Kreis des Propellers auf die Seine, die sich wie eine silberne Schnur unter ihnen wand. Die Kampfflieger ließen einer nach dem anderen von ihnen ab – ein Zeichen dafür, dass sie in die Reichweite von Flakgeschützen kamen –, aber sie würden frisch aufgetankt zurückkommen und sich erneut in den Rest der hundert Bomber verbeißen.

Und tatsächlich, die Flak kam. Wie könnte er sie Allie beschreiben?

Wie schmutzige Baumwollbällchen? Lieber nicht. Das Dichten überließ er besser seinem Bruder Ray.

„Wir sind am IP", rief Louis aus dem Bug über das Bordsprechgerät. Walt flog eine 30-Grad-Kurve und setzte zum Bombenzielflug an. Er warf einen Blick auf die Uhr. 1229. Seit einer geschlagenen Stunde waren sie unter Beschuss. Nach kalifornischer Uhrzeit musste das Feuer gegen 0330 angefangen haben. Ob Allie wieder für ihn betete? War er deswegen so ruhig? Er verspürte ein warmes Gefühl in der Brustgegend. Dass sie so oft schreiben würde, hätte er nicht gedacht. Inzwischen waren es zwei Briefe pro Woche – und er schrieb ihr genauso oft zurück.

Die Flak häufte sich. Zum Glück nicht in *Flossies* Nähe. Walt atmete tief ein und merkte, dass ihn ein leichtes Schwindelgefühl überkam. Mist, der Sauerstoffsack unten an der Maske war am Vereisen. Er presste ihn zusammen, um das Eis zu zerbrechen. Bei minus vierzig Grad waren seine Finger trotz Handschuhen und dem, was als Heizung in der Pilotenkanzel durchging, steif. Die armen Seitenschützen konnten von solchem Komfort nur träumen. Ihre Fenster waren offen.

„Sauerstoffcheck, Cracker. Es ist schon mindestens eine ..."

Schwarze Wolke, Feuerball – auf zwölf Uhr tief. *Flossies* Bug wurde nach oben gedrückt. Wie Schotter regneten Granatsplitter gegen die Scheibe. Walt riss aus Reflex seinen Kopf zur Seite. Dann sah er wieder nach vorn und richtete den Bug aus. Wie eisige Pfeile schoss durch neue Risse im Plexiglas eiskalte Luft herein.

„Fontaine? Ruben?"

„Alles okay", sagte Abe. „Außer ein paar neue Belüftungskanäle. Ziel liegt vor uns."

„Die ... die haben uns voll im Fadenkreuz." Cracker klammerte sich am Steuerrad fest.

Walt musste sich etwas einfallen lassen, um ihn abzulenken. „Der Sauerstoffcheck."

„Gut. Okay." Cracker nickte in einem fort und ging die Stationen durch – Ingenieur, Funker, Kugelturm, rechte Seite, linke Seite, Heck. „Heck?", wiederholte er.

Keine Antwort von Mario. Walt und Cracker sahen sich kurz an.

„Wisniewski, sieh nach Tagger", forderte Cracker den rechten Seitenschützen auf. Pete musste dafür durch den engen Tunnel zum Heckgeschütz kriechen und Mario herausziehen.

„Bin unterwegs. Jetzt seid ihr froh, einen Sani an Bord zu haben, was?"

„Und ob." Walt zuckte zusammen, da ihm die kalte Luft ins Gesicht stach, als würde er mit Eiszapfen beworfen werden.

Zwei weitere Flak-Explosionen hoben erst den linken, dann den rechten Flügel. Das war zu nah.

„Pete hat Tagger", rief Harry übers Bordsprechgerät aus dem Rumpf. „Er ist bewusstlos. Pete hat ihn an die tragbare Sauerstoffflasche gehängt. Wird's schon schaffen, sagt er."

„Gut. Er soll bei ihm bleiben." Die vorderste Staffel klinkte ihre Bomben aus und drehte ab. „Ruben, hast du das Ziel drauf?"

„Nein. Das Bombenvisier – da sind ein paar Ziffern durch das Flak defekt. Ich kann nicht genau ..."

Rums!

Irgendetwas versetzte *Flossies* Heck einen heftigen Tritt. Eine Reihe von Explosionen rüttelte am Flugzeug und warf es nach rechts und nach unten. Walts Gurt schnitt ihm in die Hüfte und das Blut stieg ihm in den Kopf. Die linke Seite der Fliegenden Festung wurde von metallischen Schlägen durchgeschüttelt. Walt zog am Steuerrad. *Flossie* war drauf und dran, abzutrudeln. „Wir müssen den Bug hochkriegen."

„Stärker", sagte Cracker.

Die beiden Männer stützten sich mit den Füßen ab und zogen mit aller Kraft an der Steuerung. Es ging viel schwerer als normal. Das Höhenruder musste getroffen worden sein. Das Seitenruder auch – *Flossie* glitt immer weiter zur Innenseite der Drehung. Walt ließ den künstlichen Horizont auf der Instrumententafel nicht aus den Augen, bis er wieder gerade war. Der Schweiß ließ die Sauerstoffmaske noch feuchtkalter an seinem Gesicht kleben.

„Navigator? Bombenschütze?" Cracker rief die Stationen durch. Alle waren okay.

Walt überprüfte sein Flugzeug. Die zwei Flügel waren noch dran, die vier Motoren auch, und die Instrumente sahen gut aus. Mit beschädigtem Höhen- und Seitenruder würde der Rückflug jedoch zu einer Herausforderung werden. Angesichts der Schäden im Heck konnte Mario froh sein, dass er bewusstlos geworden war. Die vereiste Sauerstoffmaske hatte ihm das Leben gerettet.

Walt brachte *Flossie* zurück in die Formation. In seinem Kopfhörer konnte er seinen eigenen Puls hämmern hören. „Was war das denn?", fragte er.

„Eine ... eine B-17", sagte Al kleinlaut aus dem Kugelturm. „Eine von uns. Flakvolltreffer – im Bombenschacht."

Walt und Cracker sahen sich an und schüttelten die Köpfe. Das erklärte die vielen Explosionen. Das Flugzeug hatte noch alle Bomben geladen gehabt. Jetzt war nichts mehr davon übrig.

Plötzlich wurde Walts Gesicht noch kälter. Eine B-17. Knapp hinter ihm. Linke Seite.

Frank.

„Wer ist es?"

Schweigen.

„Wer – ist – es?", fragte er mit scharfem Unterton.

„Preach", sagte Harry. „Es ist ... die *My Eileen*."

Die Nachricht traf ihn wie ein Schlag. Er konnte kaum atmen. „Die Fallschirme! Wie viele Fallschirme?"

„Preach, ... da sind keine."

Walt schlug mit der Faust auf das Steuerrad ein. *Flossie* wankte. „Zählt die Fallschirme!"

„Preach ..."

„Haltet die Augen offen. Das ist ein Befehl!"

„Walt, verdammt!", rief Harry.

Walt richtete sich auf. Harry Tuttle hatte ihn noch nie Walt genannt.

„Walt, da ist nichts – das konnte niemand überleben."

Er atmete schnell und flach. Das konnte nicht sein. Frank. Einfach ver ... nein! Nicht Frank. Bitte nicht Frank!

„Novak." Cracker sah auf einmal wach und selbstbeherrscht aus. „Die Bomben. Unsere Staffel ist dran."

Walt blinzelte. In der Windschutzscheibe waren Löcher. Das Band vom Kehlkopfmikro – das Band war viel zu eng. Bitte nicht Frank.

„Ruben? Hast du was im Visier?"

„Nein. Ich kann mich nur an die anderen halten. Bomben sind raus."

Das Flugzeug stieg wegen des geringeren Gewichts nach oben. J.P. legte Walt die Hand auf die Schulter. „Walt, alles in Ordnung?"

Walt atmete ein, verstärkte seinen Griff um das Steuerrad und drehte *Flossie* mit der Staffel ab. „Ich bringe uns nach Hause."

Denken war jetzt tabu. Er machte einfach seinen Job – die Hände fest am Steuerrad, den Blick auf die Instrumente und die Formation gerichtet, die nötigen Korrekturen wegen der Schäden nahm er mit den Fingerspitzen vor. Walt hatte schon fliegen können, bevor er hinters Lenkrad gedurft hatte. Es ging ganz automatisch.

Er ließ sich vom Flakfeuer durchrütteln, zuckte nicht zusammen, als die Kampfflieger wieder angriffen, hielt *Flossie* in der Formation, überquerte den Ärmelkanal, meisterte die komplizierte Landung, füllte die Formulare aus und meldete die Schäden. Mechanisch beantwortete er die Fragen während der Nachbesprechung, lauschte der Absturzbeschreibung der *My Eileen*, blieb ruhig und gefasst.

Und jetzt? Zurück zum Quartier, und dann? Er spürte, wie ihn die Männer auf der Rückfahrt im LKW beobachteten. Louis hielt die Tür der Wellblechbaracke auf und sah erst Walt und dann Abe und Cracker sorgenvoll an.

Walt blieb am Eingang der Baracke stehen. Ein halbes Dutzend fremder Soldaten standen um Franks Pritsche und um die der drei Einsatzoffiziere herum, die gerade erst als Ersatz in Franks Crew gekommen waren. Die Männer warfen sich irgendwelche Dinge zu.

„Was ist hier los?", fragte Walt.

Einer der Männer zuckte mit den Achseln. Er war stämmig und hatte eine der Bodencrews-Mütze auf, bei der die Ohren nach oben geklappt waren. „Wir räumen nur auf. Der Kerl ist gefallen."

Sie räumten nicht auf – sie plünderten. „Die Sachen gehören euch nicht."

„Wir schaffen das Zeug bloß weg."

Abe stellte sich neben Walt. „Ihr schafft es beiseite, wolltest du sagen."

Der stämmige Soldat schnaubte. „Die brauchen den Krempel ja doch nicht mehr." Dabei hob er einen Bilderrahmen aus Messing hoch – Eileen, die drei kleinen Jungs und das Baby.

Etwas in Walt schnappte über. Er stürmte auf den Soldaten zu, riss ihm das Bild aus der Hand und donnerte ihm die Faust ins Gesicht. „Raus!"

Der Dieb schrie auf und hielt sich den Mund.

„Raus!" Walt holte erneut aus, genau in die fleischige Magenkuhle. Das tat gut.

Der Soldat krümmte sich und spuckte Blut.

„Hör auf, Mann! Wir gehen ja schon. Wir gehen ja", sagte ein anderer.

Walt holte zu einem Kinnhaken aus, aber jemand hielt seinen Arm fest.

Abe. „Preach! Das reicht. Sie gehen. Und wenn nicht, kommen sie vors Kriegsgericht."

Der Dieb stolperte zur Tür. „Der hat doch ein Rad ab. Einen Dachschaden hat der."

„Kilpatrick war sein bester Freund, du ..." Cracker warf ihm alle Schimpfwörter an den Kopf, die sein beträchtliches Vokabular hergab.

Walt keuchte und wand sich frei. Seine rechte Hand schmerzte – Zahnabdrücke. Er blutete. Die linke Hand hielt verkrampft den Bilderrahmen fest. Eileen, so hübsch wie immer, mit Sommersprossen. Frank Junior, ganz die Mama. Sean und Michael, dem Vater wie aus dem Gesicht geschnitten. Und Kathleen Mary Rose, das kleine Würmchen.

Lieber Gott im Himmel, warum?

„Hier, ich habe eine leere Schachtel", sagte Abe. „Hat noch jemand eine übrig?"

„Ja, ich habe ein paar", antwortete Cracker.

Louis legte Walt den Arm um die Schulter. „Mach dir keine Sorgen. Wir packen alles für seine Frau zusammen. Genauso für die anderen."

Walt nickte mit steifem Hals und starrte auf Eileen und die Kinder. Was würde aus ihnen werden?

Er merkte, dass sein Mund offen stand und langsam trocken wurde.

„Komm, setz dich." Louis führte ihn zu seiner Pritsche. „Halt, nicht auf deine Post."

Walt setzte sich. Post? Ja, ein Brief und ein Päckchen.

„Du kriegst wohl jetzt schon deine Weihnachtsgeschenke."

Weihnachten? Ach ja, in fünf Tagen. Oh nein, Franks Familie. Wann würde sie das Telegramm bekommen?

„Weißt du was?" Louis' Zähne waren so weiß wie Schnee. Er wand das Bild aus Walts Griff und gab es Abe. „Ein Geschenk ist jetzt genau das Richtige für dich."

Ein Geschenk? Walts Blick wanderte zum Paket. Wie sollte er jetzt ein Geschenk auspacken?

„Na komm. Wenn du es nicht aufmachst, mach ich's. Es ist von deiner Freundin. Sie schickt dir neue Leckereien." Louis stellte Walt das Paket auf den Schoß.

Seine Hände fühlten sich dick und schwer an, aber er öffnete den Karton. Er musste. Sobald er stillsaß, rotierten seine Gedanken. Er packte das Seidenpapier auf und hielt eine braune Ledermappe in der Hand – sportlich und maskulin.

„Ist was drin?", fragte Louis.

Walt klappte die Mappe auf. Noten – ein ganzer Stapel. Lauter neue Hits: „When the Lights Go on Again", „Serenade in Blue", „Praise the Lord and Pass the Ammunition" und „White Christmas". Dazu ein kurzer Brief:

Fröhliche Weihnachten, Walt. Ich hoffe, das hilft gegen Eure Notenknappheit. Wenn bei Euch das Wetter wirklich so feucht und regnerisch ist, kannst Du mit der Mappe deine Papiere und Noten trocken transportieren. Vielleicht passt sie ja gut zu Deiner Fliegerjacke. Dann merkt Flossie nicht, dass noch mehr Leder dazugekommen ist.

„Tolle Mappe", sagte Louis.

„Tolles Mädchen."

„Mach doch den anderen Brief auch auf. Neuigkeiten von zu Hause lenken dich ab."

Der Brief war von Dad. Er hatte ihn wie immer auf der Schreibmaschine geschrieben. Dieselbe Smith-Corona, auf der er auch seine Predigten tippte. Der Bauch vom kleinen *a* war schwarz gefüllt, das große *T* stand zu hoch. Walt konnte fast das Klappern hören, den Schreibtisch aus Walnussholz riechen und sehen, wie sein Dad zwischendurch auf einem Bleistift kaute. Er schrieb doch alles mit der Schreibmaschine. Wozu eigentlich der Bleistift?

Walts Hals schnürte sich zu. Wie schön wäre es, jetzt zu Hause zu sein, Dads Stimme zu hören und Moms Essen zu schmecken. Mom wusste immer sofort, wie es ihm ging. Sie ließ ihn in Ruhe vor sich hinbrüten und hatte ein offenes Ohr, wenn dann alles aus ihm heraussprudelte. Wer würde ihm heute zuhören?

Dad schwafelte herum. Das tat er sonst nie. Dann kam der letzte Absatz:

Es gibt keinen guten Weg, schlechte Nachrichten zu übermitteln. Ich wünschte, ich könnte es Dir persönlich sagen, aber die Umstände lassen das nicht zu. Es tut mir leid, Dir mitteilen zu müssen, dass Jim Carlisle im Kampf vor Guadalcanal gefallen ist.
Du kannst dir sicher denken, wie sehr das seine Frau und seine Eltern mitgenommen hat, genauso wie alle deine Freunde hier. Und nun ist die Trauer über den Ozean bis zu Dir gekommen. Ich wünschte, ich könnte bei Dir sein, mein Sohn. Ich bete für Dich. Jetzt umso mehr.

Die Nachricht raubte ihm die Luft zum Atmen – schon wieder. „Nein. Nein. Nicht Jim."

„Was ist los?" Abe stand vor einer halbvollen Schachtel.

Walts Blick wanderte nach oben, ans Wellblechdach über seiner Pritsche, wo er ein paar Fotos in die Rillen gesteckt hatte. Da – Jim mit der blöden Matrosenmütze über dem Bürstenhaarschnitt, den Arm lässig um Helens Schulter gelegt. Ihr Haar wehte im Wind, sie wiegte den kleinen Jay-Jay und Jim hielt ein winziges Füßchen in Babyschuhen fest.

„Jim. Ein Freund – von zu Hause. Guadalcanal. Tot."

„Oh nein", sagte Abe. Louis seufzte. Cracker fluchte.

Walt schüttelte den Kopf und konnte nicht mehr damit aufhören.

„Zum *Swan*?", fragte Louis.

„Nein, zu überlaufen", entgegnete Cracker. „Ich kenne eine Kneipe in der Stadt. Nur Einheimische."

„Na komm." Louis griff nach Walts Ellbogen und zog ihn hoch. „Es ist an der Zeit, dass du ein Mann wirst. Du wirst dir jetzt ordentlich einen hinter die Binde kippen."

Walt schüttelte den Kopf.

„Oh doch." Abe schob die Schachtel unter seine Pritsche. „Auf unsere Kosten. Keine Widerrede."

„Nein."

„Du hast den Mann gehört. Keine Widerrede", sagte Cracker. „Du brauchst das jetzt."

„Und was ist mit morgen?"

Cracker sah ihn mit seinen blauen Augen an – blau wie der Himmel, in dem Frank verglüht war, blau wie das Meer, das Jim verschluckt hatte.

„Und was ist mit morgen? Soll ich mich morgen auch wieder betrinken? Und übermorgen? Und überübermorgen? Bringt mir das Frank wieder? Oder Jim?"

„Natürlich nicht." Louis legte Walt die Hände auf die Schultern. „Aber du hast einen Schock. Wir müssen dich erst mal durch diese Nacht kriegen."

„Danke. Ich danke euch." Walt drehte sich um und schüttete die Noten aus der Ledermappe auf seine Pritsche. „Aber so möchte ich diese Nacht nicht verbringen."

„Walt ..."

„Nein." Er schnappte sich sein Schreibzeug, seine Bibel, ein paar Briefe, was auch immer griffbereit war, und stopfte alles in die Mappe. „Ich muss los."

„Wohin?"

„Weiß ich nicht." Walt hob kurz die Hand zum militärischen Gruß, klemmte sich die Tasche vor die Brust und ging aus der Tür. Er stieg auf das erste Fahrrad, das er sah, und fuhr gen Süden, raus aus dem Stützpunkt und um das Dorf herum. Mechanisch trat er in die Pedale. Die Kette quietschte.

Erinnerungen strömten auf ihn ein. Jim und Art, die in der Grundschule hinter ihm und George hertrotteten. Zwei nervige Anhängsel – bis sie merkten, dass Jim tolle Ideen hatte und Art Zugang zu allem möglichen Werkzeug. Jim mit zwölf, der auf dem Fahrrad hinter Helen Jamison herjagte, bis sie fiel und sich den Knöchel verstauchte. Jim mit achtzehn, der hinter Helen Jamison her war, bis sie ihm verfiel. Frank, der Allie auf den Flügel setzte und eine peinliche Situation entschärfte. Frank, der einen Kanister mit Kohlendioxid in den Ofen ihrer Blechbaracke steckte – die gewaltige Explosion, der unendliche Kohlenstaub. Frank, immer witzig, lebendig und zappelig.

Tot! Wie konnten die beiden plötzlich tot sein?

Walt trat kräftiger in die Pedale. Die Straße verschwamm vor seinen Augen. Feuchtigkeit lief seine Wangen hinunter und in die Ohren.

Nein. Er weinte nicht, oder? Walt stemmte sich gegen den Rücktritt und hielt an. Schnell wischte er sich das Gesicht ab. Das musste der Wind gewesen sein. Er hob das Fahrrad über eine Hecke, kletterte hinterher und stürmte ins Unterholz.

„Nein!" Er rempelte einen Ast beiseite. „Nein, Herr! Wieso Frank?

Wieso Jim? Sie sind Väter, verdammt noch mal! Du hättest mich hopsgehen lassen sollen. Nicht sie. Mich! Wieso? Bin ich dir nicht gut genug?"

Es war nicht der Wind. Sondern waschechte Heulsusentränen. Walt trat gegen einen Baum, sank zu Boden und fuhr sich mit dem Ärmel über die Wange.

Jetzt wollte es aus ihm heraussprudeln. Er klappte die Mappe auf und holte sein Schreibzeug heraus. Seiner Mutter konnte er nicht schreiben, sie würde sich nur Sorgen machen. Den Jungs daheim auch nicht. Er musste hart bleiben.

Nein, er würde Allie schreiben. Sie verstand ihn. Sie betete für ihn, wenn er es brauchte. Außerdem würde er sie nie wiedersehen. Und wenn sie ihn für verrückt hielt, was machte das schon?

Walt drückte so sehr auf, dass der Stift mehrmals das Papier zerriss. Er ließ die Zensur Zensur sein. Die blöden Tränen ließ er einfach laufen, genauso, wie er seinen Gefühlen freien Lauf ließ. Er ließ sich nicht vom Schreiben abbringen, bis der Abend Tinte und Papier in ein einheitliches Grau tauchte.

Dann ging er auf die Knie. Er tobte, fragte nach dem Warum und trauerte. Und irgendwann, schließlich, fand er inneren Frieden. Keinen Frieden wie ein stiller Gebirgssee, sondern Frieden wie ein Strom, der über Steine sprudelt, Wasserfälle hinabrauscht und Strudel formt.

Echten, wilden Frieden.

Kapitel 26

Riverside, 25. Dezember 1942

Allies dunkelgrünes Samtkleid war von solcher Eleganz, dass nur Edelsteinschmuck dazu passte. Der Smaragdanhänger war die beste Wahl, allerdings hatte sie kein gutes Gefühl dabei, Walts Kreuz abzulegen. Sie zog die Kette auf dem Spiegeltablett gerade, das auf ihrer Kommode lag. Ihre Mutter trug nur zur Kirche ein Kreuz und bewahrte es den Rest der Woche in ihrer Schmuckschatulle auf, aber Allie hatte beschlossen, ihren Glauben – oder ihr Kreuz – nie zu verstecken.

Oben am Treppenabsatz erwartete sie der Duft von Weihnachten: Kiefernnadeln, ein Truthahn in der Bratröhre, würzige Fruchtpastetchen. Der Truthahn war zwar klein, aber dafür gab es umso mehr Gemüse. Nur auf zerlassene Butter mussten sie verzichten. Butter war knapp geworden und Allie hatte letzte Woche alles für eine Ladung Cookies zusammengekratzt, um sie Walt und Frank zu schicken. Leider nicht rechtzeitig zu Weihnachten.

Ihre Mutter ging rauschend hinter ihr die Treppe herunter. Ihr granatrotes Seidenkleid schimmerte bei jeder Bewegung. „Wollen wir nachsehen, was der Weihnachtsmann gebracht hat?"

„Ich bin dreiundzwanzig", antwortete Allie lachend, „nicht drei."

„Erinnere mich bloß nicht daran."

„Wen haben wir denn da?" Allies Vater stand am Fuß der Treppe. Sein Smoking harmonierte mit dem schwarzweißen Marmorboden. „Wenn das nicht die zwei schönsten Grazien aus Riverside sind."

Allie stolperte und hielt sich am Geländer fest. Ihr Vater hatte ihr noch nie solche Komplimente gemacht. Über ihre Schläue, ihren Charakter, ihre Errungenschaften ja, aber nicht über ihr Aussehen.

„Danke, Liebling." Ihre Mutter hauchte ihrem Vater einen Kuss auf die Wange. Ihre Stimme klang kühl. Allie in das Kompliment mit einzuschließen hatte es für sie weniger wertvoll gemacht.

Wieso war ihre Mutter so empfindlich? Jeden Tag bekam sie von ihm zu hören, wie schön sie war. Allie hatte es erst zweimal in ihrem Leben gehört, und sich nur einmal selbst auch wirklich schön gefühlt. Instinktiv ging ihre Hand zu der Kette um ihren Hals und leichte Enttäuschung machte sich in ihr breit, als sie den Smaragd erfühlte.

Im Salon stand Baxter auf und küsste Allie kurz auf die Wange. Konnte von ihm nicht ein einziges Mal ein Kompliment kommen? Konnten seine Augen nicht einmal aufleuchten? Oder er ihr mit einer kleinen Geste seine Wertschätzung zeigen? Josies gemeine Unterstellung kam wieder hoch, doch Allie verbannte sie mit aller Macht aus ihrem Bewusstsein.

Sie kniete sich vor den Weihnachtsbaum. Der Nadelduft rief zu gleichen Teilen Erinnerungen an Weihnachten und an die Sommerurlaube am Lake Arrowhead wach. Handbemalte Glashänger glitzerten im Schein der kleinen Lichterketten und Allie fiel die hübsche Porzellanpuppe ein, die sie mit fünf bekommen hatte, das übergroße Puppenhaus mit acht, ihre ersten Diamanten mit sechzehn. Die Millers hatten stets ein beschauliches kleines Weihnachtsfest zu dritt gefeiert, bis Baxter dazugekommen war.

Baxter. Allie ließ den Blick über die Geschenke schweifen und entdeckte eine kleine quadratische Schachtel. Für Mary, von Stanley. Sie seufzte erleichtert auf.

Vater und Baxter setzten sich neben dem Kamin in identische Ledersessel. Allie reichte zuerst ihnen, dann ihrer Mutter auf ihrem Lieblingssofa Geschenke. Sie selbst kehrte wieder auf ihren Stammplatz am Boden neben dem Weihnachtsbaum zurück.

Bald darauf hatte sie einen ganzen Stapel von Büchern und Schallplatten vor sich. Baxter bewunderte die modische Brieftasche, die Allie für ihn gekauft hatte. In diesem Laden war ihr auch die braune Ledermappe aufgefallen. Sie hatte sich nicht nur genauso angefühlt wie Walts Fliegerjacke, sie hatte auch genauso gerochen und hatte denselben Farbton. Ihre sportliche Aufmachung passte zu einem Piloten. Vielleicht war das Geschenk ein bisschen zu groß, aber sie hatte der Gelegenheit nicht widerstehen können, für einen guten Freund selbst verdientes Geld auszugeben.

Nur noch ein Geschenk war übrig. Eine Pappschachtel von Walt, auf der „Erst zu Weihnachten öffnen" stand. Allie zog das Paketband über eine Ecke, öffnete den Karton und nahm zerknülltes Zeitungspapier heraus.

Darunter war ein Konzertflügel, kaum größer als ihre Hand. Er war schwarz angemalt und hatte elegante Beine. Auf der Unterseite steckte ein kleiner Messingschlüssel. Als Allie daran drehte, ertönte Beethovens „Für Elise". Neben dem Schlüssel stand in winzigen weißen Buchstaben „Für Allie. W.J.N. '42".

Die Buchstaben verschwammen und Allie musste blinzeln, um wieder sehen zu können. Das war das schönste Geschenk ihres Lebens – kunstvoll, handgemacht, persönlich, und mit einer Prise Humor.

„Wie hübsch", sagte Mutter.

„Nicht wahr?" Allie strich mit der Hand über die winzigen Tasten und erwartete jeden Moment, dass Walt ihr aus Spaß auf die Finger drückte. „Walt hat das selbst gemacht."

„Der junge Mann schickt aber schöne Geschenke", sagte Vater mit scharfem Unterton.

Allie sah erschrocken auf. Er dachte doch nicht etwa, dass Walt sich Hoffnungen machte? „Er ... er schickt an alle seine Freunde so schöne Sachen." Wieso machte sie das traurig? Sie konnte schließlich nicht erwarten, als Einzige in den Genuss seiner Geschenke zu kommen.

„Apropos Geschenke." Baxter legte seine Zigarette in den Aschenbecher auf dem Marmortisch. „Ich hoffe, du hast nicht gedacht, ich hätte dich vergessen."

Die kleine Spieluhr wurde langsamer und absolvierte die letzten Töne schleppend. „Oh. Nein, natürlich nicht." Richtig, sie hatte noch nichts von ihm ausgepackt.

„Ich dachte mir, ich warte noch. Das Beste zum Schluss."

Das Beste? Bitte nicht. Die Melodie brach kurz vorm Schlusston ab, unvollendet, unbefriedigend.

Allie klammerte sich an den kleinen Flügel auf ihrem Schoß, aber sie musste ihn beiseitestellen, um Baxters Schachtel entgegenzunehmen. *Oh bitte, Herr. Lass es noch einmal Ohrringe sein. Ohrclips, richtige Ohrringe, ganz egal.*

Baxters stolzes Lächeln ließ jedoch keinen Zweifel am Inhalt der Schachtel. Die einzige Überraschung war die Opulenz der Fassung – fast schon protzig.

„Nur das Beste für meine zukünftige Frau."

Allies Atem kam in heftigen Stößen. Vor ihren Augen tanzten in den vielen kleinen Diamanten die Lichter. Ihre Ohren waren taub für die Freudenrufe ihrer Eltern.

Ein Joch. Ein fremdes Joch. Mit einem Ungläubigen.

„Sieh nur, Stanley", sagte Mutter mit gerührter Stimme. „Sie ist sprachlos."

Zum ersten Mal sah Allie in den Augen ihrer Mutter die Anerkennung, nach der sie sich immer gesehnt hatte.

Baxter hockte sich vor Allie hin, nahm den Ring aus der Schachtel, hob ihre schlaffe Hand und steckte ihn ihr an. Er fragte nicht. Sie sagte nicht ja. Er küsste sie auf die Lippen. Nummer dreizehn, aber sie war nicht abergläubisch.

Es war vollbracht.

Allie bekam glasige Augen. Es würde eine Ehe ohne Liebe werden, aber dafür ein würdiges Opfer, ein notwendiges Opfer. Stanley Miller konnte nun seine Fabrik einem fähigen Mann vermachen und trotzdem würde sie in der Familie bleiben. Mary Miller hatte einen passenden Partner für ihre unansehnliche Tochter gefunden und J. Baxter Hicks hatte endgültig die Gunst vom Boss und die Tochter vom Boss errungen, dazu ein Erbe, Ansehen und Geltung.

Sie umklammerte die kleine Spieluhr am Boden. Was sollte sie Walt sagen? Wieso musste sie überhaupt an Walt denken?

Baxter war am Erzählen. „... fast so weit. Bald kommt der Boden und der Dekorateur wird das ganze Haus im Juni fertig haben. Ich wollte eigentlich immer eine Hochzeit im Juni, aber Juli reicht ja auch."

Juli. Sieben Monate.

„Komm her, Liebling", sagte Mutter. „Lass doch mal sehen."

Allies Fuß verfing sich beim Aufstehen in ihrem Kleid und sie stolperte. Ihre Eltern lachten. Offensichtlich dachten sie, sie taumle vor Freude.

Am Sofa nahm Mutter ihre Hand. „So wunderschön. Ist das nicht ... ist das nicht überwältigend?" Sie umschloss Allies Gesicht mit den Händen. Ihre grünen Augen standen voller Tränen. „Ich bin ja so stolz auf dich. Sieh nur, du weinst ja vor Freude."

Eine kitzelnde Träne hing Allie an der Wange und rann ihren Hals hinunter. Gleich würden noch mehr kommen – viel mehr. Ein lautes Schluchzen würde jedoch niemand mit Freudentränen verwechseln. „Ich muss gehen. Ich muss es Cressie erzählen."

Allie zog ihr Gesicht aus der Liebkosung und ging schnell in Richtung Tür.

„Du meinst doch nicht etwa jetzt gleich?"
„Doch. Jetzt sofort."
„Aber ... das Essen."
Allie hielt sich am Türpfosten zwischen Salon und Eingangsbereich fest, sah über die Schulter zurück und zwang sich zu einem Lächeln. „Ich kann nicht warten. Bin bald zurück."

Sie bot sicher ein seltsamen Anblick: allein am ersten Weihnachtstag in Riverside auf der Straße, ohne Mantel, ohne Hut, ohne Handtasche, in einem edlen Kleid, das bei jedem Schritt gegen ihre Knöchel peitschte.

Erst in dem Moment, in dem sie an Cressies Tür klopfte, merkte Allie, was für einen Fehler sie begangen hatte. Aus dem schwefelgelben Haus drangen viele Stimmen. Sie wandte sich schnell ab und hoffte, dass niemand das Klopfen gehört hatte.

„Ja bitte?"

Allie machte kehrt. Eine Frau um die vierzig spähte durch die Fliegengittertür. „Kann ich Ihnen helfen?"

„Ich ... bitte entschuldigen Sie." Allie schlang verlegen die Hände ineinander. „Ich war nur ... ich dachte, ich schaue kurz bei Cress ... bei Mrs Watts vorbei, aber ich wollte nicht ... wie auch immer, es ist Weihnachten, und ich möchte nicht stören. Ich komme einfach später wieder."

Die Frau öffnete die Tür mit dem Fliegengitter und sah Allie prüfend an. Die Tränenspuren waren nicht zu übersehen. „Ma, du hast Besuch."

„Nein, wirklich. Ich kann einfach später wiederkommen. Vielleicht morgen."

Cressie kam zum Vorschein und hatte ein breites Lächeln auf dem Gesicht. „Allie! Was für eine ..." Sie kniff die Augen zusammen. „Ist alles in Ordnung, Liebes?"

Die Sorge in Cressies Stimme ließ Allie den Rest ihrer mühsam aufrechterhaltenen Fassung verlieren. Ein großer Schluchzer drang aus ihrem Mund und sie hielt ihre mit Diamanten gekrönte Hand hoch.

„Allie, Allie." Cressie wischte sich die Hände an der Schürze ab und begutachtete Allies Ring. „Du lieber Himmel. Das ist aber ein toller Ring. Ich sollte dir wohl gratulieren?" Sie sah Allie fragend an.

Allie unterdrückte einen weiteren Schluchzer und nickte.

Cressie legte Allie den Arm um die Schulter und führte sie zu einer Hollywoodschaukel, auf der eine Staubschicht lag. Allie setzte sich trotzdem.

„Jetzt haut's mich aber um", sagte Cressie.

„W...wieso?" Allies Beine beugten sich automatisch, als Cressie sich vom Boden abstieß.

„Na, ich dachte ja, er würde wenigstens bis Kriegsende warten, damit er dich persönlich fragen kann."

„Ich verstehe nicht ..." Allie wischte sich, so gut es ging, das Gesicht mit der Hand sauber.

„Da braucht wohl jemand ein Taschentuch." Cressie griff in ihre Schürzentasche und holte ein weißes Stofftuch heraus. „Also wirklich. Und er klang immer so romantisch, dein Auserwählter."

Baxter? Romantisch? Allie tupfte sich die Augen trocken und holte zitternd Luft.

„Der Ring mag ja unglaublich sein, aber ich kann verstehen, wieso du wütend bist. Ihn einfach in die Post zu geben, also wirklich."

Allie ließ erstaunt das Taschentuch sinken. „In die Post? Er kam nicht mit der Post."

Cressie runzelte die Stirn. „Nicht? Wie hat er ihn denn dann aus England hierherbekommen?"

„England? Ach was, nein! Das ist Walt, ein Freund, ein guter Freund. Er ... er ist nicht *mein* Freund. Sondern Baxter."

„Und wer ist Baxter?"

Nicht schon wieder. Allie vergrub ihr Gesicht im Taschentuch. „Ich erzähle doch oft von ihm – hundertprozentig. Da bin ich mir ganz sicher. Baxter Hicks. Er arbeitet für meinen Vater."

„Jetzt haut's mich aber um." Cressie schwieg eine lange Weile. „Hmm. Du hast erwähnt, dass Walt nur ein guter Freund sei. Aber dann hast du die ganze Zeit immer nur von deinem Freund gesprochen, da dachte ich, die Dinge hätten sich geändert. Soso. Deswegen sprichst du manchmal von ihm, als wäre er hier in Riverside. Es gibt zwei verschiedene Männer. Zwei verschiedene. Da hast du dich ja in eine hübsche Patsche hineingeritten, Miss Allegra."

„Eine Patsche?" Allie drückte das Taschentuch so fest auf ihre Augen, dass sie goldene Punkte tanzen sah.

„Jep." Cressie hielt die Schaukel an. Die Ketten quietschten. „Du hast mich mit deinem 1. Petrus so durcheinandergebracht, weil ich doch dachte, dein Auserwählter wäre ein Bruder in Christus. Also noch mal von vorn. Walt glaubt an Gott, aber Baxter nicht, richtig?"

„Ja." Allie machte sich auf eine Standpauke gefasst.

Cressie stieß sich wieder ab. „Baxter. Hm. Was weiß ich über Baxter? Hm. Deine Eltern mögen ihn, stimmt's?"

„Ja." War das etwa alles, was sie erwähnt hatte?

„Soso. Walt ist also der Pilot. Der dich in Herb Galloways Taxi überall gesucht hat. Und der die Briefe schreibt, von denen du ununterbrochen erzählst. Hast du nicht gesagt, dass du ihn von allen Menschen auf der Welt mit am meisten magst?"

Allie nickte und seufzte. Wie grauenvoll das klang. Jetzt wusste Cressie, dass sie eigentlich in Walt verliebt war.

„Oh ja", fasste Cressie zusammen. „Eine hübsche Patsche."

Kapitel 27

Thurleigh, 7. Januar 1943

„Bist du bereit, ordentlich versohlt zu werden?"

Earl Butterfield kam aus dem Büro des Kommandeurs und rieb sich das Hinterteil. Angespanntes Gelächter erfüllte den Flur, wo Walt mit einem halben Dutzend anderer Piloten und einem Co-Piloten wartete – Cracker.

„Du bist der Nächste, Preach", raunte Butterfield ihm zu und kam ihm dabei so nah, dass Walt braune Härchen in seinem blonden Bart entdecken konnte. „Pass bloß auf. Overacker war nichts gegen Armstrong."

Genau deswegen war Armstrong gekommen. Am 4. Januar hatte Ira Eaker, der kommandierende General der 8. US-Luftflotte, den Truppen in Thurleigh einen Besuch abgestattet, um den hohen Verlusten und Einsatzabbrüchen im 306. Geschwader nachzugehen. Er hatte lockere Disziplin und eine schlechte Moral vorgefunden und Overacker durch Colonel Frank Armstrong ersetzt, der den ersten Einsatz der 8. Flotte im August geleitet hatte.

Walt überprüfte noch einmal den Sitz seiner Uniformjacke. Dann ging er ins Büro des Kommandeurs und salutierte zackig. Armstrong saß hinter seinem Schreibtisch und war in eine Akte vertieft. „Rühren, Lieutenant Novak."

Walt legte die Hände auf dem Rücken ineinander und wartete, während Colonel Armstrong las. Falls er Walt damit nervös machen wollte, ging seine Rechnung auf. Obwohl er sich für nichts in seiner Akte schämen musste, kam es ihm vor, als wäre er wieder im Büro des Schuldirektors, weil er Lulu Parker Kaugummi in die Haare geklebt hatte.

Der Colonel legte die Akte ab und richtete sein kantiges Gesicht auf Walt. „Am 30. Dezember haben siebzehn von achtzehn Bombern aus diesem Geschwader den Einsatz abgebrochen."

„Ja, Sir." Und der eine, der weitergeflogen war, war abgeschossen worden.

„Sie waren an diesem Tag nicht dabei, Lieutenant."

„Nein, Sir. Mein Flugzeug hat über Romilly schwere Schäden erlitten. Es steht noch immer im Hangar."

„Sie haben noch keinen einzigen Einsatz abgebrochen."

„Nein, Sir. Sergeant Reilly und der Rest der Bodencrew leisten erstklassige Arbeit."

Armstrong sah Walt scharf an. Hinter seinem stahlharten Blick entdeckte Walt etwas, das ihm gefiel: Integrität und Intelligenz. „Ich habe Ihre Entwürfe für ein Buggeschütz gesehen. Wie Sie wissen, haben ein Waffenmeister und ein Schweißer aus diesem Geschwader eine ähnliche Konstruktion gebaut."

„Ja, Sir. Sie hat mit meinem Entwurf nichts zu tun."

Der Kommandeur blätterte in der Akte. „Ihre Akte ist vorbildlich und Ihr Staffelleiter spricht nur gut von Ihnen. Die Fotos von den Einschlägen zeigen eine hohe Treffergenauigkeit."

„Lieutenant Ruben ist ein hervorragender Bombenschütze."

Wieder der scharfe Blick. „Und der Rest Ihrer Crew?"

Walt zögerte. Bis auf eine Ausnahme waren sie alle großartig. „Lieutenant Fontaine hat mich als Navigator noch nie enttäuscht, genauso wenig wie Sergeant Perkins im Funkerstand. Sergeant Sanchez ist einer der aufmerksamsten und engagiertesten Männer, denen ich je begegnet bin. Er hat das Zeug zum Offizier. Und was meine Schützen betrifft – die Trefferquoten sprechen für sich."

Armstrong lehnte sich zurück und wartete ohne Zweifel auf Walts Meinung zu Cracker. Als sie nicht kam, sagte er schließlich: „Das dachte ich mir. Also: Ich nehme hier einige Veränderungen vor. Mehr Arbeit, mehr Disziplin, und ich habe Sie für eine Beförderung zum Captain vorgemerkt."

Walt versuchte, das Blinzeln nicht zu vergessen. Er bekam nicht den Hintern versohlt. Er wurde befördert.

„Sie werden ein guter Staffelleiter sein – und zwar schon bald."

Staffelleiter? Er holte Ray und Jack nicht nur ein, er *über*holte sie. Was würde sein Vater dazu sagen?

„Ein kleines Problem gibt es. Lieutenant Huntingtons Akte ist miserabel. Wie dieser Mann die Fliegerschule bestanden hat, ist mir ein Rätsel. Ich habe sogar einen formellen Beschwerdebrief hier von einem seiner Fluglehrer. Interessant, ein gewisser Lt. Raymond Novak. Sind Sie verwandt?"

„Mein ältester Bruder, Sir."

„Seine Bedenken waren überaus begründet. Sie werden sicher nichts dagegen haben, wenn ich Huntington dem Bodenpersonal zuweise."

Wir fliegen als Crew. Walt sah finster drein. Wieso fiel ihm das gerade jetzt ein, wo er endlich die Möglichkeit hatte, den Mann loszuwerden, der ihm schon die ganze Zeit ein Dorn im Auge war? „Sir, wir fliegen als Crew."

„Wie bitte?"

„Wir fliegen als ganze Crew, Sir. Das sage ich den Männern, wenn sie sich vor einem Übungseinsatz drücken wollen. Und ich muss mich selbst auch daran halten."

Armstrongs Stirn bekam tiefe Furchen. „Mit so einem Co-Piloten kann ich Sie unmöglich zum Staffelleiter machen. Auf ihn ist kein Verlass, falls Ihnen etwas zustößt.

„Ich verstehe, Sir."

„Ihre Loyalität in allen Ehren, aber sie ist hier fehl am Platz."

Walt vergrub die Fingernägel in seiner Handfläche. Kaum zu glauben, dass er so etwas sagen musste. „Ich habe nie viel Respekt vor Lieutenant Huntington gehabt, aber über Romilly war er von unschätzbarem Wert."

„Romilly. Da explodierte doch eine Fliegende Festung hinter Ihnen."

Es war wie Sandpapier auf einer offenen Wunde, aber Walt ließ sich nichts anmerken. „Ja, Sir. Die Flieger-Ehrenmedaille, die ich verliehen bekommen habe, gehört zu gleichen Teilen Lieutenant Huntington. Er musste eine Zeit lang ... übernehmen. Und hat seine Pflicht erfüllt."

Armstrong warf einen Blick in die Akte. „Der Geistliche hat notiert, dass der Pilot des anderen Flugzeugs Ihr bester Freund war."

„Ja, Sir. Er hinterlässt Frau und vier Kinder."

„Und Sie? Hier steht, Sie seien alleinstehend. Haben Sie ein Mädchen daheim?"

Walt stockte der Atem. Obwohl er bei seiner Geschichte bleiben wollte, wäre es einfach nur dumm, den Kommandeur anzulügen. „Niemanden, der meine Leistungen beeinträchtigen würde, Sir. Ich bin in eine Frau verliebt, aber wir sind nicht fest liiert."

***

Das war doch die Wahrheit, oder nicht?

Walt lief unter dem grau verhangenen Himmel zurück zu den Quartieren. Er war noch nie so richtig in eine Frau verliebt gewesen, aber die Gefühle für Allie waren definitiv etwas Besonderes. Es hatte sich richtig angefühlt, es laut zu sagen. Überhaupt nicht wie eine Lüge.

Na wunderbar. Und wenn schon. Was für ein Armutszeugnis für einen Mann. Vielleicht würde er es bis zum Captain bringen, aber mehr als eine Frau, die längst vergeben war, war für ihn nicht drin.

Zornig riss Walt die Tür der Wellblechhütte auf und ein Dutzend Männer erschraken.

Earl Butterfield stocherte im Ofen herum, um ihm etwas Hitze zu entlocken. „Preach war grad bei Armstrong."

Die anderen murmelten verständnisvoll.

„Wie lief's?", fragte Louis Fontaine. „Hast du eine Tracht Prügel gekriegt wie Butterfield?"

„Nein, es war okay." Walt knöpfte seine Uniformjacke auf und hängte sie an die Ablage, die quer über den Pritschen durch die Hütte ging. „Ich glaube, er wird sogar für ein paar gute Veränderungen sorgen."

Louis schnaubte. „War ja klar."

Etwas Weiches traf Walt am Rücken. Eine zusammengeknüllte Socke.

Die Tür ging auf und ein Sergeant brachte einen Schub kalte Luft herein. „Die Post für ... Fontaine ... Granger ... Jansen ... Novak."

Walt nahm den Brief von seinem Bruder Jack entgegen und setzte sich auf seiner Pritsche so nah wie möglich an den Ofen. Jack war zum 94. Bombergeschwader nach Texas versetzt worden, ganz in die Nähe von Ray. Die beiden konnten sich jetzt gegenseitig besuchen. Walt spürte Heimweh und Neid in sich aufsteigen. Jack hatte er vor über einem Jahr das letzte Mal gesehen, Ray vor neun Monaten. Jacks Geschwader hatte nun die letzte Ausbildungsphase vor sich und dürfte bald nach Übersee verlegt werden. Jack hoffte auf England, damit er Walt treffen konnte. Und so, wie er seinen Bruder kannte, wohl auch die englischen Frauen.

Walt seufzte und faltete den Brief zusammen. Jack würde nicht kommen. Die 12. US-Luftflotte in Nordafrika heimste alle neuen Geschwader ein – genauso wie den sonstigen Nachschub. In der 8. Luftflotte gab es immer noch nur vier B-17-Staffeln, zwei B-24-Staffeln und kaum genug Ersatzcrews, Flugzeuge und Ersatzteile.

„Novak." Der Sergeant hielt ein Päckchen hoch.

Obwohl er am andern Ende der Hütte saß, erkannte Walt sofort Allies Handschrift und sein Herz hüpfte wie bei einer holprigen Landung. Als er den kleinen Karton öffnete, lagen darin Ingwerkekse. Kein Wunder, dass er sich verliebt hatte. Wenn sie doch nur nicht immer so süß und nett wäre und so gut kochen und backen könnte.

Ihr Brief war vom 13. Dezember.

Gestern ist es wieder passiert. Es überrascht mich überhaupt nicht mehr, wenn ich am nächsten Tag in der Zeitung von einem Einsatz lese. Meinst du, meine Träume sind ein Verstoß gegen das Kriegsgeheimnis? Du hast geschrieben, du fühlst dich geehrt, dabei bin ich es, die sich geehrt fühlen darf, weil Gott mich für so einen Dienst ausgesucht hat. Wenn dir meine Gebete Kraft oder Frieden geben, dann opfere ich gern noch mehr Schlaf.

Gern bete ich ab jetzt auch für Frank. Der genaue Grund für seinen Ärger ist von der Zensur geschwärzt worden, aber der Herr kennt seine Bedürfnisse. Zumindest kann ich ihm den Wunsch nach Cookies erfüllen.

Walt vergrub das Gesicht in den Händen. Jedes Mal, wenn er dachte, er wäre darüber hinweg, kam etwas Neues und riss die Wunden wieder auf. „Hey, Preach, sag nicht, du hast einen Abschiedsbrief gekriegt." Louis begutachtete eine ungeöffnete Flasche von seiner Lieblings-Tabascosoße.

In die Trauer mischten sich Schuldgefühle. Louis, Abe und J.P. waren ihm gute Freunde geworden, und sie hatten ihm alle seine Lüge abgekauft. „Allie hat Cookies geschickt – für Frank."

Louis zuckte zusammen. „Mist."

„Hier. Nimm." Walt reichte Louis einen Keks und nahm sich selbst einen. Dann stießen sie die beiden zusammen wie zwei Gläser. „Auf Frank."

„Auf Frank. Einen Teufelskerl."

In der Hütte herrschte Schweigen. Walt stand auf und verteilte Ingwerkekse. Fühlte sich an wie beim Abendmahl. Vielleicht war das Frevel, aber es passte einfach. Sonst nahm er das Abendmahl, um an das Opfer Christi zu erinnern, und heute gedachten sie eben Franks Opfer.

Der Kloß in Walts Hals wurde immer größer und Tränen begannen in ihm aufzusteigen. Also reckte er das Kinn nach vorn und hielt den Keks hoch. „Auf Frank Kilpatrick – einen treusorgenden Vater und Ehemann, einen verdammt guten Piloten und meinen besten Freund."

„Auf Kilpatrick", antworteten die Männer mit heiserer Stimme.

Louis hob seinen Keks. Seine Kiefermuskeln arbeiteten. „Auf John Petrovich, den Meister der Scherze."

„Auf Petrovich."

„Auf Bob Robertson", sagte Earl Butterfield laut und bestimmt. „Einen guten Freund und begnadeten Künstler, der uns alle inspiriert hat."

„Jawohl!"

„Auf Robertson."

So ging die Runde weiter, und einer nach dem anderen erinnerten sich die Männer an ihre gefallenen Freunde. Manche Erinnerungen stimmten sie ernst, andere sorgten für raues Gelächter. Wie lange war es her, dass sie gemeinsam gelacht hatten?

Ergriffen strich Walt mit dem Daumen über den Rand seines Kekses. Allie hatte keine Ahnung, was ihr einfaches Geschenk alles bewirkt hatte und wie sehr sie den Männern geholfen hatte, ihre Trauer und Erinnerungen zu bewältigen.

***

Walt machte es sich in der Offiziersmesse in einem Polstersessel gemütlich und las den Artikel im *Time*-Magazin noch einmal. Eddie Rickenbacker, das Fliegeras aus dem ersten Weltkrieg und Walts Held aus Kindertagen war mit einer Fliegenden Festung letzten Oktober im Pazifik notgewassert. Vierundzwanzig Tage hatte die Crew auf einem Floß aus Trümmerteilen ausgeharrt und zweimal täglich gemeinsam gebetet. Einmal war direkt nach dem Gebet um etwas zu essen eine Möwe auf Rickenbackers Kopf gelandet. Die Männer hatten sie roh verspeist.

Walt lächelte. Gott hatte es auf die Titelseite geschafft.

„Hi, Preach."

Cracker stand vor ihm mit zwei Colaflaschen in der Hand. Eine davon hielt er Walt hin.

„Danke." Walt wusste nicht, was ihn mehr überraschte – Cracker, der sich freiwillig neben ihn setzte; Cracker, der ihm eine Cola spendierte; oder Cracker, der Cola trank. „Trittst wohl kürzer?"

„Ja." Cracker stützte die Ellenbogen auf die Knie und betrachtete die Glasflasche in seinen Händen. „Du hast recht. Das Zeug hilft ja doch nicht."

„Hm." Walt warf die Zeitschrift auf den kleinen Tisch vor sich. Crackers Bräune war verblasst und der Glanz war aus seinen Haaren verschwunden. Jetzt sah er überhaupt nicht mehr wie ein Filmstar aus.

Cracker sah sich in der Messe um. „Nichts los heute."

Die Crews, die den Einsatz am 3. Januar überstanden hatten, waren mit ihren beschädigten Flugzeugen in St. Eval in Cornwall gelandet und saßen wegen des Wetters dort fest. Der Rest leckte sich noch die Wunden, die Armstrong geschlagen hatte.

„Jep. Nichts los." Walt nahm einen Schluck und konzentrierte sich auf die Kohlensäure, die in seinem Mund kribbelte.

„Du hattest übrigens recht – mit so vielem."

Walt hätte die Cola fast wieder ausgespuckt.

„Armstrong hat sich heute meine Wenigkeit vorgeknöpft. Hat mich arrogant und unfähig genannt. Das kam mir doch irgendwie bekannt vor." Cracker zeigte mit der Flasche auf Walt. „Er meinte, ich hätte bei dir einiges wiedergutzumachen – nicht nur mit einer Cola. Armstrong hat mir erzählt, was du getan hast. Ich kapiere nicht, wieso du für mich die Beförderung zum Staffelleiter ausgeschlagen hast."

„Ich auch nicht." Walt prostete Cracker zu.

Cracker lachte und die beiden Flaschen klirrten aneinander. „Hör mal, ich bin vielleicht arrogant und unfähig, aber ich bin nicht dumm. Ich erkenne eine zweite Chance, wenn ich sie geboten bekomme. Ich will der Crack beim Fliegen werden, wie ich es immer sage, und ich werde alles daransetzen, dass du Staffelleiter wirst."

Walt sah Cracker an. Der Mann meinte es ernst. Und Walt hatte es geschafft. Er hatte sich den Respekt von allen Crewmitgliedern erarbeitet. „Wir müssen endlich zusammenarbeiten", antwortete er. „Seit unserer ersten Begegnung in Wendover kämpfen wir immer nur gegeneinander."

„Der Bessere hat gewonnen", sagte Cracker und nahm einen Schluck von seinem Getränk. Dabei verzog er das Gesicht, als hätte er Bier erwartet und nicht Cola.

Walt konnte sich über seinen Sieg trotzdem nicht so recht freuen. Die Crew war entmutigt und ein Kriegsende war nicht in Sicht. Er legte einen Fuß lässig auf das Knie. „Ich glaube, Gott hat uns nicht umsonst in eine Crew gesteckt. Du hast einen ganz anderen Draht zu Menschen als ich."

„Vielleicht. Aber du hast das Vertrauen der Crew gewonnen. Ich hab's verloren."

„Also müssen wir zusammenarbeiten wie über Romilly. Allein schon dadurch könnten wir die Moral stärken. Und außerdem könntest du mit den Jungs noch ein paar andere Sachen machen, wie damals in den Staaten."

„Stimmt." Cracker tippte mit dem Daumennagel gegen den Flaschenboden. „Vielleicht ein Baseballspiel gegen eine andere Crew oder Football."

„Bei dem Wetter wohl eher Wasserpolo."

Cracker deutete lachend auf den Tisch. „Zumindest könnten wir uns die Cookies da teilen."

Walt hielt ihm die Schachtel hin. „Greif zu. Von meiner ..." Die Lüge blieb ihm im Hals stecken. „Von Allie."

„Danke. Weißt du, da hast du schon wieder was richtig gemacht – ein gutes Mädchen gefunden und nicht wieder losgelassen. Das sollte ich auch mal probieren."

Walt steckte sich einen Ingwerkeks in den Mund, in sein verlogenes Mundwerk. Frank hatte noch die Wahrheit gekannt. Frank hatte über die kleine Lügennummer gelacht und einen kleinen Scherz draus gemacht. Aber ohne ihn fraß sich die Lüge immer weiter in Walt hinein und die Bibellektüre war keine große Hilfe. Was hatte er heute Morgen gelesen? „Lügenmäuler sind dem HERRN ein Gräuel; die aber treulich handeln, gefallen ihm."

Wie konnte eine kleine Notlüge nur so kompliziert werden?

Kapitel 28

Riverside, 28. Januar 1943

„Allie, jetzt hör auf, ständig deinen Ring zu verstecken. Die Leute denken noch, du schämst dich für deine Verlobung." Mutter tippte auf Allies rechte Hand, die die linke verdeckte.

„Tut mir leid. Ist eine blöde Angewohnheit." Sie setzte ein fadenscheiniges Lächeln auf. Die Gewohnheit war aus vielen ungenierten Blicken auf einen Ring entstanden, der für eine Krankenstation und eine Groveside Bible Church viel zu prunkvoll war.

Allie vertauschte die Hände und sah aus dem Busfenster auf den Urbaum der Navelorangen, der 1873 nach Riverside gebracht worden war. Der Ursprung der gesamten Zitrusfrucht-Industrie in Kalifornien lag hier in einem winzigen Park an der Kreuzung von Magnolia und Arlington Avenue.

Wenn die frischen Apfelsinen doch nur die Reise bis zu Walt nach England überstehen würden. Aber auch sie würden ihm nicht aus seinem Trauertal heraushelfen können. Drei Tage waren vergangen, seitdem sie diesen Brief von ihm bekommen hatte: schiefe Handschrift, zensurgeschwärzt, zerrissenes Papier und wellig vom Regen – oder von Tränen?

Frank Kilpatrick war tot. So viel war aus dem Brief trotz der Zensur herauszulesen. Allie war sich nicht sicher, ob sie es grausam oder gut fand, dass Walt am selben Tag von Jim Carlisles Tod gehört hatte. Auch sie verspürte Trauer um einen Mann, an den sie sich noch gut erinnern konnte, obwohl sie ihm nur einmal begegnet war. Welchen Schmerz mussten erst Franks Witwe, die Kinder und Walt empfinden?

Der arme Walt wurde von Schuldgefühlen geplagt, weil Frank und nicht er gestorben war. Er fühlte sich schuldig, weil er ja damit seiner eigenen Crew so ein Schicksal an den Hals wünschte, und noch schuldiger, weil er Allie so einen emotionalen Brief schrieb.

Der Bus überquerte die Fourteenth Street. Die Magnolia Avenue hieß ab hier Market Street. Allie sah gedankenverloren auf die schönen Gebäude. Wie könnte sie einen Mann trösten, der Tausende von Meilen entfernt war? Ihre Beileidsbekundungen kamen ihr leer und schäbig vor, genauso wie der Versuch, ihm zu vermitteln, dass sie sich über seine Ehrlichkeit freute und sich geehrt fühlte, sein Gesprächspartner in der Not zu sein.

„Allie, Eighth Street. Wir sind da." Mutters Stimmlage machte deutlich, dass sie sich bereits wiederholte.

Allie folgte ihrer Mutter aus dem Bus und tauchte in die spanisch anmutende Einkaufspromenade ein, die die Eighth Street säumte. Mutter öffnete die Tür zu Miss Montclairs Schneiderei.

„Meine liebste Mary, wie geht es dir?" Miss Montclair kam herangeschwebt, gab Mutter einen Begrüßungskuss auf die Wange und griff nach Allies Händen. „Oh, du wirst so eine zauberhafte Braut sein. Wie geht es dir, Liebes? Wir haben dich in St. Timothy's schrecklich vermisst."

Gab es eine ehrliche Lösung für diese Zwickmühle? In Allies Kopf rumorte es, während sie Miss Montclair ansah. Trotz ihrer vornehmen Haltung hätte die Schneiderin vom Aussehen her eher zur rauen und zerklüfteten Hügellandschaft rund um Riverside gepasst. Sie war alles andere als eine Schönheit.

Mutter legte den Kleidersack über die Lehne eines Ledersessels. „Wie ich dir doch gesagt habe, Agatha. Allie hilft freiwillig und ohne Bezahlung in einer Kirche für Arme."

Einer Kirche für Arme? Ohne Bezahlung? Mutters warnender Blick bewirkte, dass Allie sich ihren Protest verkniff.

„Wie gütig von dir, Liebes. Unsereins in der herrlichen St. Timothy's vergisst manchmal, dass es nicht alle Menschen so gut haben wie wir."

Allie biss sich auf die Zunge. Die Gemeinde in Groveside war weitaus gesegneter als die ihrer Eltern, aber sie musste das Bedürfnis ihrer Mutter respektieren, einen ordentlichen Anschein zu wahren.

„Darf ich sehen, was ihr mitgebracht habt?" Miss Montclair öffnete den Kleidersack und holte Mutters Hochzeitskleid heraus. „Ausgezeichnet. Ich kann dir etwas Moderneres daraus schneidern, trotz der Seidenknappheit. Wie großzügig von dir, Mary, dein Kleid zur Verfügung zu stellen. Hier, Allie, zieh es doch mal an, ja?"

Allie ging in die Umkleidekabine, nahm den flaschengrünen Hut ab und zog das darauf abgestimmte Kleid aus.

„Ich freue mich ja so auf diese Hochzeit, Agatha. Schon seit fünf

Jahren träume ich davon. Baxter ist jetzt schon wie unser eigenes Kind. Allie soll das hübscheste Kleid haben, das es in Riverside je gab, Seidenknappheit hin oder her. Ich stecke meine Tochter doch nicht in die Mode von gestern, nur weil ich die Zeit damals mochte."

Allie sah sich im Spiegel an. Ihr ganzes Leben lang hatte sie das Foto von der Hochzeit ihrer Eltern 1918 auf dem Kaminsims stehen. Und jetzt trug sie das Kleid. Es würde umgeändert und am 3. Juli würde man ein Foto von ihr und Baxter machen. Und dann würde dieses Foto für den Rest ihres Lebens auf ihrem Kaminsims stehen.

Ihr wurde übel. Sie ließ sich auf den kleinen Hocker plumpsen und hielt ihre Wange so lange gegen die kühle Wand, bis es besser wurde. Seit sie denken konnte, hatte sie immer um die Anerkennung ihrer Mutter gekämpft. Und jetzt, wo sie sie bekam, stellte sie sie nicht zufrieden. Wieso nicht?

Oh Herr, bitte hilf mir! Du hast Mutter gehört. Sie ist so glücklich. Und dein Wort sagt, ich soll meine Eltern ehren.

Vor ihrem inneren Auge sah sie Walt zwischen den Erdbeerpflanzen, wie er auf das Haus seiner Großeltern blickte und ihr die Hand entgegenstreckte. *„Klar, wir sollen unsere Eltern ehren. Aber Gott zuerst."*

„Allie, bist du so weit?", rief ihre Mutter.

Allie stand auf und atmete tief durch. „Ja, ich bin so weit."

Mutter und Miss Sinclair machten sich mit Maßband und Abstecknadeln über sie her.

„Der lange Kragen muss weg."

„Ja, und ich mache die Korsage noch etwas enger. Vielleicht mit einem Herz-Ausschnitt?"

„Das wäre schön. Und was ist mit den Ärmeln?"

„Kürzer. Und Puffärmel. Der Rock wird der schwierigere Teil."

„Er ist viel zu eng."

„Ja, aber ich habe noch jede Menge Spitze vorrätig. Ich mache ein paar Einsätze daraus. Das wird der letzte Schrei."

Allie stieg auf ein kleines Podest und wieder herunter, hob die Arme, drehte sich, stand still, und versuchte die ganze Zeit, nicht in den Spiegel zu sehen.

„Für eine Braut wirkt sie aber recht niedergeschlagen", flüsterte Miss Montclair.

Allie wich dem Blick ihrer Mutter aus.

„Ein Bekannter von ihr ist in Frankreich gefallen", flüsterte Mutter zurück. „Hat sie ziemlich mitgenommen."

„So, für heute sind wir fertig." Miss Montclair legte Allie eine Hand auf die Schulter. „Ja, die Zeiten sind nicht leicht, Liebes."

Mit so viel Anteilnahme in Miss Montclairs grauen Augen hatte Allie nicht gerechnet. Sie verschwand schnell in der Umkleide, bevor die Tränen kamen. Schwere Zeiten? Ja, für Walt und Eileen Kilpatrick und Helen Carlisle. Sie selbst war doch nur indirekt betroffen.

Auf sie kam doch eine Hochzeit zu! Sie sollte glücklich sein. Warum hatte sie dann Betty noch nichts davon erzählt? Und Walt? Das Datum stand fest, die St. Timothy's war beschlossene Sache, der Saal im Mission Inn gebucht, und das Hochzeitskleid ihrer Mutter war drauf und dran, in Stücke geschnitten zu werden. Es war an der Zeit, es zu verkünden.

„Die arme Agatha", seufzte Allies Mutter, als sie die Orange Street hinaufschlenderten.

Allie wandte sich ab und sah in Richtung der alten Post, die inzwischen von der 4. US-Luftflotte genutzt wurde. Sie war für den Schutz des südwestlichen Luftraums über den Vereinigten Staaten verantwortlich. Ein Captain in Ausgehuniform eilte die breiten Stufen des italienischen Renaissancebaus hinab und grüßte höflich. Vielleicht würde er Mutter von Agathas Geschichte ablenken. Allie hatte sie schon viel zu oft gehört.

„Guten Tag", sagten Mutter und Tochter gleichzeitig. Allie schickte ein kleines Gebet für Walt nach oben, wie jedes Mal, wenn sie einen Soldaten in Uniform sah.

Mutter seufzte wieder. „Die arme Agatha war nie so richtig hübsch. Als wir nach unserer Hochzeit nach Riverside zogen, war sie gerade mit der Schule fertig. Aber auch damals war sie ein hässliches Entlein."

Sie überquerten die Orange Street. Der Ton ihrer Mutter ließ Allie erschaudern. Bei ihr klang es so, als wäre weniger gutes Aussehen ein Charakterfehler.

„Ich weiß, du hättest das Kleid auch selbst hingekriegt. Aber ich versuche der armen Agatha einen Auftrag zu geben, wann immer ich kann. Ist es nicht ein Jammer, was aus ihr geworden ist?"

Allie wartete an der Kreuzung zur Seventh Street. Es waren nur wenige Autos unterwegs. Nicht unbedingt notwendige Fahrten waren verboten, neue Autos gab es seit Januar 1942 nicht mehr, und Reifen sowieso nicht. Vielleicht würde Mutter ja im Mission Inn oder zumindest beim Mittagessen dort vergessen, die Geschichte fertig zu erzählen.

„Ein echter Jammer. Nachdem ihre Eltern bei der Grippeepidemie gestorben waren, hatte sie eigentlich finanziell ausgesorgt. Wenn sie doch nur nicht auf diesen Betrüger hereingefallen wäre! Wann war das noch? 1925? Oder war es doch '26? Nein, nein, das muss '25 gewesen sein."

Allie murmelte etwas, um ihrer Mutter über dieses völlig unwichtige Detail hinüberzuhelfen.

„Nein, es war '27! Ich kann immer noch nicht verstehen, dass ein schlaues Mädchen wie Agatha Montclair sich von diesem Scharlatan den Floh ins Ohr hat setzen lassen, die Firma ihres Vaters – ihres eigenen Vaters – zu verkaufen und in Aktien zu investieren."

Allie konzentrierte sich auf das Wahrzeichen von Riverside, das auf der anderen Straßenseite auf sie wartete. Das Mission Inn nahm einen ganzen Straßenzug ein und war mit seinen gedeckten Gebäuden im Mission-Revival-Stil eine Hommage an die Zeit der spanischen Kolonialherrschaft.

„Ich habe den Mann ja gleich durchschaut", sagte Mutter derweil. „Einer von diesen Schuften, die es auf unattraktive Frauen mit Geld abgesehen haben."

Unattraktive Frauen mit Geld – wie Allie. Endlich konnten sie die Straße überqueren und die von Ranken überwachsene Promenade auf der Seventh Street entlangschlendern.

„'29 kam dann der Börsenkrach und sie saß ohne Aktien da, ohne Geld. Bei ihrem Aussehen konnte sie sich keine Hoffnungen machen, einen Mann zu finden. Jedenfalls nicht in ihrem Alter. Zum Glück fand sie wenigstens die Stelle als Näherin und konnte sich irgendwann ihr eigenes Geschäft leisten. Und trotzdem ist das Ganze ein Jammer."

Allie seufzte erleichtert. Das war das Ende der Geschichte. Durch einen Bogen der Promenade konnte sie das Rathaus mit seinem eckigen Turm und den Palmen davor sehen.

„Hätte sie doch nur auf ihre Familie gehört."

Allie sah ihre Mutter an. So ging die Geschichte nicht. „Ihre Familie?"

Mutter steckte eine blonde Locke zurück unter ihren dunkelblauen

Hut. „Diesen Teil habe ich dir wohl noch nie erzählt. Er ist ja auch wirklich beschämend. Und ich wollte nicht, dass du schlecht über Miss Montclair denkst, als du noch klein warst."

Allie zog die Augenbrauen hoch. „Aber jetzt bin ich groß genug ..."

„... um nicht alles gleich herumzuerzählen." Mutter grüßte eine Dame aus der Nachmittagsteefraktion. „Hätte Agatha doch nur auf ihre Familie gehört und die Verlobung nicht gelöst."

„Welche Verlobung?"

„Als ich sie kennenlernte, war sie mit einem feinen jungen Mann verlobt, Herman Carrington."

„Von der Carrington Citrus Company?"

„Genau der. Es war ein vorzügliches Arrangement – seine Obstplantagen und ihr Abpackbetrieb. Ihre Großeltern hatten die beiden nach dem Tod der Eltern zusammengebracht und Mr Carrington war mit der Verbindung einverstanden, obwohl er ein ziemlich attraktiver Mann war."

Also wieder eine Frau mit durchschnittlichem Aussehen in einer arrangierten Ehe. „Und was ist passiert?"

„Agatha war schon immer ein wenig stur. Sie behauptete beharrlich, er würde sie nicht lieben, und ..." Mutter lehnte sich zu Allie hinüber und flüsterte: „... und er würde sie früher oder später betrügen. Ist das nicht eine gemeine Unterstellung?"

Allie schluckte schwer. „Ja. Sehr gemein." So gemein wie Josies Unterstellung.

Mutter schob das Kinn nach vorne und schüttelte den Kopf. „Ich habe ihr gesagt, dass das Unfug sei. Mit ihrem Aussehen konnte sie es sich nicht leisten, wählerisch zu sein. Und sie hätte so viel Verstand aufbringen sollen, auf ihre Familie zu hören."

Allies Zunge klebte am Gaumen. „Sicher."

„Manchmal hatte ich ja Angst, dass ..." Mutters Augenlider flatterten. Dann lächelte sie Allie an. „Jedenfalls bin ich froh, dass du Baxter hast und mehr Verstand als Agatha."

Allie fiel das Atmen schwer. Schweigend schritten sie durch den begrünten Innenhof des Mission Inn mit seinen leuchtenden Blumenrabatten. Sie sah die Parallelen genauso klar wie ihre Mutter und wusste, was sie aus Miss Montclairs Geschichte lernen sollte.

Wieso hatte sie dann das Gefühl, dass Gott genau das Gegenteil wollte?

Kapitel 29

27. Januar 1943

Walt sprang aus dem Zug auf amerikanischen Boden. Die kalifornische Sonne strahlte und eine frische Brise vom Delta wehte ihm durch die Haare. Mom und Dad winkten ihm vom anderen Ende des Bahnsteigs. Daneben standen Ray und Jack, Grandpa und Grandma Novak, George und Betty, Jim und Helen. Walt kniff die Augen zusammen. Wo war sie?

Mann, die Sonne brannte vielleicht. Er sah an sich hinunter. Kein Wunder, dass er zerfloss. Er trug die komplette Fliegerausrüstung mit Rettungsweste und Fallschirm.

Walt suchte die Menge ab. Alle, die er kannte, waren da – der ganze Haufen Kilpatricks, Art, Dorothy, Eddy Nakamura von der Uni. Aber wo war Allie?

Da, ganz hinten. Er schob sich durch die Menge, umarmte sie stürmisch und schwang sie im Kreis herum. War das nicht das Beste daran heimzukommen – sein Mädchen im Kreis herumzuschwingen?

„Oh, Walter, mein Schatz." Sie nahm ihm den Helm ab und fuhr mit den Fingern durch seine dunklen Locken. „Ich liebe nicht Baxter. Sondern dich."

Obwohl ihn die Sonne geradezu röstete, lächelte er. In Wirklichkeit war das nämlich das Beste daran heimzukommen – sein Mädchen zu küssen. Er näherte sich ihren süßen Lippen.

„Also schön, ihr Schlafmützen, raus mit euch!"

Walt machte ein Auge auf. Eine Hand hatte er unter dem schlaffen Kissen, die andere in seinen Haaren vergraben. Hätte der dämliche Weckruf nicht zehn Sekunden später kommen können?

Der Sergeant vom Dienst lief zwischen den Pritschen entlang und schüttelte und schubste die Schlafenden. „Heute gibt es einen Einsatz, ihr Nichtsnutze. Raus aus den Federn!" Er hatte offensichtlich seinen Spaß. Wann konnte ein Soldat sonst ungestraft Offiziere beleidigen und quälen?

Walt tastete nach seiner Uhr. Drei Uhr nachts? Er drückte das kühle

Uhrenglas an seine Wange. Jep, er hatte wieder Fieber. Während des Schlafens hatte er sich komplett aufgedeckt, obwohl es in der Hütte so kalt war, dass er seinen Atem sehen konnte. Bevor der Sergeant vom Dienst ihm eins auf die nackten Füße geben konnte, schwang er sie auf den kalten Betonfußboden und stieß einen trockenen Erdklumpen beiseite. Jeder einzelne Muskel bis in die Finger und Zehenspitzen schmerzte.

Walt warf sich ein paar Aspirin in den Mund und verzog das Gesicht. Bitter. Er schluckte. Wenigstens würde das Fieber so noch vor der Besprechung etwas heruntergehen, und wenn es ihm gelang, nicht zu husten, könnte er sogar den Doc überlisten.

Bis der Krieg vorbei war, kam er hier nicht weg. Und im Bett mit einer Erkältung war der Krieg sicher nicht zu gewinnen. Nur schade, dass seine Heimkehr nicht so ablaufen würde wie in seinen Träumen. Frank und Jim waren tot, Eddie Nakamura saß in irgendeinem Internierungslager fest und Allie würde gar nicht erst kommen. Wenn, dann fuhr sie Baxter durch die Haare. Falls sie einmal nicht akkurat gescheitelt waren.

Walt hustete und stöhnte vor Schmerzen. Das war gestern noch nicht so gewesen.

„Wow. Du hörst dich ja gut an." Louis hatte Streifenabdrücke von seinem Kissen auf der Wange.

„So schlimm ist es nun auch wieder nicht." Walt stand auf und musste schnell die Augen schließen, weil ihn Schwindel und Schuldgefühle übermannten. Jeden Tag fiel es ihm schwerer, zu lügen. „Doch, es ist schlimm. Aber ich schaffe das schon."

Die Tabletten zeigten Wirkung. Der heiße Tee zum Frühstück beseitigte das Rasseln in seiner Brust und die Einsatzbesprechung räumte die letzten Zweifel aus. Deutschland. Zum ersten Mal sollte die 8. US-Luftflotte den Feind ins Herz treffen und das 306. Geschwader hatte die Ehre, mit Colonel Armstrong die Spitze der Lanze zu bilden. Die Männer vom 306. würden die ersten Amerikaner sein, die den Nazis in ihrem eigenen Land die Hölle heiß machten. Der rote Faden auf der Einsatzkarte ging um Großbritannien herum und über die Nordsee bis zur Vegesacker Werft. Sekundärziel war die Werft in Wilhelmshaven.

Keine Erkältung der Welt konnte Walt von diesem historischen Einsatz fernhalten. Das würde eine Geschichte für seine Kinder geben, oder zumindest für seine Nichten und Neffen.

* * *

„Sei schön lieb, Flossie." Cracker tätschelte die Kuh auf dem Bug.
Der Rest der Männer tat es ihm nach, während sie ihre Ausrüstung richteten. „Bring uns gut nach Hause, ja?"
„Dann wollen wir die Kuh mal fliegen lassen."
„Auf geht's, Floss."
Walt lächelte, obwohl ihm sogar der Mund schmerzte. Die Kampfmoral war noch nie höher gewesen, dank Armstrong. Natürlich waren die Crews wegen der strengen Disziplin und der vielen Trainingseinheiten erst einmal bedient, aber inzwischen flogen sie besser, und das war ihnen bewusst.
„Okay, Männer." Cracker klatschte in die Hände. „Deutschland. Heute wollen wir mal dem Führer selbst einheizen. Ruben, hast du die Koordinaten drin?"
Abe grinste. „Ich ziele direkt auf seinen Schnurrbart."
„Den werden wir ihm schön verkohlen." Crackers Gesicht strahlte wie früher. „Die letzten Einsätze waren alle ein Spaziergang und heute wird es nicht anders, wenn unser Captain am Steuer sitzt."
Captain – daran könnte er sich gewöhnen, genauso wie an die zwei silbernen Streifen auf den Schulterstücken. Das Beste war jedoch das Gefühl, eine Crew zu haben, die wie ein Mann war. Cracker hatte sich die letzten Wochen ins Zeug gelegt wie kein Zweiter. Immer, wenn sie nicht gerade auf einem Einsatz oder Trainingsflug waren, brütete er über dem Handbuch der B-17 oder sammelte Stunden im Link-Trainer, in dem er üben konnte, nur nach Instrumenten zu fliegen. Walt hatte recht behalten: seitdem sie an einem Strang zogen, reihten sich die anderen Crewmitglieder ein.
„Was gibt's heute für 'nen Vers, Preach?" Bill Perkins zog sich die gelbe Schwimmweste über den Kopf.
Walt griff in die Schienbeintasche seines Fliegeranzugs – darin befanden sich das Fluchtset, ein paar Aspirin und der zusammengefaltete Zettel mit Psalm 91. Er hatte ihn schon öfter gelesen, aber Gottes Schutzverheißungen konnten die Männer nie oft genug hören.

Er sah zu, wie seine Crew einer nach dem anderen ins Flugzeug kletterte. Hustend lehnte er sich an den Flugzeugrumpf, eine Hand auf den großen Buchstaben, die das Geschwader identifizierten. *Gib mir Kraft, Herr. Ich darf die Männer nicht enttäuschen. Wir müssen diesen Einsatz fliegen.*

Es wurde ein langer Einsatz. Der längste, den die 8. Luftflotte je geflogen hatte: dreihundert Meilen Zielentfernung. Wenigstens waren die Deutschen unvorbereitet. Sie feuerten zwar aus allen Flakrohren, zielten aber nicht besonders gut. Gemessen an den Kampffliegern über Frankreich waren diese Jungs harmlos.

Als das 306. Geschwader Vegesack erreicht hatte, verhinderte eine dichte Wolkendecke das Bombardement, also flogen sie nach Wilhelmshaven. Dort warfen fünfundfünfzig Fliegende Festungen aus fünfundzwanzigtausend Fuß ihre tödliche Ladung durch ein Loch in der Wolkendecke.

Auf dem Rückflug ließ die Wirkung der Schmerztabletten nach. Walt fing an zu zittern. Er schob zwei Aspirin unter der Sauerstoffmaske hindurch und würgte sie hinunter.

Es half nicht. Aus dem Zittern wurde regelrechtes Schütteln. Das Husten reichte nun bis ganz tief in seine Lungen hinein und er musste immer wieder die Maske abnehmen, um Mund und Nase von ihrem bräunlichen Schleim zu befreien.

Zum Glück flog er schon, seit er denken konnte. Und zum Glück konnte er sich mittlerweile auf Cracker verlassen. Zu zweit hielten sie *Flossie* in der engen, versetzten Flugformation, die das 305. Geschwader entwickelt hatte und die von allen nur die „Faust" genannt wurde. So konnten sie die Feuerkraft aller Bomber für die Verteidigung bündeln.

Die englische Küste sah gut aus. Walt konnte fast schon das Kissen unter seinem Kopf und die schwere Bettdecke über seinem fröstelnden Körper spüren. Ohne einen Kratzer landete *Flossie*. Auch die anderen sechzehn Flugzeuge vom 306. Geschwader hatten nur leichte Schäden davongetragen. Ein Spaziergang also.

Ein halbes Dutzend Reporter warteten schon auf *Fort Flossie*. Die Crew jubelte und feierte für die Kameras, und Harry und Mario hoben Walt auf ihre Schultern. Als er von oben herabsah, verschwamm der Boden. Wieder musste er die Augen zukneifen, um nicht ohnmächtig zu werden.

„Hallo Captain. Wie ist es gelaufen?"

Walt machte mühsam die Augen auf. Ein Mann im braunen Anzug umkreiste ihn mit einer Filmkamera. Was, wenn das in der Wochenschau kam und Allie ihn sehen konnte? Oder seine Familie? Er musste auf jeden Fall gesund aussehen. Unter Aufbietung aller seiner Kräfte lächelte er siegesgewiss. „Wir haben es Hitler gezeigt. Mit den Vereinigten Staaten legt er sich besser nicht an."

Die Männer grölten und jubelten. Die Kamera schwenkte auf Cracker. Ja, der sah besser auf der Leinwand aus.

J.P. ließ den Fallschirm heruntergleiten. „Unsere Crew in der Wochenschau. Das wäre doch was!"

„Deiner Freundin würde das sicher gefallen, Preach", sagte Mario und stupste ihn an. „Dann kann sie deine Visage in ganz groß sehen."

Walts Lachen endete in einer schmerzhaften Hustentirade. Wenigstens konnte er so den Männern nicht noch mehr Lügen auftischen. Das tat nämlich noch mehr weh als sein Brustkorb. Allie meinte, Schweigen sei eine ehrliche Lösung, aber stimmte das? Galt das auch, wenn dadurch die Lüge einfach kein Ende nahm?

Die Männer ließen ihn wieder zu Boden. Er stolperte auf den LKW zu. *Was soll ich tun, Herr? Soll ich den Jungs sagen, dass ich sie die ganze Zeit anlüge? Und damit unsere Einheit und den Respekt füreinander aufs Spiel setzen? Das kannst du nicht wollen.*

Abe half Walt auf die Ladefläche. „Dein Husten hat ziemlich zugelegt."

Walt schämte sich dafür, dass er Hilfe beim Klettern brauchte. Dass seine Knie gegeneinanderschlugen, sobald er saß. Dass er vor aller Augen ins Taschentuch husten musste.

„Ich sage dem Fahrer Bescheid", verkündete Abe. „Wir fahren zuerst zum Lazarett. Mein Vater ist Arzt und ich weiß sehr wohl, was rostigbrauner Auswurf bedeutet."

Walt wusste das auch. Er hatte mit acht schon eine Lungenentzündung gehabt. Aber die hier war schlimmer.

Kapitel 30

Riverside, 28. Januar 1943

„Miss Miller, guck mal, wie viel Altmetall ich habe!" Ricky Weber kippte seinen kleinen roten Bollerwagen auf der fleckigen Wiese vor der Groveside Bible Church aus, wo der Frauenkreis damit beschäftigt war, das Sammelergebnis zu sortieren.

„Das hast du toll gemacht." Allie kniete sich hin und durchstöberte den kleinen Berg aus leeren Büchsen, Werkzeug, Töpfen und einem Gitter, das aussah wie ein Kühlergrill.

„Na ja, das war's. Tschüss." Ricky ließ die Deichsel fallen, gab sich einen Ruck und ging davon.

„Ricky, dein Wagen."

„Nein, Miss Miller. Der ist ja auch aus Metall. Den geb ich für die Heimatfront."

Die Stimme des kleinen Jungen zitterte und Allie wurde schwer ums Herz. Die Webers konnten sich keinen zweiten Bollerwagen leisten und Spielzeug aus Metall wurde derzeit sowieso nicht hergestellt, geschweige denn mit Reifen. Die nächste Sammelaktion würde er nur mit Beuteln machen können.

Allie sprang auf. „Ricky, warte. Komm her."

Der Kleine sah sie verwirrt an und kam zurück.

Sie nahm die Deichsel und hielt sie ihm hin. „Dein Wagen dient doch schon der Heimatfront."

„Ehrlich?"

„Na klar. Sieh nur, wie viel Altmetall du gesammelt hast. Dieser Bollerwagen ist genauso wichtig wie ein Jeep oder eine Fliegende Festung."

Sein stolzes Lächeln offenbarte eine Zahnreihe mit einigen Lücken. „Meinst du?"

„Ganz sicher. So, und jetzt nimm deinen Wagen, Soldat, und hol noch mehr Altmetall." Sie versuchte sich an einem militärischen Gruß.

„Ja, Sir – äh, Ma'am." Ricky rannte davon. Der Bollerwagen hüpfte fröhlich hinterdrein.

Allie lächelte zufrieden und machte sich wieder ans Sortieren. Ein Kind sollte sein Lieblingsspielzeug behalten dürfen. Dieser Krieg hatte schon genug Verluste eingebracht.

Cressie trat neben Allie und stellte eine orangefarbene Kiste ab. „Hier nur Blech hinein. Nur Blech."

„Wow. Guck dir diesen Haufen an." Daisy hockte sich neben Cressie. Sie hatte ein rot getupftes Kopftuch auf und eine runde Schmalztolle über der Stirn.

„Geht alles aufs Konto von Ricky und seinem kleinen Wagen." Allie warf die Büchsen in die Kiste, dazu eine Keksdose. Sie musste daran denken, wie sie letztes Jahr zur Fastenzeit auf Kekse verzichtet hatte.

„Was nehmt ihr euch denn dieses Jahr für die Fastenzeit vor?", fragte sie. „Normalerweise verzichte ich auf Süßigkeiten, aber bei der Lebensmittelrationierung ist das ja momentan keine Kunst. Das Einzige, was mir einfällt, sind die Kinobesuche, aber ich glaube, das bringe ich nicht übers Herz. Ich darf doch keine Wochenschau verpassen."

Die einzige Antwort waren das Rascheln von Eukalyptusblättern und das Klappern von Metall. Allie runzelte die Stirn. Offensichtlich hatte sie gerade ihren Kleinglauben demonstriert. „Vielleicht sollte ich doch aufs Kino verzichten. Darum geht es doch, oder? Auf etwas zu verzichten, was einem auch wehtut." Aber wie sollte sie das schaffen? Na gut, Walt hatte sie noch nie entdeckt, aber allein schon die Fliegenden Festungen mit ihren vier Propellern landen zu sehen und dazu die Männer in ihrer Fliegerausrüstung, die jubelten und sich beglückwünschten, gab ihr Hoffnung.

„Worauf verzichtest du denn, Cressie?"

„Auf nichts."

„Ich auch nicht." Daisy machte mit ihrem Kaugummi eine große Blase.

Allie brachte sie mit einem verschmitzten Lächeln und ihrem Finger zum Platzen. „Vielleicht solltest du auf Kaugummi verzichten."

Daisy stopfte sich die Reste wieder in den Mund. „Und was soll das bringen?"

Endlich konnte Allie den anderen einmal etwas beibringen. „Wenn wir auf etwas verzichten, das uns lieb und teuer ist, dann solidarisieren wir uns mit Jesus und seinem großen Opfer."

„Indem ich keinen Kaugummi mehr kaue? Das ist doch Quatsch.

Wenn Gott wollte, dass ich auf etwas verzichte, dann doch für immer, und nicht nur für vierzig Tage, oder?"

Allie sah Daisy an und überlegte. „So habe ich das noch nie gesehen. Aber ... Opfer sind für Gott eben etwas Wertvolles. In der Bibel steht, wir sollen uns als ein Opfer hingeben, das lebendig, heilig und Gott wohlgefällig ist."

„Miss Allegra", sagte Cressie und nickte zustimmend. „Immer fleißig am Auswendiglernen. Sehr gut. Sehr gut. Und du hast recht. Wer Gottes Wille tun will, muss oft Opfer bringen."

Daisy schlug die Hände zusammen und sah gen Himmel. „Bitte nicht den Kaugummi, Herr. Bitte nicht."

Allie legte lächelnd einen Blechtopf in die Kiste.

„Komisch, oder?", sagte Daisy. „Auf Luxus zu verzichten. Da fühlt man sich heilig, obwohl es eigentlich gar nichts verändert."

Cressie zog eine weitere Kiste heran. „Aber wir Menschen sind nun mal so, Liebes. Manchmal suchen wir uns das Opfer aus."

„Wir suchen uns das Opfer aus?" Allies Blick fiel auf den Diamantring an ihrer Hand, der so schwer wog.

„Und ob. Wir sind der Meinung, dass wir Gott mit unserem Opfer zufriedenstellen, aber in Wirklichkeit geht es nur um uns selbst."

„Ooh. Da fallen mir König Saul und die Amalekiter ein." Daisy nickte Allie zu. „Habe ich erst letztens den Kindern im Kindergottesdienst erzählt."

„Wie ging die Geschichte noch gleich?", fragte Cressie.

Daisy ließ eine Pfanne in die Kiste fallen. „Also, Gott hatte König Saul befohlen, die Amalekiter bis zum letzten Mann zu vernichten, und auch das Vieh. Aber Saul hat die besten Tiere verschont und gesagt, er wolle sie dem Herrn als Opfer darbringen. Und hat damit Gottes Befehl missachtet. Na, Gott war vielleicht sauer – und der Prophet Samuel auch. Also hat Samuel dem König gesagt: ‚Meinst du, dass der Herr Gefallen habe am Brandopfer und Schlachtopfer gleichwie am Gehorsam gegen die Stimme des Herrn? Siehe, Gehorsam ist besser als Opfer'. Das war der Merkvers für die Kinder. Der ist gut, oder?", fragte Daisy und ließ den Kaugummi knacken.

„Ja." Allie legte die Hände auf den Rand der Kiste. Die Diamanten auf ihrem Ring reflektierten die Sonnenstrahlen und sie wurde von Lichtblitzen geblendet. „Gehorsam ist besser als Opfer", flüsterte sie.

***

War sie wie König Saul?

Allie lief grübelnd die Eighth Street entlang. Die Handtasche hatte sie sich unter die Achsel ihres kastanienbraunen Wollkostüms geklemmt. *Ist dieses Opfer wirklich für dich, Herr, damit Baxter zu dir findet? Oder ist es für mich, damit ich von meinen Eltern Anerkennung bekomme?*

Oh Herr, du kannst doch unmöglich wollen, dass ich die Verlobung löse. Lächelnd nickte sie einer Dame zu, die im Lebensmittelgeschäft arbeitete. Gleichzeitig lief es ihr kalt den Rücken herunter.

Wenn sie wirklich die Verlobung löste ...

Der Schauer erfasste ihren ganzen Körper. Sie würde die Schande über ihre Eltern bringen, eine unehrliche, respektlose Tochter großgezogen zu haben. Das würde einen riesigen Skandal geben. Die ganze Stadt würde über nichts anderes sprechen. Baxters Ruf wäre dahin. Die gemeine Josie würde recht behalten. Und was wäre mit Vater und Baxter? Sie waren Geschäftspartner, Freunde und fast wie Vater und Sohn. Würde auch ihre Beziehung Schaden nehmen oder gar zerbrechen?

Und dann das ganze Theater, das eine abgesagte Hochzeit mit sich bringen würde. Baxters Haus war auch für Allie geplant und fast fertig. Es hatte sogar einen Musikraum und ein kleines Nähzimmer. Und die Hochzeit erst – die Kirche war gebucht, die Einladungen bestellt und Mutters teures Hochzeitskleid war schon in Stücke geschnitten.

Das Hochzeitskleid ...

Sie sollte längst bei der Schneiderin sein. Abrupt blieb Allie stehen und orientierte sich in der Wintersonne. Sie stand Ecke Eighth und Lime. Die Schneiderei von Miss Montclair war zwischen Orange und Lime Street. Miss Montclair hatte ihre Verlobung gelöst. Und jetzt, zwanzig Jahre später, redeten die Leute immer noch darüber.

Allie seufzte und drehte um. Miss Montclair empfing sie schon an der Eingangstür. „Da bist du ja. Ich habe dich vorbeilaufen sehen. Ihr Bräute seid vielleicht manchmal durcheinander. Na, komm rein. Es liegt alles schon bereit." Sie wies Allie einen Stuhl an einem langen Tisch zu, auf dem Ballen von Spitze lagen.

Miss Montclair hatte ein dunkelgraues Jerseykleid an, das ihre ungewöhnlichen grauen Augen noch besser zur Geltung brachte. Das von Silbersträhnen durchzogene schwarze Haar hatte sie in ein Haarnetz gesteckt. Sie legte Allie Skizzen von Hochzeitskleidern vor, allesamt elegant und modisch, und Allie zeigte auf die Skizze in der Mitte, weil sie in der Mitte war. Dann hielt Miss Montclair die verschiedenen Spitzenballen neben Mutters Hochzeitskleid, das auf einer Schneiderpuppe hing und erklärte die jeweiligen Vorzüge. Allie nahm den ersten, weil er der erste war.

„Du bist aber schnell entschlossen." Miss Montclair rollte einen Ballen zarter Chantilly-Spitze auf. „Die frisch Verlobten sind sonst immer ganz aus dem Häuschen."

„Dafür bin ich nicht der Typ, glaube ich." Sie betrachtete die Skizze, die sie ausgewählt hatte – kurze Puffärmel, abgenähte Taille, der Rock mit Seidenapplikationen und Spitzenbesatz in Wasserfalloptik. „Miss Montclair, sind Sie glücklich?"

„Wie bitte?"

„Ich ... Verzeihung." Allie beugte sich schnell zu ihrer Handtasche hinunter, damit die Schneiderin nicht bemerkte, wie rot sie wurde. „Das war eine persönliche Frage und geht mich überhaupt nichts an."

Miss Montclair kicherte. Sie lehnte sich gegen die Tischkante, stützte sich auf die Hände und überkreuzte die Beine an den Knöcheln – ganz wie Katherine Hepburn. „Deine liebe Mutter hat mich nie verstanden. Was möchtest du wissen? Ob ich glücklich bin in meiner tragischen Armut? Oder als alte Jungfer?"

„Als alte Jung... ich meine ..." Allies Wangen glühten.

„Ich weiß, was du meinst. Ja, ich bin glücklich, auch wenn die Leute in Riverside das ganz anders sehen. Und was meine Armut betrifft: Ich wollte sowieso nie einen Abpackbetrieb leiten. Vielleicht hätte ich mein Geld nicht in Aktien investieren sollen, aber dann hätte ich auch nie das hier gehabt." Sie breitete die Arme aus und ihre Augen leuchteten wie Sterne. „Ich hätte nie mein Talent fürs Schneidern und Entwerfen entdeckt, meinen Geschäftssinn und den Willen, Träume zu verwirklichen. Und ich wäre ganz bestimmt nicht glücklich, wenn ich den Mann geheiratet hätte, den meine Familie für mich ausgesucht hatte."

Allie betrachtete Miss Montclairs Gesicht. Sie machte keine gute Miene zum bösen Spiel; ihre Zufriedenheit war echt.

„Wieso nicht, fragst du dich?" Miss Montclair setzte einen amüsierten Blick auf, der die Falten in ihrem Gesicht noch verstärkte. „Kannst du dir ein schlimmeres Schicksal vorstellen, als mit einem Mann zusammenzuleben, den du nicht liebst?"

Allie versuchte zu schlucken, aber ihre Zunge war wie ein Betonklotz.

„Oh, ich meine damit nicht die rosarote Brille. Die ist natürlich großartig. Aber sie hält ja nicht ewig vor. Weißt du, in meinem Geschäft kriegt man so einiges mit. Zum Beispiel, dass eine gute Ehe eine stabile Liebe braucht, die durch gegenseitigen Respekt und Freundschaft wächst."

Respekt? Freundschaft? Sie respektierte Baxter. Aber als Freund hatte sie ihn noch nie gesehen.

„Heiratest du denn deinen besten Freund?" Adleraugen sahen sie von oben prüfend an.

Ihren besten Freund? Wer war ihr bester Freund? Baxter bestimmt nicht. Betty war vier Jahre lang ihre beste Freundin gewesen, aber mittlerweile schrieben sie sich nur noch Briefe.

Das war es. Die Briefe. Allies Mund wurde genauso staubtrocken wie das Flussbett des Santa Ana im Sommer. Nach wessen Briefen sehnte sie sich am meisten? An wen dachte sie zuerst, wenn sie etwas zu erzählen hatte? Wer verstand sie am besten? Wer wandte sich zuerst an sie, wenn er Probleme hatte? Mit wem verband sie gegenseitiger Respekt und Freundschaft?

„Vielleicht ..." Miss Montclairs Finger spielten mit dem Ärmel von Mutters Kleid. „Vielleicht sollte ich noch etwas warten, bevor ich weitere Änderungen vornehme."

Allies Gedanken wurden von der freudigen Stimme ihrer Mutter übertönt, die voller Anerkennung war: *„Ich freue mich ja so auf diese Hochzeit, Agatha. Schon seit fünf Jahren träume ich davon."*

„Nein." Allie stand energisch auf. Die Stuhlbeine schabten laut über den Holzfußboden. „Nein. Machen Sie weiter."

Kapitel 31

Zweites Feldlazarett, Diddington, Huntingdonshire
29. Januar 1943

Er hätte nach dem zweiten Brief aufhören sollen.

Walts Husten hallte von den Wänden der Wellblechhütte wider, die als Krankenstation diente.

„Möchten Sie noch etwas Hustensaft, Captain Novak?"

Mit Mühe hob er den Kopf. Lieutenant Doherty lächelte ihn an. Die Krankenschwester hatte ein so attraktives Äußeres, dass in den zwei Tagen, die Walt auf der Krankenstation lag, bereits die Hälfte aller Männer versucht hatte, sich mit ihr zu verabreden.

„Nein, danke", krächzte er. Keine Medizin der Welt konnte ihm helfen. Er ließ den Kopf wieder auf das Kopfkissen sinken und starrte die drei Briefe an, die neben ihm auf der Matratze lagen.

Der erste war sehr erfreulich gewesen. George und Betty Anello erwarteten im Juni ein Baby. Wenigstens konnte der Vater dieses Kindes nicht im Krieg bleiben wie Frank.

Der zweite Brief hatte genauso gutgetan. Eigentlich hatte er sich vor Allies Antwort auf seinen durchgeknallten Brief vom Tag von Franks Absturz gefürchtet, aber wieso hatte er an ihr gezweifelt? Sie verstand ihn. Sie verstand ihn immer. Allie trauerte mit ihm, tröstete ihn und ermutigte ihn sogar, sich ihr anzuvertrauen.

Dann hatte er den dritten Brief gelesen. Juli – Allie heiratete im Juli. Und er sollte sich für sie freuen. Das erwartete man von einem Freund. Sie an seiner Stelle würde sich freuen. Aber nein, der Schmerz in seiner Brust wurde nur schlimmer. Vom Husten war seine Lunge sowieso schon wund, völlig verschleimt, und jetzt kam noch dieser blöde Herzschmerz dazu.

Lieutenant Doherty trat neben Walts Bett und schob eine rote Haarsträhne unter ihre Haube. Dann legte sie ihm einen kalten Umschlag auf die Stirn. „Hoffentlich keine schlechten Nachrichten von zu Hause?"

Angenehme Kühle sickerte zu seinen Augenlidern herab. „Kommt ganz auf die Perspektive an."

„Wieso?" Die Krankenschwester legte ihm eine kalte Hand in den Nacken und half ihm, sich aufzurichten.

Walt schluckte bereitwillig die Aspirin, die sie ihm verabreichte. „Die Frau, die ich liebe, heiratet einen andern." Unglaublich, aber die Wahrheit tat gut. Auch wenn Lieutenant Doherty das Gesicht entgleiste.

„Oh, das tut mir leid. Und dann erreicht Sie diese Nachricht auch noch gerade hier."

Der Umschlag rutschte nach unten und er drückte ihn sich an die Stirn. „Na ja, so ganz stimmt das nicht. Sie ist eine gute Freundin von mir, aber sie ist schon seit Jahren mit dem anderen zusammen. Sie weiß gar nicht, dass ich in sie verliebt bin."

„Warum sagen Sie es ihr denn nicht?"

„Wie bitte?"

„Wieso sagen Sie es ihr nicht?" Lieutenant Doherty lächelte. „Und wenn sie böse wird, dann schieben Sie es auf den Fieberwahn."

Walt versuchte zu lachen und löste dadurch einen Hustenanfall aus. „Nein. Nicht noch mehr Lügen."

„Na dann sagen Sie ihr die Wahrheit."

„Was würde das bringen? Ich stünde da wie ein Idiot." Er würgte den abscheulichen Hustensaft hinunter.

„Ach Quatsch. Selbst, wenn sie böse wird, wird sie tief im Innern trotzdem berührt sein. Und wer weiß? Vielleicht ist sie insgeheim auch in Sie verliebt und wartet nur darauf, dass Sie den ersten Schritt machen?"

Walt runzelte die Stirn. „Hören Sie auf, meinen Fieberwahn zu unterstützen."

Lieutenant Doherty lachte. „Denken Sie drüber nach, Captain. Sie haben nichts zu verlieren. Und gewinnen können Sie alles." Sie ging zum nächsten Patienten.

Walt legte sich wieder hin und starrte an die Wellblechdecke. Was hatte er zu verlieren? Allies Freundschaft, ihre Briefe, ihre Gebete. Und was hatte er zu gewinnen? Bestimmt nicht ihre Liebe. Lieutenant Doherty hatte wohl zu viele Liebesfilme geguckt.

Er nahm Allies ersten Brief in die Hand. Sie bewunderte seine Ehrlichkeit nach Franks Tod. Vielleicht würde sie auch seine Ehrlichkeit in

Bezug auf seine Gefühle bewundern? Wäre es nicht eine Befreiung, ihr endlich die Wahrheit zu sagen?

Oh Herr, ich will nicht mehr lügen. Das macht mich noch mehr krank als die Keime in meiner Lunge. Bitte hilf mir, ehrlich zu sein.

„Hey, Preach. Drückst dich wohl vorm Fliegen?"

Walt sah, wie sich seine ganze Crew in die Krankenstation drängte. „Hey, Leute."

„Wir haben gute Nachrichten für dich." Abe setzte sich auf das leere Bett links neben Walt. „McKee – einer der Piloten, die über Romilly abgeschossen wurden – hat sich vor den Deutschen versteckt und bis nach England durchgeschlagen."

„Das hört man gern." Walt rutschte Stück für Stück hoch in eine Sitzposition und legte den kalten Umschlag beiseite.

„Das ist noch nicht alles." J.P. setzte sich neben Abe. „Er sagte, an diesem Tag sei eine Bombe auf eine Kantine gefallen. Zweihundert Nazis weniger."

„Nicht übel."

„Kilpatricks Rache", sagte J.P.

„Ja", ergänzte Walt leise. Franks Tod konnte durch nichts wiedergutgemacht werden, aber wenigstens waren er und seine Crew nicht umsonst gestorben.

„Du, Preach, tu mir einen Gefallen, ja?" Louis stand am Fußende und begutachtete Lieutenant Dohertys Rundungen. „Huste mich kurz an, okay?"

Cracker pfiff. „Du bist ja ein Glückspilz."

Al Worley verrenkte sich den Hals, um über Louis' Schulter zu sehen. „Mich brauchst du nicht anzuhusten. Ich spüre das Fieber schon."

„Schon gut, Leute, lasst die Arme mal in Ruhe", sagte Walt.

„Wer hat hier was von Fieber gesagt?" Lieutenant Doherty kam mit sorgenvollem Gesicht angelaufen. Sie legte Al die Hand auf die Stirn, sodass sein Pony wie Stroh nach oben stand. „Da müssen wir Sie erstmal schön heiß mit dem Schwamm abrubbeln."

„J-ja, Ma'am."

„Sergeant Giovanni?", rief sie einem stämmigen Krankenwärter zu. „Sie übernehmen das, ja?"

„Na klar, Lieutenant." Giovanni ließ die Fingergelenke knacken und nickte in Richtung Al. „Ist das der Kerl?"

„Ach, wissen Sie, ich ... mir geht es schon viel besser", sagte Al.

Walt und die ganze Crew brachen in Gelächter aus. Lieutenant Doherty wandte sich wieder ab und zwinkerte Walt über die Schulter noch einmal zu – sie wusste seine Beschützerinstinkte wohl zu schätzen, konnte aber gut auf sich selbst aufpassen.

„Oh là là, Preach, das habe ich gesehen", meinte Louis. „Allie wird mächtig eifersüchtig sein."

Walt sah in neun grinsende Gesichter. *Bitte, Herr, muss das sein? Wie viel Schaden richtet diese kleine Lüge an? Ist das wirklich so schlimm?*

Ein Hustenanfall überkam ihn. Diese kleine Lüge richtete einigen Schaden an: Sie zerfraß ihn von innen wie die Lungenentzündung. Der Mann, den seine Crew respektierte, existierte nicht. Es gab nur den ungehorsamen Walter Novak, der lediglich vorgab, Gott zu folgen.

„Allie." Er kniff die Augen zu. Wieso kamen einem Lügen so viel leichter über die Lippen als die Wahrheit? „Allie wird bald heiraten."

„Was?", sagte Abe. „Sag nicht, sie hat dich abserviert."

„Nein. Hat sie nicht." Walt legte die Briefe auf sein Nachttischchen. „Allie ist nicht *meine* Freundin. War sie auch nie. Sie ist nur eine Freundin. Sie liebt mich nicht und wird es auch nie tun. Ich fürchte, ich habe euch nicht die Wahrheit gesagt."

„Du hast uns angelogen?", fragte Louis. „Wieso solltest du uns bei so was anlügen?"

„Ich hatte es satt." Walt rutschte wieder herunter und stieß mit dem Kopf schmerzhaft an die Wand. „Ich hatte noch nie eine richtige Beziehung. Noch nicht einmal den Mut, ein Mädchen anzusprechen. Ich hatte die Sprüche satt und dass mich alle belagerten, ich solle endlich mit um die Häuser ziehen. Wenn ich eine Freundin hätte, würde ich endlich in Ruhe gelassen, dachte ich."

„Mit einem Mann, der Angst vor Mädchen hat, stimmt doch was nicht." In Crackers Augen schimmerte etwas, was er dort seit Monaten nicht mehr gesehen hatte.

Walt schluckte. Er hasste übermäßigen Stolz bei anderen – und bei sich selbst. Sein Stolz hatte ihn überhaupt erst lügen lassen. „Das stimmt."

Abe stand auf. Sein Gesicht spiegelte Zorn wider. „Nein, mit einem Mann, der seine Freunde anlügt, stimmt was nicht."

„Du hast recht." Walts Magen zog sich zusammen. Wie viel Schaden seine kleine Lüge anrichtete? Er hatte seine Freunde beleidigt.

Bill Perkins trat an sein Bett. „Kommt, Leute. Ihr prahlt immer mit euren Eroberungen. Die sind doch auch allesamt erfunden. Wieso macht ihr jetzt bei Walt so einen Elefanten daraus?"

Al umklammerte das Fußende. „Weil er uns auch keine Mücke durchgehen lässt. Er hält uns Predigten, verweigert uns jeden Spaß, klingt immer so heilig mit seinen ganzen Bibelzitaten, und dabei lügt er uns die ganze Zeit an. Er ist doch der größte Heuchler von allen."

Walt zuckte zusammen. Wie viel Schaden seine kleine Lüge anrichtete? Den größtmöglichen – er brachte Gott dadurch in Verruf.

„Kommt, Leute", sagte Cracker. „Wir hauen ab."

Walt wandte den Blick ab, damit er die Abscheu in den Gesichtern seiner Crew nicht sehen musste. Er hatte ihre Reaktion verdient, aber das machte es nicht leichter. Erschöpft zog er die Bettdecke bis zum Kopf hoch und rollte sich auf die Seite. J.P. saß immer noch auf dem Bett neben ihm. Der Druck in Walts Brust ließ etwas nach. Er lächelte müde. „Wow. Das war hart."

J.P. strich über die blauen und goldenen Paspeln auf seiner Feldmütze. „Weißt du, in meinem letzten Brief habe ich meiner Mom geschrieben, dass es niemanden gibt, den ich so bewundere wie Walter Novak. Ich habe ihr geschrieben, dass ich so werden will wie du: aufs College gehen, Ingenieur werden, von allen respektiert und geachtet werden." Er richtete den Blick in die Ferne.

Walt seufzte. Den Respekt dieses Freundes hatte er auch verloren.

„Das erinnert mich an einen Satz, den du uns einmal gesagt hast", sagte J.P. „Unehrlichkeit hat immer ihren Preis."

Kapitel 32

Riverside, 14. Februar 1943

„God of Our Fathers" klang mit den Trompetenstößen auf der Orgel der St. Timothy's natürlich gewaltiger. Aber Allie gab sich am Klavier der Groveside Bible Church alle Mühe, gewaltige Akkorde zu spielen.

Die Gemeinde sang aus voller Kehle. Nach dem Lied war Seufzen und Schniefen aus den Reihen zu vernehmen; für Allie mehr Genugtuung als tosender Applaus.

Ob Baxter den Unterschied zwischen der verstaubten Liturgie der St. Timothy's und dem lebendigen Gottesdienst in Groveside spürte? Allie sah verstohlen auf ihren Verlobten, der mit seinem makellosen dunkelblauen Nadelstreifenanzug und einem höflichen Lächeln in der dritten Reihe saß.

Still setzte sie sich wieder neben ihn. Sie konnte kaum glauben, dass sie ihn hatte überreden können, hierherzukommen. Sie hatte ihm erklärt, dass sie extra ein Stück für den Gottesdienst eingeübt hatte und sich ihren Verlobten an ihrer Seite wünschte. Und zu ihrer Überraschung war er darauf eingegangen.

Wenn Gott darauf bestand, dass sie einen Christen heiratete, musste Baxter eben Christ werden – und zwar bald. *Bitte, lieber Gott, mach, dass die Predigt ihn berührt.*

Baxter saß gerade, den Hut auf dem Schoß, den Kopf leicht geneigt wie ein Gentleman. Als Allie versuchte, die Kirche durch Baxters Augen zu sehen, wurde sie noch nervöser. Zum ersten Mal seit Monaten fiel ihr auf, wie heruntergekommen es hier drin aussah und wie unmodisch die Gottesdienstbesucher gekleidet waren. Sie hörte plötzlich die näselnde Aussprache des Pastors und die ständigen *Amens* um sie herum. Sie spürte die schäbigen Sitzkissen und die direkte Sonne, die nicht durch Buntglasfenster hereinglitzerte.

Konnte Baxter das Wort Gottes überhaupt hören, wenn er gegenüber seinen Überbringern lauter Vorurteile hatte? Und wenn er in Groveside nicht zuhörte, wo dann? Bestimmt nicht in St. Timothy's.

Und was war mit ihr? Sie hatte ihn in fünf Jahren nicht bekehrt – fünf Jahre, in denen er angeblich um sie geworben hatte. Wieso sollten die nächsten fünf Monate den Erfolg bringen?

Und nach der Hochzeit? Allie merkte, wie Tränen in ihr aufstiegen, und riss schnell die Augen weit auf, um sie zu trocknen.

„Liebt einander, dient gemeinsam unserem Herrn und er wird eure Ehe segnen", hatte Walt in seinem letzten Brief geschrieben. Er war randvoll mit Glückwünschen und guten Worten gewesen, obwohl er aus dem Lazarett kam. Walt war so ein guter Freund.

Sie musste endlich aufhören, an Walt zu denken. Es ging nicht um Walt. Es ging um sie und Baxter und Gott. Aber Walts Satz ging ihr nicht aus dem Kopf. Zwischen ihr und Baxter gab es keine Liebe und Baxter hatte mit Gott nichts am Hut; gemeinsam Gott zu dienen war eine reine Wunschvorstellung.

„Allie", flüsterte Baxter. Er stieß sie an und deutete in Richtung Klavier.

Stille. Pastor Morris lächelte Allie von der Kanzel aus an. Sie hatte das Stichwort zum Schlusslied verpasst. „Jung und verliebt möchte man sein", sagte der Pastor.

Wohlwollendes Lachen begleitete Allie zum Klavier. Sie verspielte sich bei den einfachsten Akkorden. Verliebt? Wenn sie nur wüssten.

Nach dem Gottesdienst geleitete Baxter Allie zum Ausgang und ließ sich nur wenigen Leuten flüchtig vorstellen. Obwohl sein Missfallen auf dem raschen Marsch nach Hause deutlich spürbar in der Luft hing, breitete sich in Allie Frieden aus. Gott wollte sie in der Kirche in Groveside. Das war ihr Platz und nichts, was Baxter sagen würde, könnte ihr diese Freude nehmen.

„Ich habe sieben Angestellte von *Miller's Kugellager* gezählt", sagte er, als sie das Grundstück der Millers erreichten.

„Ach ja?" Sie steckte die Hände in die Taschen ihres beigen Mantels. Was er damit sagen wollte, wusste sie, aber sie wollte, dass er seinen Snobismus zum Ausdruck brachte.

„Es schickt sich nicht, dass die Geschäftsleitung mit den normalen Arbeitern Gottesdienst feiert."

„Warum nicht?", antwortete sie und konnte einen amüsierten Ton in ihrer Stimme nicht unterdrücken.

Baxters Mundwinkel gingen nach unten. „Es geziemt sich einfach nicht. Das ist nicht gut für die Autorität. Es erweckt den Anschein, als stünden wir und die auf einer Stufe."

„Das tun wir doch auch."

„Mach dich nicht lächerlich."

„Tue ich nicht." Sie schubste mit der Schuhspitze ein trockenes Blatt beiseite. „Jesus Christus, der König aller Könige, hat sich mit den Armen abgegeben. Warum nicht auch ich? Außerdem geht es beim Gottesdienst um Gott, nicht um die gesellschaftliche Stellung."

„Sei doch nicht so naiv. Es geht immer um die gesellschaftliche Stellung."

Allie blieb stehen und sah ihn an. „Vor allem bei der Wahl deiner Ehefrau."

„Nun, in der Tat. Und um unseretwillen solltest du dich auch an deinen Platz in der Gesellschaft halten." Er wies schwungvoll in Richtung Groveside. „Diese Leute. Mein ganzes Leben habe ich versucht, von ihnen wegzukommen. Und du, du hast alles – Geld, Herkunft, Ansehen – und wirfst es einfach so weg und ziehst deinen Familiennamen in den Schmutz."

Ihr Nacken versteifte sich. „Ich sehe nicht, wo ich meinen Familiennamen in den Schmutz gezogen hätte."

„Das Gerede der Leute, Allie." Baxters Blick wanderte am Zaun der Millers entlang. „Die ganze Stadt zerreißt sich auf Kosten deiner Eltern und mir das Maul. Deine Mutter sagt den Leuten, du würdest Wohltätigkeitsarbeit leisten, aber das glaubt niemand. Sie wissen, dass diese armselige Kirche dich ausnutzt. Du bist für sie nur ein dickes Bankkonto."

Allie lachte empört auf. „Wieso sollte dich das stören? Mehr bin ich für dich doch auch nicht."

Baxter riss die Augen auf. „Das ... das stimmt nicht."

„Du hast recht. Ich bin so viel mehr für dich. Ich bin dein Erbe, dein sozialer Aufstieg, dein Ansehen und die Möglichkeit, meinen Vater zufriedenzustellen."

„Das ist doch Unsinn." Baxter wandte sich ab und lief weiter die Magnolia Avenue entlang. Seine Stimme wurde leise, aber nicht leise genug, um das Beben darin zu unterdrücken. „Du hast das Thema gewechselt. Es geht hier um deine Kirche. Die Leute dort lassen dich für ihre Ziele rackern, als wärst du der billigste Arbeiter. Dabei stehst du über solchen einfachen Tätigkeiten. Du solltest wie deine Mutter hinter den Kulissen arbeiten und Geld für gute Zwecke sammeln."

„Aber das ist nicht das, was ich will. Ich will den Menschen dienen." Allie passte ihren Schritt seinem an.

Er warf ihr einen stechenden Blick zu. „Ich habe das toleriert, weil ich wusste, dass es nur vorübergehend ist, aber jetzt reicht es mir."

„Vorübergehend?"

„Wenn wir verheiratet sind, wirst du keine Zeit mehr für das Rote Kreuz haben und du wirst auch nicht mehr in diese Kirche gehen."

„Doch, das werde ich." Aber stimmte das? Konnten sie wirklich in getrennte Kirchen gehen? Was würde mit ihren Kindern passieren? Ob sie auch nach Groveside durften? Von St. Timothy's wollte sie sie um jeden Preis fernhalten.

In Baxters Blick lag eine Härte, die sie unter anderen Umständen attraktiv gefunden hätte. „Ich verbiete es dir. Und zwar ab sofort. Du wirst beim Roten Kreuz kündigen und nie wieder einen Fuß in diese Kirche setzen."

Er erwartete tatsächlich, dass sie ihre Arbeit als Freiwillige aufgab und in die St. Timothy's zurückkehrte? Zurück in ihr tristes, sinnloses Leben? Gottes Vorstellungen in den Wind schriebe? Genau das wollte er – dass sie Gottes Willen missachtete. Sie starrte in die blauen Augen unter dem dunkelblauen Hut. Mr und Mrs J. Baxter Hicks würden sich an einem Duett versuchen, aber in zwei verschiedenen Tonarten spielen. Und das würde immer so bleiben, es sei denn, Allie würde der Versuchung nachgeben, um der Harmonie willen in Baxters Tonart zu wechseln. Doch wenn sie Baxter vor Gott stellte, würde etwas Kostbares in ihr zerbrechen.

Baxters Gesichtszüge wurden schlagartig weich. Er nahm Allie am Ellenbogen und führte sie in Richtung Haus. „Ach, komm. Das ist nur zu deinem Besten."

Das war also das ungleiche Joch. Sie konnte es bereits auf ihren Schultern fühlen und wie es sie an Baxter kettete. Er zog in die eine Richtung, Gott in die andere, und Allie würde es in der Mitte zerreißen.

Plötzlich erschienen ihr der Skandal, der Tratsch, die Unannehmlichkeiten, sogar der Ärger und die Ablehnung ihrer Eltern wie der geringere Preis. Ihr Blut schien stillzustehen, ebenso wie ihre Gedanken. Die Zeit war gekommen, sich zu entscheiden.

Bitte, lieber Gott, wenn das wirklich dein Wille ist, dann gib mir bitte Kraft.

Baxter führte sie um die Steinsäule am Toreingang. Allie atmete zitternd ein. „Baxter, ich kann das nicht tun, was du verlangst."

„Wie bitte?" Sie blieben unter dem wächsernen Blätterdach eines Orangenbaums stehen. Als er ihren Gesichtsausdruck sah, fingen seine Augenbrauen an zu zucken. Sein Griff um ihren Ellenbogen wurde stärker. „Sagst du nicht immer, dass ... dass du der Bibel gehorchen musst?"

„Ja." Sie fühlte sich größer, stärker und mutiger als je zuvor.

„Also, in der Bibel steht ..." Seine Lippen bebten wie Ozeanwellen. „In der Bibel steht, dass eine Frau sich ihrem Mann unterordnen soll."

„Du hast recht." Allie wand ihren Arm frei und zog sich den Verlobungsring vom Finger. „Und deswegen kann ich dich nicht heiraten."

„Was?" Er wurde bleich.

Sie hielt ihm den Ring hin. „Ich kann mich keinem Mann unterordnen, der mir verbietet, Gott gehorsam zu sein."

„Ich ... ich habe überhaupt nicht ..."

„Doch, das hast du." Friedlich und nachdrücklich legte sie ihm den Ring in die Hand und schloss seine Finger darum. „Es tut mir leid. Ich weiß, dein Haus ist fast fertig und es wird sehr viel Tratsch und einen großen Skandal geben, aber das ist das Beste so. Weißt du, wir lieben uns doch noch nicht einmal."

„Wie kannst du ... wie kannst du so etwas sagen?"

Allie seufzte und sah in sein von Panik verzerrtes Gesicht. J. Baxter Hicks war so nah dran gewesen, seine Träume zu verwirklichen, und sie machte sie nun mit einem Schlag zunichte. „Es tut mir so leid. Du bedeutest mir viel, aber ich liebe dich nicht. Und ich weiß, dass du mich auch nicht liebst."

„Es geht dir um Liebe?" Zwischen Baxters Augenbrauen bildete sich eine Furche. „Muss ich dich daran erinnern: Ich wüsste nicht, dass du mit deinem Aussehen die große Wahl hättest."

„Du bist eine wunderschöne Frau, Allegra Miller, und du bist etwas ganz Besonderes", hatte Walt am Bahnsteig zu ihr gesagt und mit seinem Blick und dem Kuss seine Worte unterstrichen. *„Lass dir von niemandem etwas anderes einreden."*

„Wie kannst du es wagen? Das ist nicht wahr." Die Ungestümheit in ihrer Stimme überraschte sie selbst. „Und selbst, wenn es so wäre, heißt das noch lange nicht, dass ich keine Liebe verdient habe. Cressie war auch nie hübsch und ihr Mann liebt sie sehr. So eine Ehe will ich haben, die auf Liebe, Freundschaft und Glauben basiert. Und wenn das nicht geht, dann bleibe ich lieber allein. Miss Montclair ist auch glücklich und ich kann das genauso."

„Das ist doch absoluter Unsinn. Komm jetzt. Wir reden später darüber."

Allie folgte Baxter ins Haus, aber für sie war das Gespräch beendet. Sie sah auf ihren Ringfinger. Ihre Hand und ihr Herz zitterten vor Freiheit und Unbeschwertheit.

***

Allies Vater faltete die Zeitung zusammen, als Baxter und Allie ins Wohnzimmer kamen. „Wie war der Gottesdienst?"

„Sie geht dort nicht mehr hin", sagte Baxter mit tiefer Stimme.

„Doch, das mache ich." Allie ließ die Arme baumeln und ging in die Küche. „Hallo, Mutter."

„Oh, hallo." Sie schob das Fleisch in den Ofen. „Wie war's in der Kirche?"

„Ich fand's toll. Baxter fand es schrecklich." Sie legte ihren Mantel über eine Stuhllehne und musste ein Lachen unterdrücken. Ihre Entscheidung von eben würde das ganze Haus kopfstehen lassen, aber sie verspürte das dringende Verlangen, vor Freude zu lachen.

„So?", fragte Mutter. „Dafür hörst du dich aber eigenartig fröhlich an."

„Komisch, nicht wahr?" Allie wusch sich die Hände am Waschbecken und ihre Mutter trat neben sie, um Wasser in einen Topf zu füllen. Allie sah ihr tief in die Augen. Wenn sie doch nur verstehen könnte. Wenn sie doch nur einverstanden sein könnte. „Bitte, freu dich ein kleines bisschen für mich."

Mutter runzelte die Stirn. „Aber ich freue mich doch. Du heiratest einen feinen jungen Mann." Sie sah erst auf Allies linke Hand, dann auf die rechte, und wieder zurück. „Oh, Allie, dein Ring! Sag mir nicht, dass du ihn verloren hast. Ach, wo kann er nur sein? Weiß Baxter es schon?"

Allie seufzte. „Ja, er weiß es. Vielleicht sollten wir lieber nach dem Essen darüber reden."

Aber ihre Mutter nahm augenblicklich die Schürze ab und eilte durch die Küchentür.

Oh nein. Nicht jetzt. Nicht so. Allie lief schnell hinterher.

„Baxter, es tut mir so leid", sagte Mutter aufgelöst. „Wir finden diesen Ring, und wenn wir das ganze Haus auf den Kopf stellen müssen."

„Den Ring?" Baxters Schock wich einem Lächeln. Er holte den Ring aus seiner Brusttasche. „Ich habe ihn doch. Keine Sorge Allie, ich habe ihn für dich aufbewahrt."

„Gott sei Dank." Mutter nahm den Ring und brachte ihn Allie. „Und ich habe mir schon Sorgen gemacht."

Allie sah in lächelnde Gesichter. Baxters Lächeln zeigte eine Extraportion Befriedigung.

Hier war sie, die letzte Fluchtmöglichkeit vor dem Zorn ihrer Eltern. Allie richtete sich auf, als wolle sie das Joch noch einmal abwerfen. „Ich habe ihn Baxter nicht ohne Grund gegeben, aber das möchte ich lieber nach dem Essen besprechen."

„Nichts Schlimmes", fügte Baxter hinzu. „Nur eine kleine Zänkerei zwischen Verliebten."

Allie verdrehte die Augen. Eine Zänkerei zwischen Verliebten? Weder war es eine Zänkerei noch waren sie verliebt.

„Allie, auch ein Streit ist kein Grund, überstürzt zu handeln. Sag nie etwas, das du später bereuen könntest." Ihre Mutter nahm ihre Hand und wollte den Ring hineinlegen.

Allie zog sie zurück. „Ich möchte lieber später darüber reden."

Ihre Mutter wurde bleich, ihr Vater stand auf und Baxter lehnte sich mit einem selbstgefälligen Lächeln zurück. Allie warf einen Blick auf die Alpenlandschaft, die an der Wand hing. *Herr, du musst jetzt mein Fels sein.*

Ihr Vater trat neben ihre Mutter. Sein Gesicht war wie versteinert. „Allie, steck den Ring an."

Dieses Mal würde er nicht ihr Beschützer sein. Allie wurde schwer ums Herz und sie atmete schnell ein, um die Fassung zu wahren. „Nein, das mache ich nicht. Wir hatten keinen Streit und ich werde niemals bereuen, was ich getan habe. Ich habe viel darüber gebetet und weiß, dass es das Richtige ist."

235

Baxter zündete sich eine Zigarette an. „Das legt sich wieder. Alle Verlobten kriegen mal kalte Füße."

Allie rang mit sich. Wenn sie jetzt ausfällig wurde, würde ihr niemand mehr glauben, dass die Entscheidung nicht überstürzt war. „Meine Füße waren noch nie so warm. Ich habe die Verlobung gelöst. Ich kann dich nicht heiraten."

„Allie ..." Mutter drehte den Ring in ihrer Hand.

Arme Mutter. „Es tut mir so leid. Ich weiß, wie schrecklich das für euch alle sein muss. Diese Hochzeit sollte die Erfüllung eurer Träume sein – aber ich kann und will nicht dafür herhalten. Nicht auf meine Kosten."

„Deine Kosten?" Baxter blies eine Wolke Zigarettenrauch aus seinem Mund. „Du meinst, auf Kosten deiner lächerlichen Märchenfantasien? Nur zu. Erklär das deinen Eltern."

Allie suchte in den Augen ihrer Eltern nach Verständnis. „Was ist so lächerlich daran, dass ich mir eine glückliche Ehe so wie die eure wünsche? Ich kann keinen Mann heiraten, den ich nicht liebe, der mich nicht liebt, und erst recht kann ich keinen Mann heiraten, der meinen Glauben nicht teilt."

„Allie", stieß ihre Mutter hervor, „wie kannst du nur so etwas sagen?"

Ihr Vater zeigte auf Baxter. Sein Arm zitterte. „Allie, du wirst dich auf der Stelle bei Baxter entschuldigen."

„Ich entschuldige mich. Für die Scherereien, für die Schande, die Enttäuschung. Aber ich entschuldige mich nicht für meine Entscheidung."

Die Lippen ihrer Mutter bebten und das Gesicht ihres Vaters wurde puterrot. Allie schüttelte den Kopf und ging zur Treppe. Für sie würde es heute kein Essen geben, aber wahrscheinlich für den Rest auch nicht.

„Mach dir keine Sorgen, Baxter", sagte ihr Vater. „Sie ist ein vernünftiges Mädchen. Das renkt sich wieder ein."

„Ich sage überhaupt nichts ab", rief Allies Mutter ihr hinterher. „Am 3. Juli wird geheiratet, und damit basta!"

Allie seufzte. Die Sache war noch lange nicht ausgestanden, aber Gott ließ sie nicht im Stich. Er hatte ihr schon über die Maßen geholfen. All die Stärke, der Friede und die innere Freude konnten nur von ihm kommen. Sie sah sich für einen Moment im Spiegel des Eingangsbereichs. Ihr Lächeln und das Leuchten in ihren Augen gefielen ihr. Sie war nicht nur fast hübsch – sie war hübsch.

Allegro und *adagio*. Eine wunderschöne Kombination. Ihr Lächeln vollführte ein *crescendo* und ihre Füße trippelten auf der Treppe ein *pizzicato*.

In ihrem Zimmer holte sie Schreibzeug hervor und schrieb Walt einen langen Brief. Darin erzählte sie ihm, was an diesem Tag vorgefallen war und wie ironischerweise gerade seine Glückwünsche zu ihrer Verlobung ihr geholfen hatten, sie zu lösen. Der Brief sprudelte vor Freude über.

Als sie fertig war, las sie ihn sich noch einmal durch. Plötzlich erschien er ihr zu intim. Was, wenn Walt sich verantwortlich fühlte? Oder wenn er daraus las, dass sie Gefühle für ihn hatte? Sie blies die Wangen auf und dachte nach. Am besten ließ sie sich noch etwas Zeit, um ihm dann angemessen davon zu berichten.

Angemessen? War es überhaupt angemessen, dass Walter Novak der Erste war, dem sie von ihrer gelösten Verlobung erzählen wollte?

Kapitel 33

Thurleigh, 18. Februar 1943

„1500. Stellplatz."

Walt sah ungläubig auf den Zettel mit Crackers Handschrift, der auf seinem Kissen lag. Was war das? So etwas wie der „Ich-warte-nach-der- Schule-auf-dem-Spielplatz-auf-dich"-Zettel, den er von Howie Osgood in der fünften Klasse bekommen hatte? Und der ihm sein erstes blaues Auge eingebracht hatte? Wenigstens war Howies Veilchen größer gewesen als seins.

Von seiner Pritsche aus griff er nach dem Brief an Allie, den er vor dem Mittagessen angefangen hatte. In seinem Zustand war an Kampf nicht zu denken. Erst an diesem Morgen war er aus dem Lazarett entlassen worden und er fühlte sich noch immer, als hätte eine Fliegende Festung auf seiner Brust eine Bruchlandung hingelegt.

Walt streckte sich auf der Pritsche aus und las noch einmal Allies Brief. Er klang komisch – so flach. Sie beschrieb ihre Arbeit und die Geschehnisse, aber eher im Zeitungsstil, ohne die übliche Farbe und den Humor. Am Ende des Briefes verlor sie sich in irgendwelchen Sätzen über Gehorsam und Opfer und dann kam plötzlich die Bitte um seine Meinung und das Gesprächslevel stieg wieder. Sie hatte eine Glaubensfrage und wandte sich damit weder an ihren Verlobten oder den Pastor noch an ihre Glaubensgeschwister in der Gemeinde. Sie fragte ihn.

Offensichtlich brauchte sie seine Freundschaft genauso wie er die ihre. Zum Glück hatte er ihr seine Liebe nicht gestanden.

Er ließ sich zur Seite rollen und griff nach der Konkordanz, die ihm sein Dad zum Schulabschluss geschenkt hatte. Damals war er noch fest davon überzeugt gewesen, dass Walt Pastor werden würde. Heute erwies sich die Konkordanz immerhin als nützlich. Allie wollte Rat in göttlichen Dingen und er war entschlossen, ihn ihr zu geben.

Nach einer Weile hatte er sich verschiedene Abschnitte aus der Bibel herausgeschrieben und griff nach dem Briefpapier.

Da hast Du Dir aber einen schwierigen Vers ausgesucht. Hättest Du nicht so etwas Leichtes wie Johannes 3,16 nehmen können? Halt, das nehme ich zurück. Was ist daran leicht, dass Gott uns liebt und seinen Sohn für uns hingab? Ich werde mir also Mühe geben, Deine Frage zu beantworten, aber vergiss nicht, Du hast Captain Novak gefragt und nicht Pastor Novak.

Oh Mann, in der Bibel steht jede Menge über dieses Thema. Gott möchte einerseits Opfer gebracht bekommen, andererseits gefallen sie ihm manchmal nicht und er lehnt sie ab. 1. Samuel 15,22 hast Du ja schon gefunden – der Vers hat es in sich, nicht wahr? In Micha 6,6-8 steht, was Gott sich als Opfer von uns wünscht: sein Wort zu halten, Liebe zu üben und demütig zu sein. Dazu passt auch Psalm 51,18-19: „Denn du hast keine Lust am Schlachtopfer, sonst gäbe ich es; ... Die Opfer Gottes sind ein zerbrochener Geist; ein zerbrochenes und geschlagenes Herz wirst du, Gott, nicht verachten." Hosea 6,6 ist so gut, dass Jesus diese Stelle gleich zweimal in Matthäus zitiert: „Denn ich habe Lust an der Liebe und nicht am Opfer, an der Erkenntnis Gottes und nicht am Brandopfer."

Erkennst du das Gesamtbild? Wenn wir Gottes Wille nicht gehorchen, dann will er auch unsere Opfer nicht haben. Was Gott möchte, ist, dass wir vor ihm all unseren Stolz ablegen, mit ihm durchs Leben gehen und ihm gehorchen.

Geht es hier eigentlich um Dich oder um mich? Mich betrifft das Ganze nämlich genauso. Ich bin zur Air Force gegangen, weil ich gern bereit war, mein Leben für mein Land zu opfern. Und ich habe die Beförderung zum Staffelleiter ausgeschlagen, um meine Crew zusammenzuhalten. Auch für dieses Opfer habe ich mich nobel und gut gefühlt.

Aber Gott will meinen Gehorsam. Erinnerst Du Dich an die Apfelsine im Zug? Viel hast Du nicht gesagt, aber ich konnte sehen, wie enttäuscht Du über meine Lüge warst. Weißt Du, bisher bin ich mit meinen kleinen Notlügen immer ganz gut gefahren. Aber in letzter Zeit legt Gott bei mir ziemlich viel Wert auf Ehrlichkeit und hat mir gezeigt, dass Stolz und Hochmut die Ursache für die kleinen Lügen sind. Ich hasse Hochmut. Gott verabscheut Hochmut. Inzwischen habe ich begriffen, dass ich damit aufhören muss. Noch schlimmer, ich musste vor der ganzen Crew zugeben, dass ich sie belogen hatte – und zwar faustdick. Da habe ich mich gar nicht mehr so nobel und gut gefühlt.

Sondern ziemlich lausig. Ich habe mir ihren Respekt erst so hart erarbeitet und sie dann alle enttäuscht. In Augenblicken wie diesen fehlt mir Frank unwahrscheinlich. Seit ich es den Männern gebeichtet habe, bin ich nämlich ziemlich einsam. Es war das Richtige, aber Gehorsam ist kein Spaziergang.
Wo auch immer Gott von Dir Gehorsam möchte, wünsche ich Dir, dass die Konsequenzen gut sind. Aber selbst wenn nicht, solltest Du es tun. Ich bete für Dich, wie immer.

Walt setzte seinen Namen darunter und streckte sich. Die Zeit reichte noch, um der Poststation auf dem Stützpunkt einen Besuch abzustatten und den Brief abzuschicken. Danach musste er sich auf den Weg zum Stellplatz machen, um die Konsequenzen seines Ungehorsams auszubaden. Nein, die Konsequenzen seiner Sünde.

* * *

„Hey, was macht der denn hier?" Al sprang auf und sah Walt finster an.

Cracker stellte sich zwischen die beiden. „Setz dich auf deine vier Buchstaben, Worley. Er ist der Grund, warum wir hier sind. Und zwar in mehrerlei Hinsicht."

Walts Hände krampften sich um das Futter in seinen Hosentaschen. Die ganze Crew saß auf dem Abstellplatz vor der Holzhütte, die sich die Bodencrew zum Aufwärmen aus alten Kisten gezimmert hatte.

Cracker lehnte sich an eine ihrer Wände. „Schön, dass du es einrichten konntest, Preach."

Walt sah in die abweisenden Gesichter. J.P. erwiderte noch nicht einmal seinen Blick. „Danke für die Einladung."

„Willst du uns vielleicht etwas sagen?" Crackers Lippen umspielte ein Lächeln, aber es sah nicht besonders höhnisch aus. Was hatte er vor?

„Äh, ja. Wie gesagt: Es tut mir leid, dass ich euch angelogen habe. Ich habe euer Vertrauen und euren Respekt missbraucht. Das tut mir leid. Es wird nicht wieder vorkommen."

Al spuckte ins Gras. „Wer einmal lügt, dem glaubt man nicht. Hat schon meine Mama immer gesagt."

„Hast du schon mal gelogen, Worley?", fragte Cracker.

„Äh ..."

„Natürlich hast du das. Und, schon mal Preach angelogen?"

„Äh ..."

„Weißt du noch, wie wir den Fusel hierherschmuggeln wollten? Wir haben ihn alle angelogen, außer Sanchez, der wusste nichts davon. Und Wisniewski war noch nicht dabei."

„Das ... das ist doch was anderes."

„Da hast du allerdings recht. Wegen unserer Lüge sind wir fast abgestürzt. Wegen seiner Lüge dachten wir, er habe eine Freundin. Na und?"

Walt fiel die Kinnlade herunter. Cracker verteidigte ihn?

„Und deswegen habe ich dieses Treffen einberufen." Cracker stellte einen Fuß auf eine Kiste und stützte sich mit den Armen auf sein Knie. „Preach hat sich entschuldigt und versprochen, in Zukunft ehrlich zu sein. Wir haben in den letzten drei Wochen, als er im Lazarett war, alle einen großen Bogen um ihn gemacht. Das ist schon Strafe genug. Wir sind eine Crew und wir müssen zusammenhalten."

„Viel Spaß", erwiderte Al. „Ich lasse mich in eine andere Crew versetzen."

„Ich auch", warf Harry ein.

Louis seufzte und warf den beiden Schützen über die Schulter hinweg einen Blick zu. „Seid doch nicht so dämlich. Ihr wisst doch selbst, dass Preach einer der besten Piloten ist." Seine Stimme klang jedoch nicht besonders begeistert und er würdigte Walt keines Blickes.

„Nicht nur einer der Besten", widersprach Cracker. „*Der* Beste. Wie oft hat er uns schon rausgehauen? Er ist nicht nur ein guter Pilot, sondern auch ein guter Kerl. Sein Vorbild hat mich aus den Bars geholt und in die Kirche. Ich habe sogar mit Margaret ernst gemacht."

„Passt gar nicht zu dir." Walt konnte immer noch nicht fassen, dass ihn keine Prügel erwarteten.

„Ja, ich weiß", sagte Cracker. „Aber wisst ihr was, Männer? Ich mag Preach sogar noch mehr als vorher. Er ist nicht mehr so perfekt, sondern menschlich."

„Allzu menschlich." Walt riskierte ein leichtes Lächeln. Sein ärgster Feind war zu seinem Verbündeten geworden. Dass es so kommen würde, hätte er nie für möglich gehalten.

„Mag sein." J.P. warf ein Steinchen ins Gebüsch. „Aber ich lüge meine Freunde nicht an. Und schon gar nicht dauerhaft."

„Weißt du was? Er hätte ja auch bei seiner Geschichte bleiben können. Wir hätten das nie gemerkt." Abe wandte sich Walt zu. „Aber du hast uns die Wahrheit gesagt. Dafür braucht man Mut. Das war deine freie Entscheidung."

„Ja, das stimmt." Walt setzte sich im Schneidersitz auf die Rollbahn.

„Außerdem haben wir ihn ja fast dazu getrieben", sagte Cracker.

Walt sah ihn fragend an.

„Wir haben dir das Leben schwer gemacht, weil du ein Mann mit Prinzipien bist."

Walt hustete trocken. „Von wegen. Ein schöner Waschlappen."

„Dazu sage ich mal nichts", meinte Louis, auf dessen Gesicht das erste Anzeichen eines Grinsens zu sehen war.

„Ich auch nicht." Cracker griff nach der Tür der Holzhütte. „Und deswegen habe ich eine Mission für die Männer der *Fort Flossie*. Preach sollte seine Freundinnen nicht erfinden müssen. Männer, das ist unser Ziel für heute – hab nur leider kein blaues Tuch gefunden."

Er öffnete mit einem Schwung die Tür. An die Innenseite waren zwei Zeichnungen geheftet und mit einem roten Faden verbunden. Das eine war ein Strichmännchen – ohne Zweifel Walt. Das sah man an den doppelten Streifen auf der Mütze. Auf der zweiten Zeichnung war Walt, das Strichmännchen, zu sehen, wie es seine Arme um eine Strichmännchenfrau legte.

Walt musste lachen. „Das ist nicht euer Ernst."

„Und wir dachten, St. Nazaire sei unser schwerstes Ziel gewesen", meinte Abe.

Das Gelächter der Männer zeigte Walt, dass Cracker es geschafft hatte. Jetzt schuldete *er* ihm eine Cola. Und noch viel mehr als das.

„Ich werde euch nicht anlügen, Männer", sagte Cracker und zwinkerte Walt zu. „Das ist eine verdammt harte Mission. Das Wetter wird scheußlich sein, das Flakfeuer heftig, und überall Feindkontakt. Aber es ist und bleibt unser Auftrag: Ein echtes Mädchen für Walter Novak."

* * *

26. Februar 1943
„Sie ist da, Preach", sagte Louis.

„Wer?" Walt stopfte sich seine Handschuhe in die Taschen und verschränkte unter seiner Fliegerjacke die Arme, um seine Hände im Jackenfutter zu wärmen.

„Das Mädel vom Roten Kreuz. Sie ist ganz verschossen in dich. Wie sie dich schon anguckt."

Walt verdrehte die Augen. Noch nie war ein Mädchen in ihn verschossen gewesen.

Cracker versuchte, über die Köpfe der Männer hinweg einen Blick auf die Frau zu erhaschen. Vor ihnen stand Butterfields Crew in der Schlange. Es gab Kaffee und Doughnuts vor der Einsatznachbesprechung. „Hey, das ist doch Emily Fairfax. Sie ist die beste Freundin von Margaret." Er drehte sich mit weit aufgerissenen Augen zu Walt um. „Und du bist ihr Herzblatt? Ich werd verrückt. Na dann: Operation Novak hat grünes Licht."

„Ich glaube, du hattest heute einen Knick in deinem Sauerstoffschlauch." Walt stampfte mit den Füßen, um das Blut zum Zirkulieren zu bringen. Es war einer der kältesten Einsätze überhaupt gewesen. Die meisten B-24 hatten abgebrochen. Die Liberator war für Temperaturen von mehr als vierzig Grad unter Null nicht ausgelegt.

„Jetzt ergibt so manches einen Sinn. Margaret hat gesagt, Emily mache sich nicht viel aus den Tanzabenden hier, weil der Kerl, für den sie schwärme, sowieso nie dort sei."

„Ach komm, ich kenne sie doch überhaupt nicht." Walt versuchte sie aus dem Augenwinkel zu beobachten – eine Brünette mit kleinen, eng stehenden Augen.

„Für mich passen die Puzzleteile zusammen. Sie weiß nicht, wie du heißt, aber sie mag dein Gesicht. Keine Ahnung, wieso."

„Siehst du. Ich bin das bestimmt nicht." Walt suchte den Raum ab. Das 306. schien heute mit heiler Haut davongekommen zu sein. Andere Geschwader hatten einige Fliegende Festungen verloren.

„Ziel in Reichweite." Die Schlange bewegte sich vorwärts und Abe rutschte nach. „Sieht wolkenlos aus."

„Ja. Genauso wie Bremen heute." Wegen der dicken Wolkendecke über Bremen hatte die 8. Luftflotte wieder auf Wilhelmshaven ausweichen müssen.

„Wer braucht schon die deutsche Luftwaffe?", sagte Louis genervt. „Du schießt dich ganz von allein ab."

Walt stöhnte und vergrub die Hände noch tiefer in der Jacke. Immer noch taub. Emily zog über Butterfields Schulter seinen Blick auf sich und lächelte schüchtern, ein bisschen wie Allie.

„Sie mag dich." Cracker versetzte ihm einen Stoß in die Rippen. „Du bist am Zug."

„Hör doch auf ..."

Butterfield trat beiseite und Emily lächelte Walt an. „Schön, euch zu sehen, Jungs. Ihr wart so lange weg, dass ich mir schon Sorgen gemacht habe."

Louis legte Walt einen Arm über die Schulter. „Preach hier lag mit Lungenentzündung im Lazarett."

„Du meine Güte. Ich wusste nicht, dass Sie krank waren."

„Geht mir schon besser." Er nahm seinen Doughnut entgegen. Sie hatte gemerkt, dass er weg gewesen war? Wieso? Cracker konnte unmöglich recht haben.

„Ich bin wirklich froh, dass es Ihnen wieder besser geht." Emily goss ihm Kaffee ein.

Louis schüttelte Walts Schulter. „Preach kann ruhig einen Doppelten vertragen. Er muss ein bisschen aufgepäppelt werden."

Cracker stützte sich mit den Ellenbogen auf die Theke. „Und ein bisschen Aufmunterung könnte er nach der langen Einsamkeit auch vertragen."

Emily hatte braune Augen wie Walt. Sie schob ihm den Kaffee hin und noch einen Doughnut. „Vielleicht hilft ja ein zweiter Doughnut, Captain Preach?"

Die Männer grölten vor Lachen und Walt musste trotz Emilys verwirrtem Gesicht grinsen. „Preach ist nur mein Spitzname", sagte er.

„Er heißt Novak", warf Abe ein.

„Walter Novak." Walt legte die Hände um die Kaffeetasse, aber seine Finger waren so kalt, dass sie die Hitze als Kälte ans Gehirn meldeten. Aber immerhin, die Finger waren zwar vor Kälte gelähmt, seine Zunge jedoch nicht. Emily war ledig und interessiert und er unterhielt sich mit ihr.

„Also, Captain Novak", sagte Emily und klimperte mit den Wimpern. „Wieso nennt man Sie Preach?"

„Mein Dad ist Pastor und ich habe mich eben noch nie für meinen Glauben geschämt." Das Stechen in seinen Fingern wurde allmählich zu Wärme. Emilys Lächeln schien ebenfalls wärmer zu werden.

„Wenn Ihnen der Glaube so wichtig ist, wieso habe ich Sie dann noch nie in *St. Paul's* gesehen?"

Sie flirtete tatsächlich. Mit ihm. Und seine Kehle schnürte sich nicht zu und seine Zunge schwoll nicht an. Stattdessen konnte er lässig lächeln. „Ich gehe hier auf dem Stützpunkt zum Gottesdienst."

„Vielleicht sollten Sie *St. Paul's* einmal einen Besuch abstatten, um zu sehen, wie wir Engländer Gottesdienst feiern."

Die Begegnung mit Allie hatte doch ihr Gutes gehabt. Sie hatte ihm gezeigt, dass er nicht jedes Mal zur Salzsäule erstarren musste, wenn er mit einer Frau sprach. Er besann sich auf alles, was er während seines Heimaturlaubs gelernt hatte, und lächelte Emily verheißungsvoll an. „Aber nur, wenn ich ein bekanntes Gesicht dort sehe."

Emily spielte mit dem Hahn des Kaffeebehälters. „Wenn Sie möchten, können Sie ja bei meiner Familie sitzen, und am Sonntag mit uns zu Mittag essen. Aber nur, wenn Sie möchten." Ihre Wangen verfärbten sich tiefrot.

Walt rollte ein Stein vom Herzen. Er hatte einen Weg gefunden, über Allie hinwegzukommen. Die Lösung stand direkt vor ihm, nervös und – tatsächlich! – in ihn verschossen. In ihn, Captain Walter J. Novak.

Er lächelte sie breit an. „Sehr gern sogar."

Kapitel 34

Riverside, 13. März 1943

„Glückwunsch, Töchterchen." Vater schob lächelnd Allies Dienstauszeichnung des Roten Kreuzes über den Tisch. „Das hast du dir verdient."

„Danke. Aber die Arbeit an sich ist schon Lohn genug." Trotzdem strich Allie stolz über das rote Band mit seinem schmalen goldenen Streifen.

„Eintausend Stunden", sagte Mutter verächtlich. „Wenn du nur einen Bruchteil davon in die Hochzeitsvorbereitungen investiert hättest ..."

„Mutter, bitte." Allie stand auf und sammelte die Teller ein. Aus patriotischen Gründen hatten die Millers heute auf Fleisch verzichtet.

„Keine Sorge, Mary", beschwichtigte Vater sie. „Allie ist intelligent und hält zu ihrer Familie. Sie wird schon noch zur Vernunft kommen."

Baxter tupfte sich den Mund mit der Serviette ab. „Wie steht es denn um die Hochzeitsvorbereitungen?"

Allie flüchtete in die Küche. Sie wusste gar nicht, was ihr mehr zu schaffen machte: Vater, der darauf bestand, dass sie noch zur Vernunft kommen würde; Mutter, die wegen einer Hochzeit jammerte, die nicht stattfinden würde; oder Baxter, der so tat, als wäre alles beim Alten. Inzwischen verbrachte Allie ihre Abende entweder allein in ihrem Zimmer oder bei Daisy, wenn sie freihatte.

Sie stellte die Teller zum Abwaschen auf die Küchentheke. Irgendwie musste sie die Zeit überbrücken, bis Daisy klingelte.

„Nein, nein, Miss Miller." Juanita, die neue Haushaltshilfe, packte sie an den Schultern und schob sie in Richtung Tür. „Das ist meine Aufgabe. Genießen Sie den Abend mit Ihrer Familie."

Nur wie? Allie stöhnte und ging zurück ins Esszimmer.

„Allie, wir müssen reden", sagte Mutter, nachdem Juanita den Tisch fertig abgeräumt hatte. „Ich weiß nicht mehr weiter. Mrs Rivers, die Floristin, hat angerufen. Sie haben keine Rosen. Die ganzen Blumenfarmen gehörten den Japanern, und sind jetzt alle auf Nahrungsmittelproduktion umgestellt worden. Du musst unbedingt am Donnerstag zur Floristin gehen und nachsehen, ob es eine akzeptable Alternative gibt."

„Keine Hochzeit, keine Blumen." Allie stand auf, rückte ihren Stuhl zurecht und lächelte. „Ich gehe mit Daisy aus. Ich wünsche euch einen geselligen Abend." Die Türglocke übertönte den mütterlichen Protest.

„Perfektes Timing, Daisy." Allie zog die Eingangstür hinter sich zu und schlüpfte in ihren Frühlingsmantel.

„Behandeln sie dich immer noch so, als ob …"

„Lass uns über etwas anderes reden", sagte Allie und ging die Treppe vor dem Haus hinunter. „Etwas Fröhliches, ja? Dein Hut gefällt mir." Obwohl er aus billigem Material war, passte die gewölbte Hutkrempe gut zu Daisys rundem Gesicht.

„Danke. Mein Vater sagt, ich sehe aus wie Ingrid Bergman in *Casablanca*."

„Na dann komm, Ingrid. Die Nacht ist noch jung." Allie hakte sich bei Daisy ein und zog sie die Auffahrt hinunter.

„Ich bin so froh, dass du nicht mehr mit Baxter zusammen bist. Du bist viel lustiger geworden."

Allie lachte. „Gehorsam macht lustig. Aber Baxter ist kein fröhliches Thema. Themenwechsel bitte!"

„Okay. Hast du heute Post gekriegt?"

„Ja, einen netten Brief von meiner Freundin Betty aus Antioch."

„Betty war die Schwangere, richtig?"

„Ja. Im Juni kommt das Kind." Allie ließ den Briefinhalt vor ihrem inneren Auge Revue passieren, um etwas Erzählenswertes herauszufiltern. Der Tod von Jim Carlisle hatte Dorothy und Art einander nähergebracht – schließlich war sie Jims Schwester und er sein bester Freund. Helen wiederum versuchte mit der neuen Situation als Witwe klarzukommen, indem sie sich in die Freiwilligenarbeit und die verschiedensten Ausschüsse stürzte – bis zum Abwinken, wie Betty meinte. Daisy kannte nur keinen dieser Leute.

„Was sagt sie denn zu deiner gelösten Verlobung?"

„Wer? Betty? Ach, ich habe es ihr noch nicht erzählt."

„Was? Wieso denn nicht?"

„Da, der Bus. Komm!" Allie lief schneller.

„Er fährt in die falsche Richtung. Hör auf, abzulenken. Sag ja nicht, du überlegst es dir mit Baxter doch noch anders."

„Nein. Niemals." Allie sah in beide Richtungen und überquerte dann die Magnolia Avenue. „Ich will es den Leuten nur gern persönlich sagen."

Daisys Augen blitzten unter ihrer Hutkrempe hervor. „Und was sagt Walt?"

„Da ist unser Bus." Allie hob den Arm, um ihn auf sich aufmerksam zu machen.

„Du lenkst schon wieder ab."

Allie warf ihrer Freundin einen amüsierten Blick zu und kramte das Fahrgeld aus ihrer Geldbörse. „Walt geht es gut. Ich habe heute einen Brief von ihm bekommen. Er ist aus dem Lazarett entlassen worden."

„Gott sei Dank. Du hast dir wegen seiner Lungenentzündung ganz schön viele Sorgen gemacht."

„Ja. Jetzt brauche ich mir nur noch wegen des Kriegs Sorgen zu machen." Walt war garantiert wieder im Dienst. Ihre Träume hatten wieder angefangen.

Daisy stieg vor Allie ein. „Und was sagt er noch?"

Allie gab dem Busfahrer das Geld und überlegte, wie sie Walts Brief beschreiben sollte. Sie setzte sich neben Daisy. „Erinnerst du dich daran, dass wir bei der Sammelaktion über Gehorsam und Opfer gesprochen haben?"

„Ja." Daisy ließ ihren Kaugummi knallen.

„Ich habe Walt nach seiner Meinung gefragt und er hat mir mit einer tollen Analyse geantwortet, ganz klar und biblisch. In der Zwischenzeit hatte ich mich zwar schon für den Gehorsam entschieden, aber er hat mich noch darin bestärkt."

„War sein Dad nicht Pastor?"

„Das stimmt. Und ich glaube, Walt wäre gar nicht so übel als Pastor, wie er immer sagt. Natürlich ist er ein toller Ingenieur und Pilot, aber sein Glaube ist so stark und lebendig ..."

Allie lächelte zufrieden. Als Walt ihr von seiner Entscheidung geschrieben hatte, die Wahrheit zu sagen, war er in ihrem Ansehen noch gestiegen. Er war so aufrichtig und mutig; für seinen Vorstoß in Sachen Ehrlichkeit konnte sie ihn nur noch mehr bewundern. Er ließ sich von Gott führen, er wuchs und veränderte sich. Gott arbeitete bei ihnen beiden an ähnlichen Bereichen und nun wurden sie beide mit den Konsequenzen ihrer Entscheidungen konfrontiert.

Ein warmes Gefühl machte sich in Allie breit. Irgendwie waren sie in ihren Kämpfen durch Gott miteinander verbunden.

„Aber was sagt er denn nun?", fragte Daisy. „Du weißt schon, zu der Verlobung?"

Allie sah ruckhaft aus dem Fenster. Das Kino war noch ein ganzes Stück entfernt, zu weit, um die Situation durch Schweigen zu lösen. „Nun, ich ... ich habe es ihm noch nicht gesagt."

„Was? Willst du mich auf den Arm nehmen? Wieso das denn nicht?"

Nervös rieb Allie mit dem Daumen über das weiche rostbraune Leder ihrer Handtasche. „Ich weiß nicht. Ich versuche es ja, aber mir fehlen einfach die richtigen Worte. Ich knülle alle meine Versuche zusammen und schicke doch wieder einen normalen Brief. Und je länger ich warte, desto schlimmer wird es. Jetzt muss ich ihm außerdem schon erklären, warum ich über einen Monat gebraucht habe, um ihm das mitzuteilen."

„Tja, da helfen deine ganzen schlauen Wörter aus dem College plötzlich auch nicht mehr. Dann sag's doch einfach geradeheraus." Daisy ließ die Hand niedersausen, als würde sie die Luft in gleichmäßige Stücke zerhacken. „Ich habe mich entlobt. Ich liebe Baxter nicht. Ich liebe dich."

Allie merkte, wie ihr die Kinnlade herunterfiel. „Aber ich ... ich ..."

„Ja, ich weiß, das klingt kitschig. Aber das ist doch gerade das Schöne dabei." Daisy sah Allie an, zog eine Augenbraue hoch und kaute auf ihrem Kaugummi. „Sag mir nicht, dass du ihn nicht liebst."

Allie konnte sie nur fassungslos anstarren. Die Gedanken klebten in ihrem Schädel wie Daisys Kaugummi. „Ich ... ich ..."

„Ach, komm. Du bist doch verrückt nach ihm. Du solltest mal dein Gesicht sehen, wenn du über ihn sprichst. Da leuchtest du noch heller als das große Festzelt vor Pearl Har ... Oh! Das Kino."

Daisy sprang auf, griff nach Allies Hand und zog sie den Gang zur Bustür hinunter – eine gute Entscheidung, denn Allie wäre unfähig gewesen, sich selbstständig zu bewegen. Wie kam Daisy nur darauf? Wieso? Allie liebte Walt nicht. Oder doch?

„Oh, *For Me and My Gal*." Daisy betrachtete das Filmplakat. „Judy Garland und irgendein neuer Schauspieler – Gene Kelly. Ist der nicht süß?"

Allie starrte zum Glockenturm über der Kinokasse hinauf. Hatte sie sich in Walt verliebt?

Sie hatten ihre Freundschaft auf gegenseitigem Respekt, Zuneigung und Vertrauen aufgebaut. Und ja, es wurde ihr jedes Mal warm ums Herz, wenn sie an ihn dachte. Sie fühlte sich nach wie vor zu ihm hingezogen und ihre Gefühle – du lieber Himmel, sie waren viel tiefer, als sie sich bisher eingestanden hatte.

„Allie, alles in Ordnung?"

Allie senkte ihren Blick auf Daisy und löste mühevoll die Zunge von ihrem Gaumen. „Du hast recht. Ich liebe ihn."

Daisy kicherte. „Natürlich. Das weiß doch jeder."

Allie wurde schwindlig und sie drückte sich ihre Hand gegen die Stirn. „Bitte, sag so etwas nicht. Du glaubst doch nicht etwa, dass ich wegen Walt mit Baxter Schluss gemacht habe?"

„Unsinn. Baxter hat dich nicht geliebt. Aber jetzt ist er ja aus dem Rennen und Walt ist dir schwuppdiwupp ins Herz geschlüpft."

„Ja, nicht wahr?" Allie schob der Dame im Kassenschalter ein Zehncentstück zu. „Oder war er schon immer dort?"

„Das ist ein Penny, Miss."

Allie sah erschrocken auf Lincolns Konterfei auf der kleinen Stahlmünze. Aus Kriegsgründen wurden die neuen Pennys nicht mehr aus Kupfer gestanzt.

Daisy griff nach Allies Börse, zog eine Münze heraus und gab sie der Frau. „Verzeihung. Die Arme ist schrecklich verliebt." Sie zog ihre Freundin ins Kino. Aus Allie sprudelte ein Lachen hervor. „Ja. Das stimmt. Ich bin verliebt. Du meine Güte, Daisy, ich bin wirklich verliebt."

„Na, jetzt hat es dich aber erwischt."

„Mit Haut und Haaren." Allie grinste wie ein Honigkuchenpferd. „Und jetzt?"

„Also für ein Mädchen mit Collegeabschluss bist du aber nicht besonders helle." Daisy ging zu ihren Sitzplätzen. „Du sagst ihm das jetzt. Also zumindest, dass du mit Baxter Schluss gemacht hast."

Allie ließ sich in den weichen Sessel sinken. Sie konnte ihm nicht einfach schreiben, dass sie ihn liebte. Das wäre unmöglich und lächerlich. Aber sie konnte ihm schreiben, dass sie ihre Verlobung gelöst hatte. Und zwar gleich heute Abend.

Die Wochenschau zeigte die übliche Portion guter Nachrichten – britische Flugplätze, gepflegte B-17-Bomber, Männer in Lagen von Schafsfell. Dann wurde Allie plötzlich hellhörig. Daisy hielt sich gespannt an ihrem Arm fest.

Die 8. US-Luftflotte verkündete ihre neue Richtlinie, nach der Flugbesatzungen ihren Fronteinsatz nach fünfundzwanzig Missionen erfüllt hatten und wieder auf amerikanischen Boden verlegt werden sollten. Fortan sollten sie nicht mehr so lange im Fronteinsatz bleiben, bis dieser ewige Krieg vorbei war. Sie mussten nicht mehr so lange weiterfliegen, bis sie schrecklich verwundet waren, in Feindeshand fielen oder sogar getötet wurden. Es war ein Ende in Sicht. Es gab wieder Grund zur Hoffnung.

Fünfundzwanzig Einsätze! Auf dem Zettel, den Allie unter *Flossie* versteckte, waren schon achtzehn Striche. Walt könnte schon in einem Monat fertig sein. Dann würde er wieder nach Hause kommen. Sie würde sein Lächeln wieder sehen, sein Lachen hören, den Wollgeruch seiner Uniform riechen und den weichen Druck seiner Umarmung spüren.

Allie sah gebannt auf die Leinwand, wo eine Gruppe von Fliegenden Festungen in akkurater Formation vorbeiflog. Sie wusste jetzt, warum sie ihm noch nichts von der Entlobung gesagt hatte. Sie wollte ihm ins Gesicht sehen, wenn er die Neuigkeit hörte. Sie musste es ihm persönlich sagen.

Kapitel 35

Thurleigh, 18. März 1943

„Kommt schon, Leute", sagte Abe. „Ich bin müde. Schließlich musste ich heute fliegen."

Walt hielt ihm die Tür zur Offiziersmesse auf. „Aber nur während des Zielanflugs."

Abe gähnte. „War das ein Gefühl – mein Bombenvisier zum ersten Mal mit dem Autopilot verknüpft. Kaum zu glauben, dass Preach mir die Kontrolle überlassen hat. Ich durfte endlich einmal mit dem automatisierten Fluggerät fliegen!"

„Er hatte ja keine andere Wahl." Cracker schob Abe durch den Türrahmen. „Sanchez und ich haben ihn festgehalten und Wisniewski hat ihm eine Beruhigungsspritze verpasst."

Louis hob warnend den Finger. „Preach hat mit dem Lügen aufgehört. Jetzt fang nicht du damit an."

Walt lachte leise und folgte seinen Crewmitgliedern in die Offiziersmesse. Trotz des langen Einsatzes, des andauernden Flakfeuers und eines zweistündigen Luftgefechts mit den Deutschen war Abe der einzige, der über Müdigkeit klagte. Walt fühlte sich energiegeladen. Die U-Bootwerft in Vegesack war schon mehrmals ihr auserkorenes Ziel gewesen, aber die Wetterlage hatte sie jedes Mal gezwungen, auf die sekundären Ziele auszuweichen. Heute jedoch waren der Himmel blau und die Bomben präzise gewesen – sieben U-Boote waren jetzt übel zugerichtet und konnten die alliierte Flotte nicht mehr belästigen. Und zum dritten Mal in Folge war das 306. Geschwader ohne Verluste nach Hause gekommen.

Walt sah zum Klavier. Gut. Es war noch nicht besetzt. Ihm war danach, ordentlich in die Tasten zu hauen. Er stellte sich an der Bar an, aber sobald er die gewünschte Colaflasche in der Hand hatte, hörte er die ersten Takte von „In the Mood". Na wunderbar. Da wollte wohl noch jemand in die Tasten hauen.

Walt lehnte sich rückwärts gegen die Bar und seufzte. Der Kerl am

Klavier saß mit dem Rücken zu ihm. Das goldene Blatt auf seinem Schulterstück identifizierte ihn als Major und er war ziemlich gut. Beim Spielen hüpften seine Beine mit und seine Schultern wippten im Takt.

Jack spielte genauso. Walt packte das Heimweh. Seit über einem Monat hatte er nichts von seinen beiden Brüdern gehört.

„Wer sind denn die da drüben beim Klavier?", fragte Louis. „Die habe ich hier noch nie gesehen."

Walt zuckte mit den Achseln. In Thurleigh waren über zweitausend Soldaten stationiert, davon mehr als dreihundert Offiziere.

„Wohl eine Ersatzcrew", meinte Cracker.

„Mit einem Major?" Walt kniff die Augen zusammen, um die Unbekannten besser mustern zu können. Ein paar Majors, ein paar Captains.

Earl Butterfield stützte sich mit den Ellenbogen auf die Bar, während sein Glas wieder gefüllt wurde. „Habt ihr es noch nicht gehört? Vier neue Geschwader kommen nach England. Zwei davon sollen wir trainieren."

Walts Blick schoss zu dem Mann am Klavier mit den hüpfenden Beinen und den wippenden Schultern zurück. „Welches Geschwader: das 94.?"

„Irgendwas in den Neunzigern."

Unmöglich. Walt stellte die Cola auf der Bar ab und lief in Richtung Klavier. Mit jedem Schritt sah der Mann mehr nach Jack aus – wellige schwarze Haare wie Jack, breite Schultern wie alle Novaks. Doch Halt – dieser Kerl hatte einen Schnurrbart.

Plötzlich drehte er sich um und Walt blickte in Jacks blaue Augen und sein breites Grinsen. „Dachte ich es mir doch. Der beste Weg, Walter Novak zu finden, ist einfach ein paar Takte zu spielen."

Walt nickte lediglich und grinste zurück. Seinen Bruder hier zu sehen war fast so, als würde er nach Hause kommen – ein vertrautes Gesicht, eine vertraute Stimme.

Jack stand auf und reichte ihm die Hand.

Walt griff danach und zog seinen Bruder zu sich heran, um ihn kräftig zu umarmen. „Jack Novak, was zum Kuckuck machst du denn hier? Hast du nicht gehört, dass hier ein Krieg ausgebrochen ist?"

„Na und ob. Was glaubst du, warum ich hier bin? Hab gehört, ihr könnt ein bisschen Hilfe gebrauchen." Er klopfte Walt auf den Rücken und musterte ihn. „Also, du auf jeden Fall. Du siehst ja um zehn Jahre gealtert aus. Was ist mit Moms Hamsterbäckchen passiert?"

Walt runzelte die Stirn und befühlte sein Gesicht. „Immer noch da."

„Nö, du siehst anders aus. Immer noch hässlich, aber irgendwie anders."

Walt lachte. „Apropos hässlich: Was soll dieses Bärtchen?"

Jack strich liebevoll mit den Fingern darüber und wackelte mit den Augenbrauen. „Die Frauen lieben es. Du solltest dir auch eins zulegen."

Walt plusterte sich auf. Endlich konnte er auch einmal angeben. „Brauch ich nicht. Bin schon verabredet. Am Samstag."

„Nie im Leben."

„Doch. Ein Mädel vom Roten Kreuz aus Bedford. Sie kommt zum Tanzabend auf den Stützpunkt."

„Du und ein Mädel? Beim Tanzabend? Du lügst."

„Ich lüge nicht. Nie wieder. Es ist die reine Wahrheit: ich, ein Mädel und der Tanzabend."

„Wow." In Jacks Augen trat Bewunderung. Sie hatten das gleiche Grau wie die von Mom. „Ich fasse es nicht: Mein kleiner Bruder hat eine Freundin."

Walt verzog das Gesicht. „Sie ist nicht meine Freundin. Ich war ein paarmal mit ihr in der Kirche und zum Mittagessen bei ihrer Familie eingeladen. Am Samstag ist unser erstes richtiges Date." Und dabei hatte noch nicht einmal er die Initiative ergriffen. Emilys Andeutungen zum Tanzabend waren so deutlich gewesen, dass es unhöflich gewesen wäre, sie nicht zu fragen.

„Hey, lass uns irgendwo hinsetzen." Jack nahm seine Fliegerjacke vom Klavierhocker. „Das muss ich hören."

„Na schön." Walt ließ den Blick durch den Raum schweifen. Das Prahlen tat gut, aber eigentlich wollte er nicht über Emily reden, weil er aus ihr einfach nicht schlau wurde. Sie sah ihn so verträumt an wie Art Wayne das mit Dorothy Carlisle machte, aber Walt verstand nicht, wieso. Sie hatten nicht viel gemeinsam. Wieso mochte sie ihn? Weil er amerikanischer Offizier war? Weil ihre beste Freundin mit Cracker zusammen war?

Ihm war dabei irgendwie mulmig. Und dann war da noch dieses komische Gefühl, Allie zu betrügen. Er hatte so lange vorgegeben, sie sei seine Freundin, dass ihm sein Kopf jetzt schon Streiche spielte.

Walt entdeckte seine Freunde und damit die Gelegenheit, Jack abzulenken. „Willst du meine Crew kennenlernen?"

„Ja, und ich muss dir Charlie de Groot vorstellen." Jack zeigte auf einen Mann, der am Klavier lehnte. „Charlie war mein Bombenschütze im 7. Geschwader auf dem Pazifik. Wir sind dann zusammen zum 94. gekommen."

De Groot und Walt gaben sich die Hand. Charlie war um einen halben Kopf kleiner als Walt und Jack. Sein rundes Gesicht, die blonden Haare, die blauen Augen und die roten Bäckchen erinnerten Walt irgendwie an Ostereier. „Freut mich. Nach Jacks Erzählungen müssen Sie ja der beste Bombenschütze in der ganzen Air Force sein."

„Das nehme ich dir jetzt aber übel", erklang von hinten Abe Rubens Stimme.

Walt drehte sich um und sah seine Crew hinter sich stehen. Abe machte einen Schmollmund. Walt warf ihm einen Arm um die Schultern. „Jack hat unrecht. Das hier ist nämlich der beste Bombenschütze der Air Force."

„Zu spät, Preach."

Jack lachte. „Preach? Daran werde ich mich nie gewöhnen. Ist euch klar, dass er der einzige Novak ist, der kein Pastor ist?"

„Männer", sagte Walt stolz, „das ist mein Bruder Jack."

Cracker gab Jack die Hand, dann Charlie. „94. Geschwader, wie ich hörte?"

„Genau", sagte Jack. „Das 94., 95., 96. und 351. sind auf dem Weg hierher. Wir sind die Vorhut, die die Ausbildung hier koordinieren soll. Zwei Staffeln aus dem 94. werden in Bassingbourn mit dem 91. Geschwader trainieren, und zwei hier. Da ich Staffelleiter bin, durfte ich meine Männer hierherbringen, um meinen kleinen Bruder zu belästigen."

Walt konnte sich ein Grinsen nicht verkneifen. So ein wenig brüderliche Belästigung hörte sich wirklich gut an – da verblasste sogar der Neid darüber, dass Jack Major und Staffelleiter war und er selbst nicht.

Charlie steckte sich eine Zigarette an und betrachtete die Decke, in die jemand neben die anderen Daten schon „18-3-43 Vegesack" eingebrannt hatte. „Wie läuft's hier denn wirklich? In der Wochenschau sieht es immer so aus, als würde Hitler sich die ganze Zeit im Luftschutzbunker verstecken, aber die Zeitungen können die Verluste nicht beschönigen."

„Es wird langsam", antwortete Walt. „Wir kriegen endlich Ersatzcrews und Ersatzteile. Und wir fliegen auf Ziele in Deutschland."

„Und mit euch wird unsere B-17-Flotte gleich doppelt so stark." Louis nahm einen Schluck Bier.

„Wenn wir wenigstens Kampfflieger als Eskorte hätten, um uns die Deutschen vom Hals zu halten", bemängelte Walt. „Die Spitfires von den Engländern sind wendige kleine Dinger, aber wenn es an der französischen Küste wirklich hart auf hart kommt, müssen sie schon wieder abdrehen."

„Das 4. Geschwader hat gerade P-47 Thunderbolts bekommen", sagte Cracker. „Die haben eine größere Reichweite, aber bis nach Deutschland kommen sie auch nicht."

Charlies Zigarette wackelte, während er die Decke betrachtete. „Achtundzwanzig Einsätze? Hat schon einer seine Runde hier beendet?"

Die Männer lachten. „Bei Weitem noch nicht", sagte Walt. „Nicht bei all den Abbrüchen, Schäden und Krankheiten. Wir sind mit unseren neunzehn schon unter den Besten."

„Stimmt", meinte Cracker. „Kaum hatten wir Preach aus dem Krankenhaus, schickten uns die da oben nach Stanbridge Earls. Eine Woche Fronturlaub. Wir haben drei Einsätze verpasst."

Jack hob die Augenbrauen. „Ihr wart auf einem alten englischen Landgut? Scheint ja wirklich hart hier zu sein."

„Fürwahr, fürwahr." Louis setzte einen vornehmen Gesichtsausdruck auf und hob mit abgespreiztem kleinem Finger eine imaginäre Teetasse zum Mund. „Indes hatten wir die höchst allerliebsten Teeplaudereien und Pastetchen, nicht wahr? Und Captain Novak spielte eine umwerfende Partie Krocket."

Die Erinnerung an ihren Fronturlaub und der verunglückte britische Akzent seines Südstaaten-Navigators ließen Walt herzlich lachen.

„Umwerfend war er in der Tat", warf Abe ein. „Er hat eine Statue umgenietet."

„Nur eine ganz kleine." Walt hob zur Verdeutlichung Daumen und Zeigefinger. „Sag es nicht Dad, sonst verrate ich ihm, was damals wirklich mit seinem *Smith's Bible Dictionary* passiert ist."

Jack klopfte ihm lachend auf den Rücken. „Komm, wir haben uns viel zu erzählen. Schön, euch kennengelernt zu haben."

Walt entdeckte einen freien Tisch. „Da drüben." Louis reichte ihm seine Cola und die beiden Brüder nahmen den Tisch in Beschlag.

Jack schlug die Füße übereinander und lehnte sich zurück. „Wie war das? Du lügst nicht mehr? Wer hält mir denn jetzt den Rücken frei?"

„Tut mir leid. Wenn du unbedingt Dummheiten machen willst, bist du ab jetzt auf dich allein gestellt."

Jack zwinkerte ihm zu. „Dann bin ich wohl auf mich allein gestellt."

Walt schmunzelte und prostete seinem Bruder zu. Jack brauchte keine Schützenhilfe. Sein gutes Aussehen und sein Charme würden ihm aus jeder Patsche heraushelfen. Er würde wie immer alles bekommen, was er sich in den Kopf setzte – auch jede Frau.

Wenn Walt nur einen Bruchteil von Jacks Ausstrahlung gehabt hätte, dann würde Allie ihn heiraten, und nicht diesen Lackaffen Baxter. Walt nahm einen großen Schluck Cola, um die Verbitterung herunterzuspülen. Ray und Jack waren echte Glückspilze. Sie hatten alles und waren trotzdem herzensgute Menschen.

„Bist du vorher noch mal zu Hause gewesen?", fragte Walt.

„Zehn Tage. Hatte ganz vergessen, wie schön Antioch zu dieser Jahreszeit ist – alles grünt und überall wachsen die Wildblumen."

Walt nickte. „Wie geht's Mom und Dad?"

„Sie werden langsam alt. Komisch, wie sehr man das merkt, wenn man nur einmal im Jahr da ist."

„Ist mir auch aufgefallen. Der Krieg macht die Sache nicht besser."

Jack prostete Charlie an der Bar zu. „Zum ersten Mal sind zwei ihrer Söhne an der Front. Als ich im Pazifik stationiert war, warst du noch in der Ausbildung. Und als ich zurückkam, gingst du gerade an die Front. Sie geben sich natürlich tapfer, aber ich weiß, dass Mom sich Sorgen macht."

Walt legte die Stirn in Falten. Mom hatte allen Grund, sich Sorgen zu machen. In Thurleigh fehlten inzwischen einundzwanzig Crews – entweder verschollen in deutschen Gefangenenlagern oder getötet. Der Wahrscheinlichkeit nach würde zumindest einer der beiden Novaksöhne nicht lebend zurückkehren.

„Grandpa und Grandma geht es dafür gut", sagte Jack. „Sie werden natürlich auch langsamer. Mir gegenüber hat Grandpa zugegeben, dass er mit dem Gedanken spielt, sich nach dem Krieg eventuell jemanden für die Farm anzustellen."

Walt lächelte. „Für Grandpa ist das dasselbe wie aufgeben."

Charlie kam mit einer Tasse Kaffee zu ihrem Tisch und verbeugte sich mit einer ausladenden Geste. „Sonst noch etwas, wertester Käpt'n?"

„Nein", antwortete Jack lachend. „Danke, Kumpel."

Charlie zog Jack die Mütze ins Gesicht und ging zu den anderen Männern aus dem 94. Geschwader.

Jack richtete sein Käppi. „De Groot ist ein guter Kerl."

„Hast du schon gesagt." Walt spürte einen Stich im Herzen. Frank fehlte ihm sehr. Jemand, den er Kumpel nennen konnte.

„Deine Freunde von zu Hause lassen schön grüßen", sagte Jack. „Betty Anellos Bauch wird immer größer. George ist stolz wie Oskar."

„Kann ich mir vorstellen. Kaum zu glauben, dass er Vater wird. Wie geht es denn Helen Carlisle? Ich mache mir manchmal Gedanken um sie."

„Die habe ich nicht gesehen. Mom sagte, sie habe praktisch den Frauenkreis, das Rote Kreuz und das Jugendrotkreuz in Riverview übernommen. Schätze mal, weil sie sich so von Jims Tod ablenken kann."

„Wenigstens haben wir die Japaner von Guadalcanal vertrieben. Das ist ein kleiner Trost." Walt schlug die Beine übereinander und legte einen Fuß auf sein Knie. „Und wie geht's Ray? Ist er wirklich Fluglehrer für die B-17 geworden? Kaum zu glauben."

„Das wird ihm guttun. Die Versetzung von San Antonio nach Fort Worth war ein guter Tapetenwechsel für ihn. Na ja, er hatte das auch bitter nötig."

„Wieso das denn?"

Jack kramte in seiner Innentasche. „Hier. Für dich. Lies den da zuerst – er ist von Ray." Jack tippte mit ernstem Gesicht auf den obersten Umschlag.

Walt öffnete ihn. Bei Ray lief doch alles so gut? Er war auf amerikanischem Boden stationiert und mit einer tollen Frau verlobt, die er im September heiraten würde.

Lieber Walt,
dass Du bald wieder nach Hause kommst, hört sich gut an. Ich führe jetzt eine Strichliste mit Deinen Einsätzen.
Danke, dass Du alles versuchst, um bei unserer Hochzeit dabei zu sein.
Nur leider wird es keine Hochzeit geben. Vor zwei Wochen hat mir

Dolores den Ring zurückgegeben. Nach vier Jahren hat sie gemerkt, dass sie mich gar nicht liebt.
Das tut sehr weh, aber ich versuche es gelassen zu sehen. Wenigstens habe ich ihren wahren Charakter entdeckt, bevor wir geheiratet haben.

Walt sah Jack ungläubig an. Das war das zweite Mal, dass eine Frau die Verlobung mit Ray gelöst hatte. Zuerst seine große Liebe vom College und jetzt Dolores. „Ich fasse es nicht."

„Überleg doch mal. Wie oft hat Ray ihr einen Antrag gemacht, bevor sie ‚Ja' gesagt hat? Wie oft hat sie es vor sich hergeschoben, ein Datum zu finden? Und in Texas habe ich sie dabei erwischt, wie sie anderen Männern schöne Augen gemacht hat." Jacks Mundwinkel zeigten nach unten.

„Ist nicht dein Ernst. Wieso? Eine bessere Partie als Ray gibt es nicht."

„Bin ganz deiner Meinung. Aber Dolores wohl nicht. Ach, ich bin froh, dass er es nicht ein Leben lang mit ihr aushalten muss."

„Stimmt." Walt betrachtete Rays kurzen Brief, der sicher nur die Spitze des Eisbergs schilderte. Wie konnte ihm Dolores das antun? Wie konnte sie ihn derartig verletzen? „Vier Jahre." Er strich den Brief glatt. „Welche Frau löst nach vier Jahren eine Verlobung?"

***

20. März 1943

Wollte er nicht insgeheim genau das von Allie? Walt ließ den Blick durch den Hangar schweifen. Überall Soldaten in Ausgehuniform, Frauen in bunten Frühlingskleidern und eine Kapelle auf der Bühne. Genau das wollte er doch von Allie, oder? Dass sie ihre Verlobung löste? Dass sie sich in ihn verliebte? Und Baxter so behandelte wie Dolores Ray?

Jack stupste ihn an die Schulter. „Was grübelst du denn schon wieder?"

Walt lächelte. „Englische Bands haben einfach keine Ahnung vom Swing."

„Ich find's okay. Englische Frauen haben keine Ahnung vom Jitterbug."

„Glaubst du, ich etwa?"

„Emily stört's jedenfalls nicht. Die ist ja ganz verrückt nach dir."

Auf der anderen Seite des Hangars kamen die Damen gerade vom Nasepudern zurück oder was auch immer sie taten. Crackers Freundin Margaret trug ein hellgelbes Kleid, das ihr sonniges Gemüt unterstrich. Emilys Kleid schrie Walt mit seinen riesigen pinkfarbenen Blüten an. Sie winkte ihm zu und Walt hob eine Hand zum Gruß.

„Beruht die Sache auf Gegenseitigkeit?", fragte Jack.

Walt zuckte mit den Achseln und widerstand der Versuchung einer schnellen Lüge. „Ich weiß es nicht. Sie ist ganz nett, aber ich kenne sie erst seit Kurzem."

„Sie scheint nicht die Gescheiteste zu sein."

Walt drehte sich zu seinem Bruder um. „Du meinst, weil sie auf mich fliegt."

Jack lachte. „Nein, sie ist einfach nicht so gescheit. Na gut, mit britischem Akzent klingt jeder intelligent. Weiß auch nicht, wieso. Aber viele mögen ja gerade die kleinen Dummerchen, die sie anhimmeln."

„Oh ja." Walt hatte schon viele Soldaten erlebt, die sich beim ersten Anzeichen von Intelligenz verdrückt hatten.

„Für mich ist das nichts. Ich brauche eine Frau mit Köpfchen. Eine, die mir das Wasser reichen kann."

Walt musste daran denken, wie er mit einer gewissen jungen Frau mit grünen Augen in einem Ruderboot geschäkert hatte, und lächelte vor sich hin. „Ja. Ich auch."

„Hä?"

Emily hatte den Raum durchquert und erlöste ihn aus der Misere, den Widerspruch zwischen seinen Worten und seinen Taten zu erklären. Sie ergriff Walts Hand und zog ihn fort. „Komm, Wally, ich möchte so gerne tanzen."

„Wally?" Jack formte die Worte unhörbar mit den Lippen. Sein Gesichtsausdruck schwankte zwischen Abscheu und Feixen.

Walt verdrehte die Augen und ließ sich widerwillig auf die Tanzfläche ziehen. „Nenn mich Walt", sagte er. „Walt, Walter, Novak, Preach oder sonst irgendwas. Aber nicht Wally."

Emily sah ihn mit großen Augen an. „Gefällt dir das nicht?"

„Nein. Hat es noch nie."

„Oh, aber ich darf das zu dir sagen. Das ist mein persönlicher Spitzname für dich." Sie schob zärtlich die Hand über seine Schulter und schmiegte sich zum Tanz an ihn.

Walt verzog das Gesicht. Wieso hätte er am liebsten Reißaus genommen?

Emilys Haar kitzelte an seiner Nase und ihre Hand vergrub sich in seinem Schopf. Er musste sich dringend mal wieder die Haare schneiden lassen. Beiläufig schob er sie ein wenig von sich, um den Abstand zwischen ihnen zu vergrößern.

Aber wieso? Wenn Allies Haar an seiner Nase kitzelte, gefiel ihm das doch auch. Und er träumte davon, wie sie ihm durch die Haare fuhr. Vermutlich war genau das der Grund: Er wollte keine Emily, die sich an ihn schmiegte; er wollte Allie, die sich an ihn schmiegte. Das hier war falsch, einfach nur falsch. Emily, das Tanzen, das Flirten – alles falsch. Wie Säure fraß sich Traurigkeit in sein Herz. Wieso konnte Allie Baxter nicht den Laufpass geben und sich in ihn verlieben?

Walt stöhnte so laut auf, dass Emily ihn erstaunt ansah. Er zwang sich zu einem Lächeln und sie lehnte ihre Wange beruhigt wieder an seine Schulter. Das alles war eine einzige Sackgasse. Mit Emily auszugehen war falsch; heimlich Allie zu lieben war falsch. Falsch, alles falsch. Er war in die Verlobte eines anderen Mannes verliebt und in wenigen Monaten würde sie heiraten. *Herr, ich kann doch nicht die Frau eines anderen begehren!*

Emily seufzte ergeben. Walt hatte sie durch seine innere Anspannung unabsichtlich näher zu sich herangezogen.

Er ließ schnell wieder locker.

Walts und Jacks Blicke trafen sich über Emilys Kopf hinweg und Jack zwinkerte ihm zu, obwohl drei Frauen aus Bedford ihn mit leuchtenden Augen umringten. Wenn er Jack doch nur um Rat fragen könnte. Aber dann müsste er ihm die ganze Geschichte von vorn erzählen.

Plötzlich brach Trauer über Walt herein. Frank hätte er die ganze Geschichte nicht erst erzählen müssen. Frank hatte sie ja schon gekannt und er hatte es gemocht, jedes kleine Detail auszuwerten. Walt schloss die Augen. Das alles war zu viel für ihn. Frank war nicht mehr da, mit Jack wollte er nicht reden, und er wusste inzwischen weder aus noch ein. Nur eins wusste er: Wie sehr er Allie liebte. Mit jedem Brief wuchsen seine Gefühle für sie.

Die Briefe. Walt biss die Zähne zusammen. *Nein, Herr. Bitte nicht das auch noch. Bitte lass mir wenigstens die Briefe.* Aber er machte sich nichts vor. Die Briefe fachten seine Gefühle und Fantasien nur weiter an.

Walt rang mit Gott, während die Kapelle „Moonlight Becomes You" säuselte. Es musste sein. Ein letzter Schritt des Gehorsams, eine letzte verlorene Freundschaft, ein letztes Opfer.

Nur wie? Wenn er einfach aufhörte zu schreiben, würde sie sich Sorgen machen und denken, ihm wäre etwas zugestoßen. Er musste es ihr sagen. Aber musste das wirklich sein? Musste er sich jetzt auch noch eine volle Blöße geben?

Das ist zu viel verlangt, Gott. Lass mir wenigstens ein bisschen Würde.

Es musste doch irgendeinen anderen guten Grund geben, den er vorschieben könnte. Irgendeine Ausrede. Walt sah die junge Frau vor sich an. Er hielt die Ausrede im Arm. Dafür müsste er noch nicht einmal wirklich die Wahrheit verfälschen. Allie würde es erspart bleiben, ihn zu bemitleiden, und er könnte sein Gesicht wahren.

Eine allerletzte Notlüge.

Kapitel 36

Riverside, 3. April 1943

Der neue Hut für Ostern war perfekt. Cremefarben mit einem salbeigrünen Band und vielen kleinen Lilien. Er passte hervorragend zu Allies Crêpe-Kleid mit der aufgestickten Lilie. Und dazu würde sie noch Walts Kreuz aus Lilien anlegen.

Allie sah aus dem Fenster in den Victory-Garten, wo die Tomaten, der Mais und die Bohnenranken in der Abenddämmerung die Blätter falteten. Ob Walt noch rechtzeitig für die Frühlingsblumen nach Hause kommen würde? Oder erst für seine geliebten Sommerfrüchte? In jedem Fall bald. Die Strichliste unter *Fort Flossie* wuchs schneller als die Tomatensetzlinge.

Sie beugte sich über den Nähtisch und strich mit blauer Kreide die Ärmel ihrer weißen Bluse an. Die Ellenbogen waren langsam durchgescheuert und sie machte eine Sommerbluse daraus.

Ob Walt es schaffte, ihr trotz der Zensur das Datum mitzuteilen, wann er zurückkam? Betty konnte sie nicht fragen, weil sie ja nichts von ihrer Korrespondenz mit Walt wissen durfte. Aber irgendwie würde sie es schon herausfinden und genau an diesem Tag in Antioch auftauchen, obwohl Reisen der Zivilbevölkerung nicht gern gesehen waren.

Allie nahm ihre beste Schere und schnitt den Ärmel ab. Ihren Eltern würde sie sagen, Betty brauche Hilfe beim Einrichten des Kinderzimmers und Louise Morgan sei in San Francisco so einsam. Beides entsprach ja auch der Wahrheit. Von der Sache mit Walt brauchten sie nichts zu wissen.

Sie steckte mit Nadeln ein Schnittmuster auf dem abgetrennten Stoff fest, um den Ärmelaufschlag für die kurzen, gerafften Ärmel zu bekommen. Am Bahnhof würde sie auf ihn warten. Dort, wo Walt sie auf die Wange geküsst und ihr gesagt hatte, sie sei etwas ganz Besonderes. Seine ganze Familie und Freunde würden auch kommen und Allie würde sich in der Menge verstecken. Mit dem Hut würde sie erst niemand erkennen. Sie würde unter der Krempe hervorlugen, ihn beobachten und ihren Gefühlen freien Lauf lassen.

Allie schnitt um das Muster herum. Und wenn sie dann endlich vor ihm stünde, würde sie genau auf seine erste Reaktion achten. Natürlich würde er sich freuen, sie zu sehen, aber wie sehr? Ihre Freundschaft war zwar im gleichen Maß wie die Länge, Häufigkeit und Vertrautheit ihrer Briefe gewachsen, aber ob er auch ihre Liebe erwidern würde?

Sie setzte sich an die Nähmaschine und fädelte einen hellrosafarbenen Unterfaden ein, damit sie Heftstich und Kräuselstich besser voneinander unterscheiden konnte. Heute würde sie ausgiebig vor sich hin träumen.

Wenn sie dann am Bahnhof langsam den Kopf höbe, würde Walts Verwirrung unbändiger Freude weichen, und er würde sie so fest umarmen, dass sie nur so dahinschmolz. Dann würde sie ihm einen sanften Kuss in die rauen Bartstoppeln auf seiner Wange geben. Er würde sich plötzlich daran erinnern, dass sie eigentlich verlobt war, zurückweichen und sie erschrocken fragen, wo Baxter sei.

Allie lächelte. „Wir sind nicht mehr verlobt. Ich liebe Baxter nicht. Ich liebe dich."

Sie erschrak. Oh, das würde sie niemals über die Lippen bringen. Nicht so.

Mit rosafarbenem Heftstich legte sie den Ärmelsaum um. Es reichte ja schon, ihm zu sagen, dass die Verlobung gelöst war. Den Rest würde er schon von allein herausbekommen. Er würde sich für sie freuen und genauso stolz auf sie sein wie Cressie und Daisy.

Die Zeit am Bahnhof würde nicht reichen, um alles zu erklären, aber sie würden sowieso von der Familie und den Freunden auseinandergerissen und zum Haus der Novaks geschleppt werden. Den ganzen Abend würde er sie von ferne beobachten und sie würde versuchen zu ihm zu kommen, aber immer wieder würden wohlmeinende Freunde sie aufhalten. Irgendwann würde er sie sich schließlich schnappen und nach draußen führen, um unter dem Sternenhimmel spazieren zu gehen.

Sie würden darüber reden, wie viel ihnen ihre Freundschaft inzwischen bedeutete. Sie würde ihm eine Orange pflücken und sagen, was sie alles an ihm mochte, sich um Kopf und Kragen reden und ihm schließlich ihre ganzen Gefühle gestehen. Und dann würde er sie in den Arm nehmen und küssen, richtig küssen, so wie im Film, wie zwei Verliebte.

„Ich dachte, du wolltest hier oben nähen."

Allie zuckte zusammen und drehte sich um. Ihr Vater stand in der Tür. „Ich ... habe ich auch, also ... ich nähe ja noch." Sie griff nach dem Stoff in der Nähmaschine. Wie lange hatte sie vor sich hingeträumt?

Vater betätigte den Lichtschalter. „Im Dunkeln?"

„Ähm ... es ist noch hell genug hier am Fenster." Inzwischen mussten ihre Wangen glühen.

„Jeden Abend gehst du nach dem Abendessen entweder hier hoch oder in die Stadt. Wie lange willst du dich noch vor deiner Familie verstecken?"

Allie drehte sich wieder um. „Bis ihr meine Entscheidung akzeptiert."

„Das wird nicht geschehen."

„Wenn das so ist, dann bleibe ich lieber für mich."

Ihr Vater kam ins Nähzimmer. Seine Lippen waren nur ein Strich. „Was denkst du dir dabei? Ist das der Dank? Ich habe dir immer alles gegeben, was du wolltest. Du durftest sogar gegen den Willen deiner Mutter aufs College. Vielleicht habe ich dir einmal zu oft erlaubt, deinen Kopf durchzusetzen. Dich zu dieser Hochzeit letzten Sommer zu lassen, war jedenfalls ein Fehler. Da fingen die Probleme mit dir erst an. Du warst immer so ein vernünftiges Mädchen, und jetzt das. Ist das der Dank?"

Allies Hände klammerten sich an den weißen Stoff und ihre Kehle schnürte sich zu. Die Enttäuschung ihrer Mutter über Allies durchschnittliches Aussehen hatte ihre Liebe stets geschmälert, aber ihr Vater war immer für sie da gewesen, war stolz auf sie gewesen und ihr Fels in der Brandung. „Es tut mir sehr leid. Aber ich kann Baxter nicht heiraten."

„Oh doch, du wirst. Heute in drei Monaten ist die Hochzeit und du wirst vor den Traualtar treten."

„Ich ... nein, das mache ich nicht." Allie konnte das Zittern in ihrer Stimme nicht unterdrücken. „Ich habe dich sehr lieb, Vater, und es tut mir so weh, dich zu enttäuschen, wirklich, aber ich werde keinen Mann heiraten, den ich nicht liebe."

Die Miene ihres Vaters war fürchterlich streng. „Und wen liebst du dann?"

„Wie bitte?" Allie wurde schlagartig blass.

Ihr Vater nahm ein Nadelkissen vom Nähtisch und betrachtete es. „Besonders gut läuft es nämlich da drüben nicht."

„Wo drüben?", fragte Allie, aber sie kannte die Antwort bereits.

„Bei jedem Einsatz büßen sie fast zehn Prozent ihrer Flugzeuge ein. Wer soll da schon fünfundzwanzig Einsätze überstehen?"

Die Kälte in seiner Stimme traf sie wie ein Schlag ins Gesicht und passte nicht im Geringsten zu dem Bild, das sie von ihrem Vater hatte. „Wie kannst du nur so etwas Gemeines sagen? Und mir gefällt überhaupt nicht, worauf du da anspielst. Da ist nichts."

„Ich bin doch nicht blind. Mir hat er nichts vorgemacht, als er Baxter um die Erlaubnis gebeten hat, dir schreiben zu dürfen. Ich hätte schon damals etwas sagen sollen, aber ich habe dir vertraut. Offensichtlich ein Fehler. Ich sehe genau, was hier vor sich geht: Wie deine Augen leuchten, wenn er schreibt, und wie seine Briefe immer dicker werden und immer häufiger kommen."

„Aber ... es ist nicht das, was du denkst. Wir sind Freunde, mehr nicht." Sie mochte ja von seiner Liebe träumen, aber mehr als ein Traum war das leider nicht.

„Ich lasse nicht zu, dass du diesem Kerl meine Firma überlässt. Oder sonst irgendjemandem außer Baxter."

Das war also der Grund. Sie war die rechtmäßige Erbin, und wen auch immer sie heiratete ...

„Baxter Hicks ist der Einzige, dem ich meine Firma anvertraue. Er hat sich das durch seine Loyalität und harte Arbeit verdient."

„Das verstehe ich. Wirklich. Er soll ruhig die Firma übernehmen. Aber ich werde ihn nicht heiraten."

„Du verstehst überhaupt nichts. Baxter übernimmt die Firma, und damit basta!" Ihr Vater knallte das Nadelkissen auf den Tisch.

Erschrocken sah Allie zu, wie er aus dem Zimmer stürmte. Noch nie hatte sie ihren Beschützer so wütend erlebt. Konnte er sie wirklich enterben? Würde er so weit gehen?

Sie rieb sich die Stirn und deckte die Nähmaschine ab. Genug für heute. Der Standpunkt ihres Vaters ließ keinen Zweifel zu. Sie konnte nicht beides gleichzeitig haben: Walt und *Miller's Kugellager*. Was für eine merkwürdige Entscheidung. Auf der einen Seite ein Mann, über dessen Liebe sie nur fantasieren konnte und der sich Tausende von Meilen entfernt ständig in Lebensgefahr befand; auf der anderen

Seite die Firma, die sie bislang immer sicher erben sollte. Sie hatte nie begierig darauf gewartet, aber mit *Miller's Kugellager* brauchte sie sich keine Sorgen um ihr Auskommen und ihren gesellschaftlichen Stand zu machen.

Zum ersten Mal wurden Allie die Nachteile ihrer Schwärmerei bewusst. Ihre Eltern würden Walt nie als Schwiegersohn anerkennen und so lieben wie Baxter. Was für eine Zukunft wartete jenseits ihrer Fantasien mit Walt auf sie?

Allie stützte die Stirn in die Hände. Noch nie hatte sie darüber nachgedacht, wie es wäre, ein völlig anderes Leben als das ihr bekannte zu führen. Der Luxus und die ganzen Privilegien bedeuteten ihr nichts – sie könnte lernen, mit wenigem auszukommen. Aber könnte sie ein Leben in offener Rebellion gegen ihre Eltern ertragen?

Allie fröstelte. Sie liebte Walt, aber liebte sie ihn so sehr?

Kapitel 37

Thurleigh, 17. April 1943

Walt schlürfte seinen Kaffee und verzog das Gesicht. Er musste eine Tasse von diesem krümeligen Gebräu herunterbekommen, um in der Besprechung nicht einzuschlafen.

„Wie ist das Futter heute so?" Cracker stellte gegenüber von Walt sein Tablett ab. Der Rest der Crew setzte sich dazu.

„Die Eier sind okay. Der Kaffee ist grauenvoll."

J.P.s Oberlippe kräuselte sich skeptisch. Er traute Walts Urteil nicht.

Walt seufzte. Als Kind hatte er gern stundenlang mit Bauklötzen Türme gebaut, um sie dann mit einem Handstreich einstürzen zu lassen. Mit Vertrauen war es genauso: Es dauerte ewig, es aufzubauen. Zerstören ließ es sich im Handumdrehen.

„Hey, Preach, heute Abend ist dein großes Date, wie ich höre", sagte Abe.

„Äh, stimmt." Sein Magen zog sich um das gerade gegessene Rührei zusammen. Wieso war er wegen der Verabredung noch nervöser als wegen des heutigen Einsatzes?

Louis zog ein Fläschchen Tabascosoße aus seiner Jackentasche und würzte sein Rührei. „Wo geht ihr denn hin?"

„Wahrscheinlich ins Kino."

„Das gefällt ihr bestimmt", sagte Cracker. „Da kann sie mit ihrem amerikanischen Offizier angeben."

Walt stopfte sich einen Löffel Haferflocken in den Mund und gab ein grunzendes Geräusch von sich. Früher hatte er gedacht, dass nie im Leben jemals ein Mädchen mit ihm angeben wollen würde, und nun störte es ihn. Die Leute nannten sie „Walts Kleine". Auf dem Heimweg letzten Samstag hatte sie diesen unmissverständlichen „Küss-mich"-Blick gehabt und ihm war das alles zuwider gewesen. Wenigstens blieben nur noch drei Einsätze. Dann könnte er nach Hause zurückkehren und die ganze Sache wäre sowieso beendet. Bis dahin sollte er die ungewohnte Aufmerksamkeit eigentlich genießen, aber er musste immerzu an Allie denken.

Treu und regelmäßig kamen ihre Briefe. Noch. Sie hatte inzwischen bestimmt seine letzte, dämliche Lüge gelesen. Dieser Gedanke stieß ihm noch bitterer auf als der Kaffee.

* * *

Riverside. Allie genoss die kühle Abendluft. Es war längst Zeit, wieder ins Haus zu gehen, aber sie hatte seit Ewigkeiten keinen Abend mehr mit der Familie auf der Terrasse verbracht, und sie wollte nicht, dass er endete.

Baxter lag mit einer Erkältung bei sich zu Hause im Bett. Allie hatte sich deshalb nach draußen getraut, aber vorher insgeheim beschlossen zu fliehen, sobald das Thema Hochzeit auch nur erwähnt wurde. Es war ihr erspart geblieben. Gemeinsam sprachen sie über den Tunesienfeldzug, wo inzwischen die amerikanischen Truppen aus dem Westen und die britische Armee aus dem Osten zueinander durchgestoßen waren. Nicht mehr lange und die Achsenmächte wären aus Nordafrika vertrieben. Ihre Mutter und Allie unterhielten sich darüber, wie die jüngste Rationierung von Fleisch, Butter, Käse und Konserven die Essensplanung beeinträchtigte, und ihr Vater tat seine Meinung über Roosevelts Maßnahme kund, die Gehälter und Preise einzufrieren.

„Ich denke, ich werde zu Bett gehen", sagte Allies Mutter wie immer gegen zehn Uhr.

„Ich auch." Allie lächelte ihre Eltern dankbar an und ging ihnen voraus ins Haus. Zwei Briefe von Walt warteten auf sie, aber seit ihr Vater sie darauf angesprochen hatte, ließ sie sich beim Postholen nichts mehr anmerken.

Ihre Zukunft musste nicht zwangsweise mau aussehen, hatte Allie beschlossen. Wenn Walt zurückkam, würde er sowieso irgendwo in den Vereinigten Staaten stationiert, also bliebe es erst einmal bei ihrem Briefkontakt. Und vielleicht würde er nach und nach Gefühle für sie entwickeln und ihre Eltern würden ihn Stück für Stück akzeptieren. Wenn Gott ein Wunder wirken konnte, warum nicht auch zwei?

In ihrem Zimmer machte Allie sich bettfertig und kuschelte sich in den Kissenberg auf ihrem Bett.

Die Briefe waren schon etwas älter: der eine vom 19. März, der zweite vom 21. Sie legte die Umschläge zufrieden auf ihre Knie. Inzwischen schrieben sie sich jeden zweiten Tag. Ob sie irgendwann sogar zum täglichen Rhythmus wechseln würden?

Seit ihrer Trennung von Baxter im Februar hatte Walt schon einige Briefe bekommen. Ob ihm etwas an ihrem Schreibstil aufgefallen war? Hatte er bemerkt, dass sie Baxter oder die Hochzeitspläne nicht mehr erwähnte?

Allie öffnete den ersten Brief.

Liebe Allie,

was für ein schöner Tag. Ich fange mit Deinem Brief an. Welchen Schritt auch immer Du im Gehorsam gegangen bist, er tut Dir gut! Du hörst Dich viel fröhlicher an. Ich bin stolz auf Dich.

Der Einsatz heute war ein Volltreffer. Der größte Erfolg bisher überhaupt. Alles, was in den Zeitungen darüber steht, kannst du glauben.

Ach, ich habe Neuigkeiten: Mein Bruder Jack ist hier. Sein Geschwader wurde in unseren Teil der Welt verlegt und seine Staffel trainiert auf unserem Stützpunkt. Ich freue mich riesig, ihn zu sehen. Er hat lauter Neuigkeiten von zu Hause mitgebracht. Und Briefe, bei denen die Tinte noch nicht mal richtig trocken ist.

Wir haben uns den ganzen Abend unterhalten. Inzwischen ist es schon fast Mitternacht und ich schreibe im Schein der Taschenlampe.

Heute hatte ich einen echten Geistesblitz: Jack hat irgendwas an sich, das die Leute anzieht. Er muss sich dafür noch nicht einmal ins Zeug legen. Heute Abend habe ich ihn beim Gespräch mit Cracker beobachtet und da wurde mir klar, dass ich nicht nur Jack, sondern auch Cracker um sein Charisma beneide. Also war ich mindestens genauso schuld an den Spannungen zwischen uns am Anfang.

Oh Mann, ich sollte so spät nichts mehr schreiben. Wieder so ein Besuch im verrückten Kopf von Walter Novak. Die Taschenlampenbatterie geht alle. Earl Butterfield hat gerade etwas auf mich geworfen – Du willst gar nicht wissen, was – und er meinte, das Kratzen meines Stiftes auf dem Papier dröhne in seinem Kopf wider. Da dröhnt wohl eher der Whisky.

Morgen fliegen wir nicht, also kann ich ausschlafen. So wie Du. Schlafen Sie gut, Miss Miller.

„Werde ich." Allie küsste ihren Zeigefinger und drückte ihn auf Walts Unterschrift. Wie schön, dass Jack in England war. Das war sicher ein großer Trost für Walt.

* * *

Jack legte Walt eine Hand auf die Schulter. „Wenn du das Steuerrad nach vorn drückst, fliegt das Flugzeug nach unten. Wenn du ziehst, geht es nach oben. Nach vorn – nach unten, nach hinten – nach oben. Verstanden?"

Walt funkelte seinen Bruder wütend an, der in der Besprechung hospitierte, aber Jacks Grinsen brachte ihn zum Lachen. Er konnte ihm seine erste Flugstunde mit Grandpa einfach nicht vergessen machen. Beim Start hatte der zehnjährige Walt den Steuerknüppel nach vorn gedrückt. Wieso fuhr das Flugzeug nicht los? Ray und Jack hatten sich auf der Wiese gekugelt vor Lachen.

„Ich werd's mir merken", sagte Walt.

„Gut. Gar nicht übel, seinen kleinen Bruder bei sich zu haben." Jack lehnte sich zurück und verschränkte die Arme.

Ausnahmsweise machte es Walt nichts aus, der kleine Bruder zu sein. Jack hatte Walts Crew auf ihrem Landurlaub nach London begleitet, als *Flossie* zur Instandsetzung der Motoren in der Werkstatt gewesen war. Es war ein tolles Gefühl, seinen eigenen Bruder als erwachsenen Mann und Kameraden neu kennenzulernen.

Es sah inzwischen überall etwas rosiger aus. Obwohl das 306. Geschwader über Antwerpen am 5. April vier Flugzeuge verloren hatte, hatten sie das Schlimmste hinter sich. Vier neue Geschwader waren eingetroffen, sie bekamen genügend Ersatzteile und Nachschub, die Fliegende Festung hatte jetzt ein Gewehr vom Kaliber .50 im Bug und drei Geschwader flogen die neue P-47. Hitler hatte keine Chance.

* * *

Allie machte den zweiten Brief auf. Er war viel zu kurz. Sie hatte gehofft, dass Walt trotz seines Bruders noch genug Zeit finden würde, ihr zu schreiben. Der Gedanke war egoistisch, zugegeben, aber sie liebte nicht nur Walt, sie liebte auch seine Briefe. Welch eine Freude es war, ihn zu lieben, sich das einzugestehen und es zu genießen.

Jeden Tag wuchs ihre Aufregung. Bald würde Walt nach Hause kommen, und dann ...

Allie bekam Herzklopfen. In der Fantasie Pläne zu schmieden war die eine Sache, aber sie umzusetzen etwas ganz anderes. Es kam doch leider immer anders, als man dachte.

***

Walt hatte alle Hände voll zu tun. Die neue Flugformation allein war schon kompliziert genug, aber mit lauter Neulingen um ihn herum kam der Flug einem Eiertanz gleich.

Die Militärstrategen entwickelten die „Faust" immer weiter, um die Verluste zu minimieren. Normalerweise flog die vorderste Staffel ganz unten und die anderen Staffeln flogen in Treppenform dahinter, sodass sie eine diagonale Linie in Richtung Sonne bildeten. Weil die vordersten Flugzeuge im Luftkampf die volle Wucht der deutschen Luftwaffe zu spüren bekamen, nannten die Piloten diese Position nur „Kanonenfutter". Heute flogen sie jedoch einen „vertikalen Keil" – eine Pfeilspitze, die im fünfundvierzig-Grad-Winkel nach hinten angekippt war. Das 91. Geschwader bildete die vorderste Spitze des Pfeils, das 306. den hinteren Keil, und der vordere wurde von beiden Geschwadern aufgefüllt. Das 303. und 305. flog in derselben Formation hinter ihnen. Wer auch immer es wagte, die Spitze anzugreifen, würde beim Abdrehen von den Kugeln der tiefer fliegenden Bomber durchlöchert werden. *Fort Flossie* flog in der Mitte des hinteren Keils, eingerahmt von zwei Neulingen.

„Touristen auf drei Uhr voraus", rief Pete aus dem Rumpf.

Walt stieß einen leisen, erstaunten Piff aus. Sie waren gerade einmal über den Friesischen Inseln in der Nordsee und noch über eine Stunde von ihrem Primärziel, den Focke-Wulf-Werken in Bremen entfernt.

Hinter Walt drehte J.P. seinen MG-Turm herum. „Sie sind ziemlich früh ... als hätten sie gewusst, dass wir kommen."

„Dreißig, vierzig Fw 190", verkündete Pete. „Sie beobachten uns."

„Na und, wir haben hundertfünfzehn Fliegende Festungen", sagte Mario über das Bordsprechgerät aus dem Heck. „Das sind eintausendeinhundert Gewehre, ihr Krautfresser. Eintausendeinhundert. Und ich habe zwei davon."

Cracker sah Walt an. Über der Sauerstoffmaske schoben sich seine Wangen nach oben.

Walt drehte ein klein wenig nach Norden ab, um dem Neuling zu seiner Rechten auszuweichen, der wohl angesichts der Prügelknaben kalte Füße bekam. Anders als seine Schützen hatte Walt es nicht besonders eilig, das Luftgefecht zu eröffnen. Sollten die Fw 190er sie doch beobachten, ihren Sprit verbrauchen und sich in die Hose machen, wenn sie die größte Streitmacht sahen, die die 8. US-Luftflotte je aufgeboten hatte.

Der Angriff kam sowieso. Kein Grund zur Eile.

* * *

Liebe Allie,
ich schreibe diesen Brief mit gemischten Gefühlen und Du wirst ihn wahrscheinlich auch mit gemischten Gefühlen lesen.
Zuerst die gute Nachricht: Erinnerst Du Dich an unsere Gespräche darüber, dass ich in Bezug auf Frauen ein hoffnungsloser Fall bin? Diese Zeiten sind vorbei. Ich habe Emily bisher noch nicht erwähnt, weil ich nicht wollte, dass Du Dich umsonst freust – oder ich. Emily ist hier beim Roten Kreuz und schenkt nach den Einsätzen Kaffee aus und verteilt Doughnuts. Ihre beste Freundin Margaret geht mit Cracker und er meinte letztens zu mir, sie sei in mich verschossen. Nachdem ich meinen Schock überwunden hatte, habe ich mich mit ihr verabredet. Sie ist sehr nett und wirklich – man glaubt es kaum – in mich verknallt.
Jetzt die schlechte Nachricht: Emily ist ein bisschen neidisch auf unsere Freundschaft. Sie weiß es zu schätzen, dass Du immer ein offenes Ohr für mich hast, aber sie sagt, das sei jetzt ihre Aufgabe, und ich fürchte, sie hat recht. Unser Briefkontakt wird mir unglaublich fehlen, das kannst du mir glauben. Ich kann dir gar nicht sagen, wie viel mir unsere Freundschaft bedeutet. Aber du wirst bald alle Hände voll zu tun haben mit deinem Ehemann und deinem neuen Zuhause und dann sowieso keine Zeit mehr haben, irgendeinem dahergelaufenen Piloten zu schreiben.

Ich werde nie vergessen, was für eine besondere Frau Du bist und wie viel Kraft mir Deine Briefe, Päckchen und vor allem Gebete gegeben haben. Ich werde auch in Zukunft für Dich beten, vor allem für Eure Ehe.
Für immer Dein Freund, Walter

Gute Nachrichten? Allie schlug sich die Hand vor den Mund. Nein, das waren beides schlechte Nachrichten. Ihr Magen begann sich zu drehen und sie drückte fester zu, um sich nicht übergeben zu müssen.

Walt hatte eine Freundin. Kein romantisches Wiedersehen auf dem Bahnsteig, kein Kuss unter dem Orangenbaum, kein ...

Seine Handschrift verschwamm vor ihren Augen, begann zu tanzen und sie damit zu sticheln, was nun niemals Wirklichkeit würde. Irgendein hübsches englisches Fräulein weidete sich an seinem Lächeln, an seinen Umarmungen, seinen Küssen. Für Allie war diese Tür für immer zugeschlagen.

Tränen rannen ihr die Wangen herunter. Sie rollte sich auf dem Bett zusammen, eine Hand um den Mund, die andere um den Magen geklammert. Keine Briefe mehr von Walt. Sein Humor, seine Offenheit, sein Verständnis – vorbei. Der Verlust dieser wahren und kostbaren Freundschaft wog noch viel schwerer als die Zerstörung ihrer lächerlichen Fantasien.

Vor Allie öffnete sich ein gähnender, schwarzer Abgrund – ein Leben ohne Walt.

***

Auf Walts Sauerstoffmaske rann der Schweiß herunter. Er wischte mit dem Handrücken über die Stirn, aber der Lederhandschuh verschmierte bloß alles.

„Ziel auf ein Uhr voraus", rief J.P. „Er hat es auf den Neuling vor uns abgesehen."

Walt blinzelte reflexartig, als *Flossie* durch eine schwarze Wolke flog. Die Flak war „so dicht, dass man darauf gehen konnte", wie die Männer oft sagten. Die Deutschen hatten eine Unmenge von Flakgeschützen in Bremen stationiert, um den Hafen und die Flugzeugwerke zu schützen.

Normalerweise mieden die Jagdflugzeuge das eigene Flakfeuer, aber diese Gruppe flog geradewegs hindurch. Dumm, aber trotzdem taktisch klug. Denn beim Bombenanflug bildeten die Fliegenden Festungen eine lange Reihe und büßten damit die geballte Feuerkraft ein, die sie in der Flugformation hatten.

Ob Allie für ihn betete? Hatte er ihre Gebete überhaupt noch verdient, nachdem er sie so schändlich angelogen hatte? Na gut, sie wusste nichts davon, aber Gott wusste es.

Die Fw 190 schoss am Neuling vorbei und *Flossie* vibrierte vom Feuer ihrer eigenen Geschütze. Aus dem zweiten Motor der anderen Fliegenden Festung drang zuerst Rauch, dann schlugen Flammen.

„Na los, löscht den Motor, macht schon", sagte Walt.

Der Neuling verlor an Höhe und fiel zurück. Im Vorbeifliegen sah Walt noch, wie der linke Flügel Feuer fing.

„Sie springen ab", rief Harry von der linken Seite des Rumpfs. „Ich sehe drei Fallschirme. Vier, Fünf."

„Und noch eine B-17 hat's erwischt", sagte Mario monoton. „Direkter Flaktreffer, das ganze Heck ist weg. Ich kann keine Fallschirme sehen, ist zu weit weg."

Walt schüttelte den Kopf. Das war das vierte Flugzeug, das das 306. Geschwader heute verlor. Dabei waren sie noch nicht einmal über dem Zielgebiet.

„Pass doch auf, du Trampel", sagte Abe. Er kauerte im Bug über dem Bombenvisier, während Louis das neue Bug-MG gleich rechts über seinem Kopf bemannte – zum ersten Mal.

Im Bordsprechgerät war Louis' bissige Antwort zu hören. „Wenn du nicht willst, dass deine Spinnenfinger von deutschen Kugeln durchsiebt werden, dann solltest du lieber …"

„Hey, Jungs", sagte Walt. „Disziplin bitte auf der Sprechanlage."

Eine Fliegende Festung vom 91. Geschwader trudelte in die Tiefe. Drei Kampfflieger umschwirrten sie. Walt zwang sich, tief durchzuatmen. So einen wilden Angriff hatte er noch nie erlebt.

„Bomben raus", sagte Abe.

Ohne das Gewicht von fünf 1000-Pfund-Bomben stieg *Flossie* rasant auf.

„Ab nach Hause, Leute." Walt schaltete den Autopiloten aus und brachte *Flossie* am Sammelpunkt in Formation. Der hintere Keil des

91. Geschwaders fehlte fast völlig und der vom 306. hatte jede Menge Löcher.

Das Flakfeuer kam immer näher und näher. *Flossie* wurde mit jeder Explosion stärker durchgerüttelt. Walt tätschelte das Steuerrad. „Na komm, altes Mädchen, keine Angst."

Wieder eine Explosion. So schwarz wie das Herz des Teufels, so rot wie das Feuer in der Hölle. Dann presste eine Druckwelle Walt in den Sitz. Splitter regneten gegen das Cockpitfenster. Cracker schrie, J.P. schrie, dann hörte Walt sich selbst schreien.

Kapitel 38

Allie drehte sich im Bett um und ihre Hand fiel auf die feuchte Stelle, an der sie sich in den Schlaf geweint hatte. Sie blinzelte und spähte ins Dunkel. An den schweren Vorhängen war kein Lichtspalt zu sehen.

Das innere Drängen war ihr längst vertraut. Der Herr wollte, dass sie betete.

Ob Emily auch für Walt betete? Weckte Gott sie auch mitten in der Nacht? Konnte sie Walt überhaupt jemals so sehr lieben, wie Allie es tat?

Sie stöhnte. Trauer, Neid und Missgunst waren jetzt nicht dran. Jetzt war Gehorsam gefragt. Sie schob die Hand unters Kissen und betete.

Selbst wenn Walt ihre Freundschaft nicht mehr wollte – ihre Gebete brauchte er noch.

* * *

Walt schnappte nach Luft. Das Cockpitfenster hatte lauter Sprünge und Kratzer, aber es hielt. Er sah nach unten auf den Bug. Einzelne Plexiglassplitter ragten aus dem Rumpf. Mehr war von der Kanzel nicht übrig.

„Abe! Louis!" Er wirbelte herum. „J.P. ..."

„Bin unterwegs." J.P. trat von der Plattform des oberen MG, griff nach einer kleinen Sauerstoffflasche und ließ sich zwischen den Sitzen der Piloten in den kleinen Gang hinunter, der zum Bug führte. Eiskalter Wind pfiff durch den Bug und den Gang herauf.

Louis konnte den Fallschirm überhaupt nicht leiden und legte ihn oft nicht an. Was, wenn ... Walt verbot sich den Gedanken.

Flossie wurde langsamer. Walt schob den Gasgriff nach vorn, um in der Formation zu bleiben. Die Steuerung und die Motoren waren unbeschädigt, aber der zersplitterte Bug erhöhte den Luftwiderstand.

„Sie sind hier." J.P.s Stimme war im Bordsprechgerät kaum zu vernehmen. „Sie leben, sind aber verwundet. Die Explosion muss sie nach hinten geschleudert haben. Beide ohne Bewusstsein."

„Danke, lieber Gott", sagte Walt.

„Wir müssen sie aus diesem Wind rausholen", rief J.P.

„Hast du das gehört, Pete?", fragte Walt. Pete war groß und kräftig und als Sanitäter wertvoller denn je.

„Bin unterwegs."

Walt und Cracker sahen sich an. In ihrem Blick lag zugleich Erleichterung, dass ihre Freunde noch am Leben waren, aber auch Sorge, dass sie auf dem Weg nach Thurleigh doch noch sterben würden oder dass sie es gar nicht alle bis dahin schafften.

„Jäger auf vier Uhr überhöht. Sie bringen sich in Abschussposition", sagte Harry aus dem Rumpf, wo er nun zwei Geschütze zu bedienen hatte.

Sie waren nach vorn völlig ungeschützt. Das MG aus der Kanzel war weg und der Schütze des oberen MG-Turms war beschäftigt.

„J.P., mach, dass du wieder hochkommst", rief Walt.

J.P. krabbelte durch die Luke, schnallte sich die Sauerstoffmaske wieder um und stieg auf das Podest. „Sie kommen. Drei Stück. Zwölf Uhr."

Walt rührte sich nicht von der Stelle. Ausweichmanöver waren nicht gern gesehen, weil sie die Formation zerstörten und alle in Gefahr brachten.

Ein, zwei Fw 190 eröffneten das Feuer auf *Flossie*. Der rechte Flügel wurde zwischen Motor drei und vier von Kugeln durchsiebt. J.P., Harry und Al feuerten zurück.

Harry grölte. „Ich hab ihn!"

Walt wackelte an der Steuerung – sie reagierte noch. Die Tankanzeige war stabil. Ein Glück, die Tanks und Steuerungskabel waren in Ordnung.

Der dritte Jäger setzte mit schimmernder Propellerscheibe zum Angriff an. Die gleißenden Streifen der Leuchtspurmunition kamen *Flossie* immer näher.

„Holt ihn runter!" Walt folgte dem feindlichen Jäger mit den Augen, als würde er ein Geschütz bedienen und nicht das Steuer.

Ein schwarzer Knall. Der Jäger zerplatzte in einem Wirrwarr aus Metall und Flammen, hochgenommen von der eigenen Flak. Walt jubelte.

Da schoss ein Flügelteil auf *Flossie* zu und traf den dritten Motor. Der Propeller riss ab, schlug Räder in der Luft und fraß sich in das rechte Cockpitfenster. Walt riss den Kopf zur Seite, hob schützend die Hand und fühlte scharfe Stiche in der rechten Wange über der Sauerstoffmaske.

Cracker schrie auf. Walt sah, wie er sich ins Gesicht und die Augen griff.

„Cracker! Cracker! Alles in Ordnung?"

„Ich kann nichts sehen! Ich sehe nichts!"

„Pete, wir brauchen dich hier oben." Walt biss wütend die Zähne aufeinander. Cracker brauchte Hilfe und er konnte nichts tun. Einer musste das Steuer halten.

Pete kam mit einer gelben Sauerstoffflasche quer über dem Rücken aus der Bugkanzel. „Cracker, ganz ruhig. Du machst es nur noch schlimmer. Lass mich mal sehen." Er spreizte die Beine über dem Gang und hielt Crackers Hände fest.

Cracker schrie wieder.

„J.P., halt ihn fest. Ich muss das Glas rausholen und ihm Morphium verabreichen."

Walt musste den dritten Motor abschalten. Auf der Mittelkonsole drehte er die Luftregulierung für Nummer drei ab, kippte den Schalter für die Zündung, schloss die Kühlerklappe und zog den Gashebel zurück. Derweil versuchte er, sich nicht von Crackers Schreien ablenken zu lassen, die unabsichtlichen Stöße von Pete zu ignorieren und das blutige Glas, das auf den Boden klirrte, keines Blickes zu würdigen.

„Du schaffst das, Cracker", sagte Pete. „Du schaffst das, verstanden?"

„Ich kann aber nichts sehen! Wie soll ich denn fliegen, wenn ich nichts sehen kann?"

Pete sah Walt an und schüttelte den Kopf.

Walt sah sich um: Abstürzende B-17-Bomber, kreisende Jäger, prasselndes Flakfeuer. Ein Motor weniger und ein riesiges Loch im Bug. Drei seiner Offiziere waren entweder beschäftigt oder ausgefallen. Walt war auf sich allein gestellt.

***

Allie sah in die Tiefe – hoch oben aus dem blauen Himmel. Unter ihr breitete sich ein Flickenteppich aus winzig kleinen Gebäuden aus, so ähnlich wie beim Flug mit dem Doppeldecker. Nur dieses Mal war sie nicht von Frieden und Hochgefühl erfüllt, sondern nacktes Grauen umklammerte ihr Herz.

Kleine Wolken schwebten um sie herum, schwarze Wolken, und lauter Vögel, ein ganzer Schwarm, stürzte auf sie herab: kreischende, speiende Vögel mit finsteren Gesichtern.

***

Flossie fiel zurück. Es ging nicht anders. Sie war nicht mehr schnell genug.

Die deutsche Luftwaffe hatte sich zwar inzwischen auf eine andere Staffel gestürzt, aber Nachzügler ließ sie nicht ungeschoren davonkommen. Walt warf einen Blick auf die Öl- und Tankanzeigen. Sobald J.P. mit der Ersten Hilfe fertig war, könnte er das Flugbenzin aus Motor drei umleiten. Wenn der Rest hielt, könnten sie es noch schaffen.

Pete hatte Cracker in den Rumpf gebracht und J.P. war zu Bill in den Bugraum gestiegen. Aus dem Gang ertönte Schnaufen. Bill tauchte auf. Seine Arme klemmten unter Abes Schultern.

„Abe hat's ziemlich erwischt", sagte Bill. Der Bombenschütze lehnte mit zerschnittener Stirn und halb zerfetzter Fliegerkombi bewusstlos an seiner Brust.

„Bring ihn in den Rumpf. Wird aber recht voll dort."

Bill wuchtete Abes schlaffen Körper nach hinten. J.P. kam hinter Bill aus dem Bugraum und nahm Abes Füße. Gemeinsam wuchteten sie ihn durch die schmale Tür und kamen einen Moment später zurück, um dem verletzten Navigator zu helfen. Louis war nicht so schlimm verletzt wie Abe. Er ächzte, als Bill ihn aus der Luke auf den harten Metallboden hievte.

Louis' Ächzen war das beste Geräusch, das Walt seit Stunden gehört hatte. „Hey, Fontaine, schlafen ist im Dienst nicht erlaubt. Wach auf und hilf mir mal lieber!"

J.P. kletterte hinter Louis aus der Luke und sah Walt zum ersten Mal seit Monaten in die Augen. „Selbst wenn er zu sich kommt, wird das nichts bringen. Pete sagt, beide Arme sind gebrochen."

Flossie mit all ihren Schäden zu landen war ein waghalsiges Unternehmen. Walt hielt den Blick starr auf seinen Flugingenieur gerichtet. Er hatte J.P. schwer enttäuscht, aber das hier war der falsche Zeitpunkt für alten Groll. „Dann sind wir beide die Einzigen, die uns hier noch lebend herausbringen können."

J.P.s Gesicht zuckte, aber er nickte, und dann brachten Bill und er Louis ebenfalls in den zur Krankenstation umfunktionierten Rumpf.

„Wir kriegen Besuch", sagte Mario. „Sieben Uhr weit oben, kommt auf uns zu."

Die Fw 190 umkreiste sie in einiger Entfernung. Sie wollte von oben und frontal angreifen, wo *Flossie* wehrlos war. Jetzt, wo sie allein waren, konnte Walt zwar Ausweichmanöver einleiten, aber für einen Nahkampf war *Flossie* einfach nicht wendig genug.

„J.P.? Ich könnte dich hier vorn gebrauchen."

„Er ist auf dem Weg", hörte er Bill sagen.

Der deutsche Jäger stieg auf. Walt fühlte sich wie ein Sheriff, der den Bösewicht auf offener Straße stellt, nach dem Revolver greift und merkt, dass das Holster leer ist.

„Lieber Gott, lass uns jetzt bitte nicht im Stich." Der Jäger setzte zum Sturzflug an und Walt brachte die B-17 in eine steigende Linkskurve.

Kugeln spritzten auf *Flossie* zu, tackerten den Bug entlang, knallten ins Cockpit, pfiffen an Walt vorbei und donnerten in die Trennwand. Walts rechter Arm wurde nach hinten gerissen und ihn durchfuhr ein brennender Schmerz.

„Nimm das, du Bastard", sagte Mario. „Hab sein Ruder erwischt. Er lässt uns jetzt bestimmt in Ruhe."

„Gut", flüsterte Walt atemlos. Sein Blick war auf drei Löcher im Cockpitfenster vor ihm gerichtet. Es fehlten nur Zentimeter. Er drehte sich um, so langsam, als würde sein Kopf in Sirup stecken. In der Trennwand waren drei Löcher, genau hinter J.P.s Position.

J.P. kam durch die Tür.

„Ein Glück", sagte Walt leise mit belegter Stimme. „Ein Glück, dass du nicht hier warst. Du wärst jetzt tot."

J.P. drehte sich nicht um, um Walts Aussage zu überprüfen. Er starrte auf den Boden.

Eine rote Pfütze wuchs auf den olivbraunen Metallplatten und gefror augenblicklich. Walt lachte. Es war ein eigenartiges Geräusch und klang so fern, als käme es aus einem anderen Raum und von einer anderen Person. „Hydraulikflüssigkeit. Erinnerst du dich an Al und unseren ersten Einsatz? Das ist kein Blut, sondern dieses Hydraulikzeug."

„Novak. Dein Arm."

Walt sah auf seinen rechten Arm. Von seiner Hand, dem Unterarm und dem Ellenbogen tropfte es rot herunter.

J.P. griff mit weit aufgerissenen Augen zum Kehlkopfmikrofon. „Pete! Novak ist getroffen!"

Walt tastete nach seinem Arm. Schmerz durchzuckte seinen ganzen Körper wie ein Blitz. Ihm entfuhr ein langes, gequältes Stöhnen.

Kapitel 39

Erschrocken wachte Allie auf. Was für ein schrecklicher Traum! Wie konnte sie nur während des Betens einschlafen? Rings um den Vorhang drang ein sanfter Lichtschimmer ins Zimmer.

Noch nie waren ihre Träume so lebendig und fürchterlich gewesen. Sie schlug die Bettdecke zurück und ging auf dem Läufer neben ihrem Bett auf die Knie. „Oh Herr, er ist am anderen Ende der Welt. Und er gehört jetzt zu einer anderen Frau. Aber du willst, dass ich für ihn bete, und ich gehorche dir."

Allie legte die Stirn auf die Matratze und betete intensiver als je zuvor. Sie konnte fast spüren, wie ihre Worte um sie kreisten, sich mit dem Heiligen Geist vermengten und über den Ozean zu dem Mann wehten, den sie liebte.

***

„Preach, halt still. Ich muss die Wunde abbinden."

Walt schrie und sein ganzer Körper verkrampfte sich, aber er hielt Pete den Arm gehorsam hin. Der Schmerz war so anders, ganz anders als alles, was er bisher gefühlt hatte; so ähnlich wie der Schmerz im Musikantenknochen, aber er ging nicht weg.

Pete zerschnitt den Ärmel der schweren Fliegerjacke und zog ihn ab. Danach kam der wollene Hemdsärmel herunter, der seine olivbraune Farbe längst eingebüßt hatte. Pete drückte kräftig zu und band die Wunde über dem Ellenbogen ab.

Walt schrie auf.

„Ja, ich weiß. Du kriegst eine neue Jacke."

Er versuchte zu lächeln. „Wehe, wenn nicht."

„Die Kälte ist gut, sie wird helfen, die Wunde zu verschließen."

Obwohl sich alles in seinem Kopf um den Schmerz drehte, fiel Walt der Bericht über den Schützen aus dem 93. Geschwader ein, dessen Rücken über Vegesack von Flaksplittern gespickt worden war. Seine Crew hatte ihm das Leben gerettet, indem sie ihn in der B-24 an ein Loch im Rumpf gesetzt hatte.

Pete stäubte die Wunde mit Sulfonamidpulver ein. „Ich bin bereit für das Morphium, J.P. Hast du es aufgetaut?"

J.P. saß auf dem Platz des Co-Piloten. Seine Hände lagen am Steuerrad. Er griff unter sein Hemd und holte eine Spritze heraus. „Ja. Sieht gut aus."

„Kein Morphium", wehrte Walt ab. „Ich muss dieses Flugzeug noch nach Hause bringen."

Pete richtete seine blauen Augen auf Walt. „Wer nicht stillhalten kann, kann auch nicht fliegen."

Walt stöhnte und nickte. „Also schön, aber nicht zu viel."

„Ja, Sir", erwiderte Pete, drückte Walt aber den gesamten Spritzeninhalt in den Oberarm.

Walt seufzte. Jetzt musste er nicht nur mit dem Schmerz und dem Blutverlust fertig werden, sondern auch noch mit der Benommenheit. Er war der Einzige, der das Flugzeug steuern konnte. J.P. kannte sich zwar mit der Mechanik und der Funktionsweise aus, aber hinter dem Steuerrad hatte er noch nie gesessen. Walt war die letzte Hoffnung der Crew.

Während Pete um Walts Hand, Unterarm und Ellenbogen einen dicken Verband anlegte, versuchte Walt sein Gehirn wieder in Gang zu kriegen. Es war 1430 Uhr, also anderthalb Stunden nach dem Zielanflug und noch mindestens zwei Stunden bis Thurleigh.

„Pete, *Flossie* könnte es gerade so bis England schaffen. Was ist mit mir? Halte ich die zwei Stunden durch?"

Petes Zögern beruhigte ihn nicht gerade. „Na klar. Ich muss nur ... irgendwie die Blutung stoppen."

Walt kniff die Augen zu. „Wir haben noch dreißig Minuten, um uns zu entscheiden. Dann kommt der Ärmelkanal." Sie flogen in Sichtweite des Festlands über der Nordsee, um im Zweifelsfall dorthin abdrehen und mit den Fallschirmen abspringen zu können. Mit vier Verwundeten und zwei Bewusstlosen würde es kein leichter Sprung. Aber die meisten von ihnen würden überleben, wenn auch als Kriegsgefangene.

Die andere Option war, die Fliegende Festung im Kanal notzuwassern – be einer B-17 war das nicht ganz so schlimm wie bei einer B-24, die sofort auseinanderbrach, aber trotzdem riskant. Selbst wenn sie rechtzeitig aus dem Flugzeug kämen, lag die Chance, gerettet zu werden, bei gerade einmal achtundzwanzig Prozent. Und die Verletzten würden im eiskalten Wasser nicht lange durchhalten.

Nach einer kurzen Weile begann das Morphium zu wirken und der beißende Schmerz wich einem stumpfen, pulsierenden Brummen. Das Gefühl, sich in Sirup zu bewegen, wurde stärker. Als Walt nach dem Höhenmesser den Tachometer überprüfen wollte, brauchten seine Augen eine geschlagene Sekunde, um zu reagieren.

„Gute Neuigkeiten, Preach", sagte Pete aus dem Flugzeugrumpf. „Fontaine ist zu sich gekommen. Er möchte wissen, was es zum Frühstück gibt."

Walt sah zu J.P. hinüber, der unter der Sauerstoffmaske grinste. „Sag ihm, er kann sich zwischen deutschen oder amerikanischen Rationen entscheiden."

„Amerikanische", hörte man Louis' schwache Stimme. „Ihr wisst doch, die Jerrys haben kein Tabasco."

„Okay, aber wir sind hier oben ziemlich einsam. Ich könnte hier einen Kurs gebrauchen. Meinst du, du kriegst das hin?"

„Ja. Kann zwar nicht schreiben mit gebrochenen Armen, aber Bill macht das für mich."

„Möchte noch jemand abspringen?", fragte Walt. „Unsere Überlebenschancen stehen nicht gerade gut und Abe würde eine Bodenlandung besser überstehen als eine Wasserlandung."

„Bist du verrückt?", erwiderte Louis. „Abe ist Jude. Lieber würde er abstürzen, als den Nazis in die Hände zu fallen, hat er mal gesagt."

„Also schön", sagte Walt und seufzte. „Dann fangt schon mal an zu beten. ‚HERR, mein Fels, meine Burg, mein Erretter; mein Gott, mein Hort, auf den ich traue'", zitierte er den Bibelvers, der auf *Flossies* Bug und in Walts Herz geschrieben war.

Die Küste hinter ihnen verschwand. Walt prüfte die Tankanzeige und zwang seinen vernebelten Verstand zum Rechnen. J.P. hatte den Sprit vom dritten Motor zum ersten umgeleitet, aber nichtsdestotrotz brauchten sie jeden Tropfen und jedes bisschen Fluggeschwindigkeit.

Er brachte *Flossie* auf fünfhundert Fuß Flughöhe. „Okay, Leute, wir sind noch zu schwer. Werft alles raus, was wir nicht mehr brauchen – Sauerstoffgeräte, Ersatzmasken. Bill, wirf die Funkerausrüstung über Bord, die du nicht zwingend brauchst. Wir fliegen unterhalb des deutschen Radars, also brauchen wir die MGs und die Munition nicht mehr. Al, du kletterst in den Bugraum und wirfst dort den Rest raus."

„Okay", meldete Al. „Aber meine fünfzig Kisten Whisky bleiben schön hier."

Für einen Augenblick lenkte das Gelächter der Männer Walt von den Schmerzen und der verzwickten Situation ab.

Während die Crew die Ausrüstung aus den Luken hievte, sprach Walt mit J.P. die Landungsprozedur durch. J.P. sah entgeistert auf die vielen Anzeigen und Instrumente. „Du musst wach bleiben. Das schaffe ich niemals allein."

„Ich versuch's ja." Walt blinzelte angestrengt, um die Müdigkeit zu verscheuchen. „Aber wenn ich es nicht schaffe, liegt es in deiner Hand."

J.P. runzelte die Stirn. „Über England können wir nicht abspringen. Wir fliegen viel zu tief. Und landen kann ich hier bestimmt nicht."

„Sag das nicht. Natürlich kannst du."

J.P. sah ihn skeptisch an.

Walt zuckte vor Schmerz zusammen und veränderte seine Sitzposition. Sein rechter Arm lag taub, schwer und kalt auf seinem Schoß. „Hör zu, ich weiß, ich habe dich angelogen. Du glaubst gar nicht, wie sehr ich das bereue. Aber in Bezug auf deine Fähigkeiten war ich immer ehrlich. Du bist einer der intelligentesten, fähigsten Männer, die ich je getroffen habe, und ich sitze lieber mit dir in der Patsche als mit der Hälfte der gelernten Piloten da draußen."

J.P. schnaubte und sah nach draußen.

Das war der Grund, warum Walt die Lügen inzwischen hasste wie die Pest. „Hey, gib's zu: Ich bin niemand, der den Leuten Honig ums Maul schmiert."

J.P. nickte widerwillig.

„Na also. Du wirst diesen Vogel landen."

„Hätte aber lieber dich dabei." Einer von J.P.s Mundwinkeln wanderte nach oben, und Walt lächelte, dankbar für das kleine Zeichen der Freundschaft.

„Hier unten ist alles sauber", rief Al über das Bordsprechgerät aus dem Bug.

„Danke. Wie sieht's im Heck aus, Bill?"

„*Flossie* ist splitterfasernackt. Der Einzige, der jetzt noch Übergewicht hat, ist Worley."

„Preach, sag Bill, dass ich das gehört habe. Den Kerl knöpf ich mir gleich vor."

Walt lachte – ein Fehler. Es kostete zu viel Kraft. Seine Lippen begannen zu kribbeln und ihm wurde schwarz vor Augen. Er legte die Stirn auf das Steuerrad, bis der Schwindelanfall vorbei war.

J.P. beugte sich zu ihm herüber und zog den Verband fest. „Alles klar?"

„Ich glaub schon." Walt hob den Kopf und sah auf die Anzeigen. Sie hatten an Geschwindigkeit gewonnen. Gut.

„Zwei B-17 im Anflug", sagte Mario aus dem Heck. „Staffelkennzeichen *VK* – ja, 303. Geschwader. Oh. Und eine Eskorte."

„Spitfire? Thunderbolt?" Die Eskorte könnte *Flossie* zu einem Flughafen geleiten oder zumindest den Notruf absetzen, wenn sie abstürzten.

„Äh, nein. Eine Fw 190. Verdammt. Er hat abgedreht. Und hält direkt auf uns zu."

* * *

Allies Wecker auf dem Nachttisch stand auf sieben Uhr dreißig. Sie musste sich fertig machen und die lange Busfahrt nach March Field auf sich nehmen, um pünktlich um neun Uhr dort zu sein.

Ihre Beine waren vom langen Knien eingeschlafen. Sie stand auf und verzerrte wegen der tausend Nadelstiche, die sie durchzuckten, das Gesicht. Vorsichtig ging sie einen Schritt und rutschte fast auf einem kleinen Stapel Papier aus – Walts letzte Briefe. Sie hob sie vom Dielenboden auf und brachte sie zum Schreibtisch, wo Walts Konterfei sie stoisch und doch freundlich ansah. Kein Wunder, dass Emily sich in ihn verliebt hatte. Allie legte die Briefe zu den anderen im obersten Schubfach und schloss die Schublade – zum letzten Mal. Sie spürte, wie etwas Kostbares in ihr zerbrach.

Als sie die kleine Spieluhr in die Hand nahm, konnte sie nur mit Mühe die Tränen zurückhalten. „Für Allie. W.J.N. '42." Auch wenn er ihre Liebe nicht erwiderte, gehörte er doch zu den wertvollsten Menschen in ihrem Leben.

Zärtlich strich Allie über das Holzcockpit des kleinen Flugzeugs. Ihre Gebete hingen unvollendet in der Luft, wie eine unvollständige Tonleiter.

Und die Krankenstation?

Nach einem kurzen Moment des Zögerns setzte Allie sich entschlossen an den Schreibtisch und schlug Psalm 91 auf. Als Freiwillige konnte man sie zwar verwarnen, aber nicht entlassen.

***

„Nicht ein Geschütz", flüsterte Walt.

„Wir sind geliefert", sagte J.P.

Walt konnte Pessimismus nicht ausstehen, aber in diesem Fall war er gerechtfertigt.

„Er kommt auf sechs Uhr", rief Mario.

Eine Fliegende Festung von hinten anzugreifen war ein glattes Selbstmordkommando. Der Deutsche war viel zu weit weg, um zu wissen, dass sie ihre Geschütze abgeworfen hatten. Entweder hielt er große Stücke auf sich selbst oder er war schlichtweg dumm.

„Er kommt näher", sagte Mario.

Walt rollte nach rechts, aber für einen Sinkflug war er viel zu tief. Der linke Flügel fing an zu zittern und der Jagdflieger stieg auf und davon. Walt richtete *Flossie* wieder auf. Im zweiten Motor fiel der Öldruck ab. Er wurde langsamer, stotterte und blieb stehen. Der Propeller drehte sich jetzt nur noch mit und war so nutzlos wie ein Kinderwindrad.

Der Propeller musste in Segelstellung gebracht werden; den zusätzlichen Windwiderstand konnte Walt nicht gebrauchen.

Walt ging die nötigen Schritte durch und fragte sich zugleich, wieso er sich die Mühe überhaupt machte. Die Fw 190 flog vor ihm ein vollendetes Viertel-Kleeblatt. Angeber. Im Uhrzeigersinn umkreiste der Deutsche *Fort Flossie* und brachte sich dann auf Walts Seite genau in Cockpithöhe in Position.

Was hatte der Kerl vor? Begutachtete er ihre Schäden? Na schön. Vielleicht ließe er sie von selbst abstürzen, wenn er die zerstörte Kanzel, die zwei ausgefallenen Motoren und die fehlenden Geschütze sah. Er hatte keinen Grund, ihnen auch noch den Gnadenstoß zu versetzen.

Der Pilot klappte seine Fliegerbrille hoch, kniff die Augen zusammen und inspizierte mit abgelegter Sauerstoffmaske *Flossies* Bug. Er hatte ein breites Kinn und weit auseinanderliegende Augen. Seine Lippen bewegten sich. Eigenartig, wie menschlich der Feind aus der Nähe war.

Walt betrachtete die gelbe Propellerhaube der Fw 190, das schwarze Kreuz auf dem Rumpf und die zwanzig Balken auf dem Seitenruder. Großartig, auch noch ein Fliegerass.

„Hey Preach", rief Mario aufgeregt. „Ich bin ganz vorne in der Seite. Crackers Pistole! Ich habe seine Pistole! Ich kann den Kerl abknallen."

„Halt, warte! Nicht schießen." Walt richtete den Blick, so schnell es ging, wieder auf den Piloten der deutschen Luftwaffe, dessen Lippen sich noch immer bewegten. Er las den Vers auf *Flossies* Bug. „Bitte lieber Gott, lass ihn das verstehen."

„Preach, bist du übergeschnappt? Du weißt, wie gut ich zielen kann. Ich mach ihn kalt!"

„Tagger, nein. Das ist ein Befehl." Die Blicke der beiden Piloten begegneten sich. Mithilfe seiner linken Hand hob Walt seinen zerfetzten rechten Arm zu einem militärischen Gruß und unterdrückte den Schmerzensschrei, der ihm in der Kehle saß.

Der Deutsche nickte und salutierte ebenfalls – ohne Hitlergruß. Dann drehte der Jagdflieger ab.

„Er ist weg! Er ist tatsächlich weg", sagte Harry ungläubig. „Was ist passiert?"

„Für uns sind ihm die Kugeln zu schade", sagte Cracker mit schwacher Stimme.

„Nein", erwiderte J.P. und sah Walt dabei an. „Es war der Bibelvers – Novaks Bibelvers. Er hat ihn gelesen und uns in Ruhe gelassen."

„Ich wusste, dass er uns Glück bringt", jubelte Louis.

„Alles Unsinn", sagte Walt. „Gottes Gnade hat uns bewahrt. Und wir brauchen noch mehr davon. Unser Zustand ist noch erbärmlicher als vorher und es ist noch ein weiter Weg bis nach Hause."

***

„Ich dachte, du hast heute Dienst?" Allie sah vom Schreibtisch auf und entdeckte ihre Mutter an der Tür.

„Habe ich auch, aber …"

„Du liebe Güte, du bist ja noch nicht einmal angezogen. Jetzt aber flott. Was meinst du, was die Leute sagen, wenn du zu spät kommst?"

„Das ist mir egal." Sie kniff vor Erschöpfung die Augen zusammen.

„Es ist nie egal, was die Leute sagen."

Allie wandte sich ab. „Ich komme gleich." Ihre unhöfliche Art gefiel ihr selbst nicht, aber der innere Drang zum Gebet hatte noch nicht nachgelassen.

* * *

Seine Wange brannte.

„Hey, Preach, schlaf jetzt bloß nicht ein."

Walt versuchte die Augen zu öffnen.

„Komm schon." Pete rüttelte Walt durch. „Siehst du die Küste? Wir können das schaffen, aber dafür musst du wach bleiben."

„Geht nicht." Seine Augenlider waren schwer wie Blei.

„Du musst." J.P. trat ihm gegen das Schienbein. „Louis hat einen Flugplatz der Royal Air Force ausfindig gemacht, Bill hat sie schon kontaktiert, aber du musst uns dort landen."

„Genau", ergänzte Pete. „Was sollen die anderen denn Emily sagen, wenn du vorher schlappmachst?"

„Allie." Walt öffnete mühsam die Augen. Wenn er abstürzte, würde Allie es von Betty erfahren. Franks und Jims Tod hatten sie schon ziemlich mitgenommen, obwohl sie die beiden kaum gekannt hatte. Wie würde sie erst seinen Tod verkraften? Und Mom und Dad? Der arme Jack wäre der Erste, der es erfuhr. Er hätte die undankbare Aufgabe, es allen zu sagen.

Walt schüttelte so heftig den Kopf, dass seine Wangen schlackerten. „Was ist unser Steuerkurs?"

„Siehst du da vorn?", sagte J.P. „Da ist schon der Tower."

Der Anblick machte ihn wacher als eine Tasse Kaffee. Der vierte Motor fing an zu rauchen. „Na komm, altes Mädchen. Es ist nicht mehr weit."

Die Tankanzeigen standen alle auf leer. Ihnen blieb keine Zeit, das Flugfeld zu umkreisen, keine Zeit, auf die Landeerlaubnis zu warten. Bill Perkins feuerte zwei rote Leuchtkugeln aus der Luke im Funkerstand, um zu signalisieren, dass Verwundete an Bord waren.

Das Fahrwerk fuhr aus. Walt sah nur noch Sternchen. Ihr Anflug erfolgte zu schnell, zu tief, und *Flossie* machte bei der Landung einen Satz.

Die Landebahn war kurz und nur für Jagdflieger geeignet. Am Ende

standen Bäume – Walts Sichtfeld wurde immer dunkler. Er versuchte zu bremsen, aber seine Füße gehorchten nicht. Ihm wurde schwarz vor Augen.
Herr, hilf uns!

Kapitel 40

Allies Blick folgte gebannt den flackernden Bildern der Wochenschau, bis ein warmer Tropfen ihre Wange hinunterlief.

Schnell stand sie auf und verließ den Kinosaal. Auf der Damentoilette spritzte sie sich kaltes Wasser ins Gesicht, aber die Tränen wollten einfach nicht versiegen. Nach der anstrengenden Nacht und dem langen Arbeitstag auf der Krankenstation war sie nicht mehr Herr ihrer Emotionen.

Daisy kam ihr nachgelaufen. „Allie? Ach, du liebes bisschen. Ich wusste, dass irgendetwas nicht stimmt. Du läufst doch während der Wochenschau nicht einfach weg. Was ist denn los?"

Allie riss sich zusammen. „Es ist nichts. Walt hat mir nur gesagt, dass er eine Freundin hat. Aber das sollte mich nicht stören. Ich sollte mich für ihn freuen!"

„Oh nein, Allie!" Daisy umarmte sie fest. „Was sollst du denn jetzt nur machen?"

Daisys Verzweiflung kam so unerwartet, dass Allie ihre Fassung zurückgewann. Sie löste sich aus der Umarmung und lächelte tapfer. „Ich komme schon darüber hinweg. Irgendwann. Bin schließlich nicht die erste Frau mit einem gebrochenen Herzen."

Daisy brummte missbilligend und verschränkte die Arme. „Ist das nicht wieder typisch Mann?"

Allie seufzte. Sie wollte nicht, dass Walt wie ein rücksichtsloser Frauenheld dastand. „Ich schaffe das schon. Aber ... ich mache mir wirklich Sorgen um ihn." Sie zögerte. Außer Walt wusste niemand von den Träumen. „Ich ... immer, wenn Walt einen Einsatz hat, habe ich diese Träume. Und gestern war es ein richtiger Albtraum."

Daisy lächelte schwach. „Kleines, du siehst dir zu oft die Wochenschau an. Hör auf der Stelle auf, dir um diesen Mistkerl Sorgen zu machen, verstanden?"

Allie täuschte ein Lächeln vor. „Komm, wir sehen uns den Film an."

Wie sollte sie sich keine Sorgen machen? Und wie sollte sie jemals erfahren, ob es ihm gut ging? Briefe von ihm würden keine mehr kommen und Betty konnte sie nicht fragen. Das hatte sie ihm versprochen.

Sie ging zurück in den Kinosaal. *Herr, dann pass bitte du auf ihn auf.*

* * *

Die Stimme klang vertraut. Tief und volltönend. Dad? Nein, Dad war es nicht.

Walt versuchte, die Augen zu öffnen. Nichts passierte.

„Walt?" Der Mann drückte Walts linke Hand. „Schwester, ich glaube, er kommt zu sich. Walt? Na komm, raus aus den Federn. Du hast lange genug geschlafen, du Faulpelz."

Faulpelz? So hatte Mom sie beim Wecken immer genannt. Und die Stimme – Ray? Jack? Ja, Jack.

Walt ging einen Gesichtsmuskel nach dem anderen durch, bis er den gefunden hatte, der für die Augenlider verantwortlich war. Helles Licht stach ihm in die Augen. Er kniff die Augen zu und öffnete sie vorsichtig wieder. Nach und nach stellten sie auf ein bärtiges Gesicht mit schwarzen Haaren scharf, das ihn fröhlich ansah.

„Faulpelz?", krächzte Walt. „Du bist derjenige, der zu faul zum Rasieren ist."

Jacks Lachen dröhnte durch das Zimmer. „Es geht dir gut. Gott sei Dank, es geht dir gut."

Es ging ihm gut? Wieso sollte es ihm nicht gut gehen? Die Augen fielen ihm zu, aber er stemmte sich dagegen. Wieso war er so müde? So taub?

„Ich habe mir vielleicht Sorgen gemacht. Hab den ganzen Einsatz vom Tower aus mitverfolgt und die Flugzeuge gezählt, als sie wiederkamen. Keine *Flossie*. Mann, war ich froh, als wir den Anruf bekamen, ihr wärt auf dem RAF-Flugfeld gelandet. Als ich dort ankam und dein Flugzeug gesehen habe – wow. Da hast du aber saubere Arbeit geleistet. Wie du den Schrotthaufen bis nach Hause gebracht hast, alle Achtung."

Richtig, der Einsatz über Bremen. Die zerschossene Kanzel, Louis, Abe, Cracker, die ausgefallenen Motoren, die Wunden, die abgeworfenen MGs, der deutsche Pilot, J.P. „Das war nicht ich. Das war Gott."

„Da hast du allerdings recht." Jacks Stimme klang belegt.

Walt sah sich um. Seine Augen brauchten viel zu lange, um scharf zu stellen. Weiße Wände. Eine blonde Krankenschwester am Fußende. „Wo bin ich?"

„Im Krankenhaus in Oxford. Du warst zwei Tage im Koma. Heute ist Montag, der neunzehnte."

„Oxford?"

„Du ... du musstest operiert werden."

Eine OP. Ach ja, der Arm. Sie mussten sicher die Kugeln rausholen. Augenblick. Das waren glatte Durchschüsse gewesen. Sein Blick wanderte zu seinem rechten Arm.

Jacks Hand schlug gegen Walts Wange und drückte sein Gesicht zurück. „Walt, sieh mich an. Ich will, dass du mich ansiehst."

Jacks Blick war so intensiv, dass Walt erschrocken blinzelte.

„Du lebst. Das ist das Wichtigste, hörst du? Du lebst."

Plötzlich wurde Walt bewusst, dass sein ganzer rechter Arm von einem dumpfen Schmerz durchzogen war. „Okay. Ich lebe."

Jacks Gesicht wurde von Kummer verzerrt und er griff nach Walts Kiefer. „Hör zu, du hast sehr viel Blut verloren. Sehr viel. Es hieß erst, du würdest nicht durchkommen. Aber du hast nicht aufgegeben. Und das allein zählt."

„Dafür habe ich auch wie verrückt gebetet." Und dafür, dass die anderen auch durchkamen. Walt sah Jack fragend an. „Die anderen?"

„Es war kein guter Einsatz. Der schlimmste überhaupt. Sechzehn Fliegende Festungen sind abgeschossen worden."

„Sechzehn?"

Jack ließ die Hand sinken. „Ja, und ... der Großteil davon gehörte zum 306. Geschwader. Zehn B-17 ... ihr habt zehn Flugzeuge verloren."

„Nein. Zehn? Das kann nicht sein. Das heißt ... nur sechzehn von uns haben es bis nach Hause geschafft?" Walt schloss die Augen und verbannte jeden Gedanken aus seinem Kopf. Zehn B-17, das waren hundert Männer aus Thurleigh.

„Ich fürchte, ja. Tut mir leid. Viele von ihnen wurden genauso heftig getroffen wie *Flossie*. Eigentlich hättet ihr auch abstürzen müssen. Das ist dir klar, oder?"

Walt schwirrte der Kopf vor lauter verlorenen Kameraden. „Und meine Crew?"

„Die wird wieder, dank Gottes Schutz und deinen Flugkünsten. Abe hat eine Riesenbeule am Kopf und überall am Körper hübsche Stickereien von den Ärzten. Louis sammelt auf seinem Gips lauter Unterschriften von hübschen Mädchen. Die beiden sind schneller wieder im Dienst, als ihnen lieb ist, aber am Boden. Mit Fliegen ist erst einmal Schluss."

„Und Cracker?"

Jacks Wange zuckte. „Er wurde ausgeflogen. Muss noch ein paar OPs hinter sich bringen. Die Ärzte sagen, dass er vielleicht nie wieder sehen kann."

„Oh nein."

„Aber dafür darf er jetzt schon nach Hause. So wie du!"

„Ich? Wieso? Ein paar Brüche, ein paar Nähte. Ich kann fliegen."

Jack legte die Hand wieder an Walts Wange, sah aber zu Boden. „Du bist am Leben, schon vergessen? Nur das zählt."

Walt drückte gegen Jacks Hand. Schön, er lebte, aber ...

„Dein Arm war ziemlich übel zugerichtet. Wirklich übel. Ein paar Handknochen fehlten. Der Ellenbogen war zerschmettert. Zu lange nicht durchblutet. Das Abbinden hat dir zwar das Leben gerettet, aber ..."

„Aber was, Jack?", zischte Walt durch die Zähne. „Jetzt sag schon oder lass mich gucken."

„Walt, du hast deinen Arm verloren."

„Meinen Arm verloren? Wie soll denn das gehen? Ich kann doch meinen Arm nicht verlieren."

Jack seufzte und ließ Walt los. „Sie mussten über dem Ellenbogen amputieren."

„Amputieren?" Nein. Unmöglich. Sein Ellenbogen tat weh, genauso wie der Unterarm und die Hand. Er konnte die Finger fühlen. Sein Magen kribbelte wie verrückt und er sah nach rechts. Wo war sein Arm geblieben? „Nein. Bitte, lieber Gott, nein."

„Du bist am Leben. Das ist das Wichtigste."

Alles in ihm sträubte sich. Sein Arm lag auf der Bettdecke, aber er hörte einfach auf. Einfach so. Ein großer Verband formte dort eine dicke Beule, wo der Ellenbogen sein sollte. Aber er konnte ihn doch fühlen!

„Es tut mir unendlich leid, Walt. Aber wenigstens bist du am Leben."

Ein Krüppel. Er war ein Krüppel. Wie ein Baum, abgeholzt und zersägt. Ein Krüppel. So wie die Veteranen aus dem ersten Weltkrieg, wie die alten Männer aus dem Spanisch-Amerikanischen Krieg. Wie der mürrische alte Horton, der in einer Bruchbude außerhalb der Stadt wohnte. Die Kinder hatten Angst vor ihm, die Jugendlichen spielten ihm Streiche, die Frauen hatten nur Mitleid für ihn übrig und die Männer ignorierten ihn.

Ihm wurde kalt und speiübel.

„Schwester?", fragte Jack.

Gerade noch rechtzeitig rollte ihn jemand auf die Seite und hielt ihm eine Schüssel hin. Krüppel. Ein Krüppel.

„Jetzt bin ich wie ..." Er spuckte den Rest aus. „Wie der alte Horton."

„Sag so was nicht. Bei dir wird das nicht so. Du weißt doch, was Grandpa immer meinte: Horton war schon griesgrämig und mürrisch, bevor er nach Kuba ging. Okay, seine Verletzung hat ihn endgültig verbittern lassen, aber er war vorher schon halb durch den Wind."

Die Schwester wischte Walt den Mund ab. Ein Krüppel. Seine rechte Hand – für immer weg.

Er schloss die Augen und drückte den Hinterkopf ins Kissen. Das war nur ein Traum. Ein Albtraum. Wenn er aufwachte, würde er wieder ganz der Alte sein.

„Walt, ich weiß nicht, was ich sagen soll. Ich wünschte, das alles wäre nicht passiert. Ich wünschte, ich könnte mit dir tauschen. Und ich wäre heilfroh, wenn Dad oder Ray jetzt hier wären anstelle von mir. Ich bin doch fast durchs Predigerseminar gerauscht. Sie wüssten sofort ein paar gute, tröstende Worte."

„Ach ja?" Walt sah in das sorgenvolle Gesicht seines Bruders. Die Schwester schob ihm eine Tablette zwischen die Lippen und gab ihm ein Glas. Das Wasser brannte in seiner Kehle. „Was sollten sie denn sagen? Ich ... habe nur noch einen Arm. Nur noch einen, Jack. Mein rechter Arm. Er ist weg. Mein *rechter* Arm. Ich kann nicht mehr ... schreiben. Und ... ich ... ich kann nicht mehr fliegen. Ich kann nicht mehr fliegen. Wie soll ich denn die Gashebel bedienen?"

Er fing an zu schluchzen. Nein – nein, er würde jetzt nicht wie eine Heulsuse losflennen.

„Du bist Ingenieur. Gott sei Dank, Walt! Mit einem Messschieber wirst du doch wohl noch umgehen können, oder? Das wird schon. Ganz ehrlich." Jack wischte sich die Augen. Er fing doch nicht etwa auch an?

„Ach ja? Wer stellt denn einen Krüppel ein?" So fest er konnte, presste Walt die Augen zu. Die Tränen waren ihm zuwider, die heisere Stimme, alles. Das war jetzt das zweite Mal innerhalb eines Jahres, dass er heulte. Der verdammte Krieg sollte einen Mann aus ihm machen und keine Memme.

„Du bist kein Krüppel. Du bist ein Kriegsheld. Was meinst du, wie die Reporter uns hier die Bude einrennen und nur darauf warten, dass du wieder zu dir kommst. Und nicht nur die, sondern auch deine Crew. Du hast ihr Leben gerettet."

„Ich bin kein Held." Walt wollte sich mit dem Handrücken die Tränen abwischen. Aber da war keine Hand. Er musste den linken Arm nehmen.

„Natürlich bist du einer. Ich gehe jede Wette ein, dass du schon zwanzig Stellen angeboten bekommst, bevor du überhaupt zu Hause bist. Und mindestens genauso viele Heiratsanträge."

Heirat. Walt starrte auf die dicke Bandagewulst. Jede vernünftige Frau würde Reißaus nehmen. Auch Allie. Zum Glück hatte sie bald einen Mann mit zwei Armen.

Kapitel 41

Riverside, 6. Mai 1943

Allie ging die Liste noch einmal durch: Florist, Fotograf, Bäcker, Drucker, Mission Inn, St. Timothy's. Jetzt blieb nur noch die Schneiderei. Ihre Füße schmerzten.

Beim Vorbeigehen betrachtete sie ihr Spiegelbild in einem Schaufenster. Wenigstens sah sie in ihrem pfirsichfarbenen Leinenkostüm noch halbwegs frisch aus. Um das alte Outfit etwas zu verjüngen, hatte sie vier Kellerfalten in den Rock gebügelt und Schulterpolster in die Jacke eingenäht.

Vor der Schneiderei blieb sie stehen und atmete tief durch.

Miss Montclair kniete hinten im Laden vor einer Schneiderpuppe. Sie trug ein Etuikleid mit breiten senkrechten Streifen in schwarzweiß. Es gab nicht viele Frauen, die so ein gewagtes Kleid tragen konnten, und noch viel weniger, denen es so stand wie Agatha Montclair.

„Guten Tag", sagte Allie.

Miss Montclair sah verwundert auf und legte das Maßband beiseite. „Ich bin erstaunt, dich hier zu sehen, Allie."

„Oh. Ich dachte, Mutter hätte einen Termin für mich ausgemacht."

„Hat sie, aber du bist seit Monaten zu keinem Termin erschienen."

„Das tut mir leid, wirklich. Aber ... nun, jetzt bin ich jedenfalls da."

„Das sehe ich." Miss Montclairs Blick wurde mit jeder Sekunde durchdringender. „Deine Mutter wird sehr erfreut sein."

„Nein." Allie versuchte, ihr damenhaftes Gesicht aufzubehalten. „Sie wird ganz und gar nicht erfreut sein."

„Was du nicht sagst." Ein spitzbübisches Lächeln brachte Miss Montclairs hutzeliges Gesicht in Bewegung. „Na komm. Ich will dir zeigen, was ich gemacht habe."

Oh nein. Mutters Hochzeitskleid.

Miss Montclair verschwand hinter einem weinroten Vorhang und kehrte mit einem Kleidersack zurück, den sie an die Tür einer Umkleidekabine hängte. Dabei sah sie Allie an und kicherte. „Du müsstest mal dein Gesicht sehen."

Allie legte ihre Handtasche ab und stellte sich neben Miss Montclair, die aus dem Kleidersack ein weißes Kleid mit Spitzenkragen, Blusenmieder und engen Ärmeln bis zum Ellenbogen zauberte.

„Mutters Kleid! Sie haben es wieder zusammengenäht."

„Ich dachte, das würde dir gefallen."

„Ich bin begeistert. Sie glauben ja gar nicht, wie sehr." Allie strich über den feinen Stoff und suchte vergeblich nach Schäden. „Das ist ganz hervorragend geworden. Oh, ich bin ja so froh. Schon allein der Gedanke – Mutters Kleid, für immer ruiniert ..." Sie sah erschrocken in Miss Montclairs zufriedenes Gesicht. „Woher wussten Sie, dass ich nicht mehr verlobt bin?"

„Ich hatte da so ein Gefühl. Nach unserem letzten Gespräch habe ich aufgehört, an dem Kleid weiterzuarbeiten. Und dann bist du nicht mehr zu den Anprobeterminen gekommen, und Mary fing an, mir in der Kirche aus dem Weg zu gehen. Das hat ihr ziemlich zugesetzt, nicht wahr?"

Allie hob einen Ärmel an und seufzte. „Zugesetzt? Das hieße ja, sie hätte es immerhin akzeptiert. Nein, sie plant diese Hochzeit munter weiter und bleibt auf dem Standpunkt, ich hätte nur kalte Füße bekommen. Aber heute habe ich alles abgesagt. Jetzt bleibt ihr nichts anderes übrig, als es zu akzeptieren."

„Braves Mädchen." Miss Montclair setzte wieder diesen durchdringenden Blick auf. „Aber bist du auch glücklich damit?"

Tief aus Allies Herzen stieg ein Lächeln auf. „Ja. Wenn meine Eltern meine Entscheidung ernst nähmen, würde es mir zwar noch besser gehen, aber ich habe die richtige Entscheidung getroffen. Ich kann es gar nicht beschreiben, aber das Gefühl ist wundervoll."

„Vergiss nicht – ich weiß, wie sich das anfühlt." Sie hängte das Kleid zurück in den Kleidersack. „Ist da ein anderer Mann im Anflug?"

Anflug – was für eine unglückliche Wortwahl. Allie lächelte mühevoll. „Nein. Das ist eine Sache zwischen Baxter, mir und Gott."

Auf der Busfahrt nach Hause stiegen ihre Gefühle für Walt wieder in ihr auf und brachten alles durcheinander – ihre unerwiderte Liebe, die Sehnsucht nach seiner Freundschaft und die quälende Ungewissheit, wie es ihm ging.

Die Träume hatten aufgehört. Hatte Gott sie aus der Verantwortung entlassen? War *Flossie* zur Reparatur? Musste Walt ein paar Tage aussetzen? War er zur Bodencrew gewechselt? Oder war ihm etwas Schreckliches zugestoßen? Betty hatte ihn in ihren Briefen mit keinem Wort erwähnt, aber das war ja nichts Neues.

Allie fiel die Schlagzeile wieder ein: „Fliegende Festungen bombardieren deutsche Fabriken." Und den Untertitel: „Sechzehn B-17 abgeschossen."

Sechzehn! So hohe Verluste hatte es noch nie gegeben. Das hieß, dass Walt ziemlich wahrscheinlich ...

Nein. Sie schob den Gedanken weit von sich. Es brachte nichts, sich Sorgen zu machen. Außerdem überlebten viele der Männer als Kriegsgefangene. Und manche konnten sogar untertauchen und sich zurück nach England durchschlagen. Wenn irgendjemand das schaffte, dann Walt.

Trotzdem jagte ihr die Vorstellung von Walt in einem Straflager oder auf der Flucht vor den Nazis einen kalten Schauer über den Rücken.

Allie stieg aus dem Bus und lief die lange Auffahrt zu ihrem Haus hinauf. „Bitte, lieber Gott, wo auch immer er ist, pass auf ihn auf. Er braucht dich sicher dringend."

Beim Abendessen lenkte sie das Gespräch gekonnt weg von den Hochzeitsvorbereitungen auf die baldige Beilegung des Kohlenstreiks, der ihren Vater so wütend gemacht hatte.

Nach einem friedlichen Essen servierte ihre Mutter zum Nachtisch frisch geerntete Erdbeeren. „Allie, was ist mit deinen Terminen heute? Warst du dort?" In ihrer Stimme schwang die Verärgerung über die unzähligen verpassten Termine mit.

Allie hatte den Mund mit einer zu großen Erdbeere voll und nickte nur.

Ihre Mutter lächelte wie elektrisiert. „Siehst du, Baxter, ich habe doch gesagt, alles wird gut."

Hilfe. Sie hatte es missverstanden. Allie versuchte die Erdbeere schnell kleinzukauen.

„Ich wusste, dass sie zur Vernunft kommt", sagte ihr Vater mit einem Lächeln auf den Lippen, das Allie die letzten Monate vermisst hatte. „Dann kann das Testament doch so bleiben. Hast du noch den Ring, Baxter?"

„Natürlich."

Allie schluckte unter Schmerzen einen zu großen Bissen hinunter. „Das Testament?"

Ihre Mutter lud Schlagsahne auf ihre Erdbeeren. „Du hast uns ja keine Wahl gelassen. Wir wollten es dir erst nächste Woche sagen, wenn alles unter Dach und Fach ist, um dir einen Anreiz zu geben, endlich das Richtige zu tun."

„Was ... was habt ihr getan?"

Mutters Lächeln fing an zu zittern. „Nun, Baxter ist jetzt der alleinige Erbe unseres ganzen Besitztums. Du hast schließlich selbst zu Vater gesagt, dass das das Beste ist. Aber jetzt ist das ja alles kein Problem mehr."

„Der ... gesamte Besitz?" Allies Kehle war wie zugeschnürt. „Du meinst die Firma – nur die Firma."

„Der gesamte Besitz." Ihr Vater legte den Löffel ab und sah Allie streng an.

Das konnte nicht sein. Gut, er wollte seine Firma keinem anderen Mann überlassen ... obwohl es überhaupt keinen anderen Mann gab. Aber der gesamte Besitz? Das konnte nicht sein. „Ihr habt mich enterbt?"

„Aber nein", sagte ihre Mutter beschwichtigend. „Wenn du Baxter heiratest, erbst du doch alles mit."

Allie bekam kaum Luft. „Ihr habt Baxter eurer einzigen Tochter vorgezogen? Ihr ... ihr habt mich wirklich enterbt?"

Der Blick ihres Vaters wurde noch strenger. „Nicht, wenn du wie versprochen Baxter heiratest."

Baxter drehte den Löffel in seiner Dessertschüssel. „Ich dachte, du bist zur Vernunft gekommen."

„Nein. Ich meine, doch. Ja, bin ich – im Februar schon. Ich werde dich nicht heiraten und meine Meinung auch nicht ändern."

„Wieso nicht? Du hast sie doch schon einmal geändert."

„Ich werde nicht ... ich werde dich nicht heiraten." Wie konnten sie nur? Wie konnten sie ihr das nur antun?

„Aber Allie." Ihre Mutter hielt ihre Dessertschüssel mit beiden Händen umklammert und sah Allie mit großen Augen an. „Ich dachte, du hättest deine Termine heute wahrgenommen."

„Das habe ich auch, aber nicht so, wie du denkst. Ich habe alles abgesagt: die Blumen, die Einladungskarten, die Buchung – alles."

„Allie! Wie konntest du nur?" Die Stimme ihrer Mutter bebte.

„Ich musste", antwortete Allie genauso emotional geladen. „Ihr habt mich ja nicht ernst genommen. Aber jetzt müsst ihr es endlich akzeptieren."

„Nein. Du bist diejenige, die hier etwas akzeptieren muss." Ihr Vater stand auf und stützte sich drohend auf dem Tisch ab. „Baxter ist mein Alleinerbe. Wenn du ihn nicht heiratest, wirst du leer ausgehen. Und nun wähle."

Allie biss die Zähne zusammen und sah ihn entschlossen an. „Das habe ich bereits." Dann sprang sie auf und lief aus dem Esszimmer, vorbei an all den eleganten Möbeln durch das Haus, das ihr nun nie gehören würde.

„Allie! Allie. Warte doch." Baxters Stimme und Schritte folgten ihr.

„Was ist?" Sie wirbelte unter dem Kristalllüster im Eingang herum. „Was willst du noch?"

Baxter kam zum Stehen und strich sich eine lose Haarsträhne aus dem Gesicht. „Ich möchte, dass du weißt, dass ich dir eine zweite Chance gebe. In den letzten drei Monaten hast du mich vor deinen Eltern bloßgestellt und jetzt auch noch vor der halben Stadt. Aber ich bin trotzdem bereit, dir zu vergeben und dich zu heiraten."

„Wieso?" Allie riss die Arme hoch. „Wieso um alles in der Welt willst du mich heiraten? J. Baxter Hicks hat doch schon alles erreicht, was er wollte. Er hat der Tochter vom Boss alles abgeknöpft. Du hast mir die Firma, das Erbe, mein Zuhause genommen – und sogar die Liebe und Fürsorge meiner Eltern. Du hast gewonnen. Was willst du noch von mir?"

Sein Blick wurde sanft und er griff nach ihrer Hand. „Ich möchte dich zur Frau. Ich möchte mit dir eine Familie gründen."

Allie wich zurück. „Nein. Verstehst du das nicht? Du hast mir alles genommen, aber mein Herz wirst du mir nicht auch noch nehmen. Verlass dich drauf!" Sie drehte sich um und stürmte die Treppe hoch.

„Es war gut, dich zu enterben", rief ihr Baxter nach. „Du launisches, undankbares, ungehorsames ..."

„Ungehorsam?" Am Treppenende drehte sich Allie wütend um. „Nenn mich, was du willst, aber nicht ungehorsam. Mein Gehorsam hat mir das hier überhaupt erst eingebrockt." Sie rannte den Flur hinunter, kämpfte mit dem Türknauf und ging in ihr Zimmer, dass in die goldene Abendsonne getaucht war.

Aufgebracht ging sie im Kreis um ihr Bett, an der Kommode, dem

Fenster, dem Schreibtisch, dem Kleiderschrank, der Tür vorbei, immer und immer wieder. In ihrem Kopf dröhnte der Schmerz über den Verlust und die Enttäuschung über ihre Eltern. Das Licht in ihrem Zimmer wurde orange, dann rot, und verblasste schließlich in einem violetten Grau.

„Und was jetzt, Herr? Was mache ich jetzt?"

Vor Walts Foto auf ihrem Schreibtisch blieb sie stehen. Wie sie sich nach seinem einfühlsamen Verständnis sehnte. Nach seinem unerschütterlichen Humor. Seinem Trost. Seinen ehrlichen Ratschlägen.

„Oh, Walt", flüsterte sie. „Vielleicht brauchst du unsere Freundschaft nicht mehr, aber ich schon."

Kapitel 42

2. Allgemeinkrankenhaus, Oxford
9. Mai 1943

Walt fiel jeder Buchstabe schwer. Schluderig. Das konnte ja ein Erstklässler besser.

Er zerknüllte das Papier, so gut es mit einer Hand ging, und zielte auf den Papierkorb. Daneben. Verärgert schnaubte er und strich sich die blöde Locke aus dem Gesicht. Sogar dafür brauchte er zwei Anläufe.

Die Liste der Dinge, die er nicht mehr gut konnte, wurde immer länger; mit Messer und Gabel essen, Zähne putzen, sich anziehen. Knöpfe, Gürtel und Socken trieben ihn zur Weißglut. Ganz zu schweigen von den Dingen, die er überhaupt nicht mehr konnte: fliegen, Klavier spielen, schnitzen, Auto fahren, sich die Schuhe binden oder ein Steak zerschneiden.

Natürlich sagten die Krankengymnasten etwas anderes: Nicht aufgeben, Kopf hoch, lächeln, das wird schon alles mit der Zeit. Sie hatten gut reden. Sie mussten nicht mit einem einzigen, nutzlosen, lausigen linken Arm auskommen.

Über Bremen hatte er Gott angefleht, ihn überleben zu lassen. Wenn er im Vorfeld schon einmal ein paar Tage in diesem Krankenhaus verbracht gehabt hätte, hätte er das vielleicht nicht getan. Vielleicht war Franks Schicksal doch gar nicht das Schlechteste.

Walt stöhnte genervt, dass er so etwas auch nur dachte. Frank wäre da ganz bestimmt anderer Meinung gewesen. Eileen und die Kinder hätten sich gefreut, ihn lebend zu sehen, ganz egal, in welchem Zustand. Und Frank hätte nicht anders gedacht.

Mit einem Seufzen legte Walt den Stift ab. Der Brief musste eben warten, bis Jack nach dem Gottesdienst vorbeikam. Walt würde ihm ihn einfach diktieren.

Nein, er musste es versuchen. Er hatte nur noch einen einzigen, nutzlosen, lausigen linken Arm, und er musste lernen, damit zu leben. Mom und Dad würden sich bestimmt weniger Sorgen um ihn machen, wenn sie etwas Fröhliches von ihm lasen. Sofern sie es entziffern konnten. Schade, dass er Allie nicht schreiben konnte. Bei ihr hätte er sich nicht verstellen müssen. Er legte sich ein frisches Blatt Papier zurecht.

Liebe Mom, lieber Dad,
es geht mir schon besser. Die Schmerzen lassen nach. Ich darf inzwischen schon über die Flure laufen. Vieles muss ich neu lernen, aber das wird schon. Ende des Monats werde ich in ein Krankenhaus in Amerika verlegt. Das ist gar nicht so weit von Antioch entfernt, nämlich in ...

„Hey, Wally. Hab dir einen Brief von deiner Freundin mitgebracht."

Walt stöhnte entnervt. Dass sein Bruder ihn ständig damit aufziehen musste. „Nenn mich nicht Wally, und sie ist nicht meine ... J.P.! Was machst du denn hier?" Er hatte J.P. seit Bremen nicht mehr gesehen.

Jack setzte sich auf die Bettkante. „Die Zugfahrt hierher ist lang und öde. Ich wollte nicht allein fahren, also habe ich J.P. den Befehl erteilt, mitzukommen. Das ist eben einer der Vorteile des Offizierslebens, das J.P. nun aus erster Hand erleben kann."

Jetzt erst bemerkte Walt, dass J.P. die dunklere Uniformhose eines Offiziers und die goldenen Schulterstücke eines Second Lieutenants trug. „Es wurde genehmigt?"

J.P. setzte sich auf den Stuhl neben Walts Bett. „Du sprichst mit Thurleighs neustem Artillerieoffizier. Und du solltest die Leute vorher warnen, wenn du sie für eine Beförderung empfiehlst."

„Nur wie?", sagte Jack. „Du hast ja kein Wort mit ihm geredet."

J.P. verzog schuldbewusst das Gesicht. „Hör mal, Novak, es tut mir leid ..."

„Schon in Ordnung. Vergiss es."

„Nein, es ist nicht in Ordnung. Ich ... also, über Bremen hast du dir meinen Respekt verdient, und noch mehr als das. Und dann finde ich plötzlich heraus, dass du dich für meine Beförderung eingesetzt hast. Während ich dir die kalte Schulter gezeigt habe."

Walt zuckte mit den Achseln. „Du hattest die Beförderung eben verdient und ich die kalte Schulter."

„Dass du deiner Crew so einen Bären aufbindest, hätte ich nicht gedacht. Tja, Lügen haben kurze Beine", sagte Jack und verwuschelte Walts Haare.

„Du hast mir doch das Lügen beigebracht, damit *du* keinen Ärger kriegst", antwortete Walt grinsend und schlug Jacks Hand weg. Halt. Wieder der falsche Arm.

Jack lächelte nervös und nahm die Hand weg. Er deutete auf den Nachttisch. „Von wem hast du denn die Bonbons?"

Walt warf einen Blick auf J.P., der sich Mühe gab, nicht auf Walts leeren Ärmel zu starren. Zorn stieg in ihm auf. Für den Rest seines Lebens würden die Leute versuchen, ihn nicht anzustarren, und wenn er nicht hinsah, würden sie es doch tun. Auch die Prothesen, die ihm die Ärzte gezeigt hatten, würden da nicht helfen. Sie würden die Sache nur noch schlimmer machen – glänzende Metallhaken und Zangen mit Kabeln und Riemen. Als Ingenieur bewunderte er die Mechanik, aber an seinem Körper wollte er so etwas nicht haben.

„Die Bonbons? Von wem?", wiederholte Jack.

„Emily. Willst du eins? Sie schmecken mir nicht." Übersüß wie ihr tränenreicher Besuch. Zum Glück war sie nur einmal da gewesen. Er wollte gar nicht darüber nachdenken, wie wenig Zucker Emilys Familie jetzt noch geblieben war.

„Ich hab einen Brief von ihr für dich und den Rest deiner Post." Jack steckte sich ein rotes Bonbon in den Mund und zog einige Briefumschläge aus seiner Jacke.

„Danke." Walt legte den kleinen Stapel vor sich hin und ging ihn durch. Emily, George Anello, Grandpa Novak – Allie. Hatte sie seinen Brief noch nicht bekommen?

„Und, was hat sie gesagt?", fragte Jack mit dem Bonbon in der Wange. „Ich hab sie gar nicht gesehen."

Wie sollte er Allie denn sehen? Ach so – Emily. „Äh, keine Ahnung." Er öffnete ihren Brief.

Lieber Wally,
ich habe gehört, dass Du bald nach Hause kommst. Am liebsten würde ich natürlich mitkommen, aber mein Vater sagt, ich soll mir das aus dem Kopf schlagen. Es war eine echt tolle Zeit mit Dir, und ich werde Dich schrecklich vermissen. Vielleicht kannst Du mich ja später nachholen. Kalifornien hört sich echt toll an. Ich würde ja gern ein paar Filmstars kennenlernen.

Walt rieb sich das Gesicht. „Dieses Mädchen macht mir Angst."

„Wieso? Was schreibt sie?"

„Sie hält mich für ihre Eintrittskarte nach Hollywood."

Jack lachte auf. „Antioch ist gut vierhundert Meilen von Hollywood weg."

„Ich glaube nicht, dass sie so weit zählen kann."

Als Nächstes las er den Brief von George. Er hatte ihn im April geschrieben, noch vor Bremen. George erzählte von den Hügeln voller Wildblumen, von der Einrichtung des Kinderzimmers und von lustigen Streichen, die die Schüler ihrem Geschichtslehrer spielten. Kaum zu glauben, dass das Leben in den kleinen amerikanischen Städten ganz normal weiterging, während in Europa der Wahnsinn tobte.

Walt ließ den Brief sinken. „Was gibt's Neues aus Thurleigh?"

„Bremen steckt uns noch in den Knochen", sagte J.P. ernst. „Und St. Nazaire am ersten war auch nicht viel besser."

„Hab ich im *Stars and Stripes* gelesen." Es war komisch, von den Einsätzen erst aus zweiter Hand zu erfahren.

„Bin mit einer anderen Crew geflogen", erklärte J.P. „Wir hatten Sicht gleich Null. Nachdem wir das Ziel dann doch erreicht hatten, drehte unser Geschwader zu früh in Richtung England ab. Wir flogen genau über Brest und geradewegs ins Flakfeuer und die Jagdflieger hinein. Drei Flugzeuge haben wir verloren, zwei weitere waren reif für den Schrott."

„Aber dafür gab's jede Menge Auszeichnungen." Jack aß ein grünes Bonbon und verzog angewidert das Gesicht.

„Hast du das von Snuffy Smith aus unserem Geschwader gehört? War sein erster Einsatz im Kugelturm bei Johnson."

„Ja, stand in der Zeitung." Wegen eines Feuers im Funkerstand waren der Funker und zwei Schützen abgesprungen. Smith hatte gegen die Flammen gekämpft, die brennende Ausrüstung aus dem Flugzeug geworfen, die Geschütze im Rumpf bemannt und beim Heckschützen Erste Hilfe geleistet. „Scheint, als wollten sie ihm die Ehrenmedaille des Kongresses verleihen."

„Wenn der sie verdient hat, dann du auch."

„Quatsch." Wenigstens hatte Snuffy Smiths Geschichte die Reporter von Walt abgelenkt. Er machte Grandpas Brief vom 21. April auf.

Lieber Walt,

gestern kam Jacks Telegramm an. Deine Mom und Grandma sind ziemlich erschüttert, aber dankbar, dass Du noch lebst. Die beiden kommen schon drüber hinweg. Sind doch starke Frauen.

Ich mache mir dagegen keine Sorgen um Dich. Du bist ein schlaues Bürschchen und hast den typischen Dickkopf der Novaks. Du kannst alles hinkriegen, was du willst. Ich habe mir inzwischen die alte Jenny mal angesehen. Ich wette, wir kriegen den Gashebel so hingebastelt, dass du mit ihr fliegen kannst. Dasselbe gilt auch für die Gangschaltung beim Auto. Aber das mit dem Auto muss bis nach dem Krieg warten. Gerade erst ist mir der letzte Reifen geplatzt.

Walt spürte, wie frische Hoffnung in ihm aufkeimte. Es war das beste Gefühl seit Wochen. „Grandpa überlegt, wie er *Jenny* umbauen könnte, damit ich mit ihr fliegen kann."

„Der gute alte Grandpa", sagte Jack lachend. „Ihr zwei werdet bestimmt jede Menge Sachen austüfteln."

„Hoffentlich." Walt drehte Allies Brief hin und her. Er war vom 15. April.

„Willst du ihn nicht aufmachen?"

„Später." Wahrscheinlich war das ihr letzter Brief. Er wollte sich dafür Zeit nehmen und Jack sollte ihn nicht dabei sehen.

J.P. stützte die Ellenbogen auf die Knie. „Von Allie?"

„Ja." Walt versuchte gelassen auszusehen.

„Deiner Möchtegern-Flamme?" Anders als *Flossies* Crew konnte Jack über die Geschichte lachen.

„Genau der." Walt legte den Umschlag auf den Nachttisch. „Sie heiratet irgendwann im Juli." Wenigstens hatte sie ihm in den letzten Briefen die Details erspart.

J.P. sah Walt prüfend an. „Ich glaube, du liebst sie wirklich, oder?"

Walts Mund öffnete sich. Ihm lag eine fertige Ausrede auf der Zunge, vor allem wegen Jack. Aber dann seufzte er. Keine Lügen mehr. „Ja."

„Was?", fragte Jack ungläubig.

„Dann war es also nur eine halbe Lüge", stellte J.P. fest.

„So was gibt's nicht."

Jack schlug Walt mit dem Handrücken gegen das Knie. „Hey, was ist hier los?"

„Nichts, gar nichts." Walt verdeckte mit der linken Hand seine Augen. „Dein Bruder ist ein Idiot."

„Das weiß ich, aber was ist hier los?"

„Also schön, wenn du es unbedingt wissen willst ... Ich habe Allie bei Georges und Bettys Hochzeit kennengelernt und mich sofort Hals über Kopf in sie verknallt. Dann habe ich herausgefunden, dass sie vergeben ist, habe ihr aber trotzdem Briefe geschrieben. Was ein Fehler war, denn da habe ich mich erst recht in sie verliebt. Halt, das nehme ich zurück. Es war kein Fehler. Sie hat mir wirklich gutgetan."

„Ihr Verlobter ist bestimmt sauer, dass du sie liebst."

„Spinnst du? Er weiß nichts davon. Und sie auch nicht."

„Du hast es ihr verschwiegen?"

Walt zog eine Augenbraue hoch. „Hast du nicht zugehört? Sie heiratet bald."

„Und du lässt das einfach so zu?"

„Natürlich. Ich bin ein Gentleman."

Jack verdrehte die Augen, stand auf und kramte in der Bonbonschachtel. „Na komm. Kämpf um sie! Sag ihr, was du für sie empfindest. Gib ihr wenigstens die Chance, dir einen Korb zu geben."

„Nimm eins von den orangefarbenen. Die schmecken nicht so scheußlich."

„Kämpf um sie."

„Jack hat recht", sagte J.P. „Was ist das Schlimmste, was passieren kann? Sie heiratet den anderen Kerl, was sie sowieso macht, wenn du den Hintern nicht hochkriegst. Und das Beste, was passieren kann ..."

„Du stehst noch vor deinen Brüdern vorm Traualtar." Jack probierte ein rosafarbenes Bonbon. „Du liebe Zeit, ist das eine Zumutung."

„Genau das würde Allie auch sagen."

Jack spuckte das Bonbon in den Müll, setzte sich aufs Bett und hüpfte ein wenig darauf herum. „Na komm, Wally. Emily hält dich für echt toll. Und Allie ja vielleicht auch."

„Nichts da. Allie ist intelligent." Er versetzte seinem Bruder einen Tritt, so gut es durch die Bettdecke ging. „Sie ist stinkreich, hat einen stinkreichen Verlobten und ein Riesenhaus, in das sie bald zieht. Sie weiß nicht, dass ich ein Krüppel bin, weiß nicht, dass ich gelogen habe, und ich werde ihr das bestimmt nicht sagen."

„Sag es ihr", wiederholte Jack. „Was hast du zu verlieren?"

„Du klingst genauso wie die Krankenschwester letzten Winter, die mich gepflegt hat, als ich die Lungenentzündung hatte. Sie hat ständig genau dasselbe gesagt."

„Dann hat sie schon mal Köpfchen." Jack sah sich auf der Krankenstation um. „Ist sie auch noch hübsch?"

„Ja." Walt knüllte einen leeren Umschlag zusammen und traf Jack am Ohr. Nicht übel für einen Linkshänder. „Sie arbeitet nicht hier. Sondern in Diddington. Ein Jammer, ich wäre gern dabei, wenn dir mal eine Frau eine Abfuhr erteilt."

„Willst du mich herausfordern?" Jack warf den zusammengeknüllten Umschlag hoch und fing ihn wieder auf. „Ich liebe Herausforderungen, vor allem, wenn es um Frauen geht. Womit wir wieder bei dir wären. Ein Novak scheut keine Herausforderung. Kämpf um die Frau, die du liebst."

„Genau so sehe ich das auch", pflichtete ihm J.P. bei. „Sie hat garantiert Gefühle für dich. Würde sie dir sonst zwei-, dreimal die Woche schreiben? Und dann auch noch so dicke Briefe. Sag es ihr."

Sollte er ihr gestehen, dass er sie liebte? Dass er seine Crew im Hinblick auf sie angelogen hatte? Dass er Gott absichtlich ungehorsam gewesen war und noch eine letzte, faulige Lüge draufgelegt hatte?

Nein. Von der Ehrlichkeit zur Dummheit war es kein weiter Weg, und er hatte nicht vor, ihn zu gehen.

Kapitel 43

Luftwaffenstützpunkt March Field
Samstag, 26. Juni 1943

„Wir werden dich vermissen", sagte Regina Romero.

Allie unterschrieb zum letzten Mal in der Anwesenheitsspalte. „Ich danke euch, aber mir wird dieser Ort noch viel mehr fehlen." Sie freute sich zwar auf ihre neue Arbeitsstelle im Büro des Landmaschinenherstellers, wo zurzeit der Schwimmpanzer *Water Buffalo* hergestellt wurde. Trotzdem würde sie immer gern an die Arbeit beim Roten Kreuz zurückdenken.

Allie ging durch die Flure und verabschiedete sich von den Ärzten, Schwestern und Patienten. Nachdem sie den Schock überwunden hatte, plötzlich enterbt zu sein, hatte sie sich ein Herz gefasst und begonnen, für sich selbst zu sorgen. Ihre Eltern waren jetzt noch jung und gesund, aber eines Tages würden sie nicht mehr da sein, und Allie obdachlos und ohne jedes Auskommen. Während des Krieges standen Frauen viele Türen offen, aber wer wusste, wie das nach dem Krieg aussehen würde? Es war an der Zeit, dass Allie ihre kaufmännische Ausbildung in die Tat umsetzte, so viel Geld wie möglich beiseitelegte und sich einen Stand im Beruf erarbeitete.

„Hallo, Miss Miller."

„Miss Miller, hier drüben."

Allie ließ den Blick durch die Krankenstation schweifen und lächelte. Wie sie diese Männer vermissen würde. Eine füllige junge Schwester kam auf sie zu. „Könnten Sie zuerst zu dem neuen Patienten gehen? Er jammert in einem fort, das kann ich Ihnen sagen. Besteht darauf, seiner Freundin schreiben zu müssen." Sie zeigte auf einen Mann, der aufrecht im Bett saß. Ein Büschel dunkelblonder Haare stach von seinem bandagierten Kopf in die Höhe. „Lieutenant Hunter. Das wäre mir eine große Hilfe. Dann kehrt hier vielleicht ein bisschen Ruhe ein. Sie wissen ja, wie unterbesetzt wir samstags sind."

„Das mache ich gern." Allie tätschelte den Arm der Schwester und ging zu dem Bett des Mannes hinüber. Dort zog sie sich einen Stuhl heran. „Guten Morgen, Lieutenant. Ich bin Miss Miller und bin vom Roten Kreuz. Sie möchten einen Brief verfassen?"

„Ja, können Sie ihn für mich schreiben?" Unter seinen ganzen Verbänden hatte er eine gerade Nase und ein kräftiges Kinn. „Liebe Maggie ..."

„Augenblick", sagte Allie kichernd. „Ich bin noch nicht so weit." Sie klemmte eine Seite Luftpostpapier auf ihr Klemmbrett. „So, es kann losgehen. Liebe Maggie?"

„Genau. Maggie, du fehlst mir so sehr. Seit ich fort bin, habe ich noch nicht wieder von dir gehört. Oder von den anderen. Ich weiß, die Post ist langsam und ich werde von einem Krankenhaus zum nächsten geschickt, aber zwei Monate ohne jede Nachricht sind eine lange Zeit.

Letzte Woche hatte ich wieder eine OP. Die Ärzte sind optimistisch, aber ich sehe sogar mit den ganzen Verbänden, was hier gespielt wird. Die Operationen bringen nichts. Ich bin blind und sie können daran nichts ändern." Er presste verbittert die Lippen aufeinander.

Sein Versuch, keine Emotionen zu zeigen, löste bei Allie nur noch mehr Mitleid aus. „Das tut mir sehr leid."

Er reckte das Kinn nach vorn. „Deswegen schreibe ich dir, Maggie. Weißt du noch, wie wir darüber sprachen, dass ich meine englische Rose zu mir hole, damit sie auf amerikanischem Boden blühen kann? Daraus wird leider nichts. Ich werde dein Leben nicht auch noch zerstören."

„Denken Sie doch so etwas nicht", sagte Allie, während sie die düsteren Worte aufschrieb. „Es gibt so viel ..."

Der Lieutenant stoppte sie mit einer Hand. „Ich will kein Blabla vom Roten Kreuz hören. Ich will einen Brief geschrieben bekommen."

„Ja, Sir."

„Tu mir einen Gefallen, Maggie. Halte dich vom Stützpunkt fern. Wenn du unbedingt mit einem Yankee ausgehen willst, dann wenigstens mit keinem von der Kampftruppe. Du hast diesen Kummer nicht verdient. Ich liebe dich, Maggie, und ich würde dir viel lieber etwas anderes schreiben, aber so ist das wohl das Beste."

Allie konnte das nicht so stehen lassen. „Einen Moment, Sir."

Sie schrieb ganz unten dazu: „Ein unaufgefordertes P.S.: Er liebt Sie offensichtlich sehr. Aber auch, wenn er nie wieder sehen kann, muss seine Zukunft nicht unbedingt trostlos sein. Ich werde für Sie beide beten."

„Haben Sie das?", fragte er ungeduldig.

„Ja, Sir. Fahren Sie fort."

„Maggie, ich habe eine letzte Bitte. Könntest du mir bitte schreiben, wie es meiner Crew geht? Ich weiß noch nicht mal, ob sie noch leben. Fontaine geht es wahrscheinlich gut, aber Ruben war schon bei unserer Landung bewusstlos und Wisniewski meinte, es hätte ihn übel erwischt."

„Wisniewski?", flüsterte Allie ungläubig. Fontaine? Ruben? Zwei Monate, hatte der Lieutenant gesagt. Das war Mitte April. Genau, als sie ihren letzten Traum gehabt hatte. Nein, das konnte nicht sein.

„Genau. W-I-S-N-I-E-W-S-K-I."

Allie wusste genau, wie man den Namen schrieb, und sie wusste, dass der Mann nicht Lieutenant Hunter, sondern Lieutenant Huntington war. Irgendwie schaffte sie es, den Stift übers Papier zu führen.

„Haben Sie das?", fragte er. Cracker – es war Cracker. Wenn er doch nur wüsste, wie gut sie ihn eigentlich kannte – im Guten und im Schlechten.

„Ja", krächzte sie.

„Preach ist derjenige, um den ich mir am meisten Sorgen mache."

Entsetzen zertrampelte die Hoffnung, die gerade in ihr aufgekeimt war. „Preach?"

„Das ist ein Spitzname. Können wir jetzt weitermachen?"

„Ja ... ja. Ich ... schreibe." *Bitte nicht, Herr. Bitte lass es Walt gut gehen.*

„Für Preach sah es nicht gut aus. Gar nicht gut. Ich weiß nicht, wie er mit einem Arm das Flugzeug landen konnte, aber daran siehst du, was er für ein Kerl ist. Nach der Landung wurde er sofort bewusstlos. Wisniewski sagte, es sei ein Wunder, dass er überhaupt so lange überlebt habe und uns alle nach Hause bringen konnte. Ich hoffe einfach, dass er noch am Leben ist."

Allies Finger schrieben die Worte, die ihre schlimmsten Befürchtungen wahr werden ließen – Walt war schwer verletzt worden und vielleicht sogar ... bitte, nicht umgekommen.

„Jetzt noch die Adresse", sagte Cracker. „Je früher sie diesen Brief erhält, desto schneller kann sie dann wieder ein normales Leben beginnen."

Allie notierte die Adresse. Bedford – Walt war in Bedford gewesen. War er immer noch dort? Lebte er noch? Es gab nur einen Weg, das herauszufinden, aber dafür müsste sie ihr Versprechen brechen. Doch um ihres und Crackers Seelenfriedens willen musste das sein.

„Ich ... ich kann das für Sie herausfinden. Walter Novak ist ... war ... ist ein guter Freund von mir."

Cracker fiel die Kinnlade herunter. „Sie kennen Preach?"

„Mhm." Sie hasste es, dass ihre Stimme immer piepsiger wurde, wenn sie aufgeregt war. „Wir ... wir haben eine gemeinsame Freundin. Ich kann mich mit ihr in Verbindung setzen. Sie wird wissen, wie es Walt geht – und vielleicht auch Abe und Louis."

„Wow. Sie kennen ihn tatsächlich. Ich fasse es nicht. Hören Sie, es tut mir leid, dass Sie es so erfahren mussten, Miss ... Miss ..."

Wie Perlen hingen kleine Tränen an ihren Augenbrauen. „Miller. Allie Miller."

„Allie?" Jetzt stand Cracker der Mund noch weiter offen. „Doch nicht die Allie, der er die ganze Zeit Briefe geschrieben hat? Verrückt – oh Mann, ich weiß jede Menge über Sie."

„Ich muss gehen." Die Tränen drohten überzulaufen, aber sie musste für die Patienten eine fröhliche Fassade bewahren. Sie stand auf und stolperte um den Stuhl herum und an den Betten vorbei. Im Flur lehnte sie verzweifelt die Stirn gegen die Wand. *Bitte, lieber Gott, lass ihn noch am Leben sein. Es ist mir egal, ob er eine andere Frau liebt. Ich will nur, dass er lebt.*

„Allie?"

Sie hob den Kopf und sah Cressie, die in ihrer grauen Uniform vor ihr stand.

„Der letzte Tag fällt dir schwer, oder?"

„Das ist es nicht. Ich ..." Ihr schnürte sich die Kehle zu.

„Komm, wir reden in Reginas Büro." Cressie legte Allie den Arm um die Hüfte und führte sie den Korridor entlang. „Hat einer der Patienten sich danebenbenommen?"

Allie schüttelte nur den Kopf und sagte nichts, aus Angst, dann aus dem Schluchzen nicht mehr herauszukommen.

Cressie brachte Allie in das leere Büro und machte die Tür zu. „Du lieber Himmel. Wie kann Regina in diesem Saustall nur arbeiten?" Sie nahm von zwei Stühlen die Papierstapel, legte sie auf den Boden und bedeutete Allie, sie solle sich hinsetzen. „Und jetzt sagst du mir, was passiert ist."

Die ungestörte Atmosphäre in Reginas Büro, Cressies warme Hände und ihr sorgenvolles Gesicht lösten Allies Zunge. „Der ... der neue Patient ... er war in Walts Crew. Mein Freund Walt. Er ... Walt wurde verwundet, und ich weiß nicht, ob er noch lebt oder wo er ist, und ich habe ihm nie gesagt, dass ich nicht mehr verlobt bin und dass ich ihn liebe, aber ich möchte, dass er das weiß, selbst wenn er eine andere Frau liebt, er sollte das wissen. Ich muss ihm das sagen, und nun bekomme ich vielleicht niemals ... niemals die Gelegenheit dazu."

„Schh. Ganz ruhig. Oh je, was für eine Patsche." Cressie drückte Allies Hände. „Jetzt müssen wir erst einmal herausfinden, wie es Walt geht."

„Betty weiß das bestimmt."

„Gut, meine Kleine, also schön. Du gehst jetzt sofort nach Hause und rufst sie an. Und keine Widerrede. Ich sage Regina Bescheid. So kannst du sowieso nicht arbeiten. Und warte ja nicht erst auf die Post. Ruf sie an. Und wenn Walt noch lebt – und er ist bestimmt noch am Leben –, dann schreibst du ihm einen Brief und sagst ihm alles, was er wissen muss."

„Aber ..."

„Hast du dir selbst nicht zugehört? Zuerst machst du dir Sorgen, wie es ihm geht, und dann machst du dir Sorgen, dass du ihm nie deine Liebe gestanden hast. Also sag es ihm endlich. Sag es ihm. Das Leben ist kurz und man muss jeden Tag nutzen. Das solltest du aus dem Krieg inzwischen gelernt haben."

„Carpe diem", flüsterte Allie. Bisher war das nicht ihr Motto gewesen, aber vielleicht sollte sie das ändern.

* * *

Ein warmer Windstoß warf hinter Allie die Tür zu. Sie schleuderte ihre Handtasche auf den kleinen Tisch im Flur, wo sonst immer die Post lag, rannte zum Telefon und nannte dem Fräulein vom Amt Bettys Nummer.

„Allie? Du bist aber früh zu Hause."

Das Telefon klingelte. Allies Mutter stand in einem blassrosa Kleid im Durchgang zum Wohnzimmer. „Hallo, Mutter."

„Ich bin froh, dass du da bist. Dein Vater und ich müssen etwas mit dir besprechen."

„Nicht jetzt. Ich ... ich muss Betty anrufen. Es ist dringend." Allie wandte sich ab. Wie könnte sie es schaffen, dass ihre Mutter wegging? Sie wollte sich nicht vor ihr nach Walt erkundigen.

„Hier bei Anello?", sagte Georges tiefe Stimme.

„George? Hallo, hier ist Allie Miller."

„Allie! Schön, dich zu hören. Betty ist leider nicht da. Sie wird sich aber ärgern, wenn sie hört, dass du angerufen hast. Sag mal, du müsstest doch inzwischen die Nachricht bekommen haben."

„Nachricht?"

„Hättest du gedacht, dass meine Tochter zwei Wochen zu früh auf die Welt kommen würde? Sie ist genauso ungeduldig wie ihr Papa."

„Oh, herzlichen Glückwunsch." Sie schwenkte von der Sorge um Walt zur Freude über Georges und Bettys Zuwachs um. „Wie heißt sie denn? Und wie geht es Betty?"

„Judith Anne, und sie ist das süßeste Geschöpf, das du je gesehen hast. Betty ist einfach überglücklich."

„Das freut mich." Allie biss sich auf die Unterlippe. Sie freute sich wirklich über das Baby, wollte aber unbedingt etwas über Walt hören, und Ferngespräche waren auf fünf Minuten beschränkt. Wie könnte sie möglichst höflich das Thema wechseln? „Und ... und wann genau ist sie geboren?"

„Am 14. Juni. Ich bin gerade auf dem Sprung, um Betty aus dem Krankenhaus zu holen. Augenblick, ich dachte, du hättest unseren Brief bekommen?"

„Nein, noch nicht. Ich rufe eigentlich an, um ..."

„Oh nein. Dann hast du ja auch gar nicht unsere Rückmeldung auf eure Hochzeitseinladung bekommen. Ich habe sie am selben Tag abgeschickt. Betty wird vielleicht wütend sein."

Allie sah im Flurspiegel ihr eigenes entsetztes Spiegelbild. „Hochzeitseinladung?"

„Letzten Monat erzählst du Betty noch, du hättest dich entlobt, und dann das", sagte George lachend. „Die Schrift auf der Einladung sieht wirklich gut aus. Betty hat sie im Krankenhaus auf dem Nachttisch stehen. Wirklich schade, dass wir nicht kommen können. Sag mal, das ist doch schon nächste Woche, oder?"

Allie hatte den Druck gestoppt. Sie sah ihre Mutter an, die noch immer im Durchgang stand. „George, ich rufe später wieder an." Langsam ließ sie den Hörer auf die Gabel gleiten.

„Mutter?" Nur mit Mühe gelang es ihr, ihre Emotionen unter Kontrolle zu behalten. „George Anello sagt, er hätte meine Einladung bekommen. Wie kann das sein? Ich habe die Bestellung storniert."

„Ich weiß. Und es hat mich einige Arbeit gekostet, das alles wieder ins Laufen zu kriegen und die Adressen deiner ganzen Freunde herauszubekommen. Die Einladungen sind rausgegangen, wenn auch ein wenig zu spät, wie ich fürchte."

Dieser Tropfen brachte das Fass zum Überlaufen. Allie ging wutentbrannt auf ihre Mutter zu. „Wie kannst du es wagen, Einladungen zu verschicken, wenn ich die Hochzeit abgesagt habe?"

Ihre Mutter wich dem Wutschwall aus. „Wie redest du denn mit deiner Mutter?"

„Du kannst nicht einfach mein Leben für mich steuern. Glaubst du wirklich, ich heirate Baxter, nur weil du eine ganze Hochzeit geplant hast?"

„Wenn du es genau wissen willst, ja. Es kommen über hundert Leute zu dieser Hochzeit. Und genau das wollten dein Vater und ich mit dir besprechen. Wir haben dir Anstand und Manieren beigebracht und du weißt wohl, dass man auf seiner eigenen Hochzeit nicht zu fehlen hat."

Allie lief auf dem Marmorfußboden hin und her. „Ich fasse es einfach nicht. Zuerst dachtet ihr, ich heirate Baxter, nur damit alle zufrieden sind. Aber ihr lagt falsch. Dann habt ihr gedacht, ich gebe klein bei, wenn ihr mir mein Erbe wegnehmt. Aber das habe ich nicht. Wie kommt ihr bloß darauf, dass ich bei dieser Intrige nun einknicke? Glaubt ihr wirklich, ich würde gegen Gottes Willen verstoßen, weil der Anstand das verlangt? Das Gerede der Leute und der Skandal und euer Anstand sind mir egal. Völlig egal!"

„Allie Miller!" Ihr Vater kam wütend aus seinem Arbeitszimmer gestürmt und stellte sich neben ihre Mutter. „So redest du nicht mit deiner Mutter. Entschuldige dich auf der Stelle."

„Nein, das werde ich nicht", sagte Allie aufgebracht. „Ich bin dreiundzwanzig und kann sehr wohl meine eigenen Entscheidungen treffen. Ihr könnt nicht einfach einen Partner für mich aussuchen! Wir leben nicht mehr im Mittelalter, sondern schreiben das Jahr 1943!"

Allies Mutter wurde puterrot. „Das ist noch lange kein Grund, respektlos mit uns umzugehen."

„Ich gehe immer respektvoll mit euch um. Aber ihr nicht mit mir! Ich bin erwachsen und es wird Zeit, dass ihr mich auch so behandelt."

Das Gesicht ihres Vaters wurde steinhart. „Du willst wie eine Erwachsene behandelt werden? Das kannst du haben. Ab dem 3. Juli sind wir nicht länger für dich zuständig, weder für dein Auskommen noch für deine Unterkunft. Heirate Baxter oder du bist ganz auf dich allein gestellt. Auf diesen Teil des Erwachsenenlebens bist du nämlich nicht gefasst, mein Fräulein."

Eine traurige, aber ruhige Entschlossenheit machte sich in Allie breit. Auf sich allein gestellt? Das war dann wohl das Beste für sie. Wie sollte sie weiterhin mit Menschen zusammenleben, die sie nicht wirklich liebten und als gleichwertig respektierten? Sie drehte sich langsam zur Treppe um. Eine Woche blieb ihr, aber so lange würde sie es hier nicht mehr aushalten. Vielleicht könnte sie bei Cressie auf dem Sofa schlafen, bis ihr etwas anderes einfiel.

„Am dritten Juli", wiederholte ihr Vater. „Entweder du kommst zur Hochzeit oder du bist nicht länger unsere Tochter."

„Du bist in diesem Haus nur noch als Mrs Baxter Hicks willkommen", fügte ihre Mutter hinzu.

Allie legte ihre Hand auf das edle Treppengeländer und stieg die Treppe hinauf. Als Kind hatte sie sich nie getraut, darauf herunterzurutschen. Oben drehte sie sich um und sah durch ihre Tränen erst ihre Mutter an, wie immer piekfein, und dann ihren Vater, der nicht mehr ihr Beschützer war.

„Ich werde euch beide sehr vermissen."

***

„Hier, noch ein wenig Tee", sagte Cressie.

„Nein, danke." Die Untertasse klirrte, als Allie die Tasse darauf abstellte. In Allie herrschte völlige Aufruhr, was bei den Ereignissen des Tages kein Wunder war – die Neuigkeiten von Cracker, die Sorge um Walt, der Streit mit ihren Eltern, die hastig zusammengepackten Habseligkeiten in Herb Galloways Taxi und das Telefongespräch mit Betty von Cressies Apparat aus.

Walt war noch am Leben. Gott sei Dank, er lebte. Betty hatte ihr von seinem schrecklichen Einsatz erzählt, von der Verwundung, der Amputation und seiner Verlegung ins Armeekrankenhaus auf dem Presidio in San Francisco.

Allies Tränen der Erleichterung hatten sich mit eigensüchtiger Trauer um seine rechte Hand vermischt. Die Hand, die ihre auf die Klaviertasten gedrückt hatte. Die Hand, die um ihre Hüfte lag, als sie getanzt hatten. Die Hand, die die Kuh, das Flugzeugmodell und das winzige Klavier geschnitzt hatte. Die Hand, die die wundervollen Briefe geschrieben hatte.

Er würde das schon schaffen. Walter Novak mit all seinem Einfallsreichtum, seinem starken Glauben und seinem Humor würde schon einen Weg finden, sich damit zu arrangieren. Was er im Augenblick aber durchmachte, vermochte sie sich nicht vorzustellen.

Cressie machte es sich zwischen den roten und orangefarbenen Hähnen gemütlich und legte ihren Arm auf das violette Zierdeckchen. „Also, Liebes, wir sollten jetzt ein paar Pläne für dich schmieden. Ich bin mir sicher, dass jemand bei uns ein Zimmer zu vermieten hat. Wir werden gleich morgen in der Kirche bekannt geben, dass du eins brauchst."

Allie legte die Hände auf dem Schoß ineinander. Sie trug noch immer ihre Rotkreuzuniform. Zeit zum Umziehen war keine geblieben. „Ich kann nicht in Riverside bleiben."

Cressie runzelte die Stirn. „Aber warum denn nicht?"

„Ich muss von vorne anfangen. Irgendwo, wo mich nichts an meine Familie erinnert. Groveside und all meine Freunde dort werde ich vermissen, vor allem dich und Daisy, aber ich muss von hier fort."

„Hmm. Hm. Ein bisschen überstürzt das Ganze, aber du hast womöglich recht. Und wohin willst du?"

„Erst mal nach Antioch. Wegen Walt werde ich dort nicht lange bleiben können, aber ich will Betty besuchen und mir in San Francisco Arbeit suchen. Meine Freundin Louise hat mir geschrieben, dass eine ihrer Mitbewohnerinnen ausgezogen ist."

„Du kannst bei mir bleiben, so lange du willst."

Allie schüttelte den Kopf. „Am Dienstag fahre ich los. Morgen werde ich mich in der Kirche verabschieden und die Stelle als Organistin kündigen. Am Montag sage ich dann meine neue Arbeitsstelle ab und fahre zum March Field, um Cracker von Walt zu erzählen."

„Das hört sich nach einem guten Plan an. Jetzt haut's mich aber um. Und ich dachte, du wärst völlig durcheinander!"

„Oh, das bin ich auch." Allie hob zum Beweis ihre zittrige Hand und lächelte schwach. „Ich bin völlig durcheinander und habe riesige Angst. Aber Gott wird mich schon nicht allein lassen."

„Niemals, Liebes. Niemals."

***

Union Station
Dienstag, 29. Juni 1943

„Miss, es gibt keine Tickets mehr. Die Züge sind voll. Die Zivilbevölkerung soll auch überhaupt nicht reisen." Der Mann am Fahrkartenschalter sah Allie unfreundlich an und zeigte auf ein Plakat, auf dem stand: „Fahre nur mit dem Zug, wenn es unerlässlich ist."

„Es ist unerlässlich."

Der Mann winkte ab. „Kommen Sie morgen wieder. Und etwas früher."

Allie trat beiseite. Sie konnte nicht morgen wiederkommen. Ihr Geld reichte nicht, um wieder nach Riverside zurückzufahren oder sich in Los Angeles ein Hotel zu nehmen. Sie hatte zwar das Konto leergeräumt, auf dem sie ihr Organistengehalt gespart hatte, aber sie brauchte jeden Cent für die Fahrt nach Norden, für die Jobsuche in Francisco und eine Kaution, falls sie doch nicht bei Louise wohnen konnte.

Was sollte sie die ganze Nacht tun? Sie sah sich in der höhlenartigen Bahnhofshalle um. Ein Matrose rempelte sie an und entschuldigte sich, ohne sie anzusehen.

Sie war allein. Mutterseelenallein. Was machte sie hier? Sie sollte heimfahren, Baxter heiraten und alle zufriedenstellen.

Allie seufzte und lief durch die Halle. Sollte sie wirklich Gottes Willen missachten, sich den Rest ihres Lebens grämen und alles vergessen, was sie im letzten Jahr gelernt hatte? Niemals.

Auf den Tag genau vor einem Jahr war sie auf diesem Bahnhof angekommen. Walts Kuss hatte noch auf ihrer Wange gekribbelt und sie hatte schnell die andere hingehalten, als Baxter ihr ein Begrüßungsküsschen hatte geben wollen.

Sie trug genau dasselbe rote Reisekostüm wie damals, aber alles andere hatte sich verändert. Vor einem Jahr hätte sie nie und nimmer in Erwägung gezogen, im Bahnhof zu nächtigen, aber genau das würde sie heute Nacht tun. Ihr Gepäck war schon aufgegeben und sie hatte das neue Buch von Lloyd Douglas, *Das Gewand*, zum Lesen dabei. Außerdem noch Papier und Stift, um Walt zu schreiben. Sie wollte nach wie vor alles lieber persönlich sagen, aber ein Brief würde ihr helfen, ihre Gedanken zu ordnen.

Allie verließ den Bahnhof und lief ziellos herum. Irgendwann war sie auf der Olvera Street und tauchte in den mexikanischen Teil von Los Angeles ein. An einem Verkaufsstand wurden Sombreros für Männer auf Heimaturlaub und kunstvoll verzierte Ledersachen verkauft.

Ihr Brief und das, was sie Walt sagen wollte, musste gut durchdacht sein. Zuerst würde sie ihm für sein Opfer danken und versuchen, ihm für die Zukunft Mut zu machen. Dann wollte sie ihm sagen, dass sie die Verlobung gelöst hatte und warum. Und schließlich wollte sie ihm beichten, warum sie es ihm verschwiegen hatte – weil sie ihn liebte und ihm das nur persönlich sagen konnte.

Allie kam zu einem Markstand mit bemalten Tontöpfen. Der letzte Teil war unendlich schwer zu formulieren, nicht nur im Brief, sonder erst recht im persönlichen Gespräch. Das Liebesbekenntnis musste irgendwie eingeleitet werden: „Ich habe das Bedürfnis, dir etwas zu sagen, was dir vielleicht nicht gefällt. Cressie hat mir gesagt, dass unser Leben kurz sei und man deshalb jeden Tag nutzen solle. Also sage ich es dir lieber und mache mich damit lächerlich, als es dir nicht zu sagen und das für den Rest meines Lebens zu bereuen."

Gedankenverloren folgte Allie mit dem Finger einer aufgemalten roten Blume. Da zupfte es an ihrem Rocksaum. Ein kleines Mädchen umschlang mit ihren pummeligen Ärmchen Allies Knie. Sie trug ein über und über mit roten und grünen Rüschen besetztes Kleidchen, ganz anders als alles, was man derzeit zu kaufen bekam. Wahrscheinlich war dieses Kleid schon lange in Familienbesitz und gehörte zum Familienerbe.

Allie strich der Kleinen über das schwarze Haar. „Hallo du. Sollen wir nach deiner Mama suchen?"

Das Mädchen sah erschrocken auf, ließ Allie los und wich zurück. „Mama?"

„Rosita? *Aquí* ", rief eine Frau vom Marktstand gegenüber.

Rosita tapste zu ihr hin. Ihre Mutter gab ihr einen Kuss und setzte sie sich auf die Hüfte.

Allie lächelte die beiden an, aber in ihrem Innern tat sich ein Abgrund auf. Nie wieder würde sie die Liebe ihrer Eltern spüren. Nie wieder würde sie ihr Familienerbe genießen – das Haus, die Zitrusgärten, die Stadt. Der Verlust tat weh. San Francisco kannte sie überhaupt nicht, geschweige denn das Leben dort.

„Keine Freunde", flüsterte sie verzweifelt. „Keine Arbeit, keine Gemeinde, und noch nicht mal eine Familie." Sie fing tatsächlich ganz von vorne an, ohne alles. Müde vom ständigen Weinen versuchte sie, tief durchzuatmen.

Ob Walt sich Sorgen um sie machen würde? Ob sie ihm leidtäte? Das Letzte, was sie erreichen wollte, war, ihm noch eine zusätzliche Last aufzubürden. Wenn sie ihn traf, musste sie ihm versichern, dass sie klarkommen würde. Und das würde sie auch. Irgendwie.

Sie folgte ihrer Nase zu einem Imbissstand und kaufte sich einen Taco, um für wenig Geld etwas im Magen zu haben. Als sie zu einer flachen Mauer kam, setzte sie sich und feilte beim Essen an ihren Abschiedsworten. „Walt, du hast Liebe und Freude in deinem Leben verdient, und ich bin sehr froh, dass du das alles bei Emily gefunden hast. Bitte, mach dir um mich keine Sorgen. Ich komme zurecht. Und ich bereue nichts. Du wirst als guter Freund immer einen Platz in meinem Herzen haben, und ich werde auch in Zukunft für dich beten."

Kapitel 44

Letterman General Hospital, San Francisco
Donnerstag, 1. Juli 1943

Walt knallte die Bibel zu. Er musste aufhören, in den Sprüchen zu lesen.

Er hatte das Lügen abgelegt, seiner Crew die Wahrheit gestanden und die Konsequenzen ausgebadet. Er hatte sich geändert, aber es reichte nicht. Wieso hatte er auch Allie anlügen müssen? Diese plumpe, letzte, stolze Lüge. Er hatte kein Mitleid von ihr gewollt, aber dahinter hatte wieder einmal nur sein Stolz gesteckt. Natürlich hätte er ihr die Wahrheit sagen müssen, aber nein, er hatte ja lügen müssen, und das machte ihm nun zu schaffen.

Walt lehnte sich vor und sah aus dem Fenster. Ein Übungsflugzeug, eine BT-13 drehte am Himmel ihre Kreise. Jetzt blieb ihm nichts anderes übrig, als ihr in einem Brief sowohl seine Lüge zu beichten als auch seine Liebe zu gestehen. Ihre Hochzeit war schon nächsten Monat – nein, diesen Monat. Na großartig. Wenn das mal kein Hochzeitsgeschenk war.

Sprüche 27,5 hatte seine Schuldgefühle nur noch verschlimmert: „Offene Zurechtweisung ist besser als Liebe, die verborgen bleibt." Was war er nur für ein Waschlappen! Fürchtete sich vor der Zurechtweisung und einem verletzten Ego. Ein schöner Held war er.

„Da ist ja unser Kriegsheld."

Walt stöhnte und sah Mom, Dad und Ray, der auf Heimaturlaub war, hereinkommen. Zuerst war Walt wirklich froh gewesen, wieder in Kalifornien zu sein, aber inzwischen hatte er es satt, anderen Piloten bei ihren Trainingsflügen zuzusehen. Er hatte all die Ärzte und Schwestern satt. Und die geheuchelten Aufmunterungsversuche seiner Familie.

„Jetzt schau dir diese Sammlung an." Dad setzte sich auf Walts Bettkante und klappte das Sammelbuch auf, das er für Walt führte. Für Jacks Kampferfolge hatte er auch schon eins angelegt. „In der Zeitung von Oakland war letzte Woche ein hübscher Artikel, und einer im *San*

Francisco Chronicle. Leider ohne Bild. Und der *Antioch Ledger* hat gestern seine Serie fortgesetzt." Er drehte Walt das Buch zu.

Walt schielte auf die Schlagzeile: „Kriegsheld aus Antioch auf dem Weg der Genesung." Diese Reporter – auch die hatte er endgültig satt.

„Ist das nicht toll?", sagte Mom mit diesem Lächeln, das sie seit seiner Rückkehr aufgesetzt hatte. Die Situation überforderte sie alle: Moms tröstendes Bemuttern, Dads Reiß-dich-zusammen-und-mach-das-Beste-draus-Einstellung und Rays übereifrige Seelsorgeversuche – nichts half. Ironischerweise hatte ihm Jack, der nicht gewusst hatte, was er sagen sollte, mehr Mut gemacht als der Rest der Familie zusammen. Walt machte ihnen keine Vorwürfe. Sie hatten sich auf das Schlimmste gefasst gemacht, aber nicht auf Walt als Krüppel.

„Gibt's was Neues von Jack?" Beim ersten Einsatz des 94. Geschwaders waren seine linke Hüfte und sein Rücken von Flaksplittern gespickt worden.

Ray setzte sich rittlings auf einen Holzstuhl. „Hab gestern einen Brief von ihm bekommen. Es geht ihm schon wieder gut. Er will endlich aus dem Krankenhaus raus. Und du kennst ja Jack – er hat natürlich ein Auge auf eine der Krankenschwestern geworfen." Rays Gesicht blieb ausdruckslos.

„Hört sich nach Jack an."

„Er schreibt, du würdest sie kennen. Sie soll dich gepflegt haben, als du die Lungenentzündung hattest."

„Lieutenant Doherty? Die Rothaarige? Na, da kann Jack sich warm anziehen."

„Stimmt, er meinte, du hättest ihn gewarnt. Als ob er auf so was hören würde." Rays Augen bekamen einen traurigen Schimmer. „Er sollte sich solche Warnungen zu Herzen nehmen. Ich wünschte, ich hätte das gemacht."

Walt ärgerte sich über sich selbst. Er erwartete von Ray, dass er ihn tröstete, dabei hatte Ray genug eigene Probleme.

„Bevor ich es vergesse", sagte Mom, „ich habe noch mehr von Grandmas Erdbeeren mit."

„Danke", sagte Walt, konnte sich aber nicht zu einem Lächeln durchringen. Er hatte einen Arm verloren, Jack lag im Krankenhaus, Ray litt an einem gebrochenen Herzen und ein paar Früchte sollten alles wiedergutmachen? Nichts schmeckte ihm mehr, noch nicht mal Erdbeeren.

„Wie geht es dir denn, Liebling?" Moms Stirn stand voller Sorgenfalten.

„Unverändert. Es ist kein Arm nachgewachsen."

Moms Lippen bebten. Walt seufzte. Sie hatte seinen Zynismus nicht verdient. „Tut mir leid."

„Der ... der Doktor hat vorhin mit uns gesprochen. Er meinte, du dürftest ruhig mal für ein paar Tage nach Hause."

„Ja." Walt sah aus dem Fenster. Sosehr er das Krankenhaus auch satt hatte, er wollte nicht nach Hause und sich dem Mitleid einer ganzen Stadt stellen. „Später vielleicht."

„Deine Mom würde sich wirklich freuen, wenn du mit uns nach Hause kommst", sagte Dad.

„Aber ich nicht, okay?"

„Walter Jacob Novak!"

Walt schloss die Augen. Wie könnte er sich verständlich machen, ohne Moms Gefühle noch mehr zu verletzen? „Es ist so ... ich ..."

„Wenn deine Mutter will, dass du ..."

„Dad, lass ihn in Ruhe", sagte Ray.

Walt riss überrascht die Augen auf. Ray fuhr sich mit der Hand durch sein glattes, schwarzes Haar. „Weißt du, seitdem ... na ja, es gibt jedenfalls Tage, da will ich meine Familie um mich haben, und andere Tage, da will ich lieber allein sein. Ich glaube, Walt hat heute so einen Tag."

„Ja. Genau, genau das." Er sah seinen ältesten Bruder dankbar an. „Ich weiß, ihr seid hier, weil ihr mir helfen wollt, aber ..."

„Ich weiß." Ray stand auf und reichte ihm die Hand – die linke. „Manchmal ist nichts zu tun die beste Hilfe."

***

Der alte Zug ratterte durch die untere Ebene der San Francisco Bay Bridge. Allie versuchte, sich auf die Bucht zu konzentrieren, die immer wieder zwischen den Stahlträgern hervorblitzte, aber ihr Kopf war voll mit anderen Dingen. In weniger als einer Stunde würde sie vor dem Mann stehen, den sie liebte. Jetzt halfen keine Träumereien und keine Briefe mehr. Die Nacht in der Bahnhofshalle der Union Station, die gestrige Fahrt im überfüllten Zug und das Gespräch mit Betty bis tief in die Nacht hinein steckten ihr noch in den Knochen.

Allie lehnte ihren Kopf gegen das kühle Fenster und beobachtete, wie der bewaldete Hügel der Yerba-Buena-Insel vorbeizog. Sie versuchte, nicht ständig über das nachzudenken, was Betty gesagt hatte: Walt habe kein Wort über Emily verloren. Außerdem hatte Betty gemeint, Walt sei depressiv. Allie konnte das gut verstehen. Er hatte nicht nur seinen Arm verloren und damit die Möglichkeit, so viele Tätigkeiten auszuüben, die er mochte, sondern war auch gewaltsam von der Frau getrennt worden, die er liebte. Das musste der Grund sein, warum er Emily nicht erwähnte hatte. Er wollte nicht über sie reden.

Früher hätte Walt Allie das in einem langen Brief erklärt. Aber das war einmal.

Allie musste schwer schlucken. Sie wollte nicht schon wieder weinen. Heute nicht, und vor allem nicht vor Walt.

Sie faltete die Hände auf ihrer Handtasche, in der der Brief steckte. Zuerst hatte sie gezögert, ihn mitzunehmen. Sie wollte sich nicht dahinter verstecken, nur um die Worte nicht sagen zu müssen. Im letzten Moment hatte sie ihn dann doch noch eingesteckt. Was, wenn die Krankenstation überfüllt war? Oder wenn er gerade Besuch hatte? Ob nun mündlich oder schriftlich: Sie hatte ihm etwas zu sagen, und zwar heute.

* * *

Walt warf einen Schnürsenkel über den Schuh und legte den anderen darüber. Mit seinem Armstumpf hielt er das rechte Ende fest und zog am linken. Wenigstens tat der Stumpf nicht mehr weh und die Fäden waren gezogen. Den Ärmel ließ er immer umgeschlagen, damit er den Stumpf nicht sehen musste. Einfach grotesk und nutzlos.

Er machte eine Schleife, drückte mit dem Ärmel darauf und versuchte, den anderen Schnürsenkel drumherum zu wickeln. Zum gestreiften Nachtzeug und dem blauen Bademantel sahen die Schuhe lächerlich aus, aber er musste einfach mal raus. Er wollte weg von dem Zigarettenqualm und dem Desinfektionsmittelgeruch. Raus in die Sonne, bevor der Nebel einsetzte und ihn an England erinnerte, wo gute Männer

Einsätze flogen und abgeschossen wurden, während Walt hier herumsitzen musste.

Die erste Schleife fiel auseinander. Walt knurrte. Das Letzte, was er wollte, war, eine der Helferinnen vom Roten Kreuz zu fragen. Er wollte keine Hilfe von den Frauen in den grauen Uniformen, wie Allie eine trug. Irgendwann diesen Monat würde sie zu Allie Hicks werden.

Die Schleife rutschte weg. Zum ersten Mal wünschte sich Walt, ordentlich fluchen zu können. Wie sollte er einer normalen Arbeit nachgehen, wenn er eine geschlagene Viertelstunde brauchte, um sich die blöden Schuhe zu binden?

Er warf einen Blick nach draußen, wo über den Baumspitzen Nebel aufzog. Zu spät. Wütend zog er sich den Schuh vom Fuß und schleuderte ihn quer durchs Zimmer.

* * *

Allie lief den unbekannten Flur entlang. Sie hatte Schmetterlinge im Bauch. Nein, das waren keine Schmetterlinge, sondern ein Schwarm Heuschrecken, die herumschwirrten und sie von innen her auffraßen.

Vor der Tür zum Krankenzimmer blieb sie stehen. Was machte sie hier? Sie sollte lieber gehen.

Allie schloss die Augen und lehnte sich an die Wand. Sie musste ihn sehen. Er musste erfahren, dass sie ihn liebte. Das hatte sie Cressie versprochen, sich selbst und Gott.

„Kann ich helfen, Miss?"

Vor Allie stand eine brünette Krankenschwester. „Ich möchte gern Captain Walter Novak besuchen."

Die Schwester deutete mit dem Kopf auf die Tür. „Er ist gleich da drin, aber ich warne Sie. Der hat wirklich miese Laune."

Allie bedankte sich mit einem steifen Lächeln. Wie ungehobelt. Regina hätte es nie zugelassen, dass man so über einen Patienten sprach. Die Warnung brachte die Heuschrecken nur noch mehr in Aufruhr.

„Soll ich Sie jetzt auch noch ankündigen, oder was?", fragte die Schwester ungeduldig.

Allie war so verblüfft über den Sarkasmus, dass sie nur wortlos blinzeln konnte. „Nein, natürlich nicht."

Sie zog den Kopf ein und ging hinein. Zwölf Betten standen an den

Wänden aufgereiht. Die Männer lagen darauf herum, rauchten und unterhielten sich. Welcher davon war Walt?

Bei Bettys Hochzeit hatte sie gesagt, sie würde ihn auch in fünfzig Jahren noch erkennen, und jetzt? Gerade einmal ein Jahr war vergangen. Wie konnte sie einen Mann lieben, den sie noch nicht einmal erkannte?

„Hey, Püppchen." Ein Mann mit buschigem Haar ging an Allie vorbei und zwinkerte ihr zu.

Sie bedachte ihn mit einem zurückhaltenden Lächeln. Dann entdeckte sie Walt.

Er saß links neben dem letzten Bett auf einem Stuhl und hatte ihr den Rücken zugewandt. Der rechte Ärmel seines Bademantels war hochgeklappt. Eine Welle des Mitleids überrollte sie. Was wusste sie schon darüber, was er durchmachte?

Allie zwang sich, einen Fuß vor den anderen zu setzen. So, wie sie den Henkel ihrer Handtasche umklammerte, war es ein Wunder, dass er noch nicht abgerissen war. Draußen brachen einzelne Sonnenstrahlen durch den Nebel und zauberten einen Lichtrand um die süßen kleinen Löckchen in seinem Nacken. Er hatte nur einen Schuh an, dessen Schnürsenkel offen herumlagen.

Allie atmete tief durch. „Walter Novak?", sagte sie mit piepsiger Stimme.

Er drehte sich nicht um, sondern seufzte nur. „Hören Sie, Lady, ich gebe keine Interviews mehr. Sie sind sicher eine tolle Journalistin und würden meiner Geschichte gerecht werden, und der Redakteur hat Sie den ganzen weiten Weg bis hierher geschickt, aber ich habe die ganzen Interviews satt. Schluss damit. Außerdem bin ich nicht automatisch ein Held, nur weil ich ein paar Kugeln abgekriegt habe."

Trotz des harschen Tons klang seine Stimme wie Musik in ihren Ohren. „Das mag sein, aber wer halbtot einen schweren Bomber landet, ist in meinen Augen ein Held."

Er riss den Kopf herum und sah sie mit feurigen Augen an. „Ich habe doch gerade gesagt, ich gebe keine ..." Das Feuer war wie weggeblasen. „Allie?"

Sie lächelte sanft. „Hallo, Walt."

**

Walt starrte sie an. Er blinzelte. Sie blieb da, in ihrem grünen Kleid mit der großen weißen Blume. Trug sie auch ...? Ja, sie trug die Kette mit dem Lilienkreuz. Sie war noch hübscher, als er sie in Erinnerung hatte, noch hübscher als auf den Fotos. In ihrem Lächeln funkelte irgendetwas Neues ... Ach ja. Sie war kurz davor, Braut zu sein.

„W-was machst du denn hier?"

Allie zog aufgeregt die Augenbrauen in die Höhe. „Ich ... ich besuche Betty. Gestern bin ich angekommen, aber ich bleibe nur eine Woche oder so."

Er war davon ausgegangen, dass er sie nie wiedersehen würde, und jetzt war sie plötzlich da und stand direkt vor ihm. „Aber warum bist du *hier*?"

Sie strich sich eine Locke hinters Ohr. „Na ja, ich ..."

Enttäuscht wandte er sich ab und sah wieder aus dem Fenster. „Schon klar. Der Mitleidsbesuch."

„Nein. Nein, ich ... ich muss dir etwas Wichtiges sagen, und ja, ich wollte natürlich sehen, ob es dir auch wirklich gut geht. Als ich gehört habe, was dir passiert ist ..."

Draußen umhüllte der Nebel die Bäume. „Betty hat es dir gesagt."

„Nein. Eigentlich weiß ich es von Cracker."

Sofort drehte Walt sich wieder um und sah Allie an. „Cracker?"

„Ich war genauso erstaunt wie du. Er liegt in March Field und wollte, dass ich einen Brief für ihn schreibe. Dabei ... da habe ich herausgefunden, dass du verwundet wurdest."

„Cracker? Du hast Cracker gesehen? Wie geht es ihm?"

„Er kann noch immer nicht sehen und hat mittlerweile die Hoffnung aufgegeben. Und er macht sich riesige Sorgen um dich und Abe und Louis. Er wusste noch nicht einmal ob du ... ob du noch lebst." Ihre Stimme brach. „Da musste ich Betty anrufen."

Walt kniff die Augen zu. Er war vielleicht ein Idiot. Ohne seine blöde Lüge hätte er ihr einfach schreiben können, was passiert war, dann hätte sie sich keine Sorgen machen müssen. Ein schöner Freund war er.

„Ich weiß, ich hatte dir versprochen, Betty nichts von unseren Briefen zu sagen, aber ich musste einfach wissen, wo du bist, und Cracker auch."

Walt machte eine Faust und schlug sich aufs Knie. Noch so eine Lüge von ihm. Ohne Grund hatte er ihr Sorgen bereitet.

„Es tut mir leid, aber ich hatte keine Wahl."

Walt schüttelte den Kopf und konnte sie dabei nicht ansehen. „Das ist nicht das Problem."

„Oh."

Zwischen ihnen tat sich ein Abgrund des Schweigens auf, den er durch seine Lügen eigenhändig gegraben hatte. Jetzt könnte er ihr die Wahrheit sagen und auch noch den Rest seiner Sünde loswerden. Der Abgrund würde dadurch nicht kleiner werden, sondern eher noch größer, aber die Freundschaft hatte er ja sowieso schon zerstört. Warum die Sache nicht zu Ende bringen – mit der nackten Wahrheit.

Er legte sich die Hand vor die Augen. Wenn er doch nur ein bisschen mehr Zeit hätte, das Ganze zu durchdenken.

„Wenn das nicht das Problem ist, was dann?"

Walt ließ die Hand sinken, sah Allie an und mochte sie mehr als je zuvor. Das Funkeln in ihren Augen war verschwunden, aber die Art, wie sie ihn unverwandt ansah und das Kinn leicht nach vorn reckte, zeigte unmissverständlich ihre innere Stärke. Bald würde sie einen anderen heiraten und er wollte ihr seine Liebe gestehen.

„Es geht nicht", flüsterte er.

„Du hast recht. Deine Freundin." Sie senkte den Blick. „Wenn es sich schon nicht gehört, dass wir uns schreiben, dann erst recht nicht, dass ich hier einfach auftauche."

Walt bewegte die Lippen, versuchte Wörter zu formen, aber nichts passte. Nichts kam heraus.

„Okay. Ich muss das tun. Ich muss einfach." Allie presste die Lippen aufeinander, öffnete ihre Handtasche und zog einen Umschlag heraus. „Hier. Für dich."

„Hm?" Er war doch derjenige, der etwas loswerden musste. Wieso gab sie ihm dann einen Brief? Er griff danach. Für einen kurzen Augenblick war seine Hand nur Zentimeter von ihrer entfernt. Walt legte den Umschlag auf seinem Schoß und versuchte, ihn mit einem Finger zu öffnen.

„Nein. Warte." Ihre großen Augen flehten ihn an. „Mach ihn erst auf, wenn ich weg bin. Ich werde ... ich werde immer für dich beten." Allegra drehte sich so schnell um, dass sie ihrem Namen alle Ehre machte.

„Allie, nein. Warte!" Walt sprang auf, stolperte über seine Schnürsenkel und bekam gerade noch die Bettkante zu fassen. Als er sich wieder aufgerappelt hatte, war Allie schon längst aus der Tür. Wie sollte er sie mit nur einem Schuh einholen? Wie sollte er sie einholen, wenn er schon eine Viertelstunde brauchte, um seine dämlichen Schuhe zu binden?

Er ließ sich aufs Bett plumpsen, zog sich den Schuh aus ...

„Novak, wenn du noch mal einen Schuh nach mir wirfst, schlag ich dich zu Brei, ist das klar?"

Walt sah den Soldaten gegenüber wütend an und knallte den Schuh auf den Boden. Alles war schiefgegangen. Schön, er hatte keine Lüge nachgelegt, aber die Wahrheit hatte er auch nicht herausgebracht. Und jetzt war sie weg.

Allies Brief lag auf der Erde. Es war einer von der dicken Sorte, die er so mochte. Hastig riss Walt den Umschlag auf und holte mehrere Seiten heraus, die in ihrer hübschen Handschrift beschrieben waren.

Lieber Walt,
ich muss Dir so vieles sagen. Manches wird Dir vielleicht helfen, einiges wird Dich überraschen und anderes willst du lieber nicht hören. Bitte hab Geduld mit mir.
Zuerst möchte ich Dir sagen, wie sehr mir das mit Deiner Verwundung leidtut.

Walt stöhnte und ließ den Brief sinken. Wieso tat er sich das an?

Sie meinte es sicher gut. Wie immer. Aber was konnte sie ihm bieten? Er kannte inzwischen alle Mutmachsprüche auswendig. Vielleicht wollte sie ihm einige Bibelverse zur Stärkung zitieren, aber auch die hingen ihm zu den Ohren raus. Schließlich würde sie ihm von Herzen alles Gute wünschen, ihm versprechen, dass sie weiterhin für ihn beten würde und wahrscheinlich so etwas Grauenvolles sagen wie, dass Baxter und sie ein Kind nach ihm benennen wollten.

Walt schlurfte den Gang hinunter und ließ den Brief in den Mülleimer fallen.

„Ich kann das nicht ertragen."

Kapitel 45

San Francisco
Freitag, 2. Juli 1943

„Du hast eine wunderschöne Wohnung, Louise." Allie machte es sich auf dem Sofa bequem und bestaunte die Aussicht auf die grünen Bäume im Golden Gate Park auf der anderen Straßenseite.

„Ach, sie ist winzig. Viel kleiner als das, was du aus Riverside gewöhnt bist." Louise Morgan setzte sich neben Allie und deutete auf die kleine Küche.

„Aber immer noch größer als das, was wir im Scripps College hatten."

Louise lachte auf. „Wir hatten eine Menge Spaß dort, stimmt's? Hier gibt es zwar keinen Vorplatz mit Mosaikboden, wo wir in der Sonne sitzen und so tun können, als würden wir lernen, oder ein Klavier zum Singen, aber wir können es uns bestimmt auch hier schön machen. Bitte, sag mir, dass du hierherziehst."

„Bitte sag mir, dass du mich aufnimmst – und zwar bald."

Louises braune Augen wurden hinter den Brillengläsern ganz groß. „Morgen?"

„Morgen klingt ausgezeichnet." Betty war sehr gastfreundlich, aber in Antioch erinnerte Allie alles an Walt.

Louise sprang auf und zog Allie hoch. „Wenn du morgen hier einziehen willst, dann musst du jetzt packen gehen. Wir können später nach Herzenslust reden. Ich kann es ja kaum erwarten, die ganze Geschichte mit Baxter zu hören. Bin ich froh, dass ihr nicht mehr zusammen seid. So ein kalter Fisch."

Allie lächelte dankbar. Louise war eigentlich immer still gewesen, aber jetzt, wo ihr Mann in Nordafrika war, schlug ihr die Einsamkeit auch auf den Magen.

Louise öffnete die Wohnungstür. „Und morgen ziehst du bitte eine Jacke an."

„Ich fasse es nicht, dass ich im Juli überhaupt eine brauche." Allie fröstelte, als sie in die feuchtkalte Luft hinaustrat. Über den Baumwipfeln hing Nebel. „Es ist bestimmt fünfzehn Grad kälter als im Rest Kaliforniens."

„So ist es hier den ganzen Sommer." Louise umarmte Allie. „Und jetzt beeil dich. Wir sehen uns morgen."

Allie stieg die Treppen zum Lincoln Way hinab. Vor ihr lag ein steiler Aufstieg zur Haltestelle der blaugelben Straßenbahn, mit der sie ins Zentrum fahren wollte. Von dort aus würde sie einen orangegrauen Key-System-Zug nach Oakland nehmen und dort in einen Bus nach Antioch umsteigen.

Der Tag hatte ihre Lebensgeister zurückgebracht. Sie hatte bei einem Dutzend Firmen Bewerbungen abgegeben und war auf reges Interesse gestoßen. Sie hatte eine neue Wohnung und Louise hatte sie zu sich in die Kirche eingeladen.

Allie zog ihre pfirsichfarbene Kostümjacke eng um sich. Eine neue Umgebung war genau das, was sie jetzt brauchte. Es würde ihr helfen, über den Verlust ihres Zuhauses und ihrer Eltern hinwegzukommen.

Walt hinter sich zu lassen, würde glücklicherweise schneller gehen. Dafür hatte der gestrige Besuch gesorgt. Obwohl sie seine depressive Stimmung verstehen konnte, hatte er kein Recht, so barsch zu ihr zu sein. Er war geradezu rüpelhaft gewesen, und das noch bevor er den Brief bekommen hatte.

Allie bog um die Ecke und lief die Straße zur Straßenbahnhaltestelle hinauf.

Eigentlich hatte sie ja gedacht, sie würde ihr Liebesgeständnis Walt gegenüber bereuen, weil es für beide sehr peinlich werden würde. Aber jetzt bereute sie es nur, weil es bald nicht mehr stimmen würde.

* * *

Letterman General Hospital

Mr und Mrs Stanley Miller
geben sich die Ehre, die Hochzeit ihrer Tochter
Allegra Marie
mit
Mr Joseph Baxter Hicks
anzuzeigen und bitten um Ihre geschätzte Anwesenheit

Grausam. Nachdem Walt Allies Besuch ordentlich vergeigt hatte, brauchte er keine zusätzliche Erinnerung daran, dass sie einen anderen heiratete. Einen Lackaffen obendrein.

Was wollte eine Frau, die lieber ganz unkompliziert *Allie* genannt werden wollte als *Allegra,* von einem Mann, der überkorrekt auf *Baxter* bestand, anstelle einfach *Joe* zu nehmen? War Baxter überhaupt gläubig? Nicht ein einziges Mal hatte sie davon gesprochen und in die neue Gemeinde nach Groveside war sie stets allein gegangen. Vielleicht war ihr Geld dann doch wichtiger als Gott.

Offensichtlich. Die Hochzeit war in *St. Timothy's*. Eigentlich müsste er schon allein deswegen bei ihrer ach so noblen Zeremonie auftauchen, um zu sehen, wie eingebildet sie wirklich war.

Mist. Daraus wurde schon mal nichts. Die Hochzeit war am 3. Juli – morgen also. Die Zeit reichte nicht mal, um auf das „Um Antwort wird gebeten" zu reagieren. Sie würden sich garantiert auf ihren teuren Schlips getreten fühlen.

Walt sah müde aus dem Fenster. Morgen würde sie endlich heiraten und er könnte sie hinter sich lassen und sein Leben wieder anpacken. Er würde sich voll in seine Behandlung stürzen, damit er bald entlassen werden würde, nach Seattle gehen und den Job bei Boeing anfangen, den ihm der Kommandeur beschafft hatte. Dort könnte er zumindest indirekt wieder zu den Kriegsanstrengungen beitragen.

Er gab sich einen Ruck, stand auf und streckte sich. Ab morgen wollte er durchstarten. Er schob die Schultern nach hinten, griff mit seiner linken Hand nach den Armstumpf und dehnte seinen Brustkorb. Allie würde auch neu anfangen. Was nützte das ganze Herummaulen? Er sollte lieber Gott bitten, dass er aus ihrer Ehe das Beste machte.

„Augenblick." Walt runzelte die Stirn und sah noch einmal auf die Einladung. Ja, dort stand es: 3. Juli. Was machte Allie zwei Tage vor ihrer Hochzeit noch in Nordkalifornien? Das war ziemlich gewagt, wenn man bedachte, dass die Zivilbevölkerung nicht mal eben mit dem Zug fahren konnte. Und gab es bei einer Hochzeit nicht immer jede Menge in allerletzter Sekunde zu erledigen?

Walt starrte auf den Boden, dorthin, wo Allie gestern noch gestanden hatte.

„Gestern bin ich angekommen, aber ich bleibe nur eine Woche oder so."
Er schüttelte den Kopf. Hatte er sich verhört? Nein, die Stimme

in seinem Kopf war klar und deutlich. Er starrte auf die Einladung. „Samstag, der 3. Juli." Er hatte richtig gehört und richtig gelesen. Bedeutete das nicht, dass ...?

Nein. Das durfte er nicht denken.

Aber was, wenn doch?

Walt sah sich im Krankenzimmer um: die doppelreihig gestellten Betten, die beigen Wände, die Männer, mit denen er sich nicht unterhalten wollte. Die einzig logische Erklärung wäre, dass die Hochzeit entweder verschoben oder abgesagt worden war. Aber dann hätte sie doch etwas gesagt.

Ein Stöhnen entfuhr ihm. Wieso hätte sie etwas sagen sollen, wenn seine miese Laune und seine achtlosen Worte sie geradezu in die Flucht geschlagen hatten?

„Der Brief!" Er stürmte los. *„Ich muss Dir so vieles sagen? Einiges wird Dich überraschen?"*

Walt rannte den Gang hinunter. Wieso zum Henker hatte er den Brief nicht zu Ende gelesen? Er schlitterte zum Mülleimer, fiel auf die Knie und schüttete den Inhalt vor sich aus. „Bitte, lieber Gott, lass ihn noch da sein."

„Novak ist übergeschnappt. Hab ich doch schon die ganze Zeit gesagt", meinte jemand im Vorbeigehen.

„Dem ist das Blei zu Kopf gestiegen."

Walt ignorierte die Kommentare und durchwühlte den Müll. Nichts. Er seufzte enttäuscht und lehnte sich an die Wand. Was hatte er erwartet? Der Müll wurde hier jeden Tag geleert.

Missmutig sammelte er alles wieder ein. Was hatte Allie nur geschrieben? Er achtete nicht auf die schrägen Blicke und das Geflüster und setzte sich auf sein Bett, wo er den Briefumschlag der Einladung genau unter die Lupe nahm. Die Schrift war eindeutig weiblich und gehörte wahrscheinlich Mrs Miller. Allies Schrift war das jedenfalls nicht. Die Vorderseite war mit lauter Nachsendungseinträgen übersät, aber der Poststempel vom 1. Juni war noch gut zu entziffern. Würde Allie einen Monat vor der Hochzeit alles abblasen? Nachdem die Einladungen schon verschickt waren? Nicht Allie. Zu viel Hin und Her, zu viel Schusseligkeit, zu wenig Anstand.

Wenn er es sich recht überlegte, hatte Allie die Hochzeitsvorbereitungen in ihrem letzten Brief gar nicht erwähnt. Oder sogar schon länger?

Walt griff nach seinem Seesack und zog die Schachtel mit Allies Briefen heraus.

Den restlichen Nachmittag vertiefte er sich in ihre Zeilen. Er konnte sehen, wie sie sich im Laufe des Jahres verändert hatte. Ihr Wille, Gott zu gehorchen, war größer geworden, ihre Unabhängigkeit gewachsen und sie ging ihr Leben und ihre Freundschaften immer aktiver an.

Walt legte den letzten Brief beiseite und rieb sich die Augen. Na großartig. Jetzt waren die ganzen Gefühle wieder da.

Aber noch etwas anderes war deutlich zu spüren gewesen. Allie hatte in diesem Jahr drei Phasen durchgemacht. Zuerst waren ihre Briefe fröhlich gewesen: Sie hatte Angst, sich ihren Eltern zu widersetzen, freute sich aber über die Veränderungen in ihrem Leben. Dann, kurz nach Weihnachten, plötzlich ein Bruch. Das war der Zeitpunkt der Verlobung. Ihre Briefe wurden flach. Sie faselte etwas von Gehorsam, von Opferbringen und solchen Sachen.

Das ergab doch überhaupt keinen Sinn. Sie war verlobt! Da sollte sie doch eigentlich glücklich sein, oder nicht? Wieso war ihm das vorher nicht aufgefallen? Vielleicht, weil die Phase ziemlich kurz war.

Da. Walt tippte mit dem Finger auf einen Brief. Daran konnte er sich noch gut erinnern. 20. Februar. Erst eine Woche Funkstille, und dann wurde ihre Stimmung plötzlich wieder besser, und sie klang fröhlicher und sicherer denn je.

Wie hatte es da um die Hochzeit gestanden? Walt überflog die letzten Briefe. Und noch mal. Er glaubte seinen Augen kaum. Kein Wort über Baxter. Kein Wort über die Hochzeit.

Walts Herz klopfte schneller als ein schief montierter Propeller. Kein Baxter, keine Hochzeit. Abgesagt im Februar von Allie, nicht von Baxter, sonst wäre sie nach der Trennung nicht so fröhlich gewesen.

Aber warum hatte sie ihm nichts davon geschrieben? Das war doch völlig unlogisch. Und was war mit der Einladung vom Juni? Wer verschickte Einladungen zu einer Hochzeit, die bereits abgesagt worden war? Das ergab nun überhaupt keinen Sinn mehr.

Er musste es herausfinden. Walt stand auf, band seinen Bademantel ordentlich zu und stieß die Füße in die Latschen. Er musste Dr. Sutherland finden und von hier fort – und zwar schleunigst.

Allie hatte gesagt, sie würde etwa eine Woche in Antioch bleiben. Ein paar Tage Genesungsurlaub übers Wochenende würde ihm der Arzt genehmigen, aber keine weite Reise nach Riverside.

Der Duft von Chipped Beef auf Toast stieg ihm in die Nase. Er sah verblüfft auf das Tablett auf dem Nachttisch. Wann war das denn gekommen? Er sah auf die Uhr. Sechs Uhr abends.

Sein Herz blieb stehen wie eine abgelaufene Uhr. Dr. Sutherland machte um fünf Feierabend. Erst am Montag würde er wieder da sein, und bis dahin würden ihn irgendwelche Praktikanten vertreten, die niemand entlassen durften. Und während der Woche durfte Walt wegen der Behandlungen nicht nach Hause.

Walt stürmte aus dem Krankenzimmer und trat gegen den Mülleimer. „So ein Mist! Ich muss hier raus!"

Kapitel 46

Antioch

„Morgen schon?" Betty schlug sich eine Hand vor den Mund, weil sich das Baby auf ihrem Bauch zu regen begann. „Morgen schon?", flüsterte sie. „Willst du nicht noch ein bisschen bleiben?"

Allie hatte für Betty, die im Schaukelstuhl saß, nur ein entschuldigendes Lächeln übrig. „Tut mir leid. Morgen ist der beste Tag."

Betty schob beleidigt die Unterlippe vor. „Aber ich möchte, dass du noch bleibst. Auch wenn ich weiß, dass es nicht leicht ist für dich, hier zu sein."

„Ich möchte einen Neuanfang, Betty."

„Du hast ja recht. Dass Walt sich aber auch so blöd aufführen musste. Eigentlich sollte ich nie wieder mit ihm reden."

„Sag so was nicht. Er braucht seine Freunde jetzt mehr denn je."

Betty strich mit den Fingerspitzen über den Rücken der kleinen Judith Anne. „Du bist eben zu gut für ihn."

„Ich glaube, das Gegenteil ist der Fall", sagte Allie traurig.

„Oh, oh, du bist ja mächtig in ihn verschossen."

„Aber nicht mehr lange." Allie stand auf und ging in Richtung Kinderzimmer. Da die Kleine im Schlafzimmer der Eltern in einer Wiege schlief, hatte Allie auf einer Liege im Kinderzimmer kampieren können. „Wo ist denn George?"

„Drüben bei Helen. Ihr Wasserhahn tropft." Betty brachte das Baby in die Wiege.

Allie öffnete derweil ihren Koffer und holte das Brautjungfernkleid aus dem Schrank. Eigentlich lächerlich und sentimental, gerade dieses Kleid mitgenommen zu haben. Betty ging ihr zur Hand und half ihr beim Einräumen des Koffers.

„Was ist denn das?" Betty hatte das Flugzeugmodell in der Hand. „Oh, wie schön. Hat Walt das gemacht?"

„Ja. Bitte sag ihm nichts. Es ist schon peinlich genug, dass er weiß, wie sehr ich ihn liebe. Jetzt muss er nicht auch noch erfahren, dass ich jeden einzelnen Brief von ihm und jedes Geschenk aufgehoben habe."

„Keine Sorge, Kleines, ich schweige wie ein Grab." Betty stieß den kleinen Propeller an. „Das ist ja echt ein kleines Meisterwerk."

„Er hat wirklich ein Händchen dafür. Solche Flugzeuge hat er auch für seine Familie und ..." Allie drehte sich mit dem nächsten Bügel in der Hand suchend um.

Betty zog eine Augenbraue hoch. „Für Freunde geschnitzt? Das glaube ich nicht. George hat keins. Art auch nicht. Und bei den Novaks zu Hause habe ich auch keins gesehen."

Allies Hände zitterten beim Einpacken des Kleids mit der Lilie. Wahrscheinlich hatte er einfach keine Zeit gehabt, um noch Weitere zu bauen. Aber wieso hatte gerade sie das Erste bekommen?

„Was hat er dir denn noch geschenkt?", fragte Betty und lugte in den Koffer.

„Zum Beispiel diese Kette." Allie befühlte das Lilienkreuz an ihrem Hals. Egal wie Walt zu ihr stand, dieses Kreuz war ein Symbol für ihren Glauben, und sie weigerte sich, sie abzulegen. „Und dann hat er noch diese Spieluhr gemacht." Sie legte das Kleid in den Koffer und holte den Pullover heraus, in den sie das Kästchen eingewickelt hatte.

Betty blieb vor Staunen der Mund offen stehen. „Wow. Ein richtiges Kunstwerk." Sie nahm die Spieluhr, las die Inschrift auf der Unterseite und sah Allie mit großen Augen an. „Kein Wunder, dass du dich in ihn verliebt hast. Das ist ja richtig romantisch! Kaum zu glauben, dass ich das mal über Walt sage."

„Nein, ist es nicht." Allie sah Betty bestimmt an, nahm ihr die Geschenke ab und legte sie in den Koffer. „Es ist ein Zeichen guter Freundschaft, nicht mehr."

Betty wedelte mit zwei Stapeln Briefen, die mit Schleifenband zusammengehalten wurden. „Eine ziemlich gute Freundschaft, würde ich sagen."

„War es zumindest." Allie seufzte und nahm ihr die Briefe aus der Hand. „Ja, es war eine wunderbare Freundschaft. Würdest du jetzt mal aufhören, alles wieder auszupacken?"

Die Haustür schlug krachend auf und im Flur ertönte Gelächter.

Betty steckte den Kopf aus der Kinderzimmertür. „George Anello, du weckst noch das Baby auf."

„Entschuldige." George machte die Schlafzimmertür zu und kam ins

Kinderzimmer. „Hallo Liebling. Hi, Allie. Hört mal, es gibt Neuigkeiten."

Allie war gar nicht nach einem geselligen Beisammensein zumute, aber George nahm ihre und Bettys Hand und zog sie ins Wohnzimmer. Dort standen Art Wayne und Dorothy Carlisle am Kamin. Helen Carlisle durchsuchte den Schreibtisch in der Ecke, während sich der einjährige Jay-Jay an ihr Bein klammerte. „Betty, deine Unordnung ist ja wirklich unglaublich. Wo hast du denn bloß Papier?"

Dorothy gebot ihrer Schwägerin mit einer Hand Einhalt. „Warte mal. Ich möchte die Neuigkeiten verkünden."

„Wenn du erst mal anfängst, dann komme ich gar nicht mehr dran." Art sah Dorothy mit demselben verträumten Blick an wie sonst, nur fehlte diesmal die übliche Portion Angst.

Allie merkte plötzlich, dass Art und Dorothy sich an den Händen hielten.

„Du meine Güte." Betty ließ ihren fülligen Körper in einen Lehnsessel plumpsen. „Sag jetzt nicht, du ..."

Art grinste. „Ich habe meinen Einberufungsbescheid bekommen."

„Oh nein." Betty schnappte nach Luft.

„Aber ich möchte doch zur Armee. Das weißt du. Vor allem jetzt, wo das mit Jim und Walt passiert ist."

Allies Blick schoss zu Helen hinüber, die sich noch mehr in die Suche vertiefte. Die Arme. Jim war gerade mal seit acht Monaten nicht mehr da.

„Und außerdem bin ich endlich mal aktiv geworden." Arts breites Lächeln schob die Enden seines Schnurrbarts noch höher. „Ich bin in der Mittagspause in Dellas Boutique gegangen."

„Er hat noch nicht mal ‚Hallo' gesagt", warf Dorothy ein. „Sondern sofort ..."

„Psst. Das ist meine Geschichte." Art drückte ihr einen Finger auf die Lippen. „Ich habe das gesagt, was ich schon vor Jahren hätte sagen sollen: ‚Dorothy, ich liebe dich. Ich habe dich schon immer geliebt und ich werde nie jemand anderen lieben als dich. Aber ich kann nicht in den Krieg ziehen, ohne zu wissen, ob du mich auch liebst.'"

„Arthur Wayne!", rief Betty erleichtert. „Na endlich!"

Dorothy stemmte eine Hand in die Hüfte. „Wollt ihr nicht wissen, was ich geantwortet habe?"

„Das wissen wir doch längst", sagte Betty lachend.

Allie nickte. Ihre Augen waren feucht geworden. Wie schön, dass die Geschichte der beiden ein Happy End hatte. Und wie unfair, dass ihr das nicht vergönnt war.

„Nein, wisst ihr nicht", sagte Dorothy. „Natürlich hat er mir den Boden unter den Füßen weggezogen, aber ich habe mich gefangen. Also habe ich gesagt: ‚Du hast mir ja nie einen Grund gegeben, dich zu lieben.' Woraufhin er ..." Ihre Wangen färbten sich tiefrot und bildeten einen hübschen Kontrast zu ihrem dunklen Haar.

Art legte einen Arm um Dorothys Taille und zog sie an sich. „Ich habe sie mir geschnappt, sie geküsst und da hatte sie ihren Grund."

Dorothys Gesicht glühte. „Ja. Den hatte ich."

„Arthur Wayne!", rief Betty. „Du bist ja richtig romantisch. Unglaublich. Du und ..." Sie warf Allie einen schuldbewussten Blick zu. „Jedenfalls, unglaublich."

Allie hatte sich unbewusst an eine Messinglampe geklammert. Beinahe hätte Betty „Du und Walt" gesagt.

„Sie sind noch nicht fertig." George setzte sich auf die Lehne von Bettys Sessel.

„Wir werden heiraten", sagte Art. „Und zwar morgen."

Betty schrie auf und stürmte erst zu Dorothy, um sie zu umarmen, dann zu Art. „Wie denn das? So etwas geht doch nicht von jetzt auf gleich?"

„Mit Beziehungen schon." Art löste sich aus Bettys Umarmung. „Dein Vater hat die Sache mit den Blutproben gemacht, Richter Llewellyn hat im Rathaus seine Verbindungen spielen lassen und Pastor Novak übernimmt die Trauung. Mir bleiben noch zwei Wochen, bis ich einziehen werde, und die will ich als verheirateter Mann verbringen."

„Wir haben jede Menge zu tun." Helen konzentrierte sich auf das Blatt Papier, das inzwischen vor ihr lag. „Meine Mutter übernimmt den Kuchen. Und ich habe Dorothy mein ... mein Kleid geliehen."

Das Beben in Helens Stimme erschütterte Allie zutiefst. Zumindest ein bisschen konnte sie ihren schmerzlichen Verlust nachempfinden. Von ihrer Flucht nach San Francisco versprach sich Allie genauso Ablenkung wie Helen von ihrer fieberhaften Emsigkeit.

„George ist der Trauzeuge. Ray Novak springt auch ein. Genauso wie

Arts Cousin." Helen schrieb in einem fort. „Ich habe noch mein Kleid von Bettys Hochzeit. Betty, Mrs Carlisle leiht dir ein Kleid aus ihrer Boutique. Allie, hast du etwas anzuziehen?"

„Ich?" Allie sah verwirrt auf Helens blonden Hinterkopf.

„Och, bitte", flehte Dorothy. „Ist doch perfekt, dass du gerade zu Besuch bist."

„Du hast doch das Kleid von meiner Hochzeit dabei", warf Betty ein.

Das morgige Hochzeitsfoto schoss Allie durch den Kopf – Walt würde es garantiert sehen. Würde er es so interpretieren, dass sie sich nach ihm verzehrte? Und krampfhaft versuchte, sich in seinen Freundeskreis einzuschleichen? „Tut mir leid, aber ich habe Louise versprochen, morgen bei ihr einzuziehen." Noch während sie es sagte, merkte Allie, dass sie mit dieser Ausrede nicht durchkommen würde.

„Aber zur Trauung bist du doch hoffentlich noch da", sagte Dorothy.

Betty gab ihr ein Zeichen und Allie beugte sich zu ihr herunter. „Er weigert sich, das Krankenhaus zu verlassen. Du hast also nichts zu befürchten", flüsterte sie.

Allie lächelte ihre verschwiegene Freundin dankbar an. Dann umarmte sie Dorothy. „Wie könnte ich so eine Ehre ausschlagen?"

Kapitel 47

Antioch
Samstag, 3. Juli 1943

So hatte sich Walt seine Heimkehr nicht vorgestellt.

Dr. Sutherland war zum Glück wegen einer Notoperation länger geblieben, aber bis Walt ihn gefunden und erfolgreich davon überzeugt hatte, dass er nicht verrückt war, und bis der Arzt seine Unterschrift unter die Papiere gesetzt hatte, war es viel zu spät gewesen, um seine Eltern noch anzurufen. Heute Morgen war niemand ans Telefon gegangen, und jetzt war das Haus völlig verlassen.

Walt warf den Seesack auf sein Bett und sah sich in seinem Zimmer um. Ein Jahr war er nicht hier gewesen. Von der Decke hingen Modellflugzeuge, unter anderem eine Sopwith Camel und ein Fokker Dreidecker. Wie oft hatte er sich ihr glanzvolles Duell vorgestellt? Jetzt wusste er, wie der Luftkampf war. Er hatte nichts Glanzvolles, sondern brachte nur Schrecken und Tod.

Die Stille summte ihm in den Ohren. Auch gut. Er musste ohnehin Allie finden und seine Familie hätte ihn nur wertvolle Zeit gekostet.

Walt ging wieder nach unten und setzte seine Schirmmütze auf. Die Ausgehuniform fühlte sich nach zweieinhalb Monaten in Nachtzeug ungewohnt an. Und schwerer, dank der ganzen Ehrenzeichen an seiner Brust – der Bandschnalle des Kriegsschauplatzes Europa, der Fliegermedaille mit drei Eichenlaubblättern für mehr als zwanzig Einsätze, und der Flieger-Ehrenmedaille für den heldenhaften Einsatz über Romilly. Nach Bremen waren das Verwundetenabzeichen dazugekommen und die renommierteste Auszeichnung, der Silver Star.

Aber was nützten die ganzen Medaillen, wenn Allie merken würde, was er getan hatte? Er öffnete schwungvoll die Eingangstür und ging über die Straße zu George und Bettys Haus. Egal. Er musste diese Lüge endlich loswerden.

Wie lautete wohl ihre Version der Geschichte? Alles, was er definitiv wusste, war, dass irgendwas mit Baxter war und sie zumindest genug für Walt empfand, um ihn im Krankenhaus zu besuchen. Darüber hinaus waren die Möglichkeiten unbegrenzt.

Vielleicht war sie ja doch zu haben? Vielleicht würde sie ihm ja vergeben? Und sich womöglich sogar in ihn verlieben? Walt brummte entnervt und klingelte bei George. Vielleicht war ihm das Blei wirklich zu Kopf gestiegen?

Er wartete. Der Puls hämmerte ihm im Ohr. Niemand. Wo zum Teufel war Allie?

Walt suchte die Umgebung mit den Augen ab. Er kannte hier jeden Winkel, und trotzdem fielen ihm an den Häusern hinter den großen Platanen, Eichen und Ahornbäumen einzelne Details auf – ein zwitschernder Vogel im Pflaumenbaum, der rote Briefkasten der Anellos am Straßenrand, das neu gedeckte Dach der Jamisons.

Wo würden George und Betty an einem Samstagnachmittag hingehen? Im Laufschritt überquerte er wieder die Straße, aber auch bei den Jamisons war niemand. Zurück auf die andere Seite – keine Carlisles. Ein paar Häuser weiter – keine Spur von Georges Eltern. Schräg gegenüber niemand bei den Waynes.

„Wo sind denn bloß alle?" Walt ballte die linke Hand zur Faust. „Also schön, Herr, wie soll ich denn mit Allie reden, wenn ich sie nicht finden kann?"

***

Als Allie Ray am Abend zuvor zum ersten Mal gesehen hatte, hätte sie ihn bis auf das hübsche Lächeln nicht für Walts Bruder gehalten. Aber jetzt, wo sie ihn von vorn in der Kirche aus dem Augenwinkel beobachtete, erinnerten sie seine muskulöse Statur in der Air Force-Uniform und die Art, wie er stand und sich bewegte, doch an Walt. Eine Sehnsucht, die sich wie Heimweh anfühlte, wirbelte alles in ihr durcheinander. Walt nicht wiederzusehen war die beste Lösung, aber trotzdem fehlte ihr sein Lächeln, sein Lachen. Im Krankenhaus hatte sie von beidem nichts zu sehen bekommen.

Allie seufzte und konzentrierte sich wieder auf Walts Vater, der die gleichen schwarzen Locken wie Walt hatte, auch wenn es inzwischen weniger waren und einige davon ergraut. Auch die ungewöhnliche Nase und die Stimmlage waren gleich ...

Montag. Am Montag würde sie Antioch verlassen und die Novaks ein für alle Mal hinter sich lassen.

Vor einem Jahr hatte sie im selben Kleid am selben Ort einer Hochzeit beigewohnt. Damals hatte Walt nur Augen für sie gehabt. Heute konnte er noch nicht einmal höflich zu ihr sein.

Neben ihr drehte Betty den Kopf in Richtung Altar und flüsterte. „Allie ..."

Allie legte einen Finger auf ihre Lippen. Betty konnte nirgendwo still sein – nicht im Unterricht, nicht im Gottesdienst, noch nicht einmal bei einer Hochzeit.

Betty drehte sich wieder um. „Allie", zischte sie. „Sieh mal zur Tür. Aber langsam, ganz langsam. Oh nein."

Allie gefror das Blut in den Adern. Unmöglich. Er war doch im Krankenhaus.

Im Lichtschein der offenen Kirchentür stand die Silhouette eines Mannes mit nur einem Arm. Gleich darauf wurde das Licht zum Schlitz und verschwand. Walt stand da, mit offenem Mund, und sah Allie an.

„Oh, nein." Sie riss ihren Kopf herum und sah nach vorn. Hoffentlich verdeckten ihre Haare ihr Gesicht. „Was macht er denn hier?", flüsterte sie.

„Die Hochzeit. Du lieber Himmel. Seine Eltern ... sie müssen ihn angerufen haben. Oh Allie, das tut mir so leid. Wenn ich das gewusst hätte ..."

„Betty, der Brief. Er hat den Brief gelesen." Ihr drehte sich der Magen um. „Er weiß Bescheid."

„Oh, weh." Allie konnte Betty nicht von vorn sehen, aber sie spürte, dass ihrer Freundin die Sorge ins Gesicht geschrieben stand. „Also schön, Kleines, Augen zu und durch. Wir werden das Kind schon schaukeln."

Allie umklammerte ihren kleinen Strauß. Der Einzige, der das Kind noch schaukeln konnte, war Gott.

* * *

Walt ließ sich in die letzte Bank gleiten. Art und Dorothy heirateten? Wann war das denn passiert? Eigentlich sollte ihn dieses Rätsel eine

Weile beschäftigen, aber seine ganze Aufmerksamkeit war auf Allie gerichtet.

Sie war heute nur Brautjungfer, keine Braut. Das hieß, sie war noch zu haben. Sie kannte ihn, verstand ihn und er war ihr nicht egal. Wenn er von Anfang an ehrlich gewesen wäre und noch beide Arme hätte, wer weiß, womöglich hätte er sogar Chancen bei ihr gehabt. Aber jetzt nicht mehr. Vielleicht könnte er sich aber wenigstens mit ihr unterhalten – wenn sie ihn je wieder ansehen würde. Vorwürfe konnte er ihr nach seinem Verhalten am Donnerstag jedenfalls keine machen, dass sie seinem Blick auswich.

Von der Orgel erscholl das traditionelle Stück zum Auszug und Walt schrak hoch. Art und Dorothy wandten sich der Festgemeinde zu und marschierten glücklich den Gang hinunter. Arts Gesicht leuchtete noch mehr auf, als er Walt entdeckte. Er stieß Dorothy an, die sich zum ersten Mal zu freuen schien, ihn zu sehen. Ein breites Grinsen von George, ein eigenartig böser Blick von Betty, dann glitt Allie an ihm vorbei, die Nase hoch und die Wangen tiefrosa.

Er wollte ihr nachlaufen und die Sache hinter sich bringen, aber die Ordner entließen die Leute Reihe für Reihe von vorn, und nachdem Ray mit Helen am Arm vorbeigegangen war, war der Mittelgang bereits verstopft. Zum Teufel mit der Etikette – Walt schlüpfte aus seiner Reihe und mischte sich unter die Leute.

„Wen haben wir denn da?" Mrs Anello stellte sich ihm in den Weg und rief laut in die Menge. „Edie, du hast mir gar nicht gesagt, dass Walter wieder zu Hause ist."

„Das wusste ich auch nicht." Mom drängelte sich zu ihm durch und umarmte ihn. „Mein Liebling, ich freue mich so, dass du hier bist."

„Ich mich auch." Er löste sich aus der Umarmung und merkte, dass halb Antioch im Begriff war, sich auf ihn zu stürzen.

„Das ist mein Enkel", sagte Grandpa Novak stolz. „Er hat es den Nazis ordentlich gezeigt. Und jetzt sieh sich das einer an: ein Silver Star."

Die älteren Männer schüttelten ihm die Hand und bedankten sich bei ihm dafür, was er für die Freiheit geleistet hatte. Es schien niemanden zu stören, dass er nur die Linke geben konnte. Die Frauen umarmten ihn und waren dankbar für seine Rückkehr. Die Kinder schwärmten um ihn herum, manche mit unzähligen Fragen, andere nur mit Staunen im Gesicht.

Als er Antioch verlassen hatte, war er ein ganz normaler Typ von hier gewesen. Die kleinste Leuchte unter den Novaksöhnen. Und jetzt? Diese ganze Aufmerksamkeit hatte er sich immer gewünscht – aber nur so lange er sie nicht bekam. Eine ganze Traube von Menschen umringte ihn mit Fragen und wollte seine Geschichten hören. Er gab einen kurzen, entschärften Bericht vom Einsatz über Bremen, aber mehr schlecht als recht. Er wollte keine Zuhörer; er wollte nur Allie finden.

„Sollten wir nicht zur Feier gehen?", fragte er. „Wo findet sie überhaupt statt?"

„Im Haus der Carlisles, und sie fragen sich bestimmt schon, wo wir bleiben", antwortete Mom. „Na kommt, ihr lieben Leute. Bei der Feier haben wir noch jede Menge Zeit für Walts Geschichten."

Wie könnte er sich nur abseilen? Und Allie allein erwischen?

Mom hatte sich bei Walt und Dad eingehakt und schlenderte die Straße hinab. Walt versuchte, das Tempo zu steigern, aber sie fielen immer weiter zurück, während Mom ihm ausführlich von Art und Dorothy erzählte. Er wollte das ja alles hören, aber nicht so langsam.

Bei den Carlisles waren wieder jede Menge Leute, die ihn abfangen wollten, aber er hatte einen Job zu erledigen. Höflich lächelte er seine Eltern an. „Entschuldigt mich. Ich muss jemanden suchen."

Er drängte sich durch die Menge, lächelte und schüttelte ein paar Hände, blieb aber immer in Bewegung und konzentrierte sich auf seine Suche. Wo war sie? Bettys Kichern war aus Richtung Küchentür zu hören. Sie wusste bestimmt Bescheid. Zielstrebig arbeitete Walt sich dorthin vor und wich der Klatschtante Mrs Llewellyn aus.

An der Küche legte er Betty die Hand auf die Schulter. „Betty, hi."

Sie drehte sich zu ihm um und zog eine Augenbraue hoch. „Was machst du denn hier?"

Walt ignorierte den frostigen Ton in ihrer Stimme und nickte Georges jüngster Schwester zu, mit der sich Betty unterhalten hatte. „Hallo, Mary Jane."

„Hi Walt." Sie tätschelte Bettys Arm. „Ich schaue mal, ob Mrs Carlisle Hilfe braucht."

Walt vergrub die Hand in der Hosentasche und suchte das Zimmer nach braunen Locken oder grünen Augen ab. „Wow. Verrückt, oder? Art und Dorothy – das wurde aber auch Zeit."

Betty nickte nur.

Allie hatte ihr wohl erzählt, dass er sich danebenbenommen hatte. Er gab sich Mühe, einen lockeren Gesichtsausdruck zu behalten. „Verrückt. Ach, und interessant, dass Allie Miller auch da ist."

„Wieso überrascht dich das? Sie ist meine Freundin. Da werde ich sie doch wohl einladen dürfen."

„Nein, so meinte ich das nicht. Ich meine ... sollte sie nicht heute diesen komischen Baxter heiraten?"

Bettys Augen wurden immer größer, bis Walt dachte, sie würden gleich herausfallen. „Hat sie dir nicht gesagt, dass sie die Verlobung gelöst hat? Hat sie dir nicht einen Brief gegeben?"

Walt verzog schuldbewusst das Gesicht. „Hab ihn ungelesen weggeworfen."

„Du hast *was*? Wie kommst du denn auf so eine blöde Idee?" Sie schlug ihm mit dem Handrücken gegen den Bauch.

„Hey! Ich hatte eben meine Gründe. Ich dachte ... na ja, ich dachte, das wäre das übliche Kopf-hoch-Zeug, das wird schon wieder, am Ende jedes Tunnels gibt es Licht und so was. Ich wollte das nicht hören."

„Du bist ein Idiot, Walter Novak."

„Glaub mir, das weiß ich selbst." In der Hosentasche trommelte er mit den Fingern gegen sein Bein. „Also hat sie ... sie hat tatsächlich die Verlobung gelöst? Das heißt, die Hochzeit ist nicht nur verschoben, sondern vom Tisch? Und Baxter?"

„Baxter ist Geschichte."

„Oh, wow." Walt nahm die Suche nach Allie wieder auf. Sie war wirklich noch zu haben. „Unglaublich. Aber ... wieso? Ihr Vater hat Baxter für sie ausgesucht, habe ich recht?"

„Genau das war das Problem. Allie meinte, sie hätten einander nie wirklich geliebt."

„Ehrlich?" In ihm stieg Hoffnung auf. Also hatte er letztes Jahr doch recht gehabt mit seiner Vermutung, dass Allie noch nie richtige Liebe erlebt hatte. Vielleicht war er doch kein so hoffnungsloser Fall bei Frauen, wie er immer gedacht hatte.

Bettys Augen suchten Walts Gesicht ab. „Ja, ehrlich. Aber der Hauptgrund, warum Allie mit ihm Schluss gemacht hat, war, dass Baxter darauf bestand, dass sie ihre Arbeit an den Nagel hängt und ihre neue Kirche verlässt. Aber sie hat sich geweigert, gegen Gottes Willen zu handeln."

„Oh, wow. Wow." Hatte er ihr nicht eingeschärft, Gott zu gehorchen, ganz gleich, welche Konsequenzen das mit sich brachte? Dann hatte er ihr offensichtlich dazu geraten, sich von Baxter zu trennen. Walt merkte, dass sein Gesicht zuckte und versuchte, sich wieder unter Kontrolle zu bekommen. „Sie hat sich echt von ihm getrennt? Ist ja unglaublich. Das war sicher nicht leicht. Oh Mann, ihre Eltern sind bestimmt richtig wütend."

„Und wie."

Walt nickte viel zu lang. „Ach, deswegen ist sie hier? Bis sich die Wogen zu Hause geglättet haben?"

Bettys Stirn legte sich in Falten. „Sie kann nicht mehr nach Hause."

„Was?" Er fühlte sich, als würde jemand einen Druckverband um seinen Bauch legen.

„Sie hat die Hochzeit schon vor Monaten abgeblasen, aber ihre Eltern haben einfach weitergemacht, als wäre nichts geschehen. Haben die Einladungen losgeschickt und so weiter. Ist das nicht heftig? Wie im Mittelalter. Dabei sind arrangierte Ehen doch seit Ewigkeiten aus der Mode. Oh, aber die Millers sind wirklich auf hundertachtzig. Sie haben ihr Testament geändert und alles Baxter überschrieben. Allie kriegt keinen Cent, es sei denn, sie heiratet ihn."

Der Druckverband ließ seine Beine taub werden. Allie war gar kein Snob. Sie hatte sogar auf ihr Erbe verzichtet, um Gott zu gehorchen.

„Und letzte Woche meinten sie zu ihr, wenn sie Baxter heute nicht heirate, sei sie nicht mehr ihre Tochter."

Walt fiel die Kinnlade herunter. „Die ... die haben sie nicht wirklich rausgeworfen, oder?"

„Deswegen ist sie hier. Jedenfalls bis Montag. Dann zieht sie zu Louise nach San Francisco."

„Wow. San Francisco, sagst du?" Walt rieb sich den Mund. „Will sie wirklich aus Riverside weg? Ich meine, sie liebt doch ihre Eltern. Die Stadt. Ihre Gemeinde und ihre Freunde."

Betty legte den Kopf schief und pflückte Walt mit ihrem Blick auseinander. „Sie ist nicht so schwach, wie du denkst. Allie schafft das schon. Sie fängt eben ganz von vorne an."

„Ich habe nicht gesagt, dass sie schwach ist. Ich meine nur, sie hat damit ihre ganze Welt auf den Kopf gestellt. Sie ist eine verdammt starke Frau, das weiß ich. Und sie fängt wirklich ganz von vorne an? Unglaublich."

„Das ist genau das, was sie braucht."

„Wirklich unglaublich." Er kratzte sich im Nacken und sah sich wieder um. Wo war sie nur? „Das alles ... ich fasse es nicht, dass ich überhaupt nichts davon wusste. Wann hat sie die Hochzeit genau abgeblasen?"

„Am Valentinstag. Ist das nicht passend?"

Februar. Genau, wie er es sich aus den Briefen zusammengereimt hatte. Er runzelte die Stirn. „Sie hat mir nicht ein Wort davon gesagt."

„Mir hat sie es auch Ewigkeiten verschwiegen, weil ..." Betty presste die Lippen aufeinander.

„Weil?" Er kniff die Augen zusammen. „Wieso hat sie es uns nicht erzählt?"

Ein leichtes Lächeln umspielte ihre Lippen. „Das fragst du sie lieber selbst."

Walt schnaubte und ließ seinen Blick durch den Raum schweifen. „Das würde ich ja liebend gern. Wenn ich sie finden würde. Wo zum Teufel ist sie bloß?"

„Ich habe sie seit der Kirche nicht mehr gesehen. Ach, sie versteckt sich bestimmt vor dir in der Küche. Ich fasse es nicht, wie gemein du zu ihr warst." Betty hielt ihre Schwester am Arm fest, die gerade mit einem Tablett voller leerer Teller vorbeigehen wollte. „Helen, ist Allie in der Küche?"

„Allie? Schön wär's. Sie wollte mir ja helfen, hat aber bisher noch nicht einen ihrer gepflegten Finger krumm gemacht." Helen seufzte und balancierte das Tablett aus. „Tut mir leid. Ich bin nur mit den Nerven am Ende."

„Helen, Süße, setz dich doch mal hin und genieß die Feier."

„Ich weiß, ich weiß. Ich bin Martha und du bist Maria, aber einer muss die Arbeit machen."

„Ich bin gleich bei dir."

„Danke, Betty." Helen schob die Küchentür auf.

„Augenblick. Hast du Allie denn gesehen?", fragte Walt.

Helen blieb stehen und schob sich mit der Schulter eine blonde Locke aus dem Gesicht. „Ich bin mit ihr von der Kirche zurückgelaufen. Sie ist dann bei Betty rein und meinte, sie müsse noch was erledigen."

Bettys Haus. Sehr gut. Auf in den Kampf. „Danke. Bis später."

„Warte mal." Betty hielt ihn am Arm fest, bis Helen in der Küche verschwunden war. Dann sah sie Walt prüfend an. „Du machst dir ja einen ziemlichen Kopf um Allie."

Er trat von einem Bein aufs andere. „Natürlich. Sie liegt mir eben am Herzen."

„Wird denn deine Freundin da nicht eifersüchtig?"

Er zuckte zusammen. „Oh je. Ich ... ich habe keine Freundin. Das ist ... ach, eine lange und hässliche Geschichte."

„Wirst du Allie das sagen?"

„Das versuche ich ja. Deswegen bin ich hier. Und deswegen suche ich sie die ganze Zeit."

„Sag mal, wie sehr magst du Allie eigentlich genau?"

Walt erstarrte. Bettys Blick war so forschend, so intensiv, und ihr Griff um seinen Arm war so fest. Sie wusste es. Sie wusste, dass er in Allie verliebt war. Und jetzt war der falsche Zeitpunkt, um seine Liste um noch eine Lüge zu verlängern. Er lächelte verlegen. „Sollte ich das nicht lieber zuerst ihr sagen?"

Um Bettys Augen bildeten sich kleine Lachfältchen. „Du hast recht. Und jetzt geh."

„Warte. Was wird sie denn dazu sagen? Meinst du, sie ..."

„Nichts da. Von mir erfährst du kein Wort. Geh. Hau ab." Sie ergriff seine Schultern und drehte ihn in Richtung Haustür.

Um ein Haar hätte er Mrs Llewellyn umgerannt, was der alten Klatschtante ganz recht geschah, gemessen an den großen Ohren, die sie schon wieder hatte. Walt drängte sich nach draußen und hüpfte die Straße hinunter. Jeder Schritt pumpte neue Hoffnung in ihn hinein. Betty schien nichts dagegenzuhaben, dass er Allie fand. Im Gegenteil. Sie schien sich sogar über seine Gefühle für Allie zu freuen. Was wusste sie?

Walt stieß die Tür der Anellos auf. „Allie!"

Zum Teufel mit der Rede. Zuerst würde er sie umarmen, und dann küssen, so richtig küssen, und ihr dann seine Liebe gestehen und sie dazu bringen, dass sie ihm auch ihre Liebe gestand oder zumindest ihre Gefühle offenbarte oder wenigstens sagte, sie könne sich die Sache mit ihm vorstellen. Und dann wieder ein Kuss, oder gleich viele. Und dann die Rede.

„Allie!" Er rannte durch den Flur, hielt sich am Türpfosten fest und stürmte ins Schlafzimmer. Keine Allie. Vielleicht im Kinderzimmer?

Der Schrank stand offen. Leere Bügel hingen unordentlich darin. Verzweifelt rammte er seine Faust in den Türpfosten. „Verdammt! Sie ist weg."

Er ging zurück in den Flur und in die Küche. Auf dem Tisch lag ein Zettel:

Ich bin zu Louise gefahren. Tut mir sehr leid, dass ich so überstürzt aufbreche, Betty, aber du weißt schon, wieso. Tausend Dank für eure Gastfreundschaft.

Wütend zerknüllte Walt den Zettel. „Na großartig. Hervorragend."

Santa Fe oder Southern Pacific? Der Bahnhof von Santa Fe war näher, aber bei Southern Pacific fuhr noch ein späterer Zug nach San Francisco. Großartig. Bis zum Southern Pacific war es eine gute Meile.

Walt stürmte aus der Tür und die Straße hinunter. Jetzt pumpte jeder Schritt ein bisschen Hoffnung aus ihm heraus. Er war der Grund, warum sie Reißaus nahm, und dabei kannte sie noch nicht einmal die ganze Geschichte.

Als er sie im März im Hinblick auf Emily angelogen hatte, da war ihre Verlobung längst vom Tisch gewesen. Da hätte er ihr seine Liebe gestehen sollen. Es wäre überhaupt nicht fehl am Platz gewesen. Und Gott hatte das gewusst. Wieso hielt er sich nur immer wieder für schlauer als der Schöpfer des Universums?

Walt rannte um die Ecke auf die A Street, sah im Schaufenster von Waynes Eisenwaren sein Spiegelbild und blieb abrupt stehen. Ein Arm. Er hatte nur einen Arm und war obendrein noch ein Lügner.

Wem machte er hier etwas vor? Er wollte sie sich schnappen und sie küssen? Da könnte er sie genauso gut ohrfeigen. Nein, er musste ihr die ganze schmerzhafte Wahrheit gestehen, und erst anschließend seine Liebe.

„Ist das nicht Walter Novak?"

Walt entdeckte auf der anderen Straßenseite Mr Burton, seinen kleinen, weißhaarigen Mathelehrer von früher. Er war ein netter Kerl und kam auf ihn zu.

„Hi, Mr Burton. Tut mir leid, hab's eilig." Walt winkte und rannte wieder los.

Die Uhr tickte.

Kapitel 48

„Da haben Sie aber Glück, Miss. Der letzte Zug nach San Francisco fährt in zehn Minuten."

„Gut." Allie holte das Fahrgeld heraus und merkte gerade noch rechtzeitig, dass sie schon wieder einen Stahlpenny für ein Zehncentstück ausgeben wollte. Ihr Geld war fast alle. Würde es noch so lange für die Busfahrscheine und etwas zu essen reichen, bis sie ihren ersten Lohn bekam?

„Fahren Sie zu einem Ball?"

„Oh! Nein, ich komme von einer Hochzeit." Allie spürte, wie sie rot wurde. Eigentlich hatte sie sich noch umziehen wollen, aber dann hätte sie den Zug verpasst.

Sie legte den kostbaren Fahrschein sorgfältig in ihre Handtasche und gab dann ihr Gepäck auf. Der Bahnsteig war leer. Sie hatte noch genau fünf Minuten.

Heute Abend im Bett würde sie sich so richtig ausheulen. Aber nicht jetzt. Sie versuchte, nicht an Walts mitleidigen Blick zu denken, als sie wie ein offenes Buch vor ihm gestanden hatte. Einfach jämmerlich.

Morgen würde sie in einer neuen Stadt aufwachen, eine neue Gemeinde kennenlernen und neue Freunde finden.

„Allie?"

Ihr Herz setzte einen Schlag aus und sie drehte sich langsam um. Walt stand keine zwei Meter vor ihr und atmete schwer. Sein Gesicht war vor Anstrengung gerötet. Der Krieg hatte ihm Reife verliehen; er war schmaler im Gesicht geworden und sah noch besser aus, als sie ihn in Erinnerung hatte. Ihr Brustkorb zog sich so sehr zusammen, dass es wehtat.

„Ich weiß, du willst mich nicht sehen", sagte Walt. „Aber ich muss mit dir reden."

Sie schob das Kinn vor. Er sollte nichts von den Gefühlen sehen, die in ihr tosten. Wollte er jetzt ihren Brief auseinandernehmen? Hatte er nicht genug Anstand, um sie in Ruhe zu lassen? Wusste er nicht, was für eine Qual es war, wenn Liebe nicht erwidert wurde? „Das ist nicht nötig."

„Oh doch, das ist es." Er rieb sich die Stirn. „Es gibt so einiges, was ich dir letztens hätte sagen sollen. Und im Mai. Im März. Sogar im Januar."

Was gab es jetzt noch zu bereden? Allie blickte gen Osten und hoffte, dass der Zug endlich kommen würde.

„Ich beeile mich. Aber es muss sein. Wirklich."

Sie wandte sich ihm wieder zu. In der Nachmittagssonne leuchteten seine braunen Augen vor Entschlossenheit auf. Allie nickte, obwohl sie wusste, dass jetzt eine gewaltige Portion Mitleid auf sie wartete.

„Zuerst will ich dir sagen, wie leid mir das mit deinen Eltern tut. Ich fasse es nicht, dass sie zu so etwas fähig waren."

„Ich schaffe das schon."

„Das weiß ich." Sein Blick war so warmherzig, dass ihre Knie weich wurden. „Die Sache mit Baxter – das war die Frage nach dem Gehorsam, oder?"

Dieser eine Satz brachte mit einem Schlag die ganze Vertrautheit ihrer Beziehung zurück. Allie brachte keinen Ton heraus. Sie konnte nur nicken.

„Ich bin froh, dass du auf Gott gehört hast. Wirklich froh. Aber dass die Konsequenzen so hart sein würden ... wow. Meinst du, deine Eltern ... sie werden dir doch irgendwann vergeben, oder?"

Allie schüttelte den Kopf. Walts Mitgefühl und Verständnis weckten in ihr das Verlangen, das Gesicht in seiner Brust zu vergraben und ihm einfach ihr Herz auszuschütten.

Sie riss sich zusammen. „Du solltest zur Feier zurückgehen. Wenn unsere Briefe und mein Besuch sich nicht gehören, dann das hier erst recht nicht."

***

Walt verzog das Gesicht, getroffen von seiner eigenen Lüge. Aber er musste jetzt da durch und ein Mann sein. Was er sagen wollte, musste raus, Wort für Wort. „Hör zu, Allie. Ich habe dich belogen und war zu anderen nicht ehrlich, was dich betrifft."

„Oh." Sie klang nicht so überrascht, wie er erwartet hätte.

„Die Apfelsine. Das war die erste Lüge." Walt lief an Allie vorbei an die Bahnsteigkante. „Erinnerst du dich an das Erdbeerfeld? Ich meinte damals, ich hätte den Erdbeersaftstreifen auf deinem Gesicht nicht gesehen. Eine Lüge. Ich fand, das sah süß aus, und wollte nicht, dass du es wegwischst."

Er machte auf dem Absatz kehrt und marschierte wieder an ihr vorbei in Richtung Bahnhofsgebäude. „Dann die Hochzeit. Ich habe dir gesagt, George hätte mir befohlen, wegen Art und Dorothy doch mit dir zu tanzen. Aber das war eine dicke, fette Lüge, damit ich unsere Abmachung brechen und dich auf die Tanzfläche führen konnte."

Walt wirbelte herum, stapfte den Bahnsteig entlang und hielt Ausschau nach dem Zug. Nichts. „Als ich dich in Riverside besucht habe, weißt du, was da wirklich passiert ist? Ich hatte deine Adresse weggeworfen. Einfach weggeworfen. Du ... du hattest mir eben den Kopf verdreht. Und als ich von Baxter erfahren habe, war ich erst einmal richtig wütend. Aber dann habe ich es mir anders überlegt. Ich wollte dir wenigstens schreiben. Also sind Frank und ich überall ..."

„Ich weiß."

Walt drehte sich erstaunt um. „Woher?"

Allie wischte sich mit einem Finger unter dem Auge entlang. Na wunderbar, sie weinte schon, und er hatte gerade erst angefangen. „Von meiner Freundin Daisy – ihr Vater war euer Taxifahrer."

Sie hatte es die ganze Zeit gewusst. Und er hatte sich solche Mühe gegeben, es vor ihr geheim zu halten. Wofür? „Wieso hast du nichts gesagt?"

„Ich ... ich wollte dich nicht bloßstellen. Oder ... oder mich." Sie wischte sich die Wange ab, schnitt eine Grimasse und öffnete ihre Handtasche.

Walt spürte das unbändige Verlangen, sie zu umarmen und ihr die Tränen wegzuküssen, aber er musste noch so viel sagen. „Diese Angst vor peinlichen Situationen ... und dieser Stolz ... damit fangen die ganzen Lügen doch erst an. Das habe ich so satt. Ich habe dich sogar dazu gebracht, Betty zu verschweigen, dass wir uns Briefe schreiben. Und mit welcher Begründung? Dass Betty das nicht für angemessen halten würde. So ein Quatsch! Ich wollte nur nicht, dass sie erfährt, was ich alles angestellt hatte, um deine Adresse wiederzubekommen."

„Ich ... das habe ich mir schon gedacht."

„Das hast du auch rausgekriegt? Okay, aber das hier wusstest du bestimmt nicht." Walt stellte sich direkt vor Allie und sah in ihr verweintes Gesicht. „Die ganze Mannschaft in Thurleigh dachte, du wärest meine Freundin. Das ist dir jetzt neu, oder?"

„Was?" Ihre hübschen Lippen bewegten sich kaum.

Seit über einem Jahr war er ihr nicht mehr so nah gewesen. Er konnte ihren süßen Duft riechen. „Ja, ich habe so getan, als wärst du meine Freundin."

„Aber ... aber wieso?"

Sie war zu nah. Er musste Abstand gewinnen und in Bewegung bleiben. Zurück in Richtung Bahnhofsgebäude. „Ich wollte einer von den Jungs sein und nicht ständig von ihnen aufgezogen werden. Ich wollte respektiert werden. Und es hat funktioniert. Weil du mir geholfen hast – mit den Briefen, dem Apfelmus, den Cookies. Sie dachten, du wärst geradezu verrückt nach mir."

„Also ... darum ging es? Ich war nur dein Alibi? Deine Trophäe?"

„Nein." Walt drehte sich um. „Nein, niemals. Du hast ja keine Ahnung. Hätte ich dann diesen Brief geschrieben, als ... als Frank ..." Er stemmte sich die Hand in die Hüfte und sah zu Boden, bis der Kloß in seinem Hals wieder weg war. Dann richtete er seinen Blick fest auf Allie. „Ich habe dir Sachen geschrieben, die sonst niemand weiß. Du hast keine Ahnung, wie viel mir deine Freundschaft bedeutet hat."

Ihre Lippen bebten. „Und mir deine."

Das war er, der Moment, in dem er sie umarmen, küssen und ihr seine Liebe gestehen sollte. Wenn da nicht noch eine letzte dicke Lüge wie ein Damoklesschwert über ihm hängen würde.

Allie zog ein Taschentuch aus ihrer Handtasche. „Als du mir geschrieben hast, du hättest deiner Crew eine Lüge gestanden – war sie das?"

„Jep. Und Cracker, ausgerechnet Cracker hat die Männer dazu gebracht, mir zu vergeben. Sie hätten das niemals tun müssen. Ich verdiene ihre Vergebung nicht. Und deine genauso wenig."

„Walt, ich ..."

„Warte." Er hob die Hand. Ein Fehler. An diesem Arm war keine Hand mehr. Er wechselte auf die Linke. „Ich bin noch nicht fertig."

Allie schüttelte das Taschentuch und tupfte sich die Wange ab. „Aber du hast gesagt, du hättest danach nicht mehr gelogen."

„Mit einer Ausnahme. Ich dachte, damit würde ich alles in Ordnung bringen, aber es wurde nur noch schlimmer. Lügen machen immer alles schlimmer. Erinnerst du dich, dass ich mal gesagt habe, Lügen wären wie Kugellager in der Maschinerie der Gesellschaft? Das ist Schwachsinn. Lügen sind wie Brandbomben: Sie fressen sich überall durch und zerfetzen alles – Vertrauen, Hoffnung, sogar die Menschen, die du liebst."

„Ich ... ich glaube, ich weiß, was du meinst." Sie tupfte sich das Auge trocken.

„Schön. Aber das hilft jetzt auch nichts mehr. Denn mein letzter Brief an dich war eine einzige Lüge."

„Wie bitte?"

„Von vorn bis hinten gelogen." Walt ging zur Bahnsteigkante vor. Er musste fertig werden, bevor der Zug kam. „Emily. Also, schön, ich bin ein paarmal mit ihr ausgegangen. Und sie war wirklich verrückt nach mir. Aber ich nicht nach ihr. Wir waren nie zusammen."

Zurück zum Bahnhof. Sein steter Schritt pumpte die Wörter aus ihm heraus. „Ich konnte mich mit ihr überhaupt nicht unterhalten, nicht so wie mit dir. Was rede ich – selbst die alte Flossie ist noch intelligenter. Und Emily hat mir auch nie verboten, dir zu schreiben."

„Was?" Allies Stimme brach. „Wieso hast du das dann gesagt?"

„Ich brauchte eine Ausrede. Sonst hätte ich dir nämlich die Wahrheit schreiben müssen."

„Und was ist die Wahrheit?"

Walt stöhnte und lief wieder zu den Gleisen. „Dass mir deine Briefe mehr bedeuteten, als sie sollten."

„Ich ... ich verstehe nicht."

„Natürlich nicht. Wie auch? Ich vergeige es ja auch gerade." Er trat wütend ein Steinchen hinunter ins Gleisbett. „Wieso ist es immer einfacher, zu lügen? Selbst dann, wenn Lüge und Wahrheit so dicht beieinander liegen?"

„Ich verstehe wirklich nicht, was du meinst."

Walt stellte sich in Rührt-euch-Stellung vor Allie hin, ausgenommen, dass er seine Hände nicht hinter dem Rücken ineinanderlegen konnte. „Ich wusste in dem Moment, dass ich mit den Briefen aufhören musste, als ich eines Morgens betete: ‚Lieber Gott, wieso kann sie nicht mit Baxter Schluss machen und sich in mich verlieben?'"

Allie bekam große Augen, größer und grüner als je zuvor.

„Das war falsch. Du warst verlobt. Letzten Endes warst du es dann wohl doch nicht, aber ich dachte das zumindest. Wenn du ihn geheiratet hättest, dann hätte ich heimlich die Frau eines anderen begehrt, und dass das falsch ist, steht sogar schon in den Geboten. Na gut, dasselbe gilt fürs Lügen, aber ..."

Allies Mund ging auf, wieder zu, wieder auf. „Willst du damit sagen ..."

„Ich liebe dich." Endlich. Die Wahrheit. Einfach nur die nackte, harte Wahrheit.

„Du ... du ..."

„Ich liebe dich. Ich dachte, ich könnte mich mit Emily ablenken. Es half nicht. Je mehr Zeit ich mit ihr verbrachte, desto mehr Sehnsucht hatte ich nach dir. Meine Gefühle für dich wurden immer tiefer. Da musste ich den Kontakt abbrechen. Das macht es nicht weniger falsch, aber das ist der Grund für meine Lüge."

„Wieso hast du mir nicht einfach die Wahrheit gesagt?" Ihr ganzes Gesicht lag vor Verzweiflung in Falten und sie presste sich eine Hand auf den Mund.

Sie so leiden zu sehen, war für Walt, als würde man ihm den Sauerstoff abdrehen. „Es tut mir so leid. Ich hätte es dir sagen sollen. Aber ich wusste, dass du nicht dasselbe fühlst und wollte mich nicht vollends blamieren. Dieser dämliche Stolz. Was meinst du, warum ich dir das alles erst jetzt beichte? Du hast mal gesagt, Schweigen sei eine ehrliche Lösung für Probleme. Aber nicht in meinem Fall. Ich habe zugelassen, dass du einer Lüge glaubst. Schweigen hat nicht das Geringste mit Ehrlichkeit zu tun, wenn damit eine Lüge am Leben erhalten wird."

Allie murmelte etwas und nahm dann die Hand vom Mund. „Hast du überhaupt eine Ahnung, wie mich dieser Brief getroffen hat? Ich habe mich in jener Nacht in den Schlaf geweint."

„Wirklich?" Sein Magen fühlte sich an, als wäre er durch einen Fleischwolf gedreht worden. Dass sie seine Freundschaft so sehr vermissen würde, hätte er nicht gedacht.

„Das war genau die Nacht, in der ..." Ihr Blick wanderte kurz auf seinen Armstumpf und wieder zurück. „Ich hatte einen richtigen Albtraum. Du wolltest nichts mehr von mir wissen, aber mein Gebet brauchtest du trotzdem. Und ich habe gebetet."

Noch ein Schlag in seinen gebeutelten Magen. „Wenigstens hat einer von uns Gott gehorcht. Allie, das alles tut mir so leid. Es tut mir leid, dass ich dich angelogen habe. Es tut mir leid, dass ich dich verletzt habe. Was für eine dämliche Art, einer Frau seine Liebe zu gestehen."

Allie schlang sich die Arme um ihren Bauch und sah sich mit aufgewühltem Blick auf dem Bahnsteig um. „Weißt du, ich habe von diesem Moment geträumt. Ich wollte hier stehen, mit meinem neuen Hut, und du solltest aus dem Zug steigen. Deine ganze Familie sollte hier sein, und dann wollte ich dir um den Hals fallen und dir von der gelösten Verlobung erzählen. Und wenn dir das gefallen hätte, dann wollte ich dir ins Ohr flüstern, wie sehr ich dich liebe, aber das hätte ich nur gemacht, wenn ich ganz mutig gewesen wäre, weil ich ... ich ... weil ich ja nicht wusste, dass du mich auch liebst."

Walt starrte sie mit offenem Mund und weit geöffneten Augen an. Nur mit seinen Ohren schien etwas nicht zu stimmen. Er konnte unmöglich richtig gehört haben.

Allie liefen die Tränen in Strömen die Wangen hinunter, aber sie tat nichts dagegen. „Das wäre so wunderschön gewesen, so romantisch. Und wenn du ehrlich gewesen wärst, dann wäre es auch so gekommen, und dann hätten wir jetzt nicht dieses ... dieses ... Verzweifeln und Heulen und Entschuldigen und ..."

„Augenblick mal. Hast du gerade ... habe ich richtig gehört? Hast du gesagt, dass du mich liebst?"

Verwirrt sah Allie ihn an. „Du hast doch meinen Brief gelesen, oder nicht?"

„Das stand in dem Brief?" Ihm wurde schlagartig heiß.

Sie schluchzte und hielt sich die Augen zu. „Oh nein. Ich dachte, du wüsstest Bescheid. Ich dachte ... Aber das andere wusstest du doch auch – das mit Baxter, mit der Hochzeit und das mit meinen Eltern."

„Das habe ich von Betty. Den Brief, den ... den habe ich weggeworfen." Er ging auf Allie zu – er musste ihr unbedingt näher sein. „Ich dachte, du hättest lauter so mitleidigen Kram geschrieben, und das konnte ich einfach nicht ertragen. Du ... du liebst mich?"

Sie nickte und wischte sich die Tränen von der Wange.

Überschwänglich vor Freude streckte er die Hand nach ihr aus, zog sie dann aber wieder zurück. „Und du liebst mich trotzdem? Obwohl du jetzt meinen ... meinen Arm gesehen hast?"

Allie sah ihn wütend und verletzt an. „Deinen Arm? Für wie oberflächlich hältst du mich? Erst sagst du, du liebst mich, aber dann stellst du mir so eine Frage? Wie gut kennst du mich überhaupt?"

Mist. Musste er in jedes Fettnäpfchen treten?

„Dein Arm ist mir egal. Aber mir ist nicht egal, ob du ehrlich zu mir bist."

Walt sah sie an. Er liebte alles an ihr – die Verletzlichkeit in ihren Augen, die Entschlossenheit in ihrer Kopfhaltung, die Ehrlichkeit in ihren Worten. Und sie liebte ihn. Aber es half nichts.

„Also?", fragte Allie.

„Was soll ich sagen? Ich könnte jetzt argumentieren, dass ich nur gelogen habe, weil ich dich liebe. Was ja auch stimmt, aber das macht es nicht besser. Ich könnte versuchen dir zu beweisen, dass ich mich geändert habe: Immerhin habe ich dir gerade schonungslos alles gebeichtet. Aber ich will mich nicht herausreden. Ich kann nur die Konsequenzen akzeptieren und hoffen, dass du mir vergibst."

Allies Lippen bebten.

„Ich kann keinen Mann lieben, dem ich nicht vertrauen kann."

Der Satz legte sich wie eine tonnenschwere Last auf sein Herz. „Weißt du, ich habe meiner Crew mal gesagt: ‚Unehrlichkeit hat immer ihren Preis.' Und jetzt weiß ich auch, wie verdammt hoch der sein kann."

Kapitel 49

Ein langer Pfiff ertönte und Allie löste ihren Blick von Walts enttäuschtem Gesicht. Endlich, die Rettung. Walts Augen verdunkelten sich, als der Zug in den Bahnhof einfuhr. „Ist das nicht seltsam? Ich liebe dich und du liebst mich, aber was zwischen uns steht, ist größer als Baxter und Emily zusammen – mangelndes Vertrauen. Es tut mir so leid."

„Schon gut." Allie kramte ihren Fahrschein hervor. „Ich bin froh, dass ich das jetzt herausgefunden habe. Das ist immerhin besser, als wenn ich noch mehr Zeit damit vergeudet hätte, dir hinterherzuschmachten."

Ein Zucken in seinem Gesicht verriet ihr, dass sie einen Nerv getroffen hatte. Gut. Er hatte es auch nicht anders verdient. Wie konnte er sie dermaßen anlügen, für seine Lügen benutzen und dann auch noch zweimal ihre Gefühle mit Füßen treten? Sie ging um ihn herum zu ihrem Waggon.

„Mach's gut, Allie."

Der traurige Ton in seiner Stimme ließ ihr Herz bluten, aber sie drehte sich nicht um. „Mach's gut", sagte sie so kühl wie möglich.

Der Schaffner lochte ihren Fahrschein und beäugte ihr Kleid. Bei einer Hochzeit mochte es elegant aussehen, aber im Zug wirkte es wie eine Verkleidung. Allie ließ sich nichts anmerken und ging erhobenen Hauptes den Gang hinunter. Wenigstens war der Zug nicht überfüllt. Sie war die Einzige, die hier zugestiegen war, also würde auch die Weiterfahrt nicht mehr lange auf sich warten lassen.

„Bitte sehr, Miss", sagte ein Unteroffizier und bot ihr seinen Sitzplatz an.

„Vielen Dank."

„Sie sehen aus, als kämen Sie von einem Ball. Na, wie wäre es mit uns beiden?"

„Nein, danke." Sie setzte sich und wagte einen Blick aus dem Fenster. Walt stand allein auf dem Bahnsteig.

Er setzte sich auf eine Bank, legte die Mütze neben sich und senkte den Kopf. Dann gingen seine Augen zu und seine Lippen bewegten sich. War das jetzt noch so ein Trick, um sich ihre Vergebung zu erschleichen?

Darauf würde sie nicht hereinfallen. Er hatte es ja selbst gesagt: Er war ein Lügner und nicht vertrauenswürdig.

In ein paar Stunden würde sie in San Francisco sein und weit weg von diesem Egoisten, dem sein Stolz wichtiger war als die Gefühle der Frau, die er zu lieben vorgab.

„Er liebt mich." Ein tiefer Seufzer kam direkt aus ihrem Herzen. Wie oft hatte sie davon geträumt, diese Worte aus seinem Mund zu hören. Nur waren sie in ihren Träumen stets in eine Umarmung und einen Kuss gemündet und nicht in ihre Abfahrt.

Allie wandte den Blick ab und betrachtete die Matrosenmütze des Mannes vor ihr. Walt hatte Umarmungen und Küsse nicht verdient. Er hatte sie schamlos angelogen. Und nicht nur das. Ohne zu zögern, hatte er sie vor all seinen Freunden als etwas ausgegeben, was sie nicht war. Das war dann wohl auch der Grund, warum Cracker schon so viel von ihr gehört hatte.

Sie sah wieder aus dem Fenster zu Walt, der mit hängenden Schultern immer noch zu beten schien. Er hätte ihr das mit seiner Crew gar nicht sagen müssen. Das hätte sie niemals herausgefunden. Aber er hatte wirklich ohne Rücksicht auf sein Ego reinen Tisch gemacht.

„Nein!" Sie drückte sich gegen ihren Sitz. Er hatte nur an sich selbst gedacht, als er ihr das mit Emily geschrieben hatte. Sie hatte sich zwei geschlagene Monate quälen müssen, während sie eigentlich voller Vorfreude hätte sein können. Vorfreude, die heute ihren Gipfel erreicht hätte, wenn er nicht so ein Lügner gewesen wäre.

Draußen liefen die Motoren der Diesellok an. Allie sah wieder zu Walt, der sich aufgerichtet hatte. Die Verzweiflung stand ihm ins Gesicht geschrieben und er strich sich langsam eine Locke aus dem Gesicht. Wieso musste er das gerade jetzt tun? Wusste er nicht, wie süß sie diese Geste fand?

„Aber ich könnte ihm nie wieder richtig vertrauen." Ihr wäre es nicht im Traum eingefallen, ihn so zu hintergehen. Enttäuscht verschränkte Allie die Arme über dem edlen Chiffonkleid, das sie auch an dem Abend getragen hatte, an dem sie mit Walt über die Tanzfläche geschwebt war und er sie ...

Allie klammerte sich erschrocken an den Stoff. Sie hatte ihm damals absichtlich nichts von Baxter gesagt.

Wie hatte Walt eben gesagt? Schweigen habe nicht das Geringste mit Ehrlichkeit zu tun, wenn man damit eine Lüge am Leben erhalte? Sie hatte zugelassen, dass er davon ausgegangen war, sie sei noch zu haben. Eine Lüge. Und was für einen Schaden sie angerichtet hatte.

„Oh nein", flüsterte Allie. Als sie Walt verschwiegen hatte, dass sie ihre Verlobung gelöst hatte, war er natürlich weiterhin davon ausgegangen, dass sie Baxter heiraten würde – noch so eine Lüge.

„Lieber Gott, ich bin ja genauso schlimm wie er." Den ganzen Frühling über hatte er sich gequält und mit Schrecken an ihre Hochzeit gedacht, während er sich eigentlich auf seine Rückkehr hätte freuen können. Eine Vorfreude, die heute endlich ihre Erfüllung gefunden hatte, wenn sie nicht so eine Lügnerin gewesen wäre.

Durch den Zug ging ein Ruck. Walt erhob sich, setzte seine Mütze auf und hob die linke Hand zum militärischen Gruß. Dann drehte er sich langsam um und ging.

„Nein!" Allie sprang von ihrem Sitz auf. „Halten Sie den Zug an!"

„Gibt es ein Problem?", rief der Schaffner hinter ihr.

„Ich muss aussteigen!"

„Tut mir leid. Dafür ist es zu spät. Sie können in Pittsburg aussteigen."

„Nein, ich muss sofort hier raus." Sie versuchte, nach hinten zur Tür zu gelangen.

Der Unteroffizier hielt sie am Arm fest und drehte sie zum Schaffner um. „Sie führt schon die ganze Zeit Selbstgespräche, wenn Sie wissen, was ich meine."

Allie sah ihn von der Seite an. „Sir, ich bin völlig im Besitz meiner geistigen Kräfte. Und jetzt lassen Sie mich los." Sie befreite sich aus seinem Griff und stürzte den Gang hinunter.

„Hey, Lady! Was soll das denn werden?"

Der Zug rumpelte vor sich hin. Natürlich konnte sie aussteigen. Sie schob neugierige Reisende aus dem Weg und arbeitete sich zum Ende des Waggons vor, dessen Tür offen stand, um etwas frische Luft hineinzulassen. Sie griff nach dem eisernen Geländer. Walt öffnete gerade die Tür zum Bahnhofsgebäude.

„Walt!", schrie Allie. „Walter Novak!"

Dann sah sie nach unten. Der Wind wirbelte ihr Haar durcheinander und der Bahnsteig verschwamm vor ihren Augen. Was hatte sie sich nur dabei gedacht? Sie konnte doch nicht einfach von einem fahrenden Zug springen! Es wäre viel vernünftiger, nach San Francisco zu fahren und morgen wiederzukommen. Schließlich war ihr ganzes Gepäck im Zug.

„Lady! Hey, sind Sie übergeschnappt?"

Allie sah hinter sich. Der Schaffner hatte sie fast erreicht. Vor dem Bahnhofsgebäude stand Walt mit der Tür in der Hand und starrte sie an. Der Zug wurde schneller. Das Ende des Bahnsteigs rauschte heran.

„Oh, lieber Gott, Hilfe!"

Die Hand des Schaffners berührte ihren Ärmel.

„Walter!", schrie Allie und sprang. Sie landete unsanft auf dem Bahnsteig und ihr rechter Knöchel knickte um. Sie rollte und purzelte und sah nur noch eine wild durcheinandergewürfelte Folge von Himmel und Holz und Schmerz.

„Allie! Allie!"

Sie kam mit der Wange auf dem Holzbahnsteig zum Liegen und ächzte. Ihr tat alles weh.

„Allie! Was ist denn in dich gefahren?" Walt kam herbeigerannt und fiel sofort auf die Knie.

Allie rollte herum und versuchte sich aufzurichten. „Ich habe dich auch ange..."

„Geht es dir gut? Allie, bist du verrückt?" Er suchte ihren Körper nach Verletzungen ab, stützte ihren Rücken mit dem Arm ab und half ihr, sich hinzusetzen. „Wo tut es weh?"

„Walt, ich habe dich angelogen."

Er sah ihr prüfend in die Augen. „Bist du mit dem Kopf aufgeknallt?" Vorsichtig drückte er sie nach vorn und begutachtete ihren Hinterkopf.

Allie achtete nicht auf den stechenden Schmerz in ihrem Knöchel und das taube Gefühl in ihrer Hüfte. „Walt, hör mir bitte zu. Ich habe dich angelogen."

„Was redest du denn da? Ich bin derjenige, der gelogen hat. Sag schon, wo tut es weh?"

„Ich aber auch. Ich habe dich auch angelogen." Sie packte ihn an der Schulter. „Erinnerst du dich an letztes Jahr? Ich habe kein Sterbenswörtchen über Baxter verloren."

Walt seufzte. „Doch nur aus Versehen."

„Am Anfang vielleicht. Ich dachte, du wüsstest Bescheid. Aber als wir getanzt haben und ich merkte, dass du dich zu mir hingezogen fühltest, war mir klar, dass du nichts von Baxter wusstest. Und trotzdem habe ich den Mund gehalten. Du hast recht. Schweigen ist keine Lösung, wenn man damit eine Lüge verlängert."

„Das ist doch nicht dasselbe."

Allie klammerte sich an die kräftige Schulter, die ihr an jenem Abend so imponiert hatte. „Doch, das ist es. Weißt du, warum ich nichts gesagt habe? Aus Stolz – ich wollte keinen Aufruhr verursachen und negativ auffallen. Und aus Egoismus – ich wollte einfach im Arm des wundervollsten Mannes auf der Welt bleiben. Ich wollte dort bleiben, wo ich mich zum ersten Mal in meinem Leben hübsch und begehrt gefühlt habe."

Walt sah sie einen langen Augenblick schweigend an. „Allie, hör bitte auf."

„Ich habe dich ausreden lassen. Jetzt bin ich dran." Sie legte ihm eine Hand an die Wange. Die unmittelbare Nähe zu dem Mann, den sie liebte, ihr intensiver Blickkontakt, die Ehrlichkeit – all das beschwingte sie. „Ich habe dich auch angelogen, als ich dir das Ende meiner Verlobung verschwiegen habe."

„Das ist doch keine ..."

„Doch, ist es. Ich habe zugelassen, dass du mit etwas kämpfen musstest, was so überhaupt nicht mehr stimmte. Ich habe keine Rücksicht auf deine Gefühle genommen."

„Aber du wusstest doch gar nicht, wie sehr ich dich ..."

„Das ändert nichts daran. Wenn ich ehrlich gewesen wäre, hättest du das mit Emily niemals erfinden müssen."

Walt sah sie eindringlich an. „Das ist keinerlei Entschuldigung dafür."

„Nein, aber wenn ich die Wahrheit gesagt hätte, hättest du nicht gelogen. Bitte Walt, vergib mir."

„Allie ..." Seine Stimme klang belegt.

„Bitte." Sie fuhr ihm mit den Fingern durchs Haar. Auch wenn es hinten sehr kurz geschnitten war, fühlte es sich noch weicher und voller an als im Traum. „Bitte, vergib mir."

Walt umarmte sie fest. „Natürlich vergebe ich dir, aber ..."

„Und ich vergebe dir." Sie schmiegte ihr Gesicht in seine Halsbeuge und atmete den Duft von Seife, Aftershave und Wolle ein. Ohne jeden Vorbehalt ließ sie sich in das Gefühl der Vergebung, Liebe und Freude fallen.

„Hör auf. Du solltest das nicht tun", sagte er und umarmte sie noch fester. „Du weißt nicht, worauf du dich einlässt. Ich bin ein Krüppel. Ein Krüppel, Allie. Und ich kann dir niemals das bieten, was du gewohnt bist."

„Bitte sag das nicht. Mein Liebster, sag nicht so etwas." Allie schnappte erschrocken nach Luft. Sie hatte ihn gerade Liebster genannt. Aber es stimmte doch. „Und was das Bieten betrifft: Mein Erbe habe ich hinter mir gelassen. Ich brauche kein Geld. Ich brauche nur Gott in meinem Leben. Na ja, und wenn ich dann noch dich haben könnte ... das würde mir völlig reichen." Sie küsste ihn sanft auf den Hals, kurz unterhalb seines Ohrs, wo die Haut weich und warm war. Ein wohliges Brummen zeigte ihr, dass sie wieder einen Nerv getroffen hatte, aber dieses Mal einen guten.

„Ich liebe dich so sehr, aber du bist doch Konzertflügel und edle Kronleuchter gewohnt."

Allie löste sich aus der Umarmung und strich über den Regenbogen der Auszeichnungen an seiner Brust. „Ein Mann, der diese Medaillen verdient hat, kann gar nicht arm sein. Und selbst wenn: Mir ist ... mir sind deine Liebe und ein Leben in Armut tausendmal lieber als hundert Säle mit Flügeln."

„Aber ich bin ein ..."

„Ich bitte dich, sag nie wieder, du wärst ein Krüppel. Du bist intelligent und erfinderisch. Du kannst alles schaffen, was du dir in den Kopf setzt." Sie sah auf seinen rechten Arm und fuhr mit der Hand daran herunter.

Er zuckte zusammen.

Allie erschrak. „Tut mir leid. Tut es noch weh?"

„Nein." Er runzelte nervös die Stirn. „Aber du willst das nicht anfassen."

Sie umfasste den Armstumpf mit ihrer Hand, als könne sie ihre Liebe dort hineinfließen lassen und ihn gesund machen. „Vielleicht hat mich Gott deswegen zum Roten Kreuz geführt. Früher habe ich mich geschüttelt bei solch einem Anblick, aber das ist vorbei. Außerdem steht dein Arm für eine der Eigenschaften, die ich so an dir liebe: Du bist bereit, für eine gute Sache Opfer zu bringen."

Walts verzweifelter Versuch, sein Gesicht unter Kontrolle zu bekommen, erschütterte sie mehr als sein Arm. Als er sich an ihre Berührung gewöhnt hatte, trat ein vorsichtiges Lächeln auf seine Lippen. „Ich dachte, Gehorsam sei besser als Opfer?"

Gott sei Dank, er konnte noch lächeln und sein Humor hatte auch überlebt. „Ja, und deswegen bewundere ich noch mehr, dass du Gott letztendlich doch gefolgt bist. Was brauche ich mehr? Wäre es dir lieber, wenn ich dir nicht vergeben würde, damit wir beide ein jämmerliches Dasein fristen?"

„Ich hatte mich darauf eingestellt. Als Preis, den ich für meinen Gehorsam bezahlen muss."

„Du lieber Himmel. Meinst du nicht, es ist an der Zeit, dass man für Gehorsam belohnt wird?" Sie fuhr mit der Hand in seine Locken und schlug ihm dabei die Offiziersmütze vom Kopf. „Hoppla. Verzeihung, Liebster." Seine Mundwinkel gingen nach oben, als wären sie eingerostet.

Allie funkelte ihn an. „Eines werde ich dir aber niemals vergeben. Die Sache mit den Erdbeerstreifen. Wie konntest du mich nur so verlottert herumlaufen lassen?"

Walt lachte in sich hinein. Ein sehr willkommenes Geräusch. „Deswegen war es ja so süß. Du bist immer ganz die Lady und plötzlich hattest du diesen komischen roten Streifen im Gesicht." Er liebkoste sie mit der Nase auf der Wange und küsste sie sanft auf den Wangenknochen. „Genau hier."

Allie seufzte. Von seinem ersten Kuss auf ihre Wange hatte sie sich damals nie so richtig erholt, und jetzt – jetzt war es um sie geschehen und sie wollte nur noch mehr. Seine Lippen glitten ihre Wange hinunter.

Sie schloss die Augen. Jetzt würden sie sich küssen – ein richtiger Kuss wie im Kino, wie zwei Verliebte. Sie drehte ihm den Kopf zu und suchte seine Lippen.

Walt zog sich zurück. „Augenblick. Du bist gar nicht die Frau, in die ich mich verliebt habe."

Kein Kuss? Sie blinzelte und sah nur unscharf. „Hmm?"

„Hier stimmt doch was nicht." Seine Mundwinkel zogen sich nach unten, aber in seinen braunen Augen blitzte der Schalk. „Die Frau, in die ich mich verliebt habe, würde sich niemals so in der Öffentlichkeit zeigen. Sieh dich doch mal an. Du hast nur einen Schuh an und dein Kleid ist halb zerrissen."

Allie betrachtete die Risse an den Knien, der Hüfte und den Ärmeln. Schade, das Kleid hatte sie gemocht.

„Die Frau, die ich liebe, hat viel zu viel Anstand, um von einem fahrenden Zug zu springen."

Allie schlang ihm die Arme um den Hals. „Hör auf mich zu necken, Walter Novak."

„Und einen dahergelaufenen Piloten würde sie niemals vor allen Leuten umarmen." Er rieb seine herrlich unrasierte Wange an ihrer.

In ihrem Kopf spielte Musik, Melodien überlagerten sich, es erklang eine Kaskade wohlklingender Töne. „Und sie würde im Traum nicht daran denken, ihren kleinen Piloten einfach so in der Öffentlichkeit zu küssen."

Walt wurde still. „Wir haben uns ja noch gar nicht ... oh nein. Weißt du, vielleicht sollten wir uns lieber ein ruhiges Plätzchen suchen ..."

„Hier ist doch gar keiner und außerdem bin ich gar nicht mehr diese Frau, weißt du?" Sie küsste ihn knapp neben das Ohr.

„Ja ... Und wie ich das weiß."

Er kam ihr auf halbem Weg entgegen und ihre Lippen trafen sich. Waren es tausend Küsse in einem oder nur ein Kuss in einer Sinfonie mit tausend Sätzen? Er war zugleich sanft, zärtlich, fordernd und voller Sehnsucht – voller Freundschaft und Träume, Liebe und Vertrauen in einem.

Allie wünschte sich, der Kuss würde nie enden, aber es gab noch so viel, was sie ihm sagen wollte. „Walt?", murmelte sie, während seine Lippen noch auf den ihren lagen.

„Hmm?" Er verharrte noch einen Moment und löste sich dann von ihr.

Ihre Lippen fühlten sich an wie Gelee. „Ich ... ich habe nicht mitgezählt", sagte sie und merkte, dass das wenig Sinn ergab. „Ach, du erinnerst dich bestimmt nicht daran."

Walts Mundwinkel wanderten so langsam nach oben, als hätte er dasselbe Lippenproblem wie sie. „Natürlich weiß ich das noch. Wie könnte ich das vergessen? Ich meine, wieso hat er ... wieso hat er nicht einfach ... war das jetzt wirklich dein erster richtiger ..."

Allie nickte und spürte einen Kloß im Hals. „Er hat mich nicht geliebt und ich ihn auch nicht. Aber dich ... oh Liebling, ich liebe dich so sehr."

Walt lehnte seine Stirn gegen die ihre. „Und ich liebe dich wie verrückt." Er seufzte. „Mein Sonnenschein."

Allie spürte einen Stich im Herzen und kniff die Augen zusammen. Ihr Vater hatte sie oft so genannt. Aber ab jetzt würde sie eben Walt so nennen. Der Schmerz verwandelte sich in Wärme. Sie legte den Kopf für einen weiteren Kuss nach hinten und Walt kam ihrer Aufforderung bereitwillig nach.

Mit einem Mal waren hastige Schritte zu hören. Die Bohlen knarrten. Allie ließ Walt erschrocken los und sah, wie der Mann aus dem Fahrkartenschalter auf sie zugerannt kam.

„Hab gerade ein Telegramm gekriegt. Eine verrückte Lady soll aus dem Zug gesprungen sein." Er legte den Kopf schief und sah Allie an. „Sie sind die verrückte Lady, oder?"

Allie wurde schlagartig heiß. „Ich ... ich fürchte, ja."

Walt lachte leise. „Sie ist meine verrückte Lady, Mr Putnam."

Der Mann runzelte die Stirn. „Sind Sie nicht einer von den Novaksöhnen? Jacob Novaks Nase erkenne ich doch aus drei Meilen Entfernung. Was ist denn hier los? Geht's Ihnen gut, Miss?"

„Es ging mir noch nie besser." Allies glückliches Grinsen wich nach kurzer Zeit zu einem entschuldigenden Lächeln. „Aber ich glaube, ich habe mir den Knöchel verstaucht."

„Du hast was?" Walt rutschte sofort zu ihren Füßen herunter. „Warum hast du nichts gesagt?"

Allie streckte vorsichtig ihre schmerzenden Beine aus. „Es gab Wichtigeres."

Walt warf ihr ein kurzes Lächeln zu und widmete sich dann wieder ihrem Fuß. „Der ist ordentlich geschwollen. Hoffentlich ist er nicht gebrochen."

„Oh je." Ihr rechter Knöchel pochte und war deutlich größer als der andere.

Mr Putnam lehnte sich vor und stützte sich auf knotigen Knien ab. „Soll ich Doc Jamison anrufen?"

„Ja, das wäre nett. Ach nein – er ist ja gar nicht zu Hause."

Allie musste lachen. „Die Hochzeit."

Walt grinste. „Hatte ich fast vergessen. Mr Putnam, können Sie uns vielleicht lieber ein Taxi rufen?"

„Gern." Die beiden Männer halfen Allie auf die Füße. Mr Putnam sammelte ihren Schuh, die Handtasche und Walts Mütze ein. „Miss, was ist denn mit Ihrem Gepäck?"

Allie stützte sich auf Walts Schulter. „Oh nein. Das ist sicherlich schon halb in San Francisco."

„Könnten Sie ein Telegramm absetzen und es hierherschicken lassen?" Walt legte Allie seinen stämmigen Arm um die Hüfte. „Na komm, wir bringen dich zum Onkel Doktor."

„Oh weh. Da werden wir wohl einiges zu erklären haben."

„Wir? *Du!* Ich bin nicht aus einem fahrenden Zug gesprungen."

Allie schmiegte den Kopf an Walts Schulter und lachte.

Als sie bei den Carlisles ankamen, war ihr Walt beim Aussteigen behilflich. Sie stützte sich auf ihn und hüpfte die Stufen zur Tür hinauf.

„Hey, Walt. Wir dachten schon, du hättest uns völlig vergessen."

„Allie! Du lieber Himmel. Was ist denn mit dir passiert?"

Sofort schwärmten Leute um sie herum, jammerten wegen des Kleides und sahen bestürzt auf ihre Verletzungen. Die Menschentraube trennte Allie von Walt, setzte sie in einen Sessel und legte ihr Bein auf einen Polsterhocker hoch.

Dr. Jamison untersuchte ihren Knöchel. „Sieht verstaucht aus. Aber ich muss ein paar Röntgenaufnahmen machen, um einen Bruch auszuschließen. Wie ist das denn passiert?"

„Oh, ich ... Walter?", rief Allie. Wo war Walt? Das waren doch seine Verwandten und Freunde. Lieber sollte er die Geschichte erzählen. Ah, dort stand er und unterhielt sich mit einem großen, ergrauten Mann. „Walt, kannst du bitte mal herkommen?"

„Ja, bitte?" Er arbeitete sich in den Kreis von Menschen vor.

„Dr. Jamison möchte gern wissen, wie das passiert ist."

„Dann erzähl's ihm doch. Das können ruhig alle erfahren", antwortete Walt mit einem verschmitzten Lächeln. „Ich muss noch kurz was erledigen, aber du kannst es ihnen ruhig schon mal erklären."

„Du gehst doch jetzt nicht etwa weg?"

„Ich komme wieder." Er legte ihr eine Hand unters Kinn und ließ den Blick stolz über seine Familie und Freunde schweifen. Dann gab er ihr einen zärtlichen Kuss. „Erzähl ihnen einfach alles, ja? Ich liebe dich."

„Okay." Ihre Antwort ging im allgemeinen Erstaunen und Bettys unterdrücktem Kreischen unter.

Walt richtete sich mit hochroten Wangen auf und hob grüßend die Hand. Dann bedeutete er dem grauhaarigen Mann, er solle ihm folgen und verschwand eilig.

Verblüffte, begeisterte und verwirrte Blicke richteten sich auf Allie.

Sie sah in die Runde und lächelte schüchtern. „Tja, wo fange ich an?"

Kapitel 50

Walt zwang sich, nicht zu rennen. Zwar wollte er so schnell wie möglich wieder bei Allie sein, aber nicht verschwitzt und zerzaust.

Hoffentlich machte er jetzt alles richtig, aber warum sollte daran etwas falsch sein? Sie liebte ihn. Hatte ihm vergeben. Sprang sogar von einem Zug für ihn. Und sie konnte verdammt gut küssen.

Er merkte, dass er schon wieder zu rennen begonnen hatte und verlangsamte seinen Schritt. „Herr, bitte lass uns die richtigen Entscheidungen treffen." Es war doch ein gutes Zeichen, dass Mr Lindstrom sofort mit von der Partie gewesen war, obwohl Walt in der sechsten Klasse sein Gokart direkt in Lindstroms Gemüsebeet gesteuert hatte.

Walt sprang leichtfüßig die Stufen zum Haus der Carlisles hinauf. Im Wohnzimmer waren inzwischen nur noch die engsten Freunde und die Familie versammelt und hatten sich auf Stühlen und Sofas niedergelassen. Allie erzählte begeistert und ihr Gesicht glühte. Der Fuß war inzwischen bandagiert und hochgelegt.

Er behielt sein Ziel unverwandt im Auge und ignorierte das freundliche Flakfeuer. Vor Allie ging er auf die Knie und nahm ihre Hand.

Sie strahlte ihn an. „Hallo, Liebling."

„Hi." Jetzt war nicht der Zeitpunkt für Small Talk. Er musste eine dicke, fette Bombe platzen lassen. „Willst du meine Frau werden?"

Im Raum wurde es schlagartig still. Allies Mund stand offen. „W-wie bitte?"

„Du hast richtig gehört. Willst du meine Frau werden?"

„Walter, ich ... oh, mein Gott. Ich meine, noch vor einer Stunde ... und auf einmal ...?"

„Ich weiß." Er drückte ihre Hand. „Ich weiß, das geht gerade sehr schnell, aber lass mich erklären. Du hast drei heiratstechnische Optionen und drei geografische Optionen. Such dir dein Einsatzziel selbst aus."

George lachte auf. „Novak, du bist echt der Einzige, der selbst den Heiratsantrag wie eine Militäroffensive klingen lässt."

„Halt dich da raus, Anello. Ich mache hier Allie einen Antrag, nicht dir."

Ein Lächeln umspielte ihre Lippen. „Heiratstechnische Optionen?"

„Genau. Die erste: Du nimmst meinen Antrag an und wir heiraten auf der Stelle, so wie Art und Dorothy. Die zweite Option: Du sagst ‚Ja', aber wir warten noch ein Jahr oder so. Und die dritte: Du sagst ‚Nein' und ich frage so lange weiter, bist du doch ‚Ja' sagst."

Ihr Lächeln wurde immer intensiver, aber sie sagte nichts.

Wenn sein Herz der Propeller einer B-17 gewesen wäre, hätte er ihn längst in Segelstellung bringen müssen – es war völlig außer Kontrolle. „Und? Welche nimmst du?"

„Zuerst möchte ich die geografischen Optionen hören." Sie streichelte mit dem Daumen seinen Handrücken.

Walt rutschte ein Stück zurück und setzte sich. Wenn sie jetzt wieder anfing, in seinen Haaren herumzuwuscheln, könnte er sich überhaupt nicht mehr auf die Mission konzentrieren.

„Okay. Da wartet ein Job auf mich bei Boeing in Seattle, sobald ich aus dem Krankenhaus entlassen werde. Deine erste Option: Du gehst wie geplant nach San Francisco. Obwohl du ja jetzt nicht mehr vor mir weglaufen musst. Die zweite: Du bleibst in Antioch und suchst dir hier ein Zimmer und eine Arbeit. Wenn ich dann Urlaub habe, muss ich mich nicht zwischen Antioch und San Francisco zerreißen. Und die dritte Option: Seattle. Mein Funker, Bill Perkins, kommt von dort. Er kann dir bestimmt helfen, eine Unterkunft zu finden. Vielleicht wird ja bei Boeing auch noch eine Betriebswirtin gebraucht?"

Oh oh. Walt sah Tränen. „Du ... du musst aber auch nicht unbedingt heute entscheiden."

„Habe ich aber schon", brachte sie mühsam heraus.

Zu spät für die Segelstellung – sein Herz setzte aus. „Und?"

„Die zweite und die dritte."

Der Aussetzer griff aufs Gehirn über. „Ähm ..."

Allie lachte, unsicher und süß. „Ich habe gehört, Seattle soll sehr schön sein."

Walts Lächeln kehrte zurück und er ging wieder hoch auf die Knie. „Sagt Bill auch. Lauter Inseln, lauter Fähren und jede Menge Bäume. Kommst du wirklich mit?"

„Natürlich. Ich will doch bei dir sein. Verliebt haben wir uns ja fast nur auf dem Papier. Jetzt möchte ich dich auch persönlich kennenlernen."

„Gute Idee. Seattle war auch mein Favorit." Er küsste sie auf die Hand. „Und ... und was ist mit der anderen Sache? Willst du? Meine Frau werden?"

Allies grüne Augen strahlten heller und leuchtender als je zuvor.

„Bitte, mein Sonnenschein. Ich möchte für den Rest meines Lebens in diese Augen schauen können."

Sie lächelte sanft und still. „Ja. Ich will. Ich möchte deine Frau werden."

„Ehrlich?" Aus ihm sprudelte ein Lachen heraus. Er schlang ihr den Arm um die Schulter und zog sie so fest zu sich heran, dass ihre Locken ihn an der Nase kitzelten. „Willst du wirklich?"

Sie erwiderte seine Umarmung und lachte ihm leise ins Ohr. „Du bist zum Anbeißen süß."

„Mr Putnam hatte doch recht. Du bist verrückt." Er küsste sie überschwänglich auf die Wange. „Und wann? Jetzt gleich? Später? Ich bin mit allem einverstanden."

„Ein bisschen später." Sie lehnte sich zurück, ließ aber ihre Hand auf seiner Schulter. „Wäre das sehr schlimm? Ich möchte dich erst noch besser kennenlernen."

Walt lächelte zufrieden und wickelte zärtlich eine ihrer Locken um seinen Finger. „Das war auch mein Favorit."

„Da hast du eine weise Wahl getroffen, mein Sohn", sagte sein Dad, der am Bridge-Tisch saß. „Ich kann diese übereilten Kriegshochzeiten nicht gutheißen."

Die Hochzeitsgesellschaft brach in Gelächter aus. Art saß auf dem Sofa und hatte den Arm um seine Kriegsbraut gelegt. „Du hast gerade eine vollzogen", sagte er.

„Das ist was anderes", erwiderte Walts Dad. „Ihr kennt euch ja schon aus dem Sandkasten."

Betty ging zu Walt und flüsterte ihm ins Ohr: „Ein Ring. Du hättest warten sollen, bis du einen Ring hast. Versprich ihr wenigstens, dass du am Montag einen kaufst."

„Für wie dumm hältst du mich? Na warte." Walt brummte und griff in seine Uniformjacke. „Was meinst du, wo ich mit Mr Lindstrom hingegangen bin?"

„Du hast einen Ring gekauft?", fragte Allie vorsichtig.

„Ähm, ja." Walt blickte finster drein. Dummer Fehler, ihr ausgerechnet an dem Tag einen Antrag zu machen, an dem sie eigentlich diesen Baxter heiraten sollte.

„Du musst ihn ihr zeigen", sagte Betty.

Also schön. Den Fehler konnte er sowieso nicht mehr ungeschehen machen. Walt versuchte erst, die kleine Schachtel mit einer Hand aufzubekommen, gab sie dann aber an Allie weiter. Der Stein hatte im Laden irgendwie größer ausgesehen. „Das ist natürlich nicht das ... was du gewohnt bist."

Ihre Augen wurden feucht. „Er ist viel schöner und tausendmal mehr willkommen."

Walt sah sie ganz genau an. Sie meinte das ernst. Lieber wollte sie einen einfachen Ring von ihm als das, was sie vorher gehabt hatte. Er zog den Ring aus der Schachtel und schob ihn Allie auf den Finger. Der Stein rutschte nach unten. Verständnisvolles Kichern war zu hören.

„Wir lassen ihn am Montag enger machen", sagte Walt.

„Na dann zeig mal her", meinte Betty.

Walt stand auf, um den neugierigen Frauen Platz zu machen. Auf ihn wartete seine eigene Glückwunschserie. Die Männer schüttelten ihm nacheinander kräftig die Hand. Rays Glückwunsch fiel etwas verhaltener aus als der der anderen und war wohl von seinen eigenen Verlobungserfahrungen geprägt. Dann umarmte ihn eine Frau nach der anderen, obwohl Helen nicht wirklich fröhlich aussah. Das musste ein harter Tag für sie sein: Zuerst heiratete Jims Schwester seinen besten Freund und jetzt gab es noch einen Heiratsantrag im Freundeskreis.

Walt sah zu Allie hinüber. Seine Mom hatte gerade beide Hände um Allies Gesicht gelegt und küsste sie auf die Stirn. „Ich bin ja so glücklich. Eine bessere Frau für Walt und eine bessere Schwiegertochter könnte ich mir gar nicht vorstellen."

Allies Lächeln sah gezwungen und traurig aus. Alle waren sie da und alle waren sie glücklich, nur ihre Eltern nicht. Walt hatte so eine Ahnung, dass die Millers über ihren Schwiegersohn nicht sonderlich begeistert sein würden.

Schnell ging er zu Allie und nahm ihre Hand. „Hey, du."

„Hi." Ihre Stimme war leicht zittrig. „Ich wünschte ..."

„Ich weiß." Er gab ihr ein Küsschen. „Sie stehen sich bestimmt gerade in der alten St. Luzifer die Beine in den Bauch und schauen nervös zum Eingang, während du hier mit einem verstauchten Knöchel, ramponiertem Kleid und einem winzigen Stein sitzt und jedermann sehen kann, wie du einen dahergelaufenen, einarmigen Piloten küsst."

Ihre Lippen bebten. „Ach, ich liebe meinen kleinen Piloten ..."

„Da bin ich aber froh. Der Ring ist nämlich vom Umtausch ausgeschlossen."

Sie streichelte ihm den Hinterkopf. „Umtausch? Eine ganze Kuhherde könnte ihn mir nicht wegnehmen."

„Gut, denn dich zu lieben ist das Schönste, was es gibt. Noch nicht mal ... ach, weißt du, beinahe hätte ich gesagt, noch nicht mal Fliegen ist schöner. Aber ..."

Allie zog die Augenbrauen hoch und sah ihn empört an. Dann lächelte sie. Sie wusste, er meinte es nicht so.

Walt lächelte zurück und gab ihr einen Kuss. „Na gut. Noch nicht mal Fliegen ist schöner."

Weitere Romane bei FRANCKE

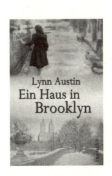

Lynn Austin
Ein Haus in Brooklyn
ISBN 978-3-86827-262-8
416 Seiten, Paperback

In einem Haus in Brooklyn überschlagen sich Anfang der 1940er Jahre die Ereignisse. Die zwölfjährige Esther Shaffer muss nach dem plötzlichen Tod ihrer Mutter verkraften, dass ihr Vater freiwillig in den Krieg zieht, Penny Goodrich, die heimlich in Esthers Vater verliebt ist, eröffnet sich dadurch die Chance ihres Lebens und Jakob Mendel, der um seinen Sohn in Ungarn bangt, wird beschuldigt, die Synagoge seiner Gemeinde angezündet zu haben. Alle Bewohner des Hauses fiebern dem Frieden entgegen, doch bis dahin ist es noch ein weiter Weg. Werden sie erkennen, dass Gott in ihrem Leben am Wirken ist – selbst wenn er schweigt? Werden sie erkennen, dass er sie liebt und auch heute noch Wunder wirkt?

Ein mitreißender Roman über das Leben, die Liebe und das Festhalten an Gott auch in schwierigen Zeiten.

Lynn Austin
Rhapsodie der Freundschaft
ISBN 978-3-86827-092-1
464 Seiten, Paperback

Michigan 1941.
Vier Frauen, die unterschiedlicher kaum sein könnten: Virginia ist mit Leib und Seele Hausfrau und Mutter. Doch sie sehnt sich nach Anerkennung ihrer Arbeit durch die Familie. Helen leidet unter ihrer Einsamkeit als alleinstehende, ältere Frau. Ihr Reichtum kann ihr nicht das geben, wonach sie sich sehnt. Die frisch verheiratete Rosa will der Missbilligung ihrer Schwiegereltern entkommen. Doch was soll die lebenslustige New Yorkerin ohne ihren Mann in der Einöde des Westens mit sich anfangen? Jean, die Jüngste, träumt davon, zu studieren und mehr aus ihrem Leben zu machen. Muss sie dafür auf eine eigene Familie verzichten?
Der Angriff auf Pearl Harbor erschüttert die Lebensentwürfe der Frauen. Ihre Arbeit in einer Schiffswerft führt sie zusammen. Mit der Zeit wird dem ungleichen Quartett bewusst, dass sie trotz aller Unterschiede einander so viel Kraft und Hoffnung zu schenken haben – als Freundinnen. So gewinnen sie wertvolle Erkenntnisse über sich selbst, das Leben, die Liebe und den Glauben ... und das Geschenk der Freundschaft.

Lynn Austin
Bibliothek der Träume
ISBN 978-3-86827-302-1
432 Seiten, Paperback

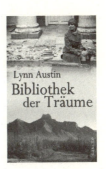

Illinois 1936.
Alice Ripley lebt in einer Traumwelt. Sie liebt es, in Büchern zu schwelgen und dem Happy End entgegenzufiebern. Doch ihr persönliches Glück rückt vollkommen unvermittelt in weite Ferne. Ihr Freund Gordon trennt sich von ihr, weil ihr angeblich jeder Realitätssinn fehle, und dann verliert sie auch noch ihre Anstellung in der örtlichen Bibliothek.

Alice flüchtet sich in die Berge Kentuckys. Eigentlich wollte sie in der Bücherei des winzigen Bergarbeiterdorfs Acorn eine Weile aushelfen, doch der Bibliotheksleiter ist ganz anders, als sie erwartet hat. Und auch die vier „Bücherbotinnen", zu deren Stellenbeschreibung es gehört, allein in die entlegensten Gegenden zu reisen, entsprechen so gar nicht ihren Vorstellungen.

Doch Alice sitzt in Acorn fest, hat keine Chance, diesem Albtraum zu entkommen. Und bald muss sie feststellen, dass die Abenteuer, die das wahre Leben schreibt, tausendmal besser sind als die, die sie sich in ihren kühnsten Träumen ausgemalt hatte.

Lynn Austin
Im Sand der Erinnerung
ISBN 978-3-86827-057-0
448 Seiten, Paperback

Abigail MacLeod sehnt sich nach einem Neuanfang.
Ihre Ehe ist gescheitert und Gott scheint ihr ferner denn je. Wo könnte die begeisterte Hobby-Archäologin besser Abstand gewinnen als bei Ausgrabungen in Israel? Ein Mord, der ihren Weg ins Heilige Land überschattet, verheißt nichts Gutes. Doch bald findet sie Halt in der Freundschaft zu Dr. Hanna Rahov, der Leiterin des Ausgrabungsprojektes. Deren dramatische Lebensgeschichte berührt Abigail zutiefst, ebenso wie die Vermächtnisse einer Frau aus dem ersten Jahrhundert, die sich in den Ruinen auftun.
Sie bringen Abigail dazu, neu über ihr eigenes Leben nachzudenken und sich auf den Weg zu machen. Auf den Weg zu dem Ort, wo die Quellen der Vergebung entspringen ...

Eine berührende Geschichte über das Geschenk der Versöhnung, die eindrucksvoll vor Augen führt, dass bei Gott alle, die mühselig und beladen sind, einen sicheren Hafen haben.

Tamera Alexander
Die Rückkehr des Fremden
ISBN 978-3-86827-260-4
352 Seiten, Paperback

»In guten wie in schlechten Zeiten« hat Kathryn Jennings vor zehn Jahren geschworen und an dieses Gelübde hält sie sich bis heute – obwohl ihre Ehe sich gänzlich anders entwickelt hat als erwartet. Als ihr Ehemann Larson in einer stürmischen Winternacht nicht nach Hause kommt, kämpft sie mit vollem Einsatz für den Erhalt ihrer Ranch. Doch Monat für Monat vergeht, ohne dass ihr Mann zurückkehrt, und so muss sie sich damit abfinden, ohne ihn weiterzuleben.
Eines Tages stößt Kathryn auf ein gut gehütetes Geheimnis ihres Mannes. Scherben aus seiner Vergangenheit lassen sie Larson endlich besser verstehen. Was würde sie dafür geben, wenn sie die Zeit zurückdrehen und ihn als den Mann lieben könnte, der er war, nicht als den, den sie immer in ihm hatte sehen wollen. Sie ahnt nicht, dass Gott ihr längst eine zweite Chance gegeben hat ...

Tamera Alexander
Hoffnung am Horizont
ISBN 978-3-86827-298-7
368 Seiten, Paperback

Nicht jeder bekommt im Leben eine zweite Chance. Annabelle Grayson jedoch gehört zu den Glücklichen, die noch einmal ganz von vorne beginnen dürfen. Sie weiß sich trotz der dunklen Kapitel in ihrer Geschichte geliebt – von ihrem Mann Jonathan und von Gott.

Im fernen Idaho will sich das Ehepaar ein neues Leben aufbauen, aber der vermeintliche Treck ins Glück entwickelt sich zum Albtraum: Jonathan stirbt und Annabelle muss umkehren.

Alles, was ihr bleibt, ist den letzten Willen ihres Mannes zu ehren und dennoch nach Idaho zu ziehen. Doch muss es ausgerechnet Matthew Taylor sein, der sie zur neuen Farm bringt? Jonathans Halbbruder hat nie einen Hehl daraus gemacht, dass er sie wegen ihrer Vergangenheit verachtet ... und eigentlich nichts mit ihr zu tun haben will.
Als Annabelle ihm ihr Leben trotzdem anvertraut, ist Ärger vorprogrammiert. Denn der Weg durch die Prärie ist lang – vor allem für ein ungleiches Paar wie Matthew und Annabelle, das lange nicht begreift, wie verschwenderisch Gott mit Chancen umgeht.

Cathy Marie Hake
Ein Schuss Liebe kann nicht schaden
ISBN 978-3-86827-304-5
304 Seiten, Paperback

Hope Ladley ist immer auf dem Sprung. Wie eine Pusteblume lässt sie sich von Farm zu Farm treiben und hilft bei der Versorgung der Erntekräfte, wo immer ihre Kochkünste gefragt sind.

Der Witwer Jakob Stauffer kann mit Hopes unkonventioneller, unbedarfter Art wenig anfangen, doch seine kleine Tochter und seine Schwester sind völlig vernarrt in die neue Aushilfe. Und irgendwann kann auch Jakob nicht mehr bestreiten, dass Hopes sonniges Gemüt und ihre Angewohnheit, allem, was sie tut, einen Schuss Liebe hinzuzufügen, auf seiner Farm wirklich einen Unterschied machen. Doch lässt sich eine Frau wie Hope auf Dauer festhalten?

Karen Witemeyer
Eine Lady nach Maß
ISBN 978-3-86827-300-7
272 Seiten, Paperback

Texas, 1881. Für die junge Hannah Richards ist es mehr als ein glücklicher Zufall, der sie in die Kleinstadt Coventry verschlägt. Sie erkennt darin die liebende Hand Gottes, der ihr die Möglichkeit eröffnet, ihren Traum vom eigenen Modegeschäft zu verwirklichen.

Ihr missmutiger neuer Nachbar Jericho »J.T.« Tucker sieht das ganz anders. Er befürchtet, dass mit der hübschen Schneiderin Eitelkeit, Missgunst und Sünde Einzug halten. Das kann doch nicht Gottes Weg für Coventry sein, oder? Seltsam nur, dass Miss Richards einen ebenso tiefen Glauben zu haben scheint wie er.

Dass sie sich anschickt, seine Schwester Cordelia von einem grauen Mäuschen in eine hinreißende junge Dame zu verwandeln, verstärkt J.T.s Widerstand – doch unerklärlicherweise auch die Zuneigung, die er unwillkürlich für seine starrköpfige Nachbarin empfindet. Was wird am Ende stärker sein: seine starren Überzeugungen oder die Liebe?